Wind in den Tamarinden

KAYLA

FLEMING

Wind in den Tamarinden

ROMAN

Weltbild

Besuchen Sie uns im Internet:
www.weltbild.de

Genehmigte Lizenzausgabe für Verlagsgruppe Weltbild GmbH,
Steinerne Furt, 86167 Augsburg

Umschlaggestaltung: Atelier Seidel – Verlagsgrafik, Teising
Umschlagmotiv: © Valentino Sani/Trevillion Images, London
Karten: © Reinhard Borner, Wipperfürth
Gesamtherstellung: GGP Media GmbH, Pößneck
Printed in the EU
ISBN 978-3-8289-9682-3

2013 2012 2011 2010
Die letzte Jahreszahl gibt die aktuelle Lizenzausgabe an.

Teil Eins

1

Afrika, 1904

Die Soldaten kamen noch am selben Morgen, um sie in ihrem Zimmer in dem kleinen Gästehaus unter Arrest zu stellen. Nora wusste, dass jetzt alle etwas hatten, worüber sie reden konnten, die Offiziere abends in der Messe und die Farmer, die über Weihnachten in die Stadt kamen, und die Kaufleute mit ihren Frauen, und bestimmt waren einige auf ihrer Seite, aber die meisten würden gegen sie sein, und alle würden die falschen Gründe haben, weil niemand wissen konnte, warum sie es getan hatte.

Sie war bereits umgezogen, als die beiden Soldaten an ihre Tür klopften, und so blieb ihr danach nicht mehr viel übrig, als zu warten, bis sie abgeholt wurde. Sie empfand keine Scham wegen ihrer Tat, weder Scham noch Reue noch sonst etwas, wobei man sich schlecht fühlte. Sie empfand überhaupt nichts. Als die Stunden vergingen und niemand kam und sie fortbrachte, legte sie sich auf das schlichte Messingbett, denn in der Nacht hatte sie nicht viel geschlafen. Sie konnte auch jetzt nicht schlafen. Die beiden Soldaten standen in ihren sandbraunen Uniformen draußen auf dem Gang, die meiste Zeit fast reglos, aber manchmal hörte Nora die Dielen unter ihren Stiefeln knarren. Die Stiefel waren mit dem roten Staub der Straße bedeckt, und etwas davon lag auch auf dem dünnen Läufer vor dem Bett.

Über dem Kopfende des Bettes hing ein Kruzifix an der Wand, zwei dünne Streben aus Birkenholz, die Nora keinen Trost spendeten, weil ihr das Beten gestern Nacht vergangen war. Die Wände waren ebenfalls aus Holz, und gegen Mittag wurde es sehr heiß in dem kleinen Zimmer, als die Dezembersonne auf die zugezogenen Vorhänge brannte.

Nora fragte sich, wer sich um das Kind kümmern würde, falls sie ins Gefängnis kam. Sie hätte es gern bei sich gehabt, aber es war vernünftiger gewesen, es wegzugeben, solange nicht feststand, was aus ihr werden würde. Sie werden dich in die Hauptstadt bringen, dachte sie, eine lange Reise durch dieses abweisende, heiße Land, das keine richtigen Straßen hat und keine fertig verlegte Eisenbahn, nicht so wie bei uns zu Hause, und an jeder Station werden sie dich und die Soldaten anstarren, und deswegen ist es wahrscheinlich besser, dass du sein Kind nicht bei dir hast.

Als es Nachmittag wurde und das Leben erwachte, drangen durch das Fenster wieder die Geräusche der Straße – Pferdegetrappel, das Blöken von durstigem Vieh, das Quietschen der Ochsenkarren mit ihren schlecht geölten Radnaben und die lauten Stimmen der Eingeborenen. Nora wusste, dass auch sie reden würden, aber das störte sie nicht; es bedeutete nicht mehr als die hungrigen Schreie der Möwen bei ihren Sturzflügen über der Gischt der Bucht.

Am Abend stand sie auf und fragte die Soldaten vor der Tür, ob sie schon wüssten, was mit ihr geschehen würde. Die Soldaten hatten noch keine Anweisung erhalten. Sie waren sehr jung und respektvoll und fragten, ob sie ihr etwas zu essen kommen lassen sollten, aber Nora hatte keinen Hunger und bat nur um ein Glas Wasser.

Es machte ihr nichts aus zu warten, sie hatte die letzten Wochen mit nichts anderem verbracht. Wenn sie wartete, begann sie, außerhalb ihres Körpers zu leben. Sie lebte in Gedanken, die sie voraustrugen oder zurück, und das, woran sie dachte, schien ihr lange vergangen oder weit entfernt, auch wenn es erst vor Kurzem geschehen war.

Sie sah sich, nachdem Rainer sie verlassen hatte, allein mit dem Kind draußen auf der Farm. Sie sah sich mit Wilhelm, nach der Schlacht, bei der er verwundet worden war, wie er ins Lazarett getragen wurde, seine blutbefleckte Uniform staubig in der diesigen Abendsonne – roter Staub wie der auf dem Läufer in ihrem Zimmer jetzt –, und wie sie versuchte, seine Hand zu halten, und nicht wusste, ob er es überleben würde, aber sie hoffte es mit aller Kraft, weil sie nicht noch einmal etwas verlieren wollte, das sie liebte. Das war ihre Geschichte in diesem Land, Hoffung, Liebe und Verlust und nach dem Verlust neue Hoffnung.

Und sie sah sich mit Balthasar, der das Land verkörperte und der sie hierher in dieses Zimmer gebracht hatte und dazu, dass die Soldaten vor ihrer Tür Wache hielten. Ihre Vergangenheit, dachte sie, war wie ein Kaleidoskop. Sie blickte auf alles zurück, und bei jeder Drehung erschien ein neues, buntes Bild, aber zusammengesetzt war es immer nur aus Scherben. Balthasar – stolz und schwarz, voller Leidenschaft, am Ende voller Zorn und Schmerz – leuchtete heller als die anderen, vielleicht weil sie ihn erst gestern zum letzten Mal gesehen hatte, als sie mit dem Messer in der Hand zu ihm gegangen war, um ihn zu erlösen.

Sie sah alle – Rainer und Wilhelm und Ludwig –, und sie fragte sich, ob einer von ihnen da sein würde, wenn die Soldaten sie in den Gerichtssaal eskortierten, und ob es Zeugen geben würde für das, was mit ihr geschah.

2

Deutsches Reich, 1902

Im Herbst jenes Jahres lebte Nora Hendriksen in der Villa ihres Mannes, und von ihrem Zimmer aus konnte sie auf den großen Garten und bis über den Fluss sehen. Nachts hörte sie manchmal die Kastanien von den Bäumen unter ihrem Fenster fallen, und am Tag leuchtete das Laub an den Ästen gelb und rot in der Sonne. Das Wasser der Elbe war klar wie der Septemberhimmel. Auf den kleinen Wellen lag ein stetes Gleißen, außer wenn Regen aufzog, dann fand sich das Bleigrau der Wolken auch auf dem träge dahinrollenden Fluss. Vor dem schmiedeeisernen Tor des Anwesens fuhren die neuen Automobile die Straße entlang; es gab noch nicht viele, aber ihre Abgase legten sich auf die Stämme der Pappeln zu beiden Seiten der Chaussee, und einige der Blätter fielen ein wenig früher ab und gerieten unter die Reifen, und später verwandelten Regen und Schnee sie in Morast.

Es war das Jahr, in dem ihre jüngere Schwester Lissy heiratete. Wenn Nora später daran zurückdachte, kam es ihr vor, als wäre sie damals zum letzten Mal sorglos gewesen, mit dem Garten und dem Fluss und dem Himmel, dessen Blau so tief war, dass es in den Augen wehtat. Auch bei ihrer eigenen Hochzeit war sie unbeschwert gewesen, und an diesem Nachmittag, kurz bevor der Empfang begann, fiel ihr wieder ein, wie sie selbst es empfunden hatte: als ein Glück, dass es nicht *mehr* war – nicht mehr als bloße Unbeschwertheit. Das Leben an der Seite ihres Mannes würde irgendwann enden; es würde vorübergehen und sie nur wenig verändern. Das, was sie lieben konnte, hatte sie noch nicht gefunden.

Sie stand an dem kleinen Zierteich im Garten, neben den Apfelbäumen, wo man die Geräusche aus dem Haus kaum mitbekam, nur den Wind in den Zweigen und die Vögel, die sich über den anbrechenden Abend verständigten. Sie wollte einen Moment allein sein, bevor die ersten Gäste eintrafen; ein paar Minuten lang sollte niemand etwas von ihr verlangen. Gestern der Polterabend, am Morgen die kirchliche Trauung, danach das Mittagessen mit den beiden Familien. Die ganze Zeit nur Lärm, Gelächter, Kindergeschrei, Hochrufe und in der Kirche der kleine Marsch von Mendelssohn, den danach jeder vor sich hin gesummt hatte, in Bruchstücken, immer wieder, sogar sie selbst.

Ludwig, ihr Mann, befand sich im Haus, überwachte die Vorbereitungen für das Essen und dirigierte das Personal. Nur wenn der Wind kurz den Atem anhielt, konnte sie ihn hören, seine Stimme und die ihrer Schwester. Geschirr klirrte. Am Flügel im Salon schlug jemand immer denselben Ton an, ein Cello fiel ein, kurz nur, dann rief ihre Schwester: »Nora!«

Nora rührte sich nicht.

Das Haus war groß, fast ein kleines Schloss mit Erkern und Türmen, die Mauern aus strengem Granit erbaut und von wildem Wein überwuchert bis hinauf zu den schiefergrauen Dachschindeln. In den bleiverglasten Fenstern leuchtete bunt das Familienwappen. Von der ausladenden Terrasse hinter dem Salon hatte man einen überwältigenden Blick auf den weitläufig zur Elbe hin abfallenden Garten, gestaltet im verschwenderischen Dunkelgrün von hohen Bäumen, dichten Hecken, Gebüsch und Rasen. Eine Eibenlaube auf der anderen Seite des Zierteichs bildete einen filigranen Kontrapunkt zu dem höher gelegenen Haus. Aus Anlass des abendlichen Diners hatte das Personal Garten und Terrasse mit Hunderten weißer Windlichter und farbiger Lampions an Stöcken und Girlanden geschmückt.

Der Wind setzte wieder ein und riffelte die Oberfläche des Teichs. Ein paar welke Blätter landeten zwischen den Seerosen. Nora genoss den schweren Geruch des Laubes und der Bäume im September, den

Abschied von der Sommerblüte und das letzte üppige Farbenspiel. Der Frühling war die Zeit der Unschuld, der Herbst trug die Ahnung des Verlustes heran, dunkel wie der ferne Klang der Nebelhörner auf dem Fluss jenseits der Mauer, wo große Dampfer der Nordsee zustrebten.

»Nora!« Lissy erschien in der Fenstertür zur Veranda und hielt nach Nora Ausschau, ohne sie zu entdecken. Von jenseits des Hauses, wo die kieselbestreute Auffahrt ihren Bogen hinunter zur Chaussee schlug, ertönte Motorenlärm, das metallische Tuten vereinzelter Hupen und das Wiehern nervöser Pferde. Gelächter stieg auf. Das kleine Orchester im Salon intonierte eine Konzertouvertüre. Es war Zeit. Nora wandte sich wieder dem Haus zu, ging zurück über die ovalen Steinplatten, die durch das Lampionspalier zur Terrasse hinaufführten.

An einer der Blumenrabatten blieb sie stehen, um eine Septemberrose abzubrechen. Doch als sie die Blüte an ihr Gesicht hob, erschien ihr der schwache Duft wie ein Vorwurf. Im Haus gab es Blumen genug, längst geschnitten und zu Arrangements gebunden, die nichts mehr in sich trugen, weder Sommer noch Herbst, sondern lediglich Opulenz verkündeten. Ihr war, als hätte sie diesen vollkommenen Tag mit ihrer mutwilligen Tat beschädigt, sodass er nun nur noch verfallen konnte.

Lissy winkte ihr von der Terrasse aus. »Nora!« Sie trug das Brautkleid aus weißem Chiffon, in dem sie am Morgen getraut worden war, wollte sich davon nicht trennen, nur die Handschuhe hatte sie ausgezogen. Aus ihrer Frisur hatten sich ein paar Strähnen gelöst, die zu beiden Seiten ihres erhitzten Gesichts herabhingen. In der Hand hielt sie einen zerknitterten Briefbogen. »Also, hier steckst du! Ludwig sucht dich, alle suchen dich … Die ersten Gäste sind schon da, und die halbe Stadt ist noch auf dem Weg hierher.« Ihre atemlose Stimme wurde leiser, fast fürsorglich. »Was hast du dir nur dabei gedacht? Wenn jemand das hier liest …«

»Ich war im Garten«, sagte Nora. »Ich hatte vergessen, wie feucht das Laub um diese Jahreszeit schon ist.« Ihre altrosa Ballschuhe waren nass und über und über mit Grasflecken bedeckt, sodass man sie eigentlich nicht mehr vorzeigen konnte. Aber in diesen Schuhen hatte sie vor fünf Jahren mit Ludwig den Hochzeitswalzer getanzt und schon damals gewusst, dass sie sie wieder tragen würde, wenn ihre Schwester heiratete. Sie griff nach Lissys Hand, ohne den Brief zu beachten. »Ich wollte, dass du etwas von mir hast, weil wir uns von nun an doch bestimmt nicht mehr so häufig sehen werden. Deswegen habe ich dir den Brief geschrieben. Ich wünsche mir so sehr, dass du glücklich bist.«

»Aber ich *bin* glücklich – natürlich bin ich glücklich«, sagte Lissy, noch immer mit der etwas atemlosen, leisen, plötzlich eher vorwurfsvollen Stimme. »Ich bin jetzt eine Frau Konsul *in spe*. Warst du nicht glücklich, als du geheiratet hast? Was wolltest du im Garten? An so einem Tag ist dein Platz im Haus!«

»Du redest schon genauso wie Ludwig. Oder wie Papa.«

»Nur weil dein Mann Bankier und reich ist, muss nicht alles falsch sein, was er sagt.« Lissy schwieg kurz, ehe sie mit einem besorgten Blick auf Noras Schuhe hinzufügte: »Hat das was mit den Zigarrenkisten zu tun, von denen du geschrieben hast? Weißt du, manchmal mache ich mir wirklich Sorgen um dich.«

»Ich wollte nur – du solltest wissen, dass ich immer für dich da bin… Du kannst jederzeit zu mir kommen, wenn du mal unglücklich bist oder verzweifelt…«

»Und deswegen willst du mein Herz in einer Zigarrenkiste vergraben?« Lissy schüttelte den Kopf. »Langsam fange ich an zu glauben, was die Leute alles so über dich sagen. Dabei wollte ich das nie, weil du meine Schwester bist. Wie kann jemand mit achtundzwanzig Jahren noch so einen Unsinn schreiben!? Ich habe doch nun meinen Mann. Ab jetzt ist Carl-Gustav für mich da. Weißt du, ich finde, du bist etwas überspannt, aber das nehme ich dir nicht übel. Ich habe dich trotzdem lieb, trotz all deiner Launen und Marotten.« Sie nahm Nora die Rose ab und drückte ihr dafür den Brief in die Hand. »Hier, das ist vielleicht eher was für deinen Dichter – Herz, Liebe, Schmerz, *pas possible!* Wie ich sehen musste, steht sein Name auch auf der Gästeliste.«

Sie drehte sich um und verschwand durch den Efeubogen über der Verandatür wieder im Haus.

Nora folgte ihr, einige Atemzüge lang wie benommen von einem Gefühl umfassender Liebe für ihre kleine Schwester, das sie glücklich stimmte. »Was die Leute über dich sagen«, wiederholte sie für sich. Sie wusste, was sie sagten. Sie sagten, dass sie die falsche Frau für den nüchternen, besonnenen Ludwig Hendriksen war – zu naiv, zu freisinnig, zu ungeduldig, zu versponnen, vielleicht sogar zu leidenschaftlich und in jedem Fall zu romantisch. Nichts gegen Leidenschaft, sagten die Männer, aber am Ende muss die Bilanz stimmen. Romantik ist etwas Wunderbares, sagten die Frauen, aber ein Haus kann man damit nicht führen.

Ludwig, stolz auf Noras Schönheit, hatte unter dem Strich ein schlechtes Geschäft gemacht. Er war ihrem Antlitz erlegen – dem blassen, zarten Oval mit den weich modellierten Wangenknochen, dem hellen Glanz der großen, blauen Augen, der hohen Stirn. Ja, schön war sie. Mit ihrem kupferroten Haar, den zart geschwungenen, vollen Lippen und der schlanken, hochgewachsenen Statur lenkte sie in der Oper, bei Bällen und Soireen sämtliche Blicke auf sich. Alles an ihr hätte Ludwig Neid und Bewunderung eingetragen, wäre nicht bald schon bekannt geworden, dass sie ungehorsam und hitzköpfig war und gelegentlich sogar einfach verschwand, ohne zu hinterlassen, wohin oder wie lange oder mit wem.

Viele sagten: gesellschaftlich untragbar, eine Belastung für sein Ansehen, eine Mesalliance, vielleicht sogar eine Schande. Und in Ludwigs Augen stand oft die stumme Frage: *Warum hast du mich eigentlich geheiratet?* Sie sah die Frage, und es tat ihr leid für ihn. Ihre Ehe war kinderlos geblieben. Eines Tages, dachte sie, werde ich Kinder haben, und die werde ich lieben und beschützen.

Glaub es ruhig, kleine Schwester, dachte Nora. Du hättest bloß ein Mal die Augen offen halten müssen. Aber Lissy war eingebildet, steif und nicht sehr klug, und sie hatte kein Wort von dem verstanden, was in dem Brief stand. Nora faltete den zerknitterten Bogen zusammen und schob ihn im Salon achtlos hinter eins von Ludwigs Gemälden, wo er zwischen Rahmen und Wand stecken blieb, geschützt durch das Bild einer Landschaft, über der sich dunkle Wolken zusammenballten.

Solange sie sich erinnern konnte, hatten sie und ihre Schwester sich wegen jeder Kleinigkeit gestritten. Erst in den letzten Jahren war eine brüchige Nähe zwischen ihnen entstanden. Dass Nora ihrer Schwester heute diesen Brief geschrieben hatte, bedeutete einen einseitigen Waffenstillstand. Lissy wusste noch nicht, was es hieß, verheiratet zu sein; sie sollte wissen, dass sie ab jetzt eine Freundin hatte.

Nora ging durch die neben dem Salon gelegene Bibliothek in die Empfangshalle. Vor einem bräunlichen Spiegel neben dem Gewehrschrank mit den silber beschlagenen Jagdflinten blieb sie stehen, um ihre Erscheinung zu überprüfen. Wenn sie sich nicht bewegte, verschwanden die grasfleckigen Ballschuhe fast gänzlich unter dem Saum des jadegrünen, mit kunstvollen Purpurrüschen verzierten Seidenkleides, das sie für den Abend gewählt hatte. Hochgeschlossen am Hals, mit gebauschten, zum Handgelenk hin geriffelten Ärmeln, lag es oben eng an, fiel jedoch von der Taille abwärts weit wie eine Glocke. Die Handschuhe nahmen das Altrosa der Schuhe noch einmal auf, und am Hals zeugte ein großer Rubin in einer goldenen Ansteckbrosche von der Großzügigkeit ihres Mannes.

Der Salon, sonst der behaglichste Raum des Hauses, war bereits vom Lärm der ersten Gäste erfüllt. Sie bildeten kleine Gruppen vor dem Kaminfeuer oder um die mit dunkelgrünem Samt bezogenen Sessel und Sofas, auf denen die Älteren unter den Geladenen Platz genommen hatten. Livrierte Diener trugen Silbertabletts mit leise klirrenden Champagnergläsern von Gruppe zu Gruppe; Orientteppiche auf dem Parkettboden dämpften die Schritte.

Das zwölfköpfige Orchester aus Konzerthausmusikern saß in zwei Reihen vor den Verandafenstern, durch die das schwindende Licht des

Tages auf ihre Notenblätter fiel. Sie spielten jetzt Wagner, passend zum Einzug der Gäste. Wie ein Metronom schlug das Pendel der großen schildpattverzierten Stutzuhr seinen eigenen Takt. Die Kerzen auf den Tischen und in den silbernen Haltern an den eichengetäfelten Wänden flackerten im Luftzug zwischen Terrasse und Empfangshalle, wo Lissy und Carl-Gustav Beermann Seite an Seite mit Ludwig das Begrüßungskomitee bildeten.

Ludwig empfing Nora mit einem tadelnden Blick. »Du kennst Herbert Woermann und seine Frau, nicht wahr, Nora?«, sagte er, und Nora nickte und schüttelte die erste von unzähligen kühlen Händen. In der Auffahrt vor der Tür stauten sich die Automobile, Daimler, Opel, Porsche und sogar ein unpatriotischer Peugeot, alle auf Hochglanz poliert und keines billiger als zwanzigtausend Mark.

»Schau dir diese Prozession an!«, flüsterte Nora ihrem Mann zu. »Ein Arbeiter braucht gut fünfundzwanzig Jahre, um sich nur *ein* solches Automobil leisten zu können, und dann hat er noch nicht gegessen, keine Miete bezahlt und auf Kleidung verzichtet.«

Ludwig hörte nicht auf zu lächeln. Er war einen halben Kopf größer als seine Frau, und obwohl er auf die fünfzig zuging, störte keine einzige graue Strähne das vollkommene Dunkelblond seines Haares. Seine Haut wies nur wenige Falten auf, am Hals und den Händen mehr als im Gesicht; sogar die Stirn war erstaunlich glatt. Das energische Kinn erwies sich bei näherem Hinsehen nicht als angeboren, sondern als bewusste Haltung, mit der er einen etwas zu kurz geratenen Unterkiefer auszugleichen suchte, indem er ihn so weit vorschob, bis Ober- und Unterlippe zusammen einen straffen, herrischen Mund ergaben. Für einen Mann seines Alters war seine Figur noch tadellos, abgesehen von einem kleinen Bauch, den aber der maßgeschneiderte Frack samt Seidenweste fast völlig verbarg.

Links von Nora standen die Frischvermählten, Carl-Gustav und Lissy, die jeden Gast mit Namen und stets dem gleichen herzlich wirkenden Lächeln begrüßten, jeden Schwager, Onkel oder Cousin, jede Tante, jeden Enkel und Neffen, und nicht nur die Familienangehörigen, sondern auch deren Verwandte und Freunde sowie sämtliche Honoratioren und Geschäftspartner, einschließlich der geladenen Offiziere, Senatoren und kirchlichen Würdenträger. In der linken Hand hielt sie noch immer die von Nora im Garten gebrochene Rose, die allein durch ihr leichtes Zittern Lissys innere Anspannung verriet. Nora glaubte fast, die zart gefiederten Blättchen und die Blütenstempel leise rascheln zu hören.

Konsul *in spe* Carl-Gustav Beermann, Erbe einer der größten norddeutschen Reedereien und ein auf weichliche Art gut aussehender, aber leicht zur Fülle neigender Mann, hielt die linke Hand geöffnet auf dem Rücken, als stünde er in Rührt-euch-Stellung auf dem Kasernenhof. Das dünne rötliche Haar trug er straff an den Kopf gekämmt. Seine Augen waren klein, die Lippen schienen sich beim Sprechen kaum zu bewegen, und er brachte es fertig, seine Braut während des halbstündigen Defilees der Gäste nicht ein Mal anzuschauen. Auf Nora erweckte er den Eindruck, als wäre er nur rein technisch am Leben. Aber vielleicht wünschte Lissy sich gar nichts anderes, und es zählte für sie vor allem, dass sein Vermögen das Ludwigs und der meisten anderen hier um einiges übertraf und er somit eine Art König in diesem Walhalla langweiliger Pfeffersäcke war.

»Guten Abend, Herr Doktor… Herr Senator… Herr Pastor.« Wie leicht ihnen die immer gleichen Floskeln von den Lippen gingen. »Danke, dass Sie kommen konnten… die lange Reise auf sich genommen haben… uns die Ehre geben.« Und wie anmutig sie den Kopf neigen konnte. »Bitte, geben Sie dem Mädchen doch Ihren Mantel… tragen Sie sich dort ins Gästebuch ein… lassen Sie ein Foto von sich aufnehmen.«

Ein von Lissys Schwiegervater engagierter Fotograf hatte dicht am Eingang seine Kamera aufgebaut. In der einen Hand hielt er den Magnesiumblitz, in der anderen den Auslöser des klobigen Apparats. Sein Kopf verschwand immer wieder unter einem Tuch hinter der Kamera wie der eines Haubentauchers im Wasser. Nach der Begrüßung durch die Gastgeber bauten sich die Eingetroffenen einzeln, paarweise oder als Gruppe vor dem Hintergrund der Empfangshalle auf, und mit einem Laut, der wie ein unterdrücktes Husten klang, wurde alles in ein weißes Leuchten getaucht.

»Ah, ein Fotograf!«, rief Julius Reitböck, Mitinhaber des Bankhauses Benjamin, Reitböck jun. & Co., der wie die Hendriksens, die Beermanns, die Woermanns und einige andere Gäste Mitglied in der Deutschen Kolonialgesellschaft für Südwestafrika war, ihrer aller Steckenpferd. Sein Gesichtsausdruck war so ernst und bedeutungsvoll, als stünde er gerade im Begriff, einen Staatskredit aufzukündigen. »Faszinierende Technik, kaum zu glauben! Die Vorstellung, dass dieses Ereignis für die Ewigkeit festgehalten werden kann, nur mithilfe eines Holzkastens, etwas lichtempfindlichem Papier und Silberoxid – oder so ähnlich. Es soll jetzt sogar Apparate geben, die ganze Bewegungsabläufe fixieren – man nennt das ›filmen‹ –, und es funktioniert!«

Er beugte sich über Noras Hand, klopfte Carl-Gustav Beermann auf die Schulter und steuerte dann umgehend den Platz vor der Kameralinse an, wo er sich gerade mit einer Hand über die linke Schläfe strich, als der Blitz des Fotografen ihn einfror. »Faszinierend«, bemerkte er noch einmal. Er nahm ein Glas von einem vorbeischwebenden Tablett und stürzte sich damit in das Gedränge jenseits der Schwelle zum Salon.

»Kommerzienrat Rotkötter und Gemahlin«, murmelte Noras Mann, mehr zu sich selbst als für ihre Ohren bestimmt. An der Brust des Kommerzienrats prangten mehrere Orden mit und ohne Band. Er sah aus wie ein Botschafter, der seinen Antrittsbesuch bei Hof absolvierte, in einem der kleineren, exotischen Königreiche auf der anderen Seite der Welt: etwas neugierig und gleichzeitig auf der Hut. Seine Frau, drei Jahre älter als er und ganz unpassend in schwarzer und scharlachroter Spitze gekleidet, übertraf seine Miene noch. Trotz eines Lächelns auf den stark geschminkten Lippen wirkte sie, als hätte sie beschlossen, den Rest ihrer Tage in abgrundtiefer Verbitterung zu verbringen.

»Korvettenkapitän Rasmussen«, sagte Noras Mann leise. »Börsenpräsident Peterson… Pastor Brügge… Frau Springer mit den Zwillingen Annegret und Annalena.«

Noras Finger schmerzten, und sie dachte, dass sie nicht eine Hand mehr schütteln könnte. Sie sehnte sich nach einem Schluck Champagner. Es gelang ihr nur schwer, ihre Enttäuschung zu verbergen. Sie hatte so sehr gehofft, dass Lissys Hochzeit anders werden würde, mehr als nur eine Wiederholung ihrer eigenen, die eher eine Aktionärsversammlung gewesen war als ein ausgelassenes Fest. Nur von der Terrasse klang Gelächter herüber, wo die jüngeren Gäste im Schein der Lampions die Abendluft genossen. Als das Orchester eine Pause einlegte, erkannte Nora die Stimme ihrer Cousine Marieluise und den Bariton von Ludwigs jüngerem Bruder Sebastian.

»Du meine Güte, wer hat denn diesen Tagedieb eingeladen?«, raunte Ludwig ihr ins Ohr.

Ihr Blick flog durch die Halle, bis er auf Rainer Maria Offergelt fiel – »ihren Dichter«, wie Lissy ihn herablassend genannt hatte. Er lehnte am Geländer der Treppe, in der Hand eine brennende Zigarette, obwohl die Etikette Tabakgenuss nur in der Bibliothek gestattete. Er trug einen schwarzen Frack, ein weißes Hemd unter einer schwarzen Samtweste und schwarze Reithosen, die in glänzenden schwarzen Stiefeln steckten. Eine breite schwarze Halsbinde verbarg den hohen Kragen. Sein Gesicht war blass, scharf geschnitten und wurde umrahmt von langen, schwarzen Haaren. In den braunen Augen von ungewöhnlicher Klarheit stand der abwesende, ferne Blick eines gefangenen Wildtiers, eines Leoparden vielleicht, der sich nach einer langen Reise in einem kleinen Käfig vor einem gaffenden Publikum wiederfindet.

Nora winkte ihm mit der linken Hand unauffällig zu. Wie stolz er sich gibt, dachte sie, stolz und romantisch und unwiderstehlich, und was heißt hier überhaupt *mein Dichter*? Er schrieb ihr Briefe voll offener Verehrung, durchtränkt von versteckter Leidenschaft. Er widmete ihr Gedichte, deren bleiches Feuer sie erregte, aber sie antwortete nur unregelmäßig und ermutigte ihn zu nichts, denn sie wusste, dass ihm bereits viele Frauen zu Füßen lagen. Dennoch hatte sie ihn auf die Gästeliste gesetzt und gebeten, zur Hochzeit ihrer Schwester etwas vorzutragen; Lissy konnte eine Prise Leidenschaft vertragen.

Jetzt, als er Noras Winken bemerkte, veränderte sich seine Miene. Die Kühle wich, und ein schüchternes Lächeln trat auf seine Lippen. Auf einmal hatte seine abweisende Haltung nichts Stolzes mehr, sondern verriet nur noch rührende Einsamkeit. Seine Augen verloren ihren fernen, kalten Ausdruck, und sein Gesicht nahm Farbe an, die all die scharfen Linien miteinander verschmolz, bis es weich wirkte wie das eines Kindes oder eines Liebenden. Er lächelte ihr zu. Einen Moment später wandte er sich ab und schien im nächsten Magnesiumblitz des Fotografen verschwunden.

»Willst du nicht in der Küche nachschauen, wie weit das Essen gediehen ist?«, fragte Ludwig leise.

»Unbedingt will ich das«, antwortete Nora ebenso leise. »Womöglich ist es schon zu weit gediehen oder noch nicht weit genug, und dann muss ich ihm ja Beine machen, nicht wahr?«

Kein Funken Humor, dachte sie, wie alle Bankiers. Sie ließ ihre Schwester und die beiden Männer stehen und wandte sich der Küche zu. Als sie dort eintraf, hielt sie ein Champagnerglas in der Hand, das sie unterwegs ergattert und bereits zur Hälfte geleert hatte. Ihre Wangen glühten. Sie war Alkohol nicht gewöhnt; selbst von einem Löffel Hustensaft wurde sie betrunken. Aber schließlich fiel auch der Champagner in ihre Verantwortung, und sie musste prüfen, wie weit er gediehen war.

Sie stieß die Schwingtür zur Küche auf, und die Hitze, die ihr entgegenschlug, raubte ihr fast den Atem. Die Luft war schwer von würzigen Gerüchen. Die Köchin scheuchte ihre fünf Gehilfen zwischen Suppen, Kartoffeln und Gemüse in brodelnden Töpfen hin und her, die Serviermädchen hantierten mit Stapeln von Geschirr auf der Anrichte, und der Weinkellner entkorkte eine Champagnerflasche nach der anderen. Das Wildschwein, das Carl-Gustav selbst geschossen hatte, lag auf dem Ofenblech, wo der Koch es mit Bratensoße übergoss. Glänzend rann die heiße Flüssigkeit über die nackten, braun geschmorten Flanken des Keilers, dessen Augen im Widerschein des Herdfeuers glommen, als wäre er noch am Leben.

Niemand nahm Notiz von Nora, alles schien bestens gediehen und weiter zu gedeihen. Sie lächelte vor Vergnügen beim Anblick all dieser Geschäftigkeit, die ihrer nicht bedurfte. Sie leerte ihr Glas und stellte es neben der Tür auf einem Tisch zu anderen benutzten Gläsern, bevor sie die Schwingtür mit dem Rücken wieder aufstieß und sich leise zurückzog.

Mit schnellen Schritten ging sie in den überfüllten Salon, vorbei an der Bibliothek, in der die Männer standen und rauchten, und hinaus auf die Terrasse, ohne mit jemandem ein Wort zu wechseln. Es war inzwischen ganz dunkel geworden. Die Luft roch nach feuchtem Laub und schwach nach Salz. Die Lampions an der Pergola schaukelten leicht in einer frischen Brise, die von der Elbe heraufwehte. Nora stellte fest, dass sie niemanden suchte und eigentlich auch mit niemandem reden wollte, obwohl es auf der Veranda von fabelhaft aussehenden jungen Männern im maßgeschneiderten Frack nur so wimmelte, ganz zu schweigen von den unerhört schönen Frauen in extravaganten Ballkleidern, alle fröhlich, alle geistvoll, alle kultiviert und alle ungeheuer reich.

Nora trat an die Steinbalustrade und sah hinab in den von flackernden Windlichtern belebten Garten. Sie schloss die Augen, hielt ihre erhitzte Stirn in den kühlen Wind. Sie achtete nicht auf das Stimmengewirr, das Gelächter und die Orchesterklänge aus dem Salon, sondern lauschte dem Rauschen der Blätter in den Baumkronen. Es klang, als atmete die Erde im Schlaf.

Auf einmal spürte Nora, dass sie beobachtet wurde. Es war ein leichtes Brennen in ihrem Nacken wie von einem kleinen Pflaster, das nicht halten wollte. Sie blickte sich um, und dort stand Rainer Offergelt, beleuchtet von der Gaslaterne an der Hauswand. Er hielt zwei Gläser in der Hand, trank aber nur aus einem. Sein Haar bewegte sich im Wind. Eine kaum gezähmte Wildheit lag in seinen Augen, die sie so unverwandt anstarrten, dass sie sich unwillkürlich fragte, ob er vielleicht verrückt war. Einen Herzschlag lang dachte sie, dass man sich vor ihm fürchten könnte. Doch dann bewegte er sich, und das Licht fiel aus einem anderen Winkel auf sein Gesicht. Nun wirkte es nur noch ernst, außerordentlich ernst und anziehend, ohne dass er eine Miene verzogen hätte. Vor dem düsteren Grün des Efeus schien es von innen heraus zu leuchten.

Er trat auf sie zu, blieb bei ihr stehen und reichte ihr das Glas, aus dem er noch nicht getrunken hatte. Sie setzte es an die Lippen, nahm diesmal aber nur einen kleinen Schluck. Er sagte: »Sie haben auf meinen letzten Brief nicht geantwortet.«

»Das ist so mit den letzten Briefen«, sagte sie. »Sie bleiben ohne Antwort.«

»Sie haben ihn aber gelesen?«

Nora deutete ein Nicken an.

»Ich habe Ihnen geschrieben, dass ich Sie liebe«, sagte er.

»Sie denken nur, dass Sie es tun«, antwortete Nora, »und nicht einmal das schickt sich!« Sie wandte sich wieder dem Garten mit den weißen Windlichtern zu. »Ist der Anblick nicht wunderschön? All diese kleinen Flämmchen – wie ein Sternbild, das vom Himmel gefallen ist, damit wir hier unten nicht vom Kurs abkommen. Haben Sie etwas für meine Schwester vorbereitet, das Sie zum Essen vortragen können?«

Offergelt sagte: »Was sich schickt, ist mir gleichgültig. Wozu ist ein Kurs gut, wenn wir alle Entdeckungen nur denen zu verdanken haben, die von ihm abgewichen sind? Überlassen Sie es den Bankiers und den Krämern, den Kurs zu halten, den der Kompass ihrer Fantasielosigkeit ihnen weist. Es gibt hellere Sternbilder als die am Himmel in unserem Herzen und mehr Himmelsrichtungen als nur vier, in die es fliegen kann. Wenn Sie das nicht wüssten, Nora, wären wir uns nie begegnet, und Sie hätten meine Briefe nicht geöffnet.«

»Das sind doch nur Worte« sagte sie, »alles, was Sie haben, sind Worte.«

»Und Ihr Mann«, entgegnete er, »was hat Ludwig Hendriksen? Die Worte sind wenigstens mein Eigentum, aber der Herr Bankier verleiht Geld, das ihm nicht gehört, an Leute, die keins haben, damit sie ihm dann als Schuldner zurückzahlen müssen, was sie ihm eigentlich gar nicht schuldig sind. Ich bin niemandem etwas schuldig, außer der Schönheit, und ich werde immer reich sein, denn die Liebe, wie alle Schöpfung, beginnt mit dem Wort.«

Nora hatte einen Atemzug lang das Gefühl, als schwankte der Boden unter ihr. Du darfst nicht trinken, ermahnte sie sich. Denk daran, was der Arzt gesagt hat. Mit der freien Hand griff sie nach der Balustrade. »Ich …« Sie unterbrach sich, schüttelte hastig den Kopf. »Ich habe gelegentliche Absenzen«, sagte sie, scheinbar zusammenhanglos. »Winzige Ohnmachtsanfälle, nach denen ich nicht weiß, was ich tue.«

Offergelt schwieg, als müsste er eine überlegte Diagnose stellen. »Haben Sie jemals von Friedrich Nietzsche gehört?«

»Ach ja, Nietzsche«, sagte Nora und trank trotzdem einen Schluck Champagner, einen größeren zur Abwechslung. »Den lesen ja jetzt alle, nicht wahr? Ist er nicht kürzlich gestorben?« Sie drehte sich um und sah zu den Fenstern des Salons und der Bibliothek hinüber. »Ich werde das Orchester bitten, etwas anderes zu spielen«, rief sie. »Immer nur Wagner ist auf Dauer unerträglich, dieses Geschwollene! Vielleicht haben sie Noten von Puccini.«

Sie ließ ihr Glas auf der Balustrade stehen. Im Vorbeigehen fiel ihr Blick durch das Fenster zur Bibliothek. Vor dem Kamin standen Ludwig und ein gutes Dutzend anderer Männer im angeregten Gespräch, als wären sie bei einer Konferenz im Vorstandszimmer und nicht bei einer Hochzeitsfeier.

»Sehen Sie nur, da stehen sie wie Pinguine und palavern«, sagte Offergelt. »Wollen Sie wirklich in dieser Gesellschaft Ihr Leben verbringen? Fräcke und Uniformen, furchtbar steif, furchtbar wichtig, niemand wird jemals laut, nur ein Kopfnicken, eine kleine Handbewegung. Und bestimmt reden sie darüber, dass es Krieg geben wird, mit

England oder schon wieder mit Frankreich, und überlegen, wie viel sich für jeden daran verdienen lässt. Kommen Sie mit!«

»Was haben Sie vor?«

»Arma virumque cano«, sagte Offergelt. *»Ich singe von Männern und Waffen* – und Geld. Vergil hat nur ein Wort vergessen, aber wenn Sie mitkommen, werden Sie es da drin hören können, ohne Unterlass.«

»Unsinn! Ich kenne niemanden, der so friedliebend ist wie Ludwig.«

»Als Ihr Mann vielleicht, aber nicht als Bankier«, erwiderte Offergelt. »Wenn es seinen Interessen nutzt, treibt er in Friedenszeiten eine Firma in den Bankrott, und im Krieg gibt er das Geld für die Kanonen, die eine Stadt in Schutt und Asche legen. Wirtschaft ist Wettbewerb, und die äußerste Form des Wettbewerbs ist Krieg, und wie bei jedem Wettbewerb gibt es Sieger und Verlierer. Die Bankiers und die Kanonenhersteller sind nie die Verlierer, nicht in Deutschland, nicht in England, nicht in Frankreich. Wissen Sie, wer der Verlierer ist? Der Arbeiter, der nach dem Bankrott auf der Straße steht oder nach der Schlacht tot im Schützengraben liegt, und er hat überall dasselbe Gesicht, überall auf der Welt. Wenn Sie mitkommen, beweise ich es Ihnen.«

»Gehen Sie meinetwegen allein!« Nora entzog ihm ihre Hand, und erst jetzt, als sie ihn nicht mehr berührte, merkte sie, wie angenehm ihr der sanfte Druck seiner schlanken Finger gewesen war. Er lächelte bedauernd, dann zuckte er mit den Schultern und wandte sich der Verandatür zu. Sie sah ihm nach, wie er sich durch eine Gruppe lachender junger Männer drängte. Eigentlich wollte ich ihn doch stehen lassen, dachte sie; ich gestatte ihm nicht, *mich* einfach so stehen zu lassen.

Sie folgte ihm und bemerkte gerade noch, wie er mit der rechten Schulter das Gemälde streifte, hinter dem sie den Brief an Lissy versteckt hatte. Das Bild schaukelte sacht. Der Brief rutschte hervor und fiel zu Boden. Nora wollte ihn aufheben, aber im selben Moment trug ein Windstoß von der Terrasse ihn ein Stück in den Salon hinein, wo er zwischen den Füßen der Gäste liegen blieb. Eine Hand griff nach dem zusammengefalteten Papier und entfaltete es.

Plötzlich stand Lissy neben Nora. Sie hielt noch immer die Rose, die inzwischen ganz aufgegangen war. Schon als Kind hatte Lissy nichts, was ihr gefiel, freiwillig wieder losgelassen, oft einen ganzen Tag lang nicht. »Ist das Essen nicht bald fertig?«, fragte sie. »Carl-Gustav hat schrecklichen Hunger.«

»Es muss jeden Moment so weit sein«, sagte Nora. »Worüber reden sie denn da in der Bibliothek?«

»Über Russland«, antwortete Lissy geistesabwesend, »und Japan. Und Zar Nikolaus.« Sie seufzte. »Herr Oppenheim wollte wissen, ob es nach unserer Meinung mit der Herrschaft des Zaren zu Ende geht, wenn es zwischen Russland und Japan zum Krieg kommt, und Carl-Gustav meinte, über den Krieg würde er sich alle Fälle noch retten können, aber für die Zeit danach sähe es düster aus.«

»Nach *unserer* Meinung?«, wiederholte Nora. »Seit wann hast du denn eine Meinung zu politischen Fragen?«

Lissy runzelte die Stirn. »Carl-Gustav sagt, wenn England und Frankreich noch enger zusammenrücken, sieht es auch für uns düster aus. Er sagt, die Briten rücken uns überall mächtig auf die Pelle, bauen neue Kriegsschiffe, verstärken ihre Truppen in den Kolonien. Er macht sich Sorgen um seine Investitionen in Deutsch-Südwest, genau wie Ludwig übrigens auch. Die Portugiesen und die Briten scheinen uns da in die Klammer zu nehmen, und wenn wir die nationalen Interessen in Afrika schützen wollen, müssen wir unsere Schutztruppen ebenfalls aufstocken.«

»Du lieber Gott, da hat wohl jemand den Kleiderschrank aufgemacht, und die ganzen Patrioten sind herausgeflattert«, sagte Nora so laut, dass man es in der Bibliothek hören konnte. Alle anwesenden Männer starrten sie an, nur Ludwig blickte peinlich berührt zu Boden. Sein Blick blieb an ihren Ballschuhen hängen, den Grasflecken auf dem altrosa Satin. Als sie sein Gesicht sah, musste sie lachen. Da hob er den Kopf und sagte etwas verloren:

»Wegen dieses Lachens habe ich sie geheiratet, und das sind die Schuhe, die sie bei unserer Hochzeit anhatte.«

Nora dachte, dass sie ihm dafür gern einen Kuss gegeben hätte, aber ehe sie zu ihm gehen konnte, hörte sie Gelächter hinter sich.

»*Dein Herz*«, las eine laute Männerstimme vor, »*gib immer gut acht auf dein Herz* ... «

Es dauerte eine Sekunde, bis Nora die Worte wiedererkannte. Der Brief, dachte sie; jemand liest den verflixten Brief vor!

»... *vergiss nie, was für ein Wunder es ist, was es alles aushält: Liebe, Schmerz, Freude, Angst* ... «

Sie wollte in den Salon laufen, zu dem taktlosen Vorleser, und ihm den Brief aus der Hand reißen. Aber sie blieb stehen, behielt sogar noch eine Zeit lang ihr Lächeln bei, ohne es zu merken.

»*So viel setzt ihm zu*«, fuhr die Männerstimme fort, »*aber es gibt nicht auf, es schlägt und hält durch, von der allerersten Stunde an, Tage, Wochen, Monate, Jahre. Es ist so tapfer wie nur irgendwas, und es schlägt immer weiter, sogar wenn jemand es einfach wegwirft oder mit Füßen tritt. Dann liegt es da, unbeachtet, allein, vielleicht sogar im Regen, aber es hütet noch immer alle Erinnerungen an Leid und Freude und sogar die Liebe – einfach, weil es nicht anders kann.*«

Manchmal, las Nora in Gedanken weiter, *manchmal stelle ich mir vor, dass ich all die achtlos weggeworfenen Herzen aufhebe und abwische und dann in einer von Ludwigs Zigarrenkisten vergrabe, jedes für sich, damit es wieder einen Platz hat, an dem es sich ausruhen kann. Und weil es dein Herz ist und weil du meine kleine, kleine Schwester bist, will ich, dass es niemals bitter wird, niemals anders als voller Liebe* ...

Sie lief aus der Bibliothek hinaus auf die inzwischen fast leere Terrasse. Die Zigarrenkiste war nur ein Bild, dachte sie, es ist mir einfach so eingefallen. Aber es war nicht gut, das erkannte sie jetzt, sie hätte es anders ausdrücken müssen, den ganzen Brief, sie hätte sich mehr Mühe geben, sorgfältiger formulieren müssen. Es klang ja wie aus der Feder einer Geistesgestörten. Kein Wunder, dass Lissy sie nicht verstanden hatte! Nora spürte, wie ihr die Hitze von den Wangen bis in die Stirn stieg. Tränen des Zorns brannten in ihren Augen. Sie trat an die Steinbalustrade und sah hinab auf die Windlichter im Garten und dachte: Außerdem musst du deine Fantasie im Zaum halten. Aber dann dachte sie: Warum eigentlich?

Im Haus erklang der Messinggong zum Beginn des Diners.

3

Es hatte Nora schon immer beeindruckt, mit welchem Gleichmut Lissy sich in ihr Schicksal fügte, nur um es sich dann so auszuschmücken, als wäre es selbst gewählt. Nora dagegen protestierte, begehrte auf, sie wehrte sich mit aller Kraft, kämpfte bis zuletzt, ehe sie sich schließlich unterwarf, aber nie für lange.

Jetzt saß Lissy wie selbstverständlich an der Seite eines ihr noch fremden Ehemannes dort, wo das Brautpaar über das Hochzeitsbankett präsidierte. Von den dunkel getäfelten Wänden blickten aus Ebenholzrahmen die Vorfahren einer fremden Familie auf ihre Gäste herab, die an den vier langen Tischen Platz gefunden hatten.

Tischtücher aus rosa Atlas bedeckten die Tafeln, darüber gebreitet lagen vier elfenbeinfarbene Burano-Spitzen-Decken, und auf jeder standen zwei mächtige Schalen aus Murano-Glas, gefüllt mit üppigen Rosengebinden in Gelb, Rot und Rosa. Silberne Kerzenleuchter wechselten sich mit Kristallkaraffen und Fingerschalen ab. Silbernes Besteck, frisch poliert, teilte den Abglanz der Kerzen mit dem Geschirr aus Meißener und Nymphenburger Porzellan.

Hinter den englischen Fenstern zum Garten bewegten sich die Bäume heftig im weiter auffrischenden Wind. Einer der Diener mühte sich auf der Terrasse, die erloschenen Lampions und Windlichter wieder anzuzünden. Morgen werden wir Sturm haben, dachte Nora geistesabwesend. Sie gab der Haushälterin das Zeichen, mit dem Servieren zu beginnen.

Als die Diener aufzutragen begannen, gesellte sich zu dem Aroma der Weine der Duft von Krevettensalat in Avocadohälften, Spargelcremesuppe, gebratenem Wildschwein, dampfenden Rosmarinkartoffeln, schweren Saucen und gedünstetem oder gekochtem Gemüse, von zartesten *haricots verts*, knackigen *petits pois*, winzigen Karöttchen und saftigem Brokkoli. Die Gespräche verstummten erwartungsvoll, sodass vorübergehend nur das Orchester im Salon zu hören war, Boccherini oder Pachelbel, akzentuiert vom leisen Klirren der abgestellten Teller und Schalen oder eines voreilig ergriffenen Löffels.

Nora saß zwischen ihrem Mann und ihrer Schwester. Ludwig roch nach Zigarrenrauch und einem oder mehreren heimlich genossenen Gläsern Cognac. An ihrer Tafel hatten alle Platz genommen, die dem Brautpaar oder den Gastgebern nahestanden, Freunde, wichtige Geschäftspartner. Nora gegenüber, jenseits der ein wenig blendenden Kerzen, schwebten die Gesichter von Theodor und Irene Hendriksen, Ludwigs Eltern, beide schon leicht gerötet. Sie plauderten angeregt mit ihren Nachbarn, den Woermanns, Reeder wie Carl-Gustavs Vater. Offergelt saß am vierten Tisch dicht bei den Flügeltüren zum Salon.

Lissy strafte Nora mit Nichtachtung. Sie war fröhlich, lebhaft, sogar überraschend beredt, aber ihre Aufmerksamkeit galt ausschließlich ihrem Mann und den Gegenübersitzenden. Begierig fragte sie nach Neuigkeiten über anwesende und nicht anwesende Vettern, Cousinen oder Schulkameraden, als gäbe es an diesem Tag nichts, das sie mehr interessierte, und immer – egal, was jemand ihr zur Antwort gab – rief sie: »*Pas possible*!«, als hätte sie sich tatsächlich gerade diese Auskunft nie und nimmer vorstellen können. »Ihr wollt euch über mich lustig machen!«, verkündete sie mehrmals lachend oder: »Ist das denn die Möglichkeit! Hast du das gehört, Carl-Gustav?«

Im Kerzenlicht besaß sie auf einmal sogar einen verhalten sinnlichen Reiz, den Nora noch nie an ihr bemerkt hatte. Diese Sinnlichkeit jedoch galt nicht Carl-Gustav, sondern allein den auf Tellern und Schalen vor ihr gehäuften Speisen, zu denen ihr Kopf sich neigte wie der Kelch einer Blume zur Sonne. Denn trotz allem war ihr Blick rein und jungfräulich, fast transparent in seiner Melancholie, die Lust eher zu fürchten als zu kennen schien.

Auf einmal empfand Nora Mitleid mit ihrer Schwester. Vielleicht redete sie nur deshalb so viel, damit niemand sie fragen konnte, wie sie sich fühlte; um sich abzulenken von den Gedanken daran, was sie heute Nacht und in all den folgenden Nächten erwarten mochte.

Die Musiker gingen nun zur *Champagner-Arie* über. Jemand sagte: »Die Italiener komponieren doch die schönsten Opern. Schade, dass Verdi gestorben ist«, und jemand anderer sagte: »Aber Puccini soll demnächst Premiere mit einer neuen Oper haben, *Madame Butterfly* heißt sie, glaube ich.« Und wieder jemand anderer sagte: »Also mir geben Opern überhaupt nichts, nicht einmal Richard Wagner. Sie sind so hysterisch, es fehlt ihnen alles Frische.« Und jemand sagte: »Wo findet man denn überhaupt noch Frische in der Kunst?« Und jemand anderer sagte: »Wenn Sie heute ein Gemälde von Liebermann für zehntausend Mark kaufen, können Sie es in zwanzig Jahren für das Fünffache verkaufen.« Und wieder jemand anderer sagte: »Ludwig hat einen Böcklin in seinem Arbeitszimmer. Der hat sich im Wert schon verdoppelt, seit er tot ist.« Und jemand sagte: »Wo findet man denn heute überhaupt noch wirkliche Dichter?« Und jemand sagte: »Das einzige Buch, mit dem ich was anfangen kann, ist mein Auftragsbuch.« Und jemand anderer sagte: »Vielleicht kann ich Ihnen nächstens Mal ein paar Aufträge zuschanzen.« Und Nora dachte, dass sie das jetzt nicht mehr hören konnte, nicht an dem Tag, an dem ihre Schwester geheiratet hatte.

Etwas in ihr zog sich zurück, schmolz zusammen zu einem kleinen Punkt. Sie war zwar noch da und vernahm, was um sie herum geredet wurde, aber es war nur außerhalb ihrer Welt des kleinen Punktes. Jemand sagte: »Ein paar Aufträge können wir alle gut gebrauchen. Die Woermann-Linie ist eine der wenigen Firmen, für die sich Bismarcks Engagement in Afrika bisher gelohnt hat.« Und jemand sagte: »Wenn die Rohstoffe erst erschlossen sind, schwimmen wir im Profit, Kupfer in rauen Mengen, riesige Diamantenvorkommen…« Und jemand sagte: »Wenn wir so weitermachen, gehören wir auch bald zum Club der zweitklassigen Mächte und lassen uns von den Vereinigten Staaten auf der Nase herumtanzen.« Und jemand sagte: »Deswegen ist Deutsch-Südwest ja so wichtig.« Und jemand sagte: »Wenn es nur nicht so ein elend großes Stück Land wäre!« Und jemand sagte: »Das ist doch alles nur karger Boden. Wer will den überhaupt haben?« Und jemand sagte: »Zum Teufel, die Briten haben Transvaal einfach annektiert und zur Kronkolonie erklärt!« Und jemand sagte: »In dem Punkt können wir noch einiges von den Belgiern im Kongo lernen.« Und jemand sagte: »Das ist noch gar nichts, oder, Nora?«, und Nora lächelte, als hätte sie die ganze Zeit aufmerksam zugehört und stimmte mit allem überein, was gesagt worden war.

Sie stellte fest, dass alle schon beim Kaffee waren, genau wie sie selbst, ohne dass sie es bemerkt hatte. Aber niemand beobachtete sie besorgt, auch Ludwig nicht; deswegen hatte sie wohl alles gegessen, wie es sich gehörte, und auch sonst keinen Schaden angerichtet. Sie wandte sich ihrer Schwester zu und sagte: »Ich habe noch ein Hochzeitsgeschenk für dich, Lissy.«

Rainer Maria Offergelt stand auf und durchquerte den Raum. Er ging langsam und hielt sich sehr gerade. Seine Augen schienen wieder in die Ferne gerichtet zu sein, auf einen Ort, wo er unbehelligt blieb von den anderen Gästen und ihrem Stimmengewirr. Vor dem Tisch des Brautpaars blieb er stehen. Schweigend verharrte er, bis alle Gespräche verstummt waren und die Augen sämtlicher Anwesenden auf ihm ruhten. Lissy betrachtete ihn erwartungsvoll. Sie hatte ihren Schleier abgenommen, und ihr Haar sah aus wie ein halb fertiges Vogelnest. Die Spitzen der blonden Locken waren dunkel von Schweiß.

So leise, dass seine Stimme anfangs kaum hörbar war, sagte Offergelt: »In Wien, im Prater, gibt es ein Riesenrad, mit Glühbirnen verziert, das kleine Gondeln trägt. Wenn es sich dreht und wenn man in den Gondeln sitzt, wird man hinaufgehoben in den Himmel und schaut von oben auf die Stadt, die Brücken über die Donau, die Menschen. Aber nicht jeder hat den Mut, die Gondeln zu besteigen. Manche bleiben nur vor dem Rad stehen, legen den Kopf in den Nacken und schauen zu, wie sie auf und nieder schweben, und nach einiger

Zeit verschwimmt alles im Dämmerlicht, und nur die Glühbirnen schlagen vor dem Nachthimmel ihr buntes Rad, wie ein elektrischer Pfau.«

Er sah das Brautpaar an, erst Lissy und dann Carl-Gustav. »Elisabeth und Carl-Gustav Beermann – könnt ihr euch noch an den Moment erinnern, an dem die Gondel euch aufnahm? Wie sie eure Herzen hoch über allen anderen schlagen ließ, ganz unerwartet? Vielleicht war es nicht gleich Rausch oder Leidenschaft, was ihr gefühlt habt, aber doch: *Alles war anders*... Und je mehr ihr gesehen habt, desto mehr war euch, als erlebtet ihr zum ersten Mal etwas, von dem ihr vorher immer bloß geträumt hattet. Die Liebe. Mit neuen Augen habt ihr auf das Leben geblickt: diese Freude, diese tiefen Empfindungen, allein in einer Gondel über der Welt mit einem Gesicht, dessen Anblick die Glühbirnen sämtlicher Rummelplätze verblassen ließ.«

Carl-Gustav runzelte die Stirn. Lissy schien verwirrt.

»Denn«, fuhr Offergelt schnell fort, »alles kann Liebe: zürnen und zagen, leiden und wagen, demütig werben, töten, verderben, alles kann Liebe. Alles kann Liebe: lachend entbehren, weinend gewähren, heißes Verlangen, nähren in bangen, in einsamen Tagen – alles kann Liebe –, nur nicht entsagen! Ihr seid der Liebe begegnet, und sie hat euch verändert, an diesem einen strahlenden Tag.«

Der Dichter drehte sich um, fasste die anderen Tische ins Auge. »Es ist nur *ein* Tag, an dem alles in Bewegung scheint, auf dem Weg zueinander, an dem die Luft erfüllt ist von Licht, das man berühren kann, und all dieses Licht wird zu einem Gesicht. Es ist das Gesicht, dem wir uns anvertrauen wollen, mit unseren innersten Geheimnissen. Weißt du, möchten wir sagen, dass ich früher oft nachts im Bett lag, reglos, still, lauschend, wie ein Kind mit großen Augen, und nichts anderes tat, als an dich zu denken, ohne dich zu kennen? Und seit du den ersten Kuss auf meine Lippen gehaucht hast, habe ich nicht aufgehört, an dich zu denken, weil ich dich nun kannte.«

Nora spürte, wie etwas in ihrem Gaumen zu pulsieren begann, als säße dort ein zweites, schneller schlagendes Herz. Bisher hatte sie

Offergelts Zeilen immer nur überflogen; sie hatten ihr gefallen, sie aber nicht berührt. Erst jetzt, da sie ihn reden hörte, begannen seine Worte in der Erinnerung zu atmen, überzog die Bedingungslosigkeit in seiner Stimme sie mit geheimnisvollem Leuchten. Für mich, dachte sie und spürte, wie sie rot wurde, das alles sagt er für mich – Lissy hat diese Worte nicht verdient; sie wird sie nicht verstehen.

Ein Räuspern erklang, gefolgt von einem Hüsteln. Lissy suchte den Blick ihres Mannes, der sie verlegen anlächelte.

»Die Welt«, jetzt senkte der Dichter seine Stimme, bis sie ganz leise war, »die Welt ist tief, und tiefer als der Tag gedacht – tief ist ihr Weh, Lust tiefer noch als Herzeleid – Weh spricht: Vergeh! Doch alle Lust will Ewigkeit – will tiefe, tiefe Ewigkeit!«

Die Gäste saßen erstarrt auf ihren Stühlen. Niemand sagte etwas. Es war so still, dass Nora ihre Schwester neben sich atmen hören konnte. Lissys Finger schienen miteinander zu ringen, ihre Knöchel knackten leise. Offergelt ging mit langsamen Schritten zu seinem Tisch zurück.

Nora fühlte sich wie in einem merkwürdigen Traum, als wäre sie durch ein Wunder eins mit einem anderen Menschen geworden. Oder genauer, als wäre ein anderer eins mit ihr geworden, um danach wieder aus ihr hervorzutreten und das auszusprechen, was sie fühlte. Telepathie, dachte sie benommen, voller Dankbarkeit und Glück.

Sie sprang auf und lief um den Tisch herum; mit großen Schritten lief sie vorbei an den anderen Gästen, die ihr mit sprachlosem Staunen nachsahen, und fiel Offergelt stürmisch um den Hals. »Danke«, rief sie, »danke, danke!«

Überrascht geriet Offergelt ins Taumeln, stieß gegen einen Stuhl und verlor das Gleichgewicht. Er fiel, und Nora fiel mit ihm. Ihr Ohr war dicht an seinem Hals, als er mit dem Genick auf die Stuhllehne prallte. Ihren eigenen Sturz fing sie mit beiden Händen ab, bevor sie mit ihrem ganzen Körper auf ihm landete. Aber auch so, nur wenige Zentimeter von seinem Gesicht entfernt, sah sie, wie alles Blut aus seiner Haut wich.

Sie hörte Ludwig ihren Namen rufen, dann andere Stimmen, die nach einem Arzt verlangten. »Was ist denn mit ihm?«, fragte jemand. Alle erwachten aus ihrer Erstarrung, redeten durcheinander, standen auf, um besser sehen zu können. Nora spürte, wie sie aufgehoben wurde, während ein Mann, ihr Hausarzt, sich über Offergelt beugte, ein Augenlid hochzog und den Ausdruck der verdrehten Pupillen darunter prüfte. Sie konnte den Blick nicht von dem reglos daliegenden Dichter lösen.

»Komm, Nora«, sagte Ludwig, der jetzt bei ihr war und sie am Oberarm durch das Spalier der Gäste führte. Mit ernsten Mienen blickten sie ihr ins Gesicht wie einem Kind, das eine Untat begangen hatte.

»Ist er tot?«, fragte sie leise.

4

Afrika, Ende Dezember 1904

Es waren dieselben beiden Soldaten, die vor ihrem Zimmer gestanden hatten, und jetzt saßen sie ihr gegenüber auf einer Holzkiste in einem Güterwaggon der Südbahn von Lüderitz nach Keetmanshoop. Sie waren noch immer jung und respektvoll, aber ihre Uniformen hatten längst keine Bügelfalten mehr, und der rote Staub klebte außer an ihren Stiefeln auch an allem anderen, besonders an den Schlössern ihrer Gewehre und Pistolen, dort, wo sie regelmäßig geölt wurden.

Die Anweisung lautete, mit dem Zug zu fahren, bis die Schienen aufhörten, und danach die Überführung der Nora Hendriksen zu Pferd fortzusetzen. Es klang ernst, dachte sie, die Überführung der Nora Hendriksen, ernst und den Umständen entsprechend.

Die Tür des Waggons stand offen, damit sie frische Luft bekamen, denn es war ein heißer Tag. Nora roch den Ruß im Rauch der Dampflokomotive, der am Zug entlang nach hinten trieb. In den Kurven konnte sie die anderen Wagen sehen, auf denen die Wohnbuden des Bautrupps von einem Lager zum nächsten transportiert wurden. Die Buden waren aus Holz und hatten schräge Dächer, und ihre Bewohner, weiße Schienenarbeiter, kauerten auf der Ladefläche des ersten Wagens gleich hinter dem Kohlentender. Die Waggons schwankten und knarrten, und wenn ein Gefälle kam, schrammten die Kuppeleisen quietschend gegeneinander. Neben den Gleisen tauchten Telegrafendrähte von Mast zu Mast.

Einer der beiden jungen, respektvollen Soldaten war eingeschlafen. Er lehnte mit dem Rücken an der Bretterwand des Waggons, und sein Kopf ruckelte jedes Mal hin und her, wenn die Eisenräder über die Schienenstöße ratterten. Sein breitkrempiger Uniformhut stand über der Stirn etwas hoch. Sein Gesicht war gerötet, und sein Hals glänzte, und unter den Achseln seines braunen Hemdes zeichneten sich große dunkle Flecken ab. Sein Gewehr lag neben der Werkzeugkiste auf dem Boden. Der andere Soldat betrachtete die Landschaft, die vor der offenen Tür vorbeizog.

Eine Zeit lang betrachtete auch Nora die Landschaft, aber die flachen Hügel boten wenig Abwechslung, nur trockene Erde und verdorrtes Gras und manchmal ein verkrüppelter Baum, umgeben von dürrem Gestrüpp. Die Luft zitterte unter dem Gewicht der Sonne. Manchmal zog ein Vogel träge Kreise am blassen Himmel, so langsam, dass es aussah, als stünde er ohne einen einzigen Flügelschlag auf einem unsichtbaren Ast. Bei seinem Anblick musste Nora an die Geier denken, die sie nach der Schlacht am Waterberg bei den Toten und den Sterbenden gesehen hatte, wie sie flatternd von einem Kadaver zum nächsten gehüpft waren und sich gegenseitig mit blutigen Schnäbeln die Nahrung streitig gemacht hatten.

»Wissen Sie, warum Sie mich nach Windhuk bringen sollen?«, fragte Nora den Soldaten, der die Landschaft betrachtete. »Warum der Gouverneur mein Erscheinen angeordnet hat?«

Der Soldat antwortete nicht. Er war respektvoll, aber er wäre lieber woanders gewesen, mit einer anderen Aufgabe betraut. Trotzdem sah er sie an, während sie mit ihm sprach.

»Was hat man Ihnen gesagt?«, fragte Nora. »Was haben Sie gehört? Man redet doch bestimmt über mich.«

»Ich habe nichts gehört«, sagte der Soldat. »Wir haben nur den Befehl erhalten, Sie zum Gouverneur zu bringen.«

»Und niemand hat Ihnen gesagt, weswegen?«

Der Soldat schwieg wieder.

»Glauben Sie, dass ich es getan habe?«

Der Soldat blickte wie zuvor hinaus auf die Landschaft unter dem flirrenden Licht. »Sie sehen müde aus, Frau Hendriksen. Sie sollten versuchen, etwas zu schlafen.«

Ja, dachte Nora, das sollte ich wahrscheinlich. Ich sollte mich an die Bretterwand lehnen wie der junge Soldat da und schlafen. Wenn ich es nur könnte! Wenn er gesehen hätte, was ich gesehen habe, könnte er genauso wenig schlafen; wenn er am Waterberg dabei gewesen wäre.

»Wie heißen Sie?«, fragte sie den Soldaten, der die Landschaft betrachtete.

»Mein Name würde Ihnen nichts nützen.« Diesmal sah er sie nicht an, während sie mit ihm redete.

Sie sagte: »Sie haben recht, Hans. Haben Sie etwas dagegen, wenn ich Sie Hans nenne?«

Er antwortete nicht.

»Waren Sie am Waterberg dabei, Hans?«, fragte sie.

»Ich heiße Günther«, sagte er. »Ich bin erst seit drei Wochen in Südwest.«

»Ich war dabei«, sagte sie. »Ich war dabei, Günther.«

Als er weiter auf die vorbeiziehenden Hügel im Nachmittagslicht starrte, lehnte sie sich gegen den großen, nach Schmieröl stinkenden Kasten hinter sich und schloss die Augen. Es kam ihr vor, als hätte sie seit Heiligabend nicht mehr geschlafen, seit der kalten Nacht vor drei Tagen, in der sie zu Balthasar auf die Insel gegangen war. Sie schloss die Augen, und sie sah sich wieder über den Damm gehen; sie sah den schmalen, unbefestigten Weg in der Dunkelheit und den Nebel und die Brandung unter sich, die gegen die Felsen schlug. Dann sah sie Balthasar, das, was von ihm übrig war, und sie sah seine ausgestreckte Hand und ihre und das Tuch, in das sie das Messer gewickelt hatte.

»Günther, kann ich einen Schluck Wasser haben, bitte?«

Der Soldat griff nach der Feldflasche an seinem Gürtel, löste den Riemen, mit dem sie befestigt war, und goss etwas Wasser in einen Becher, den er aus seinem Gepäck holte. »Wie war es?«, fragte er. Seine geröteten Augen wirkten unschuldig. »Am Waterberg, wie war es da?«

Nora trank das warme Wasser und behielt es eine Weile im Mund, bevor sie es hinunterschluckte. Sie wusste, dass sie nicht mehr aufhören würde zu erzählen, wenn sie erst einmal anfing, und dass sie es auch nur noch ein Mal ertragen konnte, darüber zu sprechen, und dass jetzt nicht der richtige Zeitpunkt war und der junge Soldat nicht der richtige Zuhörer. Als sie den Becher wieder an die Lippen setzte, ging ein Ruck durch den Waggon. Etwas von dem Wasser spritzte auf ihre Schuhe, wo es sofort von dem Staub und dem Satin darunter aufgesogen wurde. Nach all der Zeit in diesem Land waren ihr keine anderen Schuhe mehr geblieben als diese halb zerrissenen Ballschuhe aus altrosa Satin.

»Es war mein Messer«, sagte sie. »Aber ich habe ihn nicht getötet.«

5

Deutsches Reich, 1902

Am Morgen nach Lissys Hochzeit frühstückte Nora allein in ihrem Zimmer. Ihre Schwester war abgereist, ohne sich verabschiedet zu haben; inzwischen musste sie schon auf dem Weg nach Deauville sein, in die Flitterwochen. Die Diener räumten das Erdgeschoss auf. Ludwig hatte hinterlassen, dass er sie am Nachmittag nach seiner Rückkehr aus der Bank zu sprechen wünsche. Es hatte zu regnen angefangen, Wassertropfen prasselten gegen die Scheiben, und die Bäume im Garten wurden von Böen geschüttelt.

Nora hatte kaum geschlafen in der Nacht, und ihr Herz schlug unsinnig schnell. Während unten die Gäste aufgebrochen waren, hatte sie im Bett gelegen und die Fäuste gegen die Augen gepresst und für Offergelt gebetet, darum, dass er nicht starb, und darum, dass ihre Schwester ihr verzeihen möge, nicht sofort vielleicht, aber irgendwann. Sie konnte die Worte des Dichters nicht vergessen; sie schwebten wie Blütenstaub auf sie nieder, leicht und süß. Nora dachte an sein Gesicht, sagte lautlos seinen Namen. Sie spürte, wie ihr Körper schwach wurde, obwohl sie es nicht wollte. Ich habe schon wieder jemanden verletzt, dachte sie.

Gegen Abend ging sie in Ludwigs Arbeitszimmer, wie manchmal, um auf ihn zu warten. Sie verbrachte viel Zeit damit, auf ihren Mann zu warten, und wenn er abends heimkehrte, erstattete sie ihm ausführlich Bericht über ihren Tagesablauf, während er schweigend aß. Sie wusste, dass er sie gern reden hörte; es war der Klang ihrer Stimme. Da sie meistens nicht viel erlebt hatte, schweifte sie ab, verlor sich in

Gedankengängen – Irrwege, wie er fand, auf denen er ihr nicht gern folgte, weil sie ihm voller Fallstricke schienen. In letzter Zeit erreichte ihn aber auch der Klang ihrer Stimme nicht mehr. Die Worte verloren sich, bevor sie bei ihm ankamen, stiegen zum Plafond auf oder fielen zu Boden. Wahrscheinlich hingen sie in den Vorhangen oder waren in die Teppiche gesickert. Bis gestern war ihr das nicht deutlich geworden, aber jetzt dachte sie: Es gibt im Leben mehr als Sorglosigkeit; weiterleben ist nicht leben.

Ludwigs Arbeitszimmer war groß, aber dunkel – Möbel aus Mahagoni, tannengrüne Brücken mit hellbraunen Fransen, weinrot die Polsterung der Damastsessel. Es gab einen rußgeschwärzten Kamin aus schieferfarbenem Marmor, in dem ein Feuer brannte. Auf dem Kaminsims stand die Bronzefigur eines Springpferdes, ein Erbstück, genau wie die Gewehre in der Bibliothek, aus denen Ludwig selbst noch nie auch nur einen Schuss abgefeuert hatte. Vor den regennassen Fenstern hingen schwere Samtvolants, in denen sich kalter Zigarrenrauch lange hielt. Gelbe Tapeten – *Pompeigelb*, hatte Ludwigs Mutter den Farbton genannt – bedeckten die Wände bis hinauf zu den dunkel gebeizten Eichenbalken an der hohen Decke, und das wuchtig gerahmte Gemälde über dem Kamin war außer dem Bronzepferd der einzige Schmuck im Raum, aber natürlich auch eine Wertanlage.

Nora hielt den Atem an, wie immer, wenn sie das Bild betrachtete.

Es zeigte eine Insel aus schroffen, kahlen Felsen, in deren Umklammerung sich hohe Pinien zusammendrängten. Die Wipfel der Bäume ragten in einen stürmischen Himmel. Gewitterwolken zogen auf und verschlangen das letzte Licht. Ein schwarzer Kahn näherte sich über das wie geduckt daliegende Wasser der Steinmauer, die der düsteren Insel Schutz vor der Flut bieten sollte. Eine schlanke, weiß vermummte Gestalt war der einzige Passagier, winzig klein vor dem Felsgestade. Sie stand – das Gesicht der Insel zugewandt – neben einem Sarg unter einer weißen Decke. Sie und der Sarg würden noch licht sein, wenn aus dem Himmel längst alle Helligkeit geweht war und der schwarze Fährmann den Kahn an der Mauer festgemacht hatte, um den Sarg dort abzuladen, wo schon all die anderen Toten ihre letzte Ruhestätte gefunden hatten.

Nora mochte Sturm, und kahle, schroffe Landschaften lagen ihr. Aber es gab noch einen anderen Grund, aus dem das Gemälde sie so tief berührte, dass sie unwillkürlich den Atem anhalten musste. Es war wie eine unbewusste Ahnung ihres eigenen Schicksals in diesem Bild, bedrohlich und vertraut zugleich.

»In den nächsten Stunden entscheidet sich, ob Offergelt durchkommt. Das Genick... und irgendeine Blutung im Gehirn, vielleicht... sie wissen es noch nicht genau«, sagte ihr Mann. »Seine Familie hat einen Anwalt beauftragt, der mit meinen Anwälten Kontakt aufnehmen wird. Ich werde jemand nach Birkenhain schicken, der dir Bescheid gibt.«

Sie stand vor dem Bild und hatte die Zeit vergessen. Ihr war nicht einmal aufgefallen, dass er das Zimmer betreten und sich hinter seinen Schreibtisch gesetzt hatte. Doch da saß er jetzt und sah genau so aus, wie ein Privatbankier, der seiner leichtlebigen Frau ins Gewissen zu reden hatte, aussehen musste. Nur ein Federstrich mehr oder weniger an Haltung, Miene oder äußerer Erscheinung, und das Bild wäre eine Karikatur geworden. Anfangs hatte Nora oft mit angehaltenem Atem darauf gewartet, dass die Vorstellung endete, damit sie seiner meisterhaften Darbietung applaudieren konnte, aber es gab kein Ende, und die Vorstellung ging weiter und weiter.

Darüber hinaus besaß Ludwig Hendriksen einige Eigenschaften, die sie immer zu schätzen gewusst hatte: untadelige Manieren, Charakterfestigkeit und Ernsthaftigkeit. Er nahm das Leben nicht auf die leichte Schulter wie viele andere, die ihr Vermögen geerbt hatten. Es war ein riesiges Vermögen und dabei so alt, dass niemand genau sagen konnte – oder wollte –, woher es eigentlich stammte, aus den Schatullen der Kirche, Landschenkungen früher Könige oder Störtebekers Raubzügen. Über die Jahrhunderte war es stets geschickt angelegt, umgeschichtet und verwaltet worden, in Kunstwerke, Immobilien, Fabriken, Weinberge, fremde Städte.

Vor fünf Jahren, kurz nach ihrer Heirat, hatte Ludwig die Leitung der Bank übernommen und in der Tradition seiner Vorfahren fortgeführt. Er wusste, wann von ihm unbestechliche Entschlusskraft verlangt wurde, aber auch, wann er mit Nachgiebigkeit eher ans Ziel gelangte. Sein Denken gehorchte den Prinzipien der Logik, sein Verstand war klar und durchaus flexibel, wenn auch manchmal nicht allzu schnell. Alles in allem war er Nora jedoch fremd geblieben, besonders seine Zärtlichkeiten, die er so knapp bemaß, als müsste er sie in kleiner Münze von einem Konto abheben, das dann entsprechend weniger Zinsen abwarf.

Er sagte: »Ich beabsichtige, dich für einige Wochen nach Birkenhain zu schicken. Mein Chauffeur wird dich zum Bahnhof fahren, sobald du deinen Koffer gepackt hast.« Die zusammengepressten Lippen über dem entschlossenen Kinn verbaten sich jeden Widerspruch. Vor ihm, auf der ledergefassten Schreibunterlage, bemerkte Nora einen zusammengefalteten Bogen Papier, vielleicht ein Brief.

»Warum muss ich fort?«, fragte sie. »Vielleicht ist es ja gar nicht so schlimm, und Rainer wird bald wieder gesund. Ich kann ihn im Krankenhaus besuchen. Bestimmt wird er nicht auf dem Anwalt bestehen …«

Sie sah, wie sich etwas in seinen Augen veränderte, als sie *Rainer* sagte. »Natürlich«, bestätigte er, und so wie er es betonte, wusste sie, dass es ein Urteil bedeutete, ein kleines, aber immer wieder verkündetes Verdikt, dessen Gewicht von Mal zu Mal zunahm. »Ich habe diesen Brief von ihm gefunden. Soll ich ihn dir vorlesen?«

Nora sagte nichts. Sie fragte auch nicht, wo er den Brief gefunden hatte, weil es seit gestern keine Rolle mehr spielte.

Ludwig räusperte sich und fasste mit Daumen und Zeigefinger seine Brille am Rand des rechten Glases an, um sie zurechtzurücken. »*Du*«, las er vor, »*erinnerst du dich an die Zärtlichkeit der Sterne – gestern – und den Samt der Nacht, der sich für uns teilte wie die schwarzen Flammen eines ewig uns verzehrenden Feuers? Verbrannt hat es mich, versengt vielleicht nur dich – alles schmolz in unseren Herzen zu roter Glut. Wir müssen unter weiten Himmeln gehen, hinaus aus unserem Puppenhaus …*« Ludwig sah auf. »Soll ich weiterlesen?«

Nora schüttelte den Kopf. »Er ist ein Kind«, sagte sie. »Es hat nichts zu bedeuten. Der Brief ist alt, du siehst ja, ich habe ihn nicht versteckt. Wir waren spazieren, danach bin ich nach Hause gekommen.« Sie hatte das merkwürdige Gefühl, als verlangsamte sich die Zeit, als sähe sie alles überdeutlich, jede von Ludwigs Bewegungen; Vergangenheit, Gegenwart und Zukunft gleichzeitig. Es war keine ihrer Absenzen, keine sich anbahnende Ohnmacht, sondern die Erkenntnis, dass es an diesem Abend zu einer Entscheidung kommen würde.

»Es gibt eine Grenze«, sagte Ludwig und ließ den Brief sinken, »und jenseits dieser Grenze hat alles etwas zu bedeuten. Ich weiß nicht, ob *du* dich in irgendeine Schwärmerei hineingesteigert hast, aber er ist ganz gewiss in dich verliebt, auf seine verantwortungslose Weise. Er gefällt sich darin, glänzt in seinen Posen, dabei ist es nur Messing, kein Gold. Du weißt, was Tolstoi über Turgenjew gesagt hat – er komme ihm vor wie ein Springbrunnen mit importiertem Wasser: Man fürchte dauernd, er könne jeden Augenblick versiegen.« Zu allem anderen war Ludwig auch noch belesen. »Na ja, falls er jetzt sterben sollte, wäre das Zitat vielleicht nicht allzu glücklich gewählt. So oder so, er ist ein Faun, und ich kann es mir nicht leisten, dass Gerüchte über dich die Runde machen. Gesellschaftlich lässt sich dein Verhalten nicht mehr tolerieren.«

»Nein«, sagte sie, »natürlich nicht.« Die Entscheidung trat klarer und klarer zutage, und sie schien alles zu verändern, sogar das Zimmer. Das Bild an der Wand über dem Kamin wirkte wie ein zusätzliches Fenster, und der schwache Widerschein des Feuers verlieh dem Bronzepferd einen lebendigen Ausdruck. Die brennenden Scheite erweckten nicht mehr den Eindruck von Behaglichkeit, sie waren einfach Holz, das brannte und zu Asche zerfiel. Der Regen schlug heftiger gegen die Fensterscheibe. Ich muss nicht mehr auf ihn warten, dachte Nora; nicht alle Ehen sind für die Ewigkeit.

»Wie kommt es, dass ich immer tun muss, was du willst?«, fragte sie.

»Deswegen hast du mich geheiratet«, erklärte er. »Damit du keine eigenen Entscheidungen treffen musst. Ich nehme sie dir ab.«

»Und wenn ich plötzlich darauf bestünde, nur zu tun, was ich will?«

Ludwig seufzte. »Dazu bist du zu jung, dein Wesen ist noch nicht gefestigt genug. Wir leben in unruhigen Zeiten, in denen ein Mann eine Frau von tadellosem Lebenswandel braucht, auf die er sich verlassen kann und die seine Position in der Gesellschaft stärkt, statt sie zu schwächen. Wir schreiben 1902, Nora, nicht irgendeine ferne Zukunft deiner Fantasie. Deutschland ist ein Kaiserreich, und ich bin nur ein Privatbankier, der abhängig ist vom Wohlwollen seiner Kunden. Ist dir klar, dass ich meinen ganzen Einfluss in die Waagschale werfen musste, damit die Polizei keine Akte von dir anlegt?«

Nora legte ihre Hand auf den Rücken der Pferdestatuette. Sie konnte die Muskeln unter der Bronze spüren, fast als bewegten sie sich, und ein Pochen war in ihren Fingerspitzen wie von einem leise schlagenden Herzen, das in der Bronze gefangen war, das tapfere Herz eines lebendigen Tieres, im Sprung gespannte Sehnen und all die Energie in dem festen, erstarrten Körper. Sie konnte verstehen, wie es in dem Pferd aussah, das auf dem Kaminsims gefangen gehalten wurde und das laufen und springen wollte.

Sie drehte sich um und sah Ludwig an, wie er dasaß, ernst und gerade im diesigen Nachmittagslicht vor dem bleiverglasten Fenster. »Warum bietest du nicht lieber deinen ganzen Einfluss auf, um zu verhindern, dass die Polizei unsere Versammlungen sprengt und uns behandelt wie Schwerverbrecher?«, fragte sie. »Wir kämpfen doch nur dafür, dass Frauen wählen dürfen, nicht gegen die Gesellschaft oder die Regierung.«

»Eins führt zum anderen«, sagte Ludwig. Er schüttelte den Kopf, sanften Tadel in der Stimme, wie so oft, wenn er mit ihr sprach. »Du empfindest alles so tief, dass du nie begreifen wirst, wie die Menschen einfach so dahinleben können, als existierten all das Leid und Unglück, die Ungerechtigkeit in der Welt nicht. Deswegen liebe ich dich ja. Aber das macht dich empfänglich für die Parolen von Fanatikern und Umstürzlern, und die haben ihre politische Heimat nun mal nicht bei uns, sondern bei den Sozialdemokraten oder im Zentrum.«

»Bei uns«, sagte Nora, »in den erlesenen, vornehmen Kreisen, wo Zahlen alles gelten und Gefühle nichts. Wo das Schrecklichste an einem Menschen der falsche Stallgeruch ist und das Schönste an einer Mozart-Sinfonie die Köchelverzeichnisnummer. Die erlesene Gesellschaft, nur aus der obersten Schublade, die *crème de la crème,* so wie die Familien Beermann und Hendriksen. Die Kronjuwelen. Erfüllt von der unermesslichen Weisheit derer, die da Geld wechseln in den Tempeln des Herrn.«

Ludwig schwieg; er mochte keine Ironie, außer ihm selbst war danach. Endlich fragte er leise: »Warum hast du mich überhaupt geheiratet? War ich eins der Herzen, die du aufgehoben hast, um es in einer Zigarrenkiste zu vergraben?«

Nora ging an seinem Schreibtisch vorbei zum Fenster. Sie schob den Vorhang zur Seite. Die Scheibe war beschlagen, und durch das milchige Glas ahnte sie die Kronen der Bäume in der einbrechenden Dämmerung, gepeitscht vom Sturm. Mit einer Hand wischte sie ein Loch frei, um hinauszusehen auf die letzten Farben des Tages hinter den Regenschleiern.

»Ich bin die Tochter eines Garnisonsarztes«, sagte sie. »Ich habe gelernt zu gehorchen.« Und jetzt verlerne ich es wieder, dachte sie. »Papa wollte mich versorgt wissen, nach Mutters Tod, nach dem Pensionat, als er merkte, dass er nicht mehr lange leben würde. Entweder ein Offizier oder ein Kaufmann, ganz auf Nummer sicher. Habt ihr euch denn nicht von Mann zu Mann unterhalten, als du um meine Hand angehalten hast?« Im Grunde mochte sie auch keine Ironie. »Du warst ernsthaft, das hat mir gefallen.«

»Dann müsstest du eigentlich verstehen, dass ich mir Sorgen mache«, sagte Ludwig. Er verdrehte den Kopf, um ihr Gesicht sehen zu können. Seine Brillengläser spiegelten das Fenster, sogar den Regen. »Wenn du die Zeitungen lesen würdest, wüsstest du, dass wir uns mitten in einer Wirtschaftskrise befinden. Niemand weiß, ob sie noch lange anhält, ob sie schlimmer wird oder ob ein Ende in Sicht ist. Die Reichsbank hat den Diskontsatz zwar zum ersten Mal seit drei Jahren wieder um ein halbes Prozent angehoben, die Bank von England auch, aber die französische Notenbank hat ihn gleich gelassen, und die russische Staatsbank und die österreichisch-ungarische Bank haben ihn sogar weiter gesenkt.« Er hielt inne. »Entschuldige, mit Diskontsatz bezeichnet man …«

»Ich lese Zeitungen«, unterbrach Nora ihn, »und der Diskontsatz beeinflusst die Geldmenge, die der Wirtschaft zur Verfügung steht. Die Reichsbank gewährt euch einen Diskontkredit, und wenn der durch die Erhöhung des Zinssatzes teurer wird, vergebt ihr auch entsprechend weniger Kredite an eure Kunden. Wenn die Wirtschaft angekurbelt werden soll, wird er im Allgemeinen gesenkt, damit die Leute sich mehr Geld leihen, um es auszugeben.«

»Du erstaunst mich immer wieder«, sagte Ludwig. Er sah nach wie vor zu ihr auf, das alternde Gesicht dem Fenster zugewandt, um die Augen kleine Fältchen, die sie am liebsten mit den Fingerspitzen geglättet hätte, weil sie ihn auf einmal verletzlich aussehen ließen. Sorge dich nicht so viel, wollte sie zu ihm sagen. Aber sie wusste, dass sie sich täuschte. Wenn sie ihn berührte, würde seine Haut kalt sein, und jemand, der hinter so einem Gesicht lebte, nahm keine Hilfe an.

»Du hast nie wirklich versucht, mich kennenzulernen«, sagte sie. »Du denkst, Frauen interessieren sich nicht für eure Geschäfte oder für Wirtschaft oder Politik, und das stimmt in den meisten Fällen auch. Aber wenn wir mitgestalten wollen, das Land, das öffentliche Leben, dann müssen wir wissen, wie die Räder hinter den Kulissen funktionieren.«

Wir dürfen euch das Feld nicht überlassen, dachte sie, nicht an der Wahlurne und nicht in der Bürgerschaft, und deswegen müssen wir schnell lernen. Sie sagte: »Ich habe dir ja oft genug zugehört, wenn du in der Bibliothek doziert hast. Unser Anteil am Weltaußenhandel ist geschrumpft; wir liegen immer weiter hinter den Briten zurück; wenn wir nicht aufpassen, schnappen die Amerikaner uns das gesamte Erdölgeschäft weg; mit seiner Marktmacht kann Standard Oil die Preise praktisch nach eigenem Gutdünken gestalten; und Rockefellers deutsche Tochtergesellschaften tun alles, um zu verhindern, dass wir uns auch ein Stück vom Kuchen abschneiden.«

Ludwigs Miene schwankte zwischen Ablehnung und Stolz, und sie wusste, es war besser, wenn sie nicht weitersprach, obwohl sie ihn in Gedanken längst überholt hatte. Sie war diesem Moment voraus, dem Ludwig in seiner Schwerfälligkeit hinterherhinkte. Sie wusste, was möglich war und was man tun konnte. Fast fieberte ihr bei der Vorstellung, wie sie Geschäfte gemacht hätte in diesen Zeiten, in denen das Geld nur so auf der Straße lag, seit Jahren schon. Sie dachte, dass er niemals nachkommen würde; er hatte keinen Mut, blieb immer wieder stehen, um abzuwägen. Dabei brauchte man bloß die Hand auszustrecken und zuzugreifen, vor allem, seitdem in Berlin das Flottengesetz verabschiedet worden war. Sie hatte zugehört und immer mehr verstanden, und je mehr sie verstand, desto weniger kompliziert schien es ihr, das alles, was die Welt antrieb, die geheimnisvoll fließenden Geldströme, die Wirtschaftskonstellationen, das Geflecht aus Macht, Kontrolle und Abhängigkeiten, in dem man sich verheddern, das man aber auch mitspinnen konnte. Sie verstand es, doch es war nicht das, was sie interessierte.

»Na, dann weißt du ja ungefähr, wovon ich rede«, sagte Ludwig und führte weiter aus, was sie längst wusste. »Hendriksen & Co. ist zwar bei der Konzession zum Bau der Bagdadbahn im Orient nicht mit im Boot, aber über unsere Anteile an der Darmstädter Bank und dem Wiener Bankverein gehören wir wenigstens indirekt zu den Gründungsmitgliedern der Deutschen Petroleum Aktiengesellschaft. Allerdings nur, wenn nicht der geringste Makel auf unser Unternehmen fällt. Die Deutsche Bank ist da äußerst penibel.«

Und mit Makel meinst du mich, dachte Nora. Sie wollte heraus aus ihrem Bronzekörper; sie wollte ihre Muskeln spüren, laufen und springen und ihr Leben nicht mehr in den Schachteln verbringen, in die sie gesteckt worden war, um zu warten, bis man ihr eine andere Schachtel zuwies. Selbst wenn die Schachteln Zimmer waren, Esszimmer, Salon, Bibliothek, Schlafzimmer, in die sie scheinbar aus eigenem Willen ging oder die sie verließ, weil sie es so wollte, zwang man sie doch nur, darin zu warten, bis ihr Mann heimkehrte, bis ihr Wesen sich gefestigt hatte, bis ihr Leben vorbei war, bis sie keinen Makel mehr darstellte.

Ich glaube, ich habe keine Lust mehr zu warten.

»In Sachsen streiken die Textilarbeiterinnen«, Ludwig nahm Offergelts Brief wieder zur Hand, ohne ihn noch einmal anzuschauen, »aufgehetzt von ihrer Gewerkschaft, hinter der natürlich die Sozialdemokraten stehen – Gott weiß, warum heutzutage niemand mehr ein Gewissen hat. In der ganzen Stadt gewinnt die Arbeiterbewegung an Zulauf, und Frauen wie du reden den Arbeitern auch noch zu, die Bürgerrechte zu erwerben. Das alles meinte ich, als ich sagte, dass wir in unruhigen Zeiten leben.« Er riss den Brief entzwei und ließ die Hälften in einen seidenbespannten Papierkorb neben dem Schreibtisch fallen.

»Und wenn es Krieg gibt, wie alle immerzu sagen?« Nora malte ein Kreuz in die Nässe auf der kalten Fensterscheibe. »Das ist doch immer noch die beste Möglichkeit, eine Wirtschaftskrise zu beenden.«

Ludwig runzelte die Stirn und ignorierte ihren Spott. »Es wird keinen Krieg geben, jedenfalls nicht so bald. Aber im Gegensatz zu dem, was ein gewisser Herr Lenin und vermutlich auch dein junger Verehrer sagen, wird der Krieg keineswegs nur auf dem Rücken der armen Leute geführt, damit die Reichen immer reicher werden. Er bedeutet Steuererhöhungen, und zwar für alle, Güter werden konfisziert, Eigentum wird vernichtet oder geplündert *et cetera et cetera*.«

Er wirkte aufrichtig bekümmert über das, wozu Menschen in Kriegszeiten fähig waren. Er hatte sich nie verändert; er war immer noch so ernsthaft und ohne alle Begeisterung für irgendetwas. Nora sah ihn an und empfand keine Feindseligkeit, eher Mitleid – mit ihm und allen anderen Menschen, die so waren wie er, dazu verurteilt, in den Ecken ihres Lebens zu sitzen und geschäftig Netz um Netz zu knüpfen und wieder zu knüpfen, ohne Neugier auf die anderen Ecken und Winkel und ohne Interesse an den Millionen anderer Ecken und Räume jenseits ihrer Netze, in denen sie am Ende nur sich selbst gefangen hielten.

»Hast du mich gefangen?«, fragte sie.

»Wie bitte?«

»Als du mich geheiratet hast – bin ich dir da vorgekommen wie eine Beute? Du hast mich einmal Schmetterling genannt, weißt du noch? Ich habe dir vorhin nicht die ganze Wahrheit gesagt. Es war nicht nur deine Ernsthaftigkeit und schon gar nicht dein Geld. Ich habe dich auch respektiert. Hast du mich je respektiert – oder geliebt?«

»Natürlich«, sagte Ludwig. »Ich liebe dich auch jetzt noch. Allerdings ist die Liebe und vor allem die Ehe für mich keine Rummelplatzveranstaltung mit Riesenrädern, Gondeln und womöglich noch Zuckerwatte wie für deinen Dichter.«

So will ich aber geliebt werden, dachte sie, wenigstens ein Mal. »Du hast deine Arbeit, die Bank, deine Angestellten, deine Geschäftsfreunde in der Kolonialgesellschaft, und ich…«

»Du bist undankbar«, sagte Ludwig. »Sind dir das Haus und der Garten nicht genug? Außerdem trägst du meinen Namen, du bist eine Hendriksen.«

»Und was erwartest du dafür, außer dass ich den Namen makellos trage?«, fragte Nora heftiger als beabsichtigt. Sie hatte wieder angefangen, die beschlagene Scheibe frei zu reiben, aber jetzt quietschte die Nässe unter der Fingerkuppe. »Soll ich nachts in Dankbarkeit wach liegen und ihn vor mich hin sagen, damit ich nicht vergesse, wer ich bin und wer mich dazu gemacht hat?«

Sie sagte nicht, dass es so war, dass sie wirklich manchmal nachts mit offenen Augen auf dem Rücken lag und ihren Namen flüsterte – Nora, Nora, Nora –, weil sie Angst hatte, sich selbst zu vergessen.

»Siehst du, du streitest schon wieder mit mir!« Abrupt schaltete Ludwig die Messinglampe mit dem grünen Glasschirm auf seinem Schreibtisch an, denn es war inzwischen dunkel geworden, und das Feuer im Kamin brannte herab. »Du weißt nie, wann es genug ist. Immer überziehst du deine Konten, aber auch meine Liebe ist nicht unbeschränkt belastbar. Du fährst nach Birkenhain, bis sich die ganze Aufregung gelegt hat, das steht fest. Dort kannst du kein Unheil anrichten und frei von Ablenkungen wieder zu Sinnen kommen. Auch deinen Absenzen wird die Landluft gut tun. Du weißt, was der Arzt gesagt hat – wenn wir nicht achtgeben, können sie zur Epilepsie führen.«

Seine Brillengläser blinkten im Schein der Lampe, als er seine Aktenmappe vom Boden neben dem Sessel aufhob und einige Papiere herausholte. Nora hatte ein Gefühl, als erwachte sie aus einer Narkose; da waren eine leichte Übelkeit und das Wissen, dass ihr einige Stunden aus ihrem Leben genommen worden waren, unwiederbringlich. Nur dass es sich um fünf Jahre handelte, an die sie sich erinnern konnte, sodass sie immer wissen würde, wie wenig sie in dieser Zeit erhalten hatte. Sie ging zur Tür, kehrte aber noch einmal um. Vor dem Schreibtisch blieb sie stehen. »Werde ich dir fehlen?«

»Natürlich«, sagte er, ohne den Kopf von den Papieren zu heben.

Sie merkte, wie ihr nun doch die Tränen in die Augen stiegen, gegen die sie sich die ganze Zeit erfolgreich gewehrt hatte. »Ludwig, könntest du mich bitte in den Arm nehmen, nur ganz kurz?«

Er sagte nichts, legte das oberste Blatt beiseite und studierte das darunterliegende.

»Bitte, Ludwig. Du bist doch nicht nur mein Mann, sondern auch ein Mensch, oder nicht?«

Jetzt hob er doch den Kopf und sah sie an, ohne sich zu rühren. Mit seinem Gesicht unerbittlicher Verlässlichkeit, an der es ihr so mangelte. Dann stand er bedächtig auf, um hinter dem Schreibtisch hervorzutreten. Aber da hatte sie es sich schon anders überlegt und verließ das Arbeitszimmer, ehe er sie berühren konnte. Keine Zigarrenkiste für dieses Herz, dachte sie.

6

Zum ersten Mal in diesem Jahr roch die Luft nach Winter, und Raureif bedeckte die Schwelle des Haupthauses. Es war noch dunkel, als Nora ins Freie trat, aber über dem Boden lag schon ein perlgrauer Schleier, dem bald die Morgendämmerung folgen würde. Sie spürte die Kälte in den Augen und beim Atmen bis auf die Zunge. Jonah, der Irische Setter, den sie mit hinausgenommen hatte, setzte in großen Sprüngen über den Hof, lief zum Brunnen und kehrte hechelnd wieder zurück. Es herrschte vollkommene Stille, sogar in den Ställen; nicht mal das Rascheln von Stroh oder ein Hufscharren waren zu hören, und es ging auch kein Wind.

Nora hängte sich den Lederriemen der Bockflinte über eine Schulter, schob die Hände in die Jackentaschen und ging los. Der Hund folgte ihr, überholte sie und schnürte dann vorneweg; er blieb nur in Abständen stehen, um zu schauen, ob sie nachkam. Sie konnte seine Augen glänzen sehen, zwei kleine warme Kohlen in einem Schatten über dem Gras, das unter ihren Stiefeln raschelte. Sie ging schnell, während um sie herum der Tag anbrach und der Erde Konturen gab. Außer der gefütterten Jacke – schwer von den Patronen, die sie eingesteckt hatte – und den Stiefeln trug sie noch Bundhosen, eine Leinenbluse, eine Weste und einen Schal, aber keine Mütze. Der Riemen der Flinte drückte auf ihre rechte Schulter.

Der Himmel hob sich, abgefedert von dünnem Nebel, und sie ging durch den Nebel und ein Stück an dem schmalen Kanal entlang. Der Horizont wurde weiter, wechselte seine Farbe von Grau über Malvenrot zu einem rostigen Blau, und die Birken, die dem Landgut der Hendriksens ihren Namen gegeben hatten, regten sich im ersten

Wind. Über ihren weißen Stämmen schien der Morgenhimmel fast violett. Hinter sich hörte Nora einen Hahn krähen, wenig später einen zweiten. Es klang, als wollte er ihr Mut machen oder sie anfeuern, und sie musste lächeln.

Ich habe es gut, dachte sie. Seit der Verwalter sie vor einer Woche mit dem Zweispänner am Bahnhof abgeholt hatte, war es ihr jeden Tag besser gegangen, und heute Morgen ging es ihr gut. Gestern Abend hatte sie erfahren, dass Rainer außer Gefahr war – Stauchungen und Prellungen, ein angebrochener Nackenwirbel, aber keine bleibenden Schäden; vielleicht fühlte sie sich deswegen so wohl.

Unter den ersten Sonnenstrahlen verwandelte sich der Raureif an den Grashalmen und im Heidekraut zu Tau. Es dauerte nicht lange, bis der Hund Witterung aufgenommen hatte. Nun ungeduldig, spürte er einer Fährte mit gesenktem Kopf nach, und Nora folgte ihm tiefer in den kleinen Wald jenseits des Flusses. Ein Rehbock wäre gut, dachte sie, oder ein paar Fasanen.

Im Wald war es noch dunkler als auf der Heide, Dampf stieg aus der Erde, schlängelte sich durch Venushaar und trieb zwischen den Stämmen davon. Es roch nach Harz, das in breiten Fäden die Rinde hinunterrann. Über Noras Kopf raschelten Äste. Der erste Windstoß teilte den Nebel, bewegte die Kronen der Bäume. Ein tiefes Summen zog durch den Wald, und der Setter verharrte plötzlich, eine Pfote angehoben.

Nora hob die Flinte von der Schulter, knickte die Läufe ab, den Kolben unter die Achsel geklemmt, und schob zwei Patronen mit Rehposten in die Läufe, alles so leise, dass die Laute kaum vom Knacken eines Astes zu unterscheiden waren. Sie ließ die Läufe wieder einrasten, spannte die Hähne mit dem Daumen und legte den Finger an den Abzug. Das Eisen war so kalt, dass sie das Gefühl hatte, mit den Fingern daran kleben zu bleiben. Der Hund sah zu ihr herüber, als wollte er sie fragen, was sie eigentlich so lange trieb, bevor er wieder den äsenden Rehbock auf der kleinen Lichtung vor ihnen anstarrte.

Nora setzte an und krümmte den Zeigefinger. Sie spürte den Widerstand der Feder, dann zögerte sie. Der Bock hob den Kopf; er schien nach etwas zu schauen, das jenseits der Lichtung war und wahrscheinlich auch noch außerhalb des Waldes. Er war so schön, dass Noras Herz stockte. Langsam ließ sie die Flinte sinken. Nein, dachte sie, heute nicht; nie mehr.

Der Setter sah sie an, offenbar unzufrieden. Sind wir dafür so früh aufgebrochen, noch vor dem ersten Tageslicht?, schien sein Blick zu fragen.

»So ist das, Jonah«, sagte sie, »sei nicht traurig. Du weißt doch, dass ich meine Meinung schnell ändere.« Der Rehbock sah in ihre Richtung, aufgescheucht, bevor er mit drei großen Sätzen zwischen den Baumstämmen verschwunden war. »Du warst sehr großmütig«, sagte Nora zu Jonah, bevor sie den Rückweg antraten, und sie merkte, dass sie das Richtige getan hatte, weil sie sich immer noch gut fühlte.

Es roch jetzt, als sie den Wald verließ, nicht mehr nach Winter, sondern wieder nach Herbst, jenen letzten Tagen, von denen sie bis in die Weihnachtszeit zehrte, vom tiefen Blau des Himmels, dem blassen Gold der Sonne, dem Ockerbraun, Gelb und Kastanienrot der welkenden Blätter und des trockenen Heidekrauts. Der Wind war staubschwer an diesen Tagen, Rauch zog über die Torfstiche. Überall schwebten Gerüche, nach Kartoffelfeuern und glosenden Holzscheiten und weichen Äpfeln.

Nora spürte, wie sehr sie dieses Land liebte, überhaupt das Land, und wie wenig die Stadt. Alles gab einen Widerhall in ihrem Herzen, besonders aber der Herbst. Es war ihre Jahreszeit, mehr noch als der Frühling und der Sommer. Hier fand sie die Farben, in denen sie ihr Leben trug, durch diese letzten hellen, klaren Tage, über denen sich allmählich Wolken auftürmten, und darunter die Birken: Sie beugten ihre schlanken weißen Stämme im Ostwind, und die Blätter, schon lichter werdend, flirrten wie silbernes Wasser. Nora hörte nichts als das tiefe Rauschen des Windes, der sich in den Ästen fing, und sie sah all das Weiß, das Silber, das Blau in der Sonne miteinander verschmelzen, und sie spürte unter der Kleidung ihre Haut, die sich enger um sie zu schließen schien.

Als sie vor einer Woche am Bahnhof des Dorfes den Zug verlassen hatte, war sie traurig gewesen, auf eine unruhige Weise. Enttäuscht von Ludwig, aber noch mehr von sich selbst, hatte sie die kurze Fahrt von Hamburg mit zwei Offizieren, einem Leutnant und einem Oberstleutnant, in ihrem Abteil der ersten Klasse zurückgelegt und so getan, als sähe sie tief in Gedanken aus dem Fenster, um nicht in ein Gespräch verwickelt zu werden. Wenn das Licht günstig gegen die Scheibe fiel, konnte sie die Gesichter der beiden Männer beobachten, die Blicke, die sie ihr verstohlen zuwarfen. Sie bemerkte ihre Blicke, aber sie wusste noch mehr, als sie sah.

Sie wusste, dass sie aus ganz verschiedenen Familien kamen, konnte es erkennen an der Art, wie sie das Gespräch auf das Nötigste beschränkten. Der eine stammte aus einem Haus, in dem jeder Mann ganz selbstverständlich Offizier wurde, so wie in Ludwigs Haus jeder Sohn das Bankgewerbe erlernte. Der andere, der jüngere, war in einer Mietwohnung aufgewachsen, wahrscheinlich ohne Elektrizität und fließendes Wasser. Um sich zu waschen, hatte er in den Hof gehen müssen, er und die fünf Geschwister, die einer des anderen Schuhwerk und Kleidung auftrugen. Nora wusste, dass es in dieser Wohnung nicht für jeden ein Bett gab und dass unweigerlich früh in jedem Winter der Tag kam, an dem eins der Kinder mit dem leeren Kohleneimer losgeschickt wurde und nichts mehr fand, um ihn aufzufüllen, und wie sein Gesicht dann vor Scham heißer glühte als jedes Brikett. Eine Laufbahn in der Armee war der einzige Weg, der Armut zu entfliehen, ein Weg zu mäßiger gesellschaftlicher Anerkennung, möglichst in einer anderen Stadt, wo niemand das Viertel kannte, in dem der kleine Leutnant bei schlechtem Wetter barfuß zur Schule gelaufen war, um die Schuhe zu schonen und damit sie nicht schmutzig waren, wenn er sie auf den letzten Metern anzog. Ein Offizier hatte immer blitzsaubere Stiefel, die Uniform war fleckenlos und saß straff, nicht so wie die Hose und die ausgebeulte Jacke, in der sein Vater zur Arbeit gegangen war. Nora sah den Vater des kleinen Leutnants zur Arbeit gehen, je nach Saison zu dünn oder zu dick gekleidet, das Butterbrot für die Mittagspause eingepackt in eine Tüte aus festem Papier voller Fettflecken, das er während des Essens auf den Knien ausbreitete und danach sorgfältig zusammenfaltete und wieder einsteckte wie ein Taschentuch.

Weil Max, der Verwalter, trotz telegrafischer Benachrichtigung noch nicht da gewesen war, hatte ihr der Leutnant geholfen, den schweren Kleiderkoffer aus dem Gepäckwagen auf den Bahnsteig zu schaffen. »Wie heißen Sie?«, hatte sie ihn gefragt, bevor er wieder in den Zug gestiegen war.

»Leutnant Polowetz«, antwortete er und schlug die Hacken zusammen, so gut es ging. »Zu Ihren Diensten.«

»Sind Sie der erste Offizier in Ihrer Familie, Leutnant Polowetz?«

»Jawohl.«

»Mein Vater auch«, sagte Nora. »Er war auch der erste Offizier in unserer Familie.«

Als Truppenarzt hatte Siegfried Raabe den Rang eines Majors bekleidet, und Nora entsann sich noch, wie wenig es ihm bedeutet hatte, die Uniform oder seine Orden zu tragen oder wie nachlässig seine militärischen Grüße ausgefallen waren, gleich ob sie vorgesetzten Offizieren oder Untergebenen gegolten hatten. Solange sie Kind gewesen war, hatte sie in einem kleinen Haus vor den Toren von Metz gelebt, einer Garnisonsstadt in Lothringen, wo die Zeit in einem ihr heute unverständlich erscheinenden, gemächlichen Rhythmus verstrichen war. Stunden, Tage, Wochen, Monate flossen dahin wie Sand durch ein Stundenglas, ruhig, gleichförmig, behütet unter Glas, vor dem es Frühjahr, Sommer, Herbst und Winter wurde, ohne dass die Geschwindigkeit des Flusses sich veränderte.

Nora war ein schüchternes Mädchen, mit zarten Gesichtszügen und wachsamen Augen. Sie begann früh zu reden und lachte selten. Wenn sie sprach, zog sich eine Zickzacklinie über ihre Stirn, denn es war ihr ernst mit dem, was sie sagte. Wenn sie frühmorgens erwachte, spähte sie als Erstes vom oberen Absatz der Holztreppe nach unten in den Flur, um noch einen Blick auf ihren Vater zu erhaschen, ehe er seine Stute bestieg und zum Dienst ritt. Danach ging sie zu ihrer Mutter, die nur selten das Bett verließ, um ihr zur Verfügung zu stehen. Sie brachte ihr die Medizin, die sie benötigte, oder das Tablett mit dem Essen. Zur Belohnung hoffte sie auf eins der Märchen, die ihre Mutter so gut erzählen konnte, und freute sich darauf, es mit Buntstiften nachzuzeichnen. Als Lissy auf die Welt kam, kümmerte sich Nora um ihre kleine Schwester und sah darauf, dass auch sie alles hatte. Sie war alt genug dafür.

Sie war auch alt genug, um tagsüber unbeaufsichtigt im Freien zu sein, und sie erinnerte sich: Am schönsten waren die Sommerabende, wenn ein langer, heller Tag zu Ende ging, wenn der Mond schon aufstieg, obwohl der Himmel noch blau war und sich in den verschnörkelten Wolken das letzte Licht ballte. Dann hing über dem Horizont ein blauer Dunst, durch den die Schwalben stießen, während die Sonne langsam zu reifer Glut zerfloss und dem Druck der aufziehenden Nacht bis zuletzt Widerstand leistete. In der warmen Luft tummelten sich Glühwürmchen zwischen Mückenschwärmen, und wenn der Wind richtig stand, roch es nach gebrannter Kohle und kochendem Stahl, und da war Noras Vater längst schon wieder heimgekehrt und hatte sie auf die Stirn und die Wange geküsst, bevor er sich zu Tisch setzte.

Von einem Hügel in der Nähe des Hauses konnte sie die Garnison sehen und die uniformierten Soldaten, die auf staubigen Pferden hinter den flatternden Wimpeln ihre Patrouillen ritten, ermutigt von den irrlichternden Klängen blitzender Schellenbäume. Der endlose Fluss dieser Tage und Nächte, der Märchen und Buntstiftzeichnungen, der Tabletts für die Mutter und Fläschchen für Lissy, der Umarmungen des Vaters und der Schulstunden bei einem scheuen, jungen Hauslehrer, teilte sich gelegentlich an kleinen Inseln des Kummers und der Sorge, aber dahinter vereinigte er sich wieder, um ruhig weiterzuströmen, bis Nora neun Jahre alt war. Da änderte er jäh die Richtung, als der elfjährige Sohn des Nachbarn ihr mit der alten einschüssigen Kriegspistole seines Vaters das Schießen beibrachte.

Die Pistole war schwer. Nora brauchte beide Hände, um sie zu halten, aber nach jedem Schuss taten ihr die Arme ein bisschen weniger weh. Eines Abends traf sie einen Storch, der sein Nest auf dem Dach der Scheune gebaut hatte. Sie liebte den Storch, sie sah ihm gern zu, wenn er zum Flug startete oder mit ausgebreiteten Schwingen landete oder einfach nur im Stehen schlief, und als er verletzt zu Boden flatterte, umgeben von blutigen Federn, fiel sie zum ersten Mal in ihrem Leben in Ohnmacht.

Als sie wieder zu sich kam, kauerte ihr Vater neben ihr. Sie hatte ihn noch nie so zornig erlebt. Er zwang sie, mit einer Leiter auf das Dach zu klettern und das Nest des Storchs anzuschauen, die unausgebrüteten Eier, in denen seine Kinder schliefen. »Beinahe hättest du eine Familie zerstört«, rief er. Danach musste sie ihm helfen, den großen Vogel zu verarzten. Eine der weißen, blutbefleckten Federn befestigte ihr Vater am Kopfende ihres Bettes, damit sie beim Aufwachen und beim Einschlafen daran dachte, dass sie kein Engel mehr war. Das Ungeheuerliche, zu dem sie fähig gewesen war, lag wie ein Schatten über ihren Träumen. Auch dass es keine Absicht gewesen war, tröstete sie nicht. Du musst besser werden, dachte sie – ein besserer Mensch und eine bessere Schützin, damit du immer genau das triffst, was du treffen willst.

Ihr Vater redete wenig. An den Abenden, an denen er zu Hause war, saß er vorgebeugt am Kopfende des grob gemaserten Holztisches, eine große, hagere Gestalt mit verschlossenem Gesicht und traurigen Augen, die keine seiner drei Frauen lange ansahen. Seine Uniformjacke war aufgeknöpft, das weiße Unterhemd schnitt den sonnenverbrannten Hals gleich über dem Schlüsselbein ab. Er aß langsam und kaute sorgfältig, gefangen in Gedanken. Er schien sich aber zu freuen, wenn ihre Mutter ihnen etwas erzählte, eine von ihren Geschichten. »Ihr müsst daran glauben«, sagte er manchmal. »An etwas zu glauben ist das Einzige, was uns rettet. Wenn wir an nichts glauben, zerstört uns der Gedanke an die Menschen.«

Bis zu dem Abend, an dem sie den Storch getroffen hatte, waren ihre Tage ein einziges Warten auf den Vater gewesen, auf seinen Anblick, wenn er vor dem Haus aus dem Sattel stieg und sie ihm entgegenlaufen konnte und er sie in die Arme nahm und hochhob und an seine Brust drückte und dabei nach allem roch, womit er sie beschützte – Tabak, Uniform, Schweiß, Pferdefell. Warm und üppig. An diesem Abend aber war er noch wortkarger als sonst, und nach dem Essen und dem Zubettgehen und dem Aufstehen am nächsten Morgen legte er Nora die Hand auf den Scheitel und forderte sie auf, ihn zu begleiten.

»Von nun an wird sich einiges ändern«, sagte er später, nach dem üblichen Schweigen, als sie durch die glühende Mittagshitze marschierten, die Garnison im Rücken. »Eure Mutter ist wieder in anderen Umständen, aber ihre Kraft reicht für ein drittes Kind vielleicht nicht aus, und auch ich werde nicht immer bei euch sein können.« Sie stiegen den Hügel hinauf, von dem aus betrachtet die Stadt in der strengen Sonne wie ein Schieferrelief wirkte. Es wehte kein Wind, und das Land duckte sich totenstill im flimmernden Glast, ein Land, das von Stahl und Kohle lebte. »Es wird Zeit, dass ihr euch an harte Arbeit gewöhnt, an Disziplin und Entbehrungen, wenn nötig, damit euch später nichts beschädigen kann.«

»Lissy auch?«, fragte Nora. »Sie ist noch sehr klein für Entbehrungen.«

Ihr Vater antwortete nicht. Er holte ein Taschentuch aus der Innenbrust des blauen Anzugs, den er zu seltenen Anlässen trug, faltete es auseinander und breitete es über einen Stein, wo es blendend wie Schnee lag, bis er sich daraufsetzte. Sein Gesicht verschwand fast ganz im Schatten des Strohhuts auf seinem Kopf. Nora wartete darauf, dass er weiterredete, aber er schien in Betrachtung der Stadt und der Garnison versunken zu sein, von deren höchster Zinne eine Fahne schlaff herabhing, geronnen in Rot, Weiß und Schwarz.

»Am Ende wird es eure Mutter sein, an die ich am meisten geglaubt habe, die das Beste war in meinem Leben«, sagte er. »Sonst gäbe es euch alle nicht, ohne sie.«

»Ist sie zu gut für diese Welt?«, fragte Nora, denn das hatte sie einmal aus dem Mund des Truppenkaplans gehort.

Er schenkte ihr einen seiner kurzen, traurigen Blicke, und die Illusion eines Lächelns zeigte sich unter der Krempe des Strohhuts. »Für diese Welt ist man immer entweder zu gut oder zu böse«, sagte er. »Daran gehen wir alle zugrunde.«

In diesem Moment, in dem sie vor Durst fast verging und ihre Augen von dem sengenden Licht auf dem Land schmerzten, fasste Nora den Entschluss, niemals nur zu gut und nie ganz böse zu sein. Denn es war, als hätte ihr Vater mit seinen Worten einen Blitz geschleudert, der vor ihren Augen die Erde spaltete. Ein Abgrund tat sich auf, der sie jederzeit verschlingen konnte. Es gab keine Ordung, keine Form, keinen Verlass auf Fortdauer des Glücks, wenn selbst ihr Vater nicht glücklich war. Alles war unsicher geworden.

In letzter Zeit hatte Nora oft über ihre Mutter nachgedacht, nach Unterschieden und Ähnlichkeiten in ihrer beider Leben gesucht. Es gab sie, und sie lagen im Warten, beide. Ludwig und Noras Vater waren so verschieden, dass das Warten von anderer Beschaffenheit war, aber auch ihre Mutter hatte auf den Abend, auf die Heimkehr ihres Mannes hingelebt und die Zeit bis dahin lediglich verbracht. Sie hatte ihn geliebt, mit jener Ergebenheit, die zu ihrem Charakter gehörte, mit der sie seine Kinder empfangen und geboren und dabei nach und nach zugelassen hatte, dass ihr Herz verstummte. Für das zweite Kind war sie schon beinahe zu schwach gewesen; die Märchen verloren beim Erzählen ihre Farben, fransten gewissermaßen an den Rändern aus und wurden durchscheinend an den zu oft benutzten Stellen. Sie wurde selbst wieder zum Kind, verwandelte sich zurück, schrumpfte innerlich, und bei der dritten Geburt starben beide, Mutter und Kind.

Erst spät war Nora der Sinn, die geheime Bedeutung der Märchen aufgegangen, die ihre Mutter ihr und Lissy erzählt hatte. Es lag eine

Botschaft darin, eine Lehre vom Segen der Veränderung. Sie erzählten von Tieren und Menschen und Träumen, manchmal auch von Blumen, die den Weg der Träume säumten. Drachen träumten davon, Jungfrauen zu lieben, und Prinzessinnen träumten davon, aus ihrem Schlaf geweckt zu werden, durch den Kuss eines Prinzen. Frösche wollten Prinzen werden, Raupen Schmetterlinge; Vögel warfen ihr Gefieder ab, Ottern häuteten sich. Elstern träumten von glitzerndem Geschmeide, der Kuckuck von einem warmen Nest für seine Jungen, der Tiger vom zarten Fleisch der Ziege. Träume waren wie das Drachenblut, in dem Siegfried badete; sie machten den Träumer unverletzbar, solange er seine Fähigkeit zum Träumen nicht verlor. Sie konnten aber auch Menschen, ja ganze Familien in den Untergang stürzen, wenn sie sich im falschen Herzen einnisteten.

Noras Mutter sprach nie über sich, über das, was in ihr vorging und was sie dachte. Sie unterschlug ihre eigenen Träume. Nora erinnerte sich an Blicke, die ihre Mutter ihrem Vater zugeworfen hatte, Blicke des Begehrens, der Scham für dieses Begehren, der Angst vor ihm und sich selbst und dem, was zwischen ihnen vorging, was sie beide wollten, selbst wenn es sie am Ende tötete.

Schon damals, als sie, aufschauend zu ihren Eltern, Zeugin dieser Blicke geworden war, hatte Noras Herz schneller zu schlagen begonnen, noch ahnungslos und doch schon verlegen. Aber erst im Pensionat, mit dreizehn oder vierzehn, entzifferte sie die verborgene Schrift an der Wand. Sie fragte sich, ob sie sich auch eines Tages verlieben würde, und erkannte plötzlich, dass es irgendwo auf der Welt schon einen Jungen gab, so alt wie sie oder etwas älter, der ihr bestimmt war, einen Jungen in kurzen Hosen jetzt noch, aber es gab ihn, und er würde ihr begegnen, und sein ganzes Leben würde sich in jenem fernen Moment ändern, ebenso wie das ihre.

Er wusste so wenig von ihr wie sie von ihm, vielleicht war er ein fröhlicher Draufgänger, ein Träumer. Sie sah ihn bereits vor sich, jung und schön, voller Hoffnung auf ein zukünftiges Glück. Sie sah, wie er lachte und sie für sich einzunehmen versuchte, hörte, wie er ihr Worte ins Ohr flüsterte, sie um einen Tanz bat, um ihr Taschentuch oder einen Kuss. Er war für sie vorgesehen, ihre Leben nahmen längst Kurs aufeinander, um, anders als er erwartete, so zu werden wie die Leben ihrer Eltern, mühsam, ohne Fröhlichkeit. Und das war ihre Schuld. Sie hatte beinahe einen Storch getötet; sie war geschädigt, und sie würde ihn schädigen. Der Junge, wo auch immer er sich befinden mochte, tat ihr leid, denn es war nicht gut für ihn, ihr zu begegnen und sich in sie zu verlieben. Wie kann man nur vermeiden, dass Liebe entsteht?, dachte sie oft. Wie kann man den Kummer und den Schmerz vermeiden?

Ihre Mutter starb, als Nora zehn war. Eine Tante, von der vorher nie die Rede gewesen war, stand unvermittelt vor der Tür; zwei große Koffer kündeten von einem längeren Aufenthalt. Sie kümmerte sich während der letzten Wochen der Schwangerschaft um Noras Mutter, sorgte für Ruhe im Haus und bestimmte, wann die Kinder zu ihr durften und wie lange. Eines Mittags, als die Mädchen aus der Schule zurückkehrten, war das ganze Haus voll fremder Menschen, alle schwarz gekleidet, alle mit ernsten Mienen. Die Tür zum Zimmer ihrer Mutter stand einen Spaltbreit offen, der Raum dahinter lag in Dunkelheit, obwohl draußen die Sonne schien. Kerzenlicht fiel auf die reglose Gestalt im Wochenbett, nun nicht mehr so angeschwollen, und auch auf das blasse, eingefallene Gesicht des Vaters, der neben dem Bett auf einem Stuhl saß. Nora wusste sofort, was geschehen war. Etwas in ihrem Bauch wurde so schwer, dass sie sich übergeben musste.

Das schwere Gefühl im Bauch blieb die ganze Zeit bis zur Beerdigung der Mutter und des tot geborenen kleinen Bruders, aber auch danach wich es nicht, und bald erkannte Nora, was es war: Verlassenheit. Sie erkannte: Familien lösen sich auf wie alles Glück, sie zerfallen, manchmal langsam wie Zucker in kaltem Wasser, manchmal plötzlich.

Sie fühlte sich elend und allein, und es wurde noch schlimmer, als der Vater verkündete, die Tante werde nun bei ihnen einziehen und darauf achten, dass ihre Erziehung auch außerhalb der Schule keine

Unterbrechung erfuhr. Sie übernahm das Wecken, die Kontrolle der Finger vor dem Essen, das Abhören des Tageslaufes bei Tisch, und eines Abends wurde es Nora zu bunt. Sie holte ihr Tagebuch, das sie unter einem losen Brett des Bauernschranks in ihrem und Lissys Zimmer versteckte, hervor und schrieb:

Ich wünschte, Tante Rosemarie läge mit blutigem Gefieder auf dem Hof und könnte nicht mehr von morgens bis abends durchs Haus flattern.

Das stand dort in krakeliger Kinderschrift, und so las es ihr Vater, nachdem seine Schwester das Büchlein eines Vormittags in Noras Abwesenheit beim Putzen gefunden hatte.

»Sie ist verrückt«, lautete das Verdikt der Tante, »verstockt und ganz unzweifelhaft verrückt, und wenn wir die beiden nicht trennen, wird sie Lissy genauso verderben.«

Obwohl Nora das Gefühl hatte, zu Hause niemanden mehr genug zu lieben, um traurig zu sein, weinte sie, als sie in den Zug gesetzt wurde. Am Ende der Fahrt wurde sie von einem Mann mit einer Droschke abgeholt, der sie, aus Metz telegrafisch angewiesen, zu der Klosterschule in Ostwestfalen fuhr, wo sie bis zur Reifeprüfung zu Bildung und Verstand kommen sollte.

Die Schule lag am Rand eines kleinen Dorfes. Von allen Ortsansässigen nur *das Heim* genannt, erweckte sie mit ihren mächtigen Trakten, den schmiedeeisern vergitterten Fenstern im Erdgeschoss und der mehr als mannshohen Steinmauer, die das Gelände – einschließlich eines Parks, zweier Teiche und einer Barockkirche – umgab, bei jeder Schülerin, die es zum ersten Mal erblickte, den bedrohlichen Eindruck einer Zwingburg. Nur an einer Seite war die Mauer unterbrochen, dort bildete ein breiter Fluss, der von Trauerweiden und Apfelbäumen flankiert war, die unüberwindliche Grenze der Pensionatsanlage. Die Weiden ließen ihre biegsamen, gelben Ruten ins Wasser hängen, und jeden Morgen trug der Schulhof ein Muster aus Harkenstrichen, das jeden Abend wiederhergestellt wurde.

Wie alle Neuankömmlinge wurde Nora als Erstes von der Mutter Oberin in den großen Schlafsaal unter dem Dach des Ostflügels geführt, erhielt ein Bett, einen schmalen Spind und eine Uniform zugewiesen: schwarze Schuhe, schwarze Strümpfe, ein hochgeschlossenes, knöchellanges Kleid aus schwarzem Leinen. So hatte sie sich nach den Erzählungen ihres Vaters immer das Garnisonslazarett vorgestellt: sechzig dicht aneinandergerückte Pritschen, knarrende Dielenbretter, winzige Luken in den steil auf den Giebel zulaufenden Dachschrägen und ein Gewirr von dicken, weiß gestrichenen Stützbalken. Aber es war kein Lazarett, es war der Raum, in dem Nora während der nächsten sechs Jahre – außer in den Ferien – jede Nacht verbringen sollte. Erst in der letzten Klasse durfte sie in das einzige, von allen Schülerinnen heiß begehrte Einzelzimmer umziehen, das seine Bewohnerin weit über die Masse der anderen Mädchen hinaushob.

Das Uhrenzimmer, wie dieser Raum hieß, war nach dem an der Stirnseite des Haupttraktes angebrachten und fast von jedem Punkt des Anwesens aus sichtbaren Schulchronometer benannt, mit dessen mächtigem Werk sich die darin einquartierte Schülerin den knappen Platz teilen musste. Ihr oblag es, jeden Morgen als Erstes mit einem großen Schlüssel den jahrzehntealten Laufmechanismus aufzuziehen. Dafür konnte sie dort, wenn sie das laute Ticken nicht störte, unbehelligt von den anderen Mädchen, auch nachts lernen oder lesen oder träumend auf der Bank des kleinen Fensters kauern.

Noch heute, so viele Jahre nach ihrer Ankunft im Heim, erinnerte Nora sich an den Geruch, der die Gänge und Klassenzimmer des Pensionats erfüllt hatte, ein durchdringendes Gemisch aus Bohnerwachs, getrockneter Tinte, heißen Öfen, feuchtem Mauerwerk und der nicht ganz frischen Ausdünstung unzähliger Mädchenkörper, die sich täglich mit zu selten gewaschenen Handtüchern abtrockneten. Sie erinnerte sich an den Speisesaal mit seinen zwölf langen Tischen, an denen auf harten Holzbänken schweigend die Mahlzeiten eingenommen wurden, sieben Jahre lang an jedem Tag der Woche ein ähnliches Gericht. Es waren auch immer dieselben Gebete, die vor und nach dem Essen gesprochen wurden, und an der Stirnwand des Saals hing das düstere Gemälde der Ordensgründerin wie später in Ludwigs Esszimmer die Abbildungen seiner Ahnen.

Nora erinnerte sich zudem – *mein Leben lang*, dachte sie – fast aller Regeln und Rituale, die so untrennbar mit dem Leben im Pensionat verbunden gewesen waren wie Weihrauch mit den Frühmessen um sieben Uhr morgens und die geraunte Erlösungsformel – *ego te absolvo de peccatis tuis* – mit der Beichte, bei der man mit klopfendem Herzen und schmerzenden Knien eine genau kalkulierte Auswahl lässlicher und halb schwerer Sünden gegen einen staubigen Samtvorhang gesprochen hatte, um nicht nach möglichen schwereren Verfehlungen befragt zu werden. Sie erinnerte sich daran, wie die Verstöße gegen diese Regeln geahndet worden waren. Wie sie manchmal bis ein Uhr morgens ohne Essen auf dem Gang vor dem Schlafsaal hatte stehen müssen, nachdem alle anderen längst zu Bett gegangen waren. Oder wie sie, allein an ihrem Pult sitzend, unter der Aufsicht einer strengäugigen Schwester zusätzliche Hausaufgaben erledigte, während ihre Kameradinnen mit einem Floß über den Teich im Garten stakten, so laut kreischend, dass sie es bis hinauf in das leere Klassenzimmer hören konnte. Sie wusste nicht mehr, was sie damals angestellt hatte, aber es erschien ihr, als wäre sie öfter als die anderen Mädchen bestraft worden.

In den ersten Jahren war sie eine gute Schülerin und Tochter gewesen. Jeden Sonntag schrieb sie ihrem Vater einen Brief, der von einer Oberschwester gelesen wurde, ehe er abgeschickt werden konnte.

Liebster Vater, schrieb sie, *heute haben wir eine Lateinarbeit zurückbekommen, und ich hatte wieder eine Zwei. Auch in Religion und Handarbeit bin ich sehr gut. Ich habe euch sehr lieb, dich und Lissy, und ihr fehlt mir, obwohl es hier sehr schön ist. Warum darf ich Weihnachten nicht nach Hause kommen? Alle anderen dürfen …*

Natürlich stand in den Briefen, weil sie ja zensiert wurden, nichts von den Nächten, in denen sie sich schlaflos von einer Seite auf die andere wälzte, bemüht, dabei nicht das geringste Geräusch zu verursachen. Denn zwischen den Betten patrouillierte stets eine Schwester auf den knarrenden Dielen von einem Ende des dunklen Schlafsaals zum anderen, bis sich keine der Schülerinnen mehr rührte – eine große, schemenhafte, unheimliche Gestalt in leise knirschenden, steifledernen Sandalen und schwarzem Habit, die beim leisesten Laut stehen blieb und wie eine Eule dorthin starrte, wo ihre Aufmerksamkeit erregt worden war.

Unerwähnt blieben das Heimweh, das Nora immer wieder Tränen in die Augen schießen ließ, die Sehnsucht nach der toten Mutter, nach einem Kuss, einer liebevollen Berührung; unbeschrieben aber auch das gelegentliche innere Toben, die Auflehnung gegen die spärlichen, spröden Antwortbriefe ihres Vaters, gegen die Zurückweisung, die in dieser selbstherrlichen Schweigsamkeit lag. Am Ende siegte der Eigensinn: Wenn niemand sie wollte, brauchte sie auch niemanden. Sie wurde so stolz, dass sie diesen Stolz nicht einmal mehr beichtete. Wissen ist Macht, hatte ihr Vater immer wieder gesagt, und sie wollte mächtig werden, denn sonst würde ihr eigener Zorn sie besiegen.

Wie ein Schwamm sog sie von nun an alles auf, was die Lehrer ihr zu bieten hatten, nicht nur in dem, was sie bei sich verächtlich *Mädchenfächer* nannte. Das Pensionat verfügte über eine große Bibliothek, ein zusätzlicher, unerschöpflicher Quell geschriebenen Wissens – Algebra, Arithmetik und Analysis, Erdkunde, Geschichte und Literatur, Biologie, es gab nichts, was Nora nicht interessiert hätte. Die forensische Beredsamkeit Marcus Tullius Ciceros fiel auf genauso fruchtbaren Boden wie der Satz des Pythagoras – $a^2 + b^2 = c^2$ –, die Beschlüsse des Konstanzer Konzils – 1414–1418 –, *Die Leiden des jungen Werther* oder Andreas Gryphius mit seiner Erkenntnis, dass alles menschliche Tun und Streben von Eitelkeit geprägt ist – *omnis vanis est* …

Natürlich entging der Mutter Oberin nicht, wie eifrig ihre Schülerin sich auf ein, wie sie dachte, der Gelehrsamkeit gewidmetes Leben vorbereitete. Da alles irdische Streben, wie sie – im Widerspruch zu Gryphius, aber gleichfalls auf Lateinisch – stets betonte, *ad maiorem dei gloriam* geschah, wies sie Nora in stiller Ermunterung das Uhrenzimmer zu. Dort konnte Nora ungestört lernen, hatte aber andererseits auch die Verantwortung für Zeigerstand und Uhrwerk zu übernehmen, das in ihrem schmalen Rücken fast bis zur niedrigen Decke aufragte.

Vom Tag ihres Umzugs in das kleine, zweigeteilte Zimmer über dem Teichgarten an verdoppelte Nora ihre Anstrengungen, ohne dass sie genau wusste, welchem Ziel sie zustrebte, und oft ließ erst der perlgrau auf das kleine Dachfenster zudrängende Morgen das Licht der Petroleumlampe verblassen. Dann warf sie sich, noch immer bekleidet mit der schwarzen Uniform, auf die schmale, schlecht gefederte Pritsche, hob den Unterarm über die müden Augen und schlief noch zwei Stunden, ehe sie bleich und mit einem tauben Gefühl zwischen den Schläfen zur Frühmesse erschien. Doch eines Nachts, gegen ein Uhr morgens, erkannte sie plötzlich, worauf ihr ganzer Eifer hinauslief, welcher Weg ihr vorgezeichnet war – sie wollte Ärztin werden, ihrem Vater nacheifern.

Selbst wenn Frauen in jenen Tagen der Zugang zur Universität verwehrt war, wusste sie einfach, dass die Menschen und die Zeiten irgendwann erwachsen werden würden, und dann durfte auch eine Frau Medizin studieren wie jeder Mann. Dafür lernte sie, als Vorbereitung auf ein Universitätsstudium, und in den Winternächten fiel es ihr leichter als im Sommer. Zwar wurde um neun Uhr abends die Heizung ausgeschaltet, doch die Kälte war ihr ja von zu Hause her vertraut. Im Sommer dagegen hallten die Gassen mit dem Katzenkopfpflaster unter ihrem wegen der Wärme weit geöffneten Fenster oft noch bis nach Mitternacht von den Pfiffen und Scherzen der Jungen wider, die den Mädchen – kaum älter als sie selbst – hinterherriefen, und hell erklang das antwortende Gelächter, die aufreizenden Rufe, das Klappern von Schuhen auf dem Pflaster. Im Licht der Gaslaternen jenseits der Mauer schlenderten die Paare an dem Klostergemäuer vorbei, hielten sich auf Bänken umschlungen, lehnten an Kirschbäumen. Nora biss sich oft auf die Lippen; das Fenster konnte sie schließen, der Neid aber blieb, bis die letzten Rufe verklungen waren und manchmal noch darüber hinaus. Und doch, dachte sie, und doch – es gibt den Jungen dort draußen auch für mich, er ist mir bestimmt. Aber es wäre vielleicht besser für ihn, es gäbe mich nicht, und vielleicht erhört ihn vorher eine andere, eine, der er jetzt nachpfeift, mit der er bald tanzen geht.

Der Junge war allerdings bereits ein Mann, und als Nora ihm begegnete, wusste sie noch nicht, dass er sie heiraten wollte. Sie wusste nicht, dass er zu ihrem Vater reisen und um ihre Hand anhalten würde. Sie wusste nicht, dass Siegfried Raabe mit seinem neuen Schwiegersohn einverstanden sein sollte, ohne sie gefragt zu haben, denn Ludwig Hendriksen war das, was man eine gute Partie nannte. Seine Schwester Iris ging in dieselbe Klasse wie Nora, fast waren sie Freundinnen, jedenfalls hatte Iris ihrem Bruder von ihr erzählt. Er warb um Nora und versprach ihr, sie auch nach der Heirat nicht an die kurze Leine zu legen, ihr sogar im Ausland das Medizinstudium zu ermöglichen, das sie sich so sehr wünschte. Er stellte sie seinen Eltern vor. Sie zeigten sich zunächst erfreut, denn sie sahen eine junge Frau von klassischer, wenn auch etwas wilder Schönheit. Nachdem sie Nora eine Stunde lang ausgehorcht hatten, trat in ihre Augen aber ein reservierter, kühler Ausdruck, der zu kaum verhohlener Ablehnung wurde.

Ludwig allerdings zeigte keinerlei Anzeichen, sich von ihrer ablehnenden Haltung beeindrucken zu lassen. Dieser kleine Akt der Rebellion gegen seine Eltern veranlasste Nora, ihn mit anderen Augen zu sehen. Ihr Herz klopfte nicht, wenn sie ihn betrachtete, aber sie verspürte Respekt. Nach der Hochzeit dachte er jedoch nicht mehr daran, sie Medizin oder irgendetwas anderes studieren zu lassen. Alles, was er ihr gestattete, war eine Ausbildung zur Krankenschwester. Sie verbarg ihre Enttäuschung, lernte und wartete; mehr noch, sie lernte zu warten.

7

Afrika, Januar 1905

Sie ritten und ritten, und die ganze Zeit über begleitete sie das sägende Zirpen der Heuschrecken, und nach einer Weile nahmen sie es nur noch wahr, wenn es gerade aufgehört hatte, in der ersten plötzlichen Stille, bevor es wieder anfing. Sie ritten jetzt langsamer als an dem Tag, an dem sie die Pferde bekommen hatten. Die beiden Soldaten der Schutztruppe waren keine geübten Reiter, aber sie versuchten, es sich nicht anmerken zu lassen, und Nora achtete darauf, ihren Stolz zu respektieren. Sie waren seit fast einer Woche unterwegs. Nora hatte darum gebeten, den Falben reiten zu dürfen, und der Soldat namens Günther war einverstanden gewesen. Der andere hieß Frank und sagte nichts dazu, und nachdem Günther sich für den Rotfuchs entschieden hatte, nahm er den Braunen.

Sie ritten nun nicht mehr so dicht beieinander wie am ersten Tag, kurz hinter Keetmanshoop, aber Günther machte noch immer den Anfang. Frank bildete den Schluss, und manchmal ließ Nora ihre Stute langsamer gehen, damit er sie nicht aus den Augen verlor. Sie waren inzwischen schon so lange unterwegs, dass die Reise etwas Unwirkliches bekommen hatte, die Hitze und der Staub und der warme Geruch der Pferde, der Nora an ihren Vater erinnerte und daran, wie er gesagt hatte, für diese Welt sei man immer entweder zu gut oder zu böse. Aber nicht nur die Reise war unwirklich geworden, auch der Grund dafür. Je länger die letzte Begegnung mit Balthasar zurücklag, mit jeder verstrichenen Stunde und jeder gerittenen Meile, wurde auch ihre Tat kleiner, rückte in weitere Ferne, bis sie selbst nicht mehr genau wusste, was sie getan hatte und ob es gut oder böse gewesen war oder einfach nur schrecklich.

Worte, dachte Nora – am Ende waren es vielleicht nur Worte, und dann fiel ihr die Bibel ein. *Am Anfang war das Wort, und das Wort war bei Gott…* Aber was war am Ende? Auch das Wort, und war es wieder bei Gott? Wenn das Wort am Anfang und am Ende war, wo war dann die Tat und bei wem? Das Schnauben war jedenfalls bei den Pferden, und der Hufschlag war auch bei den Pferden, genau wie das Knarren des Sattelleders und das leise Klirren des Maulgeschirrs. Nora fragte sich, ob sie den Verstand verlor oder ob sie ihn schon vor Tagen, vielleicht Wochen verloren hatte. Vielleicht hatte sie ihn am Waterberg verloren und dann noch einmal in der Nacht auf der Insel.

Es konnte gut sein, dass sie den Verstand verloren hatte, ohne es zu merken. Zum Reiten brauchte man keinen Verstand, auch nicht dazu, sich abends schlafen zu legen oder sich zu waschen oder morgens anzuziehen – Unterwäsche, die Ballschuhe, den dunkelbraunen Rock, die beige Leinenbluse, die hellbraune Jacke und den Hut –, seit Tagen dieselben Sachen, deren Geruch sie nicht mehr spürte, nur morgens beim Ankleiden noch. Vermutlich brauchte man nicht einmal zum Kartenlesen Verstand oder um den Kompass zu benutzen. Man betrachtete einfach die Namen der Ortschaften – Gibeon, Orab, Tsumis, Rehoboth, Aris – und ritt sie ab, einen nach dem anderen.

Man ritt und ritt, und alles, was man sah, war das gelbe Gras der Ebene und später die kahlen Berge und der Pass und davor die Farmen, an denen man vorbeikam, mit ihren ratternden Windmotoren, den Hunden und Hühnern und Straußen, den Farmern, die keine Arbeiter mehr hatten, weil alle tot oder in Gefangenschaft waren, und sie neugierig anstarrten, wenn sie um etwas Wasser oder Brot baten. So war ich auch einmal, dachte Nora. Die Herden von Rindern oder Schafen, auf die sie stießen und die das trockene Gras fraßen, bis das Land kahl und unfruchtbar war, hätten ihre sein können. Sie sah Flüsse, die nur noch Rinnsale waren, und hier und da stieß man auf ein Schafsgerippe oder den Schädel eines Ochsen oder das geborstene Rad eines Lastkarrens, und das hätten ebenfalls ihre sein können, damals, als sie ihren Verstand noch nicht verloren hatte.

Jetzt besaß sie nicht mehr besonders viel, nicht mal mehr ein ordentliches Paar Schuhe. Sie besaß vielleicht gerade noch so viel wie die Vögel, die in den merkwürdig geformten, weit ausladenden Kronen der Kameldornbäume hockten und zu den Auasbergen hinüberstarrten oder was immer sie dort zu sehen glaubten, wo die blauen und braunen Konturen in den Himmel schnitten, am Ende der Ebene.

Die Soldaten bewegten sich in der sengenden Sonne so wenig wie möglich. Das schwere Riemenzeug mit den Karabinerpatronen im Kreuzgurt und dem Seitengewehr an der linken Hüfte drückte glühend heiß auf ihre Schultern. Der Uniformstoff, steif von getrocknetem Schweiß, scheuerte auf ihrer Haut. Seit sie die Pferde hatten, mussten sie nur noch das wenigste selbst tragen, und alles andere hing am Sattel, Mantel, Tornister, Brotbeutel, Kochgeschirr, Feldflaschen, die Patronentaschen mit einhundertachtzig Schuss Munition für jeden und der Karabiner im Sattelschuh. Aber die Sonne konnten ihnen die Pferde nicht abnehmen, und den roten Staub, der sich auf alles legte, konnten sie ihnen nicht abnehmen, und die brennenden Augen und das Nasenbluten und den Durst und die erstickende Atemnot in der dünnen Luft konnten sie ihnen auch nicht abnehmen.

Der Soldat namens Günther zügelte sein Pferd. »Wollen Sie, dass wir eine Rast machen, Frau Hendriksen?« Sein Gesicht war rot unter der Krempe des braunen Hutes, und sein Uniformhemd war schmutzig und durchgeschwitzt. An seinen Nasenlöchern klebten Reste von getrocknetem Blut.

»Wie weit ist es noch bis Windhuk?«, fragte Nora. Sand knirschte zwischen ihren Zähnen, und ihr Mund war ausgedörrt.

Er holte die Karte aus seinem Rucksack und faltete sie auseinander. Die Karte war schmutzig, zerknittert und an einigen Stellen eingerissen, und sie bauschte sich im Wind. Als er sich darüberbeugte, wurde sein Gesicht unter der Hutkrempe heller im Widerschein der Sonnenglut. »Wir sind gleich da«, sagte er. »Noch vor Sonnenuntergang. Ich dachte nur, Sie wollten sich vielleicht vorher etwas frisch machen.«

»Warum?«, fragte Nora. »Ich habe schon schlimmer ausgesehen.«

Günther nickte, faltete die Karte wieder zusammen und schob sie in den am Sattel festgeschnallten Rucksack zurück. Sein Rotfuchs hatte angefangen, an einem trockenen Strauch zu knabbern; der Schweiß stand in großen hellen Flocken auf seinem nassen Fell. Günther griff nach den Zügeln, aber dann bekam er wieder Nasenbluten von der dünnen, heißen Luft und musste den Kopf in den Nacken legen, bis die Blutung aufhörte.

Anderthalb Stunden später erreichten sie Windhuk. Die Sonne stand schon tief, sie berührte fast die Berge, und die hoch über der Stadt aufragende Festung warf einen langen Schatten auf die Dächer der Häuser. Günther und Frank hatten Nora in die Mitte genommen, wie um sie zu beschützen oder einfach nur, weil es sich so gehörte, wenn man jemanden überführte.

Im Schritt ritten sie die Hauptstraße entlang. Die Straße war unbefestigt, nur Sand, und in der Mitte verliefen die blank gefahrenen Schienen einer Feldbahn. Nora und die Soldaten passierten die Post, dann den kleinen Bahnhof, neben dem ein Schild für das Hotel *Stadt Windhoek* warb. Darauf folgten eine lange Reihe von Geschäften mit großen Ladehöfen für die Frachtgespanne und niedrige, ziegelrote Häuser mit Wellblechdächern. In einem der Höfe luden dunkelhäutige Arbeiter Stacheldrahtrollen auf einen Pferdewagen. Schleier weißen Staubes tanzten zwischen Zäunen aus Drahtgeflecht.

Zuerst nahmen die Menschen auf der Straße und vor den Häusern, die Leute, die zu Fuß oder zu Pferd oder mit dem Wagen unterwegs waren, keine Notiz von den beiden Soldaten und der Frau in ihrer Mitte. Aber dann bemerkte vielleicht einer die Schuhe, die fleckigen, zerrissenen Ballschuhe aus altrosa Satin, und wenn erst einer stehen blieb, schlossen sich schnell andere an. Natürlich hatten sie davon gehört, was in Lüderitz passiert war, und sie standen da am Straßenrand und starrten sie an und versuchten, unter dem Staub und der

Erschöpfung die Frau zu erkennen, über die inzwischen bestimmt ganz Südwest Bescheid wusste. Das also war sie, und jeder wusste, was sie getan hatte, aber keiner, warum.

Am Ende der Straße schwenkten Nora und die beiden Soldaten nach links und ritten zu der aus roten Backsteinen erbauten Festung hinauf. Ein vergoldeter Adler mit gespreizten Flügeln, der seine Krallen in die Spitze eines hohen Obelisken geschlagen hatte, spähte ihnen aus einem kleinen Hain entgegen, und als sie an ihm vorbei waren, sah er ihnen nach.

Die Mauern der Festung waren mit Schießscharten durchsetzt. Vier gedrungene Türme ragten in das schräg einfallende Licht der untergehenden Sonne. Die Fahne des Auswärtigen Amtes mit dem schwarzen Reichsadler flatterte über den Zinnen im Wind. Es gab eine lange Terrasse, die der Stadt zugewandt war. Nora glaubte, einen uniformierten Wachtposten zwischen den jungen Mandelbäumen vor der Mauer der Terrasse zu erkennen. Es konnte aber auch nur ein Schatten sein. Sie dachte, wenn sie der Gouverneur wäre, hätte sie die Flagge auf Halbmast gesetzt. Sie war einmal stolz auf diese Fahne gewesen, aber jetzt war sie es nicht mehr, und wahrscheinlich würde sie es auch nie wieder sein. Ihr Blick wanderte über die Gesichter der Menschen am Straßenrand; sie sah sie tuscheln oder einfach nur dastehen und zu ihr aufschauen. Sie erkannte keines davon. Keines davon gehörte Wilhelm, keines Rainer, keines Ludwig.

Na gut, dachte sie, meinetwegen; ich schaffe es auch allein. Das wollte ich doch. Ich wollte frei und allein und unbeugsam sein, und all das bin ich geworden. Ich habe keine Angst vor dem Gouverneur und seinem Untersuchungsausschuss. Sie wollen die Wahrheit wissen, und ich werde sie ihnen sagen.

8

Deutsches Reich, 1902

Auf dem Weg zurück nach Birkenhain hatte Nora nur die Ebene und den Himmel vor Augen, und das Gut sah unter den Schatten der dahinjagenden Wolken aus, als segelte es dicht am Wind vor dem Horizont. Schnelle, graue Flecken trieben über die Äcker, die schimmernden Bäume, dazwischen wogte das Heidekraut unter dem strahlenden Rechen der kurz aufblitzenden Sonne. Die Fenster der niedrigen, schindelgedeckten Gebäude blinkten Morsesignale. Krähen stiegen in Schwärmen von den Feldern auf, nur um sich kurz darauf an anderer Stelle niederzulassen. Ihr zorniges Krächzen war Nora früher hässlich erschienen, aber inzwischen gehörte es zu dieser melancholischen, sandigen Landschaft, so wie sie selbst dazugehörte. Der Wind trieb ein helles Klirren von Eisen auf Eisen heran; der Verwalter beschlug einen der Ackergäule. Ein Zug von Reihern strich mit gelassenem Flügelschlag über den bewegten Himmel.

Nora ging langsamer. Auf dem schmalen, staubigen Feldweg näherte sich der offene Zweispänner des Droschkenfahrers aus dem Dorf. Im Fond saß ein Fahrgast, den sie nicht erkennen konnte, nur einen Hut mit breiter Krempe sah sie und etwas Weißes, das seinen Hals umgab. Die beiden Pferde, ein Rotfuchs und ein Schimmel, legten einen schnellen Trab vor, ohne dass der Kutscher die Peitsche benutzen musste. Die Speichen der Räder schienen sich nach hinten zu drehen statt nach vorn, eine optische Täuschung, die Nora nie begriffen hatte, so wie sie erst nicht begriff, auch nicht als die Droschke fast auf gleicher Höhe mit ihr war, dass es sich bei dem Fahrgast um Rainer Maria Offergelt handelte.

Dann drückte etwas auf ihren Magen, schwer wie Blei, und sie wusste, dass sie sich nicht mehr belügen konnte. Sie hatte nicht so an ihn gedacht, auch nicht erwartet, ihn je wiederzusehen, allein. Sie hatte an ihn gedacht wie an jemanden, der im Krankenhaus lag und vielleicht starb. Keine nächtlichen Gedanken, kein Rausch von Gefühlen wie bei Lissys Hochzeit, denn sie war verheiratet. Das hatte sie sich immer wieder vorgesagt: Ich bin verheiratet, ich bin eine verheiratete Frau. Ich bin es nicht gern, aber es ist eine Tatsache. Ich darf keinen Mann lieben außer meinen Ehemann. An jenem Abend war ich betrunken, ja, so war es.

»Morgen, Frau Hendriksen«, rief der Kutscher und tippte mit der Peitschenhand an den Schirm seiner Lotsenkappe, während er mit der anderen die Zügel straff zog. Schnaubend blieben die Pferde stehen, eingehüllt in ihren warmen, durchdringenden Geruch nach schweißfeuchtem Fell.

Der Dichter war blass, eine ungesunde, rekonvaleszente Blässe, die betont wurde durch das Weiß der breiten Halskrause, die seinen Kopf stützte, ebenso wie durch das Schwarz des breitkrempigen Hutes. Er trug ein rosenfarbenes Hemd, eine pflaumenblaue Anzugjacke und einen dunkelroten Binder. Mehr konnte Nora nicht sehen, denn er hatte zum Schutz gegen den Fahrtwind eine Decke über die Beine gebreitet. Ein Winterpaletot lag auf seinen Schultern. Nora fand, dass der Eindruck des Kränklichen, aber Rekonvaleszenten beträchtlich zu seiner Anziehungskraft beitrug. »Ich bin froh, dass es Ihnen wieder besser geht«, sagte sie.

»Nur äußerlich«, antwortete er.

»Woher wussten Sie, wo Sie mich finden?«

»Ich habe Freunde unter Ihren Bediensteten.« Er rutschte zur Seite, um ihr Platz auf der Sitzbank zu machen. »Steigen Sie ein, ich muss mit Ihnen reden.«

»Worüber?«

»Über Sie und mich.«

»Das wird ein kurzes Gespräch.«

»Steigen Sie trotzdem ein, es ist ja auch nur eine kurze Fahrt.«

Nora zögerte einen Moment, dann setzte sie einen Fuß auf das Trittbrett des Landauers und stieg hinein. Als sie neben Offergelt Platz genommen hatte, schnalzte der Kutscher mit der Zunge, und die Pferde legten sich wieder ins Zaumzeug. Schnell rollte die Droschke auf das Gut zu.

»Ich dachte daran, Ihnen zu schreiben«, fuhr Offergelt fort, »aber das habe ich schon so oft getan, und nie erhielt ich mehr zur Antwort als ein paar hastig hingeworfene Zeilen. Doch was ich Ihnen zu sagen habe, ist so wichtig – es ist alles, was ich denke und fühle und woran ich glaube, und wenn ich es ausspreche, muss ich Ihr Gesicht dabei sehen können. Ich muss es mich sagen hören, und ich will Ihre Antwort gleich erhalten, nicht erst Tage später. Nur Sie sind in der Lage, mir noch zu helfen.« Er sah die ganze Zeit starr geradeaus, während er dies sagte. »Ich bin nicht Doktor Faustus, es gibt in meiner Brust nur eine Seele, und doch ringe ich mit ihr, denn sie will zu Ihnen, die ganze Zeit. Wären Sie einfach nur schön, eine gewöhnliche schöne Frau, es könnte mir gleich sein. Aber Ihr Gesicht, Nora, ist so viel mehr, *es ist das verlorene Paradies*, das niemand außer mir bis heute erblickt hat – das unbekannte Gesicht des verlorenen Paradieses. Ich wurde geboren, doch ich wusste nicht, wozu, bis ich Ihnen begegnet bin. Wenn es Sie nicht gäbe, was sollte dann ich auf der Welt? Wenn ich Sie nicht anschauen dürfte, wozu hätte ich Augen?«

Ein Springbrunnen, dachte Nora, gefüllt mit importiertem Wasser. Ich muss ihn abweisen; ich will es ja auch. Aber sie tat es nicht, so wie sie den Rehbock nicht erlegt hatte. Als sie nichts sagte, wechselte er bedrückt das Thema und fragte: »Waren Sie auf der Jagd?«

»Der Verwalter hat Geburtstag«, erklärte sie. »Ich hatte vor, einen Rehbock zu schießen – für die Feier des Gesindes heute Abend –, aber ich konnte es nicht.« Sie sah, dass er die Augen zusammenkniff, als wäre ihm etwas hineingeraten. »Haben Sie Schmerzen? Wann sind Sie aus dem Krankenhaus entlassen worden?«

»Ich habe mich selbst entlassen.« Er bewegte die Beine unter der Decke, die Spitze eines schwarzen Lackstiefels zeigte sich am unteren Saum. »Ich bin fast wahnsinnig geworden bei den Ärzten. Ich habe gehofft, dass Sie mich vielleicht besuchen würden, aber Sie sind nicht gekommen.«

»Ich war mir immer sicher, dass eines Tages ein Mann meinetwegen wahnsinnig werden würde«, sagte Nora. »Ich dachte allerdings, dass man mich dazu etwas besser kennen müsste.«

Die Kutsche rollte auf den Hof des Anwesens, wo der Fahrer sie zum Stehen brachte.

»Deswegen bin ich hier«, sagte Offergelt, »um Sie besser kennenzulernen. Ich habe mir nicht einmal die Zeit genommen, Geld von meinem Konto abzuheben. Ein paar Freunde haben mir gegeben, was sie gerade in den Taschen hatten. Ohne Kamm und Zahnbürste bin ich noch in der Nacht zum Bahnhof gerannt, sobald ich in Erfahrung gebracht hatte, wo Sie sich aufhalten. Kein Gepäck, sehen Sie selbst, nur die Kleider, die ich am Leibe trage. Gestatten Sie mir, an der Geburtstagsfeier teilzunehmen?«

»Das müssen Sie den Verwalter fragen, es ist sein Fest.« Nora kletterte behände aus dem Landauer. »Aber halten Sie sich von Stühlen fern.« Sie runzelte die Stirn, auf dieselbe ernsthafte Weise, die ihr als Kind eigen gewesen war. »Ich lasse Ihnen im Haus ein Zimmer richten. Bis morgen können Sie bleiben, wenn Sie es niemandem erzählen. Heute fährt kein Zug mehr.«

Der Nachmittag ging mit den Vorbereitungen für das Geburtstagsfest dahin. Im Hof wurden Holz und Reisig aufgeschichtet, denn statt des Rehbocks sollte nun ein Kalb über einem offenen Feuer braten. An einem langen Tisch neben dem Brunnen konnten der Verwalter und seine Familie in Gesellschaft der Mägde und Feldburschen und der Tagelöhner von den Nachbargütern auf langen Bänken zusammensitzen; es gab auch mehr als genug Platz, falls sie tanzen wollten.

Für sich selbst und Offergelt ließ Nora im Garten hinter dem Haupthaus decken, wo sie sicher sein konnte, das Gesinde nicht zu stören, falls es beim Feiern lieber unter sich blieb.

Am Abend bezog es sich, und der Wind erstarb. Ab und zu sprang am Horizont hinter den Birken ein Wetterleuchten auf und flammte weiß in den Himmel – Blitze ohne Donner und Regen, als läge dort eine Stadt unter lautlosem Beschuss. Die Luft war drückend wie sonst nur vor einem Sommergewitter; in den Ställen wurde das Vieh unruhig.

Nora klingelte mit einer Tischglocke aus Messing. Offergelt gesellte sich zu ihr an den Gartentisch, auf dem Silber und Porzellan im warmen Schein ruhig brennender Windlichter schimmerten. Nora hatte sich umgezogen und empfing ihn in einem langen schwarzen Rock, einer weißen Bluse und mit einem schwarzen Samthalsband, das nur eine einzige Perle zierte. Sie lauschte noch einen Augenblick auf das Lachen und die Akkordeonklänge, die das Fest des Verwalters begleiteten. Als Offergelt etwas sagen wollte, legte sie den Finger an die Lippen.

Sie saßen dicht an der von wildem Wein überrankten Hausmauer, zwischen sich der mit weißem Leinen gedeckte Tisch und darauf eine Flasche roten Burgunders, eine Terrine mit Rehragout, eine Schale Preiselbeeren und gekochte Kartoffeln unter einer Warmhaltehaube aus Silber. Auf dem Fensterbrett neben dem Tisch stand eine Kristallschale mit importierten Pfirsichen. Sie aßen langsam, mit Genuss. Nora sah, dass es Offergelt schwerfiel zu schweigen. Der Wein, von dem sie nur nippen wollte, glomm in den Gläsern, und bald fanden sich ein paar rote Flecken auf Offergelts Halskrause, die Nora an winzige Blutspritzer im Schnee erinnerten. Ein letzter Blütenduft hing in der Luft, verstärkt von der schwülen Witterung. Ganz hinten, wo der Garten in der Dunkelheit schwarz wurde, erhob sich ein Apfelbaum.

»Jetzt dürfen Sie reden«, brach Nora endlich das Schweigen.

Offergelt wandte den Blick, der während des Essens fast unablässig an ihrem Gesicht gehangen hatte, jäh ab, als verließe ihn auf einmal der Mut. Er griff nach seinem Glas. »Ich habe mich entschlossen fortzugehen«, sagte er leichthin, mit gespieltem Gleichmut, der die Bedeutung seiner Worte noch vertiefen sollte. »Ich verlasse Deutschland.«

»Warum erzählen Sie mir das?«

»Weil es Ihre Schuld ist.« Er setzte das Glas nicht ab, betrachtete es, drehte es hin und her, trank noch einen Schluck. »Wenn ich Sie nicht haben kann, will ich nicht auf demselben Boden gehen wie Sie und nicht dieselbe Luft atmen.«

»Sie sind ein Dichter«, sagte Nora, »aber Sie haben einen Hang zum Dramatischen. Was erwarten Sie von mir?«

Jetzt sah er ihr direkt in die Augen. »Kommen Sie mit mir.«

»Das ist lächerlich«, sagte Nora mit leisem Tadel.

Eine Mücke, deren Kreise um die Flammen der Windlichter immer enger geworden waren, leuchtete mit einem leisen Zischen auf und fiel leblos auf die Tischdecke. Dummes Ding, dachte Nora; andere Insekten befanden sich bereits im Anflug auf die Windlichter und würden genauso bei dem heroischen, aber vergeblichen Versuch umkommen, ihr Ziel zu überleben.

»Dann heiraten Sie mich wenigstens, bevor ich abreise«, sagte Offergelt drängend, voller Überschwang.

»Wenn Sie so etwas sagen«, erwiderte Nora, »offenbar ohne zu überlegen – stört es Sie dann nicht, dass ich schon verheiratet bin?«

Er schüttelte den Kopf. »Sie sind unglücklich, das Sakrament hat seine Gültigkeit verloren. Sie haben einen anderen Mann geheiratet, und Sie sind nicht verpflichtet, an seiner Seite zu bleiben, wenn er sich so verändert hat, dass Sie ihn nicht mehr lieben können.«

»Er hat sich nicht verändert«, entgegnete Nora. »Das ist es ja gerade. Er hat sich nicht geändert, und ich habe mich nicht geändert. Ich habe ihn damals nicht geliebt, und ich liebe ihn heute nicht, so wenig wie ich Sie liebe.«

»Dann ändern Sie sich *jetzt*«, rief er. »Ihre Pflicht ist eine andere, als Sie denken. Ihre Pflicht ist es, sich selbst zu lieben, und wenn Sie ihm schon treu sind, müssten Sie noch mehr Treue zu sich selbst empfinden. Sie sehen, Sie stehen an einem Abgrund, und hinter Ihnen ist eine Felswand. Sie müssen sich fallen lassen, damit Sie aufgefangen werden können. Wenn Sie mich nicht lieben, dann begehren Sie mich! Sie wissen doch, wie man begehrt, oder? Heiraten Sie mich so, ohne Altar und Ring, nur für die letzten Nächte.«

Nora griff nach einem der Pfirsiche in der Schale auf dem Fensterbrett, dann zu dem silbernen Obstmesser. »Kennen Sie denn nicht die geringste Scham?«

»Nein, nicht mehr. Dort, wo ich hingehe, wäre sie nur hinderlich.«

»Und was ist das für ein seltsamer Ort, wo sich zivilisiertes Benehmen als solches Hindernis erweist?« Mit einem konzentrierten Ausdruck auf dem Gesicht begann sie, den Pfirsich zu zerteilen.

»Afrika«, rief Offergelt, »der schwarze Kontinent. Deutsch-Südwest, unsere Kolonien!« Er senkte die Stimme. »*Ich verlasse Europa. Seewinde werden mir die Lungen ausbrennen, verlorenes Klima wird die Haut mir beizen. Schwimmen, Gras brechen, jagen, rauchen vor allem, Branntweine trinken, stark wie kochendes Metall – es am Feuer treiben wie unsere Vorfahren. Ich werde zurückkehren, mit dunkler Haut, wild leuchtendem Auge, eisenhart: mit starren Zügen, dass man glauben muss, ich gehöre zur Rasse der Starken. Ich werde Gold haben: Ich werde faul sein und brutal. Frauen haben eine Schwäche für solche blutbesudelten Hohlköpfe, die aus heißen Ländern wiederkommen. Ich werde mich in die Politik mischen. Gerettet sein. Heute bin ich ein Paria, ausgestoßen. Mir schaudert vor dem Vaterland. Das Beste ist ein Schlaf am Strand in tiefer Trunkenheit.*«

»Ist das von Ihnen?«, fragte Nora.

»Rimbaud«, sagte Offergelt.

Sie merkte, wie sie traurig wurde, ohne zu wissen, warum. Sie sah die Rotweinflecken auf seiner Halskrause und dachte, dass er sterben könnte; er schien ihr so zerbrechlich und verletzlich, und sie dachte: Er ist wirklich ungewöhnlich schön. Dann dachte sie: Ich bin gar nicht traurig, es ist etwas anderes. Sie betrachtete die Pfirsichhälften, deren feuchte Schnittflächen im Kerzenschein glänzten, dann aß sie eine davon, nagte das Fleisch von dem mit winzigen Kratern übersäten

Kern. Spontan hielt sie Offergelt die andere Hälfte hin und sagte: »Sie sind verrückt, vollkommen verrückt.«

»Ja, ich bin verrückt«, sagte er trotzig.

Auf einmal sah Nora sein ganzes Leben vor sich. Sie sah seine schlichte Wohnung, die Kleider achtlos auf dem Boden verstreut, das ungemachte Bett. Er verachtete die Ordnung; er verachtete das Geld, das ihm Monat für Monat aus dem Familienvermögen zufloss, ohne dass er dafür arbeiten musste; er schrieb Gedichte und wusste nicht, ob sie etwas taugten. Zahllose Frauen lagen ihm deshalb zu Füßen, nur die eine nicht, die er sich einredete. Nora spürte seine Einsamkeit so stark, dass es einem Schmerz glich, den sie teilten. Sie legte die Pfirsichhälfte auf den Tisch, so wie sie einem scheuen Tier etwas Futter hingelegt hätte, und sah ihn dabei an, sah in seinen Augen, dass sie sich nicht geirrt hatte und dass er es wusste. Ein unverhüllter Schimmer lag darin, als wäre die Flamme in einer Petroleumlampe auf einmal höher gedreht worden. Du musst etwas tun, dachte Nora und wusste nicht, ob sie ihn meinte oder sich selbst.

Er wollte alles, was ihr bisheriges Leben ausmachte, was sie mühevoll errichtet hatte. Es lag in seinem heißen, forschenden, ja fast flehenden Blick. Er mochte einsam sein, aber er war auch außergewöhnlich, ohne Verstellung. Er wäre gern hart gewesen, doch seine Seele war weich, von einer Rückhaltlosigkeit, die man beschützen musste.

»Was ist mit all Ihren anderen Frauen?«, fragte sie.

»Sie werden andere Männer finden«, sagte er. »Die wollen nur bewundern oder bewundert werden. Keine hätte den Mumm für so ein Abenteuer.«

»Woher weiß ich, dass Sie es ernst meinen? Männer erzählen nun einmal gern Geschichten, in denen sie heldenhafte Dinge unternehmen – Entdeckungen, Eroberungen, Kämpfe.«

»Sie erzählen sie Frauen, weil die sie gerne hören«, sagte Offergelt.

Die Flammen der Windlichter begannen zu flackern, als eine kleine Bö, Vorbote des Gewitters, um das Haus fuhr. Die Blätter der Weinranken an der Mauer raschelten. Etwas später rauschte die Krone des Apfelbaums, und eine weitere, stärkere Bö strich brausend durch den Garten. Irgendwo bellte Jonah, eins der Pferde wieherte. Die Geburtstagsrunde im Hof brach in lautes Jauchzen aus, als der Ziehharmonikaspieler eine Polka anstimmte. Offergelt griff missmutig nach seinem Weinglas.

»Machen Sie nicht so ein Gesicht«, rief Nora, von überraschender Fröhlichkeit erfüllt. »Nehmen Sie sich ein Beispiel an den Leuten auf dem Hof. Kommen Sie, wir wollen zu ihnen gehen und sehen, was sie treiben!«

Sie sprang auf und hielt ihm die Hand hin. Er griff danach und hielt sie einen Moment in seiner, ohne sich zu erheben. Wieder spürte sie, wie angenehm ihr die Berührung seiner Finger war, die trockene Glätte seiner Haut. Er bemühte sich um ein Lächeln, nickte und folgte ihr durch das hohe Gras um das Haus, der lauten Musik entgegen.

Der Hof war von den Flammen des hoch lodernden Feuers erhellt. Funkenschweife schlugen in den Nachthimmel. Die Feiernden hatten zu tanzen begonnen; sie warfen große, verzerrte Schatten auf die Wände der Ställe und die Front des Herrschaftshauses. Ihre Gesichter waren erhitzt, die Haare klebten ihnen an Stirn und Schläfen. Die Älteren saßen hinter ihren geleerten Blechtellern auf den Bänken und lachten und rauchten und redeten durcheinander. In der Mitte des Tisches lag das Gerippe des Kalbs, umgeben von einem Dutzend leerer Weinflaschen und mehreren ausgekratzten Töpfen.

Der Verwalter hatte einen Fuß auf die Bank neben sich gestellt, hielt die Ziehharmonika in beiden Händen und spielte einen schnellen Galopp, zu dem die Tänzer sich an den Händen fassten und im Kreis herumschwenkten. Als er Nora im Feuerschein erblickte, nickte er ihr zu, ehrerbietig, aber nicht unterwürfig. »'n Abend, Frau Hendriksen«, rief er. »Wollen Sie mitfeiern?«

»Nein, nur ein wenig zusehen«, antwortete Nora, »wenn es Sie nicht stört.« Ihre Füße bewegten sich von selbst unter dem langen Rock, aber sie rührte sich nicht von der Stelle.

Der Verwalter nickte. Er ließ die Finger ein letztes Mal schnell über die Tasten der Harmonika springen, sodass es wie ein Tusch klang, bevor er das Instrument absetzte. »Aber spielen könnten Sie einmal für uns«, sagte er. »Wie früher, wenn Herr Hendriksen nicht da war.«

Die jungen Männer und Frauen, die aufgehört hatten zu tanzen, wandten sich Nora zu und klatschten. »Spielen«, riefen sie, »spielen!« Ein Flächenblitz erhellte den Himmel, und für Sekunden wurde der ganze Hof in sein flackerndes Leuchten getaucht. Gleich darauf rollte Donner aus der Nacht heran. Die Luft wurde kühler und roch wie nach Kieselsteinen, die in der Sonne gelegen hatten. In einem neuen Windstoß wirbelte glühende Asche auf den Brunnen zu, wo sie liegen blieb, ohne zu erlöschen.

Nora ging zum Tisch und hob die Ziehharmonika auf. Mit dem Kopf fuhr sie unter den Tragriemen. Wie der Verwalter setzte sie einen Fuß auf die Bank, stemmte das Akkordeon auf den linken Oberschenkel und zog es an den Griffen auseinander. Es hörte sich an, als holte es in ihren Händen Atem. Nora selbst schien auch einen Moment Atem zu schöpfen, dann begann sie, das Instrument mit schnellen rhythmischen Stößen zu bearbeiten. Den Kopf leicht schräg gelegt presste sie knappe Kadenzen hervor, wechselte beim Auseinanderziehen das Tempo, wurde langsamer, entzog dem Akkordeon verschmelzende Glissandi, knappe Flageoletts, halb Habanera, halb Caféhaus. Sie schloss die Augen, warf den Kopf zurück und spielte wieder schneller, fast angriffslustig. Die Töne schlingerten und marschierten, stolz, voll drängender Lust, bevor sie sich zu einem schmerzlichen, gefühlvollen Lamento erhoben, wie geboren aus tiefster Leidenschaft und unerbittlicher, strenger Traurigkeit.

Alle lauschten, die Mägde, die Burschen, die Tagelöhner und ihre Kinder, sie alle hörten schweigend zu, einige mit ebenfalls geschlossenen Augen, andere mit gesenktem Blick. Wie in Trance verwob Nora scheinbar willkürlich musikalische Motive, löste und bündelte sie wieder, trennte hier einen Strang wie mit einem Axtschlag, führte dort einen anderen immer weiter und höher, aber nur ihre flinken Finger bewegten sich auf den Tasten des Instruments, sonst war alle Bewegung innerlich. Ein weiterer Blitz riss die Dunkelheit auf, und in den metallisch hallenden Nachklang des Donners warf Nora die letzten Töne wie klingende Münzen, das Kleingeld der Sehnsucht.

Sie öffnete die Augen und setzte das Akkordeon ab. Ihr Blick fiel auf Offergelt, der reglos dastand, an der Ecke des Stalls, wo der Feuerschein gerade noch hinreichte, mit einem benommenen Gesichtsausdruck, als hätte er eine völlig neue und unerwartete Seite an ihr kennengelernt. Nora spürte etwas auf ihrer Kopfhaut, einen Wassertropfen, der zerlief. Sie sah nach oben, der nächste Tropfen traf sie auf die Stirn, und plötzlich war es, als fiele ein schwarzer Vorhang aus dem Himmel direkt auf sie zu, schwerer, dichter Regen in harten Fäden, die erst über den Flammen glitzerten wie Kupfer. Das Feuer duckte sich unter der Nässe, die Glut pulsierte und erlosch.

Lachend floh die Geburtstagsgesellschaft vor dem Wolkenbruch in den Stall und unter das Dach der Scheune, die wie ein Resonanzkörper für das dumpfe Trommeln der Tropfen wirkte. Nur Nora blieb noch etwas stehen, sah zu, wie der Regen über den Hof peitschte, so dicht, dass es schien, als stünde sie mitten in einem See, stünde auf seiner Oberfläche und könnte über das Wasser gehen.

»Nora!«

Sie packte das Akkordeon und lief damit auf den Stall zu, wo Offergelt an der Holzwand lehnte, hinter dem perlenden Vorhang des Regens, der aus der Dachrinne troff. Sie lief, aber es schien, als spürte sie den Boden nicht mehr unter den Füßen. Der Wein, dachte sie noch, oder die Musik. Du hast dich zu sehr aufgeregt.

Sie schaffte es bis unter den Dachvorsprung. Das Akkordeon entglitt ihren Händen; sie hörte nur noch den Regen trommeln und sah nichts mehr. Als sie wieder zu sich kam, nur ein paar Herzschläge später, hielt Offergelt sie in seinen Armen. Seine Augen waren dunkel, dunkel auch der Mund, während der Schatten des Regens über sein blasses Gesicht lief. Er wird deine Schwäche ausnutzen, dachte sie. Dennoch spürte sie wieder die Erregung, ein Ziehen unter dem Zwerchfell – kein Funken Humor, dachte sie, wie alle Dichter, und dann küsste sie ihn.

Sie hatte es sich kurz vorgestellt, eine schnelle Berührung ihrer Lippen im Schutz des Regenvorhangs. Aber dann war es nicht kurz; es dauerte, sie spürte seine Zunge und ihre eigene, kleine Bisse, die ihr zugefügt wurden, die sie ihm zufügte. Sie ließ sich gegen die Stallwand sinken, die Arme um seinen Hals geschlungen, und noch immer küsste er sie, und er küsste gut. Sie fühlte, wie er sie begehrte, unter dem Druck seiner Hüften, seinem heftigen Atem, seinen Händen. Seit Jahren hatte sie nicht mehr geküsst, keine Lippen auf ihrem Mund, ihrem Hals gefühlt, und ebenso lange war sie nicht mehr als Frau begehrt worden, und sie wollte es, aber so sehr sie es wollte, es war unvernünftig – Gefühle für einen Fremden.

Sie löste ihren Mund von seinem und schob Offergelt von sich. Seine Hände ließen sie nicht los, er atmete in schnellen Stößen. Sie schüttelte den Kopf, ohne etwas zu sagen. Er begriff, zog sie aber dennoch an sich, bis ihre Wange an seiner Brust lag, unter der Halskrause, die seine Leidenschaft nicht zu behindern schien; und so blieb sie stehen, bis sie sich beide wieder beruhigt hatten. Endlich strich er ihr mit der flachen Hand ein paar Mal über den nassen Rücken und küsste sanft ihren Scheitel. Sie fühlte sich auf einmal fremd, wie erwacht in einer Haut, die sie nicht kannte oder vergessen hatte. Am liebsten wäre sie so stehen geblieben, umarmt, den Kopf an seine Brust geschmiegt. Doch dann sagte er leise:

»Jetzt weiß ich, was Glück ist.«

Sie entwand sich seinen Armen. »Glück ist etwas für Kinder«, erwiderte sie.

Ein letztes Mal flackerte der Himmel, aber es folgte kein Donner mehr. Der Regen wurde schwächer.

»Gute Nacht«, sagte Nora. Sie ließ Offergelt stehen und lief, so schnell es der nasse Rock zuließ, auf den Eingang des Haupthauses zu, und wieder sah es aus, als liefe sie übers Wasser.

9

Am nächsten Morgen fuhr sie Offergelt zum Bahnhof. Die Erde war noch nass; das herbstbraune Gras lag dicht an den Boden gepresst. Die Birken hatten fast alle Blätter verloren. Tiefe Wolken jagten über den Himmel, zusammengeballt in grauen Schichten. Das Licht wirkte körnig und kalt. Überall roch es durchdringend nach Torf. Die Räder des Landauers mahlten im Matsch, und Nora ließ die Rappen langsam gehen, damit sie nicht so sehr rutschten.

Offergelt saß neben Nora auf der Bockbank des Zweispänners. Mit einer Hand hielt er seinen Hut fest, mit der anderen zog er die Aufschläge des schwarzen Paletots zusammen. Nora trug nie Hüte, egal, wie sehr es Ludwig auch erboste. Sie trug nie Hüte, und manchmal achtete sie auch nicht darauf, ob ihre Kleider aufeinander abgestimmt waren, so wie heute: ein apfelgrünes Kleid mit einem kastanienfarbenen Gürtel, Schnürstiefeletten, eine Perlenkette, die so lang war, dass man sie mit einem Knoten vor der Brust schürzen musste, und über allem eine zerschlissene braune Arbeiterlederjacke, gut zwei Nummern zu groß für sie. Ein Schildpattkamm hielt ihr das Haar aus der Stirn.

»Gestern Nacht«, sagte Offergelt, »da draußen im Regen …«

»Sie werden es niemandem erzählen«, unterbrach Nora ihn. »Es war eine Laune, die nichts zu bedeuten hat. Ich konnte die ganze Nacht kaum schlafen vor Scham.« Sie versuchte, sich selbst davon zu überzeugen, dass sie bis in den Morgen hinein wach gelegen hatte, weil sie ihr unschickliches Benehmen bereute, aber so war es nicht. Tatsächlich war es die Aufregung gewesen, die sie nicht hatte schlafen lassen, eine unerklärliche Aufregung, der sie auf den Grund zu gehen versuchte. Es lag nicht allein an dem Kuss, auch nicht an Offergelt selbst – es lag an dem Ausblick, der ihr eröffnet worden war, dem Ausblick auf die Wahrheit.

Wer war es, der gesagt hatte, sobald etwas Wahres bekannt wird, kann man es nicht mehr zurücknehmen, man kann es nur noch leugnen? Etwas Wahres, die Wahrheit... Die Wahrheit war, dass Offergelt sie liebte, so sehr, dass er sie bei seiner Reise auf einen fernen Kontinent bei sich haben wollte; mehr noch, er glaubte an sie. Die Wahrheit war, dass Ludwig nie an sie geglaubt hatte oder vielleicht nur unwesentlich mehr als an sein Haus, seine Gemälde, seine Pferde, seine Aufsichtsratssitze; er hatte ihr das Studium verweigert, und sie hatte sich gefügt, auch das war die Wahrheit. Und sie hatte diese Wahrheiten geleugnet, unbewusst, aber gegen ihr Gefühl.

Doch plötzlich war eine andere Wahrheit in ihr Leben getreten: Sie konnte nicht schlafen vor Aufregung. Wie damals bei dem Spaziergang, als ihr Vater mit einem einzigen Satz ihr kleines Universum, ihren schützenden Kokon zerstört hatte, war wieder ein Blitz eingeschlagen, ganz dicht vor ihren Füßen, und jetzt hatte sie so viel Kraft angesammelt, wusste so viel mehr. Diese Wahrheit war, dass sie ihrem Leben noch einmal eine neue Richtung geben konnte, eine, die allein sie bestimmte, und dass sie nicht mehr bereit war, sich selbst zu verleugnen. Sie war eingeschlafen und nach kurzem Schlaf erwacht, glücklich, aus keinem anderen Grund als dem, geküsst worden zu sein, mit der Erinnerung an diesen Kuss auf den Lippen in eine ungewisse Zukunft zu blicken.

Sie fuhren auf der unbefestigten Straße am Kanal entlang. Die lehmbraune Strömung rollte schneller als sonst zwischen den flachen Ufern dahin. Eine Gruppe von vier Trauerweiden ließ behutsam ihre schlaffen Schnüre in das kalte Wasser hängen. Dahinter wölbte sich eine Holzbrücke von Böschung zu Böschung, und die eisenbeschlagenen Räder der Kutsche ratterten über die festen Bohlen. Auf der anderen Seite des Kanals verliefen die Eisenbahnschienen für die Züge zwischen Hamburg und Schwerin.

»Was werden Sie in Afrika anfangen?«, fragte Nora unvermittelt. »Ich meine, wenn Sie nicht Rimbaud spielen und betrunken am Strand schlafen?«

»Ich dachte daran, eine Farm zu kaufen«, sagte Offergelt. »Ich habe noch nie etwas mit meinen Händen getan. Ich musste nie arbeiten. Ich könnte Schafe züchten oder Strauße. Ohne die vielen Feste hier, die ewige Ablenkung und Zerstreuung finde ich vielleicht heraus, ob wirklich ein Dichter in mir steckt.«

Nora schwieg einen Moment. Dann sagte sie: »Ich habe es mir überlegt. Ich komme mit.«

»Nach Hamburg? Aber wo ist Ihr Gepäck …?«

»Nach Afrika. Ich gehe mit Ihnen.«

Offergelt starrte sie an, sprachlos vor Erstaunen.

Nora sagte: »Versprechen Sie sich nichts von meiner Entscheidung. Es wird nichts zwischen uns sein als Kameradschaft, die Kameradschaft von Reisenden, denn für alles andere bin ich nicht geschaffen, gleich, was Sie denken mögen.«

Ludwig wird mich nicht gehen lassen, dachte sie. Noch nie ist ein Hendriksen von einer Frau verlassen worden, wird er sagen und mich von einem Arzt zum nächsten schleppen, vielleicht sogar in ein Sanatorium einweisen lassen; er wird es gut meinen. Ich habe kein Geld außer dem, was er mir gibt.

»Ich habe Geld«, sagte Offergelt. »Ich habe genug für uns beide, für die Überfahrt und die erste Zeit in Südwest. Wir kaufen eine Farm, und wenn sie erst läuft, können Sie mir von Ihrem Anteil alles zurückzahlen.«

So könnte es gehen, dachte sie, aber lieber wäre es mir anders. Ich möchte in niemandes Schuld mehr stehen, nicht einmal für einen Tag. Ich will nur frei sein, frei von allem, nicht mehr von einem Kasten in den nächsten gehen oder mein Leben unter niedrigen Decken verbringen; nie mehr darauf warten, dass jemand nach Hause kommt. Ich will für niemanden die Staffage sein, nie mehr tun, als liebte ich oder wollte geliebt werden, niemandem mehr dankbar sein außer mir selbst und meiner eigenen Kraft, und niemand soll mir dankbar sein. Ich will aus den Kulissen treten, die so schlecht gemalt sind und mir nicht passen; aus den Kostümen schlüpfen, die mir nicht gehören; den Schmuck ablegen, der wie ein goldenes Joch meinen Hals beugt. Ich will stark und unbeugsam und allein sein.

»Was die anderen davon halten, ist mir gleichgültig«, sagte sie, als hätte sie all das laut ausgesprochen, in das weite, sandige Land hineingerufen. Wie zur Antwort ertönte aus der Ferne der Pfiff einer Lokomotive, lang gezogen und warnend.

Der Landauer hatte die kleine Brücke überquert und rollte nun auf die Schienen zu. Offergelt blickte sich um und sah in die Richtung, aus der die Lokomotive kam. Schon trieb der Wind den Rauch aus ihrem Kessel heran, und wenig später tauchte sie keuchend zwischen den Büschen zu beiden Seiten der Gleise auf, schwarz und rot, ein gelb leuchtender Scheinwerfer wie ein einziges Auge unter dem Schornstein.

»Sie kommt mit!«, schrie Offergelt dem Zug entgegen. »Sie kommt mit nach Afrika!« Er stand auf, riss sich die weiße Stützkrause vom Hals und schwenkte sie über seinem Kopf. Plötzlich sprang er aus dem noch fahrenden Zweispänner und lief auf die Schienen zu, mit ausgebreiteten Armen lief er, laut schreiend: »*Afrika, Afrika, Afrika!*«, lief neben der Lokomotive her, glücklich mit flatterndem Haar und wehendem Paletot, und seine Schreie verschmolzen mit dem immer lauter werdenden Pfeifen des Zuges.

Was tue ich?, dachte Nora. *In eine fremde Welt, auf einen dunklen Kontinent folge ich um den halben Erdball einem Mann, der mit einer Lokomotive um die Wette läuft, jauchzend wie ein Kind.*

10

Zwischen den Kontinenten, 1902

Von da, wo sie stand, konnte man das Schiff kaum erkennen, nur den massigen Rumpf und das Wasser zwischen der *Gertrud Woermann* und dem Kai. Es regnete seit Tagen, und das Wasser war unruhig, und wo der Regen aufschlug, schienen der Elbe graue, spitze Stacheln zu wachsen. Beide Hände um die Reling geklammert lehnte Nora am Bug der Barkasse, die sie und die anderen Passagiere zu dem halb vom Nebel verschluckten Ozeandampfer bringen sollte. Sie war schon lange nicht mehr im Hafen gewesen, hatte es sich immer nur vorgenommen; sie mochte den Geruch nach Jod, Teer, Salzlake und Fisch. Sie mochte das Tuten der Schleppkähne, und sie mochte auch den Anblick der tausend Masten und Schornsteine, und besonders mochte sie die Möwen, die mit kreischenden, wehmütigen Schreien zwischen den Auslegerkränen herabstießen und vor den Docks und den Frachtern flach über die Wellen glitten, um ein Stück Brot oder etwas anderes zum Fressen aus den petrolgrünen Wellen zu schnappen.

Der Ponton, an dem die Barkasse gelegen hatte, blieb im Dämmerlicht des Regennachmittags hinter ihnen zurück. Auf dem Petersenkai des Baakenhafens drängten sich Männer und Frauen in Regenmänteln, die Familien der Reisenden, Freunde, die mit ihren aufgespannten Schirmen aussahen wie schwarze Pilze. Eine Militärkapelle spielte Volkslieder und Märsche für die jungen Soldaten, die nach Afrika fuhren, um die Schutztruppen zu verstärken. Jedes dritte Stück war *Muss i denn, muss i denn zum Städtele hinaus.* Die Musik trieb in Fetzen heran, schien laut, dann wieder leiser zu werden. Der Wind, ein schwacher

Nordwester, trieb Nora die Gischt ins Gesicht. Es schmeckte salzig, wenn sie sich über die Lippen leckte.

»Ist das nicht herrlich?«, rief Offergelt ihr ins Ohr.

Nora antwortete nicht. Es war November, ein kalter Tag, aber nicht deswegen zitterte sie. Sie fröstelte vor Aufregung, obwohl ihre Wangen heiß waren, als hätte sie Fieber. Vor ihr lag der mächtige Dampfer der Woermann-Linie und schwojte ächzend in seiner Vertäuung. Kleine Wellen leckten am grünspanbefallenen Kupferbeschlag des Schiffsrumpfes. Die wuchtigen Anker in der Kat schimmerten nass. Aus dem schwarzen, mit den grün-weißen Ringen der Woermann-Linie geschmückten Schornstein stieg dünner Rauch. Das Licht der Heckbeleuchtung fiel auf die schwarz-weiß-rote Flagge, die sich regenschwer um ihren Mast geschlungen hatte. Achtern hievte ein Ladebaum Kisten mit Militärgerät aus einem flachen Frachtkahn. Nora schwindelte, als sie an der turmhohen Bordwand hinaufschaute, die schwankend aus der Dunkelheit näher kam.

Ein Boot, dachte sie, *eine Gestalt im Bug, stürmischer Himmel und etwas, das endet, wenn das Boot anlegt*. Aber dann verwarf sie den Gedanken – das, was sie vor dem Bild in Ludwigs Büro empfunden hatte, entsprach nicht diesem Moment; die Reise begann, statt für immer zu enden.

»Habe ich dich jemals so lächeln sehen?«, rief Offergelt.

»Wie denn?«, fragte Nora, und der Wind schien ihr die Worte von den Lippen zu reißen.

»So entschlossen«, antwortete Offergelt. »So anmutig und… *frei*!«

Frei, wiederholte sie in Gedanken und dachte, dass sie noch nie so aufgeregt gewesen war, stolz und aufgeregt, aber auch ängstlich. Konnte *frei* nicht einfach nur bedeuten, dass sie nichts mehr zu verlieren hatte? Fast drei Wochen hatte sie gebraucht, um, so geheim wie möglich, die Reise vorzubereiten. Die Passage auf der *Gertrud Woermann* hatte Offergelt gebucht, für sich und eine Begleitperson. Sie selbst hatte bei einem Geldinstitut, das mit ihrem Mann in keinerlei Geschäftsverbindung stand, auf den Namen ihrer Schwester einen Bankkredit aufgenommen. Lissy hatte sich nur widerstrebend zu diesem schwesterlichen Liebesdienst bereit erklärt, doch überraschenderweise war es Carl-Gustav gewesen, der sie nach anfänglichem Zögern unterstützt hatte. Vielleicht habe ich mich in ihm getäuscht, dachte Nora dankbar; vielleicht steckt mehr in ihm, als man ihm auf den ersten Blick zutraut. Was nun Ludwig anging: Bis zur letzten Minute hatte sie sich davor gedrückt, ihn davon in Kenntnis zu setzen, dass sie fortging.

Die Koffer waren schon gepackt gewesen, als sie wenige Tage vor Abfahrt der *Gertrud Woermann* beim Abendessen die Rede auf ihre Absicht gebracht hatte. »Ach, da fällt mir ein – Ende der Woche fahre ich in die Kolonien, nach Deutsch-Südwest«, sagte sie beiläufig, als er mit dem Saibling fertig war und sich dem Dessert zuwandte.

»Von einer solchen Reise ist mir nichts bekannt«, erwiderte Ludwig befremdet.

»Ich habe dir bisher nichts davon erzählt, damit du nicht versuchst, mich davon abzubringen«, sagte Nora. »Mein Entschluss steht nämlich fest, und ich kann dir auch noch nicht sagen, wie lange ich fortbleiben werde.«

»Liebes, es ist undenkbar, dass du allein verreist, schon gar nicht in ein so fernes, gefährliches Land«, erklärte Ludwig und sah die Angelegenheit damit als erledigt an. Erst nach und nach erkannte er, wie ernst es ihr war und dass sie sogar die als letzte Konsequenz angedrohte Scheidung nicht von ihrem Vorhaben abbrachte. Danach hatte er getan, als gäbe es sie nicht mehr. Er hatte durch sie hindurchgesehen, als wäre sie Luft, und weder das Wort an sie gerichtet noch zugehört, wenn sie einmal mehr um Verständnis für ihren Entschluss geworben hatte.

Sie wusste, dass er auch jetzt nicht zum Hafen kommen würde, um ihr Lebewohl zu sagen, gekränkt wie er war und dazu noch während der Kontorstunden. Nie würde sie sein Gesicht vergessen, den Ausdruck der Demütigung, der den Ärger ablöste, als er begriffen hatte, dass sie sich nicht umstimmen lassen würde. Sie erinnerte sich, dass sie Mitleid verspürt hatte, sogar einen Anflug von Scham. Bin ich zu egoistisch?, hatte sie sich gefragt. Denke ich nur an mich? Sie erinnerte sich überhaupt an jede Einzelheit dieser drei Wochen nach Offergelts erstem und bisher einzigem Kuss mit einer Genauigkeit, die ihr in den Jahren zuvor verloren gegangen war; sie erinnerte sich an alles, und nichts davon tat ihr leid.

Aber dennoch fragte sie sich immer noch manchmal: *Was tue ich?* Auch jetzt, nachdem sie das Fallreep hinaufgestiegen war und neben ihrem Reisebegleiter an der Reling stand. *Was tue ich?*, fragte sie sich, aber nicht verzagt, sondern staunend, stolz. Hier oben, wo man die Kapelle kaum noch hören konnte und von den Schaulustigen auf dem Kai nur ein Geflatter weißer Taschentücher wahrnahm, dachte sie: *Es war richtig, du lebst wieder!* Über ihren Köpfen heulte die Dampfpfeife. Der Lotse kam an Bord, und die letzte Pinasse legte ab.

Nora stellte sich vor, wie die Heizer mit rußverschmiertem Oberkörper vor den offenen Feuerluken standen und die Schaufeln in den Kohlenberg stießen. Sie hörte das Schrappen der Schaufelblätter und das Knirschen, wenn die Kohle aus den Eisenbehältern gehebelt und dann schwungvoll in die Flammen unter den Kesseln geschleudert wurde. Sie sah den Schweiß auf der glutglänzenden Haut und stellte sich vor, wie der Maschinentelegraf klingelte; sein Zeiger deutete auf *Halbe Kraft*, der Oberheizer bestätigte den Befehl von der Kommandobrücke, und die Maschine machte Dampf auf. Der Destillierapparat begann zu arbeiten, die Lohen im Feuerraum schlugen höher in das Röhrensystem, das die Kessel durchzog, und verschwanden als farblose Hitze im Rauchfang. Das Wasser in den Kesseln bildete erste Bläschen, Ventile spien Dampf aus. Die Temperatur stieg, erreichte schnell den Siedegrad, und bald verwandelte sich das kochende Wasser in noch mehr Dampf. Während Manometer den wachsenden Dampfdruck in Pfund auf den Quadratzoll umrechneten und die Indikatoren mit Bleistiften die Druckkurve auf schmale Papierstreifen zeichneten, vollzog die gigantische Schraubenwelle hinter der Maschine eine zögernde Umdrehung in ihrem Tunnellager, erst nur einmal, ehe sie sich zurechtlegte, einen zweiten Anlauf nahm und sich endlich rhythmisch in Öl und schwarzer Schmiere um die eigene Achse wälzte. Das ganze Schiff fing an zu vibrieren, Kühlwasser spritzte auf die schnell heiß laufenden Kolben, verdampfte zischend, rieselte zurück.

Ein Ruck durchlief den Boden unter Noras Füßen. Der Dampfer nahm Fahrt auf, suchte seinen Weg aus dem Hafenbecken, vorbei an den anderen Schiffen und den schwach beleuchteten Lagerhallen. Das Dröhnen der Maschinen schwoll an, und es klang, als schlüge dort unten im Bauch des Ozeanliners ein unförmiges, im Zeittakt pulsierendes mechanisches Herz. Aber es gab noch ein anderes Geräusch, das Nora viel tiefer berührte: Es war das Rauschen des Wassers, der Wellen, die sich vor dem Bug teilten und an der Bordwand saugten, den Kiel unterliefen, ungebärdig, als rieben sie ihre Buckel an dem muschelbewachsenen Schiffsleib; sie leckten und saugten, kosteten nachlässig von etwas, das ihnen eines Tages ganz und für immer gehören würde.

Bald dampfte die *Gertrud Woermann* die abendliche Elbe entlang und nahm Kurs auf die offene See. Nach einem kurzen Rundgang über die verschiedenen Decks und einem Blick in den Speisesaal suchten Nora und Offergelt ihre nebeneinanderliegenden Kabinen auf, um ihr Gepäck unterzubringen. Der Luxus, an den Nora sich von der Fahrt nach England erinnerte, fehlte an Bord des bereits vor einigen Jahren vom Stapel gelaufenen Schiffes. Es gab nur ein winzig kleines Bullauge in ihrer Kabine, die Einrichtung war karg und altmodisch. Die Holztäfelung wies Kratzer auf; an einigen Stellen blätterte die ockergelbe Farbe von den Wänden, darunter zeigte sich Rost. Das Messing hätte dringend poliert werden müssen, und der Spiegel war in der Salzluft fast ganz erblindet. Ein Damenbad fehlte, auch hatte niemand an weibliche Stewards gedacht. Sechs Wochen, dachte Nora, sechs Wochen, bis wir da sind. Tränen der Erschöpfung, der Erleichterung stiegen ihr in die Augen. Sie kletterte über ihre Koffer und legte sich sofort schlafen, ohne Offergelt Gute Nacht zu sagen. Sie hörte ihn nicht einmal mehr klopfen.

Einmal erwachte sie in der Nacht, weil das Herz ihr bis zum Hals schlug. Ihr war kalt, und sie glaubte zu ersticken. Um sie herum sammelte sich die Dunkelheit, angefüllt mit Geräuschen und Gerüchen in solcher Dichte, dass sie kaum noch atmen konnte und auf Augen und Ohren denselben Druck spürte. Die Kajüte schien angefüllt mit einem schweren Gemisch aus entwichenem Dampf, verbrannter Kohle und erhitztem Öl, dazu Moder, Tanggeruch und Kelp, der aus den Ritzen zwischen den Planken sickerte. Die Schweißnähte der Eisenplatten knarrten, irgendwo quietschte eine Winde, die Maschinen dröhnten, und noch immer drängte das Meer schmatzend gegen die Bordwand. Nora schaute mit weit aufgerissenen Augen in die Dunkelheit; erst nachdem sie ihren Mantel über sich gezogen hatte, schlief sie wieder ein.

Am Morgen fühlte sie sich zerschlagen, allerdings nur, bis sie aus ihrer Kabine zum Deck hinaufstürmen konnte. Es war kalt, eine frische Kälte, der Atlantik im November, aber die Sonne schien, und der Seewind war nicht von der Luft zu trennen; sie musste ihn einatmen mit seinem Geschmack nach Jod und Salz. Die Wellen waren tief und grün und klar, und Lichtreflexe huschten über sie hin bis zur Kimm. Nora stellte sich an die Reling, wo schon viele andere Passagiere standen, alle wie verwirrt vor Glück – Kinder in Matrosenanzügen, Frauen in knöchellangen Kleidern, mit flatternden Sonnenschirmen, und ihre Männer, die Mienen gewohnt ernst, prüfend, verlässlich. Einige Offiziere waren darunter, ein Deck tiefer Soldaten aller Mannschaftsgrade in ihren Khaki-Uniformen, die meisten mit Helmen, deren Kinnriemen ordnungsgemäß zugeschnallt waren. Viele wird man im Speisesaal treffen, dachte Nora, im Casino, beim Tanz oder beim Kartenspiel. Bekanntschaften werden sich nicht vermeiden lassen; in den Liegestühlen nebeneinander auf dem Sonnendeck wird man ins Gespräch kommen. Sechs Wochen sind eine lange Zeit, und das Schiff wird kleiner werden.

Offergelt lief winkend über das Promenadendeck auf sie zu, strahlend, noch immer erfüllt von der Freude des Aufbruchs. »Ich habe mit dem Schiffsarzt gesprochen«, rief er, »falls du seekrank wirst, musst du nur den Blick fest auf den Horizont richten…«

»Ich werde nicht seekrank«, antwortete Nora und schützte die Augen mit einer Hand gegen das klare, harte Licht. »Ich kann überhaupt nicht verstehen, wie irgendjemand seekrank werden kann. Ich könnte stundenlang hier stehen und das Meer anschauen und den Kopf in den Wind halten, bis wir… was ist der erste Hafen, den wir anlaufen?«

»Las Palmas, in ein paar Tagen.«

In ein paar Tagen, dachte Nora; wie angenehm – nichts Konkretes, kein präziser Termin.

Sie erreichten die Stadt auf den Kanarischen Inseln am frühen Abend. Die Temperaturen waren stetig gestiegen, und sogar am Abend konnte man noch auf Deck stehen. Die Sonne war kräftig, und ihre Strahlen schienen Meter um Meter ins Wasser zu reichen, ohne sich zu brechen, bis das Plankton sie verschluckte. Die See wirkte dunkler, je weiter der Blick vom Schiff abschweifte, aber ungewöhnlich hell, wenn man geradewegs an der Bordwand hinabschaute. Der Atlantik atmete in langen, dichten Zügen, die, zu blauen Wellen verdichtet, hinter dem Dampfer heranrollten, ihn unterliefen und vor ihm zurückzudrängen schienen, zerteilt von seiner schäumenden Bugwelle.

Las Palmas mit seinem Hafen war zuerst nur ein weißer Fleck am Hang einer von bebender, schimmernder Luft verwischten Bucht. Stolz rauschte die *Gertrud Woermann* durch den Halbkreis der Fischerboote vor der Insel, hisste neben der Flagge des deutschen Kaiserreichs die Farben von Spanien und dampfte an den im Hafen vor Anker liegenden Schiffen vorbei, als nähme sie eine Ehrenformation ab. Rasselnd fielen dicke, hundert Faden lange Ketten durch die Klüsen. Die gut fünfzig Zentner schweren Bug- und Rüstanker klatschten zur Begleitmusik der quietschenden Gangspillen in das trübe Wasser.

Offergelt zog sein Fernglas auseinander und hielt es Nora hin. Sie richtete es auf die Stadt. Unmittelbar hinter den Kais mit ihren Baracken und spanisch beschrifteten Lagerhallen lag ein staubgelber Platz, in der Mitte ein Brunnen; enge, ungepflasterte Straßen führten zwischen den weißen Häusern hügelan. Die meisten Fensterläden waren geschlossen. Vor dem Portal einer prachtvollen Kathedrale ragte eine Heiligenstatue auf, zernarbt an Gesicht und Händen, die Falten des Gewandes abgeschliffen von der Witterung.

Nora hob das Fernglas ein wenig, und ihr Blick flog an grün wuchernden Büschen und blühenden Gärten vorbei zu einem Hüttengewirr, das einen ärmlichen Gürtel um die pompöseren, mit roten Ziegeln gedeckten Gebäude im Stadtkern zog. Er schwebte zu einsam gelegenen Villen, die in dem Gestrüpp über der Stadt ruhten wie Eier in einem Kondornest, und noch weiter hinauf, zu Weinhängen und Bananenplantagen, bis die Berge im Dunst verschwanden, über dem, ganz fern und kaum erkennbar, aus einem blauen Vulkan eine rotgraue Aschewolke stieg.

»Wir können den Abend an Land verbringen«, schlug Offergelt vor.

»Nein«, sagte Nora.

»Warum nicht?«

Nora gab ihm das Fernrohr zurück. »Ich will weiterfahren.«

»Das Schiff bleibt die Nacht über hier.«

»Ich bin nicht aus Deutschland weggegangen, um mir auf irgendeiner Insel die Füße zu vertreten. Ich wollte nach Afrika, und ich werde dieses Schiff erst verlassen, wenn wir am Ziel sind. Ich bin keine Gesellschaftsreisende, es soll ein einziger großer Schritt sein. Der ganze Ozean soll zwischen mir und der Vergangenheit liegen. Sonst hat das alles keinen Sinn.«

Während sie noch sprach, zog hinter dem Vulkan violette Dunkelheit heran. Ein Blitz schlug in einen der Berggipfel. Vom Kai drang Hundebellen, und die Meeresvögel auf der zinngrauen Brandung steckten ihre Köpfe ins Gefieder und ließen sich in den Schlaf schaukeln. Die Fensterläden wurden aufgeklappt, in den Straßen gingen bunte Lichter an. Bald war die Heiligenstatue vor der Kathedrale nur noch eine helle Wunde in der Dämmerung, wie das Holz eines Baumes, wenn man die Rinde abgeschält hat.

»Geh nur«, sagte Nora. »Ich habe mich allein noch nie gelangweilt.« Sie gab ihm einen kleinen Stoß, damit er sich nicht schuldig fühlte, und an diesem Abend war sie im Speisesaal der einzige Gast. Sie genoss die Einsamkeit und die Stille. Sie wusste, dass Offergelt trotz allem gehofft hatte, ihr auf dieser Reise näherzukommen; Männer glaubten nie, dass man meinte, was man sagte. Aber sie hielt Distanz zu ihm, zu seinen tiefen, feuchten Blicken, und sobald er sie berührte, achtete sie darauf, dass die Berührungen nicht zu lange dauerten, selbst wenn sie ihr gefielen. Es mochte angenehm sein, doch es war keine Liebe, und darunter wollte sie nichts mehr.

Nach dem Essen ging sie in den leeren Aufenthaltsraum, wo sie von dem Tisch, an den sie sich zum Schreiben setzte, durch das Fenster die erleuchtete Kathedrale sehen konnte. Sie hatte von Offergelt eine seiner Kladden erbeten, um sich auf der Fahrt Notizen machen zu können, mit Feder und Tinte Gedanken aufzuschreiben und Stimmungen festzuhalten. Aber bis jetzt hatte sie noch kein Wort zu Papier gebracht; auch heute Abend fiel ihr nichts ein. Sie dachte daran, wie bei Lissys Hochzeit alle über ihren Brief gelacht hatten, und beschloss, schlafen zu gehen.

11

Die Tage vergingen träge. Die See wölbte sich endlos unter den Liebkosungen des Windes, und der Rauch aus den Schornsteinen hing noch lange unter dem hohen, hellen Himmel. Die Sonne tauchte die ganze sichtbare Welt in Messingfunkeln, das einmal hier, einmal dort aufblitzte und das Auge reizte, bis es schmerzte. Zu manchen Stunden war das Meer so glatt, als wäre selbst die mildeste Brise ein in diesen Breiten unvorstellbares Phänomen. Dann bedurfte es eines Delfins oder eines Marlins, um den Spiegel zu zerbrechen und im Springen einen Regenbogen zu schlagen, bevor sie zurückfielen in das schattige grüne Glas der Tiefe, wo Algenfelder wie orientalische Zauberteppiche dahinglitten.

Auch der Himmel wechselte seine Farben und Gesichter, zeigte Launen, Stimmungen. Manchmal spannte er sich makellos blau von Horizont zu Horizont, dann wieder konnten unzählige weiße oder rosafarbene Federn darauf getupft sein, hier ergänzt um einen Grauton, dort um einen Goldschatten, einen kupfernen Rand oder einen violetten Kamm. Es gab schmale, lang gezogene Wolkendünen – einem in der Kälte großer Höhen gefrorenen Seufzer ähnlich – ebenso wie finster drohende Zusammenballungen, die schneller verschwanden, als sie erschienen waren. Unter den Farben des Lichts wich das helle, fast weiße Blau des Morgens dem stechenden Azur des Mittags, später dem rauchigen Pflaumenlila der Dämmerung und schließlich dem Indigo der Nacht. Fieberrot, Blutorange und Koralle gingen ineinander über. Mal kleidete das Firmament sich in Königspurpur, dann wieder in zartes Rosa oder mildes Lindgrün.

Oder in Gold – nicht selten fand Nora es golden, glanzvoll wie ein

Trompetenton. Oder schweflig, mattseiden, einem japanischen Wandteppich geraubt. Oder aber so gesättigt, als hätten alle Gelbs der Welt sich untereinander geeinigt, ihr schönstes Ingrediens zur Verfügung zu stellen. Dieses erstrahlte dann in solch anrührender Wehmut, dass dem Auge jeder blinkende Abendstern darin, das kleinste Wölkchen und sogar die Nacht wie eine Erlösung für den Himmel erschien, zumal die Nächte beileibe nicht immer mit Finsternis gleichzusetzen waren. Im Gegenteil, über den Positionslampen der *Gertrud Woermann* leuchteten nicht nur Mond und Sterne, sondern oft türmten sich Wolken zu lichten, strahlenden Gipfeln, deren Wirbel und Klüfte Nora schwindeln ließen. Erstarrt zwischen funkelnden Sternbildern und der glänzenden Meeresoberfläche verzauberte sie die lautlose Nacht mit ihrem schneesilbernen Schein, und die See wurde ein einziges, endlos fließendes Glitzern.

Eine Woche, nachdem das Schiff Las Palmas verlassen hatte, nahm Nora ihre erste Eintragung vor. Sie schrieb:

Die Reise ist lang und anstrengend. Sie strich *anstrengend* und ersetzte es durch *eintönig. Wir sind schon in Afrika, aber nicht dort, wo wir hinwollen. Wir fahren an der Küste entlang auf den Äquator zu. Es ist sehr heiß, tagsüber genauso wie in den Nächten, vor allem, wenn kein Wind geht. Am Himmel zucken rote Blitze. Auch nach Einbruch der Dunkelheit sucht niemand seine Kabine auf; alle liegen in den Stühlen an Deck und fächeln sich Kühlung zu. Ich wage gar nicht, mir vorzustellen, wie es den Heizern im Maschinenraum ergehen mag, vor dem offenen Feuer. Viele der Soldaten schlafen gleich ganz an Deck statt in ihren Hängematten in den Mannschaftsräumen. Am Tag sucht jeder das kleinste Fleckchen Schatten; Decken werden als Markisen aufgespannt.*

Das Essen ist gut und reichlich, und die Stewards sind aufmerksam. An einem normalen Tag gibt es große Portionen Pökelfleisch vom Rind oder frisches Kalbfleisch, nur schwach präserviert, manchmal auch gesalzenes Schwein, Kartoffeln, außerdem wahlweise Zwieback oder frisch gebackenes Brot, noch ofenwarm, Kaffee mit Zucker oder Tee, je nach Geschmack. Zum Essen kommt Wasser aus dem Destillierapparat in der Kombüse auf den Tisch, für die, die mögen, auch Bier, Sekt oder Wein.

Heute war ein Feiertag, da servierte der Koch echte Butter und Gänseleberpastete aus der Dose, konservierte Putenbrust, Truthahn, Obst und Gemüse und nach dem Essen Champagner und Whiskey. Ich hatte seit der Abfahrt keine Ohnmachten mehr, und deswegen verzichte ich auf alle geistigen Getränke. Rainer wird erst flammend, dann melancholisch und anlehnungsbedürftig, wenn er trinkt. Es scheint überhaupt zum männlichen Wesen zu gehören, dass Brandy oder Wein die Zutraulichkeit weckt. Aber auch die Ritterlichkeit: Abwechselnd beschützt mich Rainer vor anderen Verehrern, oder die anderen Verehrer beschützen mich vor Rainer. Manchmal wirkt auch der Name meines Mannes.

Heute sind wir in eine Windstille geraten. Man hatte den dauernden Wind gar nicht mehr bemerkt, bis er auf einmal fehlte, und jetzt sehnen sich alle danach zurück. Wenigstens kommen wir voran, weil wir ja nicht mit Segeln fahren.

Das Ausbleiben jeglicher Brise nahm dem Azur des Tages seine heitere Note, und die Schwüle wurde mit jeder Stunde bedrückender. Aus dem Bauch des Dampfers drang das Stampfen der Maschinen, grauweißer Rauch stieg in den wie glasgeblasenen Himmel und trieb als Schatten auf dem spiegelglatten Wasser davon. Die weichen, durchsichtigen Wellen an Bug und Heck des Schiffes schienen miteinander zu wispern und kühle Geheimnisse zu teilen. Die Sonne war eine gleißende Scheibe im Zenit, die ihr Licht wie eine spitze, blendende Klinge auf das blaue Seidentuch des Meeres legte. Nachts wurde aus ihrem Messingglanz Silber, die Klinge aber blieb, statt von der Sonne nun vom Mond gehalten.

Am fünfundzwanzigsten Tag der Reise dampfte das Schiff in ein Krillfeld, das auf der wellenlosen, windstillen See trieb. Meile um Meile, so weit das Auge reichte, bedeckte die grasähnliche, goldgelbe Planktondecke den Atlantik. Es sah aus, als führe die *Gertrud Woermann* durch ein Kornfeld. Der Ährenteppich wurde von seinem Bug zerteilt und schloss sich im Heck wieder. Die Passagiere standen staunend an Deck, geblendet. Plötzlich sagte ein Kind mit nörgelnder Stimme in die Stille: »Schau mal, *maman*, ein Walfisch!«

Der Krillteppich teilte sich, und ein grauschwarzer Rücken tauchte auf, gefolgt von einem zweiten, dann einem dritten, vierten und fünften. Schließlich pflügte ein ganzes Dutzend großmäuliger Wale heran, glänzend wie nasser Schiefer. Mit ihren kleinen Augen schienen sie das Schiff zu beobachten, abzuschätzen, ob es ein Freund war oder eine Gefahr darstellte.

Offergelt, der trotz der Hitze rastlose Runden um die Deckaufbauten drehte, blieb bei Noras Liegestuhl stehen und kauerte sich neben sie. »*Wie im Dschungel die rasende Tigerin sich wälzt und ihre Jungen erdrückt*«, zitierte er leise, »*so schleudert das Meer die gewaltigsten Wale gegen Felsen und zerschmettert sie neben gestrandeten Wracks. Es kennt kein Erbarmen, es gehorcht nur sich selbst. Keuchend und schnaubend wie ein Schlachtross, das in seinem Ungestüm den Reiter abgeworfen, überflutet der Ozean den Erdball, und nichts gebietet ihm Einhalt.*«

Nora nahm seine heiße Hand und hielt sie in ihrer. Sie erinnerte sich an den Kuss im Regen. Unter einem leichten Sonnenbrand war er noch immer so bleich wie in jener Nacht. »Rimbaud?«, fragte sie.

»*Moby Dick.*«

Es wurde Abend, es wurde Morgen, der siebenundzwanzigste Tag, schrieb Nora in ihr Tagebuch; es ging ihr jetzt leichter von der Hand. *Es sieht aus, als könnte es Sturm geben. Monrovia haben wir hinter uns gelassen, und noch immer scheint die Luft in Flammen zu stehen. Meine Augen schmerzen vom Blick auf das Meer, den weißen Strand Liberias am Horizont. Der Kapitän hat neue Passagiere an Bord genommen, Afrikaner, die uns bei unserer Ankunft an Land bringen sollen; er nennt sie Kruboys. Gestern haben wir den Äquator überquert, was für die Mannschaft Anlass zu allerlei grobem Schabernack war. Ein Maat erschien halb nackt, mit wirrem, seetangbedecktem Haar und einem Schilfrock um die Hüften auf dem Zwischendeck, in der Hand einen Dreizack, und taufte die männlichen Passagiere, die sich dazu hergaben, mit Meerwasser. Dazu sangen einige Matrosen das Lied der Neptunsjünger: »Seift ihn und schlagt ihn, taucht ihn und spritzt ihn, quält ihn und haut ihn und lasst ihn nicht los!« Anschließend wurde aus einem kleinen Fässchen purer Rum getrunken. Rainer wollte mich küs-*

sen, aber ich habe ihn abgewehrt, obwohl es mir nicht leicht fiel. Der nächste Hafen wird Port Alexander sein, dann sind wir schon in Angola, und ein Ende der Reise ist absehbar. Endlich!

Um die Mittagszeit dieses Tages verdunkelte sich der Himmel über der Kimm. Aus dem Meer schien eine Wolke aufzusteigen, an deren Unterseite es grün, grau und schwefelgelb brodelte. Die Wolke breitete sich aus, während ein fahler Dunstschleier die Linie zwischen Wasser und Luft auslöschte, indem er alles Licht aufsog. Bald war es eine ganze Wolkenwand, die turmhoch in den Himmel ragte und die Sonne auslöschte und ihren mitternachtsblauen Schatten immer weiter über den Ozean schob, direkt auf die *Gertrud Woermann* zu.

Nora lag in ihrem Lieblingsliegestuhl auf dem Promenadedeck, ein rot-weiß gestreifter Sonnenschirm gewährte Schutz vor der Sonne. Sie hatte den knöchellangen Rock so weit wie eben noch schicklich hochgezogen, und die Kladde, richtig gehalten, verbarg, dass sie den obersten Knopf ihrer Bluse gelockert hatte. Ausnahmsweise lag Offergelt neben ihr, schwitzend in seiner schwarzen Hose und dem zugeknöpften weißen Hemd. Sie sprachen über das Land, das sie nach ihrer Ankunft kaufen wollten, und was sie darauf anbauen konnten, und wenn sie Vieh züchteten, ob dann Schafe besser waren als Rinder oder ob sie eine Straußenfarm anlegen sollten. Sie überlegten, wer ihnen beim Bau der Farm helfen könnte, wie sich die Baumaterialien am besten transportieren ließen, wie es um Wasser für den Brunnen bestellt sein mochte, ob es wohl wilde Tiere gab – Leoparden, Schlangen, Schakale. Was sie brauchen würden: Werkzeug, Waffen, einen Transportkarren, Zugtiere, vielleicht eine Windmaschine.

»Pferde«, sagte Nora. »Für das, was wir nicht mit dem Zug machen können, brauchen wir Pferde. Die Eisenbahn soll noch nicht sehr weit sein.«

»Ich bin für Strauße«, sagte Offergelt. »Ich finde, Strauße sind sehr schöne Tiere.«

»Aber vielleicht sind sie nicht so nützlich wie Schafe«, gab Nora zu bedenken. »Schafe geben Milch und Wolle, und man kann sie essen. Kann man Straußenfleisch essen? Vielleicht braucht man eine Erlaubnis, oder die Landvergabe ist daran gekoppelt, was man mit dem Boden anstellt. Ich werde mich beim Distriktverwalter erkundigen. Und bestimmt hat die Deutsche Kolonialgesellschaft eine Niederlassung in Swakopmund, bei der man sich Rat holen kann.«

Der Wetterumschwung vollzog sich in atemloser Stille, die das Stampfen der Maschinen und das leise Knarren der Nietnähte so deutlich hervorhob, als wären es eigens zur Untermalung dieses Naturschauspiels geschaffene Geräusche. Ein jäher Blitz spaltete den düsteren Wolkenberg und wühlte das Blei des Wassers auf. Es wölbte sich zu einer gewaltigen Woge, die sich wie ein Berg aus flüssigem Zinn auf das Schiff zuwälzte. Der Bugspriet des Dampfers hob sich. Ein aus dem Nichts über das Meer gezogener Vorhang aus Wind und Regen wallte um das Vorschiff. Die *Gertrud Woermann* begann, heftig zu rollen; das Deck schwankte auf und nieder und neigte sich ächzend nach steuerbord. Eine Glocke wurde geschlagen, helle, verlorene Klänge vor dem Orgeln, mit dem der Sturm nahte. Alle Passagiere verließen eilig das Deck.

»Komm mit!«, schrie Offergelt und ergriff Noras Ellbogen, um sie zum Niedergang zu führen, aber sie schüttelte seine Hand ab. *Dieser Himmel*, dachte sie staunend, *diese Wolken*. Wieder kam ihr das Gemälde in Ludwigs Büro in den Sinn – die Toteninsel.

»Wir müssen unter Deck. Hast du die Glocke nicht gehört? Das ist ein Sturm!«

Nora spürte, wie der Wind ihr unter die Kleidung fuhr; über ihren Rücken lief eine Gänsehaut. »Ja, ein Sturm! Du wolltest dir doch die Lunge ausbrennen lassen von wilden Seestürmen. Ein brutaler Hohlkopf werden, den die Frauen lieben!«

Sie waren inzwischen die einzigen Passagiere auf Deck. Mit nassen Fäusten klammerten sie sich an die schlüpfrige Reling. Sie standen Seite an Seite, so dicht, dass ihre flatternden Haare wie miteinander verschlungen schienen. Über ihnen klang die Schiffsglocke, unablässig, immer wieder die hellen, verlorenen Schläge. Glas barst. Lukenklappen schepperten, die Davitsscharniere quietschten unter dem Gewicht der schaukelnden Rettungsboote. Mit der ersten scharfen Bö wirbelten unzählige kleine, aus dem Wasser gerissene Fische heran, prallten gegen Bordwand und Fenster und klatschten auf Deck. Eine abgebrochene Spiere flog dicht an Noras Kopf vorbei.

Plötzlich stand ein Matrose neben ihnen, eine Hand mit festem Griff an der Reling, mit der anderen hielt er seine Mütze fest. »Sie müssen unter Deck gehen!«, schrie er gegen den Wind an. »Befehl des Kapitäns!«

»Gleich«, rief Nora zurück, »nur einen Moment noch!«

»Nora!« Offergelt ergriff ihren Arm. »Es ist zu gefährlich!«

»Ja, ich weiß.« Aber sie rührte sich nicht, und als der Matrose erneut den Kapitän ins Spiel brachte, brachte sie den Namen des Eigentümers der *Gertrud Woermann* ins Spiel, die Reederei und ihren Vorstand, der zu Ludwigs regelmäßigen Gästen gehörte. König schlägt Bube, dachte sie, als der Matrose schwankend das Deck verließ.

Regen und salziger Schaum prasselten auf den Dampfer nieder. Stahltrossen kreischten. Nora spürte, wie sie das Gefühl in den Fingern verlor. Sie war schnell bis auf die Haut durchnässt, sah nichts mehr als Schwärze und schwankende Umrisse. Sie konnte Offergelt an ihrer Seite kaum noch erkennen und rief: »Du hast recht, es ist zu gefährlich!«, doch sie hörte ihre eigenen Worte nicht, sie spürte nur, wie der Wind ihr die Luft nahm. »Rainer!«

Als hätte er sie gehört, – vielleicht hatte er es, vielleicht hatte er sie gehört –, drehte er sich zu ihr um, bewegte sich aber nicht. Er starrte sie nur an, mit einem seltsam verinnerlichten Ausdruck auf dem Gesicht. Gefahr?, schienen seine Augen spöttisch zu fragen. Sie packte seinen Arm und drehte ihn herum, zog ihn zu der nur wenige Schritte entfernten Eisentür. Wasser spülte über ihre Füße, um die Knöchel. Sie versuchte, die Tür zu öffnen, riss und zerrte am Griff, doch das Schloss klemmte.

Offergelt zog sie beiseite und rief: »Halt dich an mir fest!« Nora schlang beide Arme um seine Hüfte und presste den Kopf an seinen Rücken. Sie dachte, dass es unvernünftig gewesen war, draußen zu bleiben, nicht früher hineinzugehen, und dann dachte sie, dass sie noch nie so etwas erlebt hatte wie diese Sturzseen, die über das Schanzkleid zischten, dieses dumpfe Orgeln des Sturms, dieses Ächzen und Schreien des Eisens, wenn das Schiff in die Wellentäler hineinsackte und sich danach wieder aufbäumte.

Das Meer war kein Wasser mehr, es war Berge und Täler. Tosend veränderte es Farbe und Gestalt, wurde graues Blei und grünes Glas. Auf den Kämmen steiler Wogen zischte die Gischt und schäumte hart wie Hagel auf das schlingernde Schiff. Das Stampfen der See betäubte die Ohren, und wenn Nora den Mund öffnete, trieb ihr der Wind den eigenen Atem in die Lunge zurück. Jähe Blitze zuckten über den unsichtbaren Himmel. Regen peitschte aus wechselnden Richtungen herab, schnell und hart und senkrecht oder dicht über die Wellen heranjagend. Wuchtige Brecher spülten über das Hauptdeck, knickten Ladebaum und Masten und drückten den Rumpf des Dampfers mit ihrem Gewicht so tief unter Wasser, dass es keinen Bug mehr gab, nur noch das Meer, das fast bis zum Brückendeck reichte. Dann richtete der Bug sich wieder auf, und das abströmende Wasser riss Nora von den Füßen, und es war nur noch Offergelt, der sie hielt. Sie schien zu schwimmen, zu treiben, eine ganze Zeit lang, bis ihre Füße endlich wieder den Boden berührten, aber jetzt hatte sie keine Schuhe mehr. Hustend spuckte sie Salzwasser aus.

Erneut holte die *Gertrud Woermann* nach steuerbord über, wälzte sich unter den wütenden Schlägen von achtern, von backbord, schlingerte und krängte, erbebte bis zum Kiel hinab, und jedes Überholen dauerte länger als das letzte, und noch immer ging die Tür nicht auf, und die Luken machten Wasser, und Wasser schwappte auch in die Schornsteine und fiel zischend auf die Glut im Kesselraum, und immer wieder ragte das Heck in die Luft, sodass die Schrauben leer drehten, und die ständig schneller und wilder auftauchenden Sturzseen waren nicht mehr voneinander zu unterscheiden, sie schlugen aus allen Richtungen gleichzeitig zu, unterliefen den Leib des Dampfers, hoben ihn hoch und ließen ihn wieder abrollen.

Nora hielt Offergelt fest umschlungen. Ein Rettungsring wirbelte vorbei, traf sie am Nacken und wurde davongespült. Eine abgerissene Stahltrosse streifte Offergelt an der Schulter; er schrie. Nora konnte den Schrei hören, dachte: Warum kann ich ihn schreien hören? Und dann merkte sie, dass sie wimmerte, sie konnte auch sich selbst wimmern hören, denn es war still, bis auf das ablaufende Wasser herrschte Stille. »Oh, Gott«, sagte Offergelt leise, und sie folgte seinem Blick und dachte auch: *oh, Gott,* weil sich vor dem Bug, aus der Stille, die schon im nächsten Moment keine Stille mehr war, der Ozean selbst zu erheben schien. Er wuchs höher und höher, wurde zu einer graugrünen, dunkel glänzenden Granitwand, die auf das Schiff zurollte, knisternd, rauschend, kochend, bevor sie vornüberkippte und die *Gertrud Woermann* vom Bugspriet bis zu den Resten der zerfetzten Heckflagge unter sich begrub.

Nora spürte ihre Arme nicht mehr, nur ein Reißen, das kein Ende nahm, denn auf den ersten Brecher folgte ein zweiter, dann ein dritter, noch größerer. Das Wasser spülte über ihren Kopf hinweg, gurgelte in ihren Gehörgängen, drückte auf Augen und Schläfen. Ihr Herz hämmerte, sie konnte es in den Ohren hören, nur das Herz und das Blut vielleicht, und sie dachte: Alles aus, niemand kann übers Wasser gehen.

Mühsam tauchte der beinahe bis zum Schornsteinrand in die donnernde See gedrückte Dampfer wieder auf, hob seinen Bug, stemmte die salzigen Fluten von den Decks, und plötzlich, als das Vorschiff fast senkrecht emporragte, sprang die verklemmte Tür auf und wurde gegen die Wand geschmettert, und Nora nutzte den Schwung einer zurückflutenden Woge und stieß Offergelt in den Niedergang, wo er stolpernd in die Knie brach. Die Tür schlug wieder zu, bevor sie ihm folgen konnte. Sie schlug zu und wieder auf und schüttelte sie ab, aber

Nora wartete auf die nächste Woge, und als sie kam, als die Welle sie anhob, zog sie den Kopf ein und machte sich ganz klein, und sie war wie eine menschliche Kanonenkugel, die – gehüllt in Gischt und Wasser in den Niedergang geschossen wurde, bevor die Tür sich wieder schließen konnte.

12

Nora sagte: »Das war dumm, sehr dumm. Warum weiß ich nie, wann es genug ist? Es geht dir ziemlich schlecht, weißt du. Der Arzt meint, dass du Fieber hast und eine Lungenentzündung. Du hättest von den Wellen mitgerissen und über Bord gespült werden können, und ich wäre schuld gewesen! Aber warum hast du dich auch nicht durchgesetzt? Wir haben verdammtes Glück gehabt. Du hast einfach nur zu viel Wasser geschluckt. Ich darf kurz zu dir, um dir Gesellschaft zu leisten, aber du sollst nicht reden. Sie haben dich festgeschnallt, damit du nicht zu Boden fällst. Du musst bald wieder gesund werden, hörst du? Ich brauche dich doch, wir *beide* brauchen einander.«

»Weißt du, was?«, fuhr sie fort: »Ich glaube, du *willst* dir wehtun! Es ist deine Art, dir Aufmerksamkeit zu verschaffen. Bestimmt hast du dich schon als Kind dauernd verletzt und warst oft krank, wegen jeder Kleinigkeit. Damit sagst du der ganzen Welt, dass du unglücklich bist, dass du geliebt werden möchtest. Wie auch immer, am besten wirst du einfach wieder gesund, und wir sehen danach weiter. Wir sind bestimmt noch ein paar Tage unterwegs, sodass du genug Zeit hast. Aber wenn wir da sind, könntest du eigentlich wieder auf den Beinen sein. Hast du nicht gesagt, du wolltest mich heiraten? Wie willst du denn mit *mir* verheiratet sein, wenn dich schon ein kleiner Sturm so zurichtet? Ich meine, mal abgesehen davon, dass ich ja immer noch verheiratet bin. Ich würde dir gern etwas erzählen, damit du gesund wirst, etwas, das dir Freude bereitet. Ich habe noch mal über unsere Farm nachgedacht, über die Schafe und die Rinder, die wir haben werden. Oder Strauße, wenn dir das lieber ist, obwohl ich nicht weiß, wozu die gut sein könnten, außer dass sie Eier legen und man ihre Federn an Hüte näht. Wenn du willst, können wir auch Hühner halten oder Gänse. Wir können etwas anbauen, Mais vielleicht oder Kaffee; ich werde mich noch erkundigen. Ich freue mich schon darauf, abends auf der Veranda zu sitzen. Wir werden beide da sitzen und zusehen, wie die Sonne untergeht und die Nacht aufzieht, und weit und breit ist nichts, buchstäblich *nichts* außer Land, unserem Land, und Tieren, unseren Tieren.«

Offergelt war der einzige Patient im Bordlazarett. Durch die Bullaugen fiel nur wenig Helligkeit. Er lag auf dem Rücken, und seine Augen waren geschlossen. Seine Brust hob und senkte sich unregelmäßig, und sein Gesicht schimmerte im Zwielicht der Krankenstation. Wieder dachte Nora, dass er zu den Menschen gehörte, die schöner werden, wenn sie krank sind, durchscheinender, reiner. Seine geschlossenen Lider mit den langen, immer noch etwas salzverklebten Wimpern verbargen die Augen, die sich darunter unruhig bewegten und etwas zu betrachten schienen, das sich in seinem Inneren abspielte, in seiner Seele. Die Wangen waren fahl unter den hohen Knochen, und die vom Fieber spröden Lippen wirkten röter, obwohl sie fast alle Farbe verloren hatten. Sie wirkten röter, weil der Rest des Gesichts blasser war.

»Ich glaube, du kannst mich nicht hören«, sagte Nora, »oder vielleicht doch, wer weiß das schon …? Als ich klein war, hat mein Vater mir von einem Singvogel erzählt, einem Rotkehlchen vielleicht oder einer Nachtigall – ich habe den Namen vergessen –, der so schön sang, dass die anderen Vögel ihn nicht in ihrer Nähe ertragen konnten. Sie stürzten sich auf ihn und zerfetzten ihn mit ihren Schnäbeln, wenn er zu singen begann. Damals wusste ich nicht, warum mein Vater mir das erzählt hat, weil ich nie besonders schön singen konnte, aber heute weiß ich, dass es nichts mit Singen zu tun hat, sondern damit, dass man sich vorsehen muss, wenn man andere neidisch macht. Und dass man manchmal gar nicht anders kann, als anderen zu missfallen, einfach weil man ist, wie man ist. Dann sollte man seinen eigenen Weg gehen, in sicherer Entfernung vom Schwarm. Ich glaube, das ist das, was wir gerade versuchen. Und eigentlich wollte ich dir nur sagen, ich finde es schön, wie du singst, und wenn dein Gefieder wieder nachgewachsen ist, singen wir zusammen, nur für uns. Das war's. Danke, dass du zugehört hast.«

Gleich, ob der Morgendunst die Linie zwischen Himmel und Ozean auslöschte, bis kein Unterschied mehr zwischen Luft und Wasser zu herrschen schien, oder ob beide sich am Abend dasselbe Grün und den frühen Sichelmond teilten, Nora konnte an nichts anderes mehr denken als an Offergelts Zustand. Sie wollte, dass er wieder gesund wurde. An einer Lungenentzündung starb man doch heute nicht mehr, oder? Sie wollte, dass er gesund wurde und dass sie endlich ankamen. Von Ungeduld erfüllte Tage dehnten sich im ewigen Blaugrün der Wogen zu den Seiten eines Bordbuchs, das merkwürdige Wetterphänomene, überraschende Begegnungen mit anderen Schiffen und die hervorragende Disziplin an Bord wohl verzeichnete, aber die kleinen Verbesserungen in Offergelts Befinden, die Schwankungen seiner Temperatur, das steigende oder fallende Fieber und Noras Hoffnung unerwähnt ließ.

Eines Morgens frischte der Wind auf. Dort, wo das Land sein musste, erstreckte sich eine Nebelwand. Weiße Punkte in der Luft entpuppten sich als Möwen, gekleidet in scharfe, sehnsuchtsvolle Schreie. Alle Passagiere fanden sich an Deck ein und starrten angestrengt in den Nebel, aufgeregt wie Kinder. Aus dem weißen Dunst drang das Tosen einer Brandung. »Da ist es«, murmelte die Frau neben Nora, »hinter dem Nebel liegt es, unser Südwest.«

»Er lichtet sich«, sagte Nora. »Schauen Sie nur ...«

Es war wie ein Gazevorhang, der sich hob, und vor ihnen lag Swakopmund im heißen, zitternden Sonnenschein. An den Häusern der Hafenstadt wehten die Flaggen des Kaiserreichs. Die Fenster des backsteinroten Leuchtturms brannten wie weiße Spiegel. Das Blech einer Musikkapelle blitzte unter dem blauen Himmel, der höher wirkte als der Himmel irgendwo sonst. Am Ufer und auf den Kais drängten sich

Menschen, die Männer in Anzügen und die Frauen in Röcken, mit Hüten und Sonnenschirmen. Zu beiden Seiten der Stadt erstreckte sich flaches, karges Land, nirgendwo ein Berg. Das Meer brach sich schäumend auf dem Sand zu ihren Füßen und an den Holzpfosten der weit entfernten Landungsbrücke. Nora konnte sehen, wie stark die Brandung war, aber sie dachte: Das schaffen wir auch noch; nach allem, was wir hinter uns gebracht haben, schaffen wir das auch noch.

»Swakopmund!«, rief die Frau neben ihr wie von Sinnen, bevor sie ihr um den Hals fiel, erst ihr, dann ihrem Nachbarn zur anderen Seite. Auch Nora fiel dem Nächstbesten um den Hals, alle umarmten einander und lachten und riefen durcheinander: »Swakopmund! Afrika! Wir sind da, endlich …!«

Ihr Herz schlug so heftig, dass es wehtat, bis dicht unter die Zunge hinauf. Sie spürte den kalten Atem des Benguelastroms unter dem Schiff und gleichzeitig die trockene, heiße Luft Afrikas vom Land heranwehen. Alles erschien ihr farbiger als vorher, als wäre die lange Fahrt nicht nur eintönig, sondern auch monochrom gewesen, der Himmel weniger blau, die Kleider nicht so bunt. Und das Land wirkte leuchtender, weil es fremd war. Es war ihr fremd, und sie war ihm fremd; es gehörte ihr nicht, sie wurde nicht erwartet. Diese Häuser, die Straßen sind weniger dein als irgendetwas je zuvor in deinem Leben, schienen die Menschen am Strand sagen zu wollen, obwohl sie gekommen waren, um sie zu begrüßen. Wir sind doch willkommen, dachte Nora, oder nicht?

Auf einmal erschien ihr die *Gertrud Woermann* wie ein sicherer Hort, den zu verlassen sie sich fürchtete, denn sie konnte sich nicht vorstellen, wie es gehen sollte – wie soll das Leben hier gehen? Was wird aus mir, wenn die Kruboys mich mit dem Brandungsboot dorthin gebracht haben, mit meinen Koffern und einem kranken Mann? Sie stellte sich vor, wie sie dort am Strand stand und das Schiff wegfahren sah, bis es verschwand – jenseits der Kimm, auf der anderen Seite der Welt –, und wie sie dann ihr Gepäck nahm und durch diese fremde, flache Stadt unter dem weiten Himmel ging und alles über ihr zusammenbrach, Lärm, Hast, unverständliches Geschrei, unbekannte Gerüche, bedrohliche Nähe. Ich werde Scheuklappen brauchen in den ersten Tagen, dachte sie, ich und mein Herz.

Die lachenden Gesichter ringsumher weckten sie aus ihren Gedanken. Sie lief zum Niedergang, die Stufen zur Krankenstation hinunter. Offergelt lag allein im abgedunkelten Lazarett, unruhig, aber noch immer zu schwach, um aufzustehen. Seine Augen waren gelblich und trüb; die Haut unter den Verbänden schien dünn wie Pergament. Er lag auf dem Rücken, sein Gesicht glänzte so blass wie seit Tagen schon. Als er Noras Schritte hörte, versuchte er, sich aufzurichten. »Was ist?«, rief er keuchend. »Warum sind die Maschinen so leise? Warum fahren wir nicht mehr? Nora?«

»Wir sind da!« Nora war außer Atem, vom Laufen und vor Freude. »Man kann den Hafen schon sehen! Sobald die Brandung schwächer geworden ist, werden wir an Land gebracht. Wir sind in Afrika, Rainer! Und bald musst du wieder ganz gesund werden, damit wir weiterkönnen.«

»Wie sieht es aus?«, fragte Offergelt aufgeregt. Sein Atem ging flach, er rang nach Luft. Seine Brust hob und senkte sich; es sah aus, als ballte sich eine große Faust dicht unter seinem Schlüsselbein. »Beschreib mir, was du gesehen hast.«

»Die Küste«, sagte Nora, »und den Hafen, Swakopmund. Zuerst konnte man nur Nebel sehen, aber dann hat es aufgeklart, und da lagen die ganzen Häuser in der strahlenden Sonne, und überall waren Fahnen, schwarz-rot-weiß, auf den Dächern und Balkonen, und am Kai stand eine Blaskapelle der Schutztruppen, aber man konnte nicht hören, was sie spielte, weil die Brandung so laut war, und Menschen, die uns willkommen heißen wollten, der ganze Kai und die Uferpromenade waren voller Menschen.«

»Wie ist das Land?«, fragte Offergelt. »Ist es felsig oder eben? Welche Farbe hat es?«

»Welche Farbe?«, wiederholte Nora verwirrt. »Der Himmel ist blau, und der Sand ist – er sieht aus wie Sand, gelb, und da war auch etwas Rotes, ziegelrot, es hat mich an England erinnert, an die Seebäder dort, Brighton, zum Beispiel. Oder Norderney, an der Nordsee.«

Offergelt wirkte enttäuscht, beunruhigt, als hätte sie etwas vergessen oder beabsichtige, ihm wichtige Einzelheiten vorzuenthalten. »Wie sind die Menschen? Konntest du ihre Gesichter erkennen? Wie wirken sie?«

Sie waren zu weit weg, wollte Nora sagen, aber dann sah sie die Hoffnung in seinen Augen, wie damals auf Birkenhain, ein Licht, eine Flamme an einem Docht, die höher gedreht wurde. »Fremdartig«, antwortete sie. »Rau und hart. Männer und Frauen, doch besonders die Frauen. Sie sehen anders aus als die Menschen bei uns, sogar die Kinder.«

Offergelt schloss die Augen, sein Atem wurde zu unregelmäßig, zu schnell. »Ich kann sie sehen«, sagte er leise. »Sie sind alle gekommen, um uns … um uns zu begrüßen. Sie …«

Er verstummte, ohne den Mund zu schließen. Nora konnte zusehen, wie die Innenseite seiner Lippen und die Zungenspitze trockneten und ihren Glanz verloren. Er stöhnte leise.

»Soll ich dir etwas bringen?«, fragte sie. »Hast du Durst?«

»Weißt du, was ich gern hätte?«, flüsterte er. »Einen Pfirsich. Oder eine saftige Birne. Eine einzige rote Kirsche.« Er hustete, wurde von einem Krampf geschüttelt. Seine linke Hand, die in Brusthöhe auf der dünnen Decke lag, zitterte wie ein Blatt im Wind. »Eine Weintraube.« Er schlief ein.

»Hör auf«, sagte Nora und spürte auf einmal, wie ihr die Tränen über die Wangen liefen. »Mach mir nicht den Mund wässrig. Morgen werden wir dich an Land bringen, und dann sehen wir weiter. Du wirst gesund werden, hörst du? Du wirst mich nicht allein lassen. Wenn du Obst willst, musst du es dir selber pflücken, aber erst wirst du es anbauen. Deswegen sind wir hierher gekommen, und in Zukunft brauchst du dich nicht mehr zu verletzen, um geliebt zu werden.«

Später fand sie sich plötzlich vor dem Spiegel wieder, als sie sich in ihrer Kabine nach einem Kleid umdrehte, das sie in ihren Koffer packen wollte. Sie sah die Frau an, die vor ihr stand, und sagte: »Wen haben wir denn da...?«, überrascht, wie jemand, der vergessen hatte, wer er war. Als wäre in den Wochen der Reise von ihr nur noch die äußere Hülle übrig geblieben, die roten Haare, die Lavendelaugen, der kräftige Mund, die zarte Nase, etwas, das darauf wartete, mit neuem Leben erfüllt zu werden. Morgen, dachte sie, morgen früh.

Wir gehen an Land. Wir nehmen einen neuen Kontinent in Besitz.

Und in der Zwischenzeit: Ich bin in sechs Wochen nicht ein Mal seekrank geworden, ich habe mich nie über das Essen beschwert und mir auch niemand an Bord zum Feind gemacht; niemand hat mich als sonderlich oder verrückt oder unpassend empfunden. Soweit ich weiß.

Am späten Vormittag des nächsten Tages begannen die Passagiere der *Gertrud Woermann* mit der Landung. Nora wartete aufgeregt an der Reling, bis sie an der Reihe war. Sie hatte gesehen, wie Rainer Maria – ohne es zu merken, hatte sie in Gedanken angefangen, ihn Rainer Maria zu nennen –, in einen Korbsessel gebunden, als Erster in eins der Brandungsboote hinuntergelassen worden und dann an Land gerudert worden war. Die Kruboys, nur mit kurzen Leinenhosen bekleidet, die dunkle Haut nass und glänzend von unsichtbarer Gischt, ruderten die Boote mitten in die Brandung, in die tosenden Brecher hinein, steuerten mit den Riemen, passten die geeigneten Wellen ab und ritten dann auf ihren Flanken bis zum Strand. Es sah gefährlich aus.

Die Brandung schien Nora nicht weniger heftig als am vergangenen Abend, aber offenbar liefen die Strömungen günstiger. Auf der Landungsbrücke und am Ufer standen wieder die Schaulustigen, viele mit Sonnenschirmen, einige mit Picknickkörben; auch Offiziere der Schutztruppe waren dabei in ihren Reithosen, den knielangen Gamaschen und bis zum Hals zugeknöpften Khakijacken. Diesmal konnte Nora hören, was die wieder aufmarschierte Blaskapelle spielte, *Deutschland, Deutschland über alles.* Pauken und Trompeten, wo immer man hinkommt, dachte sie, dazu Schellenbaum und Beckenschläge, jetzt und immerdar, wo Soldaten sind, am Anfang jeder Reise und an ihrem Ende. Mit Volksliedern verabschiedet, mit Hymnen empfangen.

Nora war der dreizehnte Passagier, der in dem an stabilen Seilen befestigten Korbsessel Platz nehmen durfte, mit einer Winde über die Reling gehievt und in das schwankende Brandungsboot zu den halb nackten Kruboys hinuntergelassen wurde. Mit beiden Händen umklammerte sie die Armstützen, während der Sessel sich knarrend drehte und immer wieder gegen die Bordwand zu schlagen drohte. Sie hatte sich eine kleine Reisetasche mit dem Trageriemen um den Hals gehängt und hielt die Beine ausgestreckt, um sich von dem rostigen, stinkenden Schiffsleib abzustoßen, aber es war wie ein schneller Fall, das Boot schien ihr entgegenzufliegen, und die olivgrün glitzernde Reptilienhaut des Ozeans teilte sich nicht, um sie zu verschlingen.

Der Sessel hielt mit einem scharfen Ruck. Kaum war sie von der Sitzfläche gerutscht, schwebte er wieder nach oben, um den nächsten Passagier zu holen. Nora wurde auf eine Holzbank geschoben und merkte erst, als sie zitterte, wie kalt die Luft über dem Wasser war, eine feuchte Kälte, die Rainers Lungen bestimmt nicht guttat. Ihre Zähne klapperten.

Mit dem nächsten Passagier, einem pausbäckigen Jungen in kurzen Hosen, war das Boot voll. Der Junge zitterte genauso wie Nora, biss sich aber auf die Zähne, um es zu verheimlichen. Nur die Gänsehaut auf seinen Beinen konnte er nicht verbergen. Mit einer Hand hielt er die Matrosenmütze auf seinem Kopf fest. Der Anführer der Kruboys rief ein Kommando, auf das die Männer die Füße gegen den Boden der Jolle stemmten und die Riemen mit aller Kraft auf ihre Schultern zurissen.

Das Boot schlingerte ein Stück von der Bordwand fort. Aus der Nähe sahen die Wellen, die auf das Gefährt zubrandeten, höher aus. Sie hoben das Boot an, trugen es kurz auf ihrem Scheitel und ließen es auf der anderen Seite wieder abwärts schießen, ehe der nächste Brecher den Passagieren neuerlich wirbelnde Gischt entgegenschleuderte. In der Luft lag ein Zischen und Donnern, das immer lauter wurde, je näher sie dem Land kamen. Als würde ein Strom aus glühendem Eisen in einen gefrierenden See geleitet, dachte Nora.

Mit vorgebeugtem Körper reckte sie das Gesicht über die dichten Schauer, die ihr entgegenspritzten, wenn das Boot eine Woge mit dem Bug anging und das Wasser gegen das Schanzkleid klatschte. Hinter dem Sprühregen der Gischtspritzer blieb die *Gertrud Woermann* zurück. Der Strand rückte näher und näher. Auf einmal befand die Jolle sich mitten in der Brandung, sie schlingerte und krängte, aber nach einer gemeinsamen, von einem Schrei des Steuermanns gekrönten Anstrengung der Ruderer ritt das Boot den letzten Brecher ab und glitt mit dem Kiel ein Stück in den nassen Sand, wo es stecken blieb. Einen Herzschlag lang saßen alle Passagiere wie erstarrt, dann begann die Mutter des pausbäckigen Jungen heftig zu klatschen.

Nora kletterte über die Bordkante, und während sie noch überlegte, wie sie ihre Schuhe heil durch den Schlick bringen sollte, wurde sie von zwei kräftigen Armen gepackt und in die Luft gehoben. Sie sah einen breiten, dunklen Rücken und darüber einen starken Nacken, und eine Stimme rief: »Festhalten, bitte!«, und als Nächstes ritt sie auf dem Rücken eines Mannes, der nur mit einer Hose bekleidet war und ihre Schenkel unter seine Achseln geklemmt hatte, über den nassen Sand dem Ufer entgegen. Hinter sich hörte sie spitze Schreie, auch Rufe der Empörung, aber sie hatte genug damit zu tun, nicht das Gleichgewicht zu verlieren. Sie wusste nicht, wo sie ihren Träger anfassen sollte, an der Stirn, an den Schultern, und deswegen streckte sie die Arme nur nach vorn und lag mit dem ganzen Gewicht ihres Oberkörpers auf seinem Hals und Hinterkopf, bis der Mann sie mit einer kurzen, eleganten Drehung wieder auf trockenem Boden absetzte.

Einen Moment lang schien der Boden zu schwanken, ihr wurde schwindlig, als spürte sie zum ersten Mal, dass die Erde sich wirklich drehte. Nach sechs Wochen auf dem Wasser fühlte sie sich an Land nicht mehr sicher.

Sie sah, wie ein Dutzend stämmiger Farbiger den Rest der Passagiere in schnellem Trab über den nassen Strand trugen, als schleppten sie kostbare Beute von einem sinkenden Schiff fort. Sie sah das Meer dahinter, und wenn sie sich umdrehte, sah sie das Land, flach und karg wie ihre Heimat, und darüber sah sie den Himmel, der sich endlos in beide Richtungen spannte, und während sie all dies sah, kam sie sich klein und zerbrechlich vor, und sie dachte, dass nicht nur sie selbst zerbrechlich und gefährdet war, sondern das ganze Unternehmen und vor allem dieser Moment, in dem sie hier stand und den ersten Schritt getan hatte, einen Schritt, der sich nie wiederholen lassen würde, der vergangen war, als sie noch dachte, die Zukunft zu betreten.

Aber ich bin da, dachte sie; ich bin in Afrika. Das allein zählt. Sie schloss die Augen, stand barfuß im Sand und spürte nichts als den warmen Wind, die Sonne, den Salzgeruch und die Möwenschreie. Das wäre was, dachte sie, wenn es einem gelänge, die Zeit anzuhalten, auf immer gefangen in einem Moment, einem Gefühl, wie ein Insekt, das auf der Rinde eines Baumes vom Harz überrascht wird. Für immer gefangen im Bernstein des Augenblicks.

13

Afrika, 1902

Am tröstlichsten waren die Ballschuhe. Sie saß auf dem Feldbett in ihrem Zimmer im Hotel *Fürst Bismarck* und fror so sehr, dass sie zitterte. Sie hatte sich die Decke des zweiten Bettes um die Schultern gelegt, aber ihr war immer noch kalt. Es stand kein Ofen in dem Zimmer, und eigentlich war es auch kein richtiges Zimmer, sondern mehr ein Abteil in einer Holzbaracke, abgetrennt durch eine dünne Bretterwand von den anderen Abteilen. In dem winzigen Raum gab es nichts außer zwei Feldbetten, einer Holzkiste, auf der eine Emailleschüssel mit Wasser und eine Petroleumlampe standen, deren Flamme Nora hochgedreht hatte, als könnte sie sich daran wärmen. Der Glassturz der Lampe war schmutzig, sodass der Schein des brennenden Dochts nicht bis zum Boden reichte. Der Boden bestand aus Dünensand, und Sand lag auch auf den Betten, der Holzschüssel und dem Grund des Wassers in der Eisenschüssel. Nora saß mit dem Rücken an das Kopfende des Eisengestells gelehnt, betrachtete das zweite, leere Bett, ihren großen Schrankkoffer und Rainers Gepäck und dachte: Bald ist Weihnachten.

In vier Tagen ist Weihnachten, und ich bin achtundzwanzig Jahre alt und sitze hier allein in einem fremden Land, tausend Kilometer weit weg von zu Hause, mit einem Mann, der krank ist und den ich nicht liebe, und alles, was ich besitze, ist in dem Koffer da bei der Tür dieses schäbigen Kabuffs für dreiundzwanzig Mark die Nacht. Sie hatte nicht gewusst, dass es so kalt sein konnte in Afrika, so kalt, dass ihr der Bleistift aus der Hand rutschte, wenn sie in ihr Tagebuch schreiben wollte, das sie gegen ihre zitternden Oberschenkel presste. Sie dachte, dass alles anders war, als sie es erwartet hatte, Niedergeschlagenheit statt Begeisterung, Sorge und nicht Vorfreude.

Sie spürte den Sand, der aus der Decke unter ihre Kleidung rieselte. Daran gewöhne ich mich wohl schon mal besser – Sand morgens, mittags und abends, im Haar, im Mund, in den Augen und auf der Haut. Gleich nach der Landung war sie mit den anderen Passagieren barfuß durch den tiefen Dünensand auf die Zollbaracke zumarschiert, eine niedrige Holzhütte mit der deutschen Fahne davor, und dort hatte der Sand nicht nur den Boden bedeckt, sondern auch die Fensterbänke, und im Anschluss an die kurzen Formalitäten war sie in einer Rikscha mit Sand auf den Polstern zu ihrem Hotel gefahren. Der Fahrer, ein junger Farbiger in einem zerschlissenen Anzug, den er ohne Hemd und ohne Schuhe trug, hatte ihren Koffer und Rainers Gepäck bis auf einen kleinen Hof geschafft, wo er alles in den Sand hatte fallen lassen. Außer dem Sand gab es auf dem Hof noch ein paar Schweine, mehrere Hühner und Gänse und einen Hund, die unter nasser Wäsche an nachlässig gespannten Leinen umherliefen, und als Nora sich einen Weg an einer Mistgrube vorbei zu dem niedrigen, lang gestreckten Holzgebäude mit dem pompösen Namen in verblichenen Lettern über der Tür gebahnt hatte, begleitet sie der Sand weiter bis in ihr Zimmerabteil.

Morgen, dachte sie, wenn es wieder hell ist, wenn die Sonne scheint und ich ausgeschlafen bin, morgen sieht alles anders aus. Schließlich wollte ich es so, allein und auf mich gestellt, das Unvorhersehbare statt dem ewig Gleichen. Ist doch gut, dass ich Rainer nicht liebe; stell dir vor, wie krank ich vor Sorge wäre, wenn ich ihn lieben würde. So kann ich sein leeres Bett sehen und muss nicht enttäuscht sein von der ersten Nacht in diesem fremden Land, weil ich nicht einsam bin. Ich werde die Zeit nutzen, um alles zu erledigen, was erledigt werden muss, bevor wir den Zug nach Karibib nehmen. Morgen früh werde ich sehen, was wir alles brauchen, um Farmland zu einem guten Preis zu kaufen, der Hektar möglichst nicht mehr als fünfzig Pfennig, von der Regierung, nicht von einer der halsabschneiderischen Minengesellschaften. Im Büro der Deutschen Kolonialgesellschaft wird man mir bestimmt weiterhelfen; dort wird man mir auch sagen, wo ich einen Windmotor bestellen kann und was man noch so alles braucht: Pumpen, Leitungsrohre, Baumaterial, Transportmittel, Zugtiere, morgen …

Sie drehte die Flamme der Petroleumlampe aus. Ihr letzter Blick galt dem Schrankkoffer, in dem alles steckte, was sie noch besaß. Da lagen ihre Blusen – die meisten weiß – säuberlich zusammengefaltet, die Röcke, Hüte, Jacken, Tücher, Strümpfe, außerdem Schuhe in allen Moden der letzten Jahre, zudem ihre Kleider, das hellblaue, das dunkelblaue, das moosgrüne, die vier roten und drei in Schwarz, Rosa, Apricot. Und die Ballschuhe aus altrosa Satin, die sie bei Lissys Hochzeit getragen hatte; die mit den Grasflecken. Die Ballschuhe waren am tröstlichsten.

Sie lauschte auf die leisen Stimmen der anderen Hotelgäste, hörte Gelächter, Gläserklirren und irgendwo eine Mundharmonika. Hörte den Wind, der um die Baracke strich, und das Meer, die Brandung mit ihrem fernen Tosen, und schon lange hatte sie sich nicht mehr so allein gefühlt, so kalt und allein. Sie schlief ein, ohne zu merken, dass sie an Rainer Maria dachte, dass sie wünschte, er wäre bei ihr.

Ein kühler Salzwind nahm Nora den Atem, als sie am nächsten Morgen das Hotel verließ, und der Nebel war nur noch Dunst, hinter dem die See funkelte. Die Sonne schien sich in der feuchten Luft zu brechen; sie brannte nicht nur am Himmel, sondern auf dem Wasser, der Erde und auf allem, was das Auge berührte. Holzstege, deren Bohlen das Licht zurückwarfen, führten an den schnell verwitternden Häusern vorbei die Kaiser-Wilhelm-Straße entlang. Viele der Häuser waren mit schwarz-weiß-roten Fahnen geschmückt, die an dünnen Masten über kleinen Vorgärten flatterten. Auch die hölzernen Laternenmasten prunkten mit Ringen in den Nationalfarben. Trotz der Nähe des Meeres war der Boden staubig und trocken, und alles, was wachsen sollte, wurde ein Opfer der Kälte oder des scharfen Windes oder der brennenden Sonne. Möwen trieben auf dem Wind, landeten neben den Masten der Straßenbeleuchtung und marschierten aufgeblasen über die Gehwege. Warum halten sich Möwen immer für so wichtig?, dachte Nora.

Sie trug das porzellanblaue, knöchellange Sommerkleid mit den kleinen Rüschen an den langen Ärmeln und cremefarbene Schnürstiefeletten. Ein breitkrempiger Strohhut überschattete ihr kaum geschminktes Gesicht. Sie ging schnell über die breite Straße, in deren Staub die Abdrücke von Rädern und Hufen eingegraben waren. In der Mitte der Straße verliefen schmale Lorenschienen. Wenn der Wind für Augenblicke ausblieb, baute sich sofort eine schwüle Hitze auf, die dem Tag alle Tiefe zu nehmen schien.

Zwischen den Häusern konnte Nora die Bucht sehen und, verschwimmend im Schimmern und Funkeln der grün heranrollenden Wellen, die *Gertrud Woermann*, eine Erinnerung, fern wie das Leben, zu dem sie die letzte Verbindung darstellte. Am Kai vollführte eine Gruppe dunkelhäutiger Askaris in Khakiuniformen seltsam abstrakt wirkende Manöver unter dem Kommando eines Offiziers mit sonnenverbranntem Gesicht. Ochsenkarren rollten vom Hafen zum etwas außerhalb gelegenen Bahnhof; von Pferden gezogene Zweisitzer kreuzten die alten Radspuren im Sand und hinterließen frische.

Die Menschen auf den Gehsteigen wirkten geschäftig, die Frauen unter bunten Sonnenschirmen, die Männer mit tief in die Stirn gezogenen Hüten; niemand blieb vor den zahlreichen Schaufenstern stehen. Nora passierte einen Krämerladen, einen Friseursalon, einen Spirituosenhändler, ein Waffengeschäft, ein Fotostudio, einen Herrenschneider – *alles für den kolonialen Herrn von Welt* –, einen Modesalon für die kultivierte Dame und einen Tierpräparator, dessen Schaufenster mit ausgestopften Hunden warb, dazu Hyänen, die einer starr blickenden Antilope nachzustellen schienen.

Sie schaute in ein Fenster voller Souvenirs – *Andenken an unser Südwest* –, betrachtete die Auslagen von »Sattlerei & Reitbedarf«, die samtene Dekoration eines Bestattungsunternehmens – *Heimaterde – die letzte*

Sehnsucht unserer Davongegangenen –, starrte auf die geschlossenen weißblauen Vorhänge am Haus des Bayerischen Biers. Es gab eine Niederlassung der Deutschen Bank, der Kolonialgesellschaft und das aus Ziegeln erbaute Postamt, auf dessen Dach eine rote Fahne signalisierte, dass der Zug der Otavibahn eingetroffen war, letzte Gelegenheit, Briefe ins Landesinnere aufzugeben.

Sie hatte noch nicht einmal die Hälfte der spärlich mit dürren, zerzausten Palmen gesäumten Straße hinter sich gebracht, da merkte sie, wie ihr eine Schar schwarzer Kinder zu folgen begann, gespiegelt in dem staubigen Glas der Fenster. Sie kicherten und stießen sich mit den Ellbogen an; einige waren ganz nackt, barfuß bewegten sie sich über das heiße Holz und durch den glühenden Sand. Die anderen, die erwachsenen Afrikaner, denen Nora begegnete – *Kaffern*, hatte Ludwig sie genannt –, trugen europäische Kleidung, aber auch so, als wären sie lieber nackt: unvollständig zusammengestellt, ohne Schuhe oder Kopfbedeckung oder Blusen, alles offen statt zugeknöpft, und darunter bewegten sie sich seltsam unbekleidet, aufreizend, geplustert. Sie paradierten wie die Möwen, ohne Eile, verschmelzend mit den scharfen, schwarzen Schatten. Nora fand sie unwirklich – unwirkliche Menschen in unwirklichen Straßen, vor unwirklichen Gebäuden, in einem unwirklichen Land.

Sie drehte sich um. Die Kinder blieben abrupt stehen. Einen Moment lang schien alles, das ganze Leben, wie erstarrt unter einem hellen und schweren Himmel aus brennendem Glas. Sie hörte das Schlagen der Brandung, die kreischenden Möwen, einen kehligen Schrei, den Pfiff einer Lokomotive, ein Klavier, das hinter einem geöffneten Fenster gespielt wurde. Ihr Herz wurde langsamer, schien sich dem Rhythmus des neuen Lebens anzupassen. »Könnt ihr mir sagen, wie ich zum Krankenhaus komme?«, fragte sie auf Deutsch, sicher, dass man sie verstehen würde.

Die Kinder antworteten nicht. Aber es hatte den Anschein, als ahmte eins der kleinen Mädchen ihre Mimik nach, als imitierte es ihre Haltung. Sie wollte die Frage gerade wiederholen, da fiel ihr Blick über den Kopf des Mädchens hinweg auf einen Mann, einen Weißen, gekleidet wie ein Farmer, der etwas zu schlagen schien, mit einem Stock oder einer Gerte. Sie sah den roten Zorn im Gesicht des Mannes, aber worauf er einschlug, konnte sie nicht erkennen, weil die Kinder im Weg standen. Sie trat einen Schritt vor. Die Kinder wichen auseinander, wieder kichernd, und jetzt sah Nora einen jungen Schwarzen, nur mit einer kurzen Hose bekleidet, der sich im Staub vor den Stiefeln des Weißen unter den Schlägen krümmte. Zu hören war nichts, nur das Klatschen der Schläge, kein Keuchen und keine Schreie.

Nora spürte, wie sie am ganzen Leib zu zittern begann. Ihr Herz hämmerte bis in den Hals hinauf, und das scharfe Pochen ihres Pulsschlags drückte gegen ihre Stirn, ihre Schläfen. Ein silbriges Flimmern verwischte die Szene, den Anblick des prügelnden Weißen und des zusammengekrümmten Schwarzen, und kurz dachte sie, sie könnte wieder das Bewusstsein verlieren. Stattdessen lief sie von dem hölzernen Gehweg auf die Straße. Mit einer Hand hielt sie ihren Strohhut fest, während sie auf die beiden Männer zulief, ohne auf die anderen Passanten zu achten. »Hören Sie damit auf!«, rief sie. »Lassen sie das!«

Der Farmer ließ die kräftige, lange Peitsche sinken und sah sie an. Schweiß glänzte auf seinem sonnenverbrannten Gesicht, das aus der Nähe gar nicht mehr zornig wirkte, nur überrascht. Höflich und erstaunt griff er an die Krempe seines Hutes und deutete eine Verbeugung an. Der schwarze Junge stand auf. Etwas Blut rann über seine Haut, wo das Fleisch unter einem Schlag aufgeplatzt war. Es war hell und leuchtete in der Sonne, seltsam dünnflüssig. Er blieb stehen, immer noch leicht gekrümmt, als wäre er bereit, weitere Schläge zu empfangen.

»Wie können Sie etwas so Unmenschliches tun?«, fragte Nora, und jetzt zitterte auch ihre Stimme. Das silbrige Flimmern löschte alles andere bis auf das gerötete Gesicht des Farmers aus. »Wie können Sie jemanden derart schlagen, der sich nicht wehrt?«

Der Farmer runzelte verständnislos die Stirn, sein zerknitterter Hut schob sich vor und zurück. »Ich bestrafe ihn nur«, erklärte er.

»Was hat er denn getan, dass er eine solche Strafe verdient?«

»Er stiehlt. Dafür gibt es den Schambock, das weiß er.«

Der schwarze Junge stand mit gesenktem Kopf im kalten Wind. Die Sonne brannte goldene Reflexe auf seine Haut. Sein Fleisch schwoll an, wo die Ledergerte ihn getroffen hatte, und Nora entdeckte einige alte Narben an Schultern und Oberschenkeln. Sie sagte: »Sie müssten sich schämen! Was sollen die Leute hier denn von uns denken? Sie sind ein Deutscher, auch im Ausland. Egal, wie fern der Heimat, Sie vertreten ein Kulturvolk, oder nicht?«

»Mit Verlaub, ich glaube, das geht Sie nichts an«, sagte der Farmer, immer noch höflich, »das ist mein Diener. Wir kennen uns, und ich weiß, was er erwartet. Sollten Sie länger hierbleiben, werden Sie verstehen, was ich meine.«

Das Flimmern rings um seinen Kopf verschwand, und jetzt merkte Nora, dass sich eine kleine Zuschauermenge gebildet hatte, die ihnen von den Gehsteigen aus zusah. »Vielleicht«, murmelte sie, plötzlich verlegen. »Vielleicht. Aber ich glaube es nicht.« Sie zitterte noch immer, Schweiß sammelte sich auf ihrer Oberlippe. Sie wandte sich ab, um den Weg zum Krankenhaus fortzusetzen.

Kaum hatte sie einen Schritt getan, hörte sie, wie der Farmer sagte: »So, mein Junge!«, und gleich darauf ein leises Pfeifen, das Zischen der Gerte durch die Luft und wieder ein Klatschen, diesmal gefolgt von einem hellen Stöhnen.

Nora fuhr herum. Der junge Schwarze kniete vor dem Farmer, auf einem Knie, den Kopf halb dem nächsten Schlag zugewandt, und der Farmer holte neuerlich aus, aber im nächsten Moment stand Nora zwischen ihm und dem Jungen und fiel ihm in den Arm, und der Farmer rief: »Was fällt Ihnen ein!«, aber Nora stieß ihn weg und beugte sich über den Jungen, um ihm aufzuhelfen. Sie wollte gerade nach seinem mageren Arm greifen, als eine andere Stimme hinter ihr sagte:

»Fassen Sie ihn nicht an!«

Sie hielt inne und sah auf, sah nach dieser anderen Stimme. Ein zweiter Mann stand neben dem Farmer. Sie konnte sein Gesicht gegen die Sonne nicht erkennen, aber er war groß und schlank, und er trug die graue Uniform eines Offiziers der Schutztruppen, ein Leutnant, wie sie an den aus Silberschnur geflochtenen Achselstücken erkennen konnte.

»Nicht berühren«, sagte der Mann. »Kommen Sie. Er braucht Ihre Hilfe nicht.«

Nora folgte, obwohl sie nicht wusste, warum. Die Stimme war angenehm und zweifellos befehlsgewohnt, aber sie hatte in ihrem Leben schon viele angenehme Stimmen vernommen, und es gehörte nicht zu ihren Angewohnheiten, Befehlen zu gehorchen. Der Offizier streckte ihr eine Hand entgegen, die sie ignorierte, doch als er ihren Arm ergriff, um sie von der Straße zu führen, folgte sie ihm widerstandslos. Ganz kurz nur kam ihr der Impuls zu protestieren – *Was fällt Ihnen ein? Wissen Sie nicht, wer ich bin?* –, aber genau das wollte sie ja nicht mehr sein, Ludwigs Frau.

»Beinahe hätten Sie eine große Dummheit begangen«, sagte der Offizier, als sie den Gehsteig erreicht hatten. »Gestatten Sie, dass ich mich vorstelle – Leutnant Wilhelm von Lehnhoff.«

Er ging, und sie kam, alles andere wäre falsch gewesen. Da auf dem Gehsteig, in der Sonne, sah Nora ihm zum ersten Mal ins Gesicht und sah ihr Leben, wie es hätte sein können, bis zu diesem Moment, und wie es nie gewesen war. Sie sah seine Augen, grün und bernsteingesprenkelt, und ihren Blick, ruhig, vielleicht klug, jedoch nicht zu klug, nicht gerissen, dafür erfahren.

Er war blond, die Haare akkurat geschnitten, aber vom Wind zerweht, und an den Falten in der sonnengebräunten Haut konnte man erkennen, dass er älter war, als seine schlanke, straffe Figur vermuten ließ – fünfunddreißig, dachte Nora, ein Jahr mehr, ein Jahr weniger. Er hatte Strenge gelernt, das verriet sein Gesicht auch, oder vielleicht einfach nur Selbstsicherheit; das Kinn, das nicht vorgeschoben werden musste, die starken Wangenknochen, die gerade Nase mit den schmalen Flügeln und natürlich der Mund, ein fester Mund, dessen Lippen dennoch weich schienen. Berühr sie, dachte sich ein Gedanke in Nora, ohne ihr Zutun. Berühr sie mit der Fingerspitze, zeichne sie nach.

Jäh musste sie sich abwenden, denn sie spürte auf einmal den Widerschein des Gedankens warm auf ihren Wangen, sodass er ihn vielleicht sehen konnte, und sie senkte rasch den Blick, damit auch ihre Augen sie nicht verrieten. Seine Lippen berühren oder hineinbeißen, sacht wie in eine zarte Frucht mit dieser festen Haut. Ihr war, als zöge ihr Fleisch sich zusammen, in kleinen, winzigen Hitzeschauern, enger um ihr Herz. »Bitte, was haben Sie gesagt?«, wollte sie wissen.

»Ihr Name – ich fragte nach Ihrem Namen.«

Sie fing sich wieder, heftete den Blick auf seine Ordensstreifen, vermied seine Augen. »Der würde Ihnen nichts nützen. Sie verlassen dieses Land, und ich bleibe hier. Wir werden uns nie wiedersehen.«

»Woher wissen Sie das?«, fragte er überrascht. »Woher wissen Sie, dass ich abreise?«

»Intuition«, sagte sie, während ihr Herz noch immer nach seinem vertrauten Rhythmus suchte, ihn schließlich fand. »Es ist gut so, je früher, desto besser.« Es muss so sein, dachte sie, es muss, und er weiß das so gut wie ich. Ich darf nicht wissen, wohin er fährt, wir können uns sonst schreiben; sie dachte an flammend rote Liebesbriefe: das Papier nicht lavendel, nicht perlgrau – rot. Und parfümiert. Worte ließen ihr die Knie weich werden, die Worte, die sie schreiben würde, bei denen Vorstellungen wach wurden, von denen sie nicht gewusst hatte, dass sie in ihr schlummerten; flammend rote Worte.

»Ist Ihnen nicht gut?«, fragte von Lehnhoff besorgt. Sie fühlte seinen Blick auf ihrem Gesicht, das kühl und unbewegt und reglos wirken musste – unbedingt reglos! Keinen Funken Humor, versicherte sie sich, bestimmt hat er keinen Funken Humor, wie alle Soldaten.

»Warum sollte mir nicht gut sein?« Ihre Stimme klang wieder gelassen. »Ich musste mit ansehen, wie ein Junge brutal verprügelt wird, blutig geprügelt, und wie ein deutscher Offizier billigend dabeisteht, statt einzuschreiten.«

»Es gibt einen Unterschied«, sagte Lehnhoff, und klopfte mit einer Reitgerte, die Nora bisher nicht aufgefallen war, gegen seinen linken Oberschenkel, »zwischen Billigung und Zurückhaltung. So wie es einen Unterschied gibt zwischen Vernunft und Räson.« Sie entdeckte jetzt auch eine Narbe an seiner linken Schläfe, eine Kampfverletzung offenbar. »Sie sind impulsiv, das ist ein Vorrecht der Frauen, aber nicht der Offiziere. Es gibt ungeschriebene Gesetze in einem fremden Land, die man nicht einfach brechen kann, nur weil man empört ist, weil man mit dem Herzen denkt. Manchmal gibt es nicht nur den Mann, der schlägt, sondern auch den, der geschlagen werden will.«

»Ich bin froh, dass Sie das sagen.« Nora war selbst erstaunt über den spöttischen Unterton in ihrer Stimme, erstaunt und erfreut. »Ich hatte schon befürchtet, Sie würden mir mit dem üblichen Kolonialherrengeschwätz kommen.«

Die Reitgerte hörte auf zu klopfen. Lehnhoffs Stimme wurde kühl. »Wenn es Ihnen hier nicht zusagt, warum sind Sie dann hergekommen? Sie wussten vorher, dass es sich um eine Kolonie handelt. Das Wesen der Kolonien ist, dass Menschen etwas weggenommen wird, das sie eigentlich behalten wollen – und dass es dabei nicht ohne Gewalt zugeht.«

»Warum sind *Sie* hier«, fragte Nora zurück, »wenn Sie vorher über das Wesen der Kolonien Bescheid wussten?« Auch ihre Stimme wurde etwas schärfer. »Weil es Ihnen gefällt, Gewalt auszuüben oder wenigstens dabei zuzusehen?«

»Ich bin Offizier«, wiederholte Lehnhoff knapp, als wäre damit alles erklärt, und in gewisser Weise war es das.

»Sind Sie der erste Offizier in Ihrer Familie?«

»Nein.«

»Wer hätte das gedacht«, murmelte Nora.

»Wenn Sie mich jetzt bitte entschuldigen wollen.« Er deutete eine Verbeugung an, ein Zusammenschlagen der Hacken, aber er deutete es nur an. Dann drehte er sich um und ging davon, mit entschlossenen, endgültigen Schritten.

Nora sah ihm nach, sah seinen geraden Rücken und die Sonne auf seinem blonden Haar und dachte: Ich kann ihn nicht einfach so gehen lassen. Niemand lässt mich so stehen, mit dieser Abkehr in der Stimme. »Herr Leutnant«, rief sie und wartete, bis er sich umdrehte. »Bitte, verzeihen Sie mein schlechtes Benehmen. Mein Name ist Nora Hendriksen. Warum hätte ich beinahe eine große Dummheit begangen?«

14

Swakopmund, im Dezember

Liebe Lissy,

gestern sind wir in Swakopmund angekommen – eigentlich schon vorgestern, aber wegen der starken Brandung konnten wir nicht von Bord gehen –, und heute habe ich meinen ersten Tag in Afrika (oder Deutsch-Südwest, wie sie hier lieber sagen) hinter mich gebracht. Jetzt sitze ich in meinem winzigen Zimmer im Fürst Bismarck, *einem Hotel, das diesen Namen nicht verdient, friere wie ein Schneider und schreibe dir beim Licht einer Petroleumlampe. Ich bin allein, denn Rainer Maria ist auf der Überfahrt krank geworden, eine Lungenentzündung, und jetzt sehen sie im Krankenhaus zu, dass er wieder auf die Beine kommt. Wenn die Ärzte hier nur halb so gut sind, wie Papa es war, brauche ich mir um ihn keine Sorgen zu machen. Allerdings bleibt jetzt alles an mir hängen, die Vorbereitung unserer Weiterreise mit dem Zug, der Landkauf, die Verträge, überhaupt die gesamte Organisation. Aber ich habe schon Schlimmeres überstanden – deine Hochzeit,* par exemple … *Das war ein Scherz, Schwesterherz* (pas possible!).

Farmen gibt es hier ja genug, das Kunststück ist, die richtige zu finden, und vor allem dauert es viel länger, als ich gedacht hatte. Wenn man das billige Land von der Regierung erwerben will, muss man eine Bewerbung mit Kapitalnachweis einschicken und genau erklären, was man mit dem Land vorhat; außerdem gibt es eine Unmenge von Auflagen und Bedingungen: Wohnhaus, Brunnen, Wege, Garten und Einzäunung sind Pflicht. Zudem muss man eine bestimmte Kopfzahl an Vieh halten. Bäume darf man nicht eigenmächtig fällen, und wer mit dem Land spekuliert, wird enteignet. Dafür kostet der Hektar nur 50 Pfennig. Falls man nicht sowieso abschlägig beschieden wird …

Die Niederlassung der Kolonialgesellschaft befand sich in einer Holzbaracke an der Hauptstraße, und das Zimmer, in das Nora zum Ende der Mittagspause vorgelassen wurde, enthielt nur einen Schreibtisch, einen Aktenschrank, zwei solide Stühle – alles aus Holz, ebenso wie der bei jedem Schritt hallende Boden – und eine Gaskochplatte mit einem Kaffeetopf darauf. Der Topf war an den Rändern mit Schichten von übergekochtem, verbranntem Kaffee verklebt. An den Bretterwänden hing eine Daguerreotypie von Reichskanzler Bismarck, daneben eine deutsche Fahne und ein Kreuz. Das Rouleau vor dem kleinen, schmutzigen Fenster war halb herabgelassen, vermutlich um die Hitze auszusperren.

Im Halbdunkel hinter dem Schreibtisch saß der zuständige Angestellte, ein Mann von etwa vierzig Jahren, der sie nicht mehr ansah, nachdem er ihr mit einer vagen Geste den Stuhl auf der Bittstellerseite des Schreibtisches zugewiesen hatte. Er trug einen hellgrauen Anzug, eine dünne Krawatte zu einem groben Leinenhemd und darüber einen abwaschbaren Gummikragen, dem unaufhörlich rinnender Schweiß einen öligen Glanz verlieh. Auf der Nase des Mannes saß ein altmodisches Pincenez mit eisengerahmten Gläsern. Vor ihm auf dem Schreibtisch lag Noras Antrag.

»Sie scheinen mir nicht gerade wie eine Siedlerin auszusehen, Frau Hendriksen, wenn Sie erlauben«, sagte er. Seine Brillengläser blinkten, als er sich wieder über das Formular beugte. Mit den Kuppen von Daumen und Zeigefinger strich er über seinen dünnen, sorgfältig gestutzten Schnurrbart. »Außerdem weiß ich natürlich, wer Ihr Herr Gemahl ist, und deswegen kann ich mir beim besten Willen nicht vorstellen, dass Sie sich hier mit seiner Billigung um den Erwerb von Grund und Boden aus der Hand des Deutschen Reiches bemühen …«

»Und wenn ich seine Billigung hätte?«, fragte Nora.

»Nun, dann dürfte es kaum Schwierigkeiten geben. Aber es wäre in diesem Fall bestimmt hilfreich, wenn Sie eine schriftliche Ermächtigung von ihm vorlegen könnten …«

Nora spürte, wie etwas in ihr zu zittern begann, aber es war nicht Zorn; noch war es nicht Zorn. So sanft wie möglich sagte sie: »Ich habe Geld, wie Ihnen der Kreditbrief bestätigen wird, auf den ich in meinem Antrag Bezug nehme. Darüber hinaus – und da Sie ja wissen, wer mein Herr Gemahl ist – kann ich Ihnen mitteilen, dass selbst wenn ich seine Billigung nicht besäße, er sie mir sofort und mit Freuden in einer Depesche aussprechen würde, einfach weil Sie es wagen, seiner Frau das Recht abzusprechen, hier in ihrem und seinem Namen Geschäfte zu tätigen. Und ganz sicher würde er seinen beträchtlichen Einfluss geltend machen, um dem Beamten, der sich so töricht verhielte…«

»Sie brauchen nicht fortzufahren«, unterbrach sie der Angestellte mit unvermittelt blutleeren Lippen. »Ich werde Ihren Antrag an das zuständige Bezirksamt in Karibib weiterleiten. Wenn Sie dort eintreffen, wenden Sie sich bitte an Herrn Servatius, mit meinen Empfehlungen.«

Was wäre geschehen, dachte Nora, wenn er nicht gewusst hätte, wer mein Mann ist? Wie weit muss ich noch reisen, um ein eigenes Leben zu haben?

Das beste Land ist aber in den Händen der großen Gesellschaften, der South-West-Africa-Company, der Kakao-Land- und Minen-Gesellschaft, der Schäferei-Gesellschaft oder der Siedlungsgesellschaft für Deutsch-Südwestafrika. Eigentlich haben die sich das alles zu Schürfzwecken unter den Nagel gerissen, deswegen verkaufen sie nur gelegentlich an Privatleute, und dann wollen sie gleich drei bis vier Mark für den Hektar. Aber was soll man machen, sind doch alle vom Stamme Nimm! In jedem Fall kann ich die entscheidenden Schritte nicht von hier aus unternehmen, nur brieflich alles vorbereiten, und vielleicht öffnen sich die richtigen Türen ja, sobald wir in Karibib beim Bezirksamt sind. Das ist eine Stadt auf halber Strecke zwischen dem Ozean und der Grenze zu Britisch-Rhodesien, wo wir möglicherweise was in der Nähe von Okombahe – das liegt am Ufer des Omaruru, falls dir der Name nicht auf Anhieb geläufig sein sollte – in Aussicht haben. Es scheint, als müssten wir uns auf Obst- und Weinanbau verlegen, aber vielleicht sind wir damit sowieso besser bedient als mit Vieh, obwohl Rainer Maria ein Faible für Strauße zu haben scheint, vermutlich weil sie so gern die Köpfe in den Sand stecken.

Aber jetzt genug von den kleinen Widrigkeiten im Leben deiner großen Schwester. Wie geht's dir, Lissy? Inzwischen müsstest du doch auch schon von eurer Hochzeitsreise zurück sein, oder, Schwesterherz? Wie war's denn in Deauville – am Tag und vor allem in der Nacht? Ich nehme ja nicht an, dass ihr die ganze Zeit im Spielcasino gewesen seid ... Apropos, heute habe ich einen Mann kennengelernt, der dir bestimmt gefallen hätte – ein Offizier der Truppen, die zum Schutz der deutschen Siedler und Händler hierher abkommandiert worden sind: 750 Soldaten für dieses riesige Gebiet, und sie müssen überall zugleich sein, die Minen sichern, den Bau der Eisenbahnen, die Farmen ...

Leutnant Wilhelm von Lehnhoff – so hieß er – hat in Kassel die Deutsche Militärakademie besucht und ist schon in den Neunzigerjahren des letzten Jahrhunderts nach Südwest gekommen; er kennt sich also aus mit Land und Leuten. Am Anfang war er bei den Landsknechten des Reichskommissars Hauptmann von Françoise, dann hat er den Dienst quittiert, um selbst eine Farm zu betreiben – was ziemlich einfach geht, wenn man mal zu den Schutztruppen gehört hat. Aber als es vor ein paar Jahren einen Aufstand gab, ist er zurück zu den Waffen, wie Männer nun mal so sind.

Wie sind Männer, dachte sie; wie ist *er*? Ob es ihm genauso geht wie mir, ob er auch noch nie auf eine Frau so reagiert hat wie ich auf ihn, wie vorher auf keinen Mann? Sie saßen an einem kleinen runden Tisch in der *Faber'schen Gaststube*, deren einzige Gäste sie waren, und sie konnte die Augen nicht von ihm lösen. Sie tranken Tee, dunklen Darjeeling, für sie mit Kandiszucker und Milch, für ihn mit Rum. Sie hörte kaum, was er sagte, es schien ihr unwichtig. Warum muss er überhaupt reden?, dachte sie. Warum können wir uns nicht einfach nur ansehen? Außer, dass er gegangen wäre, wenn er nicht mehr geredet hätte, und deswegen stellte sie in Abständen eine Frage, und genau betrachtet, sah er so gut auch wieder nicht aus, vor allem nicht, wenn man bedachte, dass sie Uniformen eigentlich verabscheute. Und doch ... und doch ...

Seine Stimme stand in eigenartigem Widerspruch zu seinem Äußeren, sie war fast samten, leise und dabei voller Energie, voller Farbe. Seine schlanken Hände lagen ruhig auf dem Tisch, außer wenn er die Tasse an den Mund führte. Er bewegt sie nur, wenn es nötig ist, dachte Nora; um einer Dame behilflich zu sein oder einen Feind zu besiegen.

Sie sah seine Lippen, die Augen, in denen sich das durch die salzverklebten Fenster hereinfallende Sonnenlicht brach, grünes Feuer, und sie spürte, dass etwas mit ihren Adern geschah: Sie schwollen an, das Blut schien sie schneller zu durchströmen. Sie wollte etwas tun, den Druck vermindern, bevor es ihr die Brust sprengte, das, was in ihr zirkulierte und zu ihm hinwollte, dieses heiße, glühende, schneidende Gefühl. Sie wusste nicht, was es war oder was sie dagegen tun konnte; es war kein Glück, keine plötzliche Verliebtheit, kein Blitz aus heiterem Himmel. Sie fühlte sich wehrlos, überrumpelt von sich selbst. Vielleicht war es Zorn, wilder, schriller, süßer Zorn, der in ihr aufstieg, sie erfüllte und alles andere verdrängte. Irgendetwas wollte sie mit diesem Mann tun, etwas, das schmerzte, ihm und ihr wehtat.

Dann fand sie die Erklärung: Sie war überhitzt, es war das Unwirkliche, das Fremde um sie herum; dass sie sich auf einmal schwach fühlte, benommen und wie aus Glas gemacht – Augen aus Glas, heiß und brennend wie der Himmel. Und er wirkte erfahren und stark. Dort, wo er saß, schien der Raum heller zu sein; er zog auch das Licht an. Genau wie ihr Vater früher, als sie klein gewesen war. *Das habe ich nicht gewollt,* sagte sie, *ich habe etwas anderes gewollt. Ich will, dass Sie verschwinden.* Aber sie sagte es nicht laut, nur in Gedanken. Laut sagte sie: »Sie dürfen niemals vergessen, dass ich verheiratet bin.«

Er hielt überrascht inne, taktvoll. Sie führte ihr Teeglas zum Mund, und er schwieg noch immer. Sie trank einen Schluck und fragte: »Entschuldigen Sie, was haben Sie gesagt? Ich war einen Moment abwesend.«

»Ich sagte, es könnte gefährlich werden dort, wo Sie hinwollen. Vor einer Woche haben ein paar herumziehende Herero eine Farm abgebrannt und die Besitzer getötet.« Seine Mundwinkel zuckten.

»Aber ich bin sicher, wenn sie erfahren, dass Sie verheiratet sind, wird das abschreckend genug wirken.«

»Ja, nicht wahr?« Sie schämte sich, dass sie in Gedanken gewesen war, in diesen beschämenden Gedanken. Dass sie sich hinter ihrem Mann versteckt hatte, ohne auf die Worte des Leutnants zu achten. So weit hatte er sie gebracht, so weit ab von ihrem eigentlichen Weg und in so kurzer Zeit. »Leben Sie wohl, Herr Leutnant von Lehnhoff«, sagte sie und stand auf und ließ ihn den Tee bezahlen, zu dem er sie nicht eingeladen hatte. Als sie zur Tür ging, fragte sie sich, ob er ihr wohl nachsah.

Es gibt hier nämlich Menschen, denen das Land gehörte, bevor wir Deutschen kamen und ihnen die Segnungen des Christentums und der westlichen Zivilisation brachten, und die waren so egoistisch, das Land behalten zu wollen, das wir doch benötigten, um seine Bodenschätze auszubeuten. Wieder ein Scherz, falls du vergessen haben solltest, wie deine Schwester denkt und fühlt…

Wie auch immer, der Leutnant hat mich heute Nachmittag zum Tee ausgeführt, um mir den Übergang in das neue, ungewohnte Leben als Südwestlerin etwas zu erleichtern. Zum Beispiel weiß ich jetzt, was ein Bambuse ist oder ein Schambock. Etwas Nachhilfe gefällig? Ein Schambock ist eine Peitsche aus Nilpferdleder, und damit schlägt man sein Pferd, seinen Ochsen oder seinen Bambuse, wenn er nicht gehorcht oder sonst wie aufsässig ist, denn es handelt sich dabei um den eingeborenen Burschen oder Diener, der, wie ich heute erfahren habe, so eine Behandlung erwartet. Er will streng und an kurzer Leine geführt sein und nutzt es nur aus, wenn man ihn mit Samthandschuhen anfasst. Ein kräftiger Stiefeltritt tut es übrigens auch, falls man gerade keine Nilpferdpeitsche zur Hand hat. Wohlgemerkt, das ist die Meinung der Leute hier – »begraben will ich Caesar, nicht ihn ehren«, um mit dem unsterblichen Will Shakespeare zu sprechen.

Die Bambuse werden aus einem der ansässigen Stämme rekrutiert, den Nama, den Herero oder den Hottentotten, die wiederum untereinander in Herren und Sklaven zerfallen und sich nicht selten spinnefeind sind. So ganz habe ich das alles noch nicht begriffen, wer da nun wem überlegen ist, außer, dass natürlich der weiße Mann – und, man höre und staune, sogar die weiße Frau – ihnen allen vorgesetzt ist, gleich, ob er oder sie als Siedler, Kaufmann, Soldat oder Missionar ihr Land betreten hat. Den Missionaren verdanken wir es übrigens, dass die meisten Schwarzen hier Deutsch sprechen, zwar nicht so gut wie du und ich, aber doch überraschend verständlich. Es gibt also Herren und Diener – bei den Stämmen heißen die Häuptlinge Kapitän (aber nicht zur See) –, und der Umgang zwischen ihnen wird durch den Schambock beträchtlich erleichtert. Und natürlich durch das Geld, von dem wir mehr haben. Wir haben von allem mehr, sogar von dem wenigen wirklich fruchtbaren Weideland, das früher ihnen allein gehörte.

Ich finde es daher nur verständlich, dass nicht alle von ihnen friedlich sind; wir haben sie ja beinahe behandelt wie die Amerikaner die Indianer im Wilden Westen. In letzter Zeit soll es wieder verstärkt zu Übergriffen von einzelnen Hottentotten-Trupps auf abgelegene Farmen und ungeschützte Herden gekommen sein. Aber mach dir keine Sorgen um deine Schwester, du weißt ja, Unkraut vergeht nicht. Außerdem sollen die meisten Herero – oder Hottentotten – klug und friedlich sein; sie beobachten genau und lernen schnell, vor allem imitieren sie gern, daher auch ihre Sprachbegabung. Viele von ihnen sind Christen, dank unserer hervorragenden Missionare. Ich bin sicher, wenn übermorgen die Araber kämen, um ihnen zu predigen, wären sie am nächsten Morgen Mohammedaner.

Das alles und einiges mehr weiß ich von dem weisen, kampferprobten Leutnant. Wahrscheinlich wäre er genau der richtige Mann, den man an seiner Seite haben müsste, wenn man ein fremdes, unwirtliches Land wie dieses in Besitz nehmen möchte. Zielstrebig, ernst und ritterlich. Aber ich habe ja Rainer Maria, und der Leutnant steht glücklicherweise im Begriff, sich wieder nach Hause einzuschiffen, was mir ganz recht ist, denn er ist ziemlich arrogant und selbstherrlich, mit einem Wort, er verkörpert viel von dem, was mir an Ludwig und seinen Kreisen immer gegen den Strich gegangen ist. Da stellen sich bei mir, anders als bei dir, sofort sämtliche Stacheln auf. Aber ich werde ihn ja nie wiedersehen, was ich von dir nicht hoffe, kleine Schwester – du fehlst mir trotz allem doch sehr. Hoffentlich behandelt dein Carl-Gustav dich gut, nicht nur im Hochzeitsbett…

Drei Tage später konnte Rainer Maria das Krankenhaus verlassen. Er trug den zerknitterten schwarzen Anzug, in dem er eingeliefert worden war. Der Stoff wies weiße Salzringe auf, das Hemd Spuren von Blut. Er war so vertraut, so willkommen in seiner Blässe, mit seinem verstörten Blick. Er hatte abgenommen und bedurfte einer Rasur und eines Haarschnitts.

Ich wollte gar nicht wirklich allein sein, dachte Nora; ich wollte doch jemanden haben, um den ich mich kümmern kann und der sich um mich kümmert. Alles andere hatte ich schon. Voller Wiedersehensfreude fiel sie ihm um den Hals. Immer noch geschwächt, verlor er das Gleichgewicht, aber diesmal fing sie ihn auf, bevor sie gegen die Backsteinmauer des Krankenhauses prallten. »Wie fühlst du dich?«, fragte sie.

»Nicht so wild wie in dem Gedicht von Rimbaud«, sagte er mit einem verlegenen Lächeln. »Etwas weich in den Knien.« Er blinzelte in die Sonne, dann schlug er die Augen nieder, als schämte er sich, ihrem Blick zu begegnen. »Wie ist unser Hotel?«

»Du wirst staunen«, antwortete sie. Sie ging neben ihm und wusste nicht, was sie sagen sollte. Sie hörte ihn atmen, es klang noch immer nicht ganz gesund. Er sagte auch nichts.

Endlich sprach er doch. »Ich habe nachgedacht. Über die Natur des Menschen. Was sie als Maßstab braucht. Ich glaube, deswegen bin ich wirklich hier. Gibt es einen Beweis dafür, dass der Mensch die Krone der Schöpfung ist?«

Nora sagte nichts, weil sie nicht davon ausging, dass er eine Antwort erwartete, aber er ließ sich Zeit, bevor er weiterredete, fast bis sie das *Fürst Bismarck* erreicht hatten. »Die Wildnis ist der Maßstab der Zivilisation, so wie man das Christentum nur an der Sünde, der Unwissenheit des Heiden messen kann. Wenn sie sich nie begegnet sind, gibt es keinen Vergleich und keine Sicherheit. Verstehst du, was ich sagen will?«

»Nicht ganz«, antwortete sie und dachte, dass es nicht das war, was sie erwartet hatte. Die ersten Worte bei ihrem Wiedersehen hatte sie sich anders vorgestellt.

»Wir sind zivilisiert, wir sind Christen«, sagte er, weiter in die

Sonne blinzelnd und mit leise keuchendem Atem. »Unser Auftrag ist es, unsere Instinkte zurückzustellen. Wir laufen in ein Geschirr gespannt, statt wild und frei zu sein.«

Nora schwieg. Sie wusste, dass er sich gern reden hörte und manchmal Gedanken nur ausprobierte, indem er sie laut sprach. Aber diesmal klang es anders, seine Stimme klang leiser, und er wählte die Worte mit mehr Bedacht.

Er blieb stehen, suchte ihren Blick unter der Krempe des Sonnenhutes. »Du hast diesen Kontinent mit eigenen Füßen betreten, während sie mich in einem Korbstuhl an Land getragen haben. Ich habe afrikanischen Boden zum ersten Mal im Krankenhaus berührt. Ich weiß es.«

»Was weißt du?«

»Dass ich dich verlieren werde, ohne dich je gewonnen zu haben.«

»Ich verstehe immer noch nicht ganz, was du mir damit sagen willst.«

»Damit will ich dir sagen«, er versuchte, ein Husten zu unterdrücken, »dass ich ein anderer werde. Der Mensch, den du kanntest, der Dichter, der nur in Worten lebt, ist im Lazarett geblieben. Das alles hier«, er breitete die Arme aus und drehte sich auf dem Gehweg mit scharrenden Stiefeln einmal um sich selbst, »wollte ich dir zu Füßen legen, aber tatsächlich wurde es *mir* geschenkt. Ich kann es nicht erwarten, bis wir weiterfahren, weg von diesen Häusern hier, von der ganzen Zivilisation, die mich krank gemacht hat. Ich will kein Christ mehr sein, dann kann ich vielleicht verhindern, dass du mich verlässt.«

Nora ergriff seine Hände. »Aber ich will dich gar nicht verlassen, Rainer. Ich habe dafür gebetet, dass du gesund wirst, und mich so auf diesen Moment gefreut. Du hast mir gefehlt. *Du.* Ich will nicht, dass du ein anderer wirst. Ich mag dich so, wie du bist.«

»Aber du liebst mich nicht – so wie ich bin.«

»Manchmal trifft Liebe einen wie ein Blitz«, sagte Nora, »und sie verbrennt einen, verändert einen für immer. Und manchmal kann

Liebe wachsen, weil der Boden, in den sie gefallen ist, so fruchtbar war, dass er sich nicht verändern muss.«

Sie standen auf dem hölzernen Gehsteig und achteten nicht auf die Passanten, die an ihnen vorbeigingen. Rainer schien den Atem anzuhalten. »Ich würde dir gern glauben«, sagte er leise

Ich auch, dachte Nora. Sie spürte die Traurigkeit, die ihn erfüllte, den Schmerz, aus dem heraus er ein anderer werden wollte, aber sie hatte es nicht deswegen gesagt. Sie hatte es gesagt, weil sie es selbst gern glauben wollte. Sie wollte glauben, dass es auf jede Frage eine Antwort gab und ein Ziel am Ende jeder Reise. Sie wollte glauben, dass Gebete erhört wurden, gleich, an wen man sie richtete.

15

Der Zug fuhr nicht sehr schnell, und gegen Mittag wurde es heiß und stickig in dem engen Abteil, obwohl die dunkel getönten Fenster halb heruntergezogen waren. Die Sonne stand jetzt so hoch, dass die zitternden Schatten der Waggons auf den Dünen nicht mehr zu sehen waren, nur noch der Sand und ein paar halb zugewehte Büsche und später das weiße Gleißen eines ausgetrockneten Flussbettes und schließlich, als das Flussbett zurückblieb, die ersten Felsklippen des Gebirges, grau wie Schiefer. Die Luft roch nach der Hitze, als hätte man Feuersteine aneinandergeschlagen. Nora war eingenickt, und als sie erwachte, lag ihr Kopf am warmen Glas der schmutzigen Scheibe. Ihr Nacken schmerzte von dem ständigen Gerüttel der ungepolsterten Holzbank.

Rainer saß ihr gegenüber, die Beine angezogen, und schrieb mit einem Bleistift in eine Kladde, die er mit einer Hand auf den Knien festhielt. Das Haar klebte ihm an der Stirn, zwischen den zusammengepressten Lippen zeigte sich die Spitze seiner Zunge. Er sah jung aus, wie ein Kind, das konzentriert mit Buntstiften die Bilder in seinem Malbuch ausmalt.

Nora blinzelte in das helle Licht, das aus dem blauen Himmel gegen die hölzernen Sonnenblenden oben an den Fenstern fiel. »Ich bin eingeschlafen«, sagte sie mit belegter Stimme. »Warum hast du mich nicht geweckt?«

Er sah auf und lächelte. »Ich habe dich noch nie schlafen gesehen«, sagte er ebenso leise. »Es ist ein schönes Bild. Ein schöner Anblick.« Neben ihm saß eine Frau in einem geblümten Kleid, das an der Seite geknöpft war; sie trug einen Strohhut und fächelte sich mit einem Papierfächer Luft zu. Ihre Augen waren hinter einer dunklen Brille verborgen.

»Was schreibst du da?«, fragte Nora. Auch neben ihr saß eine Frau, älter als die neben Rainer, und weil der Wagen nicht breiter war als der einer Straßenbahn, gab es keine Trennwände zwischen den Abteilen. Der Zug war voll, in allen Abteilen saßen Fahrgäste, und auch im Gang standen noch Passagiere, die sich manchmal mit den Sitzenden abwechselten.

»Soll ich es dir vorlesen?«, fragte Rainer.

»Ja.«

Er blätterte zurück und räusperte sich. »*Der Zug nach Windhuk*«, las er, etwas vorgebeugt, damit niemand außer ihr es hören konnte, »*ging am frühen Morgen, und es war noch dunkel, als wir das Hotel verließen. Die schweren Koffer hatten wir schon am Abend zum Bahnhof bringen lassen. Nora trug ein dunkelblaues Kleid und hochhackige, geknöpfte Lederstiefel und auf dem Kopf einen veilchenblauen Samthut, an den zwei kleine Sonnenblumen aus Stoff genäht waren. Damit der Wind ihr den Hut nicht wegwehen konnte, hatte sie ihn mit einer Hutnadel an dem zu einem Knoten gebundenen Haar festgesteckt. Vor Kälte zitternd stapften wir mit dem Handgepäck durch den tiefen Sand. Er lag weiß im Mondschein, und am Himmel blinkten kalte, spitze Sterne, bis ein eisiger Wind aufsprang und Nebel vom Meer über das Land trieb. Im Bahnhof gab es heißen Kaffee und Gebäck. Die Bahnsteiguhr zeigte halb sechs. Der Zug der Staatsbahn stand schon bereit, zwei kleine Lokomotiven, hintereinandergespannt, und ein halbes Dutzend Personenwagen und Güterwaggons auf Schienen, deren Spurweite knapp sechzig Zentimeter betrug.*

Im Empfangssaal mit seinem schwarzen Holzmobiliar und dem Gemälde des Kaisers über den geschlossenen Schaltern wimmelte es von Passagieren. Sie schrien durcheinander und schwenkten ihre Fahrkarten. Ganze Familien hockten auf hohen Gepäckstapeln. Kinder weinten oder starrten übernächtigt ins Leere. Zwei Frauen stritten sich um einen Abteilplatz in der ersten Klasse. Im bleichen Licht der Bahnhofslaternen wirkten alle Gesichter kalkweiß, sogar die der Schwarzen. Einige in dem brodelnden Gewimmel hatten außer ihren Koffern, Kisten oder Säcken noch Tiere dabei, Hühner in Drahtkäfigen, Ziegen, die sie an kurzen Stricken hinter sich herzogen.

In den meisten Waggons gab es nur noch Stehplätze. Junge Mädchen trugen riesige verschnürte Bündel auf dem Kopf. Ich hatte fast Angst, Nora in dem Durcheinander aus den Augen zu verlieren. Die Soldaten der Begleittruppe mussten auf einem Flachwagen mitfahren, über den eine breite Plane gespannt war. Auf dem Wagen dahinter standen zwei kleine Kanonen mit kurzen Läufen und kaum hüfthohen Rädern. Die Lokomotiven ließen in kurzen Abständen Dampf ab, und gelegentlich setzten sie mit einem leisen Tschuff-Tschuff-Tschuff ein Stück vor und zurück. Dann gab es einen schrillen Pfiff, und die Räder begannen, sich zu drehen, und mahlten auf den Schienen, bevor sie griffen. Der Nebel zog in Schwaden durch den gelben Kegel des Kopfscheinwerfers vorn am Dampfkessel …«

»Das ist kein Gedicht«, unterbrach Nora ihn.

»Ich bin kein Dichter mehr«, erinnerte Rainer sie und wedelte mit dem Bleistift in der Luft herum. »Ich schreibe einen Bericht. Wenn man in eine neue Welt vorstößt, verfasst man ein Journal.«

»Nur wenn man der Erste ist«, sagte Nora nachsichtig. »Oder wenn man sich sehr wichtig nimmt.«

»Ich nehme dich wichtig«, sagte Rainer, »nicht mich.«

»Es wäre mir lieber, ich käme in diesem Bericht nicht vor.«

Er beugte sich vor, legte ihr eine Hand auf das Knie. »Ich habe so viele Fragen an dich«, sagte er, »mehr als an dieses Land. Ich würde dich so gern verstehen.«

»Das Land zu verstehen ist leichter«, antwortete sie. Sie griff nach ihrer Tasche, in der sich eine Feldflasche mit Wasser und eine Salami befanden, und stand auf, drückte gegen die Mauer der stehenden Passagiere. Sie standen dicht aneinandergepresst, sodass sie die Gesichter nach oben recken und mit offenen Mündern nach Luft hecheln mussten; sie sahen aus wie Gehenkte, die im selben Wind hin und her baumelten.

»Was machst du?«, fragte Rainer überrascht.

»Ich gehe ein paar Schritte«, sagte sie. »Hier drin ersticke ich noch.«

Er klappte die Kladde zu. »Ich komme mit.«

»Nein«, sagte sie rasch. »Nein, du musst dich schonen. Ich bin

Laufen gewöhnt, weißt du. Bei deinem Glück brichst du dir noch einen Knöchel.«

Resigniert ließ er sich zurücksinken, beugte sich dann aber noch einmal vor. »Ich liebe dich«, sagte er leise.

»Ich weiß«, sagte sie. »*Der Apfelbaum, das Singen und das Gold* – Euripides, nicht? Und was deine Fragen angeht – wir werden noch genug Zeit für die Antworten haben.«

Sie hängte sich die Tasche um den Hals, dann kämpfte sie sich bis zum Perron des Wagens vor, von dem aus sie auf den langsam vorbeigleitenden Erdboden sprang. Die Gleise führten durch ein trockenes Flussbett steil bergauf, und es war leicht, mit den keuchenden, ächzenden Lokomotiven Schritt zu halten. Am Führerhaus der beiden Zugmaschinen war ein Eisenschild mit der Aufschrift *Otavibahn* festgeschraubt. Die Stahlräder knirschten und kreischten auf den Schienen, und wenn Nora zurückblickte, konnte sie den ganzen Zug sehen, der sich durch die Schlucht wand, die geschlossenen und offenen Waggons, voll beladen mit Menschen, Tieren, Hafersäcken, Gewehrkisten und Maschinen im flimmernden Glast zwischen den Felswänden.

Eine Zeit lang lief sie einfach nur neben dem Erste-Klasse-Wagen her, dann rannte sie vor bis zur ersten der grün und schwarz lackierten Lokomotiven. Ein beißender Geruch nach Öl, heißem Metall und Kohlengas umgab sie. Schwarzer Rauch schlug aus dem Schornstein. Den Sicherheitsventilen entwich weißer Dampf in fauchenden Stößen. An der Seite des Führerstandes glänzte ein Messingschild mit der Nummer *174%SA*. Schwitzend schaufelte der Heizer mit genau bemessenem Schwung Kohlen in das Feuerloch.

Auf der Bank über dem Schienenräumer saß ein Junge, der nichts trug außer einer braunen Leinenhose mit verschieden langen Beinen; eins war über dem Knie abgeschnitten, das andere knapp darunter. Die schwarze Haut des Jungen war mit Staub bedeckt, ebenso das Haar, aber als er Nora sah, lächelte er, und seine Augen schimmerten wie Kandiszucker. Er winkte ihr heraufzukommen. Hinter ihm lagen ein Gewehr und ein langer Stock mit einem Haken, zwischen den Schenkeln hielt er ein leeres Marmeladenglas eingeklemmt. Nora schwang sich neben ihn auf die Bank, auf der kaum genug Platz für einen war.

»Guten Tag«, sagte sie. »Ich heiße Nora.«

»Samuel«, sagte der Junge und machte sich ganz schmal, bevor er seine Aufmerksamkeit wieder den Gleisen zuwandte. Nora spürte seine Körperwärme dicht an ihrer Seite.

»Was hast du in dem Glas da?«

Der Junge zögerte. »Fliegende Sterne«, antwortete er schließlich auf Deutsch, ohne sie dabei anzusehen.

Nora merkte, dass er keine weitere Unterhaltung anstrebte, und so saß sie nur da, das schwere Fauchen der Zugmaschine hinter sich und nichts vor sich als die Gleise und die Klüfte des Gebirges und darüber der Himmel, an dem ein paar verirrte weiße Wölkchen standen. Auf einmal, als ein warmer Fahrtwind ihr über das Gesicht strich, wurde sie ruhig und begriff, was mit ihr geschah. Sie begriff, dass auch ihr etwas geschenkt wurde, genau in diesem Augenblick, etwas, das so groß war, wie sie es sich nie hätte träumen lassen, ein neues Land, ein neues Leben.

Und während sie das erkannte, nahm sie alles wahr, was ihr vorher entgangen war, die abenteuerlichen Formen der Felsen und die scharfen Schatten und eine Pavianfamilie, die auf einem dieser Felsen kauerte, und in einer Kluft eine Gruppe von schlanken, braunen Springböcken, und dann erreichte der Zug das Ende der Schlucht, und vor Noras Augen öffnete sich eine Ebene mit hohem, gelbem Gras, durch das der Wind strich. Es wogte wie ein Meer, in dem kleine Inseln aus Kameldornbäumen und schroffem Gestein aufragten, und alles wurde von der Sonne mit Hitze bemalt, und hinter einer Klippe am Rand der Ebene teilte sich das Gras, und eine Straußenherde stob davon, und die Tiere mit ihren langen Hälsen und den dünnen Beinen liefen durcheinander und bewegten sich so graziös, komisch und graziös, dass Nora lachen musste, und sie dachte: *danke, danke, danke*.

Danke für diesen weiten Himmel. Danke für die Wüsten von heute Morgen und diese wilden Berge jetzt. Danke für den trockenen Wind und den Staub und das Höllengetöse des Zuges. Danke für die Sonne und die spiegelnde Glut der Ebene und den Platz vorn auf der Lokomotive und alles, was ich von hier aus sehen kann. Danke für die Paviane und die Springböcke und die Strauße. Danke für diesen Mann dort mit seinem Speer in der Hand, ganz allein steht er reglos neben einer Schirmakazie in dem hohen, gelben Gras und starrt mich an, Samuel und mich, aber besonders mich, er ist halb nackt und schwarz wie die Schatten in den engen Schluchten, und ich kann fast sehen, wie er seine Kraft aus dem Land zieht, die Kraft, mit nichts anderem als einem bunten Tuch um die Hüften zu gehen, die Kraft, den Speer in seiner Faust zu schwingen und sich durch das flirrende Grasmeer zu bewegen und auf die eine Trommel zu hören, die nur für ihn schlägt.

Als der Junge den Jäger im Gras sah, begann er zu singen, leise erst, dann lauter, als empfinge er eine telepathische Botschaft. Es war ein kehliger Gesang, den er mit der Zunge in die Luft warf und mit den Lippen wieder aufzufangen schien wie ein Gaukler bunte Bälle. Als er zu Ende gesungen hatte, griff er in die Hosentasche, holte einen Metallkamm heraus und fuhr sich damit durch das kurze, staubige Haar. Sein Kopf folgte den Strichen, wenn die drahtigen Locken sich in den Zinken des Kamms verfingen, und dabei schaute er mit weit offenen Kandisaugen in den Himmel wie in einen blauen Spiegel. Was hat das zu bedeuten?, dachte Nora. Was singt er da, und warum kämmt er sich jetzt?

Der Zug fuhr weiter, dem Abend entgegen, und Nora blieb die ganze Zeit auf der Bank vorn an der Lokomotive sitzen. Manchmal, wenn sie die Augen zum Schutz gegen die Sonne schloss, tanzten zwei rote Kreise auf der Innenseite ihrer Lider. Sie trank Wasser aus ihrer Feldflasche und aß ein Stück von der harten Salami. Danach wickelte sie sich wieder den Seidenschal um Mund und Nase. Sie bot Samuel auch ein Stück Wurst an, das er herunterschlang, aber ihr Wasser wollte er nicht. Sie betrachtete ihren Rock, die Stiefel und stellte fest, dass sie inzwischen genauso eingestaubt war wie der Junge. Gelegentlich beugte er sich vor, um mit der Hakenstange ein Hindernis von den Schienen zu entfernen. Dabei presste er die Schenkel zusammen, um das Glas zwischen seinen Beinen festzuhalten. Das Glas sah leer aus unter der Staubschicht, und Nora fragte sich, was ihm daran liegen mochte.

Die Dampfpfeife über ihrem Kopf gellte mehrmals. Sie bogen in eine weitere Schlucht, und die Felswände ragten so hoch, dass sie die Sonne nicht mehr sehen konnten. Nach einigen Kilometern sanken die Bergkämme wieder herab, und der Himmel war plötzlich nicht mehr blau, sondern rot wie von einem Feuer, das den ganzen Horizont erfasst hatte, und während Nora gerade erst anfing, sich staunend diesem flammenden Abendrot hinzugeben, schlug schon ein tiefblauer Nachthimmel seine Kuppel über dem Land. Es war ein klares, sauberes Blau, und nur im Westen lag noch eine Zeit lang ein gelber Streifen auf der Erde, aus der immer mehr Sterne aufzusteigen schienen.

Samuel stieß ein Jauchzen aus, als hätte er die ganze Fahrt über nur auf diesen Moment gewartet. Er griff nach dem Marmeladenglas zwischen seinen Schenkeln. Er schüttelte es, und da begann es in seinen Händen zu leuchten, eine blasse, flackernde Helligkeit schien darin gefangen zu sein. Dann schraubte er es auf und schüttete den Inhalt in den Fahrtwind, wo er auseinanderstob wie weiße Funken, als die Leuchtkäfer ihre Flügel entfalteten und fortflogen in die Nacht. »Fliegende Sterne«, rief er. Bevor er sein Augenmerk wieder auf die Schienen richtete, warf er Nora einen Seitenblick zu. »Sie sind gute Missus«, sagte er. »Sie halten was aus. Wo fahren Sie hin?«

»Nach Karibib.« Nora dachte, dass es Zeit war, zu Rainer zurückzugehen; in wenigen Stunden sollten sie die Station erreichen. »Danke, dass ich dir Gesellschaft leisten durfte«, sagte sie. In der Dunkelheit zockelte der Zug träge dahin, er fuhr kaum schneller als fünf Meilen. Nora kletterte von der Bank herunter und sprang auf die Erde, wo sie stehen blieb und wartete, bis ihr Wagen heranrollte. Sie packte das Geländer des Perrons und schwang sich hinauf. Die Passagiere, die vorher gestanden hatten, saßen oder lagen jetzt auf dem Boden. Vorsichtig stieg Nora über ihre Körper hinweg.

Rainer schlief. Sein Kopf war gegen die Waggonwand gesunken, das Licht einer heruntergedrehten Öllampe fiel auf sein Gesicht. Die oberen Knöpfe seines weißen Hemdes standen offen, und die Haut darunter war feucht von Schweiß. Ein paar Haare auf seiner Brust sahen aus wie mit Tusche gezeichnet. Die Kladde lag auf seinem rechten Oberschenkel, aufgeschlagen, aber mit dem Rücken nach oben. Der Bleistift steckte in der Uhrentasche seiner Weste.

Die beiden Frauen, die mit ihnen reisten, waren verschwunden, ebenso ihr Gepäck; sie mussten den Zug an einer der zurückliegenden Stationen verlassen haben, jenen aus Lehmziegeln oder Holz erbauten Hütten, wo die Lokomotiven gehalten hatten, um Wasser und Kohlen nachzufüllen. Jetzt saßen zwei andere Fahrgäste auf ihren Plätzen, von denen einer aufstand, um Nora sitzen zu lassen.

»Rainer«, sagte Nora leise. Er stöhnte, und seine Lider flatterten, ohne dass er aufwachte. Sie wollte ihn wecken, um ihm zu erzählen, was sie gesehen hatte, aber er sah entspannt, fast glücklich aus, und deswegen ließ sie ihn weiterschlafen. Statt auf die Bank gegenüber setzte sie sich neben ihn. Sie nahm die Kladde, um sie in seine Reisetasche zu legen, dabei fiel ihr Blick auf die Seite, die er zuletzt beschrieben hatte. Dort stand *Nora, Nora, Nora, Nora, Nora* … Sie musste lächeln. Sie klappte die Kladde zu, legte sie beiseite, lehnte sich zurück und schloss die Augen.

Nora, dachte sie; Rainer. Das Rattern der Räder erfüllte den Wagen, ein rhythmisch wiederkehrendes Klack-Klack, Klack-Klack der Eisenscheiben auf den Gleisschößen oder der Radlager, vielleicht auch der Achsen, sie wusste es nicht so genau, aber es klang wie *Nora – Nora – Nora*, und dann klang es wie *Rainer – Rainer – Rainer,* und sie dachte, dass sie alles ihm verdankte, alles, was sie heute gesehen hatte. Ohne ihn wäre sie nicht hier gewesen.

»Danke«, flüsterte sie noch einmal, und die Räder und die Schienen nahmen es mit ihrem Rhythmus auf, *danke – danke – danke*. Sie ließ ihren Kopf gegen seine Schulter sinken, schob ihre Hand unter seine, die ihm in den Schoß gesunken war, und verflocht ihre Finger mit den seinen. *Deine Hand*, ratterten die Schienen, *deine Hand – deine Finger – meine Hand – meine Finger,* und auf einmal merkte sie, dass es mehr als nur Dankbarkeit war. Sie empfand noch etwas anderes, und sie fragte sich, ob es schon vorher da gewesen war und sie es nur nicht bemerkt hatte oder ob es erst heute gekommen war. *Ohne dich*, sagte das Rattern, *nichts – ohne dich – nichts – ohne dich – nichts – ohne dich.*

Auch das noch, dachte sie und drückte sacht seine Hand; das hat mir gerade noch gefehlt. Sie spürte eine leise, lange nicht mehr gefühlte Sehnsucht, so unerwartet, dass sie sie erst gar nicht erkannte. Es war, als läge ein Lächeln tief in ihrem Schoß, still und abwartend.

Fliegende Sterne, dachte sie.

16

Es war das merkwürdigste Weihnachten gewesen, an das sie sich erinnern konnte. Sie saß auf der Vorkiste des schaukelnden Planwagens und summte *O Tannenbaum* und sah auf die Rücken der Ochsen, die den Wagen zogen. Unter dem braunen Fell, dunkel vor Schweiß, konnte sie das Rückgrat erkennen, die ellbogenrunden Knorpel, die nicht ganz gerade aneinandergereiht waren und sich in den dünnen Schwänzen verliefen, und darüber die schillernde, schwarze Wolke der Fliegen. Die breiten, spitzen Hörner wippten im Takt der Schritte, genau wie die Jochscheite. Neben Nora saß Rainer, und vor ihnen und vor dem Jungen, der auf einem an die Deichsel gebundenen Reissack hockte, fuhr der Karren der Westrups. Das allermerkwürdigste Weihnachten, dachte Nora – ohne Christbaum, ohne Mitternachtsmesse, ohne Festessen, ohne Schnee oder wenigstens Regen, in brennender Sonne und der Gesellschaft von Fremden.

Sie hatte es sich nicht so beschwerlich vorgestellt. Sie hatte gedacht, es würde anstrengend, aber auf eine angenehme, saubere Art. Sie malte sich aus, was Lissy sagen würde, wenn sie jetzt bei ihnen wäre, über die harten Holzsitze und den Geruch der Ochsen und die heiße, stehende Luft, aber Nora wollte ihr Leben nicht mehr von dem eines anderen überschatten lassen, nicht einmal von dem ihrer Schwester. *O Tannenbaum, o Tannenbaum, wie grün sind deine Blätter.* In Karibib hatte sie Tannenzweige gesehen, auf den Fensterbänken, und Lametta und natürlich rote Kerzen. Dort hatte sie auch die Fremden kennengelernt, die vor ihnen fuhren. Man freundete sich hier wohl schnell an. Nora wusste, dass sie aus Essen stammten, Siedler der ersten Stunde, die ins Dorf gekommen waren, um ihre Vorräte aufzufrischen und Heiligabend in Gesellschaft zu verbringen. Sie nannten es Stadt, aber es war ein Dorf.

»Hannes Westrup ist mein Name«, hatte er gesagt, als sie am ersten Werktag nach Weihnachten ratlos vor der verschlossenen Tür des Bezirksamtes gestanden hatten, »und das ist meine Frau, Helga. Sie sind neu hier, nicht? Kann ich Ihnen helfen?«

Der Zug hatte Karibib um kurz nach neun erreicht, und beim Anblick der Tannenzweige in der Halle des niedrigen, aus Backsteinen erbauten Bahnhofsgebäudes war Nora plötzlich schrecklich wehmütig zumute gewesen. Sie hatte sich umgesehen, hatte den Ausdruck auf Rainers Gesicht bemerkt, das bei der dürftigen elektrischen Beleuchtung noch blasser wirkte. Für einen Moment war ihr die Hoffnung verloren gegangen, der Glaube. Aber dann war plötzlich Samuel neben ihr unter dem säulengestützten Verandadach aufgetaucht. Sie spürte, wie etwas an ihrem Ärmel zerrte, und sah hinunter in sein glänzendes Gesicht mit den Kandisaugen.

»Samuel hat beschlossen, mit tapferer Frau zu gehen«, verkündete er. »Wir haben gleichen Weg. Ich bringe zu Hotel.«

Am Morgen sah alles wieder anders aus, das kannte Nora schon, und nach zwei Tagen war es noch besser. Sie standen zeitig auf, frühstückten im Hotel und gingen hinaus in den schon heißen Vormittag. Schnell stieg die Sonne so hoch, dass den Straßen nur schmale Streifen Schatten blieben, die sie säumten wie Trauerränder. Rechts und links von ihrer gegenüber dem Bahnhof gelegenen Unterkunft, dem *Hotel Roesemann*, entfaltete sich die Geschäftigkeit eines Eisenbahnknotenpunktes. Der Name des Hotels prangte in kunstgeschmiedeten Lettern unter dem Frontgiebel des rot und grauweiß gestreiften Wellblechdachs. Die Straße hinunter bis zum Bezirksamt gab es noch zwei weitere Hotels, das *Rubin* und den *Kaiserhof*, ein paar Kneipen, eine Druckerei mit Postkartenverlag, ein Ladengeschäft und ganz am Ende der Trasse von aneinandergelehnten, weiß gekalkten Steinhäusern sogar eine Weißbierbrauerei. Einige Häuser waren aus Lehmziegeln, andere aus Holz, die Fassaden gebleicht von der Sonne, verzogen vom Wind, aber nichts deutete auf Zerfall hin; selbst bröckelnder Putz sprach eher von Änderung, einer Vorstufe zur Erneuerung, wie begrenztes, aber beständiges Wachstum sie verlangt. Ein steter Wind trieb Staub über die Gehsteige. Schilder an quietschenden Scharnieren schlugen hin und her: Reklame, Wegweiser, zum Lazarett, zum Bezirksamt.

Das Bezirksamt war Noras erste Adresse an diesem Vormittag. Es bestand aus dunkelroten Klinkern, die unvermeidliche Reichsfahne am Giebel. Neben dem einstöckigen Gebäude lagen zwei Hunde schlafend in der Hitze; in einem Stall vertrieb ein Schimmel mit verdrossenen Schweifschlägen die Pferdebremsen von seinen Flanken. Ohne erkennbaren Anlass sprang plötzlich einer der Hunde auf und fiel über den anderen her, Staub wirbelte auf, und ihr Gebell war laut und gereizt. Nora drückte die Türklinke herunter, aber die Tür ließ sich nicht öffnen. Rainer versuchte es ebenfalls, genauso erfolglos. Sie blickten sich hilfesuchend um.

Ein Passant blieb neben ihnen stehen und sagte: »Na, guten Tag und frohe Weihnachten. Hannes Westrup ist mein Name, und das ist meine Frau, Helga. Sie sind neu hier, nicht? Kann ich Ihnen helfen?« Der Mann trug Stiefel, eine Cordjacke, ein beiges Leinenhemd und eine Hose aus grobem, braunem Stoff. Mit der rechten Hand stieß er, ohne merkliche Kraftanstrengung, die massive Tür auf, mit der linken winkte er Nora und Rainer an sich vorbei ins Innere des Gebäudes. »Die Tür klemmt. Servatius lässt sie nicht zurechtschreinern, damit die Leute denken, das Amt wäre geschlossen.«

Seine Kleidung verströmte den muffigen Geruch nicht mehr ganz frischer Pfifferlinge, gemischt mit Tabak und Schweiß, und sofort erstand vor Noras Augen das Bild des Pedells an ihrem Pensionat vor zehn Jahren. Auch Westrup hatte blondes, schütteres Haar und ein faltiges, wie mit einem schartigen Hobel bearbeitetes Holzgesicht, das früher einmal fein geschnitten gewesen sein mochte. Nora schätzte ihn auf fünfzig Jahre, von denen jedes einzelne sichtbare Spuren hinterlassen hatte, nur die murmelblauen Augen blickten eher unschuldig als abgeklärt.

Ihr heiteres, freundliches Leuchten stand in merkwürdigem Gegensatz zu der Miene seiner deutlich jüngeren Frau, die unter der Krempe ihres Filzhutes wie erstarrt wirkte. Sie schwieg ohne das geringste Anzeichen von Peinlichkeit, als wäre das Reden nicht nur gegen ihre Natur, sondern gegen die Natur des Menschen überhaupt. Ihre Augen waren grau und kühl, und von ihrem blonden Haar ringelte sich nur eine Locke unter dem Hut hervor. Sie trug Ledersandalen, eine kurze Hose aus festem Leinen und eine Wildlederjacke über einer hellgrünen Bluse.

Nora sagte: »Ich bin Nora Hendriksen, und das ist Herr Offergelt, ein Schriftsteller.«

Sie wusste nicht, warum sie Rainer als Schriftsteller vorgestellt hatte; vielleicht um anzudeuten, dass sie tatkräftiger Hilfe wirklich nicht abgeneigt war. Helga Westrup nickte, es war ein übertriebenes Nicken, als wollte sie damit ihr Schweigen ausgleichen, Herzlichkeit zeigen, und Nora fragte sich, ob sie vielleicht stumm war.

»Sie ist eine gute Seele«, sollte Westrup später einmal sagen, »sie benötigt bei Fremden ein bisschen Zeit, um aufzutauen.« Jetzt sagte er: »Kommen Sie, ich bringe Sie zu Servatius, Sie brauchen ja bestimmte Dokumente, nicht?«

Das Büro des Bezirksvorstehers sah aus wie das, in dem Nora in Swakopmund gewesen war, sie hätte keinen Unterschied erkennen können, und sie dachte, dass es wahrscheinlich ein Modell dafür gab, in irgendeinem Urbüro eines Urbezirksvorstehers, vielleicht vor Urzeiten entworfen, in einem entlegenen Winkel der allerersten Kolonie. »Er ist ein wichtiger Mann«, sagte Westrup, »und er kommt gern etwas zu spät. Aber sprechen Sie ihn darauf nicht an, denn dann müsste er das Gesicht wahren, deutsche Tugend, die Pünktlichkeit und so weiter, und auf einmal hören Sie den Amtsschimmel traben. Eigentlich ist er ein netter Kerl, aber er bringt den größten Teil seines Lebens damit zu, sein Gesicht zu wahren.«

»Wenn man es sieht, fragt man sich, wozu die ganze Mühe«, sagte Helga. Es waren ihre ersten Worte, und Nora musste während der gesamten Amtshandlungen mit Doktor Servatius gegen ein irritierendes Kichern ankämpfen, das dem protokollarischen Ernst des Landerwerbs gänzlich unangemessen gewesen wäre.

Der Bezirksvorsteher trug einen dunkelblauen Anzug mit Binder, dazu trotz der Hitze eine Weste. Ein Ventilator an der Decke drehte sich langsam um die eigene Achse. Der in Abständen über den Schreibtisch hinstreichende Luftzug reichte nicht aus, um Kühlung zu verschaffen, aber das Durchschlagpapier darauf geriet jedes Mal in knisternde Unruhe, eine Ecke hob sich, Wellen durchliefen die Blätter, und sie verrutschten.

Servatius, der gelächelt hatte, als er auf Nora und Rainer zugetreten war, verlor dieses Lächeln bald, während er mit ihnen die Modalitäten des Landkaufs besprach. Er ignorierte den Ventilator, als handelte es sich um einen langjährigen Feind, für den jeder Blick zu viel der Ehre gewesen wäre, aber umso schärfer beobachtete er die knisternden Papiere. Jählings packte er einen Stempel, knallte ihn auf ein blaues Kissen und gleich darauf auf den obersten der Bögen, keine Amtshandlung – ein Ausbruch, vielleicht ein Racheakt, dem jederzeit ein weiterer folgen konnte. Das Papier lag still. Servatius lächelte wieder. Es war das Lächeln der Begrüßung, erfüllt von der magenverstimmenden Seelenqual eines Mannes, der zurückblieb und mit jedem Tag mehr zur Verkörperung des toten Punktes wurde.

»So, und jetzt kümmern wir uns um Ihre Ausrüstung«, verkündete Westrup, nachdem sie das Bezirksamt als Landeigentümer wieder verlassen hatten. »Wenn wir schon Nachbarn werden, wollen wir auch gleich Nägel mit Köpfen machen. Am besten gehen wir zu Redecker. Da kriegen Sie alles, was sie für die Pad und die ersten Wochen da draußen brauchen. Um die Ochsen kümmern wir uns später.«

»Für die Pad?«

»Für unterwegs.«

»Wie viele Ochsen werden wir brauchen?«, fragte Nora.

»Das hängt von der Größe des Wagens ab«, sagte Westrup. »Ein Dutzend, vielleicht nur zehn, vielleicht vierzehn.«

»Und was muss ich dafür veranschlagen? Das Land war schon teurer, als ich erwartet hatte.«

»Nicht alle Ochsen können einen Wagen ziehen. Ein gutes Zugtier hat natürlich seinen Preis. Sie brauchen auch noch einen Ochsenführer, Ihr Bambuse ist dafür zu klein.«

»Samuel? Er ist nicht mein Diener. Er ist mir zugelaufen.«

»Da draußen werden Sie Hilfe brauchen, und der Kleine scheint mir recht aufgeweckt zu sein.«

Nora sah, wie Rainer missmutig die Stirn runzelte, wie ein Junge, dem nicht genügend Beachtung geschenkt wurde. Nora griff nach seiner Hand und drückte sie. »Ist das nicht herrlich?«, flüsterte sie. »Gibt es irgendeinen Ort, an dem du jetzt lieber wärst?« Statt zu antworten, presste er nur die Lippen zusammen, entschloss sich dann aber doch, den Druck ihrer Hand zu erwidern. Eine Sekunde dachte sie an den Leutnant, wie es wäre, seine Hand jetzt zu drücken, ihn bei sich zu haben statt Rainer; wie es wäre, wenn er in seiner grauen Uniform neben ihr gestanden hätte. Aber es war nur ein kurzes Schwanken ihres Herzens, ein Schlag aus dem Rhythmus, bevor sie losgingen.

Bei Redecker kauften sie für tausend Mark einen Ochsenkarren und das Treckgut für vierzehn Zugtiere: die Kette, an die sie gespannt wurden, die Riemen und Ringe, die zum Anspannen benötigt wurden, außerdem Jochstangen und eine lange Lederpeitsche. Sie kauften Wasserfässer und eine Vorkiste, die vorn auf dem Karren angebracht wurde, außerdem den Inhalt für die Kiste: Handwerkszeug, einschließlich Beil, Hammer, Säge und Eimer, dazu Küchengeräte, Geschirr, Stahlbesteck, Emaillebecher, einen Wasserkessel und eine Kaffeekanne. Sie kauften eine Matratze, die aus einem Holzrahmen bestand, bespannt mit über Kreuz geflochtenen Lederriemen. Primitiv, dachte Nora, aber dann legte sie sich zur Probe darauf und stellte fest, dass sie praktisch und bequem war. Der Holzrahmen passte genau auf die Ladefläche des Karrens, wo er an den Stützstreben der Plane verankert werden konnte. Endlich kauften sie noch Wassersäcke aus imprägniertem Segeltuch, ein Springfield-Gewehr samt zweihundert Schuss Munition, zwei Decken, Lebensmittel für mehrere Monate und Tauschwaren für die Eingeborenen.

Sie waren gerade dabei, den Karren zu beladen, als Doktor Servatius den Hof betrat und ihnen mit fachmännischer Miene zusah. »Wann soll's denn losgehen?«, fragte er.

»Sobald wir die Ochsen haben«, antwortete Nora. »Vielleicht noch heute Nacht.«

»Wollen Sie nicht lieber bis Neujahr bleiben? Silvester gibt es ein großes Feuerwerk.«

»Ich möchte so schnell wie möglich weiter«, sagte Nora. »Ich will mein Land sehen.«

»Das Feuerwerk ist kostenlos«, gab Servatius zu bedenken.

»Ich denke, ich habe genug Feuerwerk in meinem Leben gesehen«, sagte Nora. Nur bei der Hochzeit meiner Schwester nicht, dachte sie. »In Hamburg gab es alle naselang Feuerwerksveranstaltungen.«

»Wir sind hier aber nicht in Hamburg, und bei uns ist es kostenlos«, betonte Servatius.

»In Hamburg war es auch kostenlos«, sagte Nora.

»Ich weiß nicht, ich habe schon lange kein Feuerwerk mehr gesehen«, wandte Westrup ein. »Und wenn es schon kostenlos ist… Es sind schließlich nur ein paar Tage.«

»Das Land läuft Ihnen nicht weg«, sagte Servatius.

»Das Land war jedenfalls nicht kostenlos«, erwiderte Nora, »und deswegen will ich auch was davon haben. Ich kann es gar nicht abwarten, es zu sehen.«

»Was für Raketen haben Sie denn bei dem Feuerwerk?«, fragte Westrup. »Haben Sie rote Kometenschweife? Und diese Räder, die sich drehen und dabei Funken versprühen, in Blau und Weiß? Und Feuerregen, der vom Himmel fällt? Wenn es nichts kostet, haben Sie vielleicht keine besonders großen Attraktionen…«

»Sie werden Augen machen«, sagte Servatius, »vorausgesetzt, Sie sind Silvester noch hier.«

»Ich kann allein fahren«, sagte Nora. »Sie müssen mich nicht begleiten.«

»Ich habe Ihnen mein Wort gegeben«, sagte Westrup. »Mein Wort habe ich noch nie gebrochen.«

»Ich würde es nicht als Wortbruch betrachten, wenn Sie sich das Feuerwerk ansehen wollen. Hier kriegt man bestimmt nicht oft ein Feuerwerk geboten, und es ist kostenlos.«

»Sage ich doch«, warf Servatius ein. »Ich könnte dafür sorgen, dass man Ihnen im Hotel einen Vorzugspreis einräumt.«

»Sie sind nicht zufällig an dem Hotel beteiligt?«, fragte Nora.

Servatius schwieg, dann räusperte er sich und fuhr in verändertem Tonfall fort: »Wenn ich Sie wäre, würde ich mir das Feuerwerk ansehen. Wir haben wirklich keine Mühe gescheut, und wer weiß, was nächstes Jahr ist, so wie es da draußen bei Ihnen im Augenblick aussieht. Will sagen, ob Sie dann wieder in der Stadt sein werden.«

»Sie meinen, ob wir dann noch am Leben sind«, sagte Westrup leise. Er sah Nora an, auf einmal zornig. »Wir fahren, sobald wir Ihre Ochsen haben.«

Aber sie fuhren nicht; sie schaukelten dahin. Sie schaukelten unter einer Glocke aus Geräuschen, dem Klirren der Ketten und dem Quietschen der Radnaben, dem Scheppern von Töpfen und Pfannen, dem metallischen Schleifen der eisenbeschlagenen Räder im Sand, dem stampfenden Tritt der Hufe, dem Knallen von Peitschenleder, dem Schnaufen der Ochsen und dem Summen der Fliegen. Nora saß über der Deichsel auf der Vorkiste, in der das Geschirr verstaut war. Die Springfield lehnte geladen und griffbereit neben der Kiste. Hinter ihr lagen drei zusammengerollte Decken auf der Matratze; im Heck des Wagens standen zwei Fässer, randvoll mit Wasser. Auch die beiden Wassersäcke waren prall gefüllt. Sie baumelten samt dem eisernen Dreifuß, den Kochtöpfen, Kesseln und Pfannen an Riemen rechts und links von der Verschalung des Planwagens herab.

Sie schaukelten über einen steinigen, ausgewaschenen Pfad, den die Sonne hart gebacken hatte. Große Büsche mit weißen und grünen Dornen säumten den Weg. Die Luft war klar, und Nora konnte die Ochsen riechen und manchmal den Geruch heißer Steine oder bitter duftender Kräuter. Das spärliche Gras war nicht grün, sondern gelb und trocken. In der Ferne erhoben sich die Erongoberge blau und wie mit einem Dunstschleier verhüllt in das noch strahlendere Blau des Himmels. Langsam schaukelten sie auf das Gebirge zu, das den ganzen Tag über nicht näher zu kommen schien. Das Veld[1] ringsumher schimmerte und zitterte in der Hitze.

Nora hörte auf, *O Tannenbaum* zu summen, und dachte, dass sie allmählich begriff, warum Westrups Frau so selten sprach. Es gab nichts zu reden, es bestand kein Bedarf an Worten. Man konnte schauen, und alles, was man sah, sprach für sich, deutlich und unverwechselbar. Regungen mussten nicht mehr mitgeteilt werden; sie wirkten unausgesprochen genauso bedeutend oder nichtig. Man trank, wenn man Durst hatte, oder man konnte eine Frucht schälen und essen. Sie hätte sagen können: *Ist das schön!*, und der Wind hätte diese Worte und alle anderen zusammen mit dem Staub verweht.

Sie sah Rainers Silhouette gegen den Glast, der über der Ebene lag, sein Profil schmal und ernst, als stünde er vor einer Prüfung. Auch er hatte aufgehört zu reden. Nora erinnerte sich daran, wie er bei Lissys Hochzeit gewesen war und wie anders jetzt.

Von Zeit zu Zeit tauchte aus der Sonnenhelle eine Gestalt auf, die im Staub zu schweben schien, große, schlanke Frauen mit dem schreitenden Gang von Königinnen, gehüllt in farbiges Tuch und auf dem Kopf eine Schale mit Eiern oder einen Karton voll Gemüse. Später wurde der Weg steiler. Die Räder der Karren mahlten tief im Sand, und die Ochsen streckten die Hälse und legten sich mit ihrem ganzen Gewicht in die Seile, knickten mit den Beinen ein und zogen und nah-

1 *Veld*: afrikaans für *Land*, Bezeichnung für abgelegene Regionen im östlichen Binnenland Südafrikas

men neuen Anlauf und zogen wieder, angefeuert von den Rufen der Treiber. Einmal erblickte Nora einen Kudu, der in schnellen Sprüngen über das Gras setzte. Sie passierten eine flache Hütte aus Steinen, mit einem Dach aus Segeltuch, hinter der dünner, grauer Rauch aufstieg, aber es war kein Feuer zu sehen und niemand, der es nährte. Die Berge blieben unverrückbar weit.

17

Am Abend erreichten sie die Wasserstelle, die auf der Karte verzeichnet war. Die untergehende Sonne verwandelte den Himmel in einen blauen Schatten hinter den jetzt roten Bergen, und das Veld leuchtete orange auf, bevor es erst blau und dann schwarz wurde. Noras Finger hatten sich um den Griff der Peitsche verkrampft, und ihre Lippen klebten zusammen. Die Haut ihres Gesichtes fühlte sich zum Zerreißen gespannt an. Die kleinste Bewegung verursachte Schmerzen in den Muskeln und Gelenken. Als sie von der Vorkiste stieg, spürte sie ihren Körper so stark, dass sie stolz war. In der Dunkelheit goss der Mond sein Licht wie Zinn auf die schlanken, feinen Blätter der Akazien, unter denen die Wagen standen.

Das letzte Stück bis zum Wasser waren die Ochsen immer schneller geworden. Mit vorgestreckten Hälsen hatten sie sich röchelnd und blökend in die Ketten gelegt, die Köpfe dicht über dem Boden. Die Ochsenwächter spannten sie aus und führten sie zum Ufer, wo die Tiere die Schnauzen tief in das schwarze, glanzlose Wasser tauchten. Helga Westrup suchte Reisig für ein Feuer zusammen, und Nora fühlte sich einen Moment lang unnütz, bis sie ebenfalls losging, um Holz zu sammeln.

Die Nacht ringsumher war erfüllt vom Zirpen der Grillen, die nie zu schlafen schienen. Äste knackten, und gelegentlich flatterte etwas wie ein großer Vogel auf. Ein kalter Wind wehte. Der Himmel war klar, punktiert von unzähligen Sternen. Sie entzündeten ein Feuer, und als es brannte, fingen sie wieder an zu reden. Sie tranken frisch gebrühten Kaffee und aßen Corned Beef aus der Dose und die Brote, die sie am Morgen belegt hatten. Dabei redeten sie, wie man redet, wenn man sich noch nicht sehr gut kennt, und schauten in die Flammen, die im Wind tanzten, trotz der zum Schutz gegen die eisigen Böen an den Büschen aufgespannten Säcke. Nora fröstelte; ihr Rücken schien zu gefrieren, während ihr Gesicht glühte. Helga Westrup schwieg weiter, wenn sie nicht angesprochen wurde. Manchmal hielt ihr Mann mit dem Reden inne und legte lauschend den Kopf schief, als rechnete er mit einer Gefahr.

Die Ochsenwächter hatten die Zugtiere weggetrieben, die sich jetzt still aneinanderschmiegten, eine schwarze Wand vor dem hellen Zirpen der Grillen. Die vier Hottentotten kauerten sich um ein eigenes kleines Feuer, von dem aus sie die Tiere im Auge behalten konnten. Samuel hockte bei ihnen, aber er schaute nicht in dieselbe Richtung wie sie; seine großen, schimmernden Kandisaugen waren auf Nora gerichtet. Ein neues Geräusch ertönte, es klang wie ein Lachen aus der Dunkelheit, höhnisch, beinahe verächtlich.

»Was war das?«, fragte Nora.

»Eine Hyäne«, antwortete Westrup.

»Sie scheint etwas zu wissen, was wir nicht wissen«, sagte Rainer.

Westrup nickte. »Kann schon sein. Aber sie benutzen es nicht gegen uns.«

»Was benutzen sie nicht gegen uns? Wer?«

»Die Tiere. Das, was sie wissen.« Westrup schaute zu den Ochsen hinüber, deren spitze Hörner in den Mondschein stachen. »Ich werde Bismarck mal etwas von dem belegten Brot hier bringen.«

»Bismarck ist sein Lieblingsochse«, erklärte Helga. »Bismarck frisst alles, Gras, Heu, Brot, sogar Rüben. Oder Kartoffeln.«

»Wenn er niedergeschlagen ist, füttere ich ihn mit süßen Rüben«, sagte Westrup. »Davon kann er nicht genug kriegen.«

»Sie haben den Ochsen Bismarck genannt?«, fragte Rainer.

»Von süßen Rüben frisst er acht oder neun am Stück«, erklärte Westrup.

»Acht oder neun am Stück?«

»Ganz genau.«

»Neun Rüben«, wiederholte Rainer.

»Aber von den großen. Mit den kleinen brauchen Sie ihm nicht zu kommen, wenn er Kummer hat.«

»Woran merken Sie, dass er Kummer hat?«

»Dann frisst er acht bis neun Rüben am Stück«, sagte Nora. Als Westrup ans Feuer zurückkam, fragte sie: »Wie ist es mit den Menschen hier?«

Er sah sie an, dann blickte er wieder ins Feuer. »Den Eingeborenen?«, fragte er, bevor er einen Stock nahm und in der Glut herumstocherte. Die Flammen schlugen höher. Ein Scheit zerplatzte und schleuderte Funken, die erloschen, bevor sie auf Noras Füße fallen konnten.

»Ja. Ich weiß fast nichts über sie.«

»Das hat Zeit«, sagte er. »Es kommt zu Ihnen, wenn es so weit ist – wie Samuel. Sie haben ihn nicht gesucht, er hat Sie gefunden. Sehen Sie, ich habe nichts wirklich gelernt und nie etwas bewusst gesucht, außer einer guten Frau und einer Scholle, die ihren Besitzer ernährt. Alles, was ich weiß oder kann, ist unterwegs an mir hängen geblieben wie Muscheln am Rumpf einer alten Brigg. Das, was ich über die Leute hier vor allem sagen möchte, ist, dass wir ihnen schreiendes Unrecht zugefügt haben. Sie waren Viehzüchter, und wir haben ihnen Stück für Stück ihre Weiden weggenommen, wissen Sie – nicht mit Gewalt, mit Verträgen. Die Händler. Die Kaufleute. Die Krämerseelen – Adolf Lüderitz, Woermann und Konsorten. Sie haben den Herero und Nama ihr Land abgekauft, für 'n Appel und 'n Ei, wie man so schön sagt, aber sie haben da einen üblen Trick angewandt. Man möchte sich schämen.«

»Was für einen Trick?«, fragte Nora. Sie war froh über die Dunkelheit, denn sie spürte, dass sie errötete, als könnte jeden Augenblick auch der Name ihres Mannes oder ihr eigener genannt werden.

»Den Meilentrick. Er hat mit dem Unterschied zwischen englischen Meilen und geografischen Meilen zu tun. In den Verträgen stand nur *Meilen*, und die Leute hier dachten, es wären englische – ein-

einhalb Kilometer. Als alles unterzeichnet war, ließen unsere sauberen Herrschaften dann die Katze aus dem Sack und bestanden darauf, dass geografische gemeint wären – also siebeneinhalb Kilometer. Damit gehörte ihnen auf einmal fünfmal so viel Land, als die Eingeborenen verkaufen wollten, und zwar vom fruchtbarsten. Zum Teufel mit diesen Betrügern! Kein Wunder, dass Morenga und Maharero Blut sehen wollen. Wie vor zehn Jahren, da gab es schon mal einen Aufstand gegen unsere Regierung, unter Führung eines Kapitäns namens Hendrik Witbooi. Er war so was wie der Napoleon der Hottentotten. Der Aufruhr wurde niedergeschlagen, und die Aufständischen wurden nach Windhuk gebracht, in Gefangenschaft, wo die meisten von ihnen elendig zugrunde gingen.«

»Es war mehr als ein Aufruhr«, wandte seine Frau ein. »Es war ein richtiger Krieg. Sie haben Soldaten und Missionare ermordet, Farmer, deutsche Frauen.«

»Sie haben um ihr Überleben gekämpft«, sagte Westrup ruhig. »Der Gouverneur wollte sie umsiedeln, wollte sie zu Zwangsarbeitern machen. Aber uns werden sie nichts tun. Wir sind nur einfache Farmer. Wir haben ihnen nichts weggenommen.«

»Sie haben auch einfache Farmer umgebracht«, sagte seine Frau.

»Da, wo wir hinwollen, sind sie friedlich«, sagte Westrup. »Ihr Kapitän ist Balthasar Maharua, ein gebildeter Mann für einen Bantu, und sie hören auf ihn. Er erinnert sich gut an die Worte des sterbenden Witbooi – *Geh zu den weißen Männern und sprich: Ich komme von Hendrik Witbooi, der nicht mehr ist. Er schickt euch Botschaft. Meine Kinder sollen Ruhe haben.* Daran erinnert Maharua sich, und so will er es haben.«

»Bantu? Ich dachte, sie hießen Hottentotten«, sagte Rainer. »Oder Nama.«

»Oder Herero«, erklärte Westrup. »Und Ambo. Man braucht eine Weile, um sie alle auseinanderhalten zu können. Die Ambo sind im Norden des Schutzgebiets ansässig, Nordwesten und Mitte gehört den Herero, und den Süden haben die Hottentotten inne. Außerdem gibt es noch ein paar Nomaden, Buschleute, die man im Osten und Westen der Kalahari trifft. Im Süden, bei Rehoboth, hat sich eine Mischrasse aus Hottentotten und Buren gebildet, die Bastards. Eigentlich müssten alle diese Stämme in Reservaten leben, aber das Land, das ihnen vom Gouvernement zugeteilt wurde, ist karg und unergiebig, deswegen haust in den Reservaten nur arbeitsscheues Gesindel – Tagediebe und Trunkenbolde, unter der Aufsicht eines Hochkommissars.«

»Sprechen alle dieselbe Sprache?«, wollte Nora wissen.

»Jeder Stamm hat sein eigenes Idiom, aber die meisten sind dem Herero ähnlich, und fast alle beherrschen ein paar Brocken Deutsch oder Portugiesisch. Sie lernen schnell, wie Kinder. Aber täuschen Sie sich nicht, es sind keine Kinder. Die Herero sind das ursprüngliche Herrenvolk, gebildet, gepflegt, zumindest die Stadtherero, die es zu Wohlstand gebracht haben. Wenn Sie sie sehen, erkennen Sie sie sofort – ein schöner, hochgewachsener Menschenschlag, schlank, mit ebenmäßigen Gesichtszügen. Ihre Bewegungen sind langsam und gemessen, vor allem bei den Frauen! Die Haut ist dunkelbraun, wie Kaffee. Ihr kleiner Samuel dahinten könnte einer sein, allerdings ein Feldherero. Die Feldherero haben die Viehzucht weitgehend aufgegeben und bestellen jetzt ihr bisschen Land ähnlich wie wir.«

Rainer fragte: »Warum nennen Sie diesen – wie heißt er? – Balthasar…«

»Maharua.«

»Balthasar Maharua – warum nennen Sie ihn Kapitän?«

»So werden die Oberhäuptlinge eines Stammes genannt. Jeder Oberhäuptling hat mehrere Unterhäuptlinge, die er nach Lust und Laune ernennen oder absetzen oder sogar hinrichten lassen kann. Er kann Abgaben auferlegen oder erlassen und sich jede Frau nehmen, die er haben will, und auch so viele, wie er will. Erhebt jemand Widerspruch, wird er erdrosselt oder gespeert, und seine Leiche wird in die Wüste geschleift, wo die Hyänen den Rest erledigen.«

»Für mich klingt das nicht sehr friedlich«, sagte Rainer, und seine Augen blinzelten erregt. »Es klingt barbarisch.«

»Es sind Barbaren«, pflichtete Helga Westrup ihm bei. »Sie trinken und huren, und sie sind grausam, hochmütig und faul. Sie töten einander gegenseitig wegen ein paar Stück Vieh. Die Herero haben Nama nur wegen ihrer Rinder und Weideland abgeschlachtet wie... wie...« Sie suchte nach einem passenden Vergleich, der ihr nicht einfiel. »Morgen können Sie die Gräber sehen, wir kommen daran vorbei. Es gibt Dutzende davon.«

Sie sagte es mit klarer Stimme, aber gänzlich leidenschaftslos, wie unbeteiligt. Als sie noch schweigsamer gewesen war, hatte sie Nora besser gefallen. Vielleicht war sie ein bisschen wahnsinnig. Nora dachte, dass möglicherweise sogar sie selbst ein bisschen wahnsinnig war und daher den Wahnsinn erkannte, der in Helga Westrup lag; Frauen erkannten einander, ihre Einsamkeit, die kleinen Veränderungen und Abweichungen vom Gesunden, ihre Müdigkeit. Von einem Moment auf den anderen verlor Nora das Interesse an der Unterhaltung. Sie merkte, dass sie kaum noch die Augen offen halten konnte, und es war inzwischen so kalt geworden, dass auch das Feuer sie nicht mehr wärmte. Sie wollte schlafen.

Sie bat Rainer, ihr mit der Matratze zu helfen. Gemeinsam legten sie den Holzrahmen an eine windgeschützte Stelle.

»Ich kann dich wärmen, wenn du willst«, sagte Rainer leise. »Wenn wir uns eng aneinanderschmiegen...«

»Nein«, antwortete sie, »noch nicht.«

Sie konnte das Warten in seiner Stimme spüren, die Hoffnung und die Angst, wieder zurückgewiesen zu werden. »Nora... du hast gesagt, du liebst mich.«

»Das tue ich auch«, sagte Nora, »aber ich will trotzdem allein schlafen. Ich trage immer noch einen Ehering.«

»Ach, zum Teufel«, murmelte Rainer, wandte sich ab und ging zum Wagen, um seine eigene Matratze abzuladen.

Nora legte sich hin, ohne ihre Kleider auszuziehen. Es war ihre erste Nacht in der Wildnis. Sie dachte, sie würde schnell einschlafen; stattdessen wurde sie immer wacher. Sie lag auf dem Rücken und sah zum Mond auf, um den sich ein Fluss von Sternen über den Himmel ergoss. Sie lauschte. Die Stimme der irdischen Dunkelheit schien sich in den Klang des gestirnten Himmels zu verwandeln, das Summen und Sirren der Insekten, das Rascheln und Scharren von spitzzahnigen, sprungbereiten Raubtieren. Seltsame Schreie erschollen, Dissonanzen, hervorgebracht von geblähten Kehlen oder Schnäbeln, unterlegt mit flatterndem Flügelschlag.

Nora glaubte, das tastende Krabbeln großer Spinnen zu hören, das Gleiten kühler Schlangenleiber, vernehmbar gewordene Ängste und Geheimnisse, unheimliche Schreie, die sie erzittern ließen, weil sie nichts anderes waren als die Jagdrufe eines zornigen, muskulösen, krallenbewehrten Todes, vor dem alles, was lebte, zu Opfern wurde. Das war der Klang des Himmels. Nach jedem solchen Schrei verstummten für kurze Zeit sämtliche anderen Laute.

»Rainer?«, flüsterte Nora. Er lag neben ihr auf seiner eigenen Matratze, aber er rührte sich nicht, ein flacher Schatten, auf dessen Antwort sie vergeblich wartete.

Vielleicht bin ich wirklich wahnsinnig, dachte sie. Vielleicht rede ich wie Helga Westrup, wenn ich erst länger hier bin. Die lange Reise könnte mich wahnsinnig gemacht haben. Ich habe den Halt verloren, einen Ort verlassen und einen anderen noch nicht gefunden, nur Meer und Sand und Sonne und Kälte. Ich habe einen Mann verlassen, um einem anderen zu folgen, dem ich mich verweigere, obwohl ich ihn begehre.

Sie dachte an die Nächte in Karibib, die beiden Betten in ihrer Unterkunft unweit des Bahnhofs und daran, wie nachts das Licht von der Straße durch einen Spalt im Vorhang gefallen war. Sie hatten sich im Dunkeln ausgezogen, hinter einem Paravent. Aber sie hatte Rainer nackt zu seinem Bett gehen sehen, der Mond hatte seine Haut verwandelt in etwas, das sie hatte berühren wollen. Sie hatte durch halb geschlossene Augen zu seinem Bett hinübergesehen, durch die Wimpern, und spüren können, wie er wartete, aber der Ehering an ihrem Finger hatte ihr fast das Fleisch versengt. Noch nicht, hatte sie gedacht; es ist noch nicht genug. Sie hatte sein Warten gespürt, seine Enttäuschung und dann seinen Unmut. Und während sie nun selbst wartete, ohne zu wissen, worauf, schlief sie endlich ein.

18

Als die Sonne aufging, hatte Nora das Gefühl, nur wenige Minuten geschlafen zu haben. Es war das strahlendste Licht, das sie je gesehen hatte, kalt und leuchtend und ungetrübt. Die Erde war rot unter dem blauen Himmel. Die Sonne schmerzte in Noras Augen. Sie richtete sich auf und sah, dass die Westrups und die Hottentotten die Karren schon wieder bepackt und die Ochsen angespannt hatten. Samuel kauerte neben dem erloschenen Feuer.

Rainer reichte ihr einen Becher mit warmer Ziegenmilch. »Guten Morgen«, sagte er, und sie konnte seine Zähne hören, wie sie gegeneinanderschlugen. Er war unrasiert, seine Haut verbrannt und aufgesprungen; sein Haar begann zu verfilzen.

»Ich habe so gut wie überhaupt nicht geschlafen«, antwortete sie. »Und du siehst schrecklich aus.«

»Steh auf«, sagte er, »wir müssen weiter.«

Sie stand auf und ging mit dem Becher in der Hand zum Weiher, um ihre Morgentoilette zu verrichten. Jeder Schritt tat weh. Ihre Muskeln brannten, in den Oberschenkeln, im Rücken, in den Armen; sie trug so schwer an ihrem Körper wie an Blei. Sie stellte den Becher auf einen Stein, bevor sie mit einer Hand die Temperatur des Wassers prüfte. Ihr Blick fiel auf ihr Gesicht, ein dunkles Spiegelbild, unter dem der Himmel zu liegen schien. Erschrocken stellte sie fest, dass ihre Haut genauso aufgesprungen war wie die Rainers. Das Haar hing ihr in staubigen Strähnen über Ohren und Wangen. Schnell griff sie mit beiden Händen in das kalte Wasser, um sich das zersprungene Spiegelbild ins Gesicht zu spritzen.

Nachdem sie sich notdürftig gewaschen hatte, fasste sie das Haar mit einer Spange zu einem Schopf zusammen. Sie schlüpfte wieder in ihren Khakirock und das grobe Hemd mit Reißverschluss, das sie schon seit zwei Tagen trug. Die Stiefel hatte sie die Nacht über anbehalten. Sie nahm etwas von der Fettcreme, die Helga ihr angeboten hatte, fürs Gesicht und setzte einen breitkrempigen Filzhut auf. Schließlich fuhr sie in den knöchellangen Staubmantel und die weiten Lederhandschuhe, zu denen Hannes Westrup ihr geraten hatte. Allmählich hörte sie auf zu frieren, aber die Muskeln schmerzten noch immer.

Sie stieg auf die Vorkiste ihres Karrens, und von dort sah sie den Okombaheberg, der blau und dunstig in der Ferne lag, viele Meilen und viele Tage weit entfernt, und so sah er auch am Nachmittag des nächsten Tages noch aus, als die Wagen dicht am Pfad mehrere gleichförmige Steinhaufen passierten. Sie ragten am Rand eines kleinen Wäldchens von Kameldornbäumen auf, deren rote und gelbe Blüten in der Sonne zu brennen schienen.

»Da, das sind bestimmt die Gräber«, sagte Rainer leise. Er konnte den Blick nicht von den sorgfältig aufgeschichteten Steinen lösen, als sähe er sich selbst darunterliegen.

Danach ging es immer steiler bergauf, über schroffe Klippen, durch Dornengestrüpp, vorbei an knorrigen Bäumen. Es ging durch ausgewaschene Flussbetten, in deren Sand die Räder stecken zu bleiben drohten, und wieder über nackten Stein. Die Ochsen versanken in der weichen Erde und glitten auf dem Stein aus; manchmal brachen sie in die Knie. Aber sie ließen sich weiterführen, bis sie vor einem dichten Gebüschstreifen stehen blieben. Plötzlich kümmerten sie sich nicht mehr um die Rufe der Treiber, nicht einmal auf Peitschenhiebe reagierten sie. Sie standen nur da, reglos unter ihrem Joch, und ihre Augen waren groß und fast weiß vor Furcht.

Im Gebüsch knackte ein Ast. Einer der Ochsen ging durch und riss die anderen mit sich. Schwankend schlingerte der Karren hinter dem Gespann über lockeres Geröll bergab. Die Treiber liefen neben den blökenden Tieren her, brüllten und stießen mit Knüppeln nach ihnen. »Halt dich fest!«, rief Rainer.

Nora klammerte sich an die Vorkiste und zog den Kopf ein. Dornzweige peitschen ihr den Hut vom Haar. Die eisenbeschlagenen Räder prallten gegen Felsen, sprangen über Wurzeln. Der Wagen ächzte bei jedem Stoß, dann rutsche er zur Seite und drohte zu kippen. Nora schrie, und als sie merkte, dass sie schrie, presste sie die Lippen zusammen. Sie sah Rainer nicht mehr, der Platz neben ihr war leer, aber in dem Staub, den die Hufe und Räder aufwirbelten, konnte sie auch sonst nicht viel erkennen, nur die Deichsel und die Ochsen, die ganz hinten liefen, und dann Hannes Westrup und noch einen anderen Mann – Rainer –, und sie rannten neben dem Wagen her und versuchten, sich festzuhalten, um nicht abgehängt zu werden, aber der Wagen legte sich zur Seite, und sie mussten doch loslassen, um nicht zerquetscht zu werden, und gerade, als er nur noch auf zwei Rädern vorwärts geschleift wurde, gab es einen jähen Ruck, und der Wagen blieb abrupt stehen.

Die Ochsen zerrten weiter, doch der Wagen hatte sich zwischen zwei Anabäumen verkeilt. Die Treiber und Westrup beruhigten die Tiere: »Ist ja gut«, hörte Nora, »he, nun mal langsam, Bismarck, ist ja gut, ist ja nichts passiert.«

Der Staub trieb davon, und Nora ließ die Vorkiste los und setzte ihren Hut wieder auf. Ihr Herz schlug schnell und aufgeregt und dicht unter dem Zwerchfell. »Was war das?«, rief sie. »Warum sind sie durchgegangen?«

»Haben Sie sich etwas getan?«, fragte Westrup.

»Nein.«

»Sie hatten Angst. Etwas hat sie erschreckt.« Westrup untersuchte die Tiere, sah nach, ob sie sich verletzt hatten. Einer der Ochsen war gestürzt und von den anderen im Geschirr mitgeschleift worden. Er lag mit blutiger Flanke gegen die gebrochene Deichsel gelehnt, die Augen in Panik verdreht. Schaum troff ihm aus dem Maul. »Den müssen wir ausspannen. Die Deichsel muss repariert werden. Ein Joch ist zertrümmert. Schauen Sie mal nach, was von Ihrem Treckgut so stark beschädigt ist, dass es nicht repariert werden kann. Das brauchen wir nicht weiter mitzuschleppen.«

»Und der Ochse?«, wollte Nora wissen.

Westrup legte seinen Arm um den Hals des gestürzten Tieres und zog. Der Ochse schnaubte, dann stemmte er sich hoch, erst mit den Vorderbeinen, danach auch mit den hinteren. Westrup untersuchte die Wunde. »Diese Viecher sind zäh«, sagte er. »Kein Knochen gebrochen, nur ein paar Abschürfungen. Dagegen gibt es Salbe.«

Rainer trat neben die Vorkiste des immer noch schräg stehenden Karrens. »Wo ist Samuel?«, fragte er. Nora sah sich um.

Der Junge stand mit aufgeschürften Knien hinter dem Wagen. Er atmete heftig, aber er lächelte. »Samuel ist in Ordnung«, rief er. Er war weiß, wo der Staub an seiner verschwitzten Haut klebte. »Er geht zurück und schaut«, sagte er.

»Wonach?«, fragte Nora.

»Was Ochsen schnell gemacht hat.«

»Ich komme mit.« Nora kletterte von der Vorkiste, zog die Handschuhe aus und griff nach dem Gewehr hinter ihrem Sitz.

»Besser, Sie bleiben hier«, sagte Westrup. »Es kann ein Leopard gewesen sein. Oder eine Schlange. Etwas, das überraschend angreift, wenn es aufgeregt ist oder selbst Angst hat.« Sein Blick fiel auf das Gewehr. »Haben Sie schon mal geschossen?«

Nora spannte die Hähne der Springfield, setzte den Schaft an die linke Schulter und visierte den tiefsten Ast eines fünfzig Meter entfernten Anabaums an. »Achten Sie auf den Ast«, sagte sie und schoss ihn ab. Der Schuss klang erst flach und leise, aber der Hall rollte über die Ebene, und als er die Berge erreichte, brach er sich zu einem donnernden Echo.

Danach sagte Westrup nichts mehr, und Nora und Samuel gingen in den Spuren der Wagen den Weg zurück bis zu der Stelle, wo die Ochsen stehen geblieben waren. Samuel blieb ebenfalls stehen. Er hob eine Hand, und Nora sah, dass sie schwach zitterte. Auf einmal nahm sie Geräusche wahr: den Wind, der durch die Wilddornzweige strich, den Schrei eines Bussards hoch oben am Himmel, das ferne

Blöken der Ochsen. Die Geräusche erschienen ihr zu laut, fast so wie ihr eigener Atem.

Samuels andere Hand deutete nach unten, wo sich – abseits vom Weg – eine Vertiefung im Sand abzeichnete. »Leopard«, flüsterte er. »Wir müssen Fährte folgen.«

Die Fährte führte durch den Sand und in das dichte Gebüsch. Geh da nicht rein, dachte Nora. Vielleicht ist der Leopard noch hier und wartet nur auf uns. Vielleicht hat der Lärm ihn nicht verscheucht und auch der Schuss nicht, und er denkt, dass er die Ochsen verjagt hat und nun nichts mehr zu fressen kriegt außer uns. Wenn du da reingehst, muss ich auch rein, sonst verliere ich meine Autorität und bin keine tapfere Frau mehr. Sie spannte den Hahn der Springfield. Geh da nicht rein, bitte.

Samuel tat einen Schritt auf das Gebüsch zu und dann noch einen. Er streckte beide Hände aus, um die Dornzweige zu zerteilen. Dann blieb er stehen und drehte sich um. Er sah sie mit großen, ängstlichen Augen an. »Samuel will nicht weiter«, sagte er.

»Muss er auch nicht«, sagte Nora.

Es war am Abend des folgenden Tages, und die Sonne ging gerade unter, als sie auf das brennende Haus stießen. Die Ochsen zogen die Wagen einen Hügel hinauf, von dessen Kamm aus Nora der Okombaheberg plötzlich viel näher erschien. Ein dunkelgrün schimmernder Streifen wand sich an seinen Ausläufern durch die ansteigende Ebene, über die Wolkenschatten hin strömten, als wollten sie die Erde streicheln. Das muss der Omaruru sein, dachte Nora. Noch zwei Tage, vielleicht drei, dann sind wir am Ziel. Es wurde so schnell dunkel, dass sie das Licht auf dem Fluss schon erlöschen sah, während sie noch die verbleibenden Tage ihrer Reise ausrechnete, und gleich darauf war auch der Fluss verschwunden. Nur der Berg ragte weiter wie ein schwarzer Höcker in den tiefblauen Himmel.

»Von hier ist es nicht mehr weit zur Farm der Geigers«, sagte Westrup. »Anständige Leute aus dem Allgäu. Sie sind seit über zehn

Jahren hier. Wir haben sie schon lange nicht mehr gesehen, und sie freuen sich bestimmt, wenn sie uns für ein paar Tage beherbergen können. Marlene ist eine gute Köchin, und für die Ochsen wäre…«

»Ein paar Tage?«, fragte Nora. »Ich will zu meinem Land. Es ist da vorn, ich kann es fast schon sehen. Ich habe keine Lust, kostbare Zeit bei fremden Leuten zu vertrödeln.«

»Hier draußen sind Nachbarn keine Fremden«, antwortete Westrup. »Wir sind aufeinander angewiesen. Es ist gut, wenn man sich kennt und zusammenhält. Sie haben Ihr Land jetzt gekauft, aber falls Sie es behalten wollen, brauchen Sie Kraft und Hilfe, wenn diese Kraft mal erschöpft sein sollte. Und glauben Sie mir, das passiert schneller, als Sie denken.«

Nora spürte, wie sich Trotz in ihr regte. »Die Ochsen riechen schon den Fluss…«

»Die Ochsen riechen das Wasser vom nächsten Kral«, unterbrach Westrup sie geduldig. »Bis zum Fluss sind wir noch mindestens eine Woche unterwegs.«

»Was für ein Kral?«, erkundigte Rainer sich.

»Ein Herero-Dorf, ungefähr zwei Stunden entfernt. Friedliche Viehzüchter, bei denen wir etwas zu essen und zu trinken bekommen – und die Ochsen ihr Wasser.«

Er ließ die Zügel schnalzen, und die Hottentotten trieben die Zugtiere weiter. Nora schluckte ihren Ärger über die Zurechtweisung herunter. Sie beschloss, mit zu den Geigers zu fahren, aber wenn es ihr dort nicht gefiel, würde sie mit Rainer und Samuel allein weiterziehen, und auf keinen Fall würde sie länger als einen Tag bleiben.

Rainer sagte: »Ich bin gespannt, wie sie aussehen. Die Eingeborenen in dem Kral. Du nicht auch?«

»Nein«, antwortete Nora; störrisch ließ sie ihren Trotz an Rainer aus. »Ganz und gar nicht.«

Drei Stunden später erreichten sie den Kral, dessen Einwohner schon zu schlafen schienen. Wie große graue Maulwurfshügel standen die kegelförmigen Behausungen, errichtet aus Lehm und geflochtenen Dornbuschzweigen, in den Trümmern einer zerfallenen Missionsstation. Es gab Gärten, in denen zwischen geschickt angelegten Wassergräben Melonen, Kürbisse und Weizen wuchsen, aber erst als die Wagen nah genug waren, konnte Nora erkennen, dass die Früchte vertrocknet waren und in den Gräben kein Wasser floss. Die Ochsen waren trotzdem nicht mehr zu halten. Lärmend rollten die Wagen auf die Hütten zu.

Nora wunderte sich, dass sich niemand in den Pontoks rührte, nicht einmal, als sie schon fast beim Brunnen waren. Die durstigen Tiere zerrten die Wagen durch die Beete und über die Gräben, ohne dass ihnen jemand entgegenstürmte, um zu protestieren. Da war nur das Mondlicht, das über allem lag und mit Licht und Schatten das Auge trog. Der Wind, der um die Pontoks strich, schien zu wimmern wie ein krankes Kind. Über dem Brunnen hing ein Eimer an einer Winde. Der Eimer bewegte sich wie ein Pendel, und die Winde knarrte leise und regelmäßig. Ein Schauer lief Nora über den Rücken.

»Wo sind sie?«, fragte sie. »Wo sind die Bewohner?«

Westrup sah sich um. Die Treiber tauschten warnende Blicke. Einer ließ den Eimer in den Brunnen, aber keiner nahm den Ochsen das Joch ab.

»Was ist los?«, fragte Nora Samuel, der vor ihr auf der Deichsel hockte. Der Junge schwieg. Er griff in sein Gewand, holte den Metallkamm hervor und zog ihn durch das kurze Haar; die Sehnen seines zarten Halses traten hervor. Er sah zum Himmel empor, sagte aber nichts.

»Sie sind weg«, erklärte Westrup.

»Weg?«, fragte Rainer. »Wohin?«

Westrup stieg ab, bückte sich und hob etwas Erde auf, zerrieb sie zwischen den Fingern. »Irgendwohin, wo sie ihre Herde weiden lassen können. Der Hunger hat sie vertrieben.«

»Aber die Gärten sind voller Gemüse«, sagte Nora. »Das haben sie nicht gegessen. Sie haben es verkommen lassen.«

»Die Herero sind Viehzüchter, alles andere interessiert sie nicht. Der Boden hier gibt nichts mehr her. Es dauert zu lange, bis er sich erneuert hat. Vielleicht haben die Geigers ein paar von ihnen als Hirten angestellt.«

»Still«, sagte Helga auf einmal. Sie saß ganz steif und lauschte. Ein Winseln erklang, ein lang gezogener, gequälter Laut, der Nora die Haut zwischen den Schulterblättern zusammenzog. »Was ist das?« Das Winseln ging in ein Wimmern über, schwoll zu einem qualvollen Stöhnen und schließlich zu einem Kreischen. Entsetzt starrte Nora Hannes an, dann Helga, die ihren Blick mit weit aufgerissenen Augen erwiderte. Hannes Westrup tastete nach dem Messer an seinem Gürtel. »Hannes, was ist das?«, rief Helga wieder. Nora spürte, wie sich die Härchen auf ihren Unterarmen sträubten.

Westrup sah sich vorsichtig um. Plötzlich hob er die Hand und deutete in die Nacht. »Da, das Windrad!«

Erleichtert entdeckte Nora zwischen den Pontoks einen Holzmast in der Dunkelheit, daran ein Rad, das sich langsam im Wind zu drehen begonnen hatte. Der Wind fuhr ihr über den Rücken, und sie erschauerte. Als er sich wieder legte, blieb auch das Rad mit einem letzten, ungeölten Ächzen stehen.

»Hannes, ich will hier weg«, verkündete Helga.

»Ja, gleich. Sobald wir die Ochsen getränkt haben.«

Auch die Winde quietschte, als der Ochsenführer den ersten Eimer mit Wasser heraufzog, um den Tieren zu saufen zu geben, aber nach dem zweiten Eimer schnurrte sie nur noch.

Helga Westrup sagte etwas schärfer: »Ich möchte hier nicht bleiben, Hannes. Vielleicht sind sie noch in der Nähe.«

»Sie sind friedlich«, sagte Westrup wieder; doch seine Stimme klang jetzt anders, nicht mehr so sicher.

Über dreißig Mal mussten die Treiber den Eimer in den Brunnen lassen und wieder heraufziehen, bis die Ochsen getränkt und bereit waren, die Wagen weiterzuziehen. Samuel hatte noch immer nichts gesagt; auch die anderen schwiegen, als wollte jeder sich seine eigenen Gedanken über den verlassenen Kral machen. Nora spürte auf einmal, wie erschöpft sie war und wie sehr sie sich wünschte, endlich anzukommen. Das Gespann der Westrups nahm den nächsten Hügel, dicht gefolgt von ihrem eigenen. Der Farmer beugte sich hinter der Plane seines Karrens hervor und rief:

»Zeit zum Schlafen. Wir schaffen es heute nicht mehr.«

Die Treiber hielten die Ochsen an. Westrup fragte: »Sehen Sie, wie weit es noch ist, Frau Hendriksen?«

»Hannes«, sagte seine Frau. Sie hatte sich von ihm abgewandt und schaute in östliche Richtung. Ihre Stimme war leise. »Hannes.«

»Was ist denn?«

»Da hinten, da brennt was. Da ist ein Feuer.«

Westrup drehte sich um. Er sagte nichts. Er sah in die Richtung, in die seine Frau blickte, und sagte nichts.

»Ist das nicht …«, setzte sie wieder an, »haben sie da nicht …?«

»Das ist ihr Haus«, sagte Westrup.

Nora stand auf, um über sie hinwegsehen zu können. Es war ein Farmhaus in der Ebene, von Bäumen umstanden, und der Feuerschein drang durch die Äste und fiel in langen, flackernden Streifen auf die umliegenden Felder.

»Hannes«, sagte Helga Westrup wieder, und ihr Mann murmelte: »Mein Gott …«

Das Feuer stieg aus dem Dach des Farmhauses und aus allen Fenstern, und ein Funkenschweif schlug in die Nacht. Der Rauch wirbelte grau über den Flammen, und wenig später brannte auch die Scheune, und dann breitete die Glut sich in Schneisen auf die Felder aus.

»Können wir nichts tun?«, fragte Nora. »Können wir ihnen nicht helfen?«

Niemand antwortete ihr, alle schauten nur in die Ebene hinunter, die Westrups, Rainer, Samuel und die Treiber, alle.

»Wir würden die ganze Nacht brauchen, bis wir dort sind«, erklärte Westrup, nachdem er einen Feldstecher aus einer Kiste unter der Bockbank geholt und die Farm genau in Augenschein genommen hatte. »Das Haus ist verlassen. Vielleicht sind sie ins Fort geflüchtet.

Sobald wir zu Hause sind, reite ich hinüber und sehe nach. Zu Pferd dauert das nur ein paar Stunden.«

»Sie sind nicht tot.« Helga Westrup schüttelte langsam den Kopf. »Ihnen ist nichts geschehen. Sie sind nicht tot.«

Westrup sagte nichts mehr. Nora spürte, wie eine Faust sich um ihr Herz schloss und kurz zudrückte. So habe ich mir das nicht vorgestellt, dachte sie. Leutnant von Lehnhoff hat es gesagt, aber ich habe es abgetan. Ich habe es mir vorgestellt wie Birkenhain, ein Landgut in Afrika, nicht als ein brennendes Land, in dem man Angst um sein Leben haben muss.

»Hast du nicht gesagt, sie würden uns nichts tun?«, fragte Helga Westrup.

»Unsere werden sich ihnen nicht anschließen«, antwortete ihr Mann. »Das hier müssen Nomaden gewesen sein, die nicht zu Balthasar Maharuas Stamm gehören.« Er umarmte seine Frau und hielt sie fest. »Sie werden uns in Ruhe lassen, glaub mir.«

»Ich möchte weiterfahren«, sagte Helga. »Ich möchte weit weg sein, bevor wir unser Lager aufschlagen.«

Sie fuhren weiter, bis das Feuer nicht mehr zu sehen war und man sich einbilden konnte, es vergessen zu haben. Das Brüllen der erschöpften Ochsen wurde vom Wind davongeweht über die Hügel, und bestimmt reichte es nicht bis zu dem Berg am Horizont, es reichte auch nicht bis zum Mond, der tiefer zu stehen schien als in der vergangenen Nacht. Es klang verloren in den Weiten, die sie umgaben wie ein lächerlicher, sinnloser Protest gegen ein Los, über das aus unerreichbarer Höhe oder Ferne bestimmt wurde. Zum ersten Mal kam Nora der Gedanke, dass sie scheitern könnten. Sie sah auf die schwankenden Rücken der Ochsen, die trotz ihrer Müdigkeit weiterstapften, und dachte, dass darin eine Erhabenheit lag, die ermutigend war. Lächerlich und ermutigend. Sie dachte: Mach es wie sie. Vergiss, dass du einen freien Willen hast. Geh weiter, und wenn du scheitern musst, wirst du es erfahren. Aber selbst wenn du scheiterst, wird darin immer noch eine Erhabenheit liegen. Einfach weil du es versucht hast.

19

Als Nora ihr Land erblickte, sah sie auch das Haus, das sie darauf bauen wollte. Sie sah den smaragdgrünen Fluss, die üppigen Weiden und die gesunden, großen Bäume am Ufer. Sie sah die Berge, zu denen die Hügel hinter ihrem Haus wurden, dort am Rand der Savanne. Sie sah die Veranda, auf der sie am Abend saßen, wenn die Sonne tief über den fruchtbaren Feldern stand. Und die Sonne stand tief, als sich das hohe trockene Gras der Savanne endlich teilte, um den Blick auf das Land freizugeben.

»Sie können fürs Erste bei uns wohnen«, sagte Johannes Westrup. »Unsere Farm liegt nur ein paar Meilen weiter, und wir haben genug freie Zimmer. In ein paar Wochen, wenn Sie mit dem Haus so weit sind…«

Nora schüttelte den Kopf. »Nein«, sagte sie. »Wir bleiben hier.« Sie vergewisserte sich noch einmal anhand der Karte, die sie ausgebreitet im Schoß hielt. »Das ist unser Land.«

»Aber da ist doch nichts«, wandte Westrup ein. »Das Land läuft Ihnen nicht weg.«

»Es ist alles da, was wir brauchen«, sagte Nora.

Zugegeben, der Fluss führte kein Wasser. Er war nicht smaragdgrün, er war nichts als ein breites Sandbett, in dessen Mitte ein kümmerliches braunes Rinnsal floss. Die Weiden lagen trocken im staubigen Wind, die fruchtbaren Felder mussten erst bepflanzt werden, und es gab noch kein Haus und keine Terrasse. Aber Nora konnte es sehen, das schöne Bild, in dem sie heute Nacht schlafen wollte.

Sie sagte: »Nehmen Sie die Ochsen mit zu sich, damit sie zu saufen und zu fressen bekommen. Nehmen Sie auch die Treiber mit. Und nehmen Sie den Kleinen hier, Samuel – achten Sie nicht auf seinen Protest. Es ist unsere erste Nacht, die will ich mit meinem Mann allein auf unserer Farm verbringen. Sie haben uns Pferde versprochen und eine Ziege und ein paar Hühner, und morgen oder übermorgen, wenn Ihnen danach ist, schicken Sie jemand, der sie uns bringt.«

Sie sah zu, wie die Westrups weiterzogen, im Staub des Sonnenuntergangs, inmitten ihrer Ochsen und der Treiber. Erst jetzt fiel ihr auf, dass Rainer die ganze Zeit stumm geblieben war. Er saß neben ihr auf der Vorkiste und schaute dem Wagen der Westrups fast wehmütig nach. Sie stieß ihn mit dem Ellbogen an. »Komm, ich zeig dir, wo alles sein wird.«

»Ich hatte es mir anders vorgestellt«, sagte er. Er blieb sitzen und rührte sich auch nicht, als sie fragte:

»Wolltest du nicht endlich mit mir allein sein?«

Stattdessen schwieg er weiter, wie ein Kind, das ein Geschenk erhält, das es sich längst nicht mehr wünscht.

Sie sprang von der Vorkiste ins Gras und ging mit großen Schritten auf das Flussbett zu. Steine und knorrige, kahle Äste bedeckten die trockene Erde. Das Rinnsal in der Mitte war nicht breiter als ein Arm. An beiden Ufern wuchs Gestrüpp, darin erhoben sich dunkelgrüne, dicht belaubte Bäume, die auf die Existenz von Grundwasser hinwiesen. Wenn die Regenzeit kam, würde hier ein reißender Strom sein; das Haus durfte nicht zu dicht am Fluss stehen. Doch bis es fertig war, würden sie in einer Hütte aus Zweigen und Werg leben, und bevor sie die Hütte errichtet hatten, blieb ihnen nur das Zelt, das sie auf dem Wagen mitführten.

Nora kletterte auf einen Stein und sah sich um, blickte nach Osten, Norden, Süden und Westen, gegen die sinkende Sonne. So weit das Auge reichte, sah sie ihr Land. Sie ging zu dem Hügel, auf dem das Haus stehen sollte, und schritt den Grundriss ab. Wieder und wieder hatte sie ihn neu entworfen und gezeichnet, erst in Gedanken, dann auf Papier. Jetzt, im Abenddämmer, ging sie die Räume ab, von den Außenwänden nach innen, von Tür zu Tür. Hier war der Eingang, dahinter der Gang, der zur Küche und zum Wohnzimmer führte, hier war das Wohnzimmer – die Fenster nach Westen und Süden –, hier eine Kammer und ein Arbeitszimmer. Hier war die Treppe in das obere Stockwerk, der Gang zu den Schlafzimmern, hier waren die Schlafzimmer, und hier stand dann das Bett. Es gab nur ein Bett für sie beide, wie sie jetzt sah.

»Rainer!«

Er hatte angefangen, den Wagen auszuladen. Er hielt inne und sah zu ihr her, in der Haltung eines witternden Wildes.

»Komm her! Komm zu mir!«

Er schritt durch das hohe Gras, ließ eine Hand über die Spitzen der Halme streichen. Er ging langsam, schlenderte fast, als wüsste er, dass jetzt sie es war, die ihn brauchte – und wozu. Die letzten Strahlen der Sonne fielen auf sein Gesicht, sein schwarzes Haar. Als er bei ihr war, sagte sie:

»Nimm mich in den Arm!«

Er zögerte. Der Wind wehte ihm das Haar ins Gesicht. Seine Augen, leicht gerötet vom Staub, suchten etwas in ihren Augen, auf ihren Lippen.

»Nimm mich in den Arm«, sagte sie noch einmal, leiser, und als er es endlich tat, flüsterte sie: »Küss mich!« Sie presste sich mit ihrem ganzen Körper an ihn, hielt ihn, wartete, dass er ihre Umarmung, ihren Kuss erwiderte. Wartete auf seine Erregung, das erste Anzeichen seiner Leidenschaft, und als sie es spürte, wollte sie ihn.

Nimm mich, dachte sie, und einen Moment lang drehte sich alles um sie, nur seine Arme gaben ihr noch Halt, seine Arme und sein Mund, alles drehte sich, die untergehende Sonne kreiste um sie, der Fluss, die Bäume, und sie sah den Himmel herabfallen und Gras emporwirbeln, und sie dachte, während ihre Arme kraftlos wurden, dass sie wieder eine ihrer Absencen erlebte. Doch es war keine Ohnmacht, sie verlor nicht das Bewusstsein. Sie konnte sehen und fühlen, seine Hände auf ihrem Körper, ihre Finger, mit denen sie sein Hemd aufknöpfte und seine Gürtelschnalle zu lösen versuchte, seine wachsende

Erregung, und sie fiel nicht, sie sank auf die Knie, ihre Beine waren schwach vor Sehnsucht, und sie zog ihn mit sich, neben sich, auf sich, leckte Lust von seinen Lippen, seiner Zunge, bis er sie plötzlich festhielt und fragte:

»Wer bist du? Was tust du? Sag mir, wer du bist.«

Ich bin eine entheiratete Frau, wollte sie antworten, ich bin wieder Jungfrau und lerne erst zu lieben, aber sie hatte das Gefühl, nicht mehr sprechen zu können, ehe er nicht mit ihr geschlafen hatte, in ihrem ersten eigenen Haus, dem selbst entworfenen Schlafzimmer, dem neuen Bett. Sie bedeckte sein Gesicht mit Küssen, atmete ihren Namen ein, als er »Nora« sagte, immer aufs Neue: »Nora.« Sie wollte willenlos sein, nur etwas, das er in seinen Armen hielt und mit sich füllte. Es war anders als alles, was sie je empfunden hatte, ganz und gar anders, so stark, so blendend, dass sie die Augen schließen musste und auf den Lidern weiter sein Gesicht über dem ihren sah und darüber den Himmel und die Wolken, die schnell dahinjagten. Sie schrie, ohne es zu merken.

Danach lag sie unter ihm, beschützt von seinem Körper, und spürte seine feuchten, fast schluchzenden Atemstöße an ihrer Wange, in der Halsbeuge. Ihre linke Hand lag in seinem Nacken, die andere hielt noch immer sein Geschlecht, hielt es geborgen. »Hast du dir das auch anders vorgestellt?«, fragte sie leise. Er schüttelte den Kopf, die Stirn auf ihrer Schulter, und küsste ihre Wange, und sie empfand eine nie gekannte Zärtlichkeit – ein Kuss danach, wer hatte je von so etwas gehört?

Als sie wieder zu Atem gekommen waren, war es immer noch nicht dunkel, doch statt der verborgenen Sonne schien nun der Mond mit geliehenem Licht. Nora lag in ihren halb ausgezogenen Kleidern wie in einem Nest. »Ich möchte ein Bad im Fluss nehmen«, sagte sie. »Kommst du mit? Wir könnten ein Stück am Ufer entlanggehen, bis wir an eine Stelle kommen, wo wir schwimmen können.«

Rainer hob den Kopf und sah sie an. »Da ist kein Wasser. Der Fluss ist trocken.«

»Was bist du nur für ein Dichter! Wenn ich dir sage, da ist Wasser, und der Fluss ist nicht trocken, wirst du mir dann glauben?«, fragte sie.

Er antwortete nicht.

»Ich habe dich geheiratet«, sagte sie. »Ich habe dir eben das Jawort gegeben.«

Er blickte zum Fluss hinüber. »Ich glaube dir.«

Sie lachte. »Nein, tust du nicht. Ich muss es dir zeigen.«

Sie stand auf und zog sich an, knöpfte den Rock wieder zu, das Hemd, und fuhr aus dem einen Stiefel, den sie noch anhatte. Sie nahm Rainers Hand und ging barfuß mit ihm im Mondschein auf die schwarzen Bäume zu, hinter denen bleich das Flussbett lag. Vorsichtig setzte sie Fuß vor Fuß zwischen Steine und spitzes Holz; vielleicht gab es hier giftige Pflanzen und Tiere mit Stacheln. Die Erde war fest und noch immer warm von der Sonne, aber in der Nähe der Bäume wurde sie kühl und feucht. Sie gingen ein Stück am Fluss entlang. Rainer hielt ihre Hand fest, drückte sie und führte sie einmal sogar an seine Lippen. Ein kleiner Schauer durchlief Nora, und ihr wurde wieder schwach im Nachglühen dessen, was sie gerade erlebt hatte. Sie fand einen Pfad zwischen den stark und bitter duftenden Bäumen hinunter ans Ufer, vorbei an Dornbüschen und scharfem, halb verdorrtem Schilf. In der Mitte des sandigen Bettes plätscherte das kleine Rinnsal. »Hier können wir später einen Steg bauen«, sagte sie.

»Wozu?«, fragte Rainer.

»Damit Boote festmachen können.«

»Was für Boote?«

»Boote, mit denen wir unsere Waren flussabwärts transportieren können, wenn das Wasser hoch genug steht.«

Er schwieg.

Sie sagte: »Und damit wir kopfüber ins Wasser springen können, wenn uns danach ist«, und lachte dabei.

Er schwieg noch immer, als versuchte er, sich vorzustellen, wie dieses breite Rivier aussehen könnte, wenn es Wasser führte, und die Boote, die an ihrem Steg festmachten, und wie sie, Nora und er, in die breiten, gemächlich dahingleitenden smaragdgrünen Fluten sprangen.

»Ich hatte es mir auch anders vorgestellt«, sagte sie, »nicht so karg... so widerborstig.« Sie stand neben ihm im Sand, hielt seine Hand und lehnte den Kopf an seine Schulter. »Ich dachte, das Wasser ist hellblau und flach am Morgen, und später wird es grün und tief, und am Abend wie Kupfer, bevor es in der Nacht schwarz und wieder flach ist. Ich hatte es mir so vorgestellt, dass alles schon da ist, wenn wir ankommen, obwohl ich wusste, dass es nicht sein konnte, weil wir es ja erst bauen müssen. Das wollten wir doch, nicht? Etwas aufbauen, das dann uns gehört. Aber ich kann es trotzdem schon sehen, so wie ich das Wasser sehe und uns, wie wir darin schwimmen. Wir stehen hier, Mann und Frau, und wir sind nackt, ganz nackt. Wir stehen im Abendwind und haben eine leichte Gänsehaut, und dann nehmen wir uns an der Hand und springen hinein. Das Wasser ist wärmer als die Luft, dunkel und warm und so tief, dass wir gerade noch so eben stehen können, aber um zu atmen, müssen wir den Kopf in den Nacken legen. Unsere Haut ist blass wie Elfenbein, außer an Gesicht und Hals, wo die Sonne sie verbrannt hat. Unsere Haare treiben in der Strömung, und wir spüren den Sog an den Schenkeln und zwischen den Beinen, wie Seide, die sich an uns reibt. Meine Brüste sind leicht und weiß im Mondschein. Das Wasser schmatzt und gurgelt, und wenn wir nach unten schauen, phosphoreszieren unsere Glieder, und ich kann sehen, wie du mich begehrst. Hin und wieder flitzt ein kleiner Fisch an uns vorbei und zieht eine Spur von Bläschen hinter sich her, die kurz aufleuchten, da, wo der Mondschein gerade noch hinreicht. Wir sagen kein Wort. Wir schwimmen ein bisschen voneinander weg und wieder aufeinander zu in diesem warmen Flusswasser, dessen Strömung uns auf ihrem Atem zu tragen scheint. Wenn wir stehen bleiben und ins Wasser treten, steigen überall um uns silberne Bläschen auf, die an der Oberfläche zerplatzen, und der Himmel über uns ist veilchenblau, so wie jetzt, und der Mond hat einen so großen Hof, dass man erst ganz dicht über dem Horizont die Sterne sehen kann.«

Sie nahm seine Hand und legte sie auf ihren Bauch, unter das Hemd, das sie nicht in die Hose gesteckt hatte. »Jetzt wird uns langsam kalt, und wir klettern zurück auf den Steg. Ich habe noch nie einen Menschen so nackt gesehen wie dich, als du vor mir aus dem Wasser steigst. Ich strecke meine Hand aus, um deinen … deinen du weißt schon zu berühren, aber ich traue mich noch nicht. Auf dem Steg liegen unsere Handtücher, mit denen wir uns abtrocknen, ich dich und du mich. Ich reibe dich sogar zwischen den Beinen trocken, wo dein …«

»Nora«, sagte er, und es klang fast, als stockte ihm der Atem.

»Du bist doch nicht etwa schockiert, du, der große Bohemien?«

Er ließ seine Stirn an ihre Stirn sinken. »Ich liebe dich, Nora.«

»Ja«, sagte sie. »Ich weiß.«

Sie redete nicht weiter, denn seine Hand ruhte schon lange nicht mehr auf ihrem Bauch, und bald standen sie auch nicht mehr. Sie waren fast so nackt wie in dem Bild, das sie beschrieben hatte. Sie lagen auf ihren ausgebreiteten Staubmänteln im Sand des Flussbetts, und er lag auf ihr, ein warmer, schwerer Körper, den sie umarmen konnte, während sie tief atmete und sich nicht bewegte, ihn nur in sich spürte. Sein Haar – war es nass? – fiel ihr aufs Gesicht, über die geschlossenen Augen, und so hatte sie es sich vorgestellt all die Jahre, aber nie war es so gewesen bis zu dieser ersten Nacht auf ihrem eigenen Land in Afrika.

Nora erwachte, weil sie fror. Sie war eingeschlafen, ohne sich wieder anzuziehen, an Rainer geschmiegt und zugedeckt mit einem ihrer Mäntel. Sie stand auf, nahm den Mantel und schlüpfte hinein. Rainer wachte nicht auf. Nackt lag er auf dem Bauch, ein Bein angezogen, der Mund stand ein wenig offen. Nora betrachtete ihn, seinen schlanken Hals, die Haare, die das halbe Gesicht bedeckten. Die Hände, die er unter den Bauch geschoben hatte, wie um sie zu beschützen. Was mache ich in dieser Wildnis mit einem Mann, der seine Hände schützen will wie ein Klaviervirtuose?, dachte sie.

Auf einmal war ihr, als könnte sie sich von ganz weit oben sehen, aus der Sicht eines Nachtvogels oder, von noch weiter oben, aus der

Sicht der eines Sterns – zwei Menschen, von denen einer schlief, in einem trockenen Flussbett, unendlich klein und umgeben von einem riesigen, harten, trotzigen Land, einem Land aus Sand, Felsen und Dornen. Ob man von da oben sehen konnte, dass ihr Haar rot war?

Die Angst kam ganz plötzlich. Jäh wurde ihr klar, dass sie allein waren, weit von der nächsten Farm entfernt. Sie sah wieder das Feuer, das die Farm der Geigers auffraß, das verwaiste Land. Was war mit den Menschen geschehen? Waren sie wirklich im nächsten Fort untergekommen? Sie hörte all die Laute ringsumher, die sie jede Nacht gehört hatte, seit sie unterwegs waren, und die ihr Angst gemacht hatten. Sie stand da und lauschte, und die Geräusche schienen auf sie zuzukriechen und ihr die Brust zusammenzupressen. Hier ist ja nichts, versuchte sie, sich Mut zu machen; es gibt nichts, was die Aufständischen zerstören könnten. Wir haben ihnen nichts genommen.

Ihr Herz hämmerte. Sie versuchte, die Dunkelheit mit ihren Blicken zu durchdringen. Rasch deckte sie Rainer mit den Kleidungsstücken zu, auf denen sie gelegen hatte, und lief zum Planwagen zurück. Oberhalb der Böschung spürte sie den Wind, der trocken und frisch aus der Savanne wehte. Er strich raschelnd durch das Gras. Am Himmel standen Wolken in feinen perlmuttfarbenen Streifen. Nora rannte. Sie erreichte den Wagen, kletterte auf die Ladefläche und suchte den Koffer mit ihren Anziehsachen für besondere Gelegenheiten. Mit zitternden Fingern versuchte sie, den Riemen zu lösen, mit dem er zugeschnallt war. Sie konnte nicht viel erkennen, aber sie wusste noch, wo sie die Schuhe hingepackt hatte. Sie ließ die Schlösser aufschnappen, klappte den Deckel hoch und fuhr mit beiden Händen unter die Kleidungsschichten.

Da waren sie, die altrosa Ballschuhe, die sie zu ihrer Hochzeit getragen hatte und zu der ihrer Schwester. Sie zog sie hervor, klappte den Koffer zu und stieg wieder von der Ladefläche. Zitternd blieb sie neben dem Wagen stehen. Allmählich spürte sie, wie die Angst wieder von ihr wich. Sie zog die Schuhe an und dachte: *meine Zauberschuhe*. Sie steckte den Finger, auf dem ihr Ehering saß, in den Mund, bis er feucht genug war, dass sie den Ring abziehen konnte. Sie holte weit aus und warf den Ring in die Nacht, in das raschelnde Gras. Es war keine Angst, sondern Aufregung; das Glück, herausgefordert zu werden.

Ich werde nicht scheitern, dachte sie. Es ist mein Land, und ich werde lernen, es zu lieben. Ich werde alles lernen.

Teil Zwei

20

Afrika, 1903

Was Nora auf ihrem Land lernte: Sie lernte etwas über das Licht am Morgen, am Mittag und am Abend – wie es das Land schuf, vor Tagesbeginn schon, sich hell auf den Firnis legte, mit dem die Feuchtigkeit der Nacht das Gras und die Steine überzogen hatte. Sie lernte, den Wind zu lesen, die Gerüche und Geräusche, die er mitbrachte. Tagsüber bemerkte sie ihn bald kaum noch, aber nachts hörte sie ihn in den Bäumen am Fluss rauschen, und sie lernte, keine Angst mehr zu haben, weder vor dem Heulen der Hyänen in den nahen Bergen noch vor dem plötzlichen Flügelschlag eines aufgeschreckten Vogels.

Sie lernte, ohne Zündhölzer ein Feuer zu entfachen, nur mit trockenen Zweigen und einem Brennglas, und in das Feuer dann Ziegel zu legen, um die Wärme zu speichern. Sie lernte, allein mit dem Ochsenkarren zum nächsten Brunnen zu fahren und volle Wasserfässer über Planken auf die Ladefläche zu rollen. Sie lernte, sich mit wenig Wasser zu waschen.

Sie lernte, mit klammen Fingern ein Zelt aus Juteplanen aufzubauen, ohne Hilfe. Darin mussten sie und Rainer die ersten Nächte verbringen, während sie tagsüber eine Hütte aus Ästen und Lehm errichteten. Sie lernte, in dieser engen Hütte den Platz zu nutzen und dass man zu erschöpft für Leidenschaft sein konnte, wenn man den ganzen Tag sein Haus entwarf und baute, dass die Liebe aber andere Wege fand, sich auszudrücken. Vor der Hütte stand der Ochsenkarren, und manchmal schlief sie lieber in dem Karren als auf der nackten Erde.

Sie lernte, dass die Entwürfe beim Bau eines Hauses den Gesetzen der Statik und anderen Naturgesetzen gehorchen mussten, und sie lernte, mit fünf Nägeln im Mund und einem Hammer in der Hand über einen schmalen Balken im Wind zu balancieren, die Erde von oben zu sehen. Sie wollte ein Haus mit zwei Stockwerken haben, aus Holz, die Austernschale, in der ihr Leben mit Rainer zu einer vollkommenen Perle werden sollte, glatt und rund und kostbar.

Die Nachbarn auf den Farmen ringsumher halfen ihnen, Bäume zu fällen, zurechtzusägen, in der Erde zu verankern und zusammenzunageln. Das Fundament anzulegen. Die tragenden Pfosten aufzubauen. Am Anfang gab es keine Möbel, nur einen Tisch und Stühle und Betten aus Ästen und Brettern. Am Anfang diente Savannengras in einem Sack mit einer Decke darüber als Matratze. Am Anfang gab es keine Wände, nur die Pfosten mit Nägeln darin, und an den Pfosten lehnten die Äxte, und an den Nägeln hingen die Messer, Gewehre und die Patronengurte. Am Anfang gab es bloß den Boden, aus massiven Planken gefertigt, auf denen statt Teppichen Schaffelldecken lagen. Aber es gab wieder Leidenschaft auf diesen Decken, unter den Sternen und manchmal nur Zärtlichkeit. Es gab danach Regale, Wände. Die Fenster wurden mit Kistendeckeln zugenagelt. Es gab die Stufen einer Treppe, die eine Zeit lang nur in den Himmel führte, ein Stück.

Es gab Mahlzeiten beim flackernden Licht einer Kerze, denn Nora lernte kochen, erst über dem Feuer, dann auf dem Lehmofen. Sie lernte, Brot mit Sauerteig zu backen, Mehl und Zucker in warmem Wasser anzurühren und in der Sonne gären zu lassen. Sie lernte Hammel und Ziegen zu braten, die sie vorher schlachtete. Aus dem abgeschöpften Fett des geschmorten und klein gestückelten Hammelschwanzes wurde ein schmackhafter Brotaufstrich. Gelegentlich ging Nora auf die Jagd, holte Wachteln mit einem Schuss vom Himmel, rupfte sie und briet die ausgelösten Brüstchen. Dazu servierte sie getrockneten Kohl und klein geschnittene Würfel Kürbisfleisch. Sie lernte, dass Rainer aufhörte, sich über das mühselige Leben zu beklagen, wenn er gut gegessen hatte. Perlhuhn war eine Delikatesse,

Kudu eine noch größere. Es gab Zebrafleisch, Schildkröte, Waran und Straußeneier.

Allmählich nahm auch das obere Stockwerk Gestalt an. Zuerst dienten Wellblechplatten als Dach, das sich in der Sonne verzog, sodass Nora bei jähen Regenschauern einen Sonnenschirm über dem Bett aufspannen musste, damit sie im Trockenen schlafen konnte. Durch die Belüftungslöcher in den Wänden zwängten sich Vögel in das heiße, feuchte Schlafzimmer, um zu nisten und zu brüten. Geckos kletterten an dem unbehandelten Holz empor und huschten über die Treppe. Nora lernte, sich nicht vor ihnen zu ekeln, denn sie nährten sich von den lästigen Fliegen und Moskitos.

Manchmal, wenn sie nicht einmal mehr die Kraft hatte, die Treppe hinaufzusteigen, breitete sie sich im Wohnzimmer eine Decke aus und legte sich darauf, und kurz vor dem Einschlafen, das Ohr auf den Holzbohlen, konnte sie noch hören, wie sich Rainer und Westrup draußen auf der Veranda unterhielten, ihre Stimmen ein stetes, leises, dunkles Beben, das die Dielen sacht zum Schwingen brachte mit Worten wie Sturm, Kaiser, Polen, Aufstand, Streik. Nora fühlte sich beschützt.

Als das Haus beinahe fertig war, lernte Nora, dass etwas, das von außen fest und haltbar aussah, bei der kleinsten Berührung in sich zusammenbrechen konnte, weil es von Termiten befallen war. Ein Handtuch, das sie von der Wand nehmen wollte, löste sich in ihrer Hand auf. Eine Stufe, auf die sie trat, bröckelte unter ihrem Stiefel. Die Termiten waren in den Stühlen, dem Tisch, den mit aufgeweichtem Kuhmist lackierten Dielenplanken, den Wänden und der Treppe. Wenn man nachts genau hinhörte, konnte man das ganze Haus knistern hören.

Rainer tobte vor Zorn und Enttäuschung, und als Hannes Westrup Benzin mitbrachte, übergossen die beiden Männer das Holz, in dem die Termiten nisteten, alle Wände, den Boden und das Mobiliar.

Nora wusste, dass das Haus nicht zu retten war, weil die Substanz der Wände, des Bodens und der Decke zerstört war. Sie nahm ein

Zündholz, riss es an und steckte das Haus in Brand. Als es in Flammen aufging, sah sie Rainer an, sah, wie er den Mut verlor. »Es war sowieso kein besonders schönes Haus«, tröstete sie ihn.

Sie sagte ihm nicht, dass sie selbst kaum noch Mut hatte. Sie sagte ihm nicht, dass sie am liebsten alles stehen und liegen gelassen hätte und dass sie genauso verzweifelt war wie er. Sie sagte es nicht, weil sie wusste, dass sie so nicht fühlen durften, nicht nach dem ersten Rückschlag. Es ist nur ein Moment, dachte sie, nur ein Moment, und einer von uns muss jetzt stark für beide sein.

Danach lernte Nora, wie man Ungeziefer bekämpfte und ein besseres Haus baute. Sie fand den Termitenstock anhand der Spitzkegel ihres Baus im roten Lehmboden unten am Fluss, nachdem Westrup ihr erklärt hatte, wonach sie Ausschau halten musste. Der Bau war aus Lehm und Sand, vermengt mit Ameisensäure, rund um einen kranken Baum angelegt und so hart, dass man ihn nur mit einer Spitzhacke zerstören konnte. In den unterirdischen Gängen wimmelte das Termitenvolk, die Soldaten und Arbeiter. Nora suchte die Königin, die größer als alle anderen war und bei Gefahr von ihren Wärtern und Wärterinnen weggeschleppt wurde, denn wenn sie starb, ging auch der ganze Stock ein. Das geschah, als Nora sie schließlich aufspürte. Gut, dass ich nicht hierher gekommen bin, weil ich einen Zauber spüren wollte, dachte Nora. Gut, dass ich nie ein Paradies erwartet hatte. Gut, dass ich nicht mit einem Schlaraffenland gerechnet habe.

Aber in gewisser Weise war es das Paradies, denn nie mehr, seit sie ein Kind gewesen war, hatte sie sich so glücklich gefühlt.

»Ich liebe dich«, sagte Rainer am Morgen, bevor er mit Hannes Westrup nach Karibib fuhr, um einen Großteil dessen zu kaufen, was sie für das neue Haus benötigten. »Ich liebe deinen Mut.« Sie schaute den beiden Ochsenkarren nach und fragte sich, ob sie sich getäuscht hatte; ob sie zu viel, zu schnell lernte und er nicht mithalten konnte und vielleicht darunter litt. Er kam zurück mit Zementsäcken, Ölfässern, Kanistern mit Terpentin, Farben in Dosen und Tuben, mit Glasscheiben, mit fertigen Fensterrahmen, Wellblech für das Dach und

Pappkärtchen mit Siegeln für die Arbeiter, die er bezahlen wollte, damit das neue Haus schneller fertig wurde. Seine Augen waren gerötet, er atmete zu schnell; am Abend liebte er Nora mit der letzten Kraft, die ihm nach einem tage- und nächtelangen Besäufnis mit Westrup in Karibib geblieben war. Ihr schien, als hielte er sich dabei an ihr fest.

Nora lernte etwas über ihre deutschen Nachbarn, die Farmer, die Missionare, die Soldaten der Schutztruppen in der Garnison, und danach lernte sie etwas über die Feldherero aus den umliegenden Krals. Sie lernte, dass sie neugierig waren und gehorsam und fleißig, wenn sie wollten, und wankelmütig, wenn nicht, und dass es kaum schaden konnte, ihnen jegliche Versuchung zu ersparen. Obwohl sie die brennende Farm gesehen und nicht vergessen hatte, kam es ihr nicht in den Sinn, Angst zu haben. Uns tun sie nichts, hatte Hannes Westrup gesagt, und Nora brauchte nur in ihre Gesichter zu sehen, um zu wissen, dass er recht hatte.

Sie erinnerte sich an die Geigers und daran, dass Westrup wirklich am Tag nach seiner Heimkehr zu ihrer niedergebrannten Farm geritten war und – als er dort niemanden vorgefunden hatte – weiter zur Garnison, wo er sie gesund, aber niedergeschlagen angetroffen hatte. Sie waren zu alt gewesen, um noch einmal von vorn anzufangen, und hatten kurz darauf die Heimfahrt angetreten.

Sie lernte alles über Samuel, elf Jahre: Er war klug und mutig, außer wenn es darum ging, Leoparden in dichtes Gebüsch zu folgen, was seine Klugheit unterstrich. Er konnte Spuren lesen und fast so schnell laufen wie eine Gazelle, bevor er sie mit Pfeil und Bogen erlegte. Er konnte schwimmen und tauchen und klettern und sich von Ast zu Ast hangeln, und bei alldem konnte er lachen. Er konnte rechnen und Deutsch sprechen, aber nicht lesen. Er war freundlich und verehrte das Rind und Jesus Christus. Er kannte die Namen von Blumen, Kräutern, Bäumen und Sternbildern, wusste, wann der Mond aufging, ob es Regen geben und wie hoch der Fluss dann steigen würde. Er gehörte zu einem Stamm, der weggegangen war, aber er wollte zurück dorthin, wo das Gras Saft hatte und der Boden Wasser barg. Er hatte beschlossen, Nora könnte ihn benötigen, und er wollte ihr nützlich sein. Und so kam es.

Sie lernte, ihm zu vertrauen wie einem Erwachsenen. Er brachte ihr erst Teresa, die sich als Hausmädchen verdingte, und anschließend die Arbeitskräfte, die sie für den Hausbau brauchten. Er kannte jeden Unterkapitän aller Stämme in der Gegend, denn, so lernte Nora, er war ein Junge von eingeborenem Adel. Er sorgte auch dafür, dass Nora schnell einen kleinen Viehbestand erwerben konnte, meistens durch Tauschgeschäfte: Ziegen und Schafe von den Bergdamaras, die ersten Rinder von den Herero. Rainer lernte, diese Tauschgeschäfte durchzuführen, zu feilschen, darauf zu achten, dass für beide Seiten ein gutes Geschäft dabei heraussprang.

Diesmal bestand das Fundament des Hauses aus Felsen. Die Felsblöcke wurden im Gebirge gebrochen und mit Ochsenkarren zum Fluss gebracht und dort zurechtgehauen. Es brauchte zwanzig Fuhren und vier Wochen, in denen Nora mit Wasserwaage und Winkelmaß in der Hand die Arbeiten überwachte, bis die Felsen in geraden Linien mit rechten Winkeln ein passendes Fundament ergaben. Sie lernte, dass die Herero keine Winkel kannten, weil ihre Pontoks rund waren. Zur selben Zeit beschäftigte sich ein anderer Arbeitstrupp damit, Ziegelsteine herzustellen.

Unter dem Kommando eines Tischlers der Schutztruppen wurden Formen angefertigt, und Nora lernte, dass man Brocken des lehmhaltigen Bodens am Fluss mit Wasser vermischen und mit den nackten Füßen durchkneten musste, bis man ihn in die Formen streichen konnte, die danach weggetragen und in Reih und Glied aufgestellt wurden. Nachdem die Form abgenommen worden war, lagen die nassen Steine in der Sonne, um zu trocknen.

Für tausend Steine erhielten die Arbeiter zwölf Mark. Nora verteilte in der Frühe die Pappkärtchen mit dem Siegel an die Frauen und Männer, die sie am Abend wieder abgeben mussten, wenn sie für ihre Arbeit entlohnt werden wollten, denn sie hatte gelernt, dass es Dienstboten gab, mit denen man sich nicht verbrüdern konnte; die man kontrollieren musste, weil sie dieselben Ziegel mehrmals zum Zählen vorbeitrugen oder sich abends um Lohn anstellten, obwohl sie den ganzen Tag nicht eine Hand gerührt hatten. Als die Felsbrocken ausgelegt und die Steine luftgetrocknet waren, mauerte Rainer an einer Ecke des Fundaments eine verschlossene Flasche mit der Hausurkunde ein, bevor die Stelle mit einer dicken Schicht Zement bestrichen wurde.

Die Maurerarbeiten gingen schnell voran. Dreißig Herero-Frauen, alle bekleidet mit Röcken, Blusen und Kopftüchern aus grobem, dunklem Stoff, trugen die Backsteine auf dem Kopf zum Fundament, jede von ihnen fünf Ziegel. Sie gingen langsam, bewegten sich im selben Rhythmus und sangen dabei ein monotones Lied auf Nama. Rainer hatte gelernt, wie man mauert, und führte mit Unterkapitän Jeremiah die Maurerkolonne an. In der Kolonne waren nur Männer, alle gekleidet in Hemd und Hose, fast wie die Maurer in der Heimat. Die Luft war voll von Ziegelstaub und dem Geruch des feuchten Zements. Glücklich sah Nora, wie ihre Entwürfe zu Mauern, zu Fensterbögen und Türwölbungen wurden, über die das Mauerwerk weiter wuchs, damit die Räume hoch und kühl waren, bis es schließlich vier große Zimmer gab, dazu eine Küche, ein Bad und einen Vorratsraum.

Bei allem, was sie über das Haus und die Menschen und das Land gelernt hatte, lernte Nora auch etwas über sich und Rainer; am meisten an dem Nachmittag, an dem die Deckenbalken verlegt wurden. Sie hatte sich ein paar Minuten etwas abseits der Baustelle ins Gras gelegt. Sie fühlte sich schon den ganzen Tag schwach, seit ihr am Morgen nach dem Aufstehen so schlecht gewesen war, dass sie sich übergeben hatte. Sie fürchtete, ihre Absencen könnten zurückkehren, die kleinen Ohnmachten, unter denen sie in ihrer Ehe gelitten hatte. Sie lag auf dem Rücken und atmete tief und gleichmäßig. Nach einiger Zeit setzte sie sich auf und sah zum Haus hinüber, das sich dunkel gegen den hellen Himmel, die dunstigen Wolken erhob, etwas unscharf, genau wie die Männer auf den Mauern und die Frauen mit den Ziegeln auf dem Kopf, unscharf und von ziellosen Sonnenstrahlen umgeben.

Die Männer legten Ried auf die Decken, bevor sie die Mauern noch etwas höher zogen und die nächsten Balken einmauerten, die das Wellblechdach tragen sollten. Jäh stieg eine neue Welle von Übelkeit in Nora auf, und sie musste sich wieder übergeben. Beide Hände in das trockene, scharfe Gras gestemmt, wartete sie, bis der Anfall vorüber war. Sie blinzelte mit tränennassen Augen und wischte sich Nase und Mund ab. Niemand hatte ihre Schwäche bemerkt. Sie dachte: sechs Monate in Afrika, sechs Monate lang keine Absencen und keine Schwäche und keine Übelkeit, und jetzt auf einmal wieder, so kurz vor dem Abschluss der Bauarbeiten. Ich will das nicht. Sie lernte, dass das Haus, das die Auster ihrer Liebe werden sollte, eine zweite Auster beherbergen würde, in der nun eine Perle heranreifte.

Später lernte sie, dass es keinen Unterschied machte, ob man redete oder schwieg, etwas erzählte oder für sich behielt. Sie lernte, dass das Schicksal die ganze Zeit neben einem geht und einfach immer weitergeht, auch dann, wenn man selbst stehen bleibt.

Nachdem sie sich übergeben hatte, fühlte sie sich besser und stand auf. Ihre Kehle tat noch etwas weh, und die Augen schmerzten im Mittagslicht. So kurz vor ihrem Ende vertrug die Arbeit keine Unterbrechung, deswegen dachte sie, dass sie es Rainer am Abend erzählen wollte. Ein leiser Theaterdonner erklang bei heiterem Himmel, als die großen Wellblechplatten auf die Dachbalken gelegt wurden. Am Abend sehnte sie sich mehr denn je nach Rainers Berührung, und als er diese Sehnsucht spürte und ihr folgte, gab sie sich ihm mit einer Heftigkeit hin, die beide überraschte, so viel Dankbarkeit lag darin. Sie erzählte ihm nichts.

Stattdessen lernte sie weiter: Für ein paar Mark erwarb sie von einem Soldaten der Schutztruppe acht Hühner, die sich bald vermehrten. Küken schlüpften, die von Schakalen gerissen und von Raubvögeln aus der Luft verschleppt wurden. In der Abenddämmerung sah Nora die Köpfe der hungrigen Raubhunde im Riedgras, unruhig witternd, feige und gierig. Und sie sah am Himmel scharfäugig und geduldig die Raubvögel kreisen, mit nadelspitzen Krallen. Sie lernte, Käfige aus Drahtgaze zu bauen, in denen das Federvieh sicher war.

Samuel zeigte ihr, wie man Dornbüsche abhackte, jeder knapp zwei Meter hoch, und zu großen Sträucherhaufen türmte, die dann von Ochsen zum Anwesen geschleift wurden. Dort errichteten sie aus diesen Büschen einen kreisrunden, festgefügten Dornenkral für die Rinder, mit einer Pforte, die sich zwischen zwei Pfosten herausnehmen und wieder einsetzen ließ. Selten kam es vor, dass ein Leopard eine so hohe, undurchdringliche Dornenwand übersprang.

Es gab auch am Haus noch immer viel zu tun – Nora wünschte sich eine schöne Veranda, groß und überdacht, mit einem Boden aus Steinplatten und einem Holzgeländer und einem spitzen Giebel, weiß gestrichen wie der Rest des Hauses. Die Frauen, die auf ihrem Kopf die Backsteine herangeschleppt hatten, mussten Eimer voll Lehm vom Fluss herauftragen, der von Rainer und dem Unterkapitän in den Räumen verteilt und glatt gestrichen wurde. Zwei Wochen lang durfte niemand den Aufstrich betreten, dann war er trocken, und nun mussten die Frauen ihn mit den Füßen feststampfen. Es fiel ihnen schwer, die nötige Begeisterung für diese Tätigkeit aufzubringen, sie trampelten ungleichmäßig und nicht fest genug, bis Nora ihre Ziehharmonika und einen Hocker holte, sich in die Tür zu einem der Räume setzte und eine Polka zu spielen begann. Bald ging der Rhythmus ihnen ins Blut, und sie begannen, im Kreis zu tanzen, immer schneller und von Raum zu Raum wie bei einer wilden, aberwitzigen Polonaise, und bei Sonnenuntergang war der Boden glatt und fest wie eine Granitfläche. Nora lernte, dass die Ziehharmonika, die in Hamburg Schifferklavier genannt wurde, bei den Siedlern hier Treckerorgel hieß.

Als Letztes, als alles andere erledigt war, nahm Rainer eine lange Leiter, die er an die Front des Hauses lehnte. Mit einem Eimer blauer Farbe und einem Pinsel bewaffnet, kletterte er die Leiter hinauf und malte in kunstvollen Lettern einen Vers von Horaz über den Eingang:

Caelum non animum mutant qui trans mare currunt.

Nora sah ihm zu und dachte dabei immer wieder die Worte auf Deutsch: *Die über das Meer fahren, ändern wohl den Himmel über sich, aber nicht das Herz*, und sie dachte: hoffentlich, bitte mach, dass es stimmt. Mehr als sechs Monate hatten sie an dem Haus gebaut, und erst jetzt fiel ihr auf, dass Rainer seit Tagen nicht mehr mit ihr sprach. Er antwortete, wenn sie das Wort an ihn richtete, aber er hatte aufgehört, sie zu necken oder ihr zärtliche Worte ins Ohr zu flüstern; er beklagte sich nicht einmal mehr.

Ich werde es ihm nach dem Richtfest sagen, dachte sie. Dann wird er so glücklich sein wie ich, überglücklich.

21

Sie trat aus der Tür auf die mit bunten Papierlampions geschmückte Veranda, von der aus sie die Ebene sehen konnte. Da war die Savanne und dahinter der Berg, kamelbraun jetzt am Nachmittag, und vor der Savanne das Weizenfeld, und noch näher am Haus verliefen Bewässerungsgräben zwischen Reihen mit Mais, Kürbissen und Melonen, die Nora angelegt hatte, während die Männer mit dem Hausbau beschäftigt gewesen waren. Es gab einen Brunnen, einen Windmotor, der das Grundwasser hochpumpte, und eine Scheune, außerdem ein Gehege für die Schafe und ein größeres für die Rinder. Über dem Buschwerk der Ebene schwebte eine Staubwolke. »Ich glaube, die Westrups kommen«, rief sie. »Es ist ihre Richtung.«

Rainer sagte: »*Überall gehört der blaue Himmel ihnen und ist ihre erb- und eigentümliche Ruhestatt, ihr Vaterland, ihr ureigenes, natürliches Heim, welche sie unangemeldet betreten als Herren, die man gewisslich erwartet, da ihre Ankunft dennoch eine stumme Freude weckt.*«

»Du und deine Gedichte«, sagte Nora. Sie legte die Hand auf den Bauch, über das Geheimnis, das darin lebte, und dann ging sie zurück ins Haus, wo Rainer im schwarzen Anzug vor dem oval gerahmten Dielenspiegel stand und seine Fliege band. Bei jedem Schritt raschelte ihr seidener Unterrock, ein lockendes, geheimnisvolles Geräusch. Samuel und das Mädchen hockten kichernd in der Tür zur Küche, beide mit weißen Schürzen, aufgeregt wegen des bevorstehenden Einweihungsfestes mit seinen vielen Vorbereitungen und weil sie Rainer noch nie anders als in Stiefeln, grobem Hemd, Hosenträgern und schmutziger Hose gesehen hatten.

Das Wohnzimmer war mit wilden Blumen und Palmzweigen geschmückt, der Esstisch mit einem Leinentuch, Kerzen und dem besten Porzellan samt passendem Kristall gedeckt. In den letzten Wochen waren immer wieder Kisten aus Deutschland eingetroffen, in denen sich Geschirr, Bestecke und anderer Hausrat befand, alles, wovon Lissy Beermann glaubte, dass es zu einem ordentlichen und standesgemäßen Haushalt gehörte. Was würde ich nur ohne meine Schwester machen?, dachte Nora jedes Mal, wenn wieder ein Paket oder eine Truhe mit Vorhängen und Wäsche eintraf, und jedes Mal war sie überrascht, wie vorteilhaft sich Lissy in ihrer Ehe entwickelt hatte.

Außerdem lieferten die Magazine und Zeitungen, mit denen die Kisten ausgestopft waren, willkommenen Lesestoff mit Neuigkeiten aus der Heimat. Klatsch und Tratsch, dachte Nora, aber was sie früher verachtet hatte, erschien ihr jetzt wie willkommener Tau auf die verdorrenden Blüten der Erinnerung. Lissy schrieb alles auf, was ihr durch den Kopf ging und was sie irgendwo aufschnappte, egal, ob sie es verstand oder nicht. Doch wenn sie etwas nicht verstand, wies sie ehrlich und ohne Umschweife darauf hin, ergänzte es um ein *pas possible*! und kehrte zu ihrem Lieblingsthema zurück – sich selbst.

Aber auch wie es Ludwig ging – und zwar sowohl geschäftlich als auch privat –, war ein stets wiederkehrendes Motiv ihrer Berichterstattung aus der Heimat. Das meiste beruhte allerdings auf Hörensagen, gefiltert und aufbereitet durch Lissys Ehemann Carl-Gustav:

Noch nie hat ein Mann sein Schicksal mit so viel Würde und Contenance getragen, und obwohl sich die Gesellschaft auch heute noch hinter vorgehaltener Hand den Mund über dich und deine Reise nach Deutsch-Südwest zerreißt, ist von Ludwig nicht ein einziges böses Wort zu hören. Er geht seiner Arbeit nach, ohne sich darin zu vergraben. Er zeigt sich bei allen gesellschaftlichen Anlässen, die seine Anwesenheit verlangen, und er geht immer so allein, wie er gekommen ist. Natürlich würde keine Frau, die auf sich hält, ihm in aller Öffentlichkeit Avancen machen. Aber man hört nicht einmal gerüchteweise, dass er sich vielleicht nicht mehr wie ein verheirateter Ehrenmann verhielte. Hendriksen & Co. kann stolz auf einen solchen Präsidenten sein – und du könntest es auch!

Ich finde, du hast einen großen Fehler gemacht.

Hast du übrigens schon gehört, dass die Preise für Leuchtöl fallen und fallen? Inzwischen ist es schon um fast die Hälfte billiger als noch vor einem halben Jahr, sagt Carl-Gustav. Ich schreibe dir das, weil das auch auf Ludwig zurückzuführen ist. Es hat sich nämlich, sagt Carl-Gustav, unter der Führung der Deutschen Bank ein Konsortium aus mehreren Geldinstituten gegründet, das sich die Deutsche Petroleum Aktiengesellschaft nennt, mit dem Ziel, den Amerikanern und vor allem John D. Rockefeller mit seiner Standard Oil die Vorherrschaft im Ölgeschäft streitig zu machen. Neben der Darmstädter Bank und dem Wiener Bankverein hat sich auch Ludwig an dieser Gesellschaft beteiligt. Die Reaktion: Standard Oil überschwemmt mit seinen hiesigen Tochtergesellschaften den europäischen Markt mit billigem Öl, um die neue Konkurrenz in die Knie zu zwingen.

Carl-Gustav sagt, so was nennt man Wirtschaftsimperialismus.

Pas possible, dachte Nora. Einen Moment lang wünschte sie, Lissy wäre heute hier, damit sie mit ihnen feiern konnte und sah, dass Nora keinen Fehler gemacht hatte.

Die Victrola stand aufgezogen bereit, *His masters voice*, auf dem Plattenteller Enrico Caruso mit *Questo o Quella* aus *Rigoletto* und daneben ein Stapel der neuesten, doppelseitig bespielten Schellacks aus der Heimat. In der Küche wartete zwischen Salatschüsseln, Brotkörben und Silberschalen mit Lamm und Huhn auch ein großes Punschglas unter einem feuchten Tuch. Die luftgekühlten Weinflaschen waren noch nicht entkorkt. Eine Nachmittagsbrise wehte durch die offenen Fenster und bauschte die hellen Vorhänge. Die Kattunplanen zwischen den Deckenbalken atmeten im Wind.

Wortlos half Nora Rainer, die Fliege zu binden. Dann drehte sie sich um und erblickte sich selbst neben ihm im Halbdunkel, seltsam steif, seltsam ernst, fast etwas ängstlich für jemand, der sich so glücklich fühlte. Sein Gesicht, von der Sonne stärker verbrannt als das ihre, wirkte gleichfalls verschlossen und fremd, als betrachtete er eine Fotografie von einem anderen Paar. Sie sagte: »Es hat sich gelohnt, nicht? Es hat sich alles gelohnt.«

Er sagte nichts, blickte sie nur im Spiegel an, die Frau in dem Abendkleid aus champagnerfarbenem Seidenmusselin mit rosafarbenen Streublumen auf champagnerfarbenem Untergrund, *Millefleur*, wie es in den Modemagazinen hieß, die sie in Abständen aus der Heimat erhielt. Ihr rotes Haar verschwand fast ganz unter einem breitkrempigen, lackierten Strohhut, einem Modell aus einer anderen Zeit, mit einer fröhlichen lavendelfarbenen Schleife. Sie versuchte ein Lächeln. Wenigstens heute wollte sie nicht ernst sein, nicht, wenn Gäste kamen.

»Wen hast du sonst noch eingeladen?«, fragte er. Das galt nicht als Reden. Fragen und Antworten wie *Ist noch Wein da?* oder *Hier, dein Tabak* oder Bemerkungen wie *Da hinten zieht Regen auf* fielen nicht unter das Schweigegelübde, das Rainer eines Tages abgelegt haben musste, ohne dass Nora je erfahren hätte, wann oder warum. Er hörte einfach auf zu reden, baute eine Mauer aus Schweigen zwischen ihnen auf, die wuchs und wuchs, bis sie auch für Nora unüberwindlich war.

Es war kein gelöstes Schweigen, keine wortlose Harmonie. Anfangs hatte sie noch versucht, dagegen anzurennen. Es gab so viel, was sie Rainer mitteilen, wozu sie seine Meinung hören wollte. Sie fragte, bat, argumentierte, drohte, schrie, aber die Mauer hielt. Dass sie reden wollte, dass sich die Worte in ihr stauten und ihr die Brust zu zerreißen drohten, machte das Schweigen zu einer Falle, einer würgenden Schlinge. Schließlich gab auch sie auf, denn sie hatte eingesehen, dass sie nicht mehr den richtigen Ton fand. Alles, was sie sagte, klang falsch, klagend oder erpresserisch oder drohend und war daher nicht geeignet, eine Veränderung herbeizuführen.

Sie fand kein Ventil für ihren Stolz und ihren Zorn, und je mehr sie sich danach sehnte, ihm von dem Kind zu erzählen, desto mehr verschlug es auch ihr die Sprache. Es gab natürlich Trost: Sie allein wusste, was es bedeutete, auf dem Rücken eines Pferdes ihr Land abzureiten; den Olivenbaum wachsen zu sehen, den sie selbst gepflanzt hatte; in das Gemüse zu beißen, das von ihren eigenen Händen gezogen worden war; zu wissen, dass alles ihr gehörte und sie niemandem dafür Rechenschaft schuldete, ob sie es zerstörte oder hegte.

Oder abends in der Bibliothek zu sitzen, dem kleinen Zimmer neben dem Vorratsraum, in dem sie in Gesellschaft ihrer Bücher sein konnte, auch sie kistenweise aus Deutschland nachgeschickt – eine Runde von Freunden, die sie ihr Leben lang begleitet hatten und mit denen sie sich unterhalten konnte wie mit einem Menschen.

Aber jetzt hatte Rainer eine Frage gestellt, und sie antwortete dankbar: »Das Ehepaar Gerber. Die Schmidts, du weißt schon, denen der Kolonialwarenladen gehört. Pater Seidelmann von der Rheinischen Missionsgesellschaft, damit er das Haus segnet. Den Postreiter, Georg Salm. Doktor Brahms aus der Garnison, der vielleicht noch einen oder zwei Offiziere mitbringt. Herrn und Frau Matz. Und natürlich alle aus dem Kral, die uns mit dem Haus geholfen haben. Oh, ich bin so aufgeregt! Es soll das allerschönste Fest werden. Wir werden hier so glücklich sein, nicht wahr?«

Rainer nickte und wandte sich ab. Diesem Nicken, diesem Sich-Abwenden haftete etwas eigentümlich Mutloses an, das sich mit dem Schweigen seiner bemächtigt hatte. Er ging hinaus auf die Veranda, um nun seinerseits nach den Gästen Ausschau zu halten. Ein breiter Streifen Sonnenlicht, in dem Staubkörnchen schwebten, fiel hinter ihm durch die Tür herein und schien die Zeit aufzuheben, stillstehen zu lassen, als zöge sich die Gegenwart um Nora zusammen, bevor sie rückwärts zu laufen begann, zurück ins Stundenglas der Vergangenheit.

Sie entsann sich der Zeiten, in denen die Nachmittage anders gewesen waren, an denen das Haus sich tatsächlich schützend um sie geschlossen hatte wie eine Auster, geschlossene Türen, geschlossene Fenster, um Schatten und Kühle zu bewahren, während draußen die Zikaden ihre Beine aneinander rieben und die Steine in der Sonnenglut zersprangen. Im Honiglicht dieser Nachmittage hatte Rainer sie geliebt, bis ihr Körper süß und schwerelos geworden war und zu schweben schien wie die Vorhänge, die sich gelb im Luftzug bauschten.

Danach lagen sie nebeneinander, zu glücklich für Worte, die unabsehbare Folgen haben konnten, streichelten sich sanft, versonnen. Danach stand sie mit zitternden Beinen auf und wusch sich mit langsamen, geschickten Bewegungen mit dem Wasser aus der Schale, die auf der Kommode gegenüber dem Bett stand. Sie wusste, dass Rainer ihr zusah und sie brauchte. Danach betrachtete sie sich in dem kupferstichigen Spiegel über der Kommode und sah eine junge Frau, deren Glück mit ein bisschen mehr Ehrlichkeit vollkommen gewesen wäre.

Und danach stürmte Rainer manchmal die Treppe hinunter, von Inspiration erfüllt wie von lodernder, wütender Kraft, die sich am Stehpult entlud. In hastiger, fast unleserlicher Handschrift fand diese Kraft ihren Weg in sein Tagebuch oder auf loses Papier, stundenlang schrieb er, beim Licht einer Petroleumlampe, begleitet von flachen Atemstößen, dem Kratzen des Bleistifts, dem Rascheln der Blätter oder einem leisen Fluch, wenn der Stift unter dem Druck seiner Hand brach. Nora beobachtete ihn, die Haare, die ihm in die Stirn fielen, die hin und her fliegenden Augen, die den Buchstaben folgten, seine lautlos murmelnden Lippen, die Fieberröte, die eine entzündete Fantasie auf seine Stirn warf. Er ist glücklich, dachte sie dann. Aber das dachte sie nun schon lange nicht mehr. Jetzt dachte sie manchmal wieder, dass er sich nur inszenierte.

Die Gäste trafen fast gleichzeitig ein, Hannes und Helga Westrup im zweirädrigen Pferdewagen zuerst, gefolgt von Doktor Brahms, dem Militärarzt, den Offizieren aus der Garnison in Okombahe und dem Ehepaar Matz, das Pater Seidelmann von der Missionsstation abgeholt hatte, auf dem Ochsenkarren. Die Schmitds und die Gerbers, deren Farmland im Norden an Noras und Rainers Grund anschloss, bildeten den Schlusstrupp der Siedler. Sie hatten unterwegs schon eine der mitgebrachten Weinflaschen geöffnet, und bei ihrer Ankunft umgab sie lärmende Heiterkeit. Trotz der Sonnenschirme war ihre Haut gerötet und verschwitzt, sie rochen ein wenig, nach Pferd und Kernseife, und die Frauen mussten sich erst einmal frisch machen.

»Wissen Sie, dass mein Vater auch Garnisonsarzt war?«, sagte Nora zu Doktor Brahms, einem schlanken, asketischen Mann von etwa fünfzig Jahren, der bedächtig sprach, gegliedert; fast konnte man hören, wie er das Semikolon statt des Kommas wählte. Sein Lächeln wirkte entspannt, aber seine Augen waren auf der Hut.

»Ach, wo denn?«, fragte Brahms höflich.

»In Metz«, sagte Nora. Um ein Haar hätte der ältere der beiden Offiziere, Oberleutnant von Maring, angefangen, Erinnerungen an den Krieg ums Saarland hervorzukramen, aber da gesellten sich schon die Frauen der zuletzt eingetroffenen Ehepaare zu den Anwesenden im Wohnraum, und die Gesellschaft war vollständig, das hieß, alle redeten durcheinander, und Nora brauchte einen Moment lang nicht die Gastgeberin zu spielen. Sie konnte zufrieden sein: Alle hatten sich festlich angezogen. Die Frauen in eng geschnürten Korsetts unter den weit fallenden Röcken und den hochgeschlossenen Blusen, dazu trugen sie Hüte mit bunten Bändern oder Stoffblüten und ihre kostbarsten Broschen; die Männer braune oder weiße Anzüge, Krawatten und Hemden mit Vatermördern. Hannes Westrup, Doktor Brahms, Adolph Matz und Frederick Gerber trugen breitkrempige Hüte oder Schirmkappen, die sie erst zum Essen absetzen würden. Sogar Pater Seidelmann war im dunklen Anzug erschienen. Die beiden Offiziere hatten ihre Schutztruppen-Heimatuniformen mit den glitzernden Fangschnüren angelegt, auf Waffen allerdings verzichtet, es sei denn, man wollte von Marings Monokel – das seinem rechten Auge die einschüchternde Schärfe eines stahlblauen, leicht vergrößerten Patronenkopfes gab – als solche bezeichnen.

Draußen im Hof kauerten die Herero-Frauen, die beim Hausbau geholfen hatten, in einem Kreis und die Männer in einem anderen. Die Männer waren groß, schlank und muskulös, und ihre eingefettete Haut glänzte rötlich wie Rost. Sie trugen nichts als einen Lendenschurz, einige dazu noch Mäntel aus gegerbtem Leder und Mützen aus Geparden- oder Luchsfell. Auch einige der Frauen hatten sich Lederhauben aufgesetzt, von denen drei Lederhörner in die Luft ragten. Die Haare waren zu langen Zöpfen geflochten, die Arme und Beine mit Ketten aus Eisenperlen geschmückt. Ein Lendenschurz aus Fell bedeckte ihre Scham, aber ihre Brüste waren nackt und genauso rot gefärbt wie die Haut der Männer, eingerieben mit derselben fettigen, nach Moschus riechenden Salbe aus Akazienrinde.

Die Frauen waren damit beschäftigt, nach dem langen Fußmarsch ihre Schminke zu erneuern. Als Puderquaste benutzten sie ein Stück Schaffell, das sie in einer Schildkrötenschale um den Hals trugen. Die Farbe schütteten sie aus der Spitze eines Antilopenhorns auf die Handfläche. Die Männer holten ihre Pfeifen heraus. Nora ging hinaus, um Jeremiah zu begrüßen und seine Familie willkommen zu heißen, bevor sie ihnen Zuckerbier und Eintopf bringen ließ. Einer der Männer hatte eine Trommel dabei.

Der Tag dunkelte jetzt schnell, aber es blieb noch Zeit für die Gäste im Haus, die Einrichtung zu bewundern – die dünnen Teppiche auf dem Lehmboden, die Wildtierfelle an den Wänden, das Ebenholzkreuz, die gerahmten Landschaftsbilder und die Springbockgeweihe über dem Backsteinkamin. In einer Ecke stand ein Stehpult, an dem Rainer schrieb und Nora die Bücher führte. Über Sofa, Flechtsessel und Stühle waren Decken aus Zebrafell oder Kissen gebreitet. Kleine Ziertücher mit gestickten Rändern lagen auf der Kommode. An der Decke hing ein Leuchter mit einem Schirm aus durchsichtig geschliffenen Muschelschalen, und auf allen Fensterbänken standen Kerzen oder Windlichter. Um die roten und gelben Lampions auf der Veranda tanzten Schwärme von Moskitos. Der warme Glanz all dieser kleinen Flammen schimmerte auf Gläsern und Besteck.

Die Victrola spielte Arien und kurze Klavierstücke, vermochte sich allerdings immer weniger gegen das dröhnende Lachen der Männer, das Klirren der Gläser und das Geschnatter der Frauen durchzusetzen. Das waren die Worte, die Nora dachte: *Geschnatter* bei ihren Geschlechtsgenossinnen, *dröhnendes Lachen* bei den Männern, ein Klischee, wie es sich gehörte, wie auf den Festen, die Ludwig zu geben pflegte. Ihr erster eigener Empfang erfüllte alle Erwartungen, sogar Rainer ließ sich anstecken. Allein Helga Westrup trug, wie üblich, wenig zum Gespräch bei. Alle sind glücklich, dachte Nora; nach heute Abend wird alles gut.

Samuel und Teresa trugen die Suppenschüssel herein. Für einen Moment herrschte Schweigen, als die Löffel in die Suppenteller getaucht wurden; zu hören war nur das Klirren von Silber und Porzellan. Das Rauschen des Flusses. Der Gesang und das Lachen der Herero im Hof. Der Schrei eines wilden Straußes. Eine Brise vom Fluss teilte die Vorhänge an der offenen Verandatür. Der vollkommene Moment, dachte Nora.

Etwas später wurde aus dem Schweigen wieder geselliger Lärm: Klatsch, Fachsimpelei, politische Debatte, Nachrichtenbörse, genährt von den längst veralteten Zeitungen, die sich die meisten von zu Hause schicken ließen: Der Krieg zwischen dem japanischen Kaiser und dem Zaren war nun da, denn vor Port Arthur hatten japanische Torpedoboote die russische Kriegsmarine angegriffen; in Deutschland hatten sich die Arbeitgeberverbände zusammengeschlossen, um den Gewerkschaften mehr Druck entgegensetzen zu können; in Paris war unter dem Namen Fifa ein europäischer Fußballverband gegründet worden, dem nach einem Reichstagsbeschluss auch der Deutsche Fußballbund beigetreten war; Ludwig Ganghofer hatte schon wieder einen neuen Roman veröffentlicht, *Gewitter im Mai*.

»Die Gemüsesuppe ist ganz herrlich«, lobte Martha Schmidt. »Ich habe Ihre Beete draußen gesehen, Sie haben wohl einen grünen Daumen.«

»Den hat sie«, bestätigte Rainer. »Sie hat einen Daumen für alles, was Wurzeln schlagen kann oder auf vier Beinen geht. Oder auf zweien, solange es gefiedert ist.«

Nora warf ihm einen überraschten Blick zu. Er klang, als hätte er zu viel getrunken, jetzt schon. »Leider nicht für alles«, sagte sie. »Einige unserer Rinder bewegen sich so merkwürdig, als hätten sie steife Gelenke. Manche können die Beine nicht mehr beugen.«

»Möglicherweise die Stiefziekte«, erklärte Doktor Brahms. »Eine Entzündung der Huflederhaut. Die Tiere müssen in einer Lösung aus Arsen und Soda gebadet werden. In Otjiwarongo gibt es eine Viehdippe, da sollten Sie sie hintreiben.«

Westrup sagte: »Seuchen sind das große Elend in Deutsch-Südwest – Rinder, Schafe, sogar Strauße, irgendwann erwischt es sie, und wenn Sie Pech haben, müssen Sie eine ganze Herde verbrennen.«

Samuel und Teresa räumten die Suppenteller ab, trugen die Schüssel hinaus und die Platten und Schalen mit Fleisch und Kartoffeln herein. »Sind Sie mit Ihren Bambuse zufrieden?«, fragte Frederick Gerber.

Nora nickte. »Aber ja, natürlich.«

»Machen nicht mal lange Finger ab und zu, etwas Zucker hier, ein bisschen Milch da?«, hakte Gerber nach. »Verstecken sich nicht in der Vorratskammer, um ihr *dacha* zu rauchen, oder nippen nicht mal heimlich am Kochwein?«

»Nora ist viel zu gutmütig«, warf Rainer ein. »Samuel und Teresa genießen bei ihr Narrenfreiheit. Sie sieht ihnen einfach alles nach.«

»Ganz und gar nicht«, protestierte Nora. »Erinnere dich nur mal daran, wie ich Teresa Bescheid gegeben habe, als sie ihren Kautabak in der Küche auf den Boden gespuckt hat.«

»Aber dass sie zu den Mahlzeiten ihre halbe Verwandtschaft mitbringen und von dir durchfüttern lassen, scheint dich nicht zu stören. Und dann diese ewige Bettelei: *Haben Sie ein bisschen Kaffee für Mutter von Teresa, etwas Mehl für Samuels Schwester!*«

»Ich verstehe sie manchmal einfach noch nicht richtig«, sagte Nora. »Ich denke auch, dass sie manches nur tun, um zu sehen, wie wir darauf reagieren. Sie studieren uns gewissermaßen.«

»Die Reitgerte kann da sehr viel Zeit sparen«, verkündete Adolph Matz. »Diese Bambuse sind äußerst gewieft, wenn es darum geht, ihre Unbotmäßigkeit als Missverständnis zu verkaufen.«

Rainer sagte: »Es ist wie mit den Meldungen von den Überfällen auf Farmer und reisende Händler – sie denkt, wenn sie sie ignoriert, haben sie sich nicht ereignet.«

»Ach was, unsere Herero sind wirklich ganz fabelhaft«, widersprach Nora. »Sie hüten unser Vieh, und beim Bau dieses Hauses waren sie uns eine unschätzbare Hilfe.«

»Also, eins muss ihnen der Neid lassen, als Viehzüchter sind sie tatsächlich nicht zu schlagen«, pflichtete Gerber ihr bei. »Bei ihnen dreht sich alles um die Rinder; bessere Aufseher können Sie gar nicht kriegen. Schuften für Sie und sind auch noch glücklich dabei.«

»Haben Sie schon mal gesehen, was für einen Zinnober sie veranstalten, wenn ihre Herde abends in die Werft zurückgetrieben wird?«, fragte Matz.

»Welche Werft?«, wollte Nora wissen.

»Nur ein anderes Wort für Kral, meine Liebe. Da fangen sie nämlich an, zu singen und zu tanzen, damit den Kühen die Milch lockerer sitzt. Tanzen und singen ihre eintönigen Lieder, in denen sich alles um *ozomgombe* dreht, als wäre das Rind ein Götze. Und nachdem die Frauen sich schon den ganzen Tag im Pontok abgerackert haben, Essen zubereitet, Felle gegerbt haben und was sonst bei Hottentotten so anfällt, müssen sie auch noch die Kühe melken, während die Männer sich ans Feuer setzen, ein bisschen die Trommel schlagen und sich ordentlich einen ansaufen. Haben eindeutig das bessere Los gezogen, die Männer. Und wenn man sie darauf anspricht, berufen sie sich auf die Bibel – die Frau sei dem Manne untertan und so weiter …«

»Ein Nachteil der Bibel«, sagte Pater Seidelmann. »Sie bedarf der Auslegung, sonst kann man sie als Freibrief für alles Mögliche benutzen.«

»Aber viele Herero sind doch zum Christentum bekehrt, oder nicht?«, wollte Nora wissen.

Seidelmann lächelte. »Zumindest tun sie so. Aber wahrscheinlich halten sie es auch noch mit ihren alten Göttern, um ganz sicherzugehen. Die Sonne, *Ejuva*, steht bei ihnen hoch im Kurs. Sie sind ziemlich verschlossen, was das angeht. Deswegen weiß ich nur, dass die Ahnen bei ihnen eine große Rolle spielen – sie glauben an die Geister der Toten, treiben allerlei Hokuspokus mit Amuletten, Zauberstöckchen und rituellen Formeln. Man könnte es eine Kultur der Kulturlosen nennen, aber mit Religion hat das natürlich nicht viel zu tun.«

»Die Hottentotten haben keine sehr hohe Meinung von ihrem eigenen Leben. Deswegen bringen viele sich einfach um, wenn es ihnen zu anstrengend wird, mit giftigen Beeren oder dergleichen«, bemerkte Helga Westrup und zuckte mit den Schultern, als wüsste sie auch nicht, warum gerade sie diesen Punkt zur Sprache bringen musste.

»Über den Unterschied zwischen Herero und Hottentotten bin ich mir immer noch nicht ganz im Klaren«, sagte Rainer.

»Ach, irgendwie ist das ein einziges Kuddelmuddel«, bemerkte Oberleutnant von Maring, »weil die Hottentotten eigentlich Nama sind, aber niemand wirklich weiß, zu welchem afrikanischen Stamm sie nun ganz genau gerechnet werden müssen. Es gibt sogar Theorien, wonach sie mongolischen Ursprungs sein sollen – die gelbliche Haut, der schlanke, zierliche Körperbau…« Er räusperte sich. »Allerdings haben sie ja keine Schlitzaugen.«

»Und die Weiber sind ja auch nicht gerade zierlich, mit ihrem ausladenden *cul de Paris*«, sekundierte Leutnant Seesfeldt.

»Früher lebten sie mal in der Kapkolonie«, führte von Maring weiter aus, »aber als die Buren kamen, mussten die Hottentotten immer weiter vor ihnen zurückweichen. Auf dem Weg nach Norden gerieten sie dann mit den Herero aneinander, die es ihrerseits nach Süden zog. Sie sind bekannt dafür, dass sie keinem Krieg aus dem Weg gehen – der Kampf und die Jagd sind die einzigen körperlichen Anstrengungen, die sie auf sich nehmen. Im Bogenschießen oder Spurenlesen übertrifft sie niemand. Wenn es darum geht, sind sie ausdauernd und zäh.«

»Natürlich rauchen sie den ganzen Tag über Hanf«, ergänzte Seesfeldt, »was bei ihnen dieselbe Wirkung zu haben scheint wie bei den Chinesen das Opium. Ist zwar eigentlich verboten, aber wie's aussieht, schert sich niemand darum. Dem Alkohol sprechen sie genauso freudig zu, mit der Folge, dass sie jetzt auch weitgehend verarmt sind – ihnen fehlt die Initiative, etwas aus ihrem Leben zu machen. Deswegen sagt man bekanntlich auch, hier sieht's ja aus wie bei den Hottentotten.«

»Dabei haben sie so schöne Beine«, sagte Nora. Sie trank jetzt doch einen Schluck Mosel, den ersten seit Wochen. »Die Männer haben so schöne Beine, muskulöse Waden.«

Die anderen Frauen sahen sie schockiert an, alle bis auf Helga Westrup. »Und sie sind so natürlich, ganz ohne Scham«, ergänzte Helga.

Vom Hof her erklangen jetzt die hohen Riedflöten, die Trommel und dann rhythmisches Händeklatschen.

»Jedenfalls«, von Maring tupfte sich mit der gestärkten Serviette die Mundwinkel ab, »wurden die dauernden Kämpfe zwischen ihnen und den Herero erst durch unsere Truppen beendet.«

Westrup rutschte gereizt auf seinem Stuhl herum. »Sie wurden vertrieben, sagen wir's doch ehrlich. Sie wurden immer wieder vertrieben und zusammengeprügelt, von den Buren, den Bantus und von uns. Entweder wollte man ihr Land, weil es gutes Weideland war oder weil es Bodenschätze barg.«

»Ach was, die meisten von denen wären längst nicht mehr am Leben, wenn wir sie nicht voreinander beschützt hätten. Sie verdanken ihre Existenz also den Interessen des Deutschen Reiches.«

»So ist es.« Leutnant Seesfeldt stand abrupt auf, schlug die Hacken zusammen und hob sein Glas. »Meine Damen und Herren, ich denke, dies ist der richtige Moment, einen Toast auszubringen: auf den Kaiser und seine Gesundheit! Auf Kaiser Wilhelm!«

Oberleutnant von Maring erhob sich ebenfalls. »Auf den Kaiser und das Deutsche Reich.«

Hoffentlich fangen sie jetzt nicht an zu singen!, dachte Nora. Aber sie tranken nur, und dann setzten sie sich wieder hin.

»Sie sollten ein bisschen vorsichtiger sein mit dem, was Sie reden«, raunte Adolph Matz Westrup zu. »Man könnte sonst denken, Sie stünden den Sozis nahe. Sie wollen doch nicht wie dieser Bebel klingen, oder?«

»Wenn unsere Schutztruppen nicht für Leute wie ihn den Kopf hinhalten würden, wäre er wahrscheinlich weniger einseitig«, erklärte Leutnant Seesfeldt. »Davon abgesehen, scheint er nicht ganz auf dem neuesten Stand zu sein. Ihre schutzlosen, zusammengeprügelten Hottentotten befinden sich nämlich zurzeit wieder mal auf dem Kriegspfad,

Herr Westrup. Es hat Tote gegeben. Nicht nur ein paar gestohlene Rinder oder eine niedergebrannte Farm – Menschen. *Weiße Menschen*.«

Von Marings Monokel blinkte im Kerzenschein. »Viele Farmer haben sich in die befestigten Siedlungen von Okahandja und Omaruru oder nach Windhuk geflüchtet. Unter dem Kommando eines gewissen Samuel Maharero haben sich im Süden fast achttausend Herero erhoben, die er nun gegen diese Siedlungen führt. Der Gouverneur hat die *Habicht*, eins unserer Kanonenboote, von Kapstadt nach Swakopmund beordert, und in Wilhelmshaven ist die *Darmstadt* mit einem Truppentransport in See gestochen, aber wenn wir hier in einen Zweifrontenkrieg geraten, bevor sie eintrifft, weiß nur der Himmel, ob wir die belagerten Orte rechtzeitig entsetzen können.«

»Bitte, meine Herren, wir sind hier doch nicht beim Friseur«, sagte Nora. »Oder im Parlament. Ich jedenfalls fürchte mich nicht.«

»Hört, hört, Sie klingen ja wie Rosa Luxemburg«, bemerkte Doktor Brahms mit dem ihm eigenen wehmütigen Lächeln. »Auch ich möchte einen Toast ausbringen. Ich trinke auf Sie, auf die Gastfreundschaft, mit der Sie uns alle hier heute bewirtet haben, ungeachtet unserer politischen Couleur. Möge Ihre Farm Ihnen Glück bringen, sodass Sie uns lange als Nachbarn erhalten bleiben, und möge sie niemals von Katastrophen bedroht werden, weder von Feuer noch von Dürre oder wilden Tieren und schon gar nicht von Menschen, unter allen Tieren das wildeste.«

Wieder hoben alle ihre Gläser, und Nora dachte: Sie trinken auf mich, auf das, was ich hier erreicht habe! Und keiner fragte mehr – wie noch in den ersten Tagen und Wochen – nach ihrem Mann, ob sie in Scheidung lebe oder eines Tages zurückkehren werde nach Hamburg, in die Heimat, in ihr eigentliches Zuhause. Stattdessen hatten die Siedler sie als eine der ihren angenommen. Sie akzeptierten sogar, dass sie hier in unordentlichen Verhältnissen mit einem Mann lebte, der sich einer durch und durch nutzlosen Tätigkeit verschrieben hatte. Ein Hoch auf das Leben in den Kolonien!, dachte sie. Wo sonst wäre dergleichen möglich?!

»Meine Männer brennen schon auf den Einsatz«, erklärte Seesfeldt unbeirrt. »Ich hoffe, ich muss sie nicht mehr lange hinhalten.«

»Und dann?«, fragte Nora. Sie spürte die Wirkung des Weins, ein Kitzeln in der Brust und sanfte Glut hinter der Stirn und auf den Wangen. Eine unbestimmte Lust, den jungen Leutnant zu provozieren, zu reizen, erfüllte sie.

»Wie – und dann?«, fragte Seesfeldt zurück.

»Was passiert dann?«

»Dann wird den Schwarzen der Tag leidtun, an dem sie ihren Kral verlassen haben.«

»Sind Sie der erste Offizier in Ihrer Familie?«, fragte Nora.

»Natürlich nicht. Die Seesfeldts sind stolz darauf, seit Generationen in der Armee…«

Doktor Brahms hob neuerlich sein Glas. »*Kein großer Verlass ist auf den Kriegseifer junger Soldaten. Denn der Kampf hat etwas Angenehmes in der Vorstellung derer, die ihn nicht kennen.*«

»Wie bitte?«, fragte der Leutnant irritiert.

»Vegetius«, erklärte Brahms. »Leider kann ich nur mit der deutschen Übersetzung dienen. Aber die passt ja gerade nicht schlecht.«

»Ein römischer Militärschriftsteller des vierten Jahrhunderts«, erklärte der Oberleutnant seinem Untergebenen. »Übrigens derselbe, der geschrieben hat«, sein Monokel wandte sich Brahms zu: »*Wenn du den Frieden willst, rüste zum Krieg.*«

»Wir schreiben alle mal etwas, das wir nicht wirklich meinen«, sagte Brahms und leerte sein Glas.

Nora sprang auf. »Wie wär's denn jetzt mit etwas Musik?« Sie ging zur Kommode, neben der ihre Ziehharmonika auf dem Boden stand, setzte sich auf den einzigen noch freien Stuhl, hängte sich die Harmonika um die Schultern und fing an zu spielen, erst ein paar Töne zum Warmwerden, dann etwas Schnelleres. Schließlich setzte sie zu *Panis Angelicus* von César Franck an, einem Lied, das aus reiner Hingabe und Demut gewebt schien und das sie leise vortrug, nicht mit der Stimme einer Sängerin, sondern eher beiläufig, als versuchte sie nur, sich daran zu erinnern, statt es zum Besten zu geben. Den Kopf leicht nach rechts geneigt saß sie neben dem offenen Fenster, und ihre Finger glitten über die Tastatur des Instrumentes, dessen gefältelte Lunge ihre Hände bei jedem Atemzug auseinanderzuschieben und wieder zusammenzuziehen schien.

Gegen Ende des Stücks trat Rainer zu ihr und legte ihr eine Hand in den Nacken, sodass sie zu ihm aufsah, und da bemerkte sie wieder Liebe in seinen Augen, Liebe und Zärtlichkeit und eine überraschende Trauer. Sein Mund hatte unvermittelt etwas kindlich Wundes, das sie noch nicht kannte und das sie umso mehr berührte, als sie erstaunt merkte, wie sehr er sich dahinter gegen weitere Verwundungen zu wappnen schien. Alles wird gut nach heute Abend, dachte sie.

Sie setzte das Akkordeon ab. Niemand sagte etwas. Die Frauen am Tisch hatten ihre Taschentücher an die Augen geführt, und sogar in den Augen der Männer glänzten Tränen. Von Maring polierte sein Monokel mit der Serviette. »Hörst du?«, wollte Rainer wissen.

»Höre ich was?«, fragte Nora.

»Draußen, die Schwarzen. Keine Trommeln ... kein Gesang.«

Erst allmählich erklangen wieder die gutturalen, schnalzenden Laute, mit denen die Herero sich verständigten, aber leiser als vorher.

Nora sagte: »Hoffentlich will niemand ein *Da capo*.«

Leutnant Seesfeldt sprang auf, um ihr zu applaudieren. »Wunderbar«, rief er. Er ging um den Tisch herum und setzte sich ihr zu Füßen, das stolze Gesicht ganz weich vor Rührung und kaum verhohlener Leidenschaft. Nora sah auf ihn hinab, auf sein blondes Haar, die sonnengebräunte Haut und sagte:

»Ich habe eine Theorie über Offiziere, wollen Sie sie hören?«

Plötzlich hob Rainer eine Hand, halb zur Faust geballt. »*Ich bin von der Rasse, die auf der Folter sang*«, rief er, »*Gesetze verstehe ich nicht, ich habe keinen Sinn für Moral, ich bin ein Wilder: Ihr irrt euch* ...« Er hob die Stimme, sprach noch lauter. »*Ja, ich habe die Augen eurem Licht verschlossen. Ich bin ein Tier, ein Neger. Aber* ich *kann gerettet werden.* Ihr *seid getünchte Neger – Kannibalen, Besessene, blutbesudelt und habsüchtig*.«

»Kaufmann, du bist Kannibale«, erscholl vor dem Fenster eine andere, tiefere Stimme, nahm den Vers auf und fuhr fort: *»Richter, du bist Kannibale; General, du bist Kannibale; und du, Kaiser, unendlicher Aussatz, du bist Kannibale. Tanz, Tanz, Tanz, Tanz! Damit ich die Stunde nicht sehe, wo ich ins Nichts falle, wenn die Weißen landen.«*

Alle Gesichter wandten sich der halb offenen Verandatür zu. Nora stand auf und sah hinaus. Im Hof, jenseits des Geländers, hatten die Schwarzen sich erhoben und bildeten einen Halbkreis, in dessen Mitte ein Mann auf einem Schimmel saß und – vom Feuer beschienen, im Licht der Lampions – zu ihr und Rainer herüberblickte. *»Faim, soif, cris, danse, danse, danse!«* Er lächelte. »Rimbaud muss man auf Französisch hören«, sagte er in fast akzentfreiem Deutsch und trieb sein Pferd ein Stück auf die Veranda zu. »Guten Abend, Madame Hendriksen. Mein Name ist Balthasar Maharua.«

Der Kapitän der Herero griff an seinen breitkrempigen Hut aus weißem oder gelbem Filz, der sich scharf von dem Ebenholzton seiner Haut abhob, ebenso wie das weiße Leinenhemd. Eine lange weiße Feder steckte an der Hutkrone. Er trug eine blaue Uniformjacke mit Abzeichen, die Nora unbekannt waren, und dazu ein buntes Halstuch. Seine Füße steckten in Schnürschuhen vom selben hellen Braun wie seine Hose. Auf dem nervös tänzelnden Schimmel wirkte er wie eine Vision, eine gebieterische, selbstsichere Erscheinung, deren Miene trotz eines angedeuteten Lächelns undurchdringlich blieb. Offenbar wusste nicht nur Rainer seine Auftritte zu inszenieren.

Nora trat hinaus auf die Veranda und dachte, man könnte ihr Herz klopfen hören. Die halb nackten Herero erschienen ihr auf einmal wieder fremd, fremder noch als bei ihrer ersten Begegnung mit ihnen. Maharua beugte sich aus dem Sattel und ergriff zur Begrüßung das Gelenk der Hand, die sie ihm entgegenstreckte und berührte es kurz mit den Fingern, ehe er es wieder losließ.

Nora sah ihn verblüfft an, unfähig zu unterscheiden, ob diese Geste einer afrikanischen Sitte entsprach oder Ausdruck ungehöriger Intimität war. Sie spürte seinen Daumen noch auf ihrem Puls, als Maharua sich längst aus dem Sattel geschwungen hatte und zwischen den rot blühenden Oleanderbüschen die Stufen zur Veranda heraufstieg. Dabei ließ er die Augen nicht von ihrem Gesicht, hielt sie gefangen in seinem Blick. Leise sagte sie: »Willkommen in meinem Haus, Kapitän Maharua. Bitte… bitte, erweisen Sie uns die Ehre Ihrer Gesellschaft.«

Liebste Lissy,
bitte, verzeih mir, dass ich so lange nichts habe von mir hören lassen. Das Leben einer Farmersfrau in Afrika lässt einem wenig Zeit für Feder und Papier, aber als jung verheiratete Reedersgattin wirst du ja auch nicht gerade jeden Morgen aufgeregt die Post durchstöbern, um zu schauen, ob deine abtrünnige Schwester sich deiner erinnert hat oder dir endlich für das ganze Frachtgut dankt, mit dem die Schiffe deines Mannes sie unaufhörlich beliefern. Endlich ist alles aufgebaut und eingerichtet, sodass allmählich der Alltag einkehren kann, falls es hier überhaupt so etwas wie Alltag geben sollte. Gestern hatten wir unser großes Einweihungsfest, zu dem sämtliche Nachbarn, einige Offiziere aus der Garnison und die Schwarzen aus dem nächstgelegenen Kral gekommen sind. Wie hätte ich mich gefreut, wenn du auch da gewesen wärst.

Der Höhepunkt des Abends war der Besuch des mächtigen Kapitäns der umliegenden Herero-Stämme, Balthasar Maharua, den sonst kaum jemand je zu Gesicht bekommt! Ich kann dir flüstern, mir haben die Knie gezittert, dabei hätte er nicht höflicher und umgänglicher sein können. Er muss so um die Mitte dreißig sein, besitzt aber die Weisheit und das Wissen eines viel älteren Mannes. Er spricht unsere Sprache fließend, weil er von Missionaren aus Konstanz erzogen worden ist, außerdem kann er noch Französisch und Portugiesisch. Lesen, Schreiben und Mathematik, all das haben die Jesuiten Balthasar beigebracht, als er noch ein Kind war, und einer von ihnen, ein Pater Weyrauch, hat ihn sogar mitgenommen nach Deutschland, um ihn herumzureichen, damit die Spenden üppiger fließen. Damals war Balthasar – ich meine, Herr Maharua – sechzehn Jahre alt, und ich kann ihn mir vorstellen, wie er auf der Überfahrt an der Reling lehnte und auf das Meer hinausschaute, groß und schlank und dunkel im Gischtnebel. Oder wie er in Berlin den Kaiser auf seinem Schimmel vorbeireiten sieht, mit der Pickelhaube und den blitzenden Orden und Spangen und dem Säbel an der Seite, und wie er da steht unter all den weißen Schaulustigen und sich sagt: Eines Tages werde ich auch ein Kaiser sein, und ich werde auf einem Schimmel reiten.

Und in gewisser Weise ist er ein Kaiser geworden, hier, auf seinem Land, das er sich nicht wegnehmen lassen will. Anfangs war die Atmosphäre etwas gespannt, denn einer der beiden Offiziere ist ein ziemlicher Heißsporn, aber der Kapitän erwies sich als Meister in Sachen Diplomatie. Mir ist nicht entgangen, was für einen Eindruck er auf alle gemacht hat, und selbst, als er mehr Wein getrunken hatte, als vielleicht gut für ihn war, bewahrte er noch Haltung und Würde.

Seine Leute draußen im Hof hatten in der Zwischenzeit zu tanzen begonnen, sie krakeelten und verbreiteten so viel gute Laune, dass einige meiner weißen Gäste sich ebenfalls hinausbegaben, um sich dem Tanzvergnügen anzuschließen. Ich ließ mich nicht lumpen, griff mir die Quetschkommode und spielte mit, begleitet von Trommeln, Riedflöten und einem wie ein Bass gezupften Jagdbogen. Es war schon ein Anblick, wie die Afrikaner – Männer und Frauen – im Kreis um das Feuer tanzten, dunkle, purpurn glänzende Gestalten, stampfend und singend und in die Hände klatschend, und sich dabei immer schneller drehten, während auch die Musik schneller und schneller wurde, bis sie wie rasend waren und einige sogar zusammenbrachen.

Jetzt konnte ich zum ersten Mal mit eigenen Augen sehen, was ich sonst immer nur hörte, nachts, aus der Ferne, von jenseits der Hügel, wenn der Trommelschall Meile um Meile über die silberne Savanne herangeweht wird, wenn man am Himmel nur den Mond sieht und von überall her das Dröhnen der Trommeln dringt, unheimlich und tröstlich zugleich. In solchen Nächten, wenn ich allein auf der Veranda sitze oder noch ein wenig ausreite, kommt mir das Land wie ein festes Meer vor, und auf einmal weiß ich, warum die Stammeshäuptlinge hier Kapitän genannt werden.

Leider musste Balthasar Maharua schon bald wieder gehen, denn seine Frau steht kurz vor der Niederkunft, und er ist besorgt um ihre Gesundheit. Ich hoffe, es wird noch viele solcher Feste geben, die wir in Freundschaft und guter Nachbarschaft miteinander feiern, Weiße und Schwarze und, vor allem, Männer und Frauen.

Ganz am Ende tanzten nur wir allein. Nachdem das Feuer erloschen und die Herero in ihren Kral zurückgekehrt waren, als alle unsere Gäste ihre Pferde oder

Wagen bestiegen und uns ein letztes Lebewohl zugerufen hatten, als Samuel und Teresa schon lange die Augen nicht mehr offen halten konnten, bat Rainer mich um den letzten Tanz auf der Veranda, unter den erloschenen Lampions. Wir hatten beide unsere Schuhe ausgezogen. Es war ein langsamer, inniger Tanz. Rainer hielt mich fest in seinen Armen, und ich konnte den Kopf zurücksinken lassen und zu ihm aufsehen, und zum ersten Mal seit Langem sah auch er mich die ganze Zeit an, zog sich nicht in sich zurück.

Barfuß tanzten wir einmal um das Haus, langsam und schweigend, zu einem Lied, das nur wir hörten und das sich in den Nachtgeräuschen der Savanne fortsetzte, im Plätschern des Flusses hinter den Büschen, im Brausen des Windes in den Tamarinden. Konnte es etwas Schöneres geben, dachte ich, als diesen Moment unter dem Himmel Afrikas? Und warum war mir Reden die ganze Zeit so wichtig gewesen? Der Mann, den ich liebte, dessen Kind ich trug, so nah bei mir – mir war, als hätte ich noch nie in meinem Leben wirklich getanzt, als ginge erst jetzt und zum ersten Mal die Idee der Liebe in mir auf. Ja, du hast richtig gelesen – ich erwarte ein Kind von Rainer.

22

Nora blieb stehen und hielt Rainer fest. »Ich muss dir etwas sagen.« Sie sah zu ihm auf. Sein Gesicht im Schein des letzten noch brennenden Lampions war erfüllt von einer Traurigkeit, die sie sich nicht erklären konnte. Aber sie hatte ein Geheimnis, das ihn fröhlich stimmen würde, ganz bestimmt. Sie hatte den Brief an ihre Schwester geschrieben und aufgegeben, und sie hatte gedacht: So fühlt es sich also an, wenn man glücklich ist.

Am Abend darauf wollte sie noch einmal so wie auf dem Fest mit Rainer tanzen, zur Musik des Grammophons und im Schein der Lampions, und das hatten sie getan, und jetzt war der Moment, es ihm zu sagen.

Er tanzte noch einen Schritt weiter, dann blieb er ebenfalls stehen. Bevor sie fortfahren konnte, ließ er sie los und befreite sich aus ihren Armen. »Ich muss dir auch etwas sagen.«

Sie sahen sich an. Ein einziger noch verbliebener Lampion – gelb mit roten Streifen – wurde vom Rest einer heruntergebrannten Kerze erleuchtet. Rainer zögerte, dann senkte er den Blick. »Ich bin ein Feigling.«

»Ich auch!«

Er schüttelte den Kopf. »Du nicht …«

»Doch, ich wollte dir die ganze Zeit etwas erzählen, seit Monaten …«

»Ich gehe fort«, fiel Rainer ihr ins Wort.

Nora schwieg. Sie schwieg, weil ihr die Worte fehlten. »Fort?«, fragte sie endlich.

»Ich kann nicht mehr«, sagte er. »Ich habe es versucht. Ich habe mich getäuscht, in mir und in dir. Du hast mich mitgerissen, nicht ich dich. Aber man kann nicht immer nur mitgerissen werden. Ich habe es mir anders vorgestellt, nicht so hart. Die Hitze, die Kälte, die Dürre, die Sintflut, die vielen kleinen Tiere. Es ist dein Land, nicht meins, und du wirst es fruchtbar machen, das weiß ich.«

Nora hatte ein Gefühl, als wäre sie zu schnell im Kreis herumgedreht worden, wie früher im Pensionat. Ihre Freundinnen hatten sie mehrmals im Kreis herumgedreht und dann losgelassen, und sie hatte versuchen müssen, stehen zu bleiben, nicht umzufallen. Während Rainer redete, schaute sie auf seine Lippen, nur auf seinen Mund, man musste sich auf einen Punkt konzentrieren, und sie hörte kaum, was er sagte. Sie roch die Zitronenbäume, die im Garten gleich hinter dem Haus blühten, und die Feigen, und den weißen Oleander roch sie auch. »Die vielen kleinen Tiere«, wiederholte sie benommen.

»Die Termiten«, sagte Rainer. »Und natürlich auch die Menschen. Ich verstehe sie nicht; sie machen mir Angst. Ich habe überhaupt nur noch Angst, selbst wenn ich denke, ich hätte keine.«

»Wovor?«, fragte sie.

»Vor dem, was in diesem Land passieren wird.« Er schwieg. Dann sagte er: »Weißt du noch, der Tag nach dem heftigen Regen?«

Nora wusste noch, wie der Regen den Staub weggewischt hatte, den Staub, die Ödnis des dürren Bodens, das trockene Gras. Der Himmel war an jenem Tag dunkelblaues Porzellan, das Gras saftig und wie auf die Ebene gemalt und noch nicht getrocknet. Darin schwebten gelbe, rote und weiße Blüten, und die Hitze entstand aus feinem, perlfarbenen Dunst. Bienen bildeten Schwärme und zogen dahin goldfarbenem Rauch gleich.

Der Fluss war noch weiter angestiegen, und Rainer benetzte sich das Gesicht mit dem klaren, kalten Wasser, in dem die Sonne von Strudel zu Strudel huschte, als glitten winzige Fische mit frisch geprägten Messingmünzen im Maul zwischen den Kieseln auf dem Grund. Das Wasser trocknete auf Rainers Haut, und man konnte fast zusehen, wie er in dem scharfen Mittagslicht Farbe bekam. Ein leichter Sonnenbrand rötete seine Nase, seine Unterarme und den Hals im Kragen seines weißen Hemdes. Nora begehrte ihn so heftig wie schon lange nicht mehr; erhitzt lag sie auf dem Rücken im Gras der Böschung, lauschte dem Fluss und schaute in den Himmel, wo nichts war als Blau und gelegentlich ein Vogel. Nach einer Zeit schloss sie die Augen.

»Liebst du mich?«, fragte Rainer leise.

»Wer weiß«, sagte Nora glücklich und dachte: mehr als du ahnst. Und wahrscheinlich mehr, als du es verdienst.

»Für immer?«

»Wer weiß«, sagte sie.

Er setzte sich auf, und sie spürte, wie er einen Schatten auf ihr Gesicht warf, wie der Schatten ihre Haut kühlte. Er beugte sich über sie und küsste sie. Er roch nach Gras, nach Holz, wie ein von der Sonne erhitzter Kieselstein. Seine Zunge aber war kühl, als sie verspielt über ihre Lippen glitt. Und aus dieser Nähe heraus schien er ihr auf einmal überraschend zerbrechlich – zart, ein junger Trieb, eine Knospe. Er spross ihr entgegen, ihr und der Luft und dem Licht, bereit, sich ihr ganz zu öffnen und nur von ihr zu leben. Er hatte ihr Afrika geschenkt und sein Kind, wie konnte sie ihn nicht lieben? »Ich liebe dich auch«, sagte sie, und jetzt, Wochen danach, wusste sie, dass sie es ihm da hätte sagen müssen. Seither war es für immer zu spät gewesen.

»Ich habe all das wirklich gemeint«, sagte Rainer. »Aber dieses Land bringt mich um. Ich bin nicht der Mann, der ich sein wollte. Ich weiß, wie ich von dir angesehen werden wollte, und so siehst du mich nicht an.«

Ach, du Dummkopf, wollte Nora ausrufen, warum redest du nur einen solchen Blödsinn?! Hör doch auf, *hör doch auf!* Und plötzlich merkte sie, wie heftig ihr Herz schlug: bis hinauf zum Gaumen. Sie musste schlucken und schmeckte Salz. »Frauen sehen Männer nie so, wie Männer gesehen werden wollen«, sagte sie. »Sie sehen nicht den Panzer, sondern die Achillesferse, die Stelle unter dem Lindenblatt. Weil sie wissen, dass sie darauf aufpassen müssen, wenn sie ihre Männer beschützen wollen. Manche Frauen können sich einfach besser verstellen als andere oder sich etwas vormachen, aber ich gehöre nicht dazu. Nicht mehr. Nicht, seit ich hier bin.«

Er schwieg. Sie sah, dass er blass war unter seiner Bräune, sogar im Mondlicht. Sie erinnerte sich daran, wie sie ihn zum ersten Mal geküsst hatte, auf Birkenhain, den Glanz auf seinem regennassen Gesicht damals. Kein Glanz mehr, dachte sie und sagte:

»Wahrscheinlich sollte ich jetzt denken, dass ich dir dankbar bin für deine Ehrlichkeit. Dass deine Offenheit dich ehrt und dass es tapferer ist, seine Angst zuzugeben, als keine zu haben, vor allem für einen Mann. Aber so empfinde ich es nicht. Ich bin nur enttäuscht und wütend.«

»Man muss nicht alles aussprechen«, sagte Rainer. Der Docht in dem letzten Lampion über ihren Köpfen erlosch. »Früher hast du nicht alles ausgesprochen, oder? Als ich den Baum gefällt habe, hast du auch nicht gesagt, was du empfunden hast.«

»Liebe«, sagte Nora, »sonst habe ich nichts empfunden. Ich habe nicht erwartet, dass du alles kannst oder so heroisch bist wie in deinen Gedichten. Man kann Angst haben und trotzdem ein Held sein. Ich liebe dich auch immer noch, und *mich* bringt nichts um.«

»Du hast mich verachtet«, sagte Rainer, »weil ich weggelaufen bin.«

»Du bist nur ein paar Schritte weiter gegangen als die anderen.«

»Schritte, die ich seitdem zurückzugehen versuche. Ich schaffe es nur nicht.«

»Wir reden aneinander vorbei«, sagte Nora. »Du redest in Bildern und ich in Gefühlen.«

»Wir haben die ganze Zeit aneinander vorbeigeredet… und -gefühlt. Wir waren zu sehr damit beschäftigt, etwas aufzubauen. Und dabei ist mir bloß klar geworden, dass Aufbauen und Wachsen nichts anderes bedeutet, als mehr und mehr Angst zu bekommen. Am Ende hat man alles oder ist alles, was man haben oder werden wollte, aber die Termiten sind schon drin und haben es längst zerfressen, ohne dass man es merkt.«

»Aber jetzt haben wir es doch fast geschafft«, sagte Nora inständig, »und wie man mit Termiten fertig wird, weiß ich inzwischen. Wenn wir uns Mühe geben, können wir die kommenden Jahre ...«

»Ich will keine Jahre mehr«, unterbrach Rainer sie, »nicht hier. Sie wären unnütz, verschwendet.«

Sie wusste, dass er recht hatte. Das Bild, das er heraufbeschworen hatte, stand jetzt wieder mit unerbittlicher Deutlichkeit vor ihr – der mächtige Anabaum, den sie fällen wollten, um das Haus zu bauen, Rainer, Westrup und der Unterkapitän Jeremiah.

Es war der erste Baum gewesen, und Rainer hatte den ersten Schlag führen dürfen, denn es sollte sein Haus werden. Aber er hielt die Axt falsch, sodass die Schneide abrutschte, und auch der zweite Schlag saß nicht richtig, und schließlich sprangen Westrup und Jeremiah ihm bei, und dann fiel der Baum, und alle drei zogen sich schnell zurück, um nicht von seinen ausladenden Ästen getroffen zu werden. Und als der Staub sich legte, standen Westrup und Jeremiah kaum einen Fuß von seiner Krone entfernt. Rainer jedoch stand fast zehn Meter hinter ihnen und der Axt, die er beim Weglaufen fallen gelassen hatte, und noch bevor sie sich zu ihm umdrehten, stieg ihm die Schamesröte ins Gesicht. »Sie sehen größer aus, wenn sie stehen«, versuchte Westrup, ihn zu trösten. Nora wünschte sich, er hätte das nicht gesagt.

Sie sah den Baum wieder fallen, und ihr war, als risse er sie mit, als fiele auch sie, fiele jetzt doch, hinaus aus ihrem eigenen Leben.

»Also gut, geh!«, sagte sie heftig. »Ich liebe dich. Ich habe dir gesagt, das würde nicht passieren, und trotzdem ist es geschehen. Wenn du weg bist, werde ich noch eine Zeit lang brauchen, bis alles wieder im Lot ist, aber ich werde es schaffen, weil ich weiß, dass du längst aufgehört hast, mich zu lieben. Du schiebst es auf das Land und die Menschen und diese blöden kleinen Tiere, aber damit belügst du dich nur wieder selbst.«

»Nein«, sagte er.

»Woher willst du das wissen?«

»Ich weiß es.«

»Du weißt nichts.« Nora war überrascht, wie kalt sie klang. »Ich erinnere mich noch an das, was du in Hamburg gesagt hast, bei der Hochzeit meiner Schwester, über den Reichtum der Worte und den Kurs, den einer nimmt, und die Himmelsrichtungen. Von wem war das? Ich dachte, es wäre von dir gewesen, doch ich habe mich geirrt. Ich glaube, du hast nie auch nur ein einziges Gedicht geschrieben, geschweige denn eins, das was taugt. Du hast davon geträumt, ein Dichter zu sein, wie du von Afrika geträumt hast. Verlaine und Rimbaud und all die anderen waren die Dichter, und du hast nur abgeschrieben. Die Mühen waren dir zu groß, Mühen sind einfach nichts für dich. Was bist du bloß für ein kleiner Mann!«

»Du musst nicht alles aussprechen«, sagte er leise.

Wie du meinst, dachte sie; ich muss wirklich nicht alles aussprechen. Sie schüttelte den Kopf, mehr für sich. Ohne ihn anzusehen, ging sie an ihm vorbei zur Tür. Er hielt sie an den Armen fest, drehte sie herum und zog sie an sich, bis ihr Gesicht seine Brust berührte. Sie blieb reglos stehen, eine halbe Minute, dann wand sie sich aus seinem Griff.

»Hast du je um etwas gekämpft?«, fragte sie.

»Deswegen«, antwortete er leise, »deswegen gehe ich ja.«

Nora blieb mit dem Gesicht zur Tür auf der Veranda stehen. »Weißt du, was Liebe ist, Offergelt?« Sie blickte ihn über die Schulter an. »Etwas, das man verraten kann. Ganz leicht.«

Rainer seufzte und sah zu Boden. Er zeichnete mit dem Fuß einen Kreis auf die Steinplatte unter ihm. »Vielleicht …«, begann er, hielt inne und fragte mit veränderter Stimme. »Darf ich wiederkommen, wenn ich mich geirrt habe?«

»Ich stelle eine Kerze ins Fenster«, sagte sie und ging zur Tür, zurück ins Haus. Es war spät. Ihr war zumute, als könnte der Anblick eines nackten Fußes auf einer Steinplatte sie von nun an jederzeit töten, wenn sie nicht aufpasste.

23

Der Zug nach Swakopmund stand schon abfahrbereit unter Dampf, als sie den Bahnhof von Karibib erreichten. Sie hatten den Pferdewagen genommen, und die ganze Fahrt über hatte Nora etwas im Auge gehabt, das juckte und brannte, aber sie wusste, dass sie die Stelle nicht reiben durfte. Sie musste an etwas anderes denken, sich ablenken von dem brennenden Auge und Rainer neben sich auf der Bockbank und allem, was er vielleicht sagen oder tun konnte. Wenn sie an das Kind dachte, das eigentlich noch kein richtiges Kind war, hatte sie ein fremdartiges Gefühl, wie wenn etwas in ihr verginge, heiß und schmelzend. Es fiel ihr kein anderer Name für dieses Gefühl ein als Angst.

Ich bin in solchen Dingen nicht geübt, dachte sie. Sie hatte inzwischen Übung in so vielem, das ihr vorher nicht vertraut gewesen war, aber nicht darin. Wie stellte man es an, dass es nicht so wehtat? Wie blieb man fest und konsequent, wenn man eigentlich das Gegenteil von dem wollte, was man tat? Warum konnte man plötzlich nicht mehr miteinander reden, die einfachsten Fragen nicht stellen, die schlichtesten Antworten nicht geben? Warum entdeckte einer das Schweigen zuerst?

Sie lenkte den Wagen um die Stadt herum, vorbei an den mit rostigen Blechplatten beschlagenen Lehmhütten der Schwarzen, die in Karibib Arbeit gefunden hatten. Sie hielt vor dem kleinen Bahnhof, vor dem im harten Sonnenlicht schon ein halbes Dutzend anderer Gespanne standen, die Pferde mit gesenkten Köpfen und dunklen Flecken im Fell. Rainer griff nach seinem Koffer. Die Bewegung war langsam und kraftlos wie alle seine Bewegungen in der letzten Zeit, und

Nora wusste, wenn sie jetzt etwas sagte, wenn sie jetzt sagte: »Bitte, geh nicht, bleib!«, dann würde er bleiben. Sie brauchte nicht einmal von dem Kind, das noch kein richtiges Kind war, zu erzählen; er würde bleiben.

Er schaute sie an und öffnete den Mund, und sie sah die Bitte in seinen Augen – zaghaft, kummervoll –, und das, was in ihrem Auge brannte, ließ sie fast erblinden, und deswegen beugte sie sich schnell vor, ehe sie gar nichts mehr sah, und küsste ihn auf den Mund, verzweifelt und ungeschickt und fast daneben.

»Leb wohl«, sagte sie.

Er sagte nichts, nahm nur seinen Koffer und stieg von der Bank. Einen Moment lang sah er sich um, als hätte er die Orientierung verloren. Dann ging er mit raschen Schritten auf den Eingang des Bahnhofsgebäudes zu und blickte nicht zurück. Er verschwand im schattigen Inneren des Gebäudes, ohne sich noch einmal umzudrehen.

Nora blinzelte. Sie zog den Hut etwas tiefer ins Gesicht, denn die Tränen wirkten wie ein Prisma, brachen das Licht und verschoben alles, was sie sah. Die zu großen Ballen gepresste Wolle, die von einem Ochsenwagen vor ihr geladen und auf Handkarren zum Zug gezogen wurde; die Siedlerfrau, die einen Mann zum Zug brachte; die eingeborenen Polizisten auf der Straße mit ihren braunen Uniformen, den roten Käppis; die zu Geld gekommenen Stadtherero, die elegant gekleidet – in gestärkten Hemden und Bügelfaltenhosen – über die Gehsteige flanierten; alles zu hell, falsch eingetönt, unscharf. Alles falsch.

Das Brennen in Noras Auge hörte auf; ihre Sicht war wieder frei. *Wie kannst du ihn allein gehen lassen?*, dachte sie plötzlich. Sie zog die Bremse an, kletterte von der Bockbank und lief ins Bahnhofsgebäude. Sie sah sich um, hielt Ausschau nach seiner Jacke, seinem Hut, und als sie ihn nicht entdeckte, lief sie hinaus auf den Bahnsteig, wieder ins grelle Sonnenlicht. Frauen und Männer, ganze Familien standen an den offenen Türen der kleinen Waggons, vor den heruntergekurbelten Fenstern. Gepäckträger schleppten Koffer durch den heißen Sand.

Nora ging an den Wagen entlang, versuchte, in die Fenster zu schauen und Rainer im Halbdunkel der Abteile zu erspähen. Sie hatte ihn nicht umarmt, sie hatte nicht einmal zum Abschied seine Hand gehalten. Ein durchdringender Pfiff erklang. Der Schaffner begann, die Türen zu schließen. Der Dampf, der unter der Lokomotive hervorquoll, wurde dichter. Ein Ruck fuhr durch den Zug, die Kupplungen der Waggons rasselten. Die Reisenden und die, die zurückblieben, riefen sich Worte zu, die Nora nicht verstand.

Sie ging schneller, fing an zu laufen, wobei sie mit einer Hand den Hut festhielt. Es ist sinnlos, dachte sie; ich habe einfach zu wenig Übung. Das schmelzende Gefühl in ihrem Bauch verklumpte zu einem harten, schweren Kern. Sie starrte in jedes Gesicht, das sich an den staubigen Fenstern zeigte, aber Rainer war nirgendwo zu sehen. Sie lief neben dem langsam anfahrenden Zug her und merkte auf einmal, dass ihr schlichtes, hellblaues Kattunkleid feucht war, feucht vor Angst und Panik, und ihr Geruch mischte sich mit dem des aus den Dichtungen strömenden Dampfes. Es roch, als trüge sie Kleider, die eben erst gebügelt worden waren; als trüge sie den Geruch des Abschieds.

Da endlich sah sie ihn. Er trug seinen kleinen Koffer den Mittelgang des letzten Waggons entlang, sie sah seinen Umriss gegen das Sonnengleißen auf der anderen Seite des Zuges, und dann sah sie noch mehr, etwas Unvorstellbares, das nur eine optische Täuschung sein konnte: Er lachte. Er bemerkte sie nicht, er hob den Koffer zur Gepäckablage hoch und schien dabei mit einem anderen Passagier zu scherzen, und beide lachten. Es war keine optische Täuschung.

Sie blieb stehen, die Hand noch immer am Hut, und rang um Atem. Der Zug rollte auf den weiß brennenden Gleisen davon; er wurde schnell schwarz und klein und war schon um eine Kurve verschwunden, als der Dampf noch in der Luft hing. Nora sah ihm nach, bis sich auch der Dampf aufgelöst hatte. Endlich drehte sie sich um und ging langsam zurück. Ihre Schuhe waren voll Sand, aber sie kümmerte sich nicht darum. Sie erreichte den Schatten des Backsteingebäudes und schämte sich, dass sie geweint hatte. Sie hatte geweint, während Rainer lachen konnte.

»Frau Hendriksen?«

So also war es zurückzubleiben. So fühlte es sich an, verlassen zu werden. Sie schüttelte den Kopf, nahm den Hut ab und fuhr sich mit den Fingern durch die Haare, wie ein Schulmädchen.

»Sie sind doch Frau Hendriksen, oder?«, fragte der Mann, den sie jetzt erst wahrnahm und der zu dicht bei ihr stand. »Erinnern Sie sich nicht an mich? Doktor Servatius vom Bezirksamt. Ich wünsche einen guten Tag.« Er wirkte wie aus dem Ei gepellt, nicht anders als an jenem Vormittag, an dem er ihr das Land verkauft hatte – der dreiteilige Anzug, das weiße Hemd, der Binder und das Lächeln eines um sein Leben Betrogenen. Er nahm seinen Hut ab und presste ihn gegen die Brust. »Was führt Sie denn zu uns in die Stadt?«

»Das Feuerwerk«, sagte Nora. Sie setzte den Hut auf und suchte in den Taschen ihres Rocks nach einem Tuch, um sich die Nase zu putzen.

»Aber es gibt kein Feuerwerk um diese Jahreszeit«, antwortete Servatius verwirrt.

»Zu dumm, da habe ich mich wohl geirrt.« Nora fand ein Taschentuch und säuberte sich das Gesicht, ohne sich um den Bezirksvorsteher zu kümmern. »Aber ich bin ja nicht zum letzten Mal in Karibib.«

»Sie gehen wieder zurück auf Ihre Farm?«

»Sicher, warum nicht? Wir haben sie doch eben erst fertiggestellt.«

»Ja, ich habe von Ihrem Einweihungsfest gehört. Allerdings nicht aus erster Hand, wir hatten ja keine Einladung …«

Nora unterbrach ihn: »Ich bleibe einen Tag oder zwei, um einen Teil meiner Rinder zu verkaufen. Sie wissen nicht zufällig, bei wem man die besten Preise erzielt?«

Servatius bewegte die Lippen, als versuchte er, einen Geschmack einzuordnen. »Nun, ja, natürlich zahlt die Regierung gut, sie braucht immer Fleisch zur Truppenversorgung. Und dann die Damaraland-

Guano-Gesellschaft in Cape Cross, die zahlen sogar noch besser als die Regierung oder ihre Großhändler. Bis zu vierzig Pfennig das Pfund Lebendgewicht.« Er hielt inne. »Natürlich, Sie müssen ja jetzt verkaufen.«

»Ach, wieso denn?«

»Aber… war das nicht eben Herr Offergelt, der da in den Zug gestiegen ist?«

Nun ist es raus, dachte Nora, und in ein paar Stunden weiß es die ganze Gegend, und in einem Monat ist es Folklore. »Ja, das war er.«

»Sie wollen allein auf der Farm bleiben?«

»Ich bin nicht allein.«

»Du meine Güte, Sie werden sich doch wohl nicht auf Ihre Hausdiener verlassen! Wer weiß, ob die überhaupt noch da sind, wenn Sie zurückkehren.«

»Ich bin zuversichtlich, alles so vorzufinden, wie ich es verlassen habe.«

»Haben Sie denn nicht gehört, was überall im Land vorgeht? Die Kaffern überfallen Farmen, rauben das Vieh und töten…«

»Keine Frauen und keine Kinder, *das* habe ich gehört.« Nora steckte das Taschentuch wieder ein und wandte sich zum Gehen. Der unheildrohende Ton in Servatius' Stimme schien ihr übertrieben, merkwürdig unangemessen im hellen Nachmittagslicht. »Sie töten nur die Männer, und so wie mir gerade zumute ist, würde ich sie am liebsten dazu beglückwünschen.«

Servatius folgte ihr, den Hut weiter gegen die Brust gepresst, zum Ende des Bahnsteigs. »Wenn Sie über Nacht in der Stadt bleiben, dann gestatten Sie mir vielleicht, Sie heute Abend zum Essen auszuführen?«

»Entschuldigen Sie, Herr Servatius, mir ist nicht nach Gesellschaft. Aber wissen Sie, was? Kommen Sie doch zu meinem nächsten *three-o-clock-tea* auf die Farm, es würde mich freuen.«

»Ihrem nächsten…«

»Tee«, fiel Nora ihm ins Wort, »ab jetzt einmal im Monat, außer wenn es regnet. Drei Uhr. Kann auch fünf werden. Freunde, Nachbarn, Geschäftspartner, gut situierte Junggesellen, alle sind willkommen, nur keine Dichter.«

Sie blieb drei Tage in Karibib, um das Geschäftliche zu erledigen, aß allein und schlief allein, und am vierten Tag trat sie die Rückreise an.

*

Zuerst roch sie das Feuer nur. Dann sah sie den Rauch wie einen Schleier vor dem Berg. Er hing über dem Hügel, blau und grau und ungefähr dort, wo ihr Haus sein musste. Als sie nur noch ein paar Meilen entfernt war, erkannte sie kleine Flammen, die aufblitzten und wieder verschwanden. Endlich konnte sie alles sehen, das brennende Buschwerk vor ihrer Farm und die Glut auf der anderen Seite des Flusses, entfacht von Funken im Wind. Sie hörte ein Prasseln und Zischen, das zornig über die schwarze Erde zu schleichen schien und auf das Haus zuzüngelte.

Sie dachte an die Farm der Geigers, die sie bei ihrer Ankunft gesehen hatte, das Feuer in der Nacht, und die Geschichten von überfallenen und erschlagenen Siedlern. Jeder andere Gedanke war vergessen. Mit der Peitsche trieb sie die Pferde zur Eile an, und dann verließ sie den ausgefahrenen Weg und lenkte den Wagen durch die Büsche und das hohe Gras. Sie stand halb von der Bockbank auf, um noch besser sehen zu können. Der Rauch wurde dichter, denn der Wind wehte jetzt in ihre Richtung. In der Luft hing der scharfe Geruch des Feuers, und Asche trieb wie grauer Schnee auf Nora zu – Schnee, der glühte.

Es war längst ihr Land, über das sie die galoppierenden Pferde peitschte. Die verbrannte Erde, die von den trommelnden Hufen aufgewirbelt wurde, gehörte ihr. Die Räder rissen schwarz gebrannte Wurzeln aus dem Boden, für den sie bezahlt hatte. Es war ihre Luft, die ihr beim Atmen die Kehle versengte. Sie rief: »Samuel! Teresa!« Als das Gespann den Flammenring durchbrach, der fauchend um sie schlug, duckte sie sich, und einen Augenblick lang war ihr, als schwebte sie, durch das Feuer und den grau glühenden Schnee, ganz langsam, so langsam, wie keine Bewegung auf der Erde ging; sie hörte jedes Geräusch anders, als sie es kannte, und auf der anderen Seite sah sie, wie alles fast stehen blieb – das Feuer, die vor Angst schnaubenden Pferde, Samuel, der mit einem Eimer in der Hand durch die flockig treibende Asche zum Haus lief –, ehe es wieder seine gewohnte Geschwindigkeit annahm.

Sie sprang von der Bockbank, bevor der Wagen ganz stand. »Samuel, Teresa, was ist passiert?« Die beiden Dienstboten spritzten Wasser auf die Wände und das Dach des Hauses, damit die fliegenden Funken keine Nahrung fanden. Hühner flatterten über den Hof, um den Brunnen herum und Nora zwischen die Füße. Aus den Dornengehegen der Rinder und Schafe drangen Hufescharren und Blöken; eins der Tiere warf sich von innen gegen den Buschwall. Zwei Ziegen, eine braune und eine weiße, hatten sich losgerissen und rannten in den Stall und wieder heraus. »Was ist passiert?«, rief Nora noch einmal.

»Feuer«, antwortete Samuel. Sein heißes schwarzes Gesicht schien zu glühen, die Augen waren gerötet, und weiße Asche lag wie vorzeitiges Alter auf seinem Haar.

»Ach nein«, sagte Nora. Sie nahm seinen Eimer und lief damit zum Rivier hinunter, denn es dauerte zu lange, Wasser aus dem Brunnen zu schöpfen. Auf der anderen Seite des Flusses fraß sich das Feuer wie dampfende Säure die Böschung hinunter, verzehrte Gras und Gestrüpp und ließ das Ufer schwarz und rauchend zurück, bevor es an den nassen Steinen verzischte.

Die Bäume zitterten in der aufsteigenden Glut. Die Rinde verfärbte sich, während die Flammen sich an den Stämmen emporrankten und zuckend ihre Gestalt und Farbe veränderten. Aus dem Unterholz stieg ein Vogelschwarm in den wogenden Rauch. Das Feuer sandte Hitzewellen über den Fluss, es pulsierte feindselig wie etwas Lebendiges. Nora tauchte den Eimer ins Wasser, das mit einer feinen Haut aus Asche überzogen war. Einer der Bäume begann zu rauchen und loderte plötzlich hell wie eine Fackel. Äste fielen herunter, erloschen in der trägen Strömung.

Nora schleppte den vollen Eimer zum Haus zurück und bespritzte die Seite, die zum Fluss lag, die Holzbalken und das Verandadach. Immer wieder holte sie Wasser. Sie begoss auch den Garten, den sie hinter dem Haus angelegt hatte, die Apfelbäume, die Aprikosen, Birnen und Pflaumen. Feiner Dampf stieg von den bereits heißen Stämmen auf.

Teresa tauchte neben ihr auf. »Ist nicht unsere Schuld«, sagte sie. »Feuer war auf einmal da.« Ohne auf Noras Antwort zu warten, rief sie: »Hau ab, verschwinde, mach, dass du wegkommst!« Sie sprach mit dem Feuer wie mit einem lästigen Hund.

Weiter zum Hof hin stand Samuel reglos neben seinem Eimer, klein und erschöpft, beide Fäuste in die Hüften gestemmt. Er stierte ins Leere, und dann griff er in seine Tasche und holte den Eisenkamm heraus und fuhr sich damit durch das kurz gelockte Haar. Hinter Nora explodierte ein zweiter Baum. Ein brennendes Holzstück landete im Gras vor der Veranda. Nora sprang darauf zu und trat die Glut aus.

»Von wo ist es gekommen?«, fragte sie. »Das Feuer, woher?«

»Vom Berg«, antwortete Teresa. Es klang, als wäre der Berg der Sitz einer missgünstigen Gottheit, der es gelegentlich gefiel, ihre Kinder mit unerwarteten Plagen auf die Probe zu stellen. Sie schickte Feuer, das den Berg herunterkam wie ein Lavastrom und die Ebene überflutete und nicht einmal vom Fluss aufgehalten werden konnte, weil es sich in Funken und brennende Asche verwandelte und durch die Luft weiterflog. Aber bisher hatte die Plage das Haus verschont und auch die Stallungen und das Gehege, und der Wind, der das Feuer auf den Fluss zugeweht hatte, blies es hinter der Farm vom Haus fort in die Savanne.

Nora sah zum Berg hinüber und merkte auf einmal, dass es Abend geworden war und die Helligkeit nur noch von den Flammen herrührte. Sie wuchsen, leuchtend und vielgestaltig, zwischen den brennenden Bäumen. Wenn ein Baum umstürzte oder ein Ast herabfiel, stob Glut wie Gischt in den Himmel, wo sie unter dem Perlmuttmond erlosch. Keiner von ihnen schaffte es mehr über den Fluss, dessen Rauschen wieder anschwoll. Bald war es so laut, dass man das Feuer nicht mehr hören konnte, und als die ersten Tropfen Nora über die Stirn rannen, begriff sie, dass es regnete.

Teresa stieß einen Freudenschrei aus. »Regen, Regen, Regen!« Sie lief zu Samuel, der gelassen den Kamm wieder einsteckte und den Kopf in den Nacken legte, um sich die Nässe ins Gesicht prasseln zu lassen. »Der Regen ist da!« Es war ein plötzlicher, warmer Schauer, und unter den Wassermassen duckte sich das Feuer und schlug dicht am Boden hin und her, als suchte es einen Fluchtweg. Dicker Qualm wallte grau durch die Dunkelheit. Die Flammen glühten aus, wurden fahl, und hinter dem Regenvorhang schien sich der Brand wieder an den Fuß des Berges zurückzuziehen, wo er noch eine Zeit lang glomm wie ein kleiner verspäteter Sonnenuntergang an der falschen Stelle.

Schnell bis auf die Haut durchnässt ging Nora zurück zum Wagen. Sie spannte die Pferde aus und führte sie in den Stall. Als sie die Tropfen auf das Dach trommeln hörte, musste sie wieder an Rainer denken und an den ersten Kuss auf Birkenhain, und die Tage, an denen sie ihn zum Bahnhof gefahren hatte, dort und hier, wurden sich ähnlich, als lägen sie näher beieinander und weiter weg von ihr. Umso besser, dachte sie. Sie ging ins Haus, um die Fenster zu schließen, alle Lampen anzuzünden und gleich Ordnung zu schaffen, ihre Ordnung. Als sie am Spiegel im Erdgeschoss vorbeiging, erblickte sie ein Gespenst: schwarz verschmiert die Haut, Asche und Ruß, die Haare in wirren, nassen Strähnen; die Kleider klebten ihr am Leib. Die Augen, eigentlich der kühle Pol ihres Gesichts, schienen entzündet, wund.

In ihrem Schlafzimmer fand sie die Sachen, die Rainer zurückgelassen hatte, auf einem ungeordneten Haufen. Sie holte eine Kiste, um sie einzupacken – ein Paar Socken und zerrissene Unterwäsche, eine Gürtelschnalle, ein altes Rasiermesser, das ihm seine Mutter geschenkt hatte, und ein Karton mit Feuerwerksraketen, die er in Karibib gekauft haben musste, schließlich eine Dose mit Rosinenkuchen. Warum hatte er den hier oben gehortet? Was ging in Männern vor, wenn sie sich entschieden, Dinge aufzuheben? Welche wurden für wert befunden und welche nicht?

Plötzlich verspürte sie den Impuls, die Dose gegen die Wand zu schmettern. Was fiel ihm ein, sie einfach so sitzenzulassen, allein hier in der Wildnis?! Maß er ihr nicht mehr Wert bei als diesem Rasiermesser, dieser Gürtelschnalle, diesen alten Socken? War sie für ihn nichts anderes als ein Feuerwerk, das nicht gezündet hatte?

Er hatte sie hierher gelockt, und nun kehrte er nach Hause zurück, um sein altes Leben wieder aufzunehmen, ausgestattet mit der monatlichen Apanage aus dem Treuhandfonds, die ihnen auch hier das Leben erleichtert hatte. Darauf würde sie nun wohl nicht mehr zählen können, aber sie hätte unter diesen Umständen auch keinen Pfennig von ihm genommen.

Ganz unten lag das Notizbuch. Nora starrte es an, während der Regen über ihr auf das Dach schlug. Es war, als hätte sie Rainers Herz gefunden. Sie wusste nicht, wie sie das Buch anfassen sollte, es sah so dünn und zart aus. Die meisten Blätter fehlten, denn Rainer warf viel weg von dem, was er geschrieben hatte. Ach, was soll's!, dachte Nora, nahm es und warf es oben auf die Sachen in der Kiste. Wenn er es nicht mehr haben will! Aber ich werde es nicht lesen. Sie zündete die Lampe neben dem Bett an, setzte sich auf die Bettkante und schlug es auf.

Nora wird mir von Tag zu Tag fremder. Sie erliegt der Faszination des Lebens hier zu schnell, ohne auf den Druckausgleich zu achten, wie man es tun muss, wenn man tief in ein fremdes Element eintaucht. Sie atmet zu schnell, zu tief. Ich gebe mir Mühe, mit ihr Schritt zu halten, aber es ist so anstrengend. In allem, was sie tut, übertreibt sie ganz schrecklich. Wie sie das Land abschreitet, wie sie die Schwarzen anschaut, als wäre es das, wonach sie schon immer gesucht hat: Männer und Frauen, die lachen und singen und nur wenige, immer gleich klingende Worte haben, die ihr Leben zu träumen scheinen. Der beau sauvage… *Manchmal, fürchte ich, wäre Nora gern wie sie, aber das geht nicht. Wenn sie es merkt, wenn sie aufwacht, wird sie Schaden nehmen. Ich weiß nicht, wie ich das verhindern kann.*

Und ich? Mir kommt es vor, als wäre mein Herz zu klein für dieses Land. Meine Augen versagen vor der Höhe des Himmels, der Weite des Horizonts; Afrika schlägt wie ein Stein gegen meine Schläfen, meine Stirn – ein heißer, flimmernder Stein, den ich nicht zurückwerfen kann. Ich bin kein Eroberer und kein Barbar. Ich bin nicht einmal ein richtiger Dichter. Ich gehe noch immer aufrecht, aber wie lange mag es dauern, bis mein Schritt hier schleppend wird? Meine Gedanken fliegen nicht mehr wie Raubvögel, sondern kriechen schleichend umher, frisch geschlüpfte Falter mit verkrüppelten Flügeln auf der Suche nach ihrer neuen Gestalt, deren endgültige Form die vergebliche Sehnsucht nach dem umsponnenen Behütetsein der alten sein wird.

Aber ich will kein Märtyrer sein, kein Außenseiter mehr, kein Gefangener und Gefolterter der Liebe oder der Kunst, gemieden und verhöhnt von denen, die ich einst selber meiden und verhöhnen wollte, die gähnen und den Kopf abwenden, wenn ich ihnen meinen Schmerz entgegenschreie. Respekt, Dankbarkeit, Gefolgschaft werde ich hier nicht finden. Ich hasse die Leute in Südwest, die Siedler, die Soldaten, die beflissenen Säer und Ernter, die aufgeblasenen Soldaten, die kleinlichen Kaufleute, die Fahnenschwinger, Ausbeuter, Raffzähne. Alles, was ich liebe – Aufrichtigkeit und Freiheit und Großzügigkeit und Poesie und Schaffensrausch –, ist Schwäche in den Augen derer, zu denen ich meiner Hautfarbe nach gehöre. Ich bin ein weißer Herero, und jede Seite, auf der ich stehe, ist immer die falsche. Am falschen Platz kann man nicht das Richtige tun. Ich muss vorwärtsgehen. Weiter. Zurück.

Letzter Eintrag: *Balthasar Maharua. Es gibt eine Kraft, die von innen kommt, gespeist aus urtümlichen Instinkten, und wenn diese gepaart mit Intelligenz und gleichzeitig gebändigt von einem geschmeidigen, harmonischen Körper auftritt, haben wir, so will mir scheinen, den Idealtypus des Menschen vor uns – des ersten Menschen wie aus der Bibel. Und sollte es je einen letzten geben, wird er wieder so aussehen. Mir ist aufgefallen, wie Nora*

Die Aufzeichnungen endeten mitten im Satz. Nora dachte: *wie Nora was?* Sie ließ das Buch sinken und wollte seinen Namen rufen – Rainer,

Rainer, so also hast du mich gesehen, so bin ich dir vorgekommen! Wie eine Besessene, wie eine naive Närrin. Warum hast du nicht mit mir darüber gesprochen, warum lieber geschwiegen? Hatte er es versucht und war gescheitert, an ihrer Gewissheit abgeprallt? Sie hatte gedacht, er brächte Gedichte zu Papier, vielleicht eine längere Prosaarbeit; dabei hatte er über sie geschrieben. Über sie und über sich: Sie hatte nie bemerkt, wie verwundet er war.

Wäre sie nur aufmerksamer gewesen – war nicht Kunst immer ein Aufschrei der Verwundeten, ihre letzte Zuflucht? Mit Gedichten, Gemälden, Sinfonien träumten sie sich ein Leben herbei, wie es die Gesunden führten. Jede Silbe, jeder Buchstabe seiner Worte sprach von Rainers Kummer, der auf sie überging, als wäre ihr Körper ein Stundenglas. Rieselnd füllte es sich mit schmerzenden Gedanken, noch der kleinste Bleistiftstrich ein Dutzend Körner Trauer und Leid. Warum hatte Gott ein solches Geheimnis zwischen Männer und Frauen gelegt, eine solche Sprachlosigkeit, so viele missverständliche Bedürfnisse, so viel Unachtsamkeit?

Ich habe ihm unrecht getan, dachte sie. Er ist nicht klein, kein kleiner Mann, und er hat unsere Liebe nicht verraten. Sie klappte das Buch zu, presste die Handballen in die Augenhöhlen und suchte in sich nach Bildern von Rainer, dem verschlossenen Stolz in seinen Augen, wenn er ein Gedicht vortrug; seine Lippen und wie sie sich öffneten, kurz bevor er sie küsste; seine Haut, die fast zu zart war für einen Mann; sein Blick, wenn er auf ihr lag, sie liebte und ihren Körper in einen fliegenden Teppich verwandelte, der nicht aufhörte, sie zu überraschen.

Sie spürte, wie die Tränen, die sie den ganzen Tag zurückgehalten hatte, ihr die Wangen hinunterrannen. Wie sollst du das alleine schaffen?, dachte sie; *wie, wie, wie?* Du warst noch nie allein. Du hast keinen Mann mehr, und deine Farm ist halb abgebrannt, alles, wofür du gearbeitet und gekämpft hast. Du bist allein, und dann gibt es auch noch Menschen, die dich vielleicht umbringen werden, obwohl du ihnen nie auch nur das Geringste getan hast. *Pas possible.*

Sie stand da und weinte, und als keine Tränen mehr kamen, als die Augen nur noch trocken brannten, rieb sie sich die Höhlen mit den Handballen. Ihr Blick fiel in den Spiegel an der Wand. Es passte zu ihr, wie sie darin aussah, halb verbrannt und halb ertränkt. Wenn du dich nur ein Mal rechtzeitig entscheiden könntest!, dachte sie. Wenn du nur ein Mal genau zuhören würdest – zuhören und hinschauen! Räum die Sachen weg und leg dich schlafen. Du hast noch die Farm, und vor allem hast du das Kind. Du wirst dich um beide kümmern, dann wird sich das andere schon finden, dachte sie.

Aber als sie im Bett lag, fing sie an zu zittern, und sie zitterte die ganze Zeit, bis sie einschlief. Stunde um Stunde lag sie da und starrte in die Dunkelheit und zitterte vor Angst.

24

Der Regen hielt den ganzen nächsten Tag an. Nora hatte in Südwest bisher nur kurze, überraschende Schauer erlebt, die so schnell wieder vorüberzogen, wie sie hereingebrochen waren. Jetzt erwachte sie am Morgen mit dem Hämmern der Tropfen auf dem Dach, das sie bereits durch die ganze Nacht begleitet hatte und am Abend zuvor ihr Schlaflied gewesen war. Die Fensterscheiben schienen sich unter den Sturzbächen, die unablässig daran herunterliefen, selbst zu verflüssigen.

Nora musste auf die Veranda gehen, wenn sie etwas Tageslicht haben wollte. Ein Vorhang aus flutender Nässe trennte sie vom Hof und den Ställen. Der Regen war warm und fiel mit solcher Wucht, dass die Tropfen vom Boden abprallten und fast zwanzig Zentimeter hoch spritzten, schwere, große Tropfen. Ein feiner Sprühnebel umgab Nora auch unter dem schützenden Verandadach. Wenn sie dort stand, mit verschränkten Armen, den Rücken an die Mauer gelehnt, kam es ihr vor, als wäre sie in einen Kokon aus prasselnden, tropfenden Lauten eingesponnen. Einmal streckte sie eine hohle Hand durch den schimmernden Vorhang, in das ohrenbetäubende Dröhnen, und der Regen traf sie wie ein Schlag; im Nu war die Hand mit warmem Wasser vollgelaufen.

Der Himmel hing tief. Es schien, als trieben die Regenwolken gleich über den Wipfeln der wenigen Bäume, die das Feuer überlebt hatten. Die schwarz gebrannte Erde verwandelte sich in glitzernden Schlamm. Nora warf sich ein Cape um die Schultern und setzte ihren Hut auf, um über den Hof zu den Ställen zu laufen. Schon nach wenigen Schritten war sie bis auf die Haut durchnässt, als liefe sie durch einen Wasserfall, der abgerissene Zweige, Grasklumpen und sogar kleine Steine mit sich spülte. Der Hut wurde Nora vom Kopf gerissen, aber vom Kinnriemen gehalten. Ihre Kleidung klebte so fest an der Haut, dass sie nur kleine Schritte machen konnte. Zu ihren Füßen brodelte das lehmige Wasser, die Regenböen pflügten den Boden um. Die Dornbuschwälle des Viehgeheges schüttelten sich unter dem glitzernden Ansturm des Wassers, gaben aber nicht nach.

Die Luft im Inneren des Stalls war schal und drückend. Rinnsale troffen durch Löcher im Dach und gluckerten unter dem nassen Heu hervor. Nora sah nach den Pferden, den Rindern, den Schafen und versorgte sie; die Tiere standen nass und geduldig Flanke an Flanke, mit dampfendem Fell. Sie lief zurück und wechselte die Kleidung, während der Regen weiter auf das Dach prasselte.

Sie versuchte zu lesen. Die alten Zeitungen, mit denen Lissy die Kisten ausgestopft hatte, lagen in der Küche, wo Teresa sie glatt gebügelt und auf einen Stapel gelegt hatte. Nora las, dass japanische Torpedoboote ein russisches Geschwader angegriffen hatten, das vor Port Arthur an der Küste Koreas auf Reede lag; damit hatte der erste große Krieg des neuen Jahrhunderts begonnen. Sie las, dass der Elektrokonzern AEG nach und nach alle Konkurrenten schluckte und sich wahrscheinlich bald mit Siemens den gesamten Markt teilen konnte. Wer daran wohl alles verdient, dachte sie, am Krieg und am Strom? Bestimmt hatte Ludwig sich rechtzeitig mit Aktien eingedeckt, und Carl-Gustav sondierte wahrscheinlich den Markt für seine Schiffe im asiatischen Raum.

Am Abend zog Nora das Grammophon auf und setzte sich ans Fenster, das sie einen Spaltbreit öffnete, um nicht zu ersticken. Sie dachte an all die Menschen, die bei der Einweihung in diesem Raum gewesen waren, die Nachbarn, die Soldaten. Und Balthasar Maharua. Als sie an ihn dachte, spürte sie wieder seine Berührung an ihrem Handgelenk, die Fingerkuppen auf ihrem Puls, als suchte er nach etwas Vertrautem in ihrem Blut, etwas, von dem er hoffte oder wusste, dass es da war.

Von draußen drang das gleichmäßige Rauschen herein, an das sie sich von zu Hause erinnerte. Wenn ein entwurzelter Baum umstürzte oder ein Balken brach oder der Eimer an der Brunnenwinde unter einem besonders heftigen Windstoß gegen die Steinfassung schepperte, erschrak sie aber immer noch. Es dauerte jedes Mal ein paar Minuten, bis es sich wieder beruhigte. Sie saß da in der feuchten Wärme, atmete tief und lauschte der Schellackplatte, die sich auf der Victrola drehte. Sie konnte dasselbe Stück immer und immer wieder hören. Die Stimme Carusos verlor selbst in der knisternden, blechernen Widergabe des Grammophons ihre Magie nicht.

Nora schloss die Augen, hörte die herrlichen, schmelzenden Töne aus der Kehle des unsichtbaren Sängers, die immer höher stiegen, während seine Liebe zu einer ebenfalls unsichtbaren Frau sich – aufgepeitscht von gewaltig anschwellenden Geigen und Trompeten – in Leidenschaft und dann in tödlichen Hass verwandelte. Es brauchte nicht viel, um sich vorzustellen, wie seine Brust sich hob und senkte, wie seine Augen blitzten, wie er einen Dolch zog oder eine Pistole hob, um sie zu töten, erst sie und dann sich. Das Crescendo des Orchesters übertönte den Schuss, den Schrei der Sterbenden, und dann hatte nur das entsetzte Schluchzen des Mörders seinen Weg noch in die Rillen der Platte gefunden, der letzte Laut, bevor die Grammophonnadel rauschend im Kreis lief.

Es war ein Zauber, und Nora schämte sich ihrer Tränen nicht. Genauso gut hätte sie sich der Regentropfen schämen können. Sie weinte über das Lied, nicht über sich oder Rainer. Alle Opern waren so kindlich, fast wie die Menschen, von denen sie erzählten, Männer und Frauen, die schuldlos in tragische Verstrickungen gerieten – Liebeswahn, Herzeleid, Verzweiflung, die Schmerzen von unglückseligen Kindern.

Sie setzte die Nadel wieder in die erste Rille. Die Arie erinnerte sie an die letzte Oper, die sie gesehen hatte, *Rigoletto*. Ludwig hatte darauf bestanden, dass sie gingen, obwohl er sich nichts aus Opern machte, aber man musste schließlich gesehen werden. Es hatte geregnet, wie jetzt, wie so oft an der Waterkant, und nun dachte sie an die Stadt, an Hamburg, hörte Carusos hohes C und gleichzeitig die Dampfsirenen im Hafen, das Tuten der Schiffshörner, das Pfeifen von Werftkränen und Güterzügen. Hörte Messingglocken und Bordkapellen. Hörte, wie die Elbe gegen die Ufer rollte, das Schäumen der Bugwellen mächtiger Frachter, über denen die Möwen ohne jeden Flügelschlag in der Luft zu stehen schienen. Roch das Salz, den Tang, die verbrannte Kohle. Sah die vor Anker liegenden Windjammer, die dümpelnden Hafenbarkassen, die Feuerlöschboote und Lotsenschiffe, die um die großen Liniendampfer mit Kurs auf New York, Buenos Aires und Tsingtau kreisten.

Sie erinnerte sich nicht nur, es war mehr, es war ein Sprung zurück, so heftig, dass er wehhtat. Der diesige Nebel über dem Hafen fehlte ihr, der Anblick der Brücken, Kräne und Schornsteine, der riesigen Lagerhäuser im Freihafen, voll mit tropischen Früchten, Nüssen aus Arabien, Gefrierfleisch aus Argentinien, Kaffee aus Brasilien, Guano von karibischen Inseln, Schokolade, Wein, Weizen, gesalzenem Fisch oder Zwieback. Zuckerrüben. Das Wort hatte sie immer gemocht, schon als Kind. Das Wort, weniger die Frucht. Es klang süß und rund. Sie wäre jetzt gern nach Altona gefahren, um an der Elbe spazieren zu gehen oder sich an den Strand zu legen, bevor sie in einem der Biergärten ein gezuckertes Zitronenwasser trank. Danach könnte sie in Sankt Pauli essen gehen, zwischen Matrosen, Händlern und Bankiers in einem Caféhaus am Kai sitzen, so dicht an den Liegeplätzen, dass sie die Namen der Schiffe am Heck lesen konnte.

Sie wollte dort sitzen und warten, ganz gleich, auf wen. Hauptsache, er war aufgeweckt und amüsant und politisch interessiert, jemand, mit dem es Spaß machte, nach dem Essen noch einen Schaufensterbummel zu unternehmen, abends, wenn die Straßenlaternen angingen und ihr Licht sich in den Scheiben spiegelte. Ausgestopfte Falken, Gepardenfelle, Schlangenhäute, fremde Münzen, grünspanbefallene Einschüsser, Götzenstatuen aus Elfenbein, das alles hatte sie in diesen Fenstern gesehen, und jetzt gehörte es zu ihrem Leben, nur

Rainer, der Mann, mit dem sie es damals heimlich anschauen gegangen war, nicht mehr. Der zweite nach Ludwig, dachte sie.

Ludwig, der nicht aufgeweckt und amüsant und politisch interessiert gewesen war, hatte sie stets von den glitschigen, übel riechenden Straßen Sankt Paulis fernzuhalten versucht, den Pfandhäusern, Seemannsspelunken, Bierhallen, Maatsclubs, Missionshäusern und Hafenarbeiterpensionen, vor denen sich nach Einbruch der Dunkelheit nicht selten Blut und Erbrochenes in die Nässe auf dem Pflaster mischten. Allenfalls einen Blick aus einer rasch fahrenden Kutsche hatte er ihr gestattet und selbst dabei ihre Hand fest umklammert, während die eisenbeschlagenen Räder über die Kopfsteine und dampfenden Gullys gerattert waren. Das war in der Zeit ihrer Verlobung gewesen, der einzigen Zeit, in der er sie hin und wieder zu beeindrucken versucht hatte mit derlei tollkühnen Abenteuern.

Nora rief nach Teresa, um sich ein Glas Likör bringen zu lassen. Der Regen hörte nicht auf, und sie konnte nichts tun, als abzuwarten, bis er endete, um dann das Land abzureiten und nachzuschauen, welche Schäden er angerichtet hatte; erst das Feuer, dann das Wasser. Die Standuhr auf dem Kamin zeigte drei Uhr nachmittags, und es war dunkel wie am Abend. Niemand hatte sich zum Tee angemeldet, nicht einmal Servatius, aber vielleicht brauchte es seine Zeit, bis sich herumsprach, dass sie einen Salon unterhielt. Vielleicht beim nächsten Mal. Vielleicht auch erst, wenn sie nicht mehr allein lebte?

Ich habe mir etwas vorgemacht, dachte sie. In den Augen der Leute hier, der weißen Siedler, bin ich keine entheiratete Frau. Ich bin eine Ehebrecherin und lebe in Schande, und in der Stadt würde keiner zu mir kommen, nie. Nur hier draußen lehnen sie mich nicht ab, weil ich ihre Nachbarin bin, weil wir einander brauchen. Ich bin noch verheiratet, auch wenn sie einen Moment Mühe hatte, sich daran zu erinnern, wann und wo Ludwig sie gebeten hatte, seine Frau zu werden.

Er war mit ihr an einem Samstagnachmittag zum Alstersee gefahren, in eins der schmucken Cafés mit den weiß gestrichenen Fassaden, wo man auf verglasten Veranden Tee trank, dem Salonorchester lauschte und die Schwäne auf dem Wasser beobachten konnte. Sonnenschein lag aprilwarm auf den Scheiben. Topfpflanzen erfüllten die Luft mit ihrem schweren, süßen Duft. Draußen glitten Ruderboote über das gleißende Wasser, manche davon gemütlich ausstaffiert mit Kissen, auf denen Paare in enger Umarmung lagen und die ersten Frühlingszärtlichkeiten austauschten. Wie romantisch, dachte Nora, bereit, Ludwigs Antrag jetzt sofort anzunehmen, wenn er ihn nur endlich über die Lippen brachte.

Aber Ludwig trank aus, bezahlte und führte sie aus dem Café, ohne um ihre Hand angehalten zu haben. Er half ihr in die Kutsche, stieg ein und nannte dem Fahrer die Adresse des nahe gelegenen Rathauses. Auch die Fahrt nutzte er nicht, um sie zu fragen. Vor dem verschwenderisch mit Steinmetzarbeiten verzierten Rathaus ließ er auf einem Platz halten, half Nora wieder aus dem Gefährt und flanierte mit ihr unter den ausladenden Bäumen, die auf dem Platz im ersten Grün standen. Nach ein paar Schritten blieb er stehen, weil er einen Geschäftsfreund begrüßen musste, der mit Servietten und Handtüchern für Ozeandampfer ein Vermögen gemacht hatte. Die daraus folgende Einladung in das Weinrestaurant im Erdgeschoss des Rathauses lehnte er gottlob ab. Als der Geschäftsfreund weitergegangen war, ergriff Ludwig Noras Hände. Sie sah ihn an.

»Bestimmt weißt du nicht, wo wir hier sind«, sagte er und blickte auf das Gebäude neben dem Rathaus, das ihr wohlvertraut war. »Das ist die Börse. Hier werden Aktien und andere Wertpapiere unter demselben Dach gehandelt wie Kaffee, Kautschuk, Erdölkontrakte oder Zinn. Mein Büro ist in der Bank, aber das Geld kommt aus diesem Haus, und wie du weißt, ist es nicht wenig. *Hendriksen & Hendriksen.*«

»Und Co. KG«, murmelte Nora.

»Ja, das war mein Leben, bis heute. Ich dachte immer, es gäbe keinen schöneren Anblick, aber dann habe ich dich gesehen und wusste auf einmal, dass es mir nicht mehr reicht. Nora – möchtest du meine Frau werden?«

Ich war eine Investition, die sich nicht gelohnt hat, dachte Nora; vielleicht ist die Liebe einfach kein gutes Geschäft für einen Bankier.

Nora öffnete die Augen. Die Schellack war schon wieder zu Ende, aber das Rauschen der weiter rotierenden Platte im Grammphontrichter verschmolz mit dem Trommeln des Regens, sodass sie nicht wusste, wie lange das Lied schon zu Ende war. Sie hatte sich zu weit in ihren Erinnerungen verloren. All das hatte ich schon, dachte sie. Nichts davon ist mehr da. Nichts. Sie sah hinaus auf die Veranda und bemerkte eine Gestalt, die sich dem Haus näherte, mit langsamen Schritten. Ein Mann, leicht gebeugt, mit Hut und Regenumhang, von dem das Wasser absprang. Er trat auf die Veranda und schüttelte sich, und dann nahm er den Hut ab, und Nora sah das schwarze Haar und meinte, ihr Herz bliebe stehen.

Rainer beugte sich vor, um durch das Fenster zu spähen, doch die Scheibe war so beschlagen, dass er wahrscheinlich nichts erkennen konnte. Er ging zur Tür, die nur angelehnt war, und drückte sie auf. Er entdeckte Nora in dem Korbsessel neben dem Fenster. Als er sah, wie erstaunt sie war, lächelte er. Das Lächeln schien zu bedeuten: *Sag jetzt nichts. Ich weiß, du hast nicht mit mir gerechnet, aber da bin ich wieder, und jedes Wort von dir würde mich beschämen.*

Sie wollte aufstehen, doch ihre Beine waren auf einmal völlig kraftlos. Ihr Gesicht brannte, und sie wusste nicht, ob sie weinen oder lachen sollte. Er stand vor dem Hintergrund der Veranda und des strömenden Regens und fragte: »Warum zitterst du?«

»Deinetwegen«, sagte sie. »Wäre ich ein Hund, würde ich wahrscheinlich mit dem Schwanz wedeln und an dir hochspringen.«

»Ich war mir nicht sicher, ob du dich freuen würdest.«

»Was machst du hier? Ich dachte, du wärst schon längst in Swakopmund.«

»Ich war auch fest entschlossen abzureisen. Aber kaum hatte der Zug Karibib verlassen, packte mich die Reue. Ich dachte noch einmal über alles nach und erkannte auf einmal, dass ich dir unrecht getan hatte, weil ich zu feige für deine Liebe war, obwohl ich sie mir genau so gewünscht hatte, so stark, so bedingungslos. Und dann ...«

»Und dann?«

»Und dann musste ich auch an das Kind denken ...«

»Du weißt Bescheid? Du weißt, dass ich schwanger bin?« Ein Gefühl des Jubels stieg in Nora auf, wie eine kleine Sonne erleuchtete und wärmte es sie von innen. Rainer war ihr nicht böse. Sie hatte geschwiegen, und er hatte es trotzdem gewusst, sein Vaterinstinkt hatte es ihm gesagt, weil er sie liebte. Deswegen war er zurückgekommen, weil er sie liebte und ihr Kind mit ihr großziehen wollte. »Ich hatte Angst, ich würde dich nie wiedersehen.«

Er fragte: »Und du bist mir nicht böse?«

»Nein«, sagte sie hastig, »weswegen sollte ich dir böse sein?«

»Weil du mich lachen gesehen hast, im Zug, auf dem Bahnhof. Und weil ich nicht da war, als es hier gebrannt hat.«

Sie schüttelte den Kopf und lächelte, und erst als sie die Feuchtigkeit auf ihren Wangen spürte, merkte sie, dass sie weinte vor Glück. »Komm her«, sagte sie. »Bleib da nicht so stehen. Komm her und nimm mich in die Arme.«

Er trat langsam auf sie zu, undeutlich im Zwielicht des Nachmittags. Sie streckte ihm die Hände entgegen. »Küss mich«, sagte sie.

Er beugte sich zu ihr herab, schob einen Arm unter ihre Beine und legte den anderen um ihre Taille. Er hob sie hoch und hielt sie einen Moment lang in der Schwebe, bevor er sie küsste. »Lass uns nach oben gehen«, sagte er leise. »Ich will, dass wir uns lieben.«

Ja, dachte sie, ja, das will ich auch. Sie legte ihm die Hand um den Nacken und flüsterte seinen Namen, »Rainer, Rainer«, während er sie aus dem Wohnzimmer trug. Er stieg die Treppe hinauf. Seitlich, rückwärts schien sie über die Stufen nach oben zu schweben, das Gesicht dicht an seinem Hals, der vollkommen trocken war, obwohl er den ganzen Weg vom Bahnhof zur Farm durch den Regen geritten sein musste. Er war auch rasiert, keine Spur von Bartstoppeln; nur die Falten um den Mund hatten sich tiefer eingegraben, als wäre er sehr müde und erschöpft. »Wie bist du hergekommen?«, fragte sie.

Er antwortete nicht, und genau betrachtet war die Frage auch dumm gewesen – was spielte es für eine Rolle? Er war da, bereit, sie zu lieben; er gab ihr eine zweite Chance. Ihr Gebet war erhört worden. Mit einem Fuß stieß er die Tür zu ihrem Schlafzimmer auf, in dem eine Kerze brannte, eine Kerze auf einem Stuhl neben dem Bett, die sie angezündet und vergessen haben musste. Die Vorhänge waren schon zugezogen. Die Schatten des über die Scheibe rinnenden Regens liefen den groben Stoff hinab, und Rainer trug Nora zum Bett, und sie war noch immer schwach und kraftlos, und er sagte: »Du hast mir gefehlt. Du hast mir so schrecklich gefehlt«, bevor er sie auf das frisch bezogene Bett legte, das unter ihr nachgab. Ein Ruck durchfuhr sie. Sie rief: »Rainer!«, und es war, als ließe er sie fallen. Einen Herzsprung lang wusste sie nicht, wo sie war, dann sah sie in Samuels Gesicht.

»Gnädige Frau hat gestöhnt«, sagte er dicht vor ihrem Gesicht. »Kein guter Traum. Samuel denkt, gnädige Frau hat Hunger.« Er hielt ihr eine feucht glänzende, blassgelbe Mirabelle hin; etwas Zuckersaft rann aus der geplatzten Haut der Frucht.

»Wo ist…?«, fragte Nora, unterbrach sich aber, ehe sie den Namen aussprechen konnte. Die Erkenntnis, dass sie Besuch von einem Geist erhalten hatte, dass Rainers Rückkehr nur ein Traum gewesen war, raubte ihr den Atem. »Nicht«, sagte sie, »geh weg. Geh bitte weg und lass mich allein.«

Samuel sah sie eindringlich an. »Alleinsein nicht gut.« Er trat einen Schritt zurück, und sie sah, dass er einen Teller mit wilden Beeren und einen mit gegorener Milch auf die Fensterbank gestellt hatte. Es regnete noch immer, aber jetzt fiel der Regen aus der Dunkelheit. Nora sagte: »Ich habe keinen Hunger. Wie spät ist es?«

»Spät«, antwortete Samuel. »Gute Nacht, gnädige Frau.«

»Gute Nacht.« Um ihm einen Gefallen zu tun, nahm Nora die Mirabelle und biss hinein. »Wann hört endlich dieser schreckliche Regen auf?«

»Bald«, sagte Samuel und berührte seine Lippen mit der Fingerspitze. »Gute Nacht.«

»Gute Nacht«, sagte Nora noch einmal. Ihre Augen brannten, als hätte sie den ganzen Nachmittag Tränen vergossen. Dabei hatte sie nur einmal kurz geweint, bevor im Traum ihr ungesagtes Gebet erhört worden war.

25

Der Regen zog weiter, wie Samuel vorhergesagt hatte, und es wurde wieder heiß und trocken, und in der Hitze blieben die Spuren des Feuers lange sichtbar. Dann gab es erneut ein plötzliches Unwetter, aber diesmal wartete Nora nicht im Haus sein Ende ab. Sie hielt es dort nicht mehr aus, wenn es regnete. Sie hatte Angst vor den Erinnerungen. Die Einsamkeit legte sich wie ein Knebel auf ihre Zunge und würgte sie bis zur Panik; ihr Herz raste. Jede Bewegung fiel ihr schwer. Blei floss in ihren Adern, sammelte sich in den Füßen, pochte an ihren Handgelenken. Nachts konnte sie nicht schlafen, und tagsüber ermüdete sie sich mit Grübeleien, die im Kreis liefen. Sie achtete nicht einmal mehr darauf, worüber sie nachdachte. Nur manchmal, wenn ihr Herz sich plötzlich zusammenzog und ihr Magen schwer wurde, wachte sie auf und wusste, sie dachte an Rainer.

Sie sah zum Himmel hinauf, der dunkel und grau blieb. Die Wolken rissen nicht auf; kein Sonnenstrahl, wie fahl auch immer, fand seinen Weg durch die springenden, prasselnden, wehenden Tropfen. Geschützt von dem gummierten Regencape lief sie in den Stall und sattelte ihren Rotfuchs, Anastasia. Der Regen fiel in dichten Fäden, und die Erde war aufgeweicht und schlammig, aber die Erinnerungen waren schlimmer.

Anastasia schien genau zu spüren, wie Nora zumute war. Anfangs setzte sie die Hufe noch vorsichtig, einen vor den anderen, und ihre Ohren zuckten unruhig. Doch bald trabte sie los, als hätte sie nie etwas anderes als strömenden Regen kennengelernt, vorbei an den herabgebrannten Tamarinden und entlang der schon wild schäumenden braunen Fluten des Flusses. Nora beugte sich über den nassen

Pferdehals, dessen Wärme zu ihr aufstieg. Das Wasser peitschte ihr ins Gesicht. Sie vertraute sich der Stute an, überließ ihr den Weg, und der Fluss blieb zurück. Es ging eine Steigung hinauf, und etwas später schien es heller um sie zu werden, als würden die Wolken dünner und der Regen fiele nicht mehr so dicht. Das Geräusch der Hufe klang anders, trockener, härter. Die Steigung wurde stärker, und statt Regen umgab sie Nebel.

Es ging wieder sehr schnell: Ein Windstoß zerriss die Wolken. Jähes Licht brach sich in den wirbelnden Tropfen, bevor der Wolkenschleier zusammenfiel. Anastasia stieg weiter, den Berg hoch, den Nora bisher immer nur von der Farm aus gesehen hatte. Dann durchbrachen sie unvermittelt die Regenwand, und vor ihnen lag der Berghang in der Sonne. Dampf stieg von der Erde auf, und Wasser rann in kleinen Bächen den Steilhang hinunter. Noras Fuß im Steigbügel streifte einen Busch, dessen Wurzeln frei gespült worden waren; glitzernde Tropfen flogen durch die Luft, als die Zweige zurückschnellten. Rechter Hand fiel ein Steinbruch ab, während links schlanke Felsformationen aufragten.

Sie blickte zurück und sah, wie hoch sie sich befand, über der graublau zusammengeballten Wolkendecke, die langsam nach Süden weiterzog. Es schien, als strömte der ganze Himmel davon, und darunter erstreckte sich das Land in der Nachmittagssonne, noch nass, schimmernd und in leuchtendem Rot und gesättigtem Ocker, und sogar der schwarze Morast, wo damals das Feuer gewütet hatte, war durchsetzt mit funkelnden Kristallen. Fast vor ihren Augen begann das Land zu blühen: Hunderte gelber Blumen im plötzlichen Grün zu beiden Seiten eines schlammig schäumenden Flusses; Büsche auf vormals kahlem Fels, mit weißen Blüten gesprenkelt. Nora nahm den Hut ab und knöpfte das Cape auf. Es war herrlich, in der frischen, reinen Luft, die schnell warm wurde, zu atmen, das Haar auszuschütteln, den Kopf in den Nacken zu legen und die Sonne auf den Lidern zu spüren. Jetzt bist du ein Freund, dachte sie, aber in ein paar Tagen werde ich dich wieder verfluchen.

Sie tätschelte Anastasia zwischen den Ohren. »Sieh dir das an«, sagte sie. Es geschah zum ersten Mal, dass sie einen Regenbogen von einem Berg aus betrachten konnte, über der Ebene, aus der er sich wölbte und dabei mehr wie ein Wunder wirkte als alles, was Nora je erblickt hatte. Die seidigen Farben des Regenbogens spiegelten sich, wie der violette Himmel, in zahllosen Pfützen bis zum Horizont.

Die Stute kletterte höher, suchte mit den Vorderhufen festen Halt, schob mit den Hinterbeinen. Der Weg führte über eine Sandsteinplatte und um eine Biegung, und hinter einem Schleier aus verdunstendem Wasser saß Balthasar Maharua auf einem Felsvorsprung und sah in die Ebene hinunter.

Nora wusste sofort, dass es der Kapitän war, obwohl er in die entgegengesetzte Richtung schaute und sich auch nicht umdrehte, als er sie kommen hörte. Diesmal trug er eine andere Uniformjacke, älter und zerschlissen, dazu einen braunen Hut, eine schlichte Hose und ein Hemd ohne Ärmel; er war barfuß. Auch die Jacke war braun, wie die eines Offiziers der Schutztruppen. Ein paar Schritte von ihm entfernt stand sein Schimmel dicht an der Felswand und knabberte an einem Salbeibüschel. Am Sattel des Schimmels hing Maharuas Jagdwerkzeug: ein Bogen, ein Köcher mit Pfeilen, ein Knopfstock und ein Assegai.

»Selten kann man das Paradies von oben sehen«, sagte er, »aus dem Blickwinkel Gottes. Er muss Interesse an Ihnen haben, wenn er Sie hierher führt.«

Nora schwang sich aus dem Sattel. »Es ist also kein gottverlassenes Land, wie viele sagen«, erwiderte sie. »Aber man muss wohl einen besonderen Blick haben, um darin ein Paradies zu sehen.«

»Wären Sie noch hier, wenn es sich als so gottverlassen herausgestellt hätte?«, fragte er. »Sie sehen es auch, das konnte ich schon bei meinem Besuch in Ihren Augen lesen.« Er nahm seinen Hut ab und blickte sie an. Bei Tageslicht waren seine Augen nicht grün, wie sie in ihrem Wohnzimmer gedacht hatte, sondern gelblich, Gepardenaugen – ausgeprägte Wangenknochen, eine hohe Stirn und eine kleine Nase über einem Mund, dessen volle Lippen fast blau schimmerten. Sein Gesicht wirkte wie aus dunklem Gold gemeißelt. Nora wünschte sich ein Lächeln auf diesem Gesicht; der Wunsch blieb unerfüllt.

»Ich bin zäh«, sagte sie.

»Samuel sagt, Sie seien tapfer.«

»Er hilft mir dabei.«

Er sah wieder auf die Ebene hinunter. »Eine der Schwächen meines Volkes. Es ist hilfsbereit, sogar wenn man es von seinem Land vertreibt.«

»Ich möchte Sie nicht stören«, sagte Nora und schob den rechten Fuß in den Steigbügel, um wieder aufzusitzen. Anastasia wich ein wenig zur Seite, noch nicht bereit umzukehren.

»Haben Sie schon mal einen weißen Elefanten gesehen?«, fragte Maharua.

»Einen weißen Elefanten? Nein.«

Er stand auf. »Ich zeige Ihnen einen.« Er ging voran, über einen schmalen Pfad, der sich um den Felsen wand. »Sie denken, es gibt hier keine Elefanten«, sagte er, »und Sie haben recht, aber trotzdem ist er da.«

Hinter einem Felsvorsprung wurde der Pfad breiter und führte an einem Spalt in der Bergwand vorbei, der sich dunkel über den Weg neigte. Maharua drehte sich kurz um, dann trat er in den Schatten; es sah aus, als hätte der Fels ihn verschluckt. Nora zögerte einen Moment, bevor sie ihm folgte. Der Spalt war breiter, als es den Anschein gehabt hatte. Er führte zu einer Höhle, die in völliger Finsternis lag.

Nora ging langsam, tastend durch feuchte, kühle Luft, bis ihre Augen sich an die Dunkelheit gewöhnt hatten. Da sah sie, dass die Wände nicht schwarz waren, wie sie gedacht hatte, sondern rötlich, und dass vor diesen rötlichen Mauern Licht schwebte, ein Netz aus Punkten und Strahlen, das sacht hin und her trieb – Dampf und winzig kleine Wassertropfen im Sonnenschein, der durch ein Loch weit oben im Fels hereinfiel.

Balthasar Maharua stand in der Mitte der Höhle. Er sagte: »Berühren Sie die Wände.« Seine Stimme klang anders als draußen, tiefer und gleichzeitig leiser. Nora gehorchte und streckte eine Hand aus. Der Felsen war glatt und feucht wie die Haut eines Menschen, der aus dem Wasser kam. Sie fröstelte. »Drehen Sie sich um«, sagte Maharua.

Sie drehte sich um. Der weiße Elefant war direkt vor ihr, im Schatten. Er wuchs aus der Höhlenwand heraus, so groß, dass Nora einen Schritt zurücktreten musste, um ihn ganz ins Auge fassen zu können. Sein Rüssel war hoch erhoben, die Stoßzähne ragten bis über seinen Kopf hinauf, und seine Ohren wölbten sich übergroß, ausgebreitet wie Flügel. Er bedeckte fast die ganze Wand, eher grau wie heller Schiefer als wirklich weiß, die Haut faltig und porös, das eine sichtbare Auge schwarz wie ein Astloch. Es war ein Elefant oder besser: die Essenz eines Elefanten, die Seele, die Idee.

»Warum zeigen Sie mir das?«, fragte Nora. Auch ihre Stimme klang anders, als bekäme sie nicht genug Luft. »Er ist wunderschön.«

»Wer allein stirbt«, sagte Maharua, »bleibt unvollendet für alle Zeiten. Wer allein stirbt, hat einen Anfang, aber kein Ende, und deswegen ist es, als hätte er nie gelebt. Niemand wird allein geboren, und niemand darf ohne Zeugen gehen, sonst ist es wie ein Kreis, der sich nicht schließt.«

»Das verstehe ich nicht«, sagte Nora.

Maharua trat neben sie. »Ich glaube, jemand hat den Elefanten gemalt, um ihm sein Leben zurückzugeben. Er hat ihn getötet und dann gemalt, aus Ehrfurcht, damit er nicht vergessen wird.«

»Das muss lange her gewesen sein«, sagte Nora.

»Und an einem anderen Ort, denn wie ich schon sagte, hier gibt es keine Elefanten. Der Elefant ist tot, und der, der ihn gemalt hat, ist tot, und alles geschah auch noch ganz woanders, aber das Bild ist hier. Denn dort, wo der Maler ihn gesehen hat, konnte er nicht bleiben; er musste weiterziehen. *Tanz – damit ich die Stunde nicht sehe, wo ich ins Nichts falle, wenn die Weißen landen …* Ich zeige Ihnen das, weil ich mich frage, in welcher Höhle an welchem fernen Ort man eines Tages mein Bild finden wird. Getötet als Kapitän der Maharuas.«

»Sind Sie oft allein hier oben?«

»Nein, nicht oft.« Er deutete ein Kopfschütteln an. »Nur, wenn ich mit mir zurate gehen muss, eine wichtige Entscheidung treffen muss. Wenn ich meinen Stamm in den Krieg führe, muss ich nicht alleine sterben.«

Nora spürte seine Nähe, er strahlte Wärme aus, Körperwärme, die sie umfing, als wollte er sie gegen die feuchte Kälte in der Höhle schützen. Sie meinte zu spüren, wie das winzig kleine Kind in ihrem Bauch sich rührte. Ihre Einbildungskraft war stark. Sie wusste, dass es noch zu klein war, um sich bemerkbar zu machen. Ich muss auch nicht alleine sterben, dachte sie.

»Sie erwarten ein Kind«, sagte Maharua unvermittelt.

Sie antwortete nicht. Ihr war, als müsste sie sich mehr öffnen für das, was er sagte, eine größere Lauterkeit an den Tag legen; stattdessen wurde ihr kalt und schwindlig. »Woher wissen sie das? Niemand hat …«

Maharua lächelte, das erste Mal. »Meine Frau erwartet auch ein Kind. Ich kann die Zeichen erkennen.« Er achtete darauf, sie nicht zu berühren, und doch war er ihr auf einmal näher als Rainer in den letzten Wochen vor seiner Abreise. »Ich glaube an Wunder. Nicht viele kennen diesen Ort, kaum jemand kommt hier hoch, aber Sie sind da. Es ist ein Zeichen, wie in der Bibel die Wunder. Ich bin bekehrt, ich glaube an Jesus Christus.«

»Ich glaube nicht an Wunder. Ich habe mich während des Unwetters verirrt. Das Pferd ist einfach hier hochgeklettert. Mir ist kalt.«

»Wunder geschehen außerhalb der Ordnung, wie Verbrechen.« In seiner Stimme schwang kurz etwas mit, das vorher nicht da gewesen war, ein kaum hörbares Zittern. »Sie haben Folgen, die keiner vorhersehen konnte. Ja, ich glaube, dass Jesus Christus Sie heute hierher geführt hat, weil Ihr Schicksal mit meinem verbunden ist.«

»Was für eine Entscheidung müssen Sie treffen, Kapitän?« Nora löste ihren Blick von dem Elefanten und sah Maharua an, in der Hoffnung, er würde sie dann auch ansehen und sie aus der Höhle entlassen. Sie wollte nicht unhöflich sein und von sich aus gehen. Aber das, was sie in seiner Stimme gehört hatte, dieser Anflug nur eines Zitterns – es war Furcht gewesen, unerklärliche, ahnungsvolle Furcht. »Was ist die andere Möglichkeit, außer Krieg?«

»*Pro nomine Jesu contumelias pati*«, zitierte er und sah sie ebenfalls an.

»Ich habe fast alles vergessen«, gestand sie, nur wenig beschämt. »Mein ganzes Latein. Rimbaud konnte ich auch nie auswendig.«

Er lächelte wieder sein angedeutetes Lächeln. »In Jesu Namen Schmach erdulden.«

»Ist das nicht besser, als zu kämpfen und vielleicht zu sterben?«

»Ihnen ist kalt«, sagte er und ging zurück durch die dunkle Felsspalte zum Ausgang der Höhle, ohne den Elefanten noch einmal anzuschauen.

Nora folgte ihm schnell, eilte seiner Wärme nach. Fast hätte sie ihn berührt, um das Gefühl seltsamer, geheimnisvoller Innigkeit nicht abreißen zu lassen, das sie neben ihm gespürt hatte, Seite an Seite vor dem weißen Elefanten. Sie spürte, dass er sie trotz der Furcht mochte; schon damals, als er zu ihrem Fest erschienen war, hatte sie das gespürt. So wie man die Elektrizität in der Windstille vor einem Gewitter spürt. Sprach er deswegen von Wundern, im Sinne von Naturgewalt?

Draußen schloss sie einen Moment geblendet die Augen; die tief stehende Sonne schwebte über einem dunstigen Horizont. Maharua blieb stehen und fragte: »Haben Sie schon einmal den Namen Hendrik Witbooi gehört? Oder Samuel Maharero? Joseph Morenga?«

»Ich glaube, einer unserer Gäste hat sie mal erwähnt, wenigstens an den von Maharero erinnere ich mich. Napoleon der Schwarzen wird er genannt, nicht?«

»Morenga nennen sie so, die Weißen. Aber hat Napoleon seine Feldzüge unternommen, damit seine Frauen nicht austrocknen und seine Kinder nicht verhungern? Ist Napoleon aufgestanden, weil man sein Volk vertrieben und umgebracht hat? Napoleons Entscheidungen sind nicht unsere, nicht die von Maharero, Morenga oder mir. Wir müssen unsere eigenen treffen, das ist die Aufgabe eines Kapitäns.« Er bedachte das Land unter dem Berg mit einer Handbewegung, ordnete es sich zu. »Die jungen Männer in meinem Stamm und einige meiner Unterkapitäne verlangen, dass wir uns den Aufständischen im Süden anschließen. Sie wollen von diesem Land fort, diesem harten, trockenen, unwirtlichen Land, auf dem unsere Rinder verhungern. Sie wollen wieder dorthin, wo das Gras saftig und die Erde fruchtbar ist, wo sie einmal zu Hause waren, bevor die Weißen sie vertrieben haben. Sie wollen gegen die Weißen kämpfen. Aber ich war in der Hauptstadt der Weißen, ich habe ihren Kaiser gesehen, ich weiß, wie viele Soldaten er hat.«

»Jesus Christus ist kein schlechtes Vorbild«, sagte Nora.

Maharua begann, den Pfad wieder hinabzugehen. »Welcher? Der duldsame oder der wütende? Der, der die Geldwechsler aus dem Tempel gejagt hat, oder der, der sich die Dornen aufs Haupt drücken ließ? Ich habe entsetzliche Verbrechen gesehen und von noch entsetzlicheren gehört, Verbrechen, die an unserem Volk begangen wurden, die in diesem Moment geschehen, und ich begreife jetzt, warum die Missionare uns zu Jesus bekehren wollen, dass es mehr als eine Geschichte von einem guten Menschen ist. Sie wollen, dass wir es machen wie er, dass wir die Schmach erdulden, die sie uns antun. Dass wir uns kreuzigen lassen, aber ohne sie vorher aus dem Tempel zu vertreiben, die Bankiers und Geschäftemacher.«

Nora spürte, wie ihr wieder warm wurde, erst nur die Haut, dann drang die Wärme tiefer, in das ausgekühlte Fleisch. Sie achtete auf den Pfad, neben dem der Fels schroff abfiel. Achtete darauf, wo Maharua hintrat. Seine Bewegungen waren geschmeidig, sicher. Die abgetragenen Kleider ließen seinen Körper erkennen, die schlanken Beine und die breiten Schultern, die Muskeln, die sie an das Bronzepferd auf dem Kaminsims in Ludwigs Arbeitszimmer denken ließen. Ihr war, als könnte sie die Hand auf diese Bewegungen, diese Muskeln legen und sie unter ihren Händen spüren. »Wie heißt Ihre Frau?«, fragte sie.

»Lydia.«

»Lydia«, wiederholte Nora. »Das ist ein schöner Name. Sie muss sehr glücklich sein.« Warum sagst du das?, dachte sie. Was redest du für einen Unsinn, was für ein Geplapper! Sie erreichten die Plattform, wo die Pferde warteten, der Schimmel und der Rotfuchs. Maharua blieb stehen, sodass Nora ebenfalls stehen bleiben musste. Sein Gesicht nahm einen mitleidigen Ausdruck an, mitleidig und ein bisschen verächtlich, als hätte sie sich selbst ins Unrecht gesetzt, wie jemand, der einem Geistlichen eine Sünde gestehen muss – keine Todsünde, nur eine lässliche, eher eine Torheit, die mit einer kleinen Buße gesühnt werden kann. Im sanften Tonfall von jemand, der eben noch gebetet hatte, sagte er: »Gehen Sie weg. Ziehen Sie in die Stadt. Auf der Farm sind Sie vielleicht nicht mehr sicher. Ich weiß nicht, wie lange meine Unterkapitäne mir noch gehorchen.«

»Ich gehe nicht weg von hier.« Nora schüttelte den Kopf. »Ich denke nicht mal daran!«

»Dann denken Sie wenigstens an Ihr Kind. Ich werde dafür sorgen, dass Ihre Farm unversehrt bleibt. Manchmal ist es leichter, ein Haus zu schützen als ein Leben.«

»Ich werde beides schützen«, antwortete Nora entschlossen und dachte, dass Gehorsam einfach nicht ihre Sache war, nicht einmal, wenn es vernünftig gewesen wäre zu gehorchen. Sie sah, wie etwas aus seinen Augen verschwand, eine Tiefe, wie sie flach wurden, als hätte sie ihn enttäuscht. Sein ganzes Gesicht veränderte sich, und sie spürte, dass sie ihn nie wiedersehen würde, wenn sie sich jetzt trennten. »Was für Verbrechen haben Sie vorhin gemeint?«, fragte sie rasch. »Ich weiß nur das, was in der *Deutsch-Südwestafrikanischen Zeitung* steht – dass die Schwarzen die Einzigen sind, die Verbrechen begehen. Von welchen Verbrechen sprechen Sie?«

Maharua nickte, als gehörte es auch zu seinen Gepflogenheiten, morgens vor allem anderen ein wenig in der Kolonialzeitung nach neuen Schreckensmeldungen über die Verbrechen der Schwarzen zu stöbern. »Ich spreche von dem schlimmsten aller Verbrechen«, antwortete er. »Natürlich, sie nehmen uns unser Land weg. Sie siedeln uns um, ob wir wollen oder nicht. Aber das ist nicht das Schlimmste. Sie stehlen uns unsere Rinder. Auch das ist nicht das Schlimmste – Nama, Herero und Hottentotten haben sich von jeher gegenseitig die Rinder gestohlen. Sie schlagen uns mit ihren Lederpeitschen. Das ist schon schlimmer, aber es ist noch nicht das Schlimmste. Sie sperren uns in Lager, in denen wir an Ruhr und Unterernährung und Typhus sterben. Sie foltern uns. Wenn wir uns wehren, erschießen sie uns. Sie behandeln uns wie Tiere. All das sind schreckliche Verbrechen, aber das schlimmste ist die Folge aus allem: dass wir zu wilden Tieren werden. Nicht sie werden zu Tieren, indem sie sich wie Tiere benehmen, sondern wir, weil man uns so lange wie Vieh behandelt, bis wir uns wie Vieh fühlen. Man treibt uns das Menschsein aus, weil wir für sie keine Menschen sind. Und das ist das schlimmste Verbrechen, dass wir immer viehischer werden, bis wir am Ende die Schläge verdienen. Denn wir empfinden nicht mehr wie Menschen, wir empfinden kein Grauen und kein Aufbegehren; wir vergessen, wie wir einmal waren und was wir hätten werden können. Unsere Seelen bestehen aus Narbengewebe, und unter dieser Hornhaut, diesen Schwielen, gibt es nur noch Triebe – Belohnungen durch Futter und Bestrafungen durch Schläge, und beide sind gleich willkommen.«

Nora streckte die Hand aus, hielt aber mitten in der Bewegung inne, bevor sie ihn berühren konnte. »Bestimmt ist das nicht…«

»Es ist deswegen so verbrecherisch«, unterbrach er sie, »weil ein wildes Tier die Liebe nicht kennt. Das Vieh kann nicht lieben. Sie haben uns zu etwas gemacht… sie haben uns das Einzige genommen, was den Menschen vom wilden Tier unterscheidet. Das Einzige, was rein und gut ist. Wir können kämpfen, wir können töten und sterben, wir können Schmerz empfinden. Aber ohne die Liebe, ohne die Fähigkeit zu lieben, einen Gott oder einen Menschen, was ist das für ein Leben?« Er wandte sich ab, noch immer, ohne Nora anzusehen. »Ich kann meine jungen Männer verstehen, ich kann verstehen, dass sie ein solches Leben nicht wollen. Dass sie ihre Tage nicht in Schande verbringen wollen, mit der Scham, zu einem solchen viehischen Volk zu gehören. Zu einer Herde. Zu einem Rudel.«

»Aber es ist doch nicht ihre Schuld«, protestierte Nora und bereute die Worte, noch ehe sie sie ganz ausgesprochen hatte.

»Schuld?«, rief er. »Schuld? Ich rede nicht von Schuld, sondern von Schande, von der Scham und der Wut über die Schande. Schuld ist eine Erfindung der Weißen und ihrer Priester. Was bedeutet das, wenn etwas jemandes Schuld ist? Wenn eine weiße Frau wie Sie – eine schöne, junge, weiße Frau – ihren reichen Mann in Deutschland verlässt und mit einem anderen Mann zusammenlebt, ist das ihre Schuld? Ja, das ist es. Sie hat die Eigenliebe über den Gehorsam gestellt. Sie hat die Ehe gebrochen. Sie ist eine Sünderin. Sie hat ein schlechtes Gewissen, denn sie hat gegen die Gebote der weißen Religion verstoßen. Sie stellt fest, dass ihre Eigenliebe darunter leidet. Aber sie ist nicht allein damit, denn andere haben es auch schon getan. Und sie kann Entschuldigungen finden, damit sie nicht mehr so schuldig ist. Es gibt Rechtfertigungen, Umstände, die ihr die Scham über die Schande ersparen oder erträglich machen: Ihr Mann hat sie nicht mehr geliebt, das Geld war ihm wichtiger, sie verdorrte an seiner Seite wie eine Tamarinde, deren Wurzeln abgestorben sind. Sie hat es im Einvernehmen mit ihrem Gewissen getan. Sie findet tausend Gründe für das, was sie getan hat, und manchmal finden andere sie sogar für sie – weiße Zweifel, weiße Erklärungen, warum die Strafe nicht so hoch sein soll, warum man eigentlich gar nicht wirklich schuldig ist, weiße Gnade, die vor Recht ergeht. Alles, damit sie sich selbst wieder lieben kann, denn davon lebt die weiße Gesellschaft – von der Eigenliebe. Sie wird dafür Buße tun, ein bisschen weiße Buße, und dann ist alles wieder gut, denn sie hat ja bereut und gebüßt, und plötzlich ist sie nicht mehr schuld. Keine Schande mehr, vor allem aber keine Scham. Sie ist wieder ein Teil ihrer weißen Gesellschaft, ihrer Kreise oder wenigstens der Menschheit.«

Er ging zu seinem Schimmel und streichelte ihn geistesabwesend zwischen den Ohren. »Aber wenn dieselbe Frau ihren Mann und ihre

Kinder nicht verlässt, obwohl ihm seine Bank oder seine Eisenbahn oder seine Schiffe mehr bedeuten, wenn sie bei ihm in seinem großen Haus bleibt, in dem es alles im Überfluss gibt, saftiges Gras im Garten und Wasser im Brunnen und herrliches Rindfleisch über dem Feuer, wenn sie nicht an irgendetwas schuld ist, wenn sie alles richtig macht gemäß den Geboten ihrer Religion und ihres Stammes, was kann ihr dann passieren?«

Er hörte auf, den Schimmel zu streicheln, der ihn mit der Schnauze anstieß, als wollte er Maharua auffordern weiterzureden, und das tat er, jetzt mit härterer, gepresster Stimme: »Nichts, oder? Doch eines Morgens vor Sonnenaufgang dringen auf einmal Fremde in ihren Garten und ihr Haus ein, weil sie selbst kein so saftiges Gras haben und weniger herrliche Rinder und ihr Land nicht an einen Fluss grenzt, und sie vertreiben die Frau und den Mann aus ihrem Haus und von ihrem Land, das von jetzt an ihnen gehört, so sagen sie. Und wie um das zu beweisen, verkaufen sie alles, was sie nicht brauchen können. Aber die Frau und der Mann lassen sich das nicht gefallen, sie wollen nicht fort von da, wo sie glücklich waren, und sie wollen behalten, was ihnen gehörte, denn schließlich sind sie ja an nichts schuld. Bloß interessiert das niemanden, die Nachbarn erschlagen den Mann, oder sie schlagen ihn nur ein bisschen und sperren ihn und die Frau und die Kinder mit anderen Familien aus anderen Häusern in ein Lager am Stadtrand von Berlin oder Hamburg, hinter Stacheldraht, wo sie nichts zu essen und nichts zu trinken bekommen, keine Seife, um sich zu waschen, keine Medikamente gegen Bauchschmerzen und Durchfall und Tuberkulose und kein Papier, um sich nach dem Stuhlgang abzuwischen. Die Kinder schreien die ganze Zeit, und sie stinken, alle stinken und wimmern, bis sie keine Kraft mehr zum Schreien haben und auch keine Kraft mehr, um die Fliegen zu verscheuchen, bis sie einfach umfallen. Und die Frau sieht sie umfallen, aber sie kann nicht zu ihnen, weil gerade ein Mann auf ihr liegt, nicht ihr eigener Mann, irgendein Mann aus dem Lager, der Lust auf sie hatte, und es ist ihr gleichgültig. Sie wehrt sich nicht, sie hat sich daran gewöhnt, so wie ihr eigener Mann nichts dabei empfindet, wenn er sie so sieht oder selbst über eine der anderen dürren, übel riechenden Frauen herfällt. Und wenn es regnet, gibt es kein Dach über dem Kopf, auch keinen Schatten zum Schutz gegen die Sonne, und manchmal erscheinen uniformierte schwarze Männer in dem Lager und treten oder schlagen auf die Frau und den Mann ein, und beide merken dumpf, dass sich jemand um sie kümmert, aber sie wissen nicht genau, warum und ob das gut ist oder schlecht. Es interessiert sie auch nicht mehr. Sie werden geschlagen, und vielleicht fallen sie dann um und schlafen ein. Es ist nicht ihre Schuld. Aber wenn sie einen Herzschlag lang wieder so wären, wie sie waren, als sie noch in ihrem Haus lebten, und dann in den Augen der anderen sich selbst sehen könnten, wie sie jetzt sind, dann würden sie Scham verspüren. Sie würden es als Schande empfinden, sich nicht dagegen zur Wehr zu setzen, und sie wären lieber tot. Doch vor allem wären sie wie geblendet von einer Scham, die sich nie wieder tilgen lässt. Diese Scham ist für immer Teil der Welt.«

»Bei uns wäre so etwas nie und nimmer möglich«, widersprach Nora empört. Sie fühlte sich gedemütigt, und ihre Stirn brannte vor Zorn. »Die Menschen in Europa benehmen sich nicht so, nicht einmal die Franzosen. Ich dachte, Sie wären bekehrt?! Dann müssen Sie doch auch wissen, dass Gott uns nach seinem Ebenbild erschaffen hat. Aber was Sie da eben beschrieben haben, ist abstoßend. Zu so etwas wäre niemand fähig, nicht einmal ein Heide. Ich hatte Sie anders in Erinnerung. Als Sie zu meinem Fest gekommen sind, haben Sie geredet, als seien Sie einer von uns, nur mit einer dunkleren Haut. Sie sind eine große Enttäuschung für mich, Kapitän Maharua!«

Sie ging zu ihrem Rotfuchs und saß auf. An diesem Nachmittag hatte sie glücklich sein wollen, nur durch den Regen reiten und glücklich sein, und das wollte sie immer noch. Ich *bin* glücklich, dachte sie, als sie im Sattel saß; ich muss ihn nur vergessen, dann ist alles zum Besten bestellt.

26

Lydia«, sagte Nora leise zu sich, »seine Frau heißt Lydia.« Ihr Name fing mit L an, genau wie Ludwig. Was hatte das zu bedeuten? Und was hatte es zu bedeuten, dachte sie, dass er mich schön findet? Er hatte gesagt, sie sei schön, aber das konnte er doch gar nicht beurteilen, nicht wahr? Für ihn mussten andere Frauen schön sein, Frauen seiner Rasse; schließlich fand sie ihn auch nicht schön. Sie fand ihn doch nicht schön, oder? Nur auf eine bestimmte Weise, als Mensch, aber nicht als Mann. So musste er es gemeint haben, dass er sie als Mensch schön fand, als Wesen. Sie fand ihn nicht anziehend als Mann. Aber hatte er nicht gesagt, sie sei eine schöne Frau? Wenn sie in den Spiegel schaute, suchte sie ihre Schönheit. Wie Lydia wohl aussah?

Nora dachte an Balthasar Maharua. Sie hatte versucht, ihn zu vergessen, aber es gelang ihr nicht. Er hatte sie nur ein Mal berührt, mit den Fingerkuppen am Handgelenk. Wenn ihr diese Berührung einfiel, war das Gefühl wieder da, das sie dabei verspürt hatte; das ihr Herz langsamer schlagen ließ, aufmerksamer, weil sie ein Geheimnis darin erkannte. Maharua hatte es ein Wunder genannt, aber tatsächlich war es ein Geheimnis, wie es manchmal in der Begegnung von zwei Menschen lag. Anders als bei Ludwig und ihr. Anders als bei Rainer. Anders als bei ihr und Leutnant von Lehnhoff, an den sie gelegentlich dachte. Es war kein Geheimnis der Sinne.

Sie hatte auch versucht, seine anklagenden Worte zu vergessen, die ihr so gegenwärtig waren, als hätte sie sie auswendig gelernt. Sie wusste, dass er nicht recht hatte – Hannes Westrup, Helga, die anderen Nachbarn, Doktor Brahms, nicht einmal die Offiziere, die sie kannte, niemand war zu so etwas fähig, kein Weißer. Kein Deutscher. Nur, woher rührte dann diese Unruhe, die sie seitdem erfüllte? Als läge plötzlich ein Schatten auf diesem leuchtenden Land. Als hörte sie – nicht bewusst, eher noch ahnungsvoll – den Lärm einer heraufziehenden Katastrophe, bevor ihre angespannten Trommelfelle den leisesten Laut aufnehmen konnten. Wenn sie seine Worte betrachtete und sich gleichzeitig daran erinnerte, was die Gäste bei ihrem Einweihungsfest gesagt hatten, was sie zumindest angedeutet hatten, und wenn sie auch in der Zeitung zwischen den Zeilen las – etwas schien tatsächlich zu geschehen, etwas, das schrecklicher war, als jemand auszusprechen oder zu schreiben wagte.

Sie hörte Maharua reden, seine tiefe Stimme, wie er von den jungen Männern sprach, obwohl er selbst noch kein alter Mann war, von ihrer Scham und ihrem Zorn, und dann hörte sie, was sie darauf geantwortet hatte, und wieder fühlte sie sich gedemütigt, aber diesmal von ihrem eigenen Verhalten. Er würde sie nicht mehr ansehen; er würde sie nicht mehr besuchen kommen und vielleicht nicht einmal mehr seine schützende Hand über sie halten. Wie sollte er je erfahren, dass sie noch einmal nachgedacht hatte, ihren Worten gern etwas hinzugefügt hätte? Dass sie gern mehr … mehr wie ein Mensch geklungen hätte. Nein, nicht geklungen: reagiert. Empfunden.

Seit ihrer Begegnung war eine Woche vergangen. Nora stand auf der Veranda und sah über den Fluss, zu dem Berg, der den weißen Elefanten enthielt. Der Wind hatte sich gelegt. Die Sonne ging unter, schnell wie immer, eine flammende Scheibe, vor der das Land blau und schattenhaft wurde, die Bäume, der Gemüsegarten, das Dornengehege. In der warmen Dämmerung schienen alle Blüten, Pflanzen und Früchte sich noch einmal weit zu öffnen, um den Abend mit überschäumendem Duft zu durchtränken. Auf den jungen Ästen der verbrannten Tamarinden sang eine Nachtigall. Mit diesem Zwitschern und dem allgegenwärtigen Duft drang etwas in Nora ein, scharf, fast schmerzlich, für das sie keinen Namen fand. Eine Sehnsucht, vor der sie ganz allein war.

Sie ging ins Haus. Es war still dort, wenn Samuel und Teresa ihre Familien im Dorf besuchten. Nora stieg die Treppe in dem stillen, warmen Haus hinauf. Im Schlafzimmer trat sie vor den Spiegel auf der Kommode, neben der Waschschüssel. Im Halbdunkel musste sie nah herangehen, bis sie sich deutlich erkennen konnte. Eine schöne, junge, weiße Frau, hatte Maharua gesagt.

Nora nahm den Kamm, der vor der Schüssel lag, und fuhr sich damit durch das lang gewordene Haar, zog ihn durch die kräftigen Strähnen, bis er stecken blieb, weil die Spitzen zusammenklebten. Sie trennte die Spitzen mit einem Ruck und kämmte danach weiter, Strich um Strich, als striegelte sie den Rotfuchs. Das Haar knisterte und begann zu glänzen; ein Schauer lief Nora über den Rücken. Sie legte den Kamm zurück und knöpfte langsam ihre Bluse auf, ohne die Augen von ihrem Spiegelbild zu lösen. Unter der Bluse erschien ein Mieder, zitronenfaltergelb, besetzt mit grauen Haken und Ösen, die sie einen nach dem anderen löste.

Sie schlüpfte aus dem Mieder; entpuppen, dachte sie. Ihre Brüste wölbten sich voll und schwer und leise zitternd über dem noch immer recht flachen Bauch, die Warzen dunkelrot und aufgerichtet. Sie fragte sich, ob schon Milch darin war, wog sie in beiden Händen. Sacht drückte sie die Warzen mit den Fingerspitzen, stellte sich vor, es wären die Lippen eines Babys. Sie hatte schon immer ein starkes Interesse an ihrem Körper gehabt, konnte ihn lange ansehen, berühren. Schöne, weiße, junge Frau, dachte sie. Makellose Haut, keine Streifen oder Leberflecken, so glatt und schimmernd wie Klaviertasten aus Elfenbein. Sie versank in ihrem eigenen Blick, den Augen einer alleinstehenden Frau mit einem schönen Körper voller Schwünge und Kurven, einer reifen Figur. Eigenliebe, hatte der Kapitän gesagt, die Triebfeder ihrer Gesellschaft. Aber Nora liebte sich nicht; ihre Schönheit war ihr nie zu Kopf gestiegen.

Sie hätte wirklich gern gewusst, wie Lydia aussah.

Es war inzwischen so dunkel geworden, dass ihr Bild im Spiegel wie eine Fata Morgana schien. Eine ganz sanfte Bewegung in ihrem

Leib weckte sie aus ihrer Trance. Du musst deine Fantasie im Zaum halten, mahnte sie sich. Es war noch viel zu früh für solche Zeichen eines neuen Lebens. Sie wusch sich unter den Armen und zog sich wieder an. Sie ging hinunter, griff nach ihrem Hut und einer gefütterten Jacke und überquerte den Hof, um Anastasia zu satteln. Obwohl sie erst einmal bei Tag in Maharuas Werft gewesen war, kannte sie den Weg auch bei Nacht.

Das Land lag flach im Mondlicht. Das hohe Savannengras wogte matt, verwoben mit der monotonen Musik der Zikaden. Das Trommeln von Anastasias Hufen klang stumpf, weithin hörbar. Die Pontoks – große graue Maulwurfshügel aus Zweigen und Laubgeflecht, verklebt mit getrocknetem Ochsenmist und in der Hitze hart gebackenem Lehm – wuchsen schwarz und wabenförmig aus dem Gras. Ganz am Anfang hatte Nora einmal zugesehen, wie ein Pontok entstand, mit dem großen Pfahl in der Mitte, um den in einem Kreis von anderthalb Metern Abstand kräftige Äste in die Erde gesteckt wurden, kräftig, aber biegsam, deren Enden – mit Bast oder Lederriemen an der Spitze des Pfahls befestigt – die Rippen darstellten. Ein festes Geflecht aus dünnen Ästen und Buschwerk bildete die Sehnen zwischen den Rippen, auf die dann ein dicker Brei aus Rinderdung und Tonerde gelegt wurde: das Fleisch. Als Haut diente eine weitere dünne Schicht, bis kein Riss, kein Loch und keine Fuge mehr übrig blieben.

Hinter den verhängten Eingängen herrschte Dunkelheit. Eine einsame Tamarinde breitete ihre Zweige über die größte der zwölf Lehmkuppeln, deren Abzug grauer Rauch entstieg. Nora zügelte die Stute. Sie hatte nicht damit gerechnet, dass die Herero schon schlafen würden, alle bis auf den Kapitän im größten Pontok, aber vielleicht schlief auch der, während das Feuer neben seiner Bettstatt langsam ausglühte.

Im Schritt näherte sie sich der Werft. Die Herde, die dem Stamm gehörte, bildete einen dunklen Wall in einem Dornengehege; keins der Rinder bewegte sich. Von Nahem glänzten die ledrigen Schnauzen, die feuchten Augen. Die Leiber der Tiere standen und lagen verschachtelt, die Beine angezogen, Köpfe an Bäuchen. Ihr Geruch hing dick in der Nachtluft. Nora stieg ab und ging an dem Gehege vorbei zu Maharuas Pontok, ohne darüber nachzudenken, ob sich schickte, was sie tat.

Sie ging leise. Als sie nah genug war, hörte sie ein Geräusch aus dem Pontok, einen erstickten Laut, wie ein Stöhnen. Der Vorhang, der den Eingang verschloss, war nicht ganz zugezogen. Feuerschein fiel durch den Spalt auf die festgestampfte Erde vor der Schwelle. Das Stöhnen wiederholte sich; es klang, als hätte jemand Schmerzen, die an Heftigkeit zu- und abnahmen. Nora zögerte, ging langsamer. In den anderen Pontoks, die in einigem Abstand von dem des Kapitäns standen, regte sich nichts. Es war still, nicht einmal die Zikaden sangen mehr.

Nora blieb stehen, nur noch wenige Schritte von dem nicht ganz zugezogenen Vorhang entfernt. Dahinter nahm sie eine Bewegung wahr, den Ausschnitt einer Bewegung, der ein neuerliches Stöhnen folgte, fast ein unterdrückter Schrei. Das, was sich bewegte, befand sich auf dem Boden des Pontoks, auf einem Fell, etwas dunkel Glänzendes, beleuchtet von einem kleinen Feuer. Lauf weg, dachte Nora, dreh dich um und geh weg, bevor dich jemand entdeckt. Stattdessen ging sie auch das letzte Stück noch, bis dicht an den Türspalt.

Es war ein Rücken, der sich so dunkel glänzend bewegte, der nackte Rücken eines knienden Mannes. Der Mann kniete zu Füßen einer Frau, die auf ihn herabsah und beide Hände wie segnend auf sein Haar gelegt hatte. Die Frau trug ein Kleid aus braunem Kattun, unter dem sich ihr Bauch abzeichnete, der schwere, gewölbte Bauch einer Schwangeren, aber das Kleid bedeckte ihn nicht ganz, ebenso wenig wie die nackten, fast schwarz schimmernden Beine. Sie sah auf die Schultern des Mannes hinunter oder auf seinen Kopf, der halb vom Saum des Kleides bedeckt war, und dann warf sie den Kopf in den Nacken, und der Laut, den Nora gehört hatte, entfuhr ihrer Kehle, während ihre Brust sich schnell hob und senkte.

Es hatte den Anschein, als betete der nackte Mann, kauernd auf seinen Schenkeln, die Frau an, als spräche er lautlos Worte direkt in ihren Schoß. Seine Hände waren unsichtbar. Die Arme verschwanden unter dem Kleid, und mit den unsichtbaren Händen schien er die Frau zu halten, deren Oberkörper sich immer weiter nach hinten neigte, als ihr Atem tiefer ging und sie den Kopf des Mannes abwechselnd wegzustoßen und tiefer in ihren Schoß zu ziehen versuchte. Ihre Schenkel bebten, einer legte sich über die linke Schulter des Mannes und rieb sich an seinem Ohr. Der Saum des Kattunkleides rutschte noch höher, und da erhob sich der Mann auf einmal von den Knien, schob den Schenkel zur Seite und packte mit seinen nun sichtbaren Händen die Frau an den Hüften und drehte sie um.

Jetzt konnte Nora sein Gesicht sehen, sein Gesicht und seine Erregung im Schein des niederbrennenden Feuers, und sie dachte: Nein, das darfst du nicht, das ist nicht für dich. Du darfst nicht hinschauen, es gehört allein ihnen. Ihr Gesicht glühte vor Verlegenheit, aber sie war wie gebannt, sie konnte nicht wegschauen, sich nicht abwenden. Ihre Augen hingen an diesem nackten Mann und dieser fast nackten Frau, ihrer Lust und Erregung, an ihren ineinander schmelzenden Bewegungen, als sie sich mit beiden Händen an der Lehne einer zerschlissenen Chaiselongue abstützte und er sich von hinten an sie presste, dunkler, feuchter Glanz auf Schenkeln, Rücken und Gesäß.

Das wimmernde Stöhnen kam nun schneller, begleitet vom leisen Klatschen des Fleisches wie das eines Fisches, der aus dem Wasser springt und wieder zurückfällt. Mit der rechten Hand streichelte der Mann dabei den gewölbten Bauch der Frau, Lydias Bauch, und rieb zärtliche Kreise auf die pralle Rundung, als wollte er dem darin liegenden Kind versichern, dass nichts Böses hinter ihm geschah, dass alles richtig war und schön. Nora erkannte die Bewegung wieder, die kreisende Hand war es gewesen, die sie durch den Türspalt gesehen hatte, als Balthasar vor seiner Frau gekniet und sanft den Bauch über seiner Stirn gestreichelt hatte. Aus der Entfernung, das wusste sie jetzt, war ihr dieses Kreisen vorgekommen wie ein Winken; etwas in ihr hatte es wahrgenommen und für ein Winken gehalten.

Sie trat einen Schritt zurück. Langsam ging sie rückwärts, bis sie nur noch den roten Keil des Feuerscheins sah. Sie war nicht mehr verlegen oder beschämt, und ihre Stirn glühte nicht länger. Was sie Maharua hatte sagen wollen, schien ihr nun seine Dringlichkeit verloren zu haben. Vielleicht sollte es sie nur zu dieser Stunde an diesen Ort führen und ihr etwas zeigen, das für sie von Bedeutung war, ohne dass sie schon wusste, in welcher Hinsicht. Balthasar Maharua hatte recht: Es gab Zeichen, an die man glauben musste.

Sie ritt nicht noch einmal in die Werft, und sie ritt auch nicht wieder hinauf zu der Höhle im Berg, um den weißen Elefanten anzuschauen. Sie ritt zu den Westrups, an einem Samstagabend, weil sie Gesellschaft brauchte. Eine Woche später ritt sie nach Karibib, um einen Teil ihrer Rinder zu verkaufen, nachdem sie gekalbt hatten. Eins der Kälbchen, das falsch lag, holte sie morgens um vier eigenhändig aus dem Mutterleib. Samuel sah ihr ehrfürchtig zu und lobte überall ihre Fähigkeiten. Mit jedem Tag wuchs die Freude auf ihr eigenes Kind, und Doktor Brahms, der ab und zu hereinschaute und sie bei diesen Gelegenheiten auch untersuchte, setzte den Geburtstermin für Anfang März des nächsten Jahres fest. Samuel erzählte ihr, dass die Frau von Kapitän Maharua zu Weihnachten niederkommen werde, das hatte die Medizinfrau verkündet.

Die Tragödie ereignete sich zwei Wochen früher.

Einer der Männer aus Maharuas Stamm, der beste Läufer, klopfte an einem Freitagabend wie rasend an die Tür des Farmhauses. Er war die ganze Strecke von der Werft zur Farm gerannt. Völlig außer Atem stand er zitternd und bedeckt mit Schweiß, Staub und kleinen, trockenen Grashalmen vor Nora und rief: »Mitkommen, Frau, bitte, mitkommen, schnell!«

»Was ist denn los?«

»Frau von Kapitän, Kind will nicht raus, sie schreien so schrecklich, bitte helfen!«

»Lydia?«

»Kapitän große Angst. Er will, dass Frau kommt!«

Eilig warf Nora Medikamente, Verbandszeug und eine Schere in eine kleine Ledertasche, alles, was ihr halbwegs nützlich erschien. Ohne zu zögern, lief sie in den Stall. Der Ritt zur Werft erschien ihr länger als jede andere Strecke in diesem Land. Der Wind wirbelte Steppenhexen über ihren Weg und fuhr unruhig durch das trockene Gras. Als sie im Dorf eintraf, war es fast Mitternacht. Der ganze Stamm, Männer und Frauen und Kinder, kauerte stumm auf der Erde vor den Pontoks und sah zu der einsamen Tamarinde hinüber, unter der Maharuas Hütte stand und schrie. So hörte es sich an, als Nora aus dem Sattel sprang: als wäre es die Hütte selbst, die schrie, erfüllt von unerträglichen Schmerzen.

Nora schob die Decke am Eingang des Pontoks beiseite, bückte sich und trat über die Schwelle. Scharfer Rauchgeruch schlug ihr entgegen. In der Mitte des Raumes brannte wieder ein Feuer, und neben dem Feuer lag eine Frau mit gerafftem Rock und gespreizten Beinen und schrie. Der Schein der flackernden Flammen fiel auf ihr verzerrtes Gesicht. Kapitän Maharua saß hilflos in einem Korbstuhl. Er schaute nicht auf, sah nur die liegende Frau an, mit unbewegter Miene und starr wie eine Statue.

Hinter dem Sessel stand ein eisernes Feldbett mit zerwühlten Decken, daneben ein Waschtisch. Vor dem Zugang zum zweiten Raum stand die abgewetzte Chaiselongue, die Nora schon gesehen hatte. Außerdem gab es einen großen Feldstein, termitensicher, auf dem ein merkwürdiges Sammelsurium von Gegenständen zu erkennen war: Töpfe und Pfannen, ein Flaschenkürbis, eine Tabaksdose, eine Pfeife, eine Flasche mit Zuckerbier, eine Bibel, eine heruntergebrannte Kerze in einem Tonständer und ein kleines Gemälde von Jesus Christus in einem Holzrahmen. Christus hatte eine durchsichtige Brust, in der ein von bunten Lohen umhülltes Herz leuchtete.

Obwohl Nora sie nur einmal kurz gesehen hatte, nachts im Schein eines heruntergebrannten Feuers und halb verdeckt von Maharuas nacktem Körper, erkannte sie die Frau sofort wieder. Ihre Schreie waren schrecklich. Noch schrecklicher war das Geschrei der Frauen, die um sie herumsaßen und ihre Arme und den Kopf festhielten. Es waren sechs Frauen und eine, die Nora zuerst gar nicht als Frau erkannte, so knochig, so alt sah sie aus, wie sie da zwischen den Schenkeln der Gebärenden kauerte. Nackt, mit einem grauen Haarschopf und bunten Amuletten, die Hals, Arme, Hüften und Beine bedeckten, beugte sie sich über Lydia, stieß Beschwörungen aus und wedelte mit den Händen, als hätte sie sich verbrannt oder wollte Luft auf den Schoß der Liegenden fächeln.

Jetzt warf Maharua Nora einen flehenden Blick zu, dann starrte er wieder auf die Frau und die Zauberin.

Nora stellte ihre Tasche auf den Boden. »Ich brauche warmes Wasser und saubere Tücher«, sagte sie. Kaum hatte sie das letzte Wort ausgesprochen, sprang das nackte alte Weib auf und schüttelte die dürren Hände in ihre Richtung. Mit weit aufgerissenen Augen und speichelfeuchten Lippen schrie sie Verwünschungen, schlug auf die klirrenden Amulette über ihren Brüsten und stampfte mit den Füßen.

»Du bist eine Zauberin, ich weiß«, sagte Nora, »und ich weiß auch, dass du mich nicht verstehst. Ich will dir nicht ins Handwerk pfuschen. Ich möchte mir die Frau des Kapitäns nur einmal ansehen.«

Maharua erwachte aus seiner Trance und sagte etwas. Eine der Frauen verschwand und kehrte mit einigen Tüchern und einem Kessel voll Wasser wieder, den sie über das Feuer hängte. Während die Zauberin weiter kreischte, kniete Nora neben Lydia nieder und betrachtete ihren von den Flammen beschienenen Schoß unter dem gewölbten Bauch, die Öffnung zwischen den zitternden Schenkeln, deren Muskeln hervortraten wie Taue. Sie sah viel Blut und zwei winzig kleine Füße, die bereits aus dem Leib der Mutter ragten, ohne sich zu bewegen.

»Gebt ihr etwas, worauf sie beißen kann«, befahl Nora. »Sie soll still sein, und sie soll sich so wenig wie möglich bewegen. Und die alte Frau soll das Zelt verlassen. Ihr Zauber ist nicht stark genug.«

»Warum schreit sie so?«, fragte Maharua, als dieselbe Frau, die das Wasser geholt hatte, Lydia ein Stück Holz zwischen die Kiefer geschoben hatte und nur noch gedämpftes Stöhnen und das Knirschen von Lydias Zähnen zu hören war. »Was ist mit dem Kind?«

Nora erinnerte sich plötzlich wieder an alles, was sie während ihrer Ausbildung zur Krankenschwester gelernt hatte. Sie schob eine Hand unter den Rock der Gebärenden, um den Bauch zu betasten und die Lage des Babys zu erfühlen. Lydias Bauchdecke war hart wie Holz, bebendes, verkrampftes Holz. Nora legte das Ohr an den Bauch, versuchte zu hören, ob das Baby noch einen Herzschlag hatte. Lydia riss einen Arm los, schlug besinnungslos um sich und traf Nora am Kopf, bevor eine der Frauen ihren Arm wieder zu fassen bekam.

»Wird sie sterben?«, fragte Maharua. Er war jetzt dicht neben Nora, und sie hörte die Angst in seiner Stimme. Plötzlich wurde ihr klar, dass sie noch nie den Klang der Angst gehört hatte, wie er eine Stimme veränderte. Rainer hatte von seiner Angst gesprochen, aber sie hatte sie nicht gehört. Jetzt hörte sie sie zum ersten Mal.

»*Muss sie sterben?*«, wiederholte Maharua.

Nein, dachte Nora, nicht, wenn ich es verhindern kann. Ich werde alles tun, damit sie überlebt, auch wenn ich noch nie ein Menschenkind auf die Welt gebracht habe. Sie sagte: »Das Baby kommt verkehrt herum. Es scheint festzustecken. Es könnte sein, dass die Nabelschnur sich um seinen Hals gewickelt hat. Wenn wir nicht aufpassen, wird sie das Kind erwürgen.«

Der beißende Rauch, der von dem Feuer aufstieg, nahm ihr den Atem. Zwischen den brennenden Holzscheiten lagen grüne Äste, Kräuter und Rinde von Zauberbäumen, die nur schwelten, aber nicht brannten. Nora schlug den Vorhang am Eingang des Pontoks zurück, damit frische Luft in den Raum gelangte. Sie wusch sich sorgfältig die Hände, trocknete sie ab und schob sie dann vorsichtig zu beiden Seiten der winzigen Beine in Lydias Scheide. Es war, als führe sie mit den Fingern in eine warme, glatte Frucht, die sich nur schwer zerteilen ließ. Einen Moment lang verharrte sie so, fühlte das winzige Lebewesen zwischen ihren Handflächen, versuchte, einen Puls zu erspüren. Drückte gegen die Scheidenwände, um Platz für es zu schaffen.

Tastete mit den Fingerkuppen nach dem Bauch, den Armen, dem Hals, dem Kopf.

Die alte Zauberin begann wieder zu schreien, draußen, neben dem dunklen Eingang des Pontoks. Ihr schwarzes, faltiges Gesicht spiegelte den Feuerschein, sogar ihr Gaumen schimmerte hinter den schwarzen Zähnen.

»Sie soll endlich ruhig sein«, keuchte Nora. Es gab einen Puls, ein Pochen in der Nabelschnur, aber sonst gab es fast nichts. Nora schloss die Augen, stellte sich ein Baby vor, das ganz klein war, kleiner als jedes andere Neugeborene. Die Nabelschnur war dünn, und Lydia bäumte sich immer wieder auf, aber Nora konzentrierte sich, sie bildete eine Schale aus ihren Händen, die das Baby vor den Kontraktionen der Scheide schützte. Sie ertastete den Kopf des Fötus, klein und weich. Keine Schlinge.

Vorsichtig zog sie die Finger zurück, Millimeter für Millimeter, verlor die Schnur, fand sie wieder, folgte ihr jetzt in die andere Richtung, zum Bauch des Fötus. Sie stieß auf eine Wölbung der Schnur. Sie hielt inne und hoffte, es wäre der Bauch. Aber es war nicht der Bauch, es war ein kleiner Sack davor, ein Beutel, der aus dem Bauch hervorging.

Das Geschrei hörte nicht auf, es schwoll jenseits der Schwelle an und ab; die Amulette der alten Frau schepperten und klirrten. Lydia schien Noras Hände mit ihren Muskeln zerquetschen zu wollen, das Baby, den Schmerz selbst.

Papa, dachte Nora – Papa, wo immer du jetzt bist: Sieh her, schau durch meine Finger und sag mir, was das ist. Wir haben hier einen Fötus, der nicht herauswill, und ich glaube, es ist ein Nabelbruch. Ich glaube, die Nabelschnur ist gebrochen und der Bruchbeutel steckt fest, und wenn das stimmt, sag mir, was ich tun soll.

Es war kein großer Bruch. Bei einem großen Bruch hätten sich viele Organe in den Sack gedrückt haben können, den der Nabel an dieser Stelle bildete, statt im Bauch zu sitzen, wo sie hingehörten – Magen, Leber, Milz, Bauchspeicheldrüse, Darm, manchmal sogar das

Herz. Aber auch bei einem kleinen Bruch wie diesem, gerade so groß wie eine Haselnuss, lagen vielleicht einige Darmschlingen außerhalb des Körpers. Wenn die Schnur durchtrennt wurde und der Stumpf nach einer Woche abfiel, bestand die Gefahr, dass die Eingeweide infiziert wurden und zu eitern begannen und das Kind starb.

Lydia schrie auf.

»Bitte, helfen Sie ihr«, flehte Maharua.

»Sie soll pressen«, sagte Nora, »sie soll auf das Holz beißen und pressen.« Ja, pressen, dachte sie, und ich muss ziehen, aber nicht so, dass ich den Fötus verletze oder den Kopf verforme. Ich muss nur die Öffnung ein bisschen erweitern und das Baby in eine etwas bessere Lage bringen, und dann muss ich den Bruch in den Bauch des Kleinen zurückdrücken, aber sacht, ganz sacht und erst mal nur so weit, dass es geboren werden kann, dass es herausrutscht. »Pressen!«, sagte sie, drängte sie, betete sie, und sie spürte, wie sich der Fötus bewegte, und sie hörte Lydias Schreie nicht mehr; sie konzentrierte sich ganz auf das Gefühl in ihren Händen, die diese Schale bildeten, eine Kapsel, eine Auster für die kleine glitschige Perle, die sich jetzt wieder bewegte. Die Beine rutschten hervor bis zu den Knien, gefolgt von einem winzigen Geschlechtsteil, und jetzt erschien der Nabel mit der Schnur und dem kleinen Hauttrichter, den sie am Bauch bildete, und Nora zog erleichtert ihre Hände zurück, und nun ging alles ganz leicht: Das Kind schlüpfte heraus wie eine winzige, verklebte Amphibie.

Lydia lag plötzlich still. Das Neugeborene war auf die Decke unter ihrem Gesäß geglitten, in den Flammenschein, und einen Herzschlag lang geschah nichts, blieb alles in der Schwebe zwischen Leben und Tod. Dann schoss Blut aus dem Bauch der Mutter, zwischen ihren Schenkeln hervor. Hastig hob Nora das Neugeborene hoch, hielt es an den Beinen und versetzte ihm einen Klaps. Wartete, dass es schrie. Es schrie nicht. Sie versetzte ihm noch einen Klaps und schüttelte es leicht.

Das Blut, das aus Lydias Scheide stürzte, wurde mehr. Es war so viel, und alles geschah gleichzeitig, und Nora rief: »Haltet die Blutung auf, stopft ihr etwas zwischen die Beine!«, während sie das Neugeborene anstarrte und wartete, dass es endlich schrie, und Maharua beugte sich über seine Frau und flüsterte: »Lydia… Lydia…«, und eine der Frauen nahm ein Büschel Kräuter und stopfte es Lydia zwischen die Beine, und Nora rief: »Nicht so was, nicht das schmutzige Zeug, nehmt den Mull!«, und da endlich schrie das Baby. Sein zahnloser Mund öffnete sich weit, und Maharua wandte sich von seiner Frau ab und seinem Sohn zu. Seine Miene wechselte von Sorge und Angst zu Staunen, zu Freude, zu Stolz und wieder zu Sorge.

»Ich brauche heißes Wasser«, sagte Nora. »Ich muss den Bruch desinfizieren, aber ich habe kein Jod. Kümmern Sie sich um Ihre Frau. Wenn Sie das Blut nicht aufhalten, wird sie verbluten.«

Sie betrachtete den kleinen, fast transparenten Beutel, der an der Bauchhöhle des Neugeborenen hing. Er enthielt nur Flüssigkeit, keine inneren Organe. Nora griff nach der bereitgelegten Schere, schnitt die Schnur dicht am Bruchsackhals durch und wusch das Ende dann sorgfältig mit einem Tuch und heißem Wasser.

Das Baby schrie, und nachdem Nora das Schnurende gewaschen hatte, schob sie die Reste des kleinen Sacks in die Bauchhöhle und verschloss die Öffnung mit einem Gazetupfer und einem Faden, den sie zu einer Schlinge formte und zuzog. Das Baby schrie noch immer. Lydia blutete durch den Verbandsmull, aber sie konnte die Augen nicht von ihrem Sohn lösen. Nora legte ihr das Kind an die Brust, und als sie den Blick in Lydias Augen sah, brach sie in Tränen aus.

Es waren Tränen der Anspannung, der Erschöpfung und der Erleichterung, und sie weinte, ohne es wirklich zu merken. Die Tränen liefen ihr über die Wangen, zum Kinn hinunter, über die Lippen, sie konnte sie schmecken. Schluchzend kauerte sie neben der Liegenden, gegenüber von Maharua, der auf der anderen Seite kniete, und da wanderte Lydias Blick von ihrem Kind zu Nora, suchte ihre Augen mit einem ernsten Ausdruck, gleichermaßen ergeben, neugierig und weise.

Nora sah, wie jung sie noch war, und dachte auf einmal: Sie weiß es. Sie weiß es, und ich weiß es auch, und wahrscheinlich weiß es sogar ihr Mann. Wir wissen, dass sie sterben wird. Sie ist in einer einzigen Nacht erwachsen geworden, hat in wenigen Stunden ein ganzes Leben durchgemacht und ein anderes geschaffen. Lydia hielt das Kind mit der einen Hand. Mit der anderen zog sie sich die Decke über den Schoß; sie sah aus, als lächelte sie.

27

Die Lilie stand ganz am Rand des Gartens, wo die Böschung des Flusses anfing. »Wie nennen Sie diese Blumen?«, fragte Balthasar Maharua und berührte den Kelch der weißen und violetten Blüte mit der Zeigefingerspitze.

»Lilien«, sagte Nora.

»Wir nennen sie auch Lilien.«

»Ich glaube, sie heißen überall Lilien«, sagte Nora leise.

»Ich habe ihn Moses genannt«, sagte Maharua, »aber er ist wie eine Lilie. Ich werde ihn Moses Lilie nennen.« Er schwieg einen Moment, ehe er hinzufügte: »Sie ist gestern Nacht gestorben. Sie hat wieder angefangen zu bluten, und das Blut wollte nicht aufhören.«

Sie saßen auf einer Decke unter einem Anabaum, und die Lilien wuchsen an der Böschung über dem Fluss, der nur wenig Wasser führte. Das Kind, das der Kapitän Moses Lilie genannt hatte, lag neben ihm in einem Korb und schlief. Ein dünnes Netz über dem Korb schützte den Säugling vor den Moskitos. In der Krone des Baumes sang ein Kronenkiebitz, ein zweiter antwortete. Nora wusste nicht, was sie sagen sollte.

»Sie haben keine Schuld«, fuhr Maharua leise fort. »Sie haben alles getan, alles, was Sie konnten. Meine Frau ... es war Gottes Wille ... niemand kann ihn zurückhalten, wenn er einen Beschluss fasst. Sie hat mein Kind ausgetragen, aber das Kind fürchtete sich davor, geboren zu werden. Dann sind Sie gekommen und haben es geholt, haben ihm das zweite Leben geschenkt. Es ist auch Ihr Kind.«

»Nein«, sagte Nora. »Es ist nicht mein Kind.«

»Es wäre gestorben.« Maharua sprach weiter mit seiner leise staunenden Stimme. »Wenn Sie nicht geholfen hätten, wäre es gestorben. Sie haben es geholt und geheilt, und die Leute bei uns in der Werft wissen, was Sie getan haben, selbst wenn die Alte sagt, Sie hätten Lydia getötet.«

Nora fühlte sich schon seit Tagen matt. Ihr war heiß, sogar im Schatten des Baumes. Die Moskitos, die in Wolken über dem dünnen Wasserrinnsal standen, erschienen ihr auf einmal unerträglich, eine unerträgliche Qual. Sie betrachtete den Säugling unter seinem Netz. Er kam ihr kleiner vor als am Tag seiner Geburt, kleiner und leichter. Im Schlaf war sein Gesicht verschlossen und von tiefem, hungrigem Ernst.

Die Hügel jenseits des Flussbetts flimmerten, durch Hitzewellen verzerrt, und in dem gelben, staubigen Dunst des Nachmittags kündete sich der Sonnenuntergang an. Das Licht hing wie Bernstein in den von der Dürre gebräunten Büschen, zeichnete schräg fallende Schatten. Ganz oben über dem Horizont zogen die abendlichen Wolken herauf, faserig noch, erst weiß, dann rosig wie Lachs. Ein dünner Schauer lief Nora über den Rücken. Vielleicht lag es an dem Klang von Maharuas Stimme, dass es Nora schien, als lauerte in diesem Bild des Friedens etwas anderes, eine Ahnung von Fremdheit und nahender Gefahr.

»Ich weiß, dass Sie Lydia nicht getötet haben. Sie wollten sie retten«, sagte Maharua. Dann sagte er: »Sie fehlt mir. So sehr.«

Nora schämte sich. »Wer füttert Moses jetzt?«, fragte sie.

»Eine unserer Frauen, die auch geboren hat, vor einigen Wochen.« Maharua blinzelte und rieb sich die geröteten Augen mit den Fingerknöcheln, wie ein müdes Kind, das unbedingt wach bleiben will. »Sie schien zu wissen, was ihr bevorstand. Sie war so tapfer. In ihren Augen sah ich nur meine eigene Angst und meine Ohnmacht, wie auf der Oberfläche eines klaren Weihers, und darunter war sie, und sie war tapfer. Sie hatte gelächelt, trotz all der Schmerzen. Sie tat es nicht meinetwegen, ihr Lächeln wäre auch mein Tod gewesen. Sie hat mich nie gefragt, ob sie sterben muss. Ich konnte es nicht begreifen, es war unsinnig und fürchterlich, dass ich sie sterben sehen musste und gar nichts tun konnte... Ihr Blut war einfach zu dünn... Und dann, im Morgengrauen, wurde ihr Gesicht erst ganz alt, wie das einer Greisin und gleich darauf ganz jung, und sie hat zu dem Loch oben im Dach hinaufgestarrt, angestrengt und erleichtert, und ihre Augen leuchteten plötzlich... bevor... bevor sie sacht den Kopf zur Seite gewandt hat, um mich noch einmal zu sehen. *Ich habe dich sehr lieb*, sagte sie.«

Maharua schwieg und schüttelte den Kopf, als schämte er sich seiner Worte, weil sie wie von selbst kamen und er sie nicht aufhalten konnte. »Ich habe sie geliebt. Ich habe sie geachtet. Sie konnte mit ihrem Herz in mein Herz schauen und sich dort niederlassen, wo es sanft und friedlich war. Ich konnte das nicht – sie war so voller Geheimnisse für mich, und ich dachte, ich könnte all diese Geheimnisse nach und nach entdecken... ich hätte noch die Zeit dazu... Aber trotz dieser Geheimnisse hatte ich keine Angst bei ihr, denn ihre Seele konnte leiden, und sie war großzügig. Ihre Großzügigkeit war gewachsen aus den eigenen Schmerzen. Es gab nichts Bitteres in ihr, keine dunklen Wellen, die aufsprangen wie in meiner Seele. Sie konnte schauen, staunen, hoffen, geben.«

»Ich hätte sie gern besser gekannt«, sagte Nora.

»Ich auch«, sagte Maharua. Er griff unter den Kragen seines grob gewebten Leinenhemdes, holte einen kleinen Beutel aus unbehandeltem Leder hervor, der an einer Schnur um seinen Hals hing, und streifte die Schnur über seinen Kopf. »Ich habe den ganzen Tag bei ihr gesessen und ihr Gesicht gestreichelt und versucht, sie noch besser kennenzulernen, um mich an mehr erinnern zu können, bevor sie in die Erde gelegt werden musste. Ich habe ein wenig von ihrem Haar abgeschnitten.« Mit zitternden Fingern öffnete er den Lederbeutel und holte eine schwarze Locke heraus, hielt sie zwischen ihnen in der Luft, »hier«, und seine kräftigen Finger zitterten immer mehr, bis er die Locke wieder in den Beutel schob. »Werde ich sie jemals wiedersehen?«

Nora dachte, dass sie seiner Ehrlichkeit nicht würdig war. Es bereitete ihr Freude, fast Lust, seinen Schmerz zu teilen, langsam und mit Bedacht dem Pfad zu folgen, den seine verwundete Seele einschlug. Es war keine körperliche Lust, nichts, das nach Berührung oder Befriedigung verlangte. Dieses Gefühl war größer. Vielleicht glich es eher dem, was Nonnen empfanden, wenn sie alte Geschichten von Märtyrern lasen, Männern oder Frauen, die in einen Kampf um ihre Seele verwickelt waren und Prüfungen erdulden mussten. Nora schloss die Augen, als könnte ihr Blick sie verraten. Lust fiel ihr leicht; Leidenschaft fiel ihr leicht. Und es fiel ihr leicht, beidem zu widerstehen.

Aber dem Glück, fremden Schmerz anzunehmen, konnte sie nicht widerstehen. Es gab keine Erschöpfung danach, keine zitternden Beine, kein spürbares Nachlassen der Reize, nur immer tiefere Abhängigkeit, die sich selbst stetig erneuerte, ohne je einen Höhepunkt zu benötigen. Lust, die zu Achtung führte. Zu immer größerer Unschuld. Zu einer Leichtigkeit des Herzens, die nicht enttäuscht wurde, denn es gab genug Schmerz. Sie wollte auch geben – das gehörte zu dieser Art von Liebe, die sie seit jener Nacht empfand, in der sie sein Kind auf die Welt geholt hatte.

Nora öffnete die Augen. Sie griff nach Maharuas Hand. Es war ihre erste Berührung, seit er damals mit den Fingern ihr Gelenk umschlossen hatte. Er sah sie an, mit seinen geröteten Augen in dem tiefdunklen Gesicht, und er war so schön in diesem Moment, in diesem Augenblick.

»Wenn Sie wollen, ist es auch mein Kind«, gab sie nach. »Ich kann seine Patentante sein.« Sie dachte daran, wie entsetzt die Frauen in der Werft gewesen waren, als sie Moses Lilie kurz nach seiner Geburt hatte baden wollen, statt ihn mit Fett abzureiben, wie die anderen Frauen es verlangt hatten. Und wie überrascht, als das Baby bei der Berührung mit dem Wasser im Bottich nicht gestorben war, sondern behaglich gegluckst hatte. Der Nabelbruch war schnell verheilt, schon nach wenigen Tagen – neue Zellen hatten sich gebildet, Haut war gewachsen. Und die ganze Zeit waren die Gefolgsleute Maharuas gekommen, um Nora Geschenke zu bringen: Eier, Tabak, Fleisch, Kürbisse, Löffel, lebende Hühner, Lämmer, Ziegen und ein Kalb.

Moses Lilie schlief fast ununterbrochen, erzählte der Kapitän, während sein zukünftiger Reichtum sich mehrte. Nachts saß er selbst, Balthasar Maharua, in seinem Pontok am Feuer und wusste, dass er nie wieder eine andere Frau anfassen würde. Er dachte nur an Lydia, sah sie vor sich, sah sie tanzen, lachen, singen oder kochen; er sah sie durch das hohe Savannengras gehen, in der letzten Brise vor Sonnenuntergang. »Sie war eine gute Frau«, sagte er abschließend, »ihr Rücken war gut, ihre Brüste und ihre Schenkel. Alles war rund und fest. Sie war gut zusammengebaut.«

Nachdem der Kapitän mit seinem Sohn in einem Tuch vor seiner Brust zurück in die Werft geritten war, betrachtete Nora sich wieder im Spiegel. Ihre Schenkel, ihre Brüste, ihr Rücken – war sie auch gut zusammengebaut? Sie musterte ihren Hals, die Arme und Hände. Die Frau im Spiegel lächelte auf eine zaghafte, verwunderte Art, als wüsste sie nicht recht, was sie da eigentlich tat, wer sie war. Sie fing an, sich zu verändern. Sie legte die Hände auf ihren runder werdenden nackten Bauch. Du wirst mich nicht töten, erklärte sie ihm; mein Blut ist nicht dünn.

Ihr Haar war lang geworden. Sie konnte es nehmen und zu einem langen Zopf flechten, der zwischen ihren Brüsten lag und bis zum Nabel reichte. Neben der Kommode mit dem Spiegel stand eine kleine Wiege aus hellblau gestrichenem Holz, die Martha Gerber bei ihrem letzten Besuch vorbeigebracht hatte. Die Wiege hatte zwei abgerundete Kufen und eine Art Baldachin aus weißem Stoff, um das Innere gegen die Sonne zu schützen. Nora beschloss, dass sie Rainer schreiben musste.

Lieber Rainer,

es wird Abend um die Farm herum, während ich diese Zeilen schreibe. Ich weiß nicht recht, wie ich anfangen soll. Vielleicht so: Wo immer du gerade steckst und was du gerade tust, setz dich hin und hör zu. Ich muss dir etwas mitteilen, das ich mich nie getraut habe, dir zu sagen, als du noch hier warst. Aber du musst es wissen, glaube ich – denn es ist ein Teil deines Lebens, deiner Vergangenheit und deiner Zukunft. Ich bekomme ein Kind. Du bist der Vater. Ich schreibe dir das nicht, weil ich etwas erwarte. Mehr als dieses Kind erwarte ich nicht von dir. Ich habe dich nicht aufgehalten, als du gehen wolltest, obwohl ich es da schon wusste, und ich will nicht, dass du zurückkommst. Ich will auch kein Geld. Ich will nur, dass du es weißt und dich vielleicht ein wenig darüber freuen kannst.

Als du mich verlassen hast, war ich erst sehr traurig, aber jetzt habe ich erkannt, dass es gut war. Es war gut von dir zu gehen, obwohl du mich so geliebt hast. Es war gut für mich, weil ich zwar glaubte, dich zu lieben, in Wirklichkeit aber in dir wieder nur mich geliebt habe. Weil du mir etwas gegeben hast, das nicht in mir war. Ein Bild von mir in deinen Augen, das ich gern mochte ... wie ich lieber gewesen wäre. Nicht du warst schwach und klein, sondern ich war es. Ich dachte, dein Herz hätte mich verraten, dabei war ich *die ganze Zeit im Unrecht. Wenn ich doch nur ein Dichter wäre wie du, um dir sagen zu können, wie ich wirklich empfinde. Hätte ich nur all deine Worte!*

Du hast mich geliebt und warst traurig und verzweifelt, und ich habe es nicht bemerkt. Ich war zu sehr mit mir und meiner neuen Nützlichkeit, meinem Glück beschäftigt – dem Glück, das ich dir verdanke. Ich war besessen davon, und du hast mich trotzdem weiter geliebt, obwohl ich dir nicht mehr gegeben habe als das, was unbemerkt vom Tisch dieses Glücks gefallen ist. Und dabei will ich doch nur, dass auch du glücklich bist, wenigstens für die kurzen Momente, die wir dieses flüchtigen Gefühls habhaft werden, es halten können.

Vielleicht sind wir beide Feiglinge und beide tapfer. Die Tage hier mit dir gehörten zu den fruchtbarsten meines Lebens, das weiß ich jetzt, und dir verdanke ich es, dass ich immer noch glücklich bin. Inzwischen habe ich Freundschaft mit Doktor Brahms geschlossen, und die Offiziere von der Garnison machen mir gelegentlich ihre Aufwartung und raten mir eindringlich, in die Stadt zu ziehen, weil es zu gefährlich sein soll, auf der Farm zu bleiben. Aber jetzt will ich nicht fort von hier, wo ich so glücklich war und bin, weil unser Kind dort zur Welt kommen soll, wo es gezeugt und empfangen worden ist. Auf seinem Land. Davon abgesehen, lassen auch die Westrups ihren Besitz nicht im Stich.

Kapitän Maharuas Frau Lydia hat ihm einen Sohn geschenkt und ist dabei gestorben. Ich habe bei der Geburt geholfen, und seitdem ist es, als teilten wir etwas, das keiner von uns mit sonst jemand teilt, das Geheimnis des Lebens – und des Todes. Ein einzigartiges Band zwischen zwei Menschen, deren Geschlecht keine Rolle spielt bei dem, was sie fühlen. Ich glaube sogar, es war schon da, als wir uns das erste Mal begegnet sind.

Das Schicksal, das neben uns läuft, von dem du geschrieben hast.

Allerdings hat selbst Balthasar mir nahegelegt, die Nachrichten, die in der Tat immer beunruhigender werden, nicht leichtfertig zu ignorieren. Obwohl ich die Patentante des kleinen Moses Lilie bin, kann er für meine Sicherheit nicht garantieren, wenn sich auch sein Stamm den Aufständischen anschließt. Bisher gibt es dafür keine Anzeichen – meine schwarzen Arbeiter kommen jeden Tag brav zur Arbeit, bestellen die Felder und treiben die Rinder auf die Weide und wieder in den Stall zurück. Ist dir übrigens schon mal aufgefallen, wie dumm diese Kühe sind? Nach all den Monaten erkennen sie mich immer noch nicht. Wenn sie sich hinlegen, in ihre eigene Notdurft, sind sie nichts anderes als weiche, warme Erdhaufen.

Nun, wie auch immer, Weihnachten steht vor der Tür, und bis zum neuen Jahr wird man uns hier wohl in Ruhe lassen. Mach dir nicht zu viele Gedanken um mich und vor allem: Hab keine Angst. Ich habe auch keine.

28

Der 24. Dezember 1903 war ohne Zweifel der bisher heißeste Tag des Jahres. Das Land lag scharf und glänzend in der Sonne, und die Luft zitterte. Der weiße Himmel sog die Farben aus der Erde und dem Gras und den Bäumen, zwischen denen die Hitze floss wie flüssiges Glas.

Nora stand auf einem Schemel und schmückte den Christbaum im Wohnzimmer mit weißen Bienenwachskerzen, goldenem Lametta und roten Glaskugeln. Sie kam sich unwirklich vor, hier im Schatten, mit der zurechtgestutzten jungen Tamarinde, der sie jetzt einen Engel aus Stroh auf die Spitze setzte. An den Vorhangstangen hingen unwirkliche Strohsterne, unwirkliche silberne Glöckchen aus Pappmaschee baumelten an den Lampen. Am unwirklichsten erschien Nora, dass sie seit dem Morgen eine Sehnsucht nach Schnee verspürte. Sie wollte ihn sehen, weil er zu Weihnachten gehörte, aber vor allem wollte sie ihn sich ins Gesicht reiben, ihn essen, sich Hände voll davon in den Mund stopfen, ihn schlucken, trinken, verschlingen und kalt schmelzend in ihrem Bauch spüren.

Auf dem Teller der Victrola drehte sich seit Stunden dieselbe Schellackplatte mit Weihnachtsliedern – *Stille Nacht, heilige Nacht* auf der einen Seite und *Es ist ein Ros' entsprungen* auf der anderen. Wenn sie abgelaufen waren, drang stattdessen das Quietschen des Windrads durch die offenen Fenster, ein kratzendes, ungeöltes Geräusch. Wie kleine Ebenholzfiguren bewegten sich Samuel und Teresa in ihren braunen Kleidern durch die Räume, trugen Teller herbei und deckten den Tisch für das festliche Abendessen. Sie waren sehr leise, und auch das erschien Nora unwirklich, genau wie das Lametta, das sie sich über die

Ohren, die Schultern und um den Nacken gehängt hatten. Wenn sie in einen Sonnenstrahl gerieten, blitzten die Stanniolfäden auf, als flösse silberne Glut über ihre Haut. In der Küche stritten sie leise; es klang fast wie das Fauchen und Zischen von Tieren, weniger wie menschliche Stimmen.

Danach gingen sie wieder schweigend und mit betretener Miene zwischen Küche und Wohnzimmer hin und her, und Nora fragte sich, was sie wohl haben mochten. Aber dann wandten sich ihre Gedanken ihrer kleinen Soiree zu: Sie erwartete die Westrups, Doktor Brahms, Pater Seidelmann und den jungen Leutnant aus der Garnison, dessen Namen sie jedes Mal vergaß, kaum dass er ihr Haus verlassen hatte.

»Gnädige Frau?« Samuel stand vor ihrem Schemel und sah zu ihr auf.

»Ja, was ist?«

»Wir müssen nun gehen«, sagte Samuel.

»Gehen?«, fragte Nora überrascht. »Wohin denn? Ich brauche euch heute Abend. Ich erwarte Gäste, das wisst ihr doch.«

»Wir sind jetzt gute Christenmenschen«, erklärte Samuel. »Weihnachten wir müssen bei unseren Familien sein.«

»Aber es ist noch nicht einmal Mittag.« Nora stieg von dem Schemel und ging in die Küche. Auf dem Tisch stand die Backschale mit der ausgenommenen Gans, daneben lagen die Zutaten für den Punsch, den sie gleich ansetzen musste. Ein Laib Weißbrot, ein Krug mit süßem Most, darüber ein sauberes Tuch, um die Fliegen fernzuhalten. Mehrere Flaschen Kupferberg Sekt kühlten in einer Schüssel mit Wasser unter dem Fenster. Nora zählte sie; keine fehlte. »Es ist ein Kreuz mit euch«, sagte sie zu Samuel und Teresa. »Wie soll ich allein mit den Gästen zurechtkommen?«

»Vielleicht Gäste bleiben aus«, sagte Teresa.

»Unsinn, warum sollten sie?! Die Einladung steht seit Wochen fest!«

Samuel sagte: »Aber wenn niemand kommt, die gnädige Frau bleibt nicht allein, ja? Sie geht in Garnison, bitte!«

»Ich kann doch nicht einfach die Farm verlassen und Weihnachten in der Garnison verbringen.«

Teresa zuckte mit den Schultern. Sie wagte nicht, Nora in die Augen zu schauen, als sie leise sagte: »Die gnädige Frau darf nicht denken, dass sie sicher ist im Land der Schwarzen. Teresa hat in den Wolken gelesen, und da steht, Gott der Herr wird einen furchtbaren Krieg schicken, der das Land verheert und alle Weißen tötet.«

»Ach, das höre ich jetzt schon die ganze Zeit!« Nora schüttelte ungeduldig den Kopf. »Aber diese Farm steht unter dem Schutz von Kapitän Maharua.«

»Der Kapitän ist stark wie ein Elefant«, sagte Samuel, »und er kann dem Wind befehlen. Er kann auf seinem Schimmel durch ganz Afrika reiten, ohne dass er schlafen oder ruhen muss. Er kann über den Horizont sehen, bei Tag und Nacht. Er wird die deutschen Soldaten vernichten wie Termiten, denn kein Mann kann ihn töten. Niemand kann ihn töten außer Gott.«

»So ein dummes Gerede.« Nora zupfte ihm die Lamettafäden von Ohren und Schultern. »Steht das auch in den Wolken?«

Teresa hob den Blick, schaute direkt auf Noras Bauch und sagte: »Du solltest abreisen, gnädige Frau – Afrika ist nicht mehr gut für dich.« Sie streckte die Hand aus, bis sie den Bauch fast berührte. »Du armes, kleines Kind, du kannst nichts dafür, aber auch du musst sterben. Teresa wird weinen, und Samuel wird weinen, aber es wird nichts nützen.«

»Was fällt dir ein!«, rief Nora und holte aus, bereit, das Mädchen zu schlagen. »Wie kannst du es wagen, so mit mir zu sprechen!«

Teresa wich nicht zurück. »Die gnädige Frau schwebt in großer Gefahr.«

»Und meine Farm? Soll ich die etwa unbewacht lassen?!«

Samuel und Teresa tauschten einen Blick, schweigend. Dann gingen sie rückwärts zur Tür, die einen gleißenden Rahmen für ihre dunklen Konturen bildete. »Die gnädige Frau darf nicht zu gut schlafen«, sagte Teresa leise.

»Ich schlafe aber gut, danke«, verkündete Nora. »Ich habe noch nirgendwo so gut geschlafen wie hier!«

»Wer gut schläft, hört schlecht«, warnte Samuel, schon an der Tür. »Geräusche, wenn jemand kommt. Die gnädige Frau soll sich Erbsen ins Bett legen, damit sie leicht schläft und sofort aufwacht. Wenn jemand nachts an dein Fenster klopft, dann musst du schnell laufen… schnell… weit.«

Die Tür fiel hinter ihnen zu, und durch das Fliegengitter sah es fast so aus, als lösten sie sich draußen in viele kleine schwarze Punkte auf, in silberne Blitze und Schatten, bevor sie ganz verschwanden. Nora stand benommen in der Diele. Sie war nicht in Gefahr, weder sie noch das Kind. Nichts würde ihr geschehen, nicht an Weihnachten, nicht im neuen Jahr. Nichts, dachte sie unvermittelt, außer Einsamkeit.

Sie wandte sich um und sah aus dem Küchenfenster. Die Ebene lag blendend wie ein See in der Hitze, unbewegt und still, das Steppengras, die Weißdornbüsche – endlos, flach und tief und darüber der wolkenlose Himmel. Wo hatte Teresa da etwas lesen können, es gab keine Wolken weit und breit. Es gab nur Sonne und Schatten und Stille, die sich im Haus zusammenzog, sobald die Platte mit den Weihnachtsliedern abgelaufen war.

Nora ging ins Wohnzimmer zurück, um den Baum fertig zu schmücken. Da sah sie die Wolken. Jenseits des Flusses, über den Bäumen und über dem Berg türmten sie sich wie eine schiefergraue Wand, hinter der das Licht verschwand. Der Wipfel des Berges ragte schroff in den reinen, schwarzen Himmel, und davor erstarrte das Land in der drückenden Schwüle. Die tanzende Luft brach das Licht, schob es vor und zurück. Nora merkte, dass sie zu atmen vergessen hatte, als sie um Luft ringen musste. Sie glaubte, fernes Donnergrollen zu vernehmen. Im Zimmer war es stickig und dumpf wie in der Schiffskabine während der Überfahrt vor über einem Jahr.

Diese Stille, dachte Nora, was hat das zu bedeuten? Gab es Zeichen, die sie übersehen hatte? Die sie nach über einem Jahr in diesem

Land noch immer nicht zu lesen vermochte? Sie lauschte. Das Quietschen des Windrads hatte aufgehört. Nicht einmal das Vieh im Kral war zu vernehmen, kein Hufscharren, kein Wiehern oder Flügelschlag. Keine Bewegung. Die Wolken standen starr, aus wuchtiger Schwärze gemeißelt, und plötzlich hatte es gar keine Bedeutung mehr, dass Weihnachten war. Gar keine; alles konnte passieren.

Nora stellte das Grammophon noch einmal an und lief wieder in die Küche. Der Punsch – wenn sie ihn jetzt nicht ansetzte, hatte er keine Zeit zu ziehen. Die Gans musste gefüllt werden. Das Wasser mit den Sektflaschen war bestimmt warm geworden, aber ohne Wind funktionierte die Luftkühlanlage nicht. Warum hatten die Dienstboten ausgerechnet heute das Weite gesucht? Nora kam es vor, als drehte die Küche sich um sie. Ihr Blick fiel aus dem Fenster auf eine Staubwolke am Horizont.

Die Staubwolke stieg zwischen den Dornbüschen langsam in den Himmel, und während Nora noch hinschaute, wurde sie größer. Es war die Richtung, in der die Farm der Westrups lag. Nora verließ die Küche und ging durch die Diele auf die Terrasse, wo sie im Schatten stehen blieb. Sie versuchte zu erkennen, was die Staubwolke verursachte, entdeckte aber nur einen winzigen dunklen Punkt auf dem quecksilbrigen See der Ebene.

Vielleicht ein Reiter, dachte sie, oder ein Wagen oder verirrtes Vieh. Sie hielt die Hand über die Augen, zum Schutz gegen das grelle Licht. Der dunkle Punkt schien die ganze Zeit gleich groß zu bleiben, eingeschlossen zwischen der Ebene und dem Horizont. Er tanzte auf dem silbernen Flimmern, ein unregelmäßiges Hüpfen unter dem schwarzen, drohenden Himmel. Dann schälte er sich langsam aus der Luftspiegelung, und jetzt konnte Nora erkennen, dass es gar kein Punkt war, sondern etwas, das aus mehreren Bewegungen bestand, zusammenhängenden Bewegungen, aus trommelnden Hufen, aus einem hellbraunen Leib, einem auf und ab wippenden Kopf, einer flatternden Mähne.

Ein herrenloses Pferd, kein blinkendes Zaumzeug, kein Reiter, nur ein fliehendes Pferd, das geradewegs auf das Haus zugaloppierte, es kam näher und näher, und als es nah genug war, sah Nora, dass es doch einen Menschen trug. Sie sah zwei weiße Arme, die sich an den Hals des Pferdes klammerten, sah nackte Beine unter einem staubigen Rock, aber keinen Sattel, und dann sah sie einen Oberkörper, der über den Nacken des Tieres gesunken war, und schließlich wehendes blondes Haar.

Stille Nacht, heilige Nacht, hörte sie den Knabenchor aus dem Trichter der Victrola im Wohnzimmer, *alles schläft, einsam wacht nur das traute hochheilige Paar*...

»Helga«, murmelte Nora überrascht, da hörte sie schon den trockenen Hufschlag und wenig später das unregelmäßige Schnauben von Helgas Lieblingsstute und noch etwas anderes: ein ersticktes Winseln, das nichts Menschliches zu haben schien, und erst als sie das Blut auf Helgas Rock bemerkte, löste sie sich aus ihrer Erstarrung und lief dem Pferd entgegen, das wenige Meter vor ihr zum Stehen kam, mit gesenktem Kopf, es tänzelte auf der Stelle, zitternd, die Augen weiß vor Erschöpfung. »Helga!«

Helga rührte sich nicht. Sie hing am Hals des Falben, und als Nora das Bein unter dem blutbespritzten Rock berührte, wurde das Winseln lauter. »Helga, was ist passiert?« Nora griff nach dem Arm ihrer Freundin, zog sie auf sich zu, eingehüllt in den Schweißgeruch der Stute, aber Helga klammerte sich weiter an den weißflockigen Pferdehals. »Helga, ich bin's – Nora. *Nora!*«

»Nora!« Helga schrie und ließ sich vom Rücken des Falben direkt in ihre Arme fallen. »Hannes ist tot! Er ist tot! Sie haben ihn erschlagen! Er ist... ist... sie haben ihn zu Tode geprügelt!«

Nora taumelte, fing Helga auf, hielt sie fest in beiden Armen, spürte sie zittern. »Hannes – wie, wann...?!« Sie schrie selbst, schrie dummes Zeug und umklammerte ihre Freundin, deren Kopf wie der einer Puppe hin- und herfiel.

»Heute Morgen«, Helga keuchte, verschluckte sich, hustete wimmernd, »im Morgengrauen, sie kamen, als... als die Sonne aufging –

das Vieh – die Farm … Hannes wollte sie aufhalten … gestohlen, niedergebrannt …«

»Komm«, Nora zog sie in den Schatten, »komm ins Haus, beruhige dich, bestimmt ist es nicht so schlimm-«

»Er ist *tot*«, jetzt winselte Helga wieder, »tot, tot, tot, tot, tot …«

»Hör auf«, schrie Nora, »hör endlich auf!« Sie schob Helga von sich weg und schlug ihr mit der flachen Hand ins Gesicht.

Helga verstummte abrupt, ihr Kopf hörte auf zu pendeln. Sie starrte Nora an wie eine Fremde, mit großen Augen, weiten, leeren Pupillen, und sagte: »Es waren bestimmt ein Dutzend. Einige von ihnen trugen noch den Straußenbalg, den sie sich übergestreift hatten, um sich unbemerkt nähern zu können. Sie sind auf allen vieren herangekrochen, als wären wir ein Wild, eine Jagdbeute. Sie hatten giftige Pfeile, damit haben sie Hannes gelähmt, und als er sich nicht mehr bewegen konnte …«

»Woher weißt du, dass er tot ist?«, fragte Nora, bewusst ruhiger. »Bist du sicher? Vielleicht ist er nur verletzt. Vielleicht lebt er noch …«

Helga lachte. Sie schlug die Hände vors Gesicht und lachte. »Sie haben ihm die Augen ausgestochen«, sagte sie hinter den Händen, durch die Finger. »Sie haben ihm die Kehle durchgeschnitten. Sie haben ihm den Bauch aufgeschlitzt. Einer hat ihm die Hände abgehackt, mit einer Axt. Dann hat der mit der Axt ihn auf den Bauch gedreht und ihm mit der Schneide die Wirbelsäule zertrümmert.« Sie hörte auf zu lachen und ließ die Hände sinken. Mit schauerlich normaler Stimme sagte sie: »Du weißt doch, sie glauben, die Seele ist ein Wurm, der im Rückgrat wohnt. Ja, ich denke schon, dass er tot ist.«

Schlaf in himmlischer Ruh', sang der Knabenchor im Wohnzimmer, *schlaf in himmlischer Ruh'* …

»Aber wer hat das getan?«, wollte Nora wissen. »Warum?«

»Die Kaffern haben es getan. Und dein Freund hat dabei zugesehen.«

»Mein Freund? Welcher Freund?«

»Kapitän Maharua, auf seinem Schimmel.« Helga sah sie anklagend an. »Der Kapitän und seine Kaffern. Von einem Hügel aus hat er alles beobachtet, in Uniform, mit diesem Hut auf dem Kopf, dem Hut mit der Feder, und da war er und hat zugesehen, wie sie unser Haus angesteckt haben und mit unserem Vieh davongezogen sind, und Hannes – Hannes in seinem Blut –, er hat nicht geschrien, er ist nur leise gestorben, er war nur noch Blut und Wunden, und ich bin weggerannt, bin zum Stall … Sie haben mich nicht gesehen, nur Maharua auf seinem Schimmel, der Reiter, der Reiter der Apokalypse – der Krieg –, es war so grauenvoll, ich konnte seine Knochen sehen, weiß und zersplittert und darüber das ganze …«

Nora dachte flüchtig, dass Helga noch nie so viel geredet hatte, seit sie einander zum ersten Mal begegnet waren.

Sie verriegelte alle Türen und die Fenster, und danach stand sie im Wohnzimmer hinter zugezogenen Vorhängen und spähte durch einen Spalt hinaus. Sie hatte das Gewehr von seinem Haken in der Diele genommen und geladen und es neben sich über die Armlehnen des Korbsessels gelegt. Der gezogene Lauf schimmerte matt im Halbdunkel. *Zu Hause sind die Kinder sicher,* dachte sie betroffen; *sie verstecken sich im Schrank.*

Nora stellte sich die Küche der Westrups vor, bevor das Feuer darüber hinweggefegt war, das Blut überall und Hannes auf dem Bauch, verstümmelt, zerfetzt. Sie sah alles vor sich, aber sie konnte sich nicht vorstellen, dass dafür dieselben Männer verantwortlich sein sollten, die auf ihren Feldern gearbeitet, ihr Vieh zum Weiden getrieben, ja sogar ihr Haus gebaut hatten. Und doch, sie sah ihn da liegen, im Licht des anbrechenden Morgens.

Erst jetzt hatte sie Zeit für Mitleid. Sie fühlte, wie es sie mitzureißen drohte, wegzuspülen drohte wie eine Woge. Armer Hannes, dachte sie, guter Freund und Helfer. Er hatte sich so sicher gefühlt, war so überzeugt gewesen, dass ihm und Helga nichts geschehen würde. Es schien ihr eine Ewigkeit her zu sein, dass die Westrups sie und Rainer willkommen geheißen und mit ihnen zu ihrem Land gefahren waren. Armer Hannes, arme Helga.

»Zu Hause sind die Kinder sicher«, hatte Helga geflüstert, »sie verstecken sich im Schrank.« Leise hatte sie die Tür von Noras Vorratskammer geöffnet, um sich dahinter in eine Ecke zu kauern, unter einem Regal. Das blonde Haar, inzwischen fast hüftlang und staubig vom Ritt, war ihr über eine Schulter nach vorn gefallen bis in den Schoß, wo sie es mechanisch streichelte wie das Fell eines Kuscheltiers. Mit dem Rücken gegen die Wand gepresst hockte sie da, die Beine angezogen, eine Decke in Reichweite, und ihr Geruch nach Schweiß und Kompaktpuder vermischte sich mit dem Duft von Kaffee, Gewürzen, Staub.

»Du hast doch gar keine Kinder«, hatte Nora sanft zu ihr gesagt.

Ängstlich blickte Helga zu ihr auf. »Mach die Tür zu, mach die Tür zu!«, rief sie, aber Nora verstand nicht; sie begriff nicht, was sie sah.

»Komm raus«, sagte sie, »was willst du denn da drin?« Sie griff nach der Hand der Freundin, doch Helga schüttelte sie ab. Sie fauchte wie eine in die enge getrieben Katze und zog die Tür von innen zu. »Geh weg«, rief sie durch die Tür. »Geh weg, du verrätst ihnen sonst, wo ich bin!«

Nora, die noch immer am Fenster stand, spürte wieder die Faust in ihrem Bauch, sie schien sich ein wenig zu öffnen und dann fester zusammenzuballen. Worauf wartete sie? Wogegen wappnete sie sich? Warum hatte sie nicht längst die Pferde angespannt, um mit Helga in die Garnison zu fahren?

Nein, Hannes Westrup mochte tot sein, aber ihr würde nichts geschehen. Sie stand unter Balthasar Maharuas Schutz, und es war auch ganz ausgeschlossen, dass er an dem Überfall auf die Farm ihrer Nachbarn teilgenommen hatte. Ein Teil seines Stammes vielleicht, ein paar Hitzköpfe, die mit dem gestohlenen Vieh die Flucht ergreifen würden, vor den Schutztruppen genauso wie vor Maharuas Zorn. Und die Flucht führte sie nicht in südliche Richtung, sondern weiter nach Norden, durch die Namib bis zur angolanischen Grenze, falls es nötig sein sollte.

Aber wenn es doch ein kriegerischer Akt gewesen war, ausgeführt unter der Leitung und Aufsicht des Kapitäns? Dann musste sie erst recht hierbleiben, um ihr Haus und ihr Vieh zu beschützen. Ihr würde er nichts tun, sie hatte seinem Kind auf die Welt geholfen. Sie war Moses Lilies Patentante. Nora hob das Gewehr von den Armstützen und ließ sich in den Sessel sinken. In dem Durcheinander dieses Tages war sie nicht dazu gekommen, sich hinzulegen, wie sie es sonst am frühen Nachmittag zu tun pflegte.

»Hallo? Ist jemand zu Hause? Frau Hendriksen! Sind Sie da?!«

Nora schrak zusammen; sie musste eingenickt sein. Die Wohnzimmereinrichtung war kaum noch zu erkennen, nur ein Schimmer Abendrot zeichnete die Konturen der Möbel nach.

»Frau Hendriksen? Sind Sie zu Hause?«

Eine Männerstimme, allerdings keine, die ihr auf Anhieb vertraut war – *nicht weihnachtlich gestimmt*, dachte sie, noch halb benommen. Also keiner ihrer Gäste, dennoch akzentfreies Deutsch. Sie vernahm das Schnauben und Hufscharren mehrerer Pferde, stand auf und blickte aus dem Fenster in der Terrassentür auf den Hof.

Es waren mehr Pferde, als sie je auf einmal gesehen hatte, bestimmt drei Dutzend, vielleicht vier. Sie standen dicht aneinandergedrängt, schüttelten die Mähnen und schlugen mit den Schweifen. Ihre Augen waren weit aufgerissen, verrückt vor Durst. Die Sonne ging gerade unter, sodass der Staub auf ihrem Fell wie Zimt leuchtete. Die Seile, mit denen sie zusammengebunden waren, endeten am Sattelknauf von fünf Soldaten der Schutztruppe. Die Soldaten trugen braune Stiefel, Felduniformen aus sandbraunem Cord mit blauem Besatz und Brandenburger Hüte, deren Krempe an einer Seite hochgeschlagen war. Es war schon so dunkel, dass von ihren Gesichtern kaum mehr blieb als bleiche Ovale.

»Helga!«, rief Nora, warf das Gewehr auf den Tisch und lief in die Küche. »Helga, die Soldaten!« Sie riss die Tür zur Vorratskammer auf. »Helga, die Soldaten sind da!« Westrups Frau hatte die Decke über sich gezogen, aber ihre nackten Füße schauten hervor, die Zehen vor

Angst zu kleinen Krallen gekrümmt. Nora zog sanft die Decke weg. Helga duckte sich wimmernd noch tiefer und verschränkte die Hände im Nacken.

»Frau Hendriksen!«, rief dieselbe klare Stimme von draußen. »Wir sind von der vierten Feldkompanie und möchten um Erlaubnis bitten, unsere Pferde zu tränken!«

Nora eilte zur Tür. Bevor sie das Schloss entriegelte, fuhr sie sich mit fliegenden Fingern durch das am Morgen frisch gewaschene Haar. »Aber natürlich, meine Herren!« Sie trat auf die Veranda, froh, dass Weihnachten war und sie sich etwas weiblicher gekleidet hatte als an anderen Tagen. »Wer von Ihnen führt das Kommando?«

Der Anführer trieb seinen Rappen auf die Veranda zu. »Oberleutnant Wilhelm von Lehnhoff steht zu Ihrer Verfügung, Madame!«

Sie hatte ihn erkannt, noch bevor er seinen Namen nannte; sie griff nach dem Türrahmen und hoffte, dass er nicht sah, wie ihre Knie nachgaben, einen Herzschlag lang. Sie musste sich irgendwo festhalten, etwas mit ihren Hände anstellen, damit sie sich nicht verriet, so erleichtert war sie, ihn zu sehen. Nein, mehr als erleichtert – froh, fast glücklich, ein überraschendes Weihnachtsgeschenk an diesem fürchterlichen Tag.

»Oberleutnant Lehnhoff«, sagte sie. Ihre Stimme klang nur eine Nuance heller als sonst. »Waren Sie nicht erst Leutnant, als wir uns das letzte Mal sahen? Und standen Sie nicht im Begriff, sich nach Deutschland einzuschiffen?«

Er beugte sich im Sattel vor, während seine Schenkel in den mit rotem Staub bedeckten Hosen das Pferd dirigierten. Auch sein Gesicht war staubverklebt, aber die Augen, die sie bei ihrer ersten Begegnung für sich als grünes Feuer bezeichnet hatte, waren noch immer rein und leuchtend. »Ich war in der Tat in der Heimat«, sagte er. »Aber das Oberkommando hat mich der Verstärkung zugeteilt, die von Berlin geschickt worden ist, um die Übergriffe der einheimischen Bevölkerung auf unsere Siedler in Deutsch-Südwest zu unterbinden.«

Mit einer geschmeidigen Bewegung schwang er das rechte Bein über die Kruppe des Rappen und saß ab. Die Feldflasche an seinem Gürtel schepperte, schlug gegen die an Schultergurten hängenden Patronentaschen mit der fingerdicken Karabinermunition. »Wenn Sie gestatten, Frau Hendriksen – Sie sind doch Frau Hendriksen? –, es ist unverzeihlich, doch ich kann mich nicht erinnern, dass wir uns schon einmal begegnet wären.«

»Sie haben recht, es ist unverzeihlich«, entgegnete Nora, während der Geschmack des Glücks in ihrem Mund vor Enttäuschung bitter wurde. »Aber was will man von einem Soldaten schon anderes erwarten…? Tränken Sie Ihre Pferde, und dann beziehen Sie Ihren Posten. Ich erwarte Gäste, aber ich weiß nicht – ich weiß nicht, ob… wann sie eintreffen. Wenn etwas vom Essen übrig bleibt, bringe ich es Ihren Männern hinaus. Sie als Offizier sind selbstverständlich mit zu Tisch gebeten. Danach… Sie können in der Scheune schlafen. Ich weiß nicht, wie lange wir Ihren Schutz benötigen werden oder ob wir ihn überhaupt brauchen, allerdings ist es ein Zeichen von…«

Der Oberleutnant schüttelte den Kopf. »Frau Hendriksen, wir sind nicht hier, um Ihre Farm zu bewachen. Wir waren in Soris-Soris, um die zum Schutz vor der Pferdesterbe untergestellten Tiere der zweiten und vierten Feldkompanie zu holen und nach Omaruru zu überführen. In der dortigen Festung werden die Besatzungen aller umliegenden Stationen unter meinem Kommando zusammengezogen, Aktive und Reservisten. Da wir uns aus der für Ihren Distrikt zuständigen Garnison Okombahe zurückziehen, können wir Ihren Schutz nicht mehr gewährleisten und nehmen Sie mit nach…«

»Sie tun *was?*«, fiel Nora ihm ins Wort. »Sie tauchen hier am Heiligabend unangemeldet zur Essenszeit auf, behaupten, sich nicht an mich zu erinnern, und haben auch noch die Stirn, mich zu bitten, alles stehen und liegen zu lassen, um Weihnachten in einer meilenweit entfernten Garnison unter wildfremden Leuten zu verbringen?!«

»Es ist keine Bitte«, sagte der Oberleutnant. »Es ist ein Befehl. Die Gäste, die Sie erwarten, werden nicht erscheinen. Die meisten sind schon in Omaruru. Der Aufstand hat jetzt auch auf die Maharuas übergegriffen, und wir wissen nicht, wie viele Farmer hier schon niedergemetzelt worden sind…«

»Einer«, unterbrach Nora ihn erneut. »Hannes Westrup. Sie haben ihn getötet, sein Vieh gestohlen und sein Haus in Brand gesetzt. Seine Frau lebt, aber sie hat den Verstand verloren, glaube ich. Sie hat immer gedacht, ihr würden sie nichts tun, und wahrscheinlich wäre Hannes auch noch am Leben, wenn unsere tapferen Schutztruppen und ihre Offiziere sich ihrer Aufgabe gewachsen gezeigt hätten!«

Lehnhoff schwieg einen Moment, und jetzt erst bemerkte Nora, wie erschöpft er aussah. Auf seiner Oberlippe standen kleine Schweißtröpfchen. Er senkte seine Stimme, als er sagte: »Zweifellos sind ernste Fehler in der Einschätzung der Lage begangen worden, Dummheiten geradezu, auch von Offizieren. Aber die Fehler der Zivilisten wiegen mindestens genauso schwer: störrische Farmer wie Sie, die ihr Land nicht verlassen wollen…«

Nora spürte, wie das Blut in ihren Schläfen zu pochen begann. »Wir haben uns nicht unter größten Mühen und Entbehrungen in der Wildnis ein Zuhause geschaffen, das Land urbar gemacht und bestellt, um es bei den ersten unvermeidlichen Auswirkungen einer verfehlten Kolonialpolitik im Stich zu lassen, schon gar nicht, wenn es gerade anfängt, einen Lebensunterhalt abzuwerfen und…«

»Hören Sie auf, mich dauernd zu unterbrechen!« Der Oberleutnant trat zu ihr auf die Terrasse, ergriff ihren Arm und führte sie von den anderen Soldaten weg auf die offene Tür zu. »Die Aufständischen operieren in großen Gruppen, vor allem im Süden. Im April haben dreitausend Herero bei Onganjira beinahe ein Massaker unter unseren Truppen angerichtet, und Anfang Oktober haben uns auch noch die Witbooi-Hottentotten, die bisher unsere Verbündeten gegen die Herero waren, den Krieg erklärt. In den letzten zwei Monaten sind schon über vierzig Deutsche getötet worden. Inzwischen herrscht im ganzen Protektorat der Kriegszustand. Wir müssen uns auf einen langen, blutigen Guerillakampf einstellen. Immer mehr Kapitäne und ihre Leute sind untergetaucht und verständigen sich durch Läufer oder berittene Boten, zuletzt auch Balthasar Maharua. Dem Vernehmen nach hegen sie die Befürchtung, dass wir nach der Niederschlagung des Herero-Aufstands auch gegen die Nama vorgehen würden. Hauptmann Franke ist vor einigen Wochen mit der fünften Batterie in Richtung Keetmanshoop und Rehoboth nach Süden gezogen. Um sie mit den wenigen verbliebenen Soldaten besser verteidigen zu können, sind die Distrikte Karibib und Omaruru zusammengelegt worden und stehen jetzt unter meinem Kommando!«

»Aber ich nicht«, sagte Nora hitzig, »ich stehe nicht unter Ihrem Kommando. Wenn Sie nicht hierbleiben können, um die Farm zu schützen, dann tränken Sie Ihre Pferde, nehmen meine Freundin Helga Westrup, die sich Ihnen bestimmt gern anschließen wird, und schwenken Sie Ihre Fahne an einem anderen Ort!«

Sie wich zurück in die Diele, denn einen Moment lang dachte sie, er könnte sie schlagen, aber er griff nur nach seinem Hut, um ihn abzunehmen, jetzt, da er unter ihr Dach trat. Die schwarz-weiß-rote Kokarde an der Hutkrone schimmerte matt. »Die Dienstvorschrift verlangt von mir, dass ich Sie entweder persönlich nach Omaruru bringe oder mir von Ihnen schriftlich versichern lasse, dass Sie, wenn Sie hierbleiben, das Deutsche Reich, vertreten durch Seine Majestät, den Kaiser, von jeglicher Verantwortung für Ihr Leben und Ihren Besitz freisprechen und keinerlei wie auch immer geartete Forderungen stellen oder Anklagen erheben werden.«

»In diesen Worten?«, fragte Nora atemlos. »Sie sind ein Romantiker, Oberleutnant von Lehnhoff.« Wieder war ihr, als müsste sie ihn packen, ihm wehtun, ihn gegen die Wand stoßen und küssen oder wenigstens in die Lippe beißen. Sie wollte ihn in ihren Händen spüren, seinen Geruch einatmen, den Staub, die Hitze, seinen Körper. Es war fast so unbegreiflich wie ihr Heißhunger auf Schnee vor einigen Stunden. War es Lydia auch so ergangen in der Nacht, in der Nora sie und Balthasar beobachtet hatte?

Er atmete tief ein und langsam wieder aus. »Das sind die einzigen

Worte, die mir im Augenblick angemessen erscheinen. Sie scheinen immer noch keine Vorstellung vom Ernst der Lage zu haben: Herero und Hottentotten rotten sich zu Tausenden zusammen, sie überfallen Patrouillen und Missionen, stehlen Vieh, ziehen brandschatzend von Farm zu Farm und töten alles, was sich ihnen in den Weg stellt. Es ist wichtig, dass Sie …«

»Sagen Sie mir nicht, was wichtig ist!«, fuhr sie ihn an. »Sie haben doch nicht die geringste Ahnung davon, was wirklich wichtig ist – Sie, Ihre Generale, der Gouverneur, der Kaiser! Wenn Sie nur eine Sekunde lang den Mund halten würden, wenn Sie nur einfach einen Augenblick still wären!«

Er schwieg überrascht. Mit seinem Hut in der Hand stand er im Halbdunkel der Diele vor ihr, und jetzt, als ein nachdenkliches, fast trauriges Lächeln auf sein müdes Gesicht trat, sah er tatsächlich so romantisch aus, wie sie ihn in Erinnerung behalten hatte: ein Mann, der anders auftreten musste, als er innerlich war oder sein durfte, der Wilhelm von Lehnhoff aus ihrer verschütteten Fantasie, im steten Zwiespalt mit seinem schwächeren, einsameren, melancholischeren Ich. *Sie dürfen nicht gehen*, wollte sie sagen, *ich habe mich nach Ihnen gesehnt, ich liebe Sie, ich habe Sie die ganze Zeit geliebt, ohne es zu wissen. Können Sie nicht sehen, wie sehr? Mein Gott, ich komme mir vor, als wäre ein Zirkusscheinwerfer auf mich gerichtet …*

»Geben Sie mir Ihren Hut«, sagte sie, und als sie danach griff, streifte sie sein Handgelenk, fast wie Maharua bei seinem ersten Besuch das ihre gestreift hatte. Hastig zog er seine Hand zurück, als wäre sie mit Feuer in Berührung gekommen. Die Heftigkeit der Geste traf sie wie ein Schlag. Bestürzt über seine eigene Reaktion wandte er sich ab und sah zur Küchentür hinüber, in der Helga Westrup erschienen war gleich einem fahlen Geist.

Nora fing sich wieder und sagte: »Helga, das ist Oberleutnant von Lehnhoff von der vierten Feldkompanie. Er wird dich mitnehmen in die Garnison. Bei ihm bist du sicher.«

Lehnhoff nickte und reichte Helga seinen Arm, damit sie sich darauf stützen konnte. Ohne davon Gebrauch zu machen, sagte sie:

»Mein Name ist Helga Westrup. Ich bin Witwe.« Sie ging an ihm vorbei zur Tür auf den nun nachtdunklen Hof. Lehnhoff setzte seinen Hut wieder auf und folgte ihr. An der Schwelle blieb er stehen und drehte sich noch einmal um. »Es ist unwiderruflich, dass Sie nicht mitkommen wollen?«, fragte er Nora.

»Ich bleibe lieber hier.«

»Sie sind wahrscheinlich schon irgendwo da draußen und beobachten Sie«, sagte er.

Nora fragte: »Gehört Angstmachen auch zu den Punkten, die laut Dienstvorschrift von Ihnen verlangt werden, falls eine Zivilperson nicht sofort pariert?«

Er zögerte. »Es steht nicht im Einklang mit der Dienstvorschrift, aber ich möchte Ihnen sagen, dass ich persönlich mich sehr freuen würde, wenn Sie es sich noch anders überlegten.«

»Vielleicht nach Weihnachten«, sagte Nora. Sie wünschte jetzt nicht mehr, dass er bleiben möge, und als er zum Abschied salutierte, interessierte er sie schon nicht mehr, denn alles, wofür es sich zu leben lohnte, war das zweite Herz, das in ihr schlug.

29

Nein, ich bereue es nicht«, sagte Nora halblaut zu dem zweiten Herzen in ihr. »Es war richtig. Es war die richtige Entscheidung.« Sie stellte sich auf die Zehenspitzen, um die erste Kerze ganz oben am Baum anzuzünden, bevor sie nach und nach die anderen in Brand setzte. »Es war richtig für dich und mich. Stell dir mal vor, die lange Fahrt! Das hätte dir bestimmt nicht gefallen. Und du bist doch das Allerwichtigste in meinem Leben. Ich beschütze dich, und du beschützt mich, besser als alle Soldaten zusammen.«

Sie spürte eine sanfte Berührung, als stieße ein kleiner Fisch mit seinen Flossen an die Innenseite ihres Bauches – kein Tritt, kein Stoß, nur ein feuchtes, durchsichtiges Streicheln. Noch nie hatte sie sich so gut aufgehoben gefühlt, geschützt in sich selbst. Sie konnte sogar der unbestimmten Sehnsucht, dem unruhigen Verlangen nachgeben, das sie empfand, wenn sie an Wilhelm dachte. Es war leichter, an ihn zu denken, wenn sie ihn Wilhelm nannte statt Oberleutnant von Lehnhoff. Nicht einen Funken Humor, dachte sie.

Warum war er zurückgezuckt, als sie ihn berührt hatte? Was musste er fürchten? Bestimmt war er kein Mann, der sich aufgab, der bereit war, einer Frau ganz zu gehören. Er blieb für sich, anders als die anderen, sogar in Uniform, sogar in einer Gruppe, in der alle dieselbe Uniform trugen. Das gefiel ihr, sie fand es anziehend. Er war jemand, den man gehen lassen konnte, ohne Angst haben zu müssen, ihn zu verlieren. Und auf gar keinen Fall war er ein Mörder.

Nora setzte sich in den Korbstuhl und aß einen Salat mit Ziegenkäse und dazu ein Stück Brot. Das Brot hatte sie selbst gebacken, der Salat war im eigenen Garten gewachsen, und die Ziege, aus deren

Milch sie den Käse gewonnen hatte, stand in ihrem Stall. Sie war überrascht, wie gelassen sie sich fühlte. Ihre Gedanken wanderten, erst zum vergangenen Heiligabend, dann zu weiter zurückliegenden und den Menschen, mit denen sie an diesen Abenden zusammen gewesen waren – Rainer, Ludwig, Lissy, ihre Eltern. Ob jemand gerade jetzt auch an sie dachte?

Wenn nur das mit Hannes nicht passier wäre!, dachte sie dann; er hatte noch so viele Pläne. Armer Hannes, arme Helga.

Plötzlich fiel ihr das Päckchen ein, das vor einer Woche von Lissy gekommen war. In der Aufregung hatte sie es ganz vergessen. Es lag noch in der Kammer, und als sie aufstand, um es zu holen, wurde ihr endlich ein wenig weihnachtlich zumute. Das Päckchen war klein, aber schwer. In der Küche nahm sie ein Messer, zerschnitt die Schnur und trennte die Verpackung auf. Ein Brief lag zwischen Packpapier und Pappkarton. Holzwolle quoll hervor, Zeitungspapier raschelte, ihre Finger berührten etwas Hartes, Kühles. Sie holte es heraus und hielt eine silberne Zuckerdose in den Händen, mit zwei zart geschwungenen Henkeln, einem Deckel und fein ziseliertem Bauch.

»Hast du Töne?«, murmelte sie beeindruckt.

Sie ließ die Zuckerdose in ihrem matt schimmernden Glanz auf dem Küchentisch stehen, räumte die Verpackung in den Abfalleimer und nahm den Brief mit in den Wohnraum, wo sie ihn ungeduldig aufriss.

Liebes großes Schwesterherz,
fröhliche Weihnachten! Hoffentlich erreicht mein Päckchen dich noch rechtzeitig in der Diaspora. Ich bin ein bisschen spät dran mit der Post, obwohl hier ja noch nicht einmal November ist. Aber mit dem neuen Haus habe ich wirklich alle Hände voll zu tun, es muss ja eingerichtet werden, und Carl-Gustav und ich haben beschlossen, uns von dem ganzen Zeug aus dem alten Haus zu trennen. Wir haben ja lange genug gesucht, bis wir auf ein Anwesen gestoßen sind, das zu Carl-Gustavs neuer Position in der Firma passt. Es ist prachtvoll, fast ein kleines Schloss mit einem riesigen Park, doppelt so groß wie der von Ludwig, an der Außenalster. Immerhin sind wir jetzt Herr und Frau Konsul *Beermann!*

Und das ist ja nicht meine einzige Beschäftigung, es gibt ja noch das Komitee zur Förderung der Blindenbibliotheken und den Vorsitz im Verein zur Bekämpfung der Volksseuche Tbc. Natürlich werden in den Büchereien für die bedauernswerten Blinden nicht solche unsittlichen Pamphlete zu finden sein wie »Die Büchse der Pandora« von dem Schmierfink Wedekind mit seiner Lulu oder »Der Reigen« von diesem Schnitzler, die beide gerade erst von der Zensur verboten worden sind.

Nun, allzu viel Zeit kann ich dafür ohnehin nicht aufwenden, denn je erfolgreicher ein Mann ist, desto mehr muss seine Frau ihm den Rücken freihalten. Aber auf solche bürgerlichen Vorstellungen hast du ja nie viel gegeben. Ach, da fällt mir ein: Vor zwei Wochen habe ich in der Stadt eure Köchin getroffen, die sich sehr höflich nach dir erkundigt hat. Sie wollte wissen, wie es dir geht da drüben auf dem schwarzen Kontinent. Es scheint, als würde sie dich sehr vermissen, sie und der ganze Rest des Personals!

Ludwig vermisst dich auch, und Carl-Gustav meint, er würde dir bestimmt verzeihen, wenn du zurückkämst. Stell dir vor, alles vergeben und vergessen, was für ein großmütiger Mann! Wir vermissen dich natürlich mindestens genauso, ich habe ja nur die eine Schwester. Willst du es dir nicht noch einmal überlegen? Hast du nicht genug bewiesen, was auch immer du beweisen wolltest? Ich möchte ungern erfahren, dass dir etwas zugestoßen ist! Die Nachrichten, die aus Windhuk zu uns kommen, sind wirklich alles andere als beruhigend, und mir scheint, das Leben dort bei dir in Südwest wird langsam wirklich gefährlich. Man hört ja die schlimmsten Dinge …

Wenn du wüsstest, wie gefährlich, dachte Nora und ließ den Brief sinken; ich will gar nicht darüber nachdenken. Bevor sie schlafen ging, betrachtete sie noch eine Weile die brennenden Dochte, die sich in den roten Glaskugeln spiegelten. Sie sah dem Wachs zu, das an den schon in der Hitze des Tages halb geschmolzenen Kerzen herunterrann. Auf den Lamettafäden floss der Kerzenschein silbern über die Äste der Tamarinde. Das Grammophon schwieg längst, und von draußen drangen Nachtgeräusche durch die offenen Fenster, der Flügelschlag eines Käuzchens, das Bellen eines Kojoten, ein Frosch, der das Austrocknen des Flusses beklagte.

Nora lauschte, sortierte die Laute in bekannte und unvertraute. Sie hörte keine Trommeln, keine fernen Kriegshörner – nur ein melancholisches, klagendes Pfeifen wie von den Riedpfeifen der Hottentotten, drei Töne, abwechselnd hell und tief. Sie wusste, dass dieses Pfeifen von weit her kommen konnte, obwohl es nah klang. *Sie sind wahrscheinlich schon irgendwo da draußen und beobachten Sie.* Sie hatte die Tür verriegelt, aber nicht verbarrikadiert, auch die Fenster nicht. Als einzige Vorsichtsmaßnahme lehnte das geladene Gewehr neben Rainers Stehpult.

Ihr Geheimnis machte sie stark. Sie umschloss es, und es umschloss sie. Der Herzschlag des Kindes, so viel schneller als ihr eigener, nährte sich von ihrem Herzschlag. Es schwamm in ihrem Fruchtwasser, atmete den Sauerstoff in ihrem Blut, noch blind und stumm. Noch nicht fröhlich, noch nicht traurig, aber stark, ein starker Wille, der dem Licht entgegenstrebte.

Nora blies die Kerzen aus und nahm das Gewehr mit nach oben ins Schlafzimmer, wo sie es neben dem Nachttisch an die Wand lehnte. Sie ging zu Bett und schlief sofort ein, ohne einen weiteren bewussten Gedanken.

Am nächsten Morgen glitt sie sacht in den ersten Weihnachtstag. Dass ein Geräusch sie geweckt hatte, entfiel ihr sofort wieder. Sie war neuerdings beim Aufwachen manchmal etwas unkonzentriert, orientierungslos, aber als sie die erloschenen Dochte und das geschmolzene Wachs vom gestrigen Abend roch, wusste sie wieder, dass Weihnachten war. Das Glücksgefühl, mit dem sie sich schlafen gelegt hatte, hielt noch immer an. Das Baby in ihr war auch schon wach, sie konnte es spüren, wenn sie die Hand auf den Bauch legte. Obwohl die Sonne noch nicht hoch stand, drängte die Hitze bereits gegen die Wände des Hauses. Eine trockene Brise bauschte den beigen Vorhang vor dem offenen Fenster mit ungewohnter, beunruhigender Stille.

Das Geräusch kehrte wieder; das Geräusch, das sie geweckt hatte. Ein Klirren in der Küche, ein leises Scheppern. Sie seufzte erleichtert. Samuel und Teresa waren reuig zurückgekehrt und wollten sie mit einem Frühstück wecken; sie konnte sie flüstern hören. Im Gehege machte sich eine Kuh bemerkbar. Warum hielt sich das Mädchen in der Küche auf, statt sie zu melken? Etwa, weil heute Weihnachten war? Eine Farm kümmerte sich nicht um Feiertage. Nora fiel plötzlich auf, dass der Oberleutnant aufgebrochen war, ohne ihr ein frohes Fest zu wünschen. Ich habe es nur vergessen, dachte sie, aber er? Hat er es auch bloß vergessen? Liegt es an dem Land hier, dass man allmählich verwildert? Gestern war sie zu aufgebracht gewesen, um es zu bemerken, aber jetzt musste sie daran denken.

Sie richtete sich auf, schwang die Beine aus dem Bett und ging barfuß zur Kommode, um sich das Gesicht zu waschen. Die warmen Holzdielen knarrten unter ihren Sohlen. Auf dem Bügelbrett neben der Wiege stapelten sich Hemden und Unterwäsche neben dem rußgeschwärzten Eisen. Gerade, als Nora das Nachthemd ausziehen wollte, um in ein leichtes Kleid zu schlüpfen, hörte sie ein weiteres Geräusch von unten.

Etwas knallte, wie eine Sektflasche, die entkorkt wurde. Nora schüttelte verwundert den Kopf. Sekt zum Frühstück, wo dachten die Bambuse hin? Was sie als Nächstes hörte, ließ sie erstarren: ein leises Lachen, aber nicht das eines elfjährigen Jungen oder eines kleinen Mädchens. Es war ein tiefes Lachen, tief wie das eines Mannes. Ein zweiter Mann stimmte ein, ganz kurz nur und ohne jede Fröhlichkeit.

In der Küche, dachte Nora; sie haben Hannes in der Küche getötet.

Sie ging zurück zum Bett, griff nach dem Gewehr neben dem Nachttisch und schlüpfte in ihre Schuhe.

Sie sind wahrscheinlich schon irgendwo da draußen und beobachten Sie.

Mit dem Gewehr in der Hand ging Nora leise zur Tür. An der Schwelle blieb sie stehen und lauschte. Wie viele, dachte sie nur, wie viele und wo und warum? Sie dachte an die Treppe, die sie hinuntermusste, an die Stufen. An die Ecken, hinter denen sie lauern konnten; an das knarrende Holz, das sie verraten würde. Was taten sie in der Küche, und wer waren sie, und waren sie noch dort oder schon in der

Diele, und wie viele waren es, und was wollten sie hier, was wollten sie von ihr? Sie spürte, wie der Speichel in ihrem Mund dick und bitter wurde. Sie musste mehrmals schlucken. Ihr Herz schlug hart bis hinauf gegen das Schlüsselbein, hart und schnell, und sie umklammerte das Gewehr so fest, dass die Haut weiß wurde über den Knöcheln. Aber trotzdem zitterte sie noch, und sie wusste nicht, ob sie die Kraft haben würde, die Hähne der Springfield zu spannen.

Vorsichtig öffnete sie die Tür. Langsam, als wären ihre Beine aus schwerem Holz, trat sie über die Schwelle, auf die oberste Stufe zu. Sie war die Treppe jeden Tag mehrmals hinauf- und hinuntergestiegen, auch in völliger Dunkelheit, aber jetzt war sie ihr fremd, als hätte sie sich über Nacht verändert. Sonnenlicht flutete weiß auf den Treppenabsatz, Staubkörnchen tanzten träge über den Holzbohlen. Wie eine Fremde in ihrem eigenen Haus begann Nora, einzelne Gegenstände wahrzunehmen, auf die das Sonnenlicht fiel: eine Daguerreotypie von Rainers Eltern an der Wand, mit einem Sprung in der Verglasung; einen künstlichen Tannenzweig, den sie schon vor Wochen in Karibib gekauft, aber erst gestern aufgehängt hatte; ein Adventskalender am Fenster, aus dessen geöffneten Türchen buntes Licht fiel.

Hier draußen war es etwas kühler als im Zimmer, und einen Moment hatte Nora das Gefühl, niesen zu müssen. Schweiß lief ihr aus den Achselhöhlen und wurde kalt auf ihrer Haut. Sie setzte einen Fuß auf die oberste Stufe, prüfend. Knackte sie? Welche der Stufen verursachte ein Geräusch, wenn man sie belastete? Sie hatte es immer gehört, aber nie genau darauf geachtet. Die Stufe trug ihr Gewicht, ohne zu ächzen. Wieder hörte sie einen Laut von unten, den sie nicht einordnen konnte – er hatte nichts Vertrautes, nichts, was ein Mensch von sich gab oder verursachte, klang so. Waren sie noch in der Küche? Wo waren sie?

Samuel? Teresa?

Es war nicht ihre Stimme; es war überhaupt keine Stimme. Sie hatte gerufen, aber nicht einmal sie selbst hatte es gehört. Fuß um Fuß, Stufe um Stufe... Nicht knarren, bitte, nicht atmen, keinen

Schatten werfen, vorsichtiger, langsamer, nicht in Sekunden messen, nicht in Minuten, alles dehnen, Zeit, Leben. Und lauschen – wo sind sie jetzt? Was tun sie gerade? Ein Knacken ließ sie die Luft anhalten, mitten im Tritt, auf halber Treppe. Stille zog sich um sie zusammen, drückte gegen ihre Brust. Noch immer hatte sie die Hähne der Springfield in ihren Händen nicht gespannt, aber ihre Muskeln schmerzten von dem Gewicht und verkrampften sich.

Als die Zeit nicht mehr stehen blieb, als sie wieder weiterrann, fand Nora sich auf einmal am Fuß der Treppe, allein und wie in einem Nebel. Sie sah die Haustür, sah, dass sie offen stand. Wie war es ihnen gelungen, sie zu öffnen? Sie sah die Küchentür, angelehnt. Sonst nichts, keine Bewegung, keine dunklen Silhouetten. Sie hörte auch nichts mehr, nur ihr Herz, ihr eigenes Herz, dessen Schlag sich in ihrer Kehle fing. Sie spürte ein Kitzeln auf den Wangen, Nässe in den Mundwinkeln, salzige Flüssigkeit. Bitte, lieber Gott. Sie war bei der Tür und schob sie mit dem matt glänzenden Lauf der Springfield auf. Bitte, bitte, lieber Gott.

Die Küche war leer. Das Geschirr, das Nora gestern Abend nicht weggeräumt hatte, stand unberührt auf dem Tisch. Der Kübel mit den Sektflaschen war in die Mitte des Raumes gezogen worden. In den sonst peinlich aufgeräumten Regalen herrschte ein einziges Durcheinander. Nora drehte sich um und ging auf das Wohnzimmer zu. Sie kam sich nackt vor in ihrem Nachthemd, schutzlos. Obwohl sie keinen der Eindringlinge entdeckte, spürte sie, dass sie nicht fort waren, nicht zur Tür hinaus, sondern immer noch im Haus.

Das Wohnzimmer lag im Halbdunkel, genau so, wie sie es verlassen hatte. Der Geruch nach kaltem Rauch erfüllte den ungelüfteten Raum. Und ein anderer Geruch, nach ranzigem Fett und Schweiß und ausgedünstetem Zuckerbier. Einen Moment stand Nora reglos auf der Schwelle und musterte die Sessel, das Sofa, den Schrank über den Lauf des schussbereit erhobenen Gewehrs hinweg. Niemand versteckte sich dahinter, niemand verbarg sich hinter dem Vorhang. Wo waren sie? Wo?

Ein Luftzug strich Nora um die Beine und fuhr warm unter das Nachthemd. Sie spürte, wie eine Gänsehaut ihre bloßen Arme überzog. In ihrem Rücken knackte eine Stufe, dieselbe, auf die sie eben getreten war. Die Treppe und Schritte im Obergeschoss und eine Schranktür, die knarrte, und wieder der Laut, der lebendig klang, ohne menschlich zu sein. Und wie hatten sie es nach oben geschafft, ohne dass sie sie bemerkt hatte, und was hatten sie mit ihr vor, jetzt, da sie wussten, dass sie hier war, mit ihnen zusammen im Haus?

Sie machte kehrt und ging zur Treppe zurück. Sie wollte nicht, aber sie hatte keine Wahl. Es war ihr Haus, sie musste es verteidigen; sie durfte sich nicht daraus vertreiben lassen. Noch immer gefangen in dem Gespinst aus verlangsamter Zeit und strömendem Sonnenlicht und schmerzenden, schweren Gliedern und noch immer lauschend stieg sie Stufe um Stufe empor. Vorbei an der Daguerreotypie, dem künstlichen Tannenzweig, dem Adventskalender mit den geöffneten Kläppchen. Horchte auf die Schritte, das leise, dunkel zischende Flüstern. Ein Gluckern, als Flüssigkeit aus einem Flaschenhals in eine Kehle rann. Ein Rülpsen. Das Scharren einer Schublade, die aufgezogen wurde.

Es waren zwei Männer. Ihre Haut glänzte wie eingefettetes Mahagoni. Sie trugen nichts außer braunen, vorn geschlitzten Röcken, die bis zu den Knien reichten, und Hüten mit breiten Krempen. Sie hatten keine Gewehre, nur die keulenartigen Stöcke, mit denen sie einer Hyäne den Schädel einschlagen konnten. Einer von ihnen hielt außer dem Kirri noch die Flasche Kupferberg in seiner Faust. Barfüßig bewegten sie sich leicht und schnell in Noras Schlafzimmer, zerwühlten das Bett, durchsuchten die Schubladen der Kommode, förderten grinsend ihre Unterwäsche ans Tageslicht.

Nora wusste nicht, woher die rote Woge kam, die plötzlich hinter ihren Augen hochschlug. Jetzt hatte sie die Kraft, die Hähne der Springfield zu spannen, denn dieselbe Woge raste auch durch ihre Adern und spülte die Schmerzen und die Angst hinweg. Sie nahm alles gleichzeitig wahr: *da*, die beiden Schwarzen in ihrem Zimmer, wie sie jäh in der Bewegung innehielten; *da*, die knackende Stufe und auf ihr ein dritter Mann, ein Schattenriss vor dem bunten Adventskalender, erstarrt wie die beiden anderen; *da*, wieder die beiden Männer im Schlafzimmer, die sich jetzt zu ihr umdrehten, ein totes Grinsen der Überraschung im Gesicht, die Augen gerötet und trübe von Zuckerbier; *da*, der dritte Mann auf der Treppe, der jetzt zögernd die restlichen Stufen hochstieg und dabei in leisem Singsang rief: »Missie … Missie …«

»Wer seid ihr?« Nora hörte kein Zittern in ihrer Stimme; gut. »Was wollt ihr hier?«

Die beiden Männer im Schlafzimmer näherten sich träge der Tür, lenkten mit dem gespannten Grinsen und den weit offenen, geröteten Augen von den Kirris ab, die sie halb verdeckt neben ihren Beinen schwingen ließen. Der mit der Sektflasche schien der Anführer zu sein.

»Stehen bleiben!«, rief Nora.

»Missie…« *Da*, unter dem Arm des dritten Mannes zappelte etwas, gab den Laut von sich, den sie nicht hatte einordnen können, bis jetzt, da sie mit dem Lauf der Springfield zu ihm schwenkte, zu ihm und wieder zurück zu den beiden anderen und neuerlich zu ihm. »Missie«, sagte der Mann, »wir sein gekommen, um zu tauschen …« Er nahm die andere Hand von dem zappelnden Ding unter seinem Arm. Jetzt, da ihm nicht mehr das Maul zugehalten wurde, entpuppte es sich als junge Ziege und der Laut als protestierendes Meckern.

»Ich mache keine Tauschgeschäfte mit Leuten, die in mein Haus eindringen!«, sagte Nora, und *da*, aus den Augenwinkeln sah sie, wie einer der beiden Männer im Schlafzimmer die Sektflasche an den Mund setzte, die Faust am Flaschenhals, während der andere zur Seite auswich, um ihr den Weg zu versperren, und sie richtete die Waffe wieder auf die beiden und sagte: »Ich brauche keine Ziege, und ich habe nichts zum Tauschen und auch kein Geld. Ich will, dass ihr geht! Ich stehe unter dem Schutz von Kapitän Maharua!«

»Ja«, sagte der Mann mit der Sektflasche, die er kurz absetzte, aber in Kinnhöhe hielt, vor seinen nass glänzenden Lippen, »ja, der Kapitän uns schicken zum Schutz der gnädig' Frau.«

Keine Diskussion, dachte Nora, ich darf mich nicht auf eine Diskussion einlassen. Sie hob das Gewehr, presste den Kolben gegen die rechte Schulter und visierte den Kopf des Mannes an, der gesprochen hatte. Sie spürte jetzt nicht einmal mehr ihren Herzschlag, nur ihre Hände, mit denen sie das Gewehr hielt, die Glätte des Holzschaftes, den Abzug an ihrem Zeigefinger. »Ich bin eine gute Schützin«, sagte sie ruhig. »Ich kann mit einem Schuss dem Zickchen da ein Ohr abschießen!«

Der Mann mit dem Lamm unter dem Arm kicherte. »Missie – ja, feines Zicklein – Geschenk zu Weihnachten von Kapitän Maharua …« Er war jetzt ganz nah, und Nora konnte den Staub auf seinem Kraushaar sehen und das herabhängende Lid über dem linken Auge und den Schorf an seinem rechten Ellbogen, und sie wusste, dass sie ihn nicht noch näher kommen lassen durfte, weder ihn noch die beiden im Schlafzimmer. Sie musste zeigen, dass sie die Wahrheit sagte, und plötzlich drehte sich wieder alles um sie, das ganze Treppenhaus fing an, sich zu drehen, und deswegen schoss sie.

Die Mündungsflamme war blass, aber der Schuss peitschte durch den Gang, und das Krachen brach sich an den Wänden. Die Sektflasche zerplatzte in der Faust des Schwarzen, grüne Scherben spritzten durch die Luft und landeten glitzernd auf dem Holzboden, Sekt sprudelte über seine Hand, seinen Arm und benetzte seine Brust und sein Gesicht. Er grinste nicht mehr. Niemand grinste oder lachte mehr, alle standen wie gemeißelt, aber Nora hatte noch immer das Gewehr an der Schulter, und es waren noch immer Kugeln im Lauf und in der Kammer.

»Frohe Weihnachten«, sagte sie.

»Missie …«

»Du drehst dich um und gehst die Treppe runter«, sagte Nora zu dem Mann mit der jungen Ziege, ohne den Blick von dem mit dem zersplitterten, glimmenden Flaschenhals in der Hand zu nehmen. »Und ihr kommt langsam her.« Ein dünner Rauchfaden stieg aus der Mündung des Gewehrs, als sie einen Schritt zurücktrat, um Platz zu schaffen, damit sie an ihr vorbei zur Treppe konnten. »Ihr verlasst auf der Stelle mein Haus, sonst schieße ich euch nacheinander mitten in die Stirn, und dann schneide ich euer Rückgrat in tausend kleine Stücke!«

»Du machen große Fehler, gnädig' Frau«, sagte der Mann mit dem Flaschenhals in der Faust. »Wir dachten, Haus sein leer – wir aufpassen wollen, nicht stehlen …«

»Los, die Treppe runter!« Nora trat noch einen Schritt zurück und winkte mit dem Lauf der Springfield. Langsam, dachte sie, keine schnelle Bewegung; nichts, was sie dazu verleiten könnte, sich auch schnell zu bewegen. Kein Zittern, selbst wenn du das Gewehr nicht mehr lange halten kannst. Sie presste den Kolben weiter gegen die Schulter, hatte den Kopf des Anführers die ganze Zeit im Visier, folgte ihm mit der Mündung, als er sich der Tür näherte, hindurchtrat, zögerte und sich dann aber nach links wandte, weg von ihr, zur Treppe, zu dem Mann mit dem Zicklein. Sie nahm den zweiten im Zimmer aufs Korn, folgte auch ihm mit der Mündung über die Schwelle und zur Treppe, und dann waren sie alle dort, alle auf der Treppe, und sie sagte: »Weiter, runter, raus aus meinem Haus!«, und sie hörte sie auf den Stufen, sah ihre Konturen gegen das sonnenlichtweiße Fenster und blinzelte, weil der Schweiß ihr in die Augen rann, aber sie konnte noch genug sehen, und sie konnte auch das Gewehr noch halten, obwohl ihre Arme wie Feuer brannten, und Stufe für Stufe ging sie hinter ihnen her, trieb sie ins Erdgeschoss und auf die Haustür zu.

Sie gingen. Sie verließen ihr Haus, einer nach dem anderen, der Anführer zuletzt. Im Türrahmen blieb er stehen, halb in der Sonne, halb im Schatten. Der Flaschenhals in seiner Hand glomm wie grüne Glut. Er ließ ihn fallen und zog seinen Hut, wie um sich zu verbeugen. »Sie sehr tapfer, gnädig' Frau«, sagte er mit dunkler, heiserer Stimme. »Sie auch sehr klug. Diesmal sie gewinnt, aber das macht nichts. Die

Zeit ist nah – die Zeit, wenn sie wieder von uns hören wird. Dann wir kommen wieder und holen auch das Kind.«

Lachend trat er auf den Hof hinaus und ging schlurfend davon, vorbei am Brunnen und den Ställen und den Gemüserabatten, bis dorthin, wo die Felder anfingen, und er und die anderen stapften über die Felder, durch die Stille und die Hitzeschleier an diesem Weihnachtsmorgen, und Nora sah ihnen nach, sah, wie sie kleiner wurden unter dem aschgrauen Himmel, in dessen Zenit die Sonne waberte wie ein Stück rosa glühender Kohle.

Dann schloss sie langsam die Tür und schob den Riegel vor, obwohl sie nun wusste, dass er nichts nutzte. Sie wollte das Gewehr an die Wand lehnen, aber es entglitt ihren Händen und fiel auf den Dielenboden. Sie hörte keinen Aufprall. Sie hörte überhaupt nichts mehr außer dem Schluchzen, das sie schüttelte, als sie rückwärts gegen die Wand stürzte. Ihre Beine zitterten, und sie schlug mit dem Hinterkopf gegen die Wand. Allein, dachte sie; so allein und verlassen und vergessen.

Zuerst spürte sie nur eine Art Hitze unterhalb des Magens, die sich jäh in einen scharfen Schmerz verwandelte. Sie musste nach Luft schnappen. Der Schmerz stach tief hinunter in ihren Bauch. Der ganze Unterleib krampfte sich zusammen, und bevor Nora irgendetwas tun oder denken konnte, zwängte sich ein heißer Keil aus ihrem Schoß zwischen die Oberschenkel und trieb sie auseinander. Sie schrie überrascht auf. Noch einmal weitete sich ihr Unterleib, es fühlte sich an, als risse er auseinander, bis die Schmerzen genauso plötzlich aufhörten und sie nur noch eine warme Nässe an den Beinen spürte, während die Wunde in ihrem leeren Bauch heftig zu pochen begann. *Nicht*, dachte sie, *bitte nicht!* Ihre Knie gaben nach, und sie merkte noch, dass sie fiel, aber nicht mehr, wie sie aufprallte.

30

Sie legte die Holzplatte auf die Werkbank im Schuppen, klemmte sie mit einer Schraubzwinge fest, zog mit Bleistift und Lineal eine gerade Linie und sägte genau an dieser Linie entlang, von oben nach unten. Das Stück, das sie absägte, war fünfunddreißig Zentimeter lang und zwanzig Zentimeter breit. Das war der Boden des Sarges.

Danach sägte sie ein weiteres Stück ab, das genauso groß war, um daraus den Deckel des Sarges zu fertigen. Sie hatte noch nie an etwas gearbeitet, das wirklich zählte, und gab sich deshalb große Mühe. Sie stand an der Werkbank im offenen Schuppen, und von draußen hörte sie die Unruhe des Viehs, aber sie konnte sich jetzt nicht um die Tiere kümmern, denn sie hatte viel Blut verloren und musste mit ihrer Kraft haushalten.

Die Hitze ließ keine Zeit zum Abschied. Wenn in diesem Land am Morgen jemand starb, musste er beerdigt werden, bevor die Sonne unterging, und jetzt war es schon Nachmittag.

Sie hatte den Boden und den Deckel und alle vier Seitenstücke, die beiden kleineren zwanzig mal zehn Zentimeter groß, nur ein wenig höher als die Seiten einer Zigarrenkiste. Sie schmirgelte die Kanten sorgfältig mit Sandpapier ab. Der Geruch des Sägemehls erinnerte sie daran, wie sie das Haus gebaut hatten. Erst baut man ein Haus, dann baut man einen Sarg und verlässt das Haus, dachte sie; so geht es zu im Leben. Nach einigem Suchen fand sie ein altes Fensterscharnier, das eigentlich zu groß und zu schwer war, aber sie hatte nichts anderes, keine kleineren Scharniere, und sie fand, dass es nur ein richtiger Sarg war, wenn man ihn auf- und zuklappen konnte. Das Scharnier war rostig und ließ sich kaum bewegen. Es brauchte ein paar Tropfen Öl.

Die abgeschmirgelten Stücke passten sehr gut ineinander. Unter anderen Umständen wäre Nora stolz auf ihre Arbeit gewesen, doch sie war jetzt keine Handwerkerin; sie fertigte nichts, worauf jemand stolz sein konnte. Es würde in der Erde verschwinden, gefüllt mit dem, was von dem neuen Leben in ihr übrig geblieben war, was sie aus ihrem Leib verloren und in ein weiches Tuch gewickelt hatte, bevor sie es in den Sarg legte, um es zu beerdigen. Sie sah es vor sich, wie sie aus der Ohnmacht erwacht war; die ganze Zeit sah sie es vor sich, als schwebte sie über dem Bild und sähe von weit oben herab auf sich selbst in der großen Lache aus Blut, in der sie gelegen hatte. Sie sah die Fliegen, die am Rand der Lache entlanggekrabbelt waren, und sie sah ihr Kind, oder genauer, die gestorbene Hoffnung auf ihr Kind.

Sie hielt inne und hörte auf zu atmen. Für einen Moment wurde sie von ihrer Liebe zu ihrem Kind überwältigt, von der Erinnerung daran, wie sie es in sich getragen hatte. Wie stark und geborgen sie sich gefühlt hatte. Sie schwankte, hielt sich aber fest, und dann arbeitete sie weiter. Sie bohrte winzige Löcher in den Boden und die Kanten der Seitenstücke und verband sie mit kleinen Schrauben. Sie brachte das Scharnier an. Sie klappte den mit dem Scharnier verschraubten Deckel mehrmals auf und zu. Der Sarg war fertig.

Er war so klein.

Sie legte das, was ihr Kind gewesen war, in das weiche Tuch geschlagen hinein und nagelte den Deckel mit dünnen, kurzen Nägeln zu. Danach holte sie einen Spaten und ging zum Fluss, wo sie den Sarg an einer Biegung über dem Ufer vergraben wollte. Bevor sie die Grube aushob, setzte sie sich unter den Anabaum, unter dem sie mit Maharua gesessen hatte, und wartete ab, was geschah.

Der rote Lehm des Flussbetts war, von der Sonne ausgedörrt, in tausend und abertausend Risse gespalten. Steppenhexen rollten von Busch zu Busch. Staub tanzte in kleinen Wirbeln hinter ihnen her. Klobige Steine lagen in der Mitte, von einer Sturmflut vor Hunderten von Jahren mitgespült und vergessen. Am entgegengesetzten Ufer erhob sich der rote Kegel eines Termitenbaus, hoch wie ein scheuendes Pferd.

Über Noras Kopf kreiste ein Falke auf einem Fallwind, der nicht bis zur Erde reichte. Zwei Krähen landeten flatternd und krächzend in den Ästen des Anabaums. Nora hatte ein Gefühl, als wäre sie der Baum und die Krähen und der Falke und der Himmel; als flösse all das durch sie hindurch. Zwischen den Büschen kreuzte die Fährte eines Geparden die tief eingegrabene Wasserrinne und lief in einem Bogen das Ufer hinauf. Ich muss tief graben, dachte Nora.

Der Boden war hart wie Stein. Sie hieb das glänzende Spatenblatt senkrecht in die rote Erde, benutzte den Stiel dann als Hebel und brach das erste Loch in die Kruste. Darunter zerfiel der Lehm zu Staub, und das Graben war leichter. Sie hatte nicht mehr viel Kraft. Sie schaufelte und schaufelte, und eine ganze Zeit lang bestand sie nur aus Anstrengung und Staub, aus brennenden Händen, keuchendem Atem, zitternden Beinen, Schweiß und dem sengenden Licht der tief stehenden Sonne. Sie sah nichts als das Blitzen des Spatenblatts und hörte nichts als das Scharren des Eisens an Steinen und Erde, und als die Grube tief genug war, blickte sie auf und sah die Hyäne.

Die Hyäne war allein. Sie stand in sicherem Abstand, und ihre gelben Augen waren fest auf den kleinen Sarg unter dem Baum gerichtet. Ihre Ohren zuckten, der Kopf hob und senkte sich witternd. Das gefleckte Fell sträubte sich staubig um den ausgemergelten, erhitzten Körper. Sie stand hinter einem trockenen Weißdornbusch, und ihr verstümmelter Schwanz zuckte aufgeregt.

»Hau ab!«, rief Nora. »Verschwinde!«

Der Hunger der Hyäne schien größer zu sein als ihre Angst. Langsam bewegte sie sich um den Dornbusch, tastend, auf der Hut, schlich geduckt durch das verdorrte, raschelnde Gras auf die Kiste und Nora zu und wich wieder ein Stück zurück, bevor sie erneut vorrückte. Nora warf eine Schaufel voll Erde nach ihr. Die Hyäne brachte sich mit einem Satz in Sicherheit, aber nur kurz. Dann wagte sie sich wieder näher heran, als ahnte sie, dass Nora nicht mehr viel Kraft besaß, und diesmal knurrte sie drohend. Das Knurren rollte durch den stillen Nachmittag wie ein leiser, ferner Motor, der irgendwo lief und wieder erstarb und wieder anlief. Aus dem hechelnden Maul wehte ein Geruch von Fäulnis herüber, rohes Fleisch, vor langer Zeit in Verwesung übergegangen. Die hochgezogenen Lefzen zitterten unruhig.

»Du kriegst es nicht!«, schrie Nora, so laut sie konnte. »Du kriegst es nicht, und du kriegst mich nicht! Nichts kriegst du! Ich habe es mit drei betrunkenen Afrikanern aufgenommen, ich werde auch mit dir noch fertig!« Sie stolperte auf die Hyäne zu und stieß dabei mit dem Spatenblatt durch die Luft wie mit der Spitze eines Speers.

Die Hyäne blieb stehen. Ihre grüngelben Augen betrachteten Nora abwartend, voller Aufmerksamkeit, aber unbeeindruckt. Ihre witternden Nüstern weiteten sich, schnupperten in einen Wind, den nur sie spürte. Was ist?, dachte Nora; komm doch, wenn du was willst. Komm doch. Du bist genauso allein wie ich, nur kenne ich mich mit dem Alleinsein aus. Aber du – du hast bestimmt noch nie allein gejagt, allein jemanden angegriffen. Du hast das Blut gerochen und gedacht, wir wären eine leichte Beute, sogar für jemand, der von seinem Rudel verstoßen worden ist. Ich weiß, wie man sich als Außenseiter fühlt. Sieh es einfach als eine weitere Enttäuschung an; das Leben ist voll davon.

Die Hyäne rührte sich nicht. Schließlich legte sie sich hin, die Hinterbeine angezogen, die Vorderpfoten gekreuzt, und sah auf das Flussbett hinunter. Nora nickte und ging zurück zu ihrer Grube, die inzwischen tief genug war. Sie nahm die Kiste und legte sie hinein. Sie kannte nur noch ein Gebet, das sie jetzt sagte: *Lieber Gott, mach mich fromm, dass ich in den Himmel komm, gute Nacht.* Ein Schatten strich über ihr heißes Gesicht. Sie blickte hoch und sah eine weitere Krähe, die sich flatternd neben den anderen auf dem Ast niederließ. Du kriegst es auch nicht, dachte Nora, keiner von euch. Sie hob eine Schaufel voll Erde von dem Haufen neben dem Grab und warf sie auf den Sarg. Das hohle Geräusch war wie eine Faust, die gegen die Wände ihres Herzens schlug.

Sie schaufelte so lange Erde in die Grube, bis es keine Grube mehr war, und zwischendurch trat sie die Erde immer wieder fest, und als alle ausgehobene Erde verbraucht und die letzte Schicht festgetreten war, errichtete sie darauf einen Haufen aus den schwersten Steinen, die sie finden und tragen konnte. Mit dem letzten Stein in der Hand drehte sie sich zu der Hyäne um, aber sie war verschwunden. Stattdessen schwebte der sirrende Gesang der Zikaden wieder über dem Flussbett wie ein unendlicher silberner Ton, ein *Zirp-Zirp-Zirp-Zirp*, das nichts zum Schweigen bringen konnte bis in alle Ewigkeit, weil es hierher gehörte wie das Gras und der Staub, und während sie da stand, mit dem Stein in der Hand, erschauerte Nora vor Zorn auf diese helle, heiße Landschaft.

Sie ging zurück zum Haus. Als sie merkte, dass sie es nicht mehr bis nach oben ins Schlafzimmer schaffen würde, setzte sie sich ins Wohnzimmer, um kurz auszuruhen. Es gab noch so viel zu tun. Sie saß da und sah, wie das Licht aus dem Raum sickerte und noch eine Zeit lang vor den Fenstern blieb, bevor es auch dort dunkel wurde. Sie zündete keine Lampe an. Wozu brauchte sie Licht? Um was zu sehen? Sie war leer, so leer, wie man nur sein konnte, wenn man vorher das ganze Leben in sich getragen und verloren hatte. Ihre Augen waren trocken vor Müdigkeit und Leere; so trocken, dass sie schmerzten.

Plötzlich musste sie weinen. Sie schlug die Hände vors Gesicht, als wollte sie es aufhalten, aber die Tränen brachen aus ihr hervor und strömten über ihre Finger. Mit weit geöffnetem Mund, die Handballen gegen die Lippen und die Zähne gepresst, saß sie da und wiegte sich vor und zurück und gab Laute von sich, die sie noch nie gehört hatte. Die Tränen liefen aus ihren Augen und ihrer Nase und ihrem Mund, und es gab nichts, was sie dagegen tun konnte, nichts, nichts. Ihr Weinen drang in jeden Raum des Hauses, das sie mit Rainer gebaut hatte, in jeden Winkel, aber niemand hörte sie. Niemand kam, um sie zu trösten.

Am nächsten Morgen erwachte sie in derselben Stellung, in der sie weinend eingeschlafen war. Sie ließ das ganze Vieh frei, nagelte die

Fenster mit Brettern zu und verrammelte alle Türen. Sie vergrub Äxte und Beile, verschüttete das ganze Petroleum und warf alles weg, womit eilige Einbrecher leicht Feuer machen konnten. Sie kochte Wasser ab und füllte es in Feldflaschen. Dann sattelte sie Anastasia und ritt fort von der Farm, bevor sie verrückt wurde.

Teil Drei

31

Die Garnison lag in einer steinigen Ebene am Rand des Hügellandes, und Nora erreichte sie am Abend des zweiten Tages. Sie war nur langsam geritten und hatte viele Pausen eingelegt, aber trotzdem hatte das Reiten sie bis zur Erschöpfung betäubt. Jedes Mal, wenn sie aus dem Sattel gestiegen war, hatte sie die Berührung mit der Erde wie einen Schmerz gespürt, der von der Fußsohle bis in den Hals hinaufschoss. Aber in den Kopf gelangte er nicht, und in ihr Herz gelangte er ebenfalls nicht. Die Erinnerung an den kleinen Sarg am Ufer ihres Flusses umfing sie wie eine gläserne Glocke, die zu starke Schmerzen und zu helles Licht von ihr fernhielt. Nur wenig drang zu ihr durch, ein paar Worte, ferne Geräusche, gedämpfte Farben.

Die Garnison bestand aus vier hohen Mauern mit Schießscharten und zwei gedrungenen Türmen. Die weißen Lehmziegel des Mauerwerks blendeten wie Schnee. Neben dem Tor hing ein verwittertes Emailleschild mit dem Kaiseradler darauf. Einer der Torflügel – massive Holzbalken, die zusätzlich verstärkt worden waren – blieb stets geschlossen, und der andere wurde nur geöffnet, wenn ein Kundschafter vorher die nähere Umgebung abgeritten war. Gleich hinter dem Tor türmten sich Barrikaden aus Sandsäcken. Über den Zinnen des größeren Turms schlug an einem Fahnenmast die deutsche Flagge knatternd im Wind. Der Wind wehte seit fast vier Tagen mit derselben Stärke aus den Bergen, brach die Äste der Akazien am Rand des Unterholzes und kämmte das verdorrte Steppengras in ungeduldigen Strichen.

Zwischen dem spärlichen Buschwerk vor der Garnison kauerten die Wellblechhütten und kleinen Häuser eines verlassenen Dorfes. Die

Bewohner, fast zweihundert Männer, Frauen und Kinder, waren in die Mauern des Forts geflüchtet, wo sie mit ihren Pferden, Ochsen, Eseln, Ziegen und Hunden Schutz vor den herumziehenden Rebellen gefunden hatten. In den engen, niedrigen Räumen der umlaufenden Kolonnade wohnten Offiziere und die Familien der weißen Siedler, während die Mannschaften in olivgrünen Zelten auf dem Hof kampierten. Matratzen dienten als Betten, in Kinderwagen türmte sich die Habe der Flüchtlinge. Die Wachstube ähnelte einem Möbellager. Es gab eine Feldbäckerei, einen Stellmacher, eine Apothekenkammer, außerdem Werkstätten für Schneider, Sattler, Tischler, Schmied und Büchsenmacher. Munitionskisten stapelten sich hinter Stacheldrahtzäunen, daneben waren Ziegen und Ochsen in Viehgehegen zusammengepfercht und witterten das Wasser des Brunnens in der Mitte des Hofes.

Nora wurde eine Unterkunft mit einer anderen Frau zugeteilt, deren Mann als Reservist eingezogen worden war. Mit ihr sprach sie nicht mehr als das Nötigste. Von allen Menschen, die sie in der Gegend kannte, traf sie in der Garnison nur Doktor Brahms wieder, der das Feldlazarett leitete. Der Arzt nahm eine Ausschabung vor und gab ihr etwas gegen die Schmerzen im Unterleib. Helga Westrup hatte sich einer Patrouille nach Karibib unter dem Kommando von Oberleutnant Lehnhoff angeschlossen, um von dort mit dem Zug an die Küste und weiter in die Heimat zu fahren. Die Patrouille war noch nicht wieder zurückgekehrt. So ist das also, wenn man alles verloren hat, dachte Nora.

Sie dachte an das Bild im Arbeitszimmer ihres Mannes, die Toteninsel. Es hat mich nicht darauf vorbereitet, dachte sie, nicht auf die Idee des Todes. Und auch die Hölle, erkannte sie jetzt, war nicht unbedingt beschaffen wie bei Dante oder im Alten Testament oder auf den Gemälden in den Museen, hinter den Altären. Die Hölle konnte aussehen wie eine kleine Garnison voller Menschen, wie ein teilnahmsvolles Gesicht. Allmählich wurde ihr klar, dass ihr Schmerz so groß war, dass sie ihn nicht spürte und dass er sich auch nicht heilen ließ, solange sie ihn nicht spürte. Vielleicht ließ er sich nie heilen.

Vielleicht war bloß der Tod dazu in der Lage, den Tod zu heilen. Aber das konnte sie erst mit Bestimmtheit sagen, sobald sie diesen Schmerz spürte, und davor fürchtete sie sich.

Als Nora Wilhelm von Lehnhoff wiedersah – nein, als sie seine Stimme vernahm, denn bevor sie ihn sah, hörte sie ihn –, schien es einen kleinen Riss in der gläsernen Glocke zu geben, die sie umfing. Licht, heller als sonst, fiel kurz herein, dann schloss sich der Riss wieder. Sie stand lange Stunden auf der Mauer neben dem Tor und sah auf die karge Ebene hinaus, sah, so weit sie konnte, und erblickte nichts als Ödnis, und es war, als sähe sie ihr eigenes Leben voraus, all die leeren, steinigen Jahre, die noch vor ihr lagen. Nur wenn ihr Blick kurz in den Hof fiel und sie in dem ganzen Gewimmel dort unten den Oberleutnant entdeckte, energisch, gefangen in seinen militärischen Pflichten, war es, als zupfte etwas an ihrem Herzen. Manchmal begegnete sie seinem Blick; gegen die Sonne schaute er zu ihr herauf, und dann dachte sie, *ich falle*.

»Sie haben immer noch sich selbst«, sagte er, als er an einem frühen Abend neben sie trat. Seine Uniform mit dem gestärkten Kragen war frisch gebügelt, und seine geschnürten Stiefel waren poliert. An der Hüfte trug er einen Reichsrevolver 83, die dazugehörigen Patronen Kaliber 10,6 mm steckten in daumenbreiten Schlaufen rings um den Gürtel.

»Was davon übrig ist«, sagte sie, ohne den Blick von der steinigen Ebene abzuwenden, auf die sie nun schon seit Tagen starrte.

»Sie schaffen das schon«, sagte er, und sie wunderte sich, dass es nicht unbeholfen oder verlegen klang wie bei den meisten, sondern so, als bestünde nicht der geringste Zweifel für ihn.

»Ich weiß nicht.«

Lehnhoff sah auf dieselbe Ebene hinaus wie sie, aber nicht mit dem gleichen Blick. »Wenn Sie sich jetzt unterkriegen lassen, war der Tod … der Tod Ihres Ungeborenen umsonst.«

»Er war auch so umsonst«, sagte Nora. »Er war völlig umsonst. Jeder Tod ist umsonst.«

»Sie haben sich verändert«, sagte Lehnhoff.

Sie schwieg.

Er sagte: »Sie sind weicher geworden – stärker, aber nicht mehr so hart. Sie haben etwas gelernt, und das hat Ihnen gutgetan, auch wenn Sie es jetzt noch nicht so sehen können.«

»Ich wüsste gern, was das ist«, sagte sie. Plötzlich wurde sie wütend. »Und ich wüsste gern, warum Sie mich nicht in Ruhe lassen!«

»Weil es nicht gut ist, wenn jemand in Ihrer Situation zu lange allein ist.«

»In meiner Situation?« Sie wurde immer wütender. »Wie ist denn meine Situation? Kennen Sie sich aus mit meiner Situation – als Offizier und Herr von Stand? Haben Sie schon mal etwas verloren, das in Ihnen herangewachsen ist, das Ihr ganzes Glück war, Ihr Leben, Ihre Zukunft? Das Ihnen Kraft gegeben hat, obwohl Sie es genährt haben? Wurde es aus Ihnen herausgerissen, mussten Sie es beerdigen? Was sehen Sie eigentlich, wenn Sie mich anschauen? Sie sind doch blind wie eine Rinderstirn!«

Lehnhoff schwieg, aber er wirkte weder verletzt noch beleidigt. »Irgendwann müssen Sie es abschreiben«, sagte er. »Sie werden es weiter lieb haben, aber Sie müssen es abschreiben. Jetzt können Sie das noch nicht, es ist erst eine Woche her. Eine Woche ist gar nichts.«

Bemüht, ihre Stimme unter Kontrolle zu halten, sagte sie: »Ein Leben ist doch keine Bilanz, wo man etwas abschreibt oder als Gewinn verbucht!« Sie sah ihn immer noch nicht an, dazu war sie einfach zu wütend. Was weißt du schon, dachte sie, *was weißt du schon?! Ich hatte es einfach zu lieb, um es so mir nichts, dir nichts abzuschreiben.* Plötzlich wurde ihr klar, was mit ihr geschah. Sie fühlte wieder etwas; es war Zorn, aber es war ein Gefühl.

»Sie können es anders ausdrücken«, sagte er. Er war neben ihr wie ein heißer Schatten mit rötlichen Konturen, der das Licht der scheidenden Sonne aufsaugte. Sie wusste jetzt, dass sie ihn nicht anzusehen brauchte, wenn sie nicht wollte. Sie konnte weiter auf das Land hinausschauen, das nichts von ihr verlangte.

Langsam verschwammen die Berge in der blauen Dämmerung. Aus dem Hof stieg der Ton einer Trompete herauf. Klar und rein schwebte er in der Abendluft, erhob sich strahlend über die Schatten in den Mauern der Garnison, ohne Fragen, ohne Zweifel, ließ alles hinter sich, was der lange Tag an Drangsal, Mühen und Schmerzen gebracht hatte. Der Ton wechselte Lage und Dauer, wurde zärtlich und traurig, stieg zitternd weiter in unerreichbare Höhen, über die Türme, die leise knatternde Fahne, wuchs zu einer kleinen stolzen Melodie, die Nora wiedererkannte aus ihrer Kinderzeit, als sie ihr in Metz über die Dächer der Stadt zugeweht war. Gleich kommt Papa heim, hatte dieses Signal damals bedeutet, gleich ist er da mit seinem Geruch nach Tabak und Pferd und nimmt dich in seine starken Arme.

»Was bedeutet dieses Signal?«, fragte sie.

»Der Zapfenstreich?«

»Ja.«

»Dass es richtig ist zu glauben«, sagte Lehnhoff.

»Woran?«

»An irgendetwas – die Tugend, die Schönheit, die Uniform, die Fahne, das Vaterland, die Soldatenehre, alles, was vor dem Zweifel schützt.«

»Und an all das glauben Sie, wenn Sie diese kleine Melodie hören?«

Lehnhoff sagte: »Diese kleine Melodie ist für die einfachen Soldaten, nicht für die Offiziere. Sie sorgt dafür, dass sie schlafen können. Sie verwandelt das Hässliche, was sie den ganzen Tag über gesehen oder getan oder erduldet haben, in Schönheit. Sie sagt: Ihr könnt stolz auf euch sein. Ihr seid nicht allein, solange ihr diese Melodie hört, mit nichts – nicht mit eurem Schmerz, nicht mit eurer Wut, nicht mit eurer Angst oder eurem Mitgefühl. Egal, wer ihr wart, bevor ihr die Uniform angezogen habt, und egal, was ihr tut, ob ihr Diebe und Mörder wart und jetzt nichts seid als schmutzige Küchenhelfer oder Stiefelputzer oder kleine stotternde Schützen, alles ist vergeben, und deswegen dürft ihr ruhig schlafen. Alles wird euch abgenommen, und von niemandem wird mehr verlangt, als er leisten kann. Und wenn ihr sterbt, werdet ihr nicht umsonst gestorben sein und nicht allein; man wird eurer gedenken.«

»Für mich klingt es anders«, sagte Nora. »Für mich klingt es nach Abschied und Einsamkeit und lauter sinnlosen Taten.«

»Sie haben die Ohren einer Frau«, sagte Lehnhoff. »Frauen hören anders. Eines Tages werde ich es auch anders hören, wenn ich in irgendeinem Lazarett liege und weiß, dass alle Ärzte mir nicht helfen können und alle Orden nichts mehr bedeuten und kein Freund und keine Frau in der Nähe sind, um für mich zu beten oder um mich zu weinen. Dann wird diese kleine Melodie die fade Wirklichkeit sein, die mir noch bleibt, bevor ich sterbe, und wahrscheinlich wird das Einzige, woran ich denken kann – der letzte Gedanke –, nur sein, dass alles falsch war, dass ich mein Leben vergeudet habe, weil es in Uniform ein falsch gelebtes Leben war.«

»Wenn Sie so empfinden, warum ziehen Sie die Uniform nicht aus?«, fragte Nora. »Und warum sind Sie dann überhaupt zurückgekommen?«

»Es war einfacher«, sagte Lehnhoff. »Ich bin ein ganz guter Offizier, wissen Sie. Ich kann meine Soldaten nicht einfach nur dem Trost des Zapfenstreichs überlassen. Und außerdem …« Seine Stimme verlor sich in der herabsinkenden Nacht.

»Außerdem?«

»Weswegen kehrt man an einen Ort zurück?« Lehnhoff sah hinunter in den Hof der Garnison, wo drei Soldaten ein Feuer entfachten. »Wegen einer Erinnerung, manchmal auch wegen einer Hoffnung. Oder wegen eines Gesichts.«

»Eines Gesichts?«

Er sagte nichts mehr, als hätte er schon zu viel von sich preisgegeben. Er wandte sich ab, um zu der Steintreppe zu gehen, die nach unten führte. »Ich muss nach meinen Männern schauen.«

Jetzt sah Nora ihn an, und obwohl das Licht kaum noch etwas erkennen ließ, entdeckte sie in dem Moment, als er zurücktrat, im schwachen Widerschein des Feuers, eine Zerrissenheit in seinem

Gesicht, die ihr einen Moment den Atem stocken ließ. Sie versuchte, seinen Mund zu erkennen, die Augen, alles, worauf sie sonst schaute, wenn sie mit ihm sprach. »Was für ein Gesicht?«, fragte sie.

Lehnhoff deutete einen militärischen Gruß an. »Ich habe schon zu lange mit Ihnen geredet. Bitte, entschuldigen Sie mich.«

Das Gesicht einer Frau, dachte Nora. *Mein Gesicht.* Der Gedanke war so plötzlich da und gleichzeitig doch so erhofft und erwartet wie die ersten Töne eines Musikstücks in einem von lautloser Spannung erfüllten Konzertsaal, einer Toccata von Bach, der 5. Sinfonie von Beethoven. *Er ist meinetwegen zurückgekommen. Er hat unsere erste Begegnung in Swakopmund doch nicht vergessen, der Blitz hat uns beide getroffen. Aber dann hat er mich wiedergesehen und gehört, dass ich schwanger bin, und alles war anders, als er es erwartet hatte, und er hat es nicht gewagt, mir einen Antrag zu machen.* Hastig fragte sie: »Woran glauben Sie, Herr Oberleutnant?«

»Wie bitte?«

»Wenn Sie nicht an die kleine Nachtmusik von eben glauben, woran glauben Sie dann? Glauben Sie an Gott?«

»Nein. Nur an das Kreuz.«

»Dann glauben Sie an die Liebe?«

»Die Liebe …« Er zuckte mit den Schultern. »Ist das nicht auch nur eine kleine Melodie, die immer zur falschen Zeit ertönt?«

Nora spürte, wie ihr auf einmal viel leichter zumute wurde, als wäre sie ein Papierdrachen, der von einem günstigen Wind emporgetragen wurde. Ohne Absicht, ohne ihr Zutun stieg sie vom Rand des Abgrunds auf den Zenit ihrer Flugbahn, wo sie die Zeit anhalten musste, wenn sie nicht wieder abstürzen wollte. »Früher, als ich ein Kind war«, sagte sie, »hat mein Vater mich nach dem Zapfenstreich in den Arm genommen.«

»Sie sind kein Kind mehr.«

»Aber in manchen Momenten sehne ich mich danach, in den Arm genommen zu werden.«

Er reagierte nicht. Er stand nur da und sah sie an, bis sie sich fragte, ob sie die Worte überhaupt gesprochen hatte, oder wenn, ob sie nicht zu leise gewesen waren, als dass er sie verstehen konnte. Und noch länger sah er sie an, so lange, dass es unschicklich gewesen wäre, wenn er sie nicht verstanden hätte, und demütigend, falls doch, eine demütigende Prüfung, die sie ihm verbieten musste. Das Blut schoss ihr ins Gesicht, ihre Wangenknochen begannen zu schmerzen. Aber noch immer befand sie sich auf diesem schüttelnden, rüttelnden Papierdrachenflug, den sie nicht unterbrechen durfte.

»Herr Oberleutnant«, rief plötzlich der Wachtposten auf dem Turm. »Da draußen ist etwas, Herr Oberleutnant!«

Lehnhoff blickte in die Richtung der Berge, in die der Posten deutete. Ein Licht schien dort über der Ebene zu tanzen, wurde abwechselnd größer und kleiner und erlosch zwischendurch ganz. Er löste die Kappe des Feldstecherfutterals an seinem Koppel, holte das Fernrohr hervor, zog es auseinander und spähte hindurch. »Herero«, sagte er. »Nur ein kleiner Trupp.« Er reichte Nora das Fernrohr.

Sie nahm es und setzte es ans Auge, konnte aber nichts erkennen als grobkörnige Dunkelheit, blau und unscharf.

»Gestatten Sie?«

Sie spürte, wie er sacht ihren Arm ergriff und ihre Hand lenkte, bis etwas dicht vor ihrem Auge vorbeiwischte und wieder zurück, ein Dornbusch, grotesk vergrößert. Jetzt entdeckte sie Steine und Gras, zum Anfassen nah, die dunkel verschwommenen Konturen nachgezeichnet von einem graugrünen Schimmer, eine Bewegung, ein Huf. Sie hob das Glas von dem Pferdehuf zu einem blinkenden Steigbügel, einem Stiefel, einem Bein in einer Baumwollhose, einem Gewehrfutteral, einem Patronengurt, einer Brust in einem weißen Hemd, einer Weste, den Schultern einer Uniformjacke und darüber einem schwarzen Gesicht, das – obwohl beleuchtet vom Schein einer Fackel – im Schatten einer Hutkrempe lag.

»Sie brauchen keine Angst zu haben«, sagte Lehnhoff. »Es sind zu wenige für einen Angriff.«

»Ich habe keine Angst.« Sie gab dem Oberleutnant das Fernrohr zurück. »Einer hält etwas in die Luft, eine weiße Fahne.«

Lehnhoff verstaute das Fernrohr wieder in dem Futteral an seinem Koppel. »Es ist besser, wenn ich ihnen entgegenreite.«

»Ich komme mit«, sagte Nora.

»Nein, das ist eine militärische Angelegenheit.«

»Es ist nicht nur eine militärische Angelegenheit«, sagte Nora. »Der Anführer ist Balthasar Maharua. Ich bin die Patentante seines Sohnes.«

32

Balthasar Maharua trug einen Brandenburger Hut, verziert mit grauen Straußenfedern, und auch die braune Cordjacke gehörte zur Uniform der Schutztruppen. Die Zipfel eines roten Halstuchs hingen über den Kragen des weißen Hemdes. Das Gewehr, das in seinem Sattelschuh steckte, war eine deutsche Mauser T-88. Maharua saß auf seinem Schimmel, und hinter ihm in der Dunkelheit warteten fünfzehn bewaffnete Herero-Krieger, die so kräftig aussahen wie ihre Pferde. Alle trugen weiße Binden mit dem Stempel des Bezirksamtes am Oberarm.

Der Kapitän winkte den Mann mit der Fackel neben sich, damit sein Gesicht zu sehen war, als er sagte: »Ich bin Balthasar Maharua, Kapitän der Maharua-Herero, auf dem Weg zu einem Treffen aller Anführer unseres Volkes. Mein christliches Gewissen verlangt von mir, euch vor einem grausamen Orlog zu warnen, der euch alle das Leben kosten wird, wenn ihr diese Garnison nicht sofort verlasst. Der Name unseres Stammes wurde immer und überall mit Stolz und Ehrfurcht ausgesprochen, weil er stark, reich und friedliebend war, und solange ich konnte, habe ich dafür gesorgt, dass euch nichts geschah. Doch der Druck der anderen Stammesführer, uns dem Krieg gegen die Weißen anzuschließen, wird von Tag zu Tag stärker.«

Er holte ein zusammengefaltetes Blatt Papier aus der Jackentasche. »Kapitän Maharero schickt mir einen Brief nach dem anderen. Er schreibt mir: *Ich liege mit zweihundert Mann in den Klippen von Okombahe. Wenn sich unsere Leute dort nicht auf meine Seite stellen, sind sie genauso meine Feinde wie die Weißen. Ich werde ihre Hütten niederbrennen wie die Häuser der Weißen und ihnen alles nehmen. Was werdet ihr tun?* Er schreibt mir: *Geh an meiner*

Seite, wenn wir alle Weißen umbringen. Er schreibt mir: *Ich kämpfe, ich töte. Was tust du?* Er schreibt mir: *Beeile dich, die Zeit ist da. Die schwarze und die weiße Farbe können nicht mehr zusammenleben; die schwarze muss herrschen. Erfüllst du den Befehl nicht, dann werden du und dein Stamm untergehen mit den Weißen.* Er schreibt mir: *Beeil dich! Alles, was weiß ist, muss sterben. Tu deine Aufgabe und komm dann zu uns.*«

»Was ist Ihre Aufgabe?«, fragte Oberleutnant von Lehnhoff.

Maharua sagte: »Euch zu töten. Bisher habe ich Maharero und die anderen hingehalten. Ich habe geschrieben, ich müsste erst meine Unterführer und Großleute zusammenrufen, um mich mit ihnen zu beraten. Ich habe geschrieben, wir müssten ein Treffen abhalten, und als Maharero verlangte, ich sollte zu diesem Treffen zu ihm kommen, habe ich gesagt, er könne doch zu mir kommen, die Entfernung sei dieselbe. Alles, um Zeit zu gewinnen. Aber nun bestürmt mich mein eigener Stamm, doch endlich den Befehl zu eurer Ermordung zu geben.«

»So wie zu der von Hannes Westrup?«, fragte Nora. »So wie zu dem Überfall auf mein Haus?«

Maharua sagte: »Ich habe gehört, was geschehen ist, aber ich versichere Ihnen, es gab keinen Befehl, und ich war nicht dabei, als es geschah. Es waren keine Männer meines Stammes, die das Haus der Westrups überfallen haben, und vor allem war keiner meiner Männer unter denen, die in Ihr Haus gegangen sind. Das Blut Ihres Frühgeborenen komme über mich, wenn ich lüge. Mein Herz hat aufgehört zu schlagen, als ich hörte, was geschehen ist, nach allem, was Sie für mich getan haben. Aber nicht nur schwarze Leute begehen schreckliche Dinge im Namen des Orlogs, auch weiße Soldaten. Sie verwüsten unsere Werften, vergewaltigen unsere Frauen, töten die Kinder, stehlen das Vieh und verstümmeln unsere Krieger, bevor Sie sie in Eisendornlagern elend sterben lassen. Es ist so, wie ich es Ihnen einmal erzählt habe, nur viel schlimmer.«

»Das ist eine Lüge«, sagte Lehnhoff aufgebracht. »Kein Soldat, der diese Uniform trägt«, seine Stimme klang aufrichtig, »ist zu solchen Taten fähig. Sie sind nicht erlaubt, es gibt keinen Befehl dafür, und unsere Soldaten tun nur, was ihnen befohlen wird.«

Maharua sagte: »Jeder Mensch ist zu allem fähig, und wenn ein Soldat erst mal Geschmack am Töten und Schänden gefunden hat, lässt er sich nicht durch Befehle davon abhalten und erst recht nicht durch *keinen* Befehl. Gehen Sie nach Windhuk, Nora, dort werden Sie die Lager sehen. Sie werden sie in Swakopmund sehen und in Lüderitz. Sie sollten auf jeden Fall dorthin gehen, denn diese Garnison wird bald nicht mehr da sein, und die Soldaten werden nicht mehr da sein, um Sie zu beschützen. Alle Frauen und Kinder sollten dorthin gehen, wo sie länger am Leben bleiben.«

Lehnhoff sagte: »Und Sie sollten wissen, dass das Deutsche Reich einer der mächtigsten Staaten der Welt ist. Es hat mehr Soldaten als alle Stämme der Herero Männer, Frauen und Kinder haben, sogar mehr als ihre Rinder, Schafe und Pferde zusammengezählt. Sie können nicht gewinnen gegen uns. Und dass Sie es wagen, die Uniformen unserer getöteten Kameraden als Beutestücke zu tragen, um uns zu verhöhnen, wird Sie Ihren Kopf kosten.«

Maharua sagte: »Warum glauben alle Soldaten immer, es komme auf die Zahl an? Haben Sie nicht ein Sprichwort in Ihrer Heimat: *Weniger ist mehr*? In unserem Land, wo wir so wenig von allem haben, wissen wir, wo das Wenige zu finden ist, die Deutschen aber nicht – Wasser, Verstecke, Nahrung. Wir sind hier zu Hause, für euch ist es die Fremde. Wir können hier jahrelang umherziehen und euch schwere Verluste beibringen, bis ihr zermürbt seid und um Frieden bettelt. Und vielleicht stehen wir ja nicht einmal allein gegen die Heuschrecken des deutschen Kaisers; vielleicht erhalten wir Hilfe von den Briten? Vielleicht erhalten wir Hilfe vom deutschen Volk selbst, das nicht mehr zusehen will, wie seine Söhne in einem fremden Land bluten und sterben für etwas, das nur wenige reicher macht?«

Lehnhoff sagte: »Es gibt viele Sprichwörter, nicht nur in meiner Heimat. Ein anderes lautet: *Wer seinem eigenen Wert vertraut, soll sich in fremde Länder wenden.*«

Maharua sagte: »Und Sie vertrauen Ihrem eigenen Wert natürlich.«

Lehnhoff sagte: »Ich bin in einem fremden Land.«

Maharua sagte: »In diesem fremden Land werden Sie Ihr Grab finden, und weder Sie noch ich können es verhindern. Hören Sie, was Balthasar Maharua seinen Männern sagen wird, wenn es so weit ist: Ihr wart ein großes freies Volk, das Volk der Berge, und die Feinde erzitterten vor Angst, wenn sie nur euren Namen nannten, und deswegen gab es niemanden, der gegen euch aufstand! Ihr wart wie Stiere, doch heute seid ihr wie die Füchse, und der Fremde zertritt eure Felder, brennt eure Häuser nieder, schändet eure Frauen und tötet eure Kinder. Er nimmt eure Rinder und Schweine und gibt euch nichts dafür. Er stiehlt eure Ernte und das Land, auf der sie wachsen kann. Er reitet über eure heiligen Stätten und bricht das seit Jahrtausenden überlieferte Gesetz, dass der Fremde nicht in euer Gebiet kommen darf. Oder sagt das Gesetz das vielleicht nicht? Ich weiß, sie haben furchterregende Waffen, Kanonen mit großen Mäulern und Gewehre, die Blei im Kreis spucken, wir aber haben nur Pfeil und Bogen, Messer und Speer. Doch die Spitzen unserer Pfeile, unserer Speere und Messer sind vergiftet, und die Fremden sind nicht unbesiegbar – wir können ihnen ihre Kanonen und Maschinengewehre wegnehmen, so wie wir die Schienen ihrer Eisenbahn zerstört haben und die Leitungen, mit denen sie sich über große Entfernungen Botschaften schicken. Sie sind nicht unbesiegbar, das sagt Samuel Maharero, das sagt Josef Morenga, und das sage ich. Sie machen auf der Fährte so viel Lärm wie ein Ochsentreck, sie können keine Spuren lesen, um den Fallen auszuweichen, und sie fürchten sich vor den Dämonen der Dunkelheit. Erinnert euch: Haben wir nicht vierzig von ihnen in einer einzigen Nacht getötet? Haben wir nicht vierzig gefährliche Waffen an einem einzigen Morgen erobert? Kennen wir nicht alle ihre Losungsworte und nahmen den Toten ihre Uniformen und sogar ihre Fahnen? Ja, ich sage, tötet jeden Deutschmann!

Jedes Dorf muss eine Truppe von Kriegern ausheben, und alle diese Truppen müssen einem einzigen großen Anführer mit einem leuchtenden Pferd gehorchen, so wie die Krieger der Fremden einem einzigen Mann mit einer blitzenden Haube gehorchen. Dann, nachdem wir unsere Frauen und Kinder aus den Eisendorngattern ihrer Lager befreit haben, werden wir wieder das große freie Volk sein. Niemand nimmt uns unser Land mehr weg, niemand nennt uns Kaffern. Die Trommeln werden durch die Berge und über die Ebenen tönen, und unsere Feinde, die sich daran gewöhnt haben, dass wir friedlich in unseren Werften schlafen, werden sagen: Da zieht nur ein Gewitter herauf. Die Krieger werden in der Sonne ihre funkelnden Waffen emporrecken, und unsere Feinde werden sagen: Das sind nur Blitze. Wir werden wie Tropfen aus den Schluchten strömen, und unsere Feinde werden sagen: Das ist nur der Regen. Wie Berglöwen auf der Jagd werden unsere Krieger durch das Savannengras gleiten, und unsere Feinde werden sagen: Das ist nur die Stille. Die Krieger werden den Bogen ansetzen und den vergifteten Pfeil abschießen, und unsere Feinde werden sagen: Das sind nur Stechmücken. Wenn sie merken, dass sie sich getäuscht haben, ist es zu spät. Wir werden sie von Wasserstelle zu Wasserstelle locken, aber das Wasser, das sie vorfinden, wird vergiftet sein. Während sie noch glauben, uns zu jagen, sehen wir sie schon sterben.« Mit einem Ruck riss er sich das rote Tuch vom Hals und hielt es hoch. »Schaut her – das soll unsere Kriegsfarbe sein!«

Lehnhoff sagte: »Ich fürchte, dass diese Worte ihre Wirkung nicht verfehlen werden. Geordnete Worte reichen aus, um Menschen in die Schlacht zu führen, aber nur geordnete Gewalt ist Stärke. Ich spreche von der Stärke, die den Sieg bringt, weil sie auch Macht bedeutet.«

Maharua sagte: »Ich weiß, dass wir am Ende verlieren werden. Aber wenn wir einmal angefangen haben zu kämpfen, werden wir bis zum letzten Mann weiterkämpfen.«

Lehnhoff fragte: »Warum, wenn es doch sinnlos ist?«

Maharua sagte: »Damit ihr und wir Menschen bleiben, die sich wieder ins Gesicht sehen können. Dann ist es nicht sinnlos.« Er trieb seinen Schimmel auf Nora zu. »Nora, ich habe meinen Leuten gesagt, dass Ihre Farm unter meinem persönlichen Schutz steht, und Zeichen an Ihrem Haus und den Ställen anbringen lassen, damit sie unversehrt bleiben. Ich habe sie wissen lassen, ich selbst wollte das alles für mich haben, nach dem Orlog. Als die Männer, die mein Zeichen hinterlassen sollten, zurückkamen, trug einer von ihnen diesen Ring, den er im Gras gefunden hatte. Vielleicht gehört er Ihnen?« Er streifte einen Goldreif vom kleinen Finger und hielt ihn ihr auf dem Teller der ausgestreckten rechten Hand entgegen, wo er schimmernd den Fackelschein widerspiegelte.

Nora beugte sich im Sattel vor und erkannte überrascht ihren Ehering, den sie am Tag der Ankunft auf ihrem Land vom Finger gestreift und weggeworfen hatte. Sie nahm ihn von Maharuas Handteller und staunte darüber, auf welch seltsamem Weg sie an ihr einmal vor Gott gegebenes Versprechen erinnert wurde und was das bedeuten mochte. Sie sah dem Kapitän in die Augen. Die Augen waren ernst und traurig, aber auch entschlossen. Wenn sie ihr noch etwas sagen wollten, etwas, das nur sie beide etwas anging – und vielleicht nicht einmal alles an ihnen, nur ihre Herzen –, dann taten sie es so, dass sie es nicht verstand, allenfalls ahnte.

»Wie geht es Moses Lilie?«, fragte sie. »Was wird aus ihm, wenn Sie sich den Aufständischen anschließen?«

»Er ist ein Kind«, sagte Balthasar Maharua. »Er wird leben.«

»Und Sie?«, fragte Nora leise. »Müssen Sie denn kämpfen? Gibt es denn keinen anderen Weg?«

»Ich muss den Weg gehen, der mir bleibt«, sagte er. »Ich wollte es nie.«

Das alles trug sich zu in einer Vollmondnacht im Januar des Jahres 1904, bei starkem Wind, der aus den Bergen wehte und die Äste der Akazien am Rand des Unterholzes brach. Nora Hendriksen, ungeschminkt, trug ein schlichtes Reisekleid aus beiger Baumwolle mit hellgrauen Nähten, das sie am Morgen frisch gewaschen hatte.

Das Kleid zog sie aus, als sie später in dieser Nacht Oberleutnant Wilhelm von Lehnhoff in seinem Quartier aufsuchte. Sie klopfte an seiner Tür – ihr Kopf glühte, und ihr Mund war trocken –, und als er fast sofort öffnete, flüsterte sie: »Wollen Sie mich jetzt in die Arme nehmen?«

Er griff nach ihrer Hand und zog sie sanft über die Schwelle. Er trug nur seine Uniformhose. Die Kammer des Kommandanten war kaum groß genug für ein Bett, einen Schrank und einen Stuhl. Durch eine Schießscharte fiel Mondlicht bleich über die schmucklosen Wände und glomm auf dem Griff des Degens, der am Stuhlpfosten hing. Lehnhoff schloss die Tür hinter ihr und nahm sie in die Arme, und erst, als sie seine Ruhe spürte, merkte Nora, wie sehr ihr ganzer Körper zitterte. Er sagte nichts, aber sie konnte sein Herz in der Brust schlagen hören, dicht an ihrem Ohr. Seine Arme hatte eine Gänsehaut überzogen.

»War es mein Gesicht?«, fragte sie leise.

»Ja«, antwortete er, als wüsste er, was sie jetzt hören wollte. »Ich hatte Angst, es könnte Ihnen etwas passiert sein, bevor ich wieder zurück bin.«

Er führte sie zum Bett, setzte sich und zog sie zu sich, auf seinen Schoß. Mit einer Hand öffnete er den obersten Knopf ihres Kleides. Nora ergriff seine Hand und hielt sie fest, aber sie ließ zu, dass er sie küsste. Sie schloss die Augen nicht, verlor nicht den Verstand. Sie betrachtete ihn, während er sie küsste: sein Ohrläppchen, erstaunlich zart, einen Schimmer von Feuchtigkeit an den Schläfen und den Flaum, der im Nacken die glatte Haut bedeckte, auch erstaunlich zart, und sie stellte sich vor, wie dieser Flaum sein Rückgrat hinabfloss, bis hinunter zum Gesäß und weiter, und jetzt schloss sie doch die Augen und erwiderte seinen Kuss. Sie atmete schneller, löste sich von seiner Brust.

»Alles hier riecht nach Ihnen«, sagte sie.

»Wie rieche ich denn?«

»Wie ein Holzscheit, das eine Zeit lang in der Sonne gelegen hat und frisch gespalten ist.«

»Das kommt von draußen rein«, sagte er. »Wie der Gesang der Zikaden, hören Sie?«

Sie hielt seine Hand nicht mehr fest. Seine Finger fuhren ihr durchs Haar, berührten ihre Brust, als gäbe es das Mieder nicht, und suchten Zugang. Riemen glitten aus Schnallen, Knöpfe wurden durch Laschen gezerrt. Kleidung raschelte, verhedderte sich, riss, wurde abgestreift, Baumwolle gab Leinen preis, Seide, schließlich bloßes Fleisch, das feucht vor Hitze war. »Nein«, flüsterte Nora, trieb ihn aber doch mit leisen Lauten weiter voran, sank zurück, die Augen geschlossen. Sie fühlte seine Berührungen, sah mit ihrer Haut. Unwillig über seine mangelnde Geschicklichkeit half sie ihm, sich selbst zu entkleiden; sie erkannte sich nicht mehr wieder, war erfreut über das Leben, das zurückkehrte, die Lust, die in ihr zerfloss. Die sacht fordernden Finger, die leichten Bisse, der schneller gehende Atem, alles ließ sie erschauern, streifte ihre Nacktheit, die sie umspannte und die sie schwindeln ließ. Rote Wärme floss hinter ihren geschlossenen Lidern.

Auf einmal hielt er inne. »Ist es nicht zu früh?«, fragte er. »Du sagst es mir, wenn du noch Zeit brauchst?«

»Ich habe keine Schmerzen mehr«, sagte sie leise. Gleich darauf spürte sie schon, wie er in sie eindrang, spürte, wie tief sie sich ihm ergab, und jetzt gab es doch einen kurzen Schmerz. Aber es war kein Schmerz, der nach mehr Zeit verlangte, sondern nach Trost. Durch die Wimpern sah sie sein Gesicht dicht über sich, seine Augen, die selbst bei Nacht ihr Grün nicht ganz verloren, so nah, dass sie wie eins wirkten, wie ein einziger schimmernder Stern. Jede Sekunde versuchte sie sich einzuprägen; sie wollte nichts versäumen, wollte mit jeder Faser erleben, wie es war. Ein unwiderstehlicher Sog ergriff sie, trieb sie von Strudel zu Strudel und eröffnete ihr lockende Irrwege eigensüchtiger Leidenschaft, nur für sie gedacht.

Sie hielt ihn fest, zwang ihn zur Langsamkeit und umschloss ihn mit allem, was Lust und Sehnsucht in ihr war, und sie biss ihn in die Schulter, die glatt und warm war wie ein frisch aus der Sonne gepflückter Apfel, und etwas türmte sich auf in ihr, ihr Bauch begann aus sich heraus zu vibrieren, als trommelten Fingerspitzen darüber hin. Ein heißes Beben lief unter der Haut hinauf zu den Brüsten, stieg höher und schlug bis hinter die Stirn, und sie wusste, dass sie so etwas noch nie erlebt hatte, noch nie etwas so Überwältigendes.

Danach lag er einen Moment wie tot auf ihr, sein Gesicht an ihrer Wange. Sein Mund atmete Erschöpfung in ihr Ohr. Als sie sich nach einiger Zeit, in der sie völlig durcheinander war – *was ist da eben passiert, was hat er getan, war ich das?* –, wieder küssten, schmerzte die Berührung der Lippen fast. Ihre Zunge erschien ihr rau, die Haut stumpf und empfindungslos, als müsste sie das Berühren erst wieder lernen. Nur die Zikaden draußen im mondscheinübergossenen Gras klangen nicht anders als vorher.

»Ich habe Durst«, sagte sie leise. Er wollte aufstehen, aber sie hielt ihn fest, mochte ihn noch nicht loslassen. Ihre Finger ertasteten eine Narbe an seiner linken Seite, unterhalb der Rippen. »Was ist das? Woher hast du die?«

»Das ist lange her.«

»Gib mir etwas Zeit, und ich lasse sie verschwinden.«

Er lächelte an ihrer Schulter, sie spürte die Lippen. »Nimm dir, so viel du brauchst«, flüsterte er. »Wunder sind selten geworden letzthin, nur Zeit… Ich weiß nicht, wie viel davon wir wirklich haben. Und lass die Erinnerung nicht mit den Narben verschwinden. Das meiste, was ich weiß, habe ich durch meine Wunden gelernt.«

Jetzt lächelte auch Nora. »Das vorhin aber nicht. Haben nicht alle Männer irgendwann irgendwelche Wunden davongetragen und etwas dabei gelernt? Aber das eben, das hat noch keiner so gut gemacht wie du. Schau dir meine Haut an, sie schimmert. Sie leuchtet von dem, was du in mir…«

»Sie reflektiert das Licht des Mondes«, unterbrach er sie leise, »und der wiederum spiegelt nur das Licht der Sonne.«

Nora sagte ernst: »Vor ein paar Minuten hast du für mich die Sonne erschaffen. Dagegen war alles, was ich bisher erlebt habe, nur bedeckter Himmel.«

Er stand auf und brachte ihr in einem Becher Wasser aus einem

Krug. Sie trank und dachte, wie schön es war – Wilhelm und ein Schluck Wasser –, und als sie das dachte, musste sie lachen. Es war ein Laut, der einfach herauswollte; er begann tief hinten in der Kehle und rann ihr aus dem Mund wie der Saft einer großen, überreifen Frucht, ein Lachen, in dem noch die Kerne mitflossen.

Er trank auch und lag dann wieder neben ihr, auf dem Rücken, und sie legte den Kopf auf seine Brust, wo ihre Wimpern das Haar auf seinem Schlüsselbein streiften. Mit der rechten Hand umfasste sie sein Geschlecht, die andere legte sie auf sein Herz, als wollte sie eine Verbindung zwischen seinen beiden Polen herstellen, den Wunsch erwecken, mit allen Fasern zu lieben, um ebenso wiedergeliebt zu werden. Keine Wunden mehr, dachte sie, keine Furcht und kein Kampf.

Erst, als sie wieder wach wurde, merkte sie, dass sie eingeschlafen war. Sie wusste sofort, wo sie sich befand und mit wem und dass sie glücklich war. Nein, nicht nur glücklich, auch stolz und demütig und traurig, dankbar, mit einem Anflug von Scham. Wilhelm lag schlafend neben ihr, Augen und Lippen geschlossen. Ihr erster Gedanke war: *Ich liebe ihn*. Was für kräftige, lange Wimpern er hat, dachte sie. Er sah nun anders aus, weniger männlich, fast weniger menschlich, sein Gesicht wie eine dunkle, geschnitzte Maske. Seine Brust hob und senkte sich sanft und ruhig, ein erschöpfter Mann, der auf den Gezeiten der Träume trieb. Der Atem durchfloss ihn wie ein unterirdischer Strom. Sie berührte ihn mit den Fingerspitzen und überlegte: *Wie kann ich das Glück diesmal festhalten? Was muss ich tun? Wie weise, überlegen und umsichtig muss ich sein?*

»Ich liebe dich«, flüsterte sie. »Wahnsinnig. Heiß. Und innig. Wahnsinnigwahnsinnigwahnsinnig.«

Sie setzte sich auf, um ihn im Sitzen zu betrachten, seinen liegenden Körper dicht am Rand der schmalen Pritsche. Der rechte Arm hing herab, der linke lag angewinkelt über seinem Scheitel. Ein Bein war ausgestreckt, das andere angezogen und zur Seite gesunken. Sie sah das dunkle Nest seiner linken Achsel, die Haare auf seiner Brust wie Tuschestriche im Mondschein, das geschlossene Auge des Nabels, aber die Innenseite der Schenkel blieb im Schatten. Sein Geschlecht war unter dem Laken verborgen. Sie zog den Stoff weg, um ihn zu betrachten, wie sie noch nie einen Mann angeschaut hatte, ohne Scham, aber voller Neugier. Sie legte ihre Hand darauf und dachte, dass er aufwachen würde, doch er schlief weiter.

Noch nie hatte sie einen Mann so sehr begehrt, alles an ihm, das, was sie sah, und das, was unter der Schale des Schlafes verborgen lag. Du meine Güte, dachte sie, davon hat Courths-Mahler nichts geschrieben. Sie seufzte glücklich. Etwas später flüsterte sie: »Guten Morgen.«

Wilhelm war sofort wach. »Du musst zurück in dein Zimmer«, sagte er leise. »Es wird gleich hell.«

Das erste Licht des Himmels vergoldete ein taufeuchtes Spinnennetz ganz oben in der Schießscharte.

»Ich will noch ein bisschen schlafen«, sagte Nora. »Können wir am Nachmittag ausreiten oder im Wald spazieren gehen?«

»Das ist zu gefährlich.«

»Deswegen ja. Ich möchte mich sicher fühlen in deiner Nähe.« Dabei dachte sie: kein Funken Humor. Auf einmal, während sie ihrem Herzen lauschte, dessen Schlag nach einem Echo in seiner Seele suchte, stellte sie fest, dass sie selbst nicht mehr den geringsten Humor besaß; nicht einen Funken.

33

Sie führte Anastasia aus dem Stall und warf ihr den Sattel auf den Rücken. Das Fell glänzte in der Sonne. Die Stute rieb ihre Stirn an Noras Schulter. Nora streifte ihr das Zaumzeug über und sog den warmen, kräftigen Pferdegeruch ein, den sie schon als Kind geliebt hatte. Sie streichelte die Blesse über den hellwachen, vertrauensvollen Augen und sagte: »Du glaubst gar nicht, was mir passiert ist heute Nacht.«

»Nora!«

Sie hielt inne. Sie dachte, es wäre ein Geräusch gewesen, ein seltsames, zufälliges Geräusch, das nur wie eine Stimme klang.

»Du bist es doch, Nora, oder nicht?«

Langsam drehte sie sich um, eine Hand noch am Maulgeschirr der Stute, die ihr den Kopf über die Schulter schob. Ihr war, als fiele ihr Herz ein kleines Stück. »Ludwig?«, fragte sie ungläubig.

»Ja, ich bin's – Ludwig.« Der Mann, der vor ihr stand, war etwas dicklicher und wirkte kleiner als der, den sie in Hamburg zurückgelassen hatte. Er trug einen hellbraunen, staubbedeckten Reiseanzug mit Weste, daran hatte sie ihn erkannt. In den behandschuhten Händen hielt er einen Hut. Sie sah ihn an, von den Schuhen bis zur Brille, und versuchte, sich zu erinnern. »Dein Haar!«, entfuhr es ihr.

»Es ist weiß geworden«, sagte er ernst. Dann lachte er, klopfte sich den hellen Staub vom Kopf und trat auf sie zu, um sie stürmisch zu umarmen. »Nora, meine Nora, wie hast du dich verändert! Du bist ja richtig erwachsen geworden!«

Über seine Schulter erblickte sie einen Pferdewagen, begleitet von einem Zug berittener Schutztruppen. Ein Mann in Zivil war mit dem Abladen des Gepäcks beschäftigt, während hinter ihm und den Reitern die Torflügel wieder geschlossen wurden. Auch dieser Mann erschien ihr vertraut, aber er wandte ihr den Rücken zu, eine Geste, die etwas Absichtliches hatte, als wollte er nicht mit ansehen, wie Ludwig sie begrüßte.

»Was machst du hier?«, fragte sie und löste sich aus Ludwigs Armen. Einen Moment lang war sie völlig durcheinander, als legte sich ihr altes Leben über ihr neues und sie wüsste nicht, welches das richtige war.

Ludwig sagte: »In Swakopmund habe ich von einer merkwürdigen Frau mit Namen Westrup gehört, du könntest vielleicht hier sein. Ich wollte dir telegrafieren, aber wie es scheint, sind die Leitungen zerstört. Deswegen haben wir den Zug genommen, jedenfalls so weit er noch fuhr, und danach dann einen Pferdewagen. Von Schlieffen war so freundlich, uns eine Eskorte beizugeben.«

»Nein, ich meine, was tust du in Afrika?«

»Ach, das langweilt dich nur – Geschäfte, die Bank, du weißt schon. Ich war in Kapstadt, und da der Rückweg ohnehin an Südwest vorbeiführte, wollte ich mich bei der Gelegenheit gleich mal aus erster Hand über die Märkte hier informieren.« Er fasste sie fester ins Auge. »Wo ist denn …? Ich habe gehört, du hättest ein … Ist es schon …? Kann ich es sehen?«

»Nein«, sagte Nora, und plötzlich wusste sie, um wen es sich bei dem Mann, der das Gepäck ablud, handelte. »Rainer?« Sie beschattete die Augen mit der Hand. »*Rainer?*«

Langsam stellte der Mann einen mit Riemen verschnürten Koffer auf die Erde und drehte sich um. Er nahm den Hut ab, und auch seine Haare waren weiß vom Staub, aber sonst hatte er sich nicht verändert, seit sie ihn zum letzten Mal gesehen hatte. Immer noch groß, immer noch schlank, aber nicht mehr so traurig. Seine Miene teilte den erwartungsvollen Ausdruck auf Ludwigs Gesicht.

»Offergelt begleitet mich auf meiner Geschäftsreise«, erklärte Ludwig. »Von ihm weiß ich … Also, er hat mir von deinem Brief erzählt, dass du … dass ihr beide ein Kind … Da dachte ich, es wäre gut, wenn er mitkäme.«

Rainer näherte sich zögernd, und es schien, als nähme er das Gewimmel aus Soldaten, Siedlern, Frauen und Kindern im Hof der Garnison gar nicht wahr. Über den hellen Sand schritt er auf Nora zu, und sie sah, wie sich seine Miene veränderte, als er sie genauer betrachtete. Seine Bewegungen wurden langsamer, schienen nicht mehr von ihm selbst gesteuert und sich kaum gegen den Luftwiderstand durchsetzen zu können. Einen Meter von ihr entfernt blieb er stehen.

Sie merkte, wie ihr die Tränen in die Augen schossen, als wäre ihr Verlust jetzt, da er geteilt wurde, größer. »Ich habe es verloren.«

»Wann?«, fragte er.

»Vor einer Woche«, sagte sie. »Weihnachten.«

Er hob die Hände, als wollte er sie umarmen; stattdessen wandte er sich ab, mit gesenktem Kopf.

»Nora, das tut mir leid«, sagte Ludwig, aber es klang nicht wirklich, als täte es ihm leid, mehr wie Erleichterung. »Unter diesen Umständen kannst du unmöglich hierbleiben. Gleich morgen werden wir…«

»Bitte, Ludwig, sei still.« Bitte, seid alle still. Seid still und verschwindet wieder, dorthin, woher ihr gekommen seid. Nora sah an Rainer vorbei zu dem Wagen hinüber, wo mehrere Soldaten eine Traube um den Kutscher gebildet hatten. Wilhelm von Lehnhoff trat auf die Gruppe zu, fragte etwas und blickte dann in ihre Richtung. Es kam ihr vor, als wäre er blass geworden unter seiner Sonnenbräune, ehe er sich wieder den Soldaten zuwandte. Die Männer lachten; einer warf seinen Hut in die Luft, andere klopften sich auf die Schultern. Eine Zeitung wurde herumgereicht.

»Was haben die denn?«, fragte Nora und blinzelte die Tränen aus den Augen.

»Das Kanonenboot, mit dem wir aus Kapstadt gekommen sind«, erklärte Ludwig. »Die *Habicht* hat Verstärkung mitgebracht, und zu Hause haben sich noch weitere Truppen nach Südwest eingeschifft, komplett mit schwerer Artillerie. Gouverneur Leutwein und Generalstabschef von Schlieffen müssten bald zehntausend Mann gegen die Rebellen unter Waffen haben.«

Lehnhoff löste sich von den Soldaten und bahnte sich einen Weg zu Nora. Er nickte ihr zu, mehr nicht. Dann sagte er zu Ludwig: »Gestatten Sie mir, Ihnen Ihr Quartier zu zeigen. Wissen Sie schon, wie lange Ihr Aufenthalt bei uns dauern wird?«

»Auf keinen Fall lange«, antwortete Ludwig. »Zwei, drei Tage höchstens, so lange, wie wir brauchen, um die Sachen meiner Frau zu packen. Sie scheint hier ja in größter Gefahr zu schweben, deswegen ist es besser, sie begleitet mich nach Swakopmund und anschließend…«

»Eine ausgezeichnete Idee«, sagte Lehnhoff ausdruckslos, ohne Nora anzusehen.

»Nicht so schnell, Herrschaften!«, protestierte sie und begriff nicht, warum er das sagte, nach der letzten Nacht. »Ich habe keinesfalls die Absicht abzureisen.« Sie trat zu Rainer, ergriff seinen Arm und führte ihn ein Stück von den anderen fort. »Was geht hier eigentlich vor?«, fragte sie. »Was tust *du* hier mit Ludwig?«

Rainer hob langsam den Kopf. »Ich bin jetzt Journalist«, sagte er. »Ich habe mit dem Dichten aufgehört – du hattest recht, es taugte alles nichts. Ich war lediglich ein Poseur, der die bestohlen hat, die wirklich etwas können. Als ich deinen Brief bekommen habe, in dem du geschrieben hast… in dem du von deiner Schwangerschaft geschrieben hast, da wusste ich, dass ich zurückkommen musste… es vielleicht noch einmal versuchen. Aber ich hatte kein Geld, keine Arbeit. Deswegen bin ich zu deinem Mann gegangen. Er hat seine Kontakte zu den Zeitungsverlegern spielen lassen. Die Redaktion der *Berliner Illustrirten Zeitung* hat mich schließlich – ihm zuliebe – beauftragt, etwas über die Situation hier zu schreiben. Ich bin also jetzt Kriegsberichterstatter, wie Tolstoi auf der Krim.«

»Kriegsberichterstatter – du! Und auch noch für die *Berliner Illustrirte!*«

»Ich weiß, ich weiß.« Er blinzelte. »Aber ich habe ein Spesenkonto, und meine Artikel werden gelesen, was man von meinen Gedichten nicht behaupten konnte. Ich glaube, solange ich mich in der

Öffentlichkeit gut benehme, kann ich sogar die Wahrheit schreiben. Oder ein bisschen davon.«

»Hast du keine Angst?«, fragte Nora. »Inzwischen habe ich nämlich Angst.«

Rainer zuckte mit den Schultern. Endlich sah er sie an. »Du weißt doch – Gott hält seine Hand über Betrunkene, Schwachsinnige und Zeitungsschreiberlinge.«

»Wahrscheinlich, weil er sie nicht auseinanderhalten kann.«

»Ich liebe dich immer noch«, sagte er. »Ich musste die ganze Zeit an dich denken, auch wenn kein Brief von dir kam.«

»Ich habe auch hin und wieder an dich gedacht«, sagte Nora. »Vor allem daran, wie du gelacht hast, als du endlich in Karibib im Zug warst.«

»Ich habe nicht gelacht«, sagte Rainer und griff nach ihrer Hand. »Ich konnte doch nichts anderes tun, als an dich zu denken, daran, wie du mich beim Abschied angeschaut hattest. Die ganze Fahrt nach Swakopmund und dann die Passage nach Hamburg über und in Hamburg selbst habe ich immer nur dein Gesicht, deine Augen gesehen.«

»Das war schon das Problem mit deinen Gedichten – zu viel importiertes Wasser«, sagte Nora. »Die Prosa eines Kriegsberichterstatters ist das jedenfalls nicht gerade.«

»Nora…«

»Ihr kommt ganz ausgesprochen ungelegen, du und Ludwig«, unterbrach sie ihn und merkte, dass sie plötzlich wieder auf eine Weise sprach, die sie längst abgelegt zu haben glaubte. »Ich kann euch hier nicht brauchen. Falls es dich interessiert, ich habe…«

Sie hielt inne, weil sie ein Räuspern hinter sich hörte, und als sie sich umdrehte, bemerkte sie Wilhelm nur wenige Schritte von ihnen entfernt.

Er sagte: »Herr Hendriksen erwartet Sie in seinem Quartier, Frau Hendriksen.« Dann wandte er sich an Rainer. »Sie teilen das Zimmer mit Herrn Hendriksen. Am besten begleiten Sie Frau Hendriksen, dann muss ich nicht extra jemanden abstellen, der Ihnen den Weg zeigt.«

»Vielleicht beschreiben Sie Herrn Offergelt einfach den Weg«, ahmte Nora ihn nach. »Ich sehe Herrn Hendriksen ja ohnehin beim Abendessen. Ich würde gern noch ein paar Worte mit Ihnen wechseln, Herr Oberleutnant.« Sie hörte nicht zu, als Wilhelm Rainer erklärte, wie er zu seinem Quartier kommen konnte, sondern ging erregt auf und ab, bis sie endlich mit ihm allein war. »Was hast du denn plötzlich?«, fragte sie. »Ich wusste nicht, dass sie hier auftauchen würden, und ich will sie hier auch nicht haben.«

»Du solltest deinen Ehering wieder anziehen«, sagte Wilhelm. »Ich habe gesehen, wie dein Mann auf deinen Ringfinger gestarrt hat.«

»Wilhelm, was heute Nacht passiert ist…«

»So was passiert dauernd zwischen Männern und Frauen«, sagte Wilhelm schroff, »vor allem, wenn sie traurig und einsam sind. Aber jetzt ist dein Ehemann da, außerdem noch der Vater deines Kindes, und wie bestellt bringt dir ein Rebellenführer rechtzeitig deinen Ehering wieder, den er Gott weiß woher hatte. Was für eine Rolle spielt da noch die letzte Nacht?«

»Eine große, die einzige!« Nora konnte sich nur mit Mühe davon abhalten, seine Hand zu ergreifen, ihn zu umarmen, nur um ihm zu zeigen, wie glücklich sie über seine Worte war: Sie erkannte Eifersucht, wenn sie ihr begegnete. »Ich weiß, wir können jetzt hier nicht reden, aber alles, was ich zu dir gesagt habe, ist wahr. Ich liebe dich, und ich weiß, dass du mich liebst.«

Leise sagte Wilhelm: »Das sind nur Gefühle, Nora. Nur Gefühle.«

Beim Abendessen saßen sie in dem Raum, den alle die *Offiziersmesse* nannten, an einem runden Holztisch, und keiner sprach über das, was ihn wirklich bewegte. Statt Ligroinleuchten brannten weiße Kerzen, und alle hatten sich umgezogen. Rainer und Ludwig trugen leichte Anzüge, weiße Hemden und Halstücher. Nora besaß nur noch zwei saubere Kleidungsstücke: einen schwarzen Samtrock und eine Bluse aus taubenblauer Seide, in der sie sich sehr angezogen vorkam, obwohl die Farbe ihr Haar gut zur Geltung brachte. Sie hatte ihren Ehering wieder angelegt. Wilhelm, verschlossen wie am Nachmittag, hatte sich die braune Felduniform abbürsten lassen und zu ebenfalls braunen Schnürschuhen noch lederne Wadengamaschen angelegt.

Es gab ein Tischtuch aus Leinen und Blechgeschirr statt Tafelsilber, aber das Essen – Spargelsuppe, dazu Rinderbraten und Kartoffelknödel – wurde von einem Burschen mit einem Tuch über dem Unterarm serviert. Ludwig hatte aus seinem Reisegepäck zwei Flaschen Mosel beigesteuert, den sie aus Wassergläsern tranken. An einer der Lehmziegelwände hing ein Bild des Kaisers unter einer kleinen Reichsfahne. Die anderen Wände verschwanden auch hier hinter verschnürten Bündeln und Kisten mit den Habseligkeiten der Siedler.

»Darf man fragen, was einen Bankier gerade jetzt nach Deutsch-Südwest führt?«, erkundigte Wilhelm sich, während sie noch bei der Suppe saßen.

»Er will nicht hinter der Dresdner Bank zurückstehen, ist doch klar«, sagte Nora, bevor Ludwig antworten konnte.

Ludwig warf ihr einen halb verwunderten, halb tadelnden Blick zu, wie sie ihn seit den Tagen der gemeinsamen Diners in ihrem Haus nicht mehr gewohnt war. Dann sagte er, an Wilhelm gewandt: »Meine Frau meint ganz offenbar die Deutsch-Westafrikanische Bank, die unter dem Dach der Dresdner Bank und der Deutsch-Westafrikanischen Handelsgesellschaft entsteht, um den Zahlungsverkehr zwischen den Kolonien Kamerun und Togo und dem Deutschen Reich durchzuführen. In der Tat bin ich hier, um zu prüfen, ob sich eine ähnliche Initiative für das Bankhaus Hendriksen & Co. und die Deutsche Kolonialgesellschaft als sinnvoll erweisen könnte.«

»Sagten Sie nicht, Sie kämen aus Kapstadt?«, hakte Wilhelm nach.

»Kapstadt, ja«, Ludwig ließ den Löffel in der Gemüsesuppe kreisen, als wäre er das Sieb eines Goldwäschers, »man könnte es als eine Bildungsreise bezeichnen. Es gibt Bestrebungen seitens der Briten, uns Südwest abzuluchsen. Sie fürchten unsere direkte Nachbarschaft und hätten deswegen nichts gegen einen Tausch einzuwenden – Britisch-

Ostafrika und Sansibar gegen Deutsch-Südwest. Ich glaube, da liegen auch einige der Hintergründe des gegenwärtigen Herero-Aufstandes verborgen.« Er führte den Löffel langsam zum Mund, nachdem er mehrmals kurz auf die lauwarme Suppe gepustet hatte. »Na, jedenfalls hat das Auswärtige Amt ein Konsortium von Geschäftsleuten und Politikern nach Kapstadt geschickt, um auszuloten, wie genau unsere britischen Freunde sich diesen Tausch vorstellen oder was sie hier sonst noch im Schilde führen könnten.«

»Was sie sonst noch im Schilde führen?«, wiederholte Wilhelm.

»Hinter den Hottentotten und Herero stecken andere«, sagte Ludwig, nachdem er die Gemüsestückchen in der Suppe mit kleinen Bissen der Vorderzähne zerkaut hatte, »Hintermänner, Drahtzieher, Finanziers, die sie nur benutzen, um ihre eigenen Interessen und antideutschen Ziele zu verfolgen.«

»Und wer sind diese Hintermänner?«, fragte Wilhelm.

»Die Briten natürlich – vertreten durch Konzerne wie De Beers. Wer hat denn die Schulden der Rebellen bei den Tradern und den Banken bezahlt? Woher hatten sie plötzlich das ganze Geld?«

»Wollen Sie behaupten, die Herero und ihre Anführer – Witbooi, Maharero, Morenga, Maharua – werden benutzt und wissen es gar nicht?«

»Hören Sie so etwas zum ersten Mal?«, fragte Rainer. Er fingerte eine Zigarette aus einer blauen Packung, die neben seinem Glas lag, und zündete sie an einer der Kerzen an. *Nil*, las Nora auf der Schachtel und dachte: Natürlich, das gehört zu einem Kriegsberichterstatter. Er muss rauchen, und die Zigaretten müssen einen exotischen Namen tragen.

»Ich will gar nichts behaupten«, sagte Wilhelm. »Ich hatte mich nur in der Zwischenzeit hin und wieder gefragt, wo genau ich hier eigentlich unser Vaterland verteidige und ob es nicht vielmehr die Afrikaner sind, die *ihr* Vaterland verteidigen.«

»Glanz und Elend des Fortschritts – der denkende Soldat«, sagte Rainer. Nora stellte fest, dass er nicht Wilhelm ansah, sondern sie. Er weiß es, dachte sie; er weiß, was zwischen uns ist. »Ich dachte immer, sobald ein Mann eine Uniform anhat, ist er Soldat und will nur eins – kämpfen! Wenn er den Frieden wahren wollte, hätte er Diplomat werden können, oder?«

Der Bursche erschien, um die Suppenteller abzuräumen und das Fleisch aufzutragen, aber Rainer ließ sich nicht unterbrechen.

»Gib einem Mann – gleich, ob von Adel oder aus der Arbeiterklasse – eine Uniform und eine Fahne, und sein Verstand setzt aus, so wie der eines Studenten, wenn er einen Rock sieht. Darin sind sich doch beide Schichten einig, immer scharf und immer auf Krawall aus.« Er rauchte in kurzen, hektischen Zügen, die erkennen ließen, dass es sich um eine Attitüde handelte, nicht um ein Laster.

Wilhelm stieß seinen Stuhl zurück und erhob sich, ohne sein Fleisch angerührt zu haben. »Ich weiß nicht mehr, wer gesagt hat, dass allein die Mittelschicht die wahrhaft revolutionäre Klasse sei, weil sie von den drei großen Gesellschaftsschichten als einzige die Tugend bewahrt habe, sich selbst zu verachten. Aber wenn er recht hatte, sollten Sie sich dieser großen Tradition Ihrer Klasse erinnern, Herr Offergelt. Entschuldigen Sie mich jetzt, bitte!«

»Bravo, wie ich sehe, bist du wieder ganz der Alte«, sagte Nora zu Rainer, nachdem Wilhelm den Raum verlassen hatte.

Ludwig, der sich als Einziger darangemacht hatte, den Braten mit Messer und Gabel zu zerteilen, hielt in der Bewegung inne und sagte: »Offergelt, bitte, ich möchte es nicht schon wieder bereuen, dass ich mich für Sie eingesetzt habe.«

Rainer zuckte mit den Schultern. Er trank langsam das Glas leer, ohne es abzusetzen, dann stand er ebenfalls auf. »Entschuldigen Sie mich, es war ein langer Tag, und der Appetit ist mir vergangen.« Ohne Nora noch einmal anzusehen, steckte er die *Nil*-Packung ein und ging mit unsicheren Schritten zur Tür, vor der er die heruntergebrannte Zigarette einfach fallen ließ.

»Tja«, sagte Ludwig leise, als er mit Nora allein war, »einer hier hätte vielleicht tatsächlich Diplomat werden sollen.«

»Ich finde, Diplomatie wird überschätzt.« Nora drehte ihren Ehering hin und her.

Ludwig führte einen Bissen Braten zum Mund, kaute ihn bedächtig und ließ die Gabel dann an den Tellerrand sinken. Er räusperte sich. »Nora – ich muss mit dir reden. Bitte, komm mit mir zurück nach Hause. Das alles hier ist doch nichts für dich. Du scheinst nicht zu begreifen, dass du in Lebensgefahr schwebst. Gott weiß, ob wir überhaupt heil zur Küste kommen.«

»Aber Ludwig«, sagte Nora sanft, »ich würde nie zu einem Mann zurückkehren, dessen bloße berufliche Existenz dazu beiträgt, dass Menschen ausgebeutet und vernichtet werden.«

Ludwig legte auch das Messer hin. »Ich weiß, unsere Ehe war nicht immer so ... so ... Du warst nicht immer glücklich; das eine oder andere hat dir gefehlt. Was ich sagen will: Ich kann mich ändern. Du kannst dich ändern. Was ich eigentlich meine, ist: Wir können uns beide ändern.« Er hielt kurz inne, bevor er nachdrücklicher fortfuhr: »Ich bin bereit, dir zu vergeben, von ganzem Herzen.«

Nora schwieg, lange genug, um sich zu fragen, warum sie nicht gerührt war, und den Grund dafür zu erkennen. Dann sagte sie: »Es gibt nichts zu vergeben.« Sie zog den Ring ab und legte ihn neben ihren Teller. »Ich hätte nie gedacht, dass du einer dieser Menschen sein könntest, die an Veränderung glauben. Dass alles immer gut ausgehen muss, schon eher, aber Veränderung? Man braucht nur etwas mehr oder weniger stark zu ändern, und schon ist das Unglück vorbei. Das ist sehr modern, weißt du. Aber ich glaube nicht, dass es stimmt. Oder wenn es stimmt, dann nur vorübergehend, denn im Großen und Ganzen – soweit ich das beurteilen kann – gehen die Dinge überhaupt nie gut aus. Ehen, zum Beispiel. Man kann sie nicht neu aufziehen wie ein abgelaufenes Uhrwerk. Du und ich, wir können uns verändern wie Herr und Frau Chamäleon, und unsere Ehe rettet das trotzdem nicht mehr. Ich glaube, sieben bis acht Jahre, länger geht kaum eine Ehe gut.«

Ludwig presste die Serviette gegen seine Lippen. Es schien, als wollte er angesichts so unruhiger Zeiten voller Undankbarkeit und flüchtiger Gefühle wenigstens ihren Abdruck für die Nachwelt konservieren. »Das ist… das ist revolutionär«, sagte er, um Vorsicht bemüht. »Aber du warst ja schon immer…«

»Du hast mich mal gefragt, warum ich dich überhaupt geheiratet habe«, sprach Nora unbeirrt weiter. »Ich weiß nicht mehr, was ich dir damals geantwortet habe, aber die ehrliche Antwort ist: Ich war zu jung, und du warst der erste Mann, der sich in dieser Art für mich interessierte. Woher sollte man wissen, wie ein Mann ist oder sein kann oder sein muss, wenn man aus einem Mädchenpensionat kommt? Ich hatte keinen Vergleich, keine Wahl. Versteh mich nicht falsch. Du warst großzügig und kultiviert, rücksichtsvoll, anständig, klug, alles, was man von einem unbekannten Mann erwarten kann. Und du warst, nicht zu vergessen, stärker und größer als ich. Woher sollte ich wissen, dass es sich dabei nur um *eine* Form der Männlichkeit handelte?«

Entschlossen legte Ludwig die Serviette auf den Tisch. »Bitte, mach aus mir jetzt nicht das Denkmal des unbekannten Mannes. Oder besser, des unbekannten *falschen* Mannes.« Seine Hand schwebte über dem Messergriff, dann über dem Glas, bevor sie nach dem Ehering neben Noras Teller griff. »Vielleicht«, fuhr er fast erleichtert fort, »ist Veränderung wirklich nicht der richtige Weg, aber wie wäre es mit Rücksicht? Ich weiß, wir haben einander großen Schaden zugefügt …«

»Gesellschaftlich, meinst du?«, fiel Nora ihm ins Wort. »Denn sonst wüsste ich nicht, welchen Schaden ich dir zugefügt haben könnte.« Sie beugte sich vor. »Ich erinnere mich noch, wie ich einmal, ganz kurz nach unserer Hochzeit, im Garten auf dich gewartet habe. Mein Herz schlug die ganze Zeit wie verrückt, es leuchtete vor Vorfreude und war so bunt wie ein Feldblumenstrauß, den ich dir in den Schoß legen wollte, sobald du nach Hause kämst. Aber außer dieser Vorfreude auf dich hatte ich nichts.« Sie hielt inne und sah ihn an, sah seinen verständnislosen, wartenden Blick. »Du warst müde und bist gleich in dein Arbeitszimmer gegangen, um dich weiter über mitgebrachte Papiere zu beugen, im Lichtschein deiner Schreibtischlampe mit dem grünen Schirm.«

Ludwig wartete noch, weil sie nicht aufhörte, ihn anzusehen. Doch da sie nichts mehr sagte, nahm er seinen eigenen Faden wieder auf. »Wenn du schon das Gesellschaftliche ins Spiel bringen willst – du musst wissen, dass eine Scheidung für mich auf gar keinen Fall infrage kommt. Das Ganze ist ohnehin schon peinlich genug.« Er wechselte die Tonart. »Ich weiß, es ist vielleicht jetzt nicht der passende Gedanke, so früh nach … nach … Aber wenn du ein Kind möchtest, noch ein Kind …«

»Nein!«

»Gut, dann lautet mein Vorschlag: Du fährst mit mir zurück, und daheim beschränken wir uns auf das Arrangement kultivierter Menschen – getrennte Schlafzimmer, jeder kann tun und lassen, was er will, innerhalb der eigenen vier Wände, meine ich –, und wenn wir uns begegnen, sind wir nett und freundlich zueinander. *Guten Morgen. Schlaf gut.* So was in der Art.«

Sie sah ihn noch einmal lange an – das letzte Mal, dachte sie. Dann sagte sie: »Das würde ich nicht ertragen. Nie und nimmer. Ich habe etwas Besseres verdient. Und du auch.« Zu ihrer eigenen Überraschung beugte sie sich vor und küsste den Rücken seiner Hand, in der er ihren Ehering hielt. »Leb wohl, Ludwig.«

Danach ging sie über den jetzt stillen Hof der Garnison, vorbei an den Mannschaftszelten, in denen die Soldaten schliefen, beschützt bis in die Träume vom Echo des Zapfenstreichs. Zwischen den Zelten lehnten ihre Gewehre, jeweils drei, in kleinen Pyramiden beieinander. Auf dem Turm konnte sie den Wachtposten sehen, eine schwarze Silhouette unter einem abnehmenden Mond. Wie einsam er aussieht, dachte sie; wie schutzlos und einsam er dasteht. Das leise Knattern der Fahne im Nachtwind übertönte die Geräusche der Tiere in den Gehegen. Der Himmel war klar, von einem Blau, so tief, dass Nora schwindelig wurde; sie glaubte, sich hineinfallen lassen zu können, um nach den Sternen zu tauchen. Sie fröstelte.

Sie erreichte die Tür zu dem Trakt, in dem Wilhelms Kammer lag. Als sie die Hand nach der Klinke ausstreckte, fiel ein zweiter Schatten neben ihre Konturen auf dem Weiß des Mauerwerks. Rainer war auf einmal dicht hinter ihr und sagte leise: »Nora, komm mit. Komm mit mir!«

»Wohin?«

»Zu unserer Farm. Du hast recht, ich bin genauso wenig ein Kriegsberichterstatter wie ein Dichter. Aber ich habe ein ganz gutes Haus gebaut, das jetzt leer steht, und ich habe... ich habe... Wir könnten doch noch ein Kind kriegen...«

»Nein«, sagte Nora und dann noch einmal, leiser: »Nein.«

»Meinetwegen kein Kind, gut.« Rainer legte die Hände auf ihre Schultern und drängte sie gegen die Mauer. »Es ist nur, du hast mir gefehlt, weißt du – du hast mir sehr gefehlt.«

Sie spürte die noch von der Hitze des Tages erfüllten Ziegel zwischen ihren Schulterblättern. Unwillkürlich ballte sie die Fäuste. »Hast du in meinem Brief irgendwas nicht richtig verstanden?«, fragte sie. »Stand da etwa, dass ich auf dich warte?«

Er hielt sie nur gegen die Wand gedrückt. »Worte«, flüsterte er, »ich weiß, wie wenig sie sagen. Wir haben uns doch immer am besten verstanden, wenn wir nicht geredet haben.«

Nora seufzte. »Was das angeht – es gab eine ganze Weile, in der vor allem du nicht geredet hast und in der wir uns überhaupt nicht verstanden haben. Du hast mir besser gefallen, als du noch stolz und verrückt warst, so wunderbar von dir überzeugt, so mitreißend, voller Träume und Abenteuerlust. Aber dann musste ich Tag für Tag mit ansehen, wie dieser Mann, dem ich nach Afrika gefolgt war, mir unter den Händen dahinsiechte, und das, was übrig blieb, war kein Mann mehr, den ich lieben konnte, obwohl ich ihn ausgerechnet da am meisten gebraucht hätte.«

»Ist ja gut, du hast ja recht.« Er begann, sie zu küssen, seine Lippen streiften ihre Stirn, ihre Wangen. Sie ließ es geschehen, den Kopf leicht geneigt, als lauschte sie dem leisen Rieseln der Traurigkeit, die

Ludwigs Worte in ihr ausgelöst hatten und die mit jeder von Rainers Berührungen stärker wurde. Als er ihren Mund zu küssen versuchte, wandte sie rasch den Kopf.

»Hör auf«, sagte sie und drückte ihn von sich, die Hände an seiner Brust zu Fäusten geballt.

Er hielt inne. »Ist es dieser Offizier?«

»Du bist es jedenfalls nicht«, sagte sie. »Diesmal geht es ausnahmsweise nicht um dich.«

Er ließ sie los. »Es ging nie um mich. Es ging auch nicht um Ludwig. Und wer immer jetzt kommt, um den wird es auch nicht gehen. Weißt du, was? Am Ende geht es wahrscheinlich nicht mal um dich. Oder hast du auch nur die leiseste Ahnung, wer das jetzt ist in dieser Schachtel?«

»Was soll das heißen?«, fragte sie. »Welche Schachtel?«

»Du wirkst auf mich, als bestündest du aus lauter Schachteln, und jedes Mal, wenn man eine aufmacht, kommt eine andere Nora zum Vorschein. In Hamburg, auf dem Schiff, auf unserer Farm, jetzt hier – immer eine andere Schachtel mit einer anderen Nora darin.«

»Und?«

Er trat einen Schritt zurück. »Man könnte viel Zeit sparen, wenn man wüsste, was in der letzten Schachtel ist.«

Nora sagte: »Ich verspreche dir, wenn es diese letzte Schachtel gibt und falls sie je geöffnet werden sollte, lasse ich dir eine Einladung zukommen.« Sie sah ihm nach, wie er davonging, und dachte: Ich hätte Lust auf ein Picknick. Ich habe schon lange kein Picknick mehr gemacht.

34

Wie Krieg kommt es einem hier überhaupt nicht vor«, sagte Nora, als sie die Decke unter der Akazie ausbreitete und den Picknickkorb abstellte. »Siehst du, der reinste Monet. Oder Manet.« Sie trug ein aprikosenfarbenes Kleid mit feinen roten Streifen und einen Strohhut, von dessen Krempe ein lindgrünes Band flatterte. »*Le déjeuner sur l'herbe*, heißt das nicht so?«

Es ging kein Wind, und über der Ebene schwebte ein metallisches Flimmern. Der Boden am Waldrand war von Licht und Schatten gefleckt wie ein Leopardenfell. Jenseits der Ebene erhob sich die Garnison schneeweiß auf dem Hügel über den von der Sonne ausgebleichten Dächern des verlassenen Dorfes. In der hellen Mittagsluft standen zwei Raubvögel, zu weit entfernt, als dass Nora den Flügelschlag sehen konnte, mit dem sie die Schwerkraft in Schach hielten.

»Warum bist du hiergeblieben?«, fragte Wilhelm. »Warum bist du nicht mit der Reisegruppe deines Mannes gefahren?«

Sie setzte sich auf die Decke und sah zu ihm auf, dankbar für den Schatten, den die Hutkrempe spendete. Das Kleid und den Hut hatte sie sich von der Frau geborgt, mit der sie das Zimmer teilte; beides passte ihr wie maßgefertigt. Wilhelm band die Pferde an den Stamm der Akazie und kniete sich neben der Decke in das trockene Gras. Die Leopardenflecken waren jetzt auch auf seiner braunen Uniform. Hinter ihm, zwischen den Dornbüschen in der Ebene, hing noch der Staub, den die Hufe der Pferde aufgewirbelt hatten.

»Ich kann es nicht erklären«, sagte Nora. »Wenn ich eine Wahl gehabt hätte, könnte ich es erklären, weil ich einer Entscheidung gefolgt wäre. Aber es ist einfach so, dass ich keine Wahl hatte. So wie Wasser nicht wählen kann, ob es abwärts oder aufwärts fließt.«

»Ich hatte eine Wahl«, sagte Wilhelm. »Ich hätte in der Garnison bleiben müssen, trotzdem bin ich mit dir hierher gekommen. Aber es wäre mir lieber, du würdest es nicht Picknick nennen.«

»Ich nenne es, wie du willst, solange du nur gern mit mir zusammen bist.«

»Ich bin gern mit dir zusammen«, sagte Wilhelm. »Ich war schon lange mit niemandem mehr so gern zusammen wie mit dir. Schon beim ersten Mal, in dem Lokal in Swakopmund, ging es mir so, obwohl du dich da nicht gerade von deiner besten Seite gezeigt hast.«

Nora beugte sich vor und griff nach seiner Hand. »Siehst du«, sagte sie, »ich habe sogar meinen Ehering wieder angezogen, weil du es wolltest. Auch wenn ich nicht verstehe, warum …«

Wilhelm sagte: »Ich bin Soldat. Ich mag klare Fronten. Fronten neigen dazu, sich zu verwischen, wenn es um Herzensdinge geht. Der Ring erinnert mich daran, wo die Front verläuft.«

»Herzensdinge … Wie seltsam das aus deinem Mund klingt.« Nora lächelte. »Mir scheint, Soldaten neigen dazu, Fronten zu errichten, wo keine sein müssten. Ich wollte Ludwig den Ring zurückgeben, als er abgereist ist, aber er sagte, Verluste müsse man abschreiben können. Dazu neigen Bankiers. Meistens handelt es sich ja auch nicht um ihr Geld. Und Rainer hat noch nie selbst um etwas gekämpft – er berichtet lieber über die Kämpfe anderer, es sei denn, sie sind zu nah. Er wusste, dass er bei Ludwig sicherer ist als bei mir. Worauf ich hinauswill: Ich schulde ihnen nichts. Ich habe ihre Bedürfnisse erfüllt, als sie sich mit meinen eigenen deckten, und danach habe ich sie noch eine ganze Zeit erfüllt, als sie das nicht mehr taten. Aber jetzt habe ich keine Lust mehr dazu, nicht hier.« Sie zog den Ring ab und warf ihn in den Picknickkorb. »Siehst du, so!«

Wilhelms Blick folgte der Bewegung ihrer Hände. »Und Kapitän Maharua«, sagte er, »wie steht es da um deine Bedürfnisse?« Mit den Flecken auf seiner braunen Uniform und dem Brandenburger Hut, unter dessen Krempe seine Augen ihr Grün zu sammeln schienen, sah er aus wie ein Raubtier auf der Lauer.

»Ludwig, Rainer und jetzt sogar Balthasar.« Nora schlug einen erstaunten Ton an. »Auf wie viele Männer willst du noch eifersüchtig sein?«

»Wie viele gibt es denn noch?« Wilhelm sah auf die in der Sonne zitternde Ebene hinaus, suchte den Horizont ab. »Siehst du diese Blitze da in den Bergen?«

Nora folgte seinem Blick und bemerkte dort, wo er hinschaute, tatsächlich kleine Blitze auf dem Rist eines Berges.

»Das ist eine Heliografenstation«, erklärte er. »Ein drehbarer Hohlspiegel auf einem Stativ, der das Sonnenlicht auffängt und in Morsezeichen verwandelt, die an der nächsten Station mit einem Teleskop gelesen und weitergegeben werden, von Posten zu Posten, manchmal über Hunderte von Kilometern, tagsüber und in der Nacht. Nachts übernehmen gasbetriebene Karbid-Linsenlampen die Signaltätigkeit. Jeder dieser Funksprüche bedeutet, dass etwas vorgeht, etwas Gefährliches; sie melden Feindbewegungen, übermitteln Angriffsbefehle.« Er wandte sich ihr wieder zu. »Nora, das alles hier ist nur ein Atemholen, bevor der Sturm losbricht. Die Rebellen können jeden Tag, *jede Stunde,* angreifen, dann muss ich mit Haut und Haar Soldat sein, sonst sterben Menschen. Gefühle kann ich mir im Kampf nicht leisten. *Deswegen* wäre es mir lieber gewesen, wenn du dich der Reisegruppe deines Mannes angeschlossen hättest, nicht weil du mir gleichgültig bist. Ich wollte dich in Sicherheit wissen.«

»Du musst mir einfach vertrauen«, sagte Nora. »So wie du mir vorgestern Nacht vertraut hast. So wie ich dir vertraue. Dann sind wir beide in Sicherheit.«

Wilhelm schwieg. Nach einer Weile, in der keiner etwas sagte, fragte er: »Warum vertraust du mir?«

»Weil ich muss«, entgegnete sie energisch. »Nein, weil ich will. Weil du es verdienst, wenn du meine Liebe verdienst. Und du verdienst meine Liebe, weil ich sie dir schenke. Ich schenke sie dir, weil sie mir geschenkt wurde und ich sie mit dir teilen möchte. Sind das genug *weil*? Wie kann man ein Wunder erklären? Vorgestern habe ich etwas erlebt, das ich noch nie erlebt hatte, und ich wusste, dass ich dich liebe, und das war das Geschenk. Es stand auf einmal vor mir, aus dem Nichts. Ein Wunder – wie der Sonnenaufgang jeden Morgen, der aus der Nacht kommt und einen neuen Tag schafft.«

Sie sprang auf und begann, vor der Decke hin und her zu gehen. »Glaubst du, wenn ich die Wahl gehabt hätte, ich hätte mich ausgerechnet für einen Offizier entschieden? Für jemand, der bei Frauen an Fronten denkt und sich für das Geld anderer Leute in den Krieg schicken lässt? Der die Stirn runzelt, wenn man Manet oder Monet sagt, weil er nicht weiß, ob das etwas zum Essen aus dem Picknickkorb ist...«

»Am liebsten mag ich Degas«, warf Wilhelm ein. »Und dazu einen kühlen Chardonnay.«

»Wenn ich die Wahl gehabt hätte«, fuhr Nora erregt und mit erhitzten Wangen fort, »hätte ich mich in jemand verliebt, der die Ungerechtigkeit in der Welt bekämpfen will, mit dem ich nachmittags für die Rechte der Unterdrückten auf die Barrikaden gehen kann und abends in ein Mozart-Konzert, der sich für den Frieden töten lässt statt für den Kaiser...« Sie unterbrach sich. »Was hast du eben gesagt?«

Wilhelm beugte sich mit unschuldiger Miene über den geflochtenen und mit rotem Samt ausgeschlagenen Picknickkorb. »Wir haben hier das schönste Stillleben aus Wein, Weißbrot, Obst, Käse und kaltem Huhn, und wenn wir nicht bald zugreifen, bleibt wirklich nur noch *nature morte* übrig.«

»Du machst dich über mich lustig.«

Wilhelm lächelte. »Warum vertraust du mir nicht?« Er zog den Korken aus der Weinflasche in dem Korb, aber als er wieder zu Nora aufsah, verstummte er plötzlich. Sein Lächeln verschwand. »Die Flagge!«

Nora drehte sich um und folgte seinem Blick zur Festung. Die Fahne auf dem Turm war bis zum Sockel des Mastes heruntergeholt.

»Das ist das Warnzeichen«, rief Wilhelm. »Sie kommen!« Er sprang auf und lief zu den Pferden. »Beeil dich, wir müssen zurück!«

Im Galopp ritten sie zur Garnison, und kaum hatte sich das Tor hinter ihnen geschlossen, verwandelte Wilhelm sich wieder in einen Offizier, und so blieb er die nächsten Tage und Nächte, in denen sie kein einziges privates Wort wechselten. Die Soldaten besetzten die Mauern, wo sie mit den Gewehren im Anschlag knieten und warteten. Wilhelm stand mitten unter ihnen, unbewegt, das Fernglas an die Augen gepresst. Die Ebene streckte sich in der Sonne, im heißen Wind, und machte sich flach, während das Licht über sie hinmähte wie eine Sichel, und die Soldaten warteten. Der Sand und die Dornbüsche schienen das Gewicht des Mittags kaum noch auszuhalten; sie vibrierten, zerflossen zu neuen Formen, und die Kleider rochen, als stünden sie kurz davor, in Flammen aufzugehen.

Erst sah man nur die Staubwolke am Fuß der Berge. Zu Fuß und zu Pferd quollen die Rebellen zwischen den Akazien hervor, aber zuerst war da nur der Staub und das Blitzen der einen oder anderen Waffe, bis Nora den Schimmel erkannte, auf dem Balthasar Maharua vorneweg ritt. Sie hatte ein Gefühl, als geriete ihr Herz aus dem Takt. Sie stand dicht am Tor, um durch eine Ritze hinausspähen zu können, während die anderen Frauen einen ängstlichen Pulk in der Mitte des Hofes bildeten.

Wilhelm setzte das Fernrohr ab und blickte mit bloßem Auge weiter auf die Ebene hinaus. Die Soldaten knieten in der glühenden Mittagshitze, und ihre braunen Uniformen wurden langsam schwarz vor Schweiß. Lautlos rückten Maharuas Männer näher. Sie fluteten auf dem spiegelnden Licht heran, durch die glühende Luft, die wie ein Vergrößerungsglas wirkte.

Nora hörte das Flattern der Fahne auf dem Turm und das Klirren der Waffen und die fernen Huftritte und den Wind, der Fetzen eines unverständlichen Gesangs mit sich brachte, und sie hörte einen Hund bellen und ein Kind weinen, und schließlich hörte sie Wilhelm, der sagte: »Scharfschützen zu mir!«, und die Soldaten knieten hinter ihren frisch geölten Gewehren und warteten.

Einer der Scharfschützen sagte etwas zu Wilhelm, das Nora nicht verstand, aber Wilhelm antwortete nicht, sodass der Scharfschütze es noch einmal wiederholte, etwas lauter jetzt: »Ich bräuchte bloß einen Schuss, Herr Oberleutnant.«

Wilhelm antwortete noch immer nicht. Nora dachte: *Einen Schuss wofür?*

»Solange es nicht mehr sind, könnte es sie beeindrucken«, sagte der Scharfschütze jetzt. »Ohne Anführer sind sie wie die Kinder. Wir könnten eine Ausfall unternehmen und uns mit den Leuten da unten zur Eisenbahn durchschlagen, ehe sie Verstärkung kriegen. Herr Oberleutnant? Ein einziger Schuss!«

Wilhelm schwieg. Er starrte durch das Fernglas auf die Ebene und schwieg, und die Soldaten rechts und links von ihm warteten.

»Herr Oberleutnant?«, sagte der Scharfschütze.

Wilhelm schwieg weiter.

Der Scharfschütze legte sein Gewehr an, justierte Kimme und Korn wie zur Probe, schmiegte seine Wange an den Schaft, justierte nach.

Plötzlich wusste Nora, wofür er nur einen Schuss brauchte, und warum Wilhelm nichts sagte, und da lief sie schon über den Hof und die Stufen zur Mauer hinauf, lief mit gerafftem Rock und trockenem Mund, und sie war noch nicht oben, als sie schon alles vor sich sah, den Scharfschützen mit dem Finger am Abzug und sein Ziel unten in der Ebene, Balthasar auf seinem Schimmel und Wilhelm, der sich nicht entschließen konnte, die Erlaubnis zum Schuss zu geben, weil er Offizier war und ein Offizier niemanden aus so sicherer Distanz erschießen ließ, ohne Kampf, ohne ihm in die Augen zu sehen.

Atemlos langte sie auf der Mauer an, wo die Soldaten in der Sonne knieten. Wilhelm starrte in den Glast hinaus, den Feldstecher in beiden Händen. Neben ihm stand der Scharfschütze mit dem angelegten

Gewehr und wartete. Wilhelms Schläfen glänzten vor Schweiß, und darunter konnte man die Muskeln sehen, wie sie sich spannten, die glänzende Haut im Schatten der Hutkrempe und die kleinen, arbeitenden Muskeln.

Weit draußen in der Ebene rückten die Rebellen vor. Balthasar ritt an ihrer Spitze, und sein Schimmel leuchtete, und es schien, als hätte er keine Hufe, weil eine Lichtspiegelung dicht über dem Boden seine Fesseln verdeckte.

»Herr Oberleutnant, bitte!?«, sagte der Scharfschütze. Er schloss ein Auge, presste den Schaft gegen die Wange, und Nora konnte sehen, wie er den Abzugsfinger spannte, den Druckpunkt suchte.

»Nein, nicht schießen!« Sie stürzte auf den Scharfschützen zu, über die Stiefel der knienden Männer hinweg, während Wilhelm fast widerstrebend aus seiner Starre erwachte. »Nicht!« Sie erreichte den Scharfschützen, gerade als Wilhelm den Mund öffnete, aber ehe er etwas sagen konnte, packte Nora das Gewehr des Scharfschützen und riss es herunter. Ein Schuss löste sich. Im selben Moment fielen auch zwischen den Dornbüschen in der Ebene die ersten Schüsse, und dann schossen auch die Soldaten auf der Mauer, und der erste Angriff war plötzlich da, und Nora stand noch immer oben hinter den Zinnen, und sie wusste, dass sie sich immer daran erinnern würde, wie die Rebellen über die Ebene vorrückten, einige halb nackt, die Haut mit dem rötlichen Pflanzensaft beschmiert, andere in zusammengestückelten braunen Uniformen mit Strohhüten und kurzen Karabinern, und wie sie stetig und in kleinen Trupps zwischen den Dornbüschen näher kamen und an die Pulverwolken, als sie zu schießen begannen – wie Watte, die in der Abendluft zerfaserte.

Sie marschierten immer weiter, obwohl ihnen heftiges Feuer entgegenschlug. Wenn einer von ihnen fiel, rückte ein anderer an seine Stelle, und es waren Dutzende, die erschossen liegen blieben, aber Hunderte, die am Abend ihre Lager vor der Garnison aufschlugen, als sie für einen Tag genug vom Kampf zu haben schienen und lieber durch das verlassene Dorf liefen und es mit Fackeln in Brand setzen, bis alle Häuser im Dunkeln lichterloh brannten. Nora würde sich an die bleichen, verkniffenen Gesichter der Farmer auf den Mauern der Garnison erinnern und an ein paar Frauen, die weinten. An die Gesänge der Aufständischen an ihren Feuern in der Nacht würde sie sich erinnern und an den nächsten Angriff im Morgengrauen, einen Angriff, der den ganzen Tag dauerte, und auch daran, wie Maharuas Krieger am zweiten Abend das verlassene Dorf niedergebrannt hatten, ohne dass er etwas dagegen unternahm.

In der Nacht ging Nora zu Wilhelms Kammer und klopfte an seine Tür, aber er öffnete nicht. Am nächsten Morgen war das Erste, was sie hörte, das Signal des Trompeters, der die Soldaten auf die Mauern rief. Die Frau, mit der sie ihren Raum teilte, war schon angezogen und stand an dem schießschartengroßen Fenster. »Sie werden uns alle umbringen«, sagte sie.

In der hellen Morgenluft schien die ganze Ebene näher herangerückt zu sein, und hinter jedem Busch und jedem großen Stein und auf der roten Erde dazwischen lagen Maharuas Krieger und schossen. Einige trugen erbeutete Schutztruppenhüte, andere rote Käppis, die in der Sonne leuchteten. Sand und Staub bedeckten ihre Haut, sodass sie mit der Erde und den Steinen und dem verdorrten Gras zu verschmelzen schienen. Die Läufe der Gewehre blinkten, aber das Mündungsfeuer war fast unsichtbar.

»Es werden immer mehr«, sagte die Frau, mit der Nora den Raum teilte. »Sie brauchen bloß dazuliegen und zu warten.«

Die Frau ging zu ihrem Bett, auf dem eine Ledertasche lag. Sie griff in die Tasche und holte ein Papiertütchen heraus, das sie öffnete, um Nora den Inhalt zu zeigen. Darin lag eine kleine Kapsel. »Bevor die mich lebend kriegen«, sagte sie. »Friedrich und ich hatten ausgemacht, dass er erst mich erschießt und dann sich, mit den letzten beiden Kugeln, falls wir ihnen jemals in die Hände fallen sollten. Aber wer weiß, ob ich ihn noch einmal wiedersehe!«

»Sie tun Frauen und Kindern nichts, habe ich gehört«, sagte Nora.

Die Frau sah sie nur an, dann legte sie das Tütchen in die Tasche zurück. »Es sind Tiere«, sagte sie. »Sie töten alles, auch Frauen und Kinder.«

Nora stand am Fenster und sah zu den Rebellen hinaus und wartete darauf, dass die Soldaten auf den Mauern das Feuer erwiderten, aber nichts geschah. Einige der Hottentotten schleppten etwas auf einen Hügel, sie hatten sich Seile über die Schultern geworfen und zogen, und es dauerte einen Augenblick, bis Nora erkannte, was es war. »Sie haben eine Kanone«, murmelte sie überrascht. »Sie haben eins unserer Geschütze!«

Hastig zog sie sich fertig an und lief aus der Kammer in den Hof. Wilhelm stand an seinem Platz auf der Mauer, und rechts und links von ihm knieten seine Männer. »Erster Zug – Seitengewehr pflanzt auf!«, rief er. Die Männer steckten ihre Bajonette auf die Läufe und ließen sie einrasten. Es sah aus, als springe ein silberner Blitz von einem Mann zum nächsten über. Sie knieten auf einem Bein und umklammerten ihre Waffen mit feuchten Händen, und wieder warteten sie. Der Maschinengewehrschütze überprüfte die Kurbel der Trommel, den Patronenstreifen. Einer der Männer hustete nervös; ein anderer nagte sich die Unterlippe blutig; der dritte bewegte den Mund, als führte er lautlose Selbstgespräche; der nächste rieb sein Ohrläppchen mit Daumen und Zeigefinger; noch ein anderer sammelte Speichel auf der trockenen Zunge, um auszuspucken. Aber alle starrten gebannt durch den weißen Glast zu den Belagerern hinunter.

Balthasar Maharua, sein Schimmel und zwei seiner Krieger standen wieder auf dem Hügel. Höhnisch schwenkte einer der Krieger eine deutsche Fahne. »Deutschmann«, rief er. »Deutschmann, sieh her, wir haben deine Fahne. Wir haben Wasser, wir haben zu essen, wir haben großes Rohr! Und was hast du?« Als er schwieg, herrschte wieder Stille. Die Ebene schwebte schwerelos im Licht; die Hitze, die sie ausstrahlte, ließ die Luft flimmern. »Deutschmann wird sterben! Deutschmanns Frau wird sterben!«

Maharuas Kanonier riss die Ladeklappe der Kanone auf, ein zweiter wuchtete eine der zwölf Pfund schweren Granaten in den Lauf und schob die messingummantelte Pulverkartusche hinterher. Er stieß mit der Ansetzerstange nach, dann schlug er die Ladeklappe wieder zu und verriegelte sie. Über das schlanke Rohr visierte er das Tor an. Er justierte die Stellung der Richtschraube – Höhe, Seitenrichtung –, überprüfte die Fraktionsröhre und brachte seine Füße außer Reichweite der beiden Räder. Mit einem scharfen Ruck an der Abzugsleine betätigte er den Feuermechanismus.

Der Mündungsblitz der Kanone war kaum zu sehen. Das Krachen der detonierenden Kartusche rollte über die Ebene auf die Mauern zu. Die Lafette sprang zurück, eine Pulverwolke stieg vor dem Rohr auf, und das Geschoss schleuderte eine Fontäne aus Steinen, Erde und Staub vor dem Tor hoch. Noch während der Zwölfpfünder wieder in Position gerollt und geladen wurde, befahl der Oberleutnant: »Feuer!«

Fast gleichzeitig schossen die Soldaten auf der Mauer, schossen und repetierten und schossen weiter, und die Hottentotten feuerten ebenfalls, und der Kanonier riss wieder an seiner Leine, und das hohe Singen des durch die Luft rasenden Eisens übertönte die Schüsse, und diesmal traf die Kugel und riss ein klaffendes Loch in die Tormauer. Knatternd rotierten die Läufe des Maschinengewehrs, malten einen Kreis aus weißen Feuerlanzen in die helle Luft, während der Schütze das Gewehr auf dem Stativ hin und her schwenkte. Mit schnellen Rucken ratterte der Patronengurt durch das Schloss, heiße Messinghülsen klirrten auf die Steine. Die Mauer zerbröckelte. Risse sprangen auf, Staub wallte wie Nebel über den Hof. In das Bersten der Steine mischte sich das Kreischen eiserner Scharniere, als die Torflügel langsam aus ihrer Halterung kippten. Fast erschrocken hörten die Männer auf zu schießen, und in dem jähen Innehalten danach spürte Nora ihr zitterndes Herz.

Ungerührt von dem Bombardement blieb der Oberleutnant auf der Mauer stehen, das Mausergewehr in der einen Hand, die andere am Revolvergriff. Durch den Staub und den rauchigen Dunst rückten die Rebellen vor. Gebückt rannten zwei ihrer Unterkapitäne auf das

Tor zu; einer schwenkte die erbeutete Kaiserfahne. Das weiß und schwarz flackernde Tuch fing die Sonne aus der Luft, als die erste Reihe der Krieger ihnen folgte und dann die zweite und danach die dritte. Aus ihren Kehlen stieg ein Geschrei wie das Rollen einer dünnen Brandung.

»Feuer!«, befahl Wilhelm, und als die erste Salve aus der Garnison fiel, brach die Angriffswelle, aber bald ordneten die Rebellen sich wieder und kletterten über das Geröll zu den klaffenden Lücken im Mauerwerk hinauf. Die Hälfte der Männer auf der Mauer feuerte weiter von oben auf die Angreifer, die andere Hälfte stürmte mit gefälltem Bajonett in den Hof hinunter, den Hottentotten entgegen und geradewegs einer weiteren Granatenexplosion.

Nora lag hinter dem Brunnen in Deckung und presste das Gesicht in den warmen Staub und wartete auf die nächste Granate. In den Viehgehegen brüllten die Ochsen und Esel, und die Hunde bellten. Die Erde bäumte sich auf, und die Druckwelle drückte Nora auf den Rücken und presste ihr die Luft aus der Lunge. Bei jedem Einschlag schien ein helles Licht hinter ihren geschlossenen Lidern aufzublitzen. Mit den Fäusten schützte sie ihren Nacken gegen den prasselnden Hagel aus Lehmbrocken und zermahlenen Steinen. Sie hatte das Gefühl, taub zu sein, weil die Luftdruckwelle ihre Ohren verschlossen hatte, und sie spürte die Erde an den Lippen und konnte ihren trockenen Geruch riechen, und ihre eigene Stimme klang fremd und hohl im Inneren ihres Kopfes, als sie laut vor sich hin redete: *Heilige Maria, Mutter Gottes, voll der Gnade, bitte für mich, bitte für mich, für mich, bitte, bitte, bitte.*

Eine ganze Weile lang hörte sie überhaupt nichts, weder das Scharren der Stiefel auf den Trümmern noch das Klirren und Scheppern der Bajonette und Speere oder das kurzatmige Keuchen und Ächzen, das den Kampf Mann gegen Mann begleitete. Nur ihre eigene Stimme hörte sie: *... jetzt und in der Stunde unseres Todes, und bitte hilf mir, hol mich hier raus, Jungfrau Maria, bitte.* Neben ihr kauerte ein Junge auf beiden Knien, hielt sich die Ohren zu und schrie in den Schutt, aber das merkte Nora erst, als er von einer Kugel in den Rücken getroffen wurde und zusammenbrach und sein Mund und seine staubigen Lippen tonlos weiterschrien.

Sie schaute erst hin und dann weg und wieder hin. Ihre Augen bewegten sich so langsam, dass alles zu verwischen schien, als bestünde es aus mehreren Bildern, die sich verschoben und zurückblieben, wenn sie den Blick abwandte. Sie lag noch immer mit dem Gesicht im Staub, aber auf einmal sah es gar nicht mehr wie Staub aus, sondern wie eine Landschaft. Es war nicht viel, vielleicht ein paar Quadratzentimeter nur, doch aus der Nähe wirkte alles riesig, die Erhebungen wie Berge und die kleinen Risse wie Schründe, und da waren Tiere. Ameisen, kleine heldenhafte Ameisen, schleppten Halme und Erde durch ihr Blickfeld. Sie fingen schon wieder an, das aufzubauen und zu reparieren, was gerade erst zerstört worden war, und obwohl Nora nichts hören konnte, war ihr, als könnte sie ihnen lauschen, wie sie miteinander redeten, aufgeregt, geschwätzig, aber nicht etwa missgestimmt. Sie kommandierten und dirigierten sich gegenseitig und folgten einem Muster, das Nora immer deutlicher erkennen konnte, je länger sie ihnen zusah.

Die Erde bebte, und die Ameisen liefen wieder durcheinander, und daran merkte Nora, dass die Kanone weiter feuerte. Sie hob den Kopf, konnte aber nicht viel erkennen so dicht am Boden und hinter den Staubschwaden und dem Pulverdampf, nur hin und wieder ein paar Stiefel oder Frauenschuhe oder Pferdehufe und ganz weit oben den fahlen Feuerball der Sonne. Kleine Steine spritzten ihr ins Gesicht, als ein Soldat an ihrem Kopf vorbeirannte.

Etwas später lief einer der Angreifer auf sie zu, in der Hand das Kaiserbanner, das ihn voranzutreiben schien wie eine große flatternde Schwinge unter dem hitzegrauen Himmel. Ehe er den Brunnen erreichte, stürzte ein Offizier mit gezogenem Säbel auf ihn zu, und Nora sah, dass es Wilhelm war, die Uniform bereits mit Blut und Staub bedeckt. Und dann sah sie, wie Wilhelm dem Angreifer die Säbelklinge tief in den Bauch rammte und wieder herauszog und wie der Getroffene mit dem Mund ein vollkommenes rundes O formte, als ihm schon das Blut über die Unterlippe quoll, und wie er endlich mit der freien Hand nach der Wunde tastete und dabei noch einige Schritte weiterwankte, in gebückter Haltung und schon geblendet vom eigenen Tod, aber immer noch stark genug, die erbeutete Fahne hochzuhalten.

Wilhelm ging einige Schritte neben ihm her, riss ihm schließlich das Banner aus der Hand und schwenkte es in der Luft, bevor er damit über einen Mauerbrocken kletterte. Er tauchte unter einem Speerstich hindurch, wich einem Kirri-Hieb aus, folgte nur seinem Säbel, der wie aus eigener Kraft hieb und zustieß. Dann bohrte er die Flagge in einen Trümmerhaufen, zog den Revolver aus dem Gürtel und feuerte gleichzeitig – so kam es Nora vor – nach rechts, links, vorn und hinten, bis die Waffe leer war und er sie fortwarf. Vom Hof lief er, den Säbel in der Faust, zurück zum Tor, die Treppe zur Mauer hinauf, über geborstene Stufen, zerstörte Geländer hinweg, eingehüllt in Qualm und Rauch und das gefächerte Licht der verschleierten Mittagssonne.

Nora hörte noch immer nichts außer einem dunklen Rauschen. Sie verlor Wilhelm aus den Augen und sah die Frau, mit der sie die Kammer teilte, und sie sah auch, dass die Frau nun keine Zyankalikapsel mehr brauchen würde, denn sie saß mit ausgestreckten Beinen neben der Tür zum Schlaftrakt auf dem Boden, ganz weiß vor Staub und reglos. Zwei Fäden Feuchtigkeit liefen von ihren Augen die Wangen hinunter, begannen aber bereits zu trocknen. Auf ihrer Brust leuchtete etwas so rot und frisch wie ein Klatschmohnblatt am Morgen, und da saß sie reglos und breitbeinig an der heißen, gleißenden Mauer, eine Hand in den Schoß gelegt, und das eigentlich Schlimme war unter der Hand, wo das Kleid zerrissen war und der Bauch auch. Nora wurde übel, und sie blickte rasch wieder fort.

Keine Frauen, dachte sie, keine Kinder. Sie fühlte sich verraten und merkte, wie sie wütend wurde. Es war so unnütz! Sie wollte nicht mehr auf dem Bauch liegen und Angst haben müssen oder zusehen, wie Menschen starben. Sie stand auf, und als sie sich umschaute, wunderte sie sich, dass es nur eine Kanone war. Nur eine Kanone und doch so viele Verletzte, so viel Zerstörung; die Trümmer, die Toten. Nur eine Kanone. Sie ging zwischen den zerfetzten Zelten zu den Kolonnaden, trat durch die offene Tür in den Gang, der zu ihrer Kammer führte, und ging weiter, bis zur Kammer, bis zu ihrer Pritsche, unter der ihre Habe lag. Sie holte die Springfield hervor, überprüfte, ob sie geladen war, und ging dann zurück.

Abgeschirmt von dem Summen in ihren Ohren überquerte sie den Hof, ohne sich um das Geschrei und die Schüsse zu kümmern. Sie stieg die Stufen der Mauer hinauf, und dann stand sie da oben und blickte auf die Ebene hinab und weiter zu dem Geschütz. Durch den rußigen Dunst visierte sie den Mann an, der die Kanone lud und abfeuerte. Sie konzentrierte sich ganz auf den Kanonier, auf seine Bewegungen, darauf, wie er sich zum nächsten Geschoss bückte und mit dem Zünderschlüssel die Brennzeit am Zündmechanismus einstellte. Das Geschoss war größer als die anderen Granaten, fast so lang wie ihr Unterschenkel.

Ein Schrapnell, dachte sie, eine von diesen Granaten, die nicht beim Aufschlag, sondern über dem Boden explodieren und einen tödlichen Regen von Bleikugeln herabschleudern. Sie schmiegte ihre Wange an den warmen Holzkolben, legte den Finger an den Abzug, spannte den Hahn und wartete auf den Augenblick, in dem die Granate in die Kanone geschoben wurde, aber noch nicht darin verschwunden war. Das Geschütz war so weit weg, dass sie das Gesicht des Kanoniers nicht erkennen konnte. Sie sah nur die gebückte dunkle Gestalt, die sich halb aufrichtete, um die Kartusche zur Ladeklappe zu hieven. Aber dennoch war ihr, als sähe er sie an, als hielte er kurz inne, um zu ihr herüberzustarren, und für den Bruchteil einer Sekunde konnte sie seinen Blick spüren, das Erstaunen darin.

Dann drückte sie ab. Mit den Augen folgte sie dem Flug der Kugel über die Ebene, im flachen Winkel zu dem trockenen Boden, durch die quecksilbrige Luft und zwischen den Ästen der Weißdornbüsche hindurch genau in ihr Ziel: den Zündmechanismus im Kopfring der Granate. Die Explosion war so heftig, dass sie das Rohr in einem gelben und weißen Flammenmeer von der Lafette riss, und als sie vorbei war, als der Pulverdampf und der aufgewirbelte Staub sich gelegt hatten, da gab es keine Kanone mehr und auch keinen Kanonier.

Ein Schuss, dachte Nora. Sie setzte das Gewehr ab, und auf einmal konnte sie wieder hören, und als Erstes hörte sie ihr Herz klopfen. Es war lauter als alles andere und so schnell und hart, dass ihr schlecht wurde. Sie beugte sich vor, ließ das Gewehr fallen und übergab sich.

35

Doktor Brahms fragte: »Haben Sie heute schon etwas gegessen?« Die Krankenstation war in ein Lazarett verwandelt worden, und Nora half dem Arzt, die Verwundeten zu behandeln. Es gab nicht genug Betten. Die Verletzten lagen auf dem Boden oder kauerten neben der Tür. Die Luft war schlecht, und eine erdrückende Hitze staute sich unter der niedrigen Decke, obwohl die Rohrgeflechtjalousien vor den offenen Fenstern die Sonne abhielten. Die meisten Verletzten versuchten, nicht zu stöhnen oder zu wimmern, aber es gelang nicht allen. Ein paar husteten oder schrien oder murmelten Gebete, und dazwischen schluchzte ein Kind.

Die Frau, mit der Nora die Kammer geteilt hatte, lag vor Doktor Brahms auf dem behelfsmäßigen Operationstisch.

»Wie geht es ihr?«, fragte Nora.

Doktor Brahms ließ das Handgelenk der Frau los und holte einen kleinen Spiegel aus der Seitentasche seines weißen Kittels. »Ach, das ist schwer zu sagen«, antwortete er, nachdem er der Frau den Spiegel unter die Nase gehalten hatte, um zu sehen, ob das Glas beschlug. Er seufzte. »Niemand weiß wirklich, wie es den Menschen geht, wenn sie tot sind. Der Nächste!«

Ein Sanitäter und ein afrikanischer Pferdeknecht hoben die Leiche der Frau, mit der Nora die Kammer geteilt hatte, von dem Tisch und trugen sie aus dem Lazarett in den Hof, wo sie ihren Körper mit einem Tuch zudeckten. Danach kehrten sie zurück und hievten einen jungen Soldaten, dessen linkes Bein in Kniehöhe von einem Granatsplitter zerfetzt worden war, auf den Tisch. Im Halbdunkel des Lazaretts war seine Haut bleich und wächsern, außer da, wo getrocknetes Blut sie bräunlich färbte. Er zitterte, als hätte er Schüttelfrost.

Die Brillengläser des Arztes blinkten im Zwielicht, als er sich über den Jungen beugte. Er sah ihm in die vor Schmerz weit aufgerissenen Augen. »Wo kommst du her, mein Junge?«

»Konstanz«, flüsterte er. Seine Zähne klirrten, und seine rechte Hand suchte nach etwas, was sie halten konnte. Nora griff danach und hielt sie fest.

Brahms schnitt das blutgetränkte Hosenbein der Uniform mit einer Schere auf. »Ich fragte, ob Sie heute schon etwas gegessen haben«, sagte er.

»Nein«, antwortete Nora erschöpft, »ich habe keinen Hunger.« Sie trug ein verschossenes, hellblaues Baumwollkleid, und um das Haar hatte sie einen weißen Schal geschlungen. Das Kleid war vorne dunkel von Blut.

»Wir müssen sein Bein abnehmen«, sagte Doktor Brahms. »Der Knochen ist gesplittert. Ich möchte nicht, dass Sie mir in Ohnmacht fallen.« Der Soldat, dessen Bein sie abnehmen mussten, zerquetschte Nora fast die Hand.

»Ich werde nicht ohnmächtig«, sagte Nora.

Brahms operierte beim Licht einer Petroleumlampe. Nora stand neben ihm, nahm ihm Instrumente ab und reichte ihm frische, nachdem sie die alten in einen Topf mit heißem Wasser geworfen hatte, auf dem rosiger Schaum trieb. Nach dem ersten Schnitt bis auf den Oberschenkelknochen bäumte der junge Soldat sich auf, dann entfuhr ihm ein leises Seufzen, und er verlor das Bewusstsein. Am anderen Ende des Raumes warf der afrikanische Pferdeknecht schmutzige Verbände in einen Eimer.

»Warum müssen wir das Bein abnehmen?«, fragte Nora.

»Wundbrand«, erklärte Brahms. »Fast alle derartigen Wunden fangen irgendwann an zu eitern, egal, wie viel Sorgfalt man aufwendet. Die Leute behaupten, es läge daran, dass die Hottentotten ihre Kugeln in die eigenen Wunden oder die des Viehs tauchen, um sie zu infizieren und ihre Krankheiten auf ihre Feinde zu übertragen. Aber der hier wurde ja nicht von einer Kugel getroffen, sondern von einem Granatsplitter, und außerdem erhitzt sich eine Kugel beim Abfeuern im Lauf so stark, dass alle Krankheitskeime abgetötet werden. Nein, bei dieser Hitze und den mangelhaften Hygienevorkehrungen infizieren die Wunden sich immer wieder selbst von Neuem.« Die Brillengläser des Arztes blinkten im Widerschein der Petroleumlampe. »Konstanz... Schöne Stadt... Das Konzil von Konstanz – wann war das, weiß das jemand?« Er griff nach einer Knochensäge. »Haben wir wirklich kein Morphium mehr?«

»Nein«, antwortete der Sanitäter, der die Lampe hielt. »Wir haben noch jede Menge Sulfonamid und einen ganz wirksamen Chininersatz, aber kein Morphium.«

»Und keinen Morphiumersatz«, murmelte Brahms. Er hob den Kopf zu Nora. »Beim nächsten Angriff hängen Sie rechtzeitig das *Geschlossen*-Schild an die Tür.«

Nora fragte: »Glauben Sie, dass sie noch einmal angreifen? Ich dachte, wir hätten sie in die Flucht geschlagen.«

Brahms schüttelte den Kopf. »Die kommen wieder. Sie haben keine Kanone mehr, aber die brauchen sie auch nicht. Sie können uns aushungern. Sie können abwarten und Tee trinken, falls Hottentotten diesem Getränk etwas abzugewinnen vermögen, und am Ende können sie zusehen, wie wir uns gegenseitig umbringen. Als der schneidige Oberleutnant von Lehnhoff uns vorhin die Ehre gab, um sich ein Bild von der Lage hier zu machen, hat er ein bisschen zu viel Zuversicht versprüht. Sollte mich nicht wundern, wenn er jetzt allein in seiner Kammer sitzt und sich mit Cognac in ein gepflegtes Koma trinkt. Das Oberkommando wird wissen wollen, warum er diesen Posten nicht geräumt hat, als er noch die Gelegenheit dazu hatte, immer vorausgesetzt, er lebt so lange, dass die ihn befragen können, und man erinnert sich irgendwann daran, dass unsere unbedeutende kleine Garnison hier überhaupt existiert. Oder existiert hat. So...«, Brahms blickte sich suchend um, bis der Sanitäter ihm einen Bottich hinhielt, in den der Arzt das über dem Knie abgenommene Bein fallen ließ, »das hätten wir. Wenigstens Wundsalbe gibt es noch mehr als genug.« Er sah Nora prüfend an. »Wenn ich fertig bin und alles vernäht habe, bestreichen Sie den Stumpf mit der Salbe. Danach gehört er Ihnen. Sie sehen in regelmäßigen Abständen nach ihm, und falls Sie einen süßlichen Geruch an ihm wahrnehmen...«

»Ich kann das nicht.« Nora ließ die Hand des bewusstlosen Soldaten, die sie die ganze Zeit gehalten hatte, los und stürzte aus dem Lazarett. Draußen stellte sie zu ihrer Überraschung fest, dass es Nacht geworden war, noch nicht ganz, aber fast: die Stunde der kurzen Dämmerung. Im Hof lagen keine Verwundeten mehr, und die Toten waren ordentlich zugedeckt. Das Tor war notdürftig wiederhergestellt worden. Auf dem Turm und den Mauern standen Wachtposten. In einigen der Mannschaftszelte brannten Lampen; fast alle hatten bei dem Gefecht etwas abgekriegt, aber nicht so viel wie die Mauern oder das Tor.

Nora stieg die Steinstufen zum Südwall hinauf, und erst da spürte sie, wie wenig Kraft ihr geblieben war. Sie versuchte, das Geschütz in der Ebene zu sehen, konnte es allerdings nicht entdecken. *Ich habe einen Menschen getötet,* dachte sie. Am Fuß der Berge brannten mehrere Feuer. Auch auf der anderen Seite leuchteten Feuer, nur scheinbar weit entfernt. Nora lauschte. Sie hörte weder Trommeln noch Riedpfeifen, bloß die vertrauten Nachtgeräusche: die Grillen, die Fledermäuse, die Käuzchen, das unausgesetzte Flattern, Rascheln, Knacken, Schaben und Gackern. Schnell vertiefte sich die rote und blaue Dämmerung, und für kurze Zeit schien schwer der Zauber einer Sonnenfinsternis über dem Land zu liegen. Stille, die Vorahnung eines Endes, das sich mit Feuerzeichen an der Wand der Nacht ankündigte.

Nora drehte sich um und blickte zu den Unterkünften hinüber, wo die Offiziere schliefen. Auf einmal spürte sie ein Verlangen, so heftig, dass sie glaubte, ihre Brust müsse zerspringen; es bog ihre Rippen auseinander. Sie sehnte sich nach Wilhelms Umarmung, sie sehnte sich nach seiner Haut, sie sehnte sich nach seinen Lippen, seinem Geruch, sie sehnte sich nach allem an ihm. Sie wünschte sich, bei ihm zu liegen. Tief atmete sie die Nachtkühle ein und aus. Ihr Herz klopfte so laut und heftig wie am Nachmittag, als sie plötzlich wieder hatte hören können. *Ich habe einen Menschen getötet, und damit will ich nicht allein fertig werden müssen,* dachte sie.

Sie ging in die Unterkunft und klopfte an Wilhelms Tür. Er antwortete nicht, doch sie wusste, dass er da war; sie spürte es. Sie klopfte noch einmal, fester diesmal, und jetzt antwortete er:

»Wer ist da?«

»Nora.«

»Was willst du?« Seine Stimme klang undeutlich, die Worte waren weniger klar artikuliert als sonst.

»Lass mich rein, bitte!«

Sie hielt den Atem an, bis sie hörte, wie die Tür entriegelt, aber nicht geöffnet wurde. Etwas fiel scheppernd um. Sie stieß die Tür auf und trat über die Schwelle. Wilhelm saß vollständig angezogen auf der Bettkante, sogar seine Uniformjacke war zugeknöpft. Es war eine frische Uniform, ohne getrocknetes Blut darauf. Zwischen seinen Stiefeln stand eine halb leere Flasche Cognac. Das Haar hing ihm in die Stirn, und sein Gesicht – blass wie das des verwundeten Soldaten, dessen Bein sie amputiert hatten – war schweißbedeckt. Auf einem Stuhl, vor dem sein Säbel lag, hielt eine Lampe mit rußendem Docht die Dunkelheit in Schach. Daneben lag sein Revolver. »Was ist?«, fragte er. Er sah sie nicht an. »Was willst du?«

»Ich wollte sehen, wie es dir geht«, sagte Nora. Aber dann fand sie, dass die Worte nicht richtig klangen, und sagte noch: »Ich habe mich nach dir gesehnt.«

»Gut«, sagte Wilhelm. »Deinetwegen ist mein Leben zerstört – meins und vielleicht das von allen anderen hier in der Garnison, einschließlich der paar, die seit heute Mittag überhaupt keins mehr haben. Da ist es durchaus angemessen, dass du ein bisschen Sehnsucht nach mir empfindest.«

»Warum?«, fragte Nora. Sie drückte die Tür ins Schloss und trat auf ihn zu. »Du hast doch getan, was du für richtig hieltest. Hast du nicht das Richtige getan?«

Wilhelm gab einen Laut von sich, der vermutlich ein Lachen sein sollte. »Das Richtige? Ich hätte Maharua erschießen lassen sollen, als ich die Gelegenheit dazu hatte. Ich hätte den Ausfall befehlen müssen, das wäre das Richtige gewesen.«

»Warum hast du es nicht getan?«

»Warum nicht?« Jetzt klang seine Stimme, als hätte er Glasscherben auf der Zunge. »Deinetwegen nicht. Ich habe zu lange gezögert, weil ich wusste, wie viel er dir bedeutet.«

»Nein, du hast gezögert, weil du ein Offizier bist und nicht zusehen konntest, wie dein Gegner aus drei Kilometern Entfernung von einem Scharfschützen auf einer Mauer erschossen wird.«

»Was ist das für ein Offizier, der seine Entscheidungen im Kampf von Gedanken an eine Frau beeinflussen lässt?«

Es gab zwei Möglichkeiten, dachte Nora, so törichte Dinge zu sagen, man konnte sie flüstern oder schreien, und Wilhelm entschied sich für die erste. »Ich hätte bloß *Ja* zu sagen brauchen, *Ja, tun Sie's*, und alle, die heute gestorben sind, würden noch leben. Und weißt du, was? Es werden nicht die Einzigen bleiben, es werden noch mehr sterben. Du denkst vielleicht, du hättest Maharua und seine Rebellen in die Flucht geschlagen, aber glaub mir, sie sind nicht weg. Sie sind noch in der Nähe, irgendwo da draußen, und sie legen einen Ring um die Garnison, den wir aus eigener Kraft nicht durchbrechen können, nicht mit den Verlusten, die wir bereits erlitten haben. Sie werden uns aushungern, und wenn wir schwach genug sind, werden sie wiederkommen. Es sei denn, jemand anderer bügelt den Fehler wieder aus, den ich gemacht habe, und holt uns hier raus ...«

Nora widersprach: »Es ist doch gar nicht gesagt, dass ein Ausfall Erfolg gehabt hätte oder der Scharfschütze ... dass er Balthasar nicht verfehlt hätte!«

Wilhelm sah sie an, als wollte er nichts lieber glauben als das. »Meinst du? Meinst du wirklich? Nein, damit kann ich mich nicht rechtfertigen, Nora. Was bin ich für ein Soldat, was für ein *Offizier*? Deine Sehnsucht beschämt mich, weißt du das? Sie wiegt meine Schande nicht auf, sie verdoppelt sie.«

Nora ging zu ihm und wollte ihn berühren, spürte im letzten Moment aber, dass er sie zurückstoßen würde, und in jäher Verlegenheit wusste sie nicht, wohin mit der Geste. Das war nicht der Mann, bei dem sie Trost finden würde, nicht in diesem Augenblick und nicht dafür, dass sie einen Menschen getötet hatte; es war auch nicht der Mann, dessen Anblick sie auf der Straße in Swakopmund wie ein Blitz getroffen hatte. Sie fragte: »Ist das Cognac da? Kann ich einen Schluck davon haben?«

Wilhelm antwortete nicht. Sie griff nach der Flasche und setzte sie an die Lippen. Es war Cognac, und er war scharf und brannte in ihrer Kehle, und nach zwei weiteren Schlucken war es der einzige Trost, den sie brauchte. Sie sagte: »Wenn das hier alles … wenn dieser Feldzug vorbei ist … wenn wir uns nicht mehr verstecken müssen … danach …«

»Wir?«, unterbrach er sie in einem Tonfall, der ihr wie ein Eishauch über das Herz strich. »Es gibt kein ›wir‹ mehr für einen Mann, der seine Ehre verloren hat, und es gibt auch kein ›danach‹. Es gibt keine andere Wirklichkeit mehr als diese. Es gibt keine Zukunft, kein Nach-dem-Feldzug, Nach-der-Ehrlosigkeit, nur eine dichte rote Nebelwand, durch die man immer weitergehen muss, immer weiter … bis zur Erlösung.«

»Was für einer Erlösung?«

»Dem Kriegsgericht.«

»Ist das dein Ernst?«

»Ja, das ist es.« Er nahm ihr die Flasche aus der Hand und warf sie mit einer fast beiläufigen Bewegung an die Wand. Sie zerbrach und hinterließ einen großen Cognacfleck neben dem Stuhl. »Du kannst das nicht verstehen.«

»Warum nicht? Warum kann ich das nicht verstehen? Weil ich eine Frau bin? Sind Frauen so viel niedrigere Menschen, dass sie keine

Ehre haben? Oder können Frauen sich nicht aus den lächerlichsten Gründen beschämt fühlen und in Selbstmitleid baden?«

Wilhelm umklammerte seine Oberschenkel, als müsste er seinen Händen eine Aufgabe geben, damit er nicht auf Nora einschlug. »Bring mich nicht dazu, dich zu hassen«, sagte er mit leiser, unheimlicher Stimme.

»Außer mir weiß doch niemand, warum du es getan hast. Und ich werde es bestimmt niemandem erzählen.«

»Ich weiß es«, sagte er. »Nur darauf kommt es doch an, nicht wahr?«

Nora sagte: »Wilhelm, um Himmels willen – werd doch endlich erwachsen.« Aber sie bereute die Worte im selben Moment und hätte alles darum gegeben, sie zurücknehmen zu können, als sie den jähen Schmerz in seinen Augen sah. Doch gleich darauf schlug ihre Reue um in Zorn. »Hast du schon mal jemandem eine Hand oder einen Fuß amputiert?«, fragte sie. »Weißt du, worauf man achten muss, wenn man Fleisch und Sehnen aufschneidet, wenn man Blutgefäße und Nerven durchtrennt und dann den Knochen so zersägt, dass sich hinterher ein gut verheilter Stumpf bildet? Wie man ein Bein sauber abnimmt oder einen Arm, ohne dass es später immer wieder zu Geschwürbildungen kommt?«

Er blickte sie verständnislos an.

»Hast du schon mal mit einem Amputationsmesser eine Wade zerteilt«, fragte sie weiter, »bevor du mit der Säge den bloß liegenden Knochen abtrennen konntest? Oder hast du wenigstens dabei zugesehen? Nein? Niemand hat dir beigebracht, wie du erst durch leichtes Sägen eine Rille schaffst, bevor du dann mit langsamen, kurzen, leichten Zügen den Rest so zersägst, dass keine Splitter übrig bleiben? Klingelt nichts bei dir? Du wusstest nicht, dass man das Fleisch am besten mit dem Lappenschnitt zertrennt, dann vom Knochen löst und wie eine Manschette zurückklappt, bevor man den Knochen selbst ein Stück weiter oberhalb dieses Schnitts durchsägt? Man macht das, um einen genügend großen Überhang an Fleisch und Sehnen zurückzubehalten, weißt du. Und später näht man dieses Fleisch über den abgesägten Knochen, damit ein schützendes, belastbares Polster entsteht – das ist nämlich die Grundvoraussetzung für einen tragfähigen Stumpf.«

Ihre Stimme überschlug sich fast. »Hast du schon mal den Oberschenkel eines Mannes dicht bei seinen Genitalien mit einem Gummischlauch so abgebunden, damit bei all dem das Blut nicht wie aus einem Springbrunnen spritzt? Weißt du, was passieren kann, wenn es den Männern, die den Patienten festhalten, nicht gelingt, ihn zu fixieren, weil die Angst und die Schmerzen ihm die Kräfte eines Wahnsinnigen verleihen? Wenn allein deine Stimme und deine Blicke ihn davon überzeugen können, dass er so lange durchhalten muss, bis er in Ohnmacht fällt? Hast du je das Mark aus den zersägten Knochen gelöffelt, Muskeln verknüpft, Venen verschlossen und Nerven zusammengenäht? Und warst du dabei, wenn ein junger Mann danach aufwacht und vergessen hat, was mit ihm geschehen ist, und er plötzlich den Schmerz spürt und an sich hinunterblickt, und dann musst du … dann musst du …« Sie unterbrach sich und schnappte nach Luft. *Beruhige dich, beruhige dich doch!* »… also, wenn ich wirklich an irgendetwas schuld sein sollte, dann habe ich das alles wiedergutgemacht, verstanden, mein Lieber? Heute im Lazarett habe ich alles wiedergutgemacht.«

Wilhelm schaute auf den Steinboden; ein gespenstisches Lächeln geisterte um seine Lippen. »Am besten gehst du jetzt, ich bin müde«, sagte er. »Ich habe einen Kurier zu Hauptmann Franke geschickt, vielleicht kommt er durch, und Franke kann genug Leute erübrigen, um uns herauszuhauen. Aber selbst das würde nicht mehr viel ändern … Nicht viel.«

Nora zuckte mit den Schultern und ging zur Tür. An der Schwelle drehte sie sich noch einmal um. Wilhelm sah ihr nicht nach. Seine Augen waren in eine unbestimmte Ferne gerichtet, tief unter dem Steinboden, und sie hatte das Gefühl, dass er für immer so sitzen könnte, allein, ohne jemals wieder aufstehen zu wollen. Sie öffnete die Tür, trat hinaus auf den Flur und schloss die Tür leise hinter sich. In ihrer Kammer, die sie nun für sich allein hatte, legte sie sich auf ihre Pritsche, ohne noch einmal zu dem anderen Bett hinüberzusehen. Warum habe ich das nicht gewusst?, dachte sie. Ich hätte mit dem Kurier reiten können. Ich wäre bestimmt durchgekommen. Frauen töten sie doch nicht.

36

Wenn Nora sich später an die Belagerung erinnerte – oder an die Zeit vor dem Angriff und die Tage und Wochen danach –, dann erschien es ihr immer unwahrscheinlicher, dass sie tatsächlich mit einem einzigen Schuss die Kanone der Rebellen zerstört haben sollte. Auch dass sie anschließend noch bis spät in die Nacht in der Krankenstation geholfen hatte, die Verwundeten zu behandeln, obwohl sie kein Blut sehen konnte, wäre ihr zunehmend zweifelhaft erschienen, hätte es da nicht die Briefe gegeben. In Gedanken schrieb sie Briefe – genauer, einen einzigen langen, nur gelegentlich unterbrochenen Brief – an ihre Schwester, den sie in Auszügen zu Papier brachte, sobald sie einen Moment Ruhe fand.

Liebe Lissy, in den ersten Tagen, nachdem ich mein Baby begraben hatte…

Liebes Schwesterchen, du glaubst gar nicht, was man empfinden kann, wenn ein Mann…

Liebstes Schwesterherz, stell dir vor, Morgen für Morgen mit der Angst zu erwachen, dass du den Abend vielleicht nicht mehr…

Manchmal dachte sie, dass diese Briefe wie eine Membrane zwischen ihr und der Wirklichkeit waren. Die Worte, die sie suchte und fand, um zu beschreiben, was ihr widerfuhr, wirkten wie ein dämpfender Filter, ohne den sie zu einem wehrlosen Spielball der Ereignisse geworden wäre.

Die Belagerung dauerte noch fast zwei Wochen – elf Tage, in denen die Rebellen dreimal angriffen und wir – unsere Männer – sie dreimal zurückschlugen. Ja,

Wilhelm hatte recht behalten: Sie waren noch da, und sie kamen zurück. Ich will dir nicht beschreiben, welche Szenen des Elends und der Verzweiflung sich innerhalb der Mauern unserer kleinen Festung abspielten. Doch dann, am letzten Tag, als wir keine Munition mehr hatten und kein Wasser und niemand mehr daran glaubte, dass wir noch länger durchhalten oder noch mehr Menschen sterben sehen könnten, verschwanden die Belagerer von einem Augenblick auf den nächsten. Etwas später sahen wir die deutsche Flagge am Horizont. Der Kurier hatte es bis zu einer noch besetzten Heliografenstation geschafft, und als Hauptmann Franke die Nachricht von unserer verzweifelten Lage erhielt, führte er seine Feldkompanie in Gewaltmärschen durch das halbe Land zu unserer Rettung.

Kaum war Franke eingetroffen, wollte Wilhelm seinen Säbel übergeben und den Abschied nehmen – oder wie man das nennt –, aber weil er sich weigerte, einen Grund für diesen Schritt anzugeben, lehnte der Hauptmann das Ansinnen ab. Stattdessen übertrug er ihm das Kommando über das Expeditionskorps, das den flüchtigen Hottentotten folgen und sie für den Überfall auf die Garnison bestrafen sollte. Ich und alle anderen Zivilisten sollen von einer Schutztruppen-Eskorte nach Karibib begleitet werden, aber ich bin noch nicht so weit. Ich kann hier doch nicht einfach weggehen und mein Kind allein in seinem Sarg in der Erde lassen. Das kann ich noch nicht. Irgendwann wird dieser Krieg aufhören, und vielleicht darf ich dann zurück. Ich möchte einfach noch ein bisschen in der Nähe sein, nur für alle Fälle.

Nora stand im Schatten der Kolonnaden hinter einer Säule und beobachtete die Soldaten, die zum Abrücken antraten, und ein paar Schritte von ihr entfernt stand Wilhelm mit bleichem Gesicht vor Hauptmann Franke und vernahm, wie der Hauptmann zum zweiten Mal seinen Antrag auf Entlassung ablehnte.

»Sie sind doch kein blutiger Anfänger«, sagte Franke. »Nur blutige Anfänger glauben, dass es im Krieg eine einzige richtige Entscheidung gibt und dass man die erkennt, bevor man sie treffen muss. Wenn Sie glauben, einen Fehler begangen und Schande über sich gebracht zu haben, dann bringen Sie auch den Mumm auf, sich für sich selbst zu schämen. Aber versuchen Sie nicht zu sühnen, indem Sie sich mit einem Selbstopfer freikaufen. Selbstopfer sind Notausgänge für Feiglinge. Sie sind kein Feigling, sind Sie nie gewesen!«

Nora dachte, dass der Hauptmann recht hatte, aber auch, dass sie das alles vielleicht nicht hören sollte, und deswegen wandte sie ihre Aufmerksamkeit dem Hof zu. Da lagen die Sättel und daneben die Packtaschen und Feldflaschen und das Kochgeschirr, während die Kanonen, Munitionskarren und Proviantwagen eine andere Reihe bildeten. Die Soldaten waren in Reih und Glied angetreten, Tornister auf dem Rücken, Seitengewehr an der Hüfte. Sie hatten die Karabiner links geschultert, und ihre Gesichter waren kupferbraun unter den Krempen der Hüte, und alle blickten hart und entschlossen, sogar die, die noch neu in Afrika waren und mit ihrem Sonnenbrand etwas lächerlich aussahen.

Wilhelm salutierte, schritt zu seinem Falben und saß auf. Er schaute nicht zu ihr herüber. Die Soldaten der Kompanie und ihre Pferde und die Wagen und Geschütze formierten sich zu einem langen Zug. Wie einer jähen Eingebung folgend, riss Wilhelm seinen Falben herum und führte ihn im Schritt auf Nora zu. Sie kniff die Augen zusammen, denn er schien direkt unter der Sonne hindurchzureiten. »Leb wohl«, sagte er, als er bei ihr war.

Sie sagte erst nichts. Dann sagte sie: »Auf Wiedersehen.« Seine Augen unter der Krempe des Brandenburger Hutes waren noch immer grün, und noch immer schienen sie zu brennen, aber es waren jetzt flackernde Flammen, kein strahlendes Feuer mehr, und überhaupt, *es sind doch bloß Augen,* dachte sie, *nichts als die Augen eines Mannes, der wegreitet, alles andere ist kindisch.* »Ich habe eigentlich keine Lust, dauernd Abschied zu nehmen.«

»Es tut mir leid. Ich kann nicht anders.«

»Doch, du kannst«, sagte sie. »Du willst nur nicht. Ich weiß, ich sollte begeistert sein über so viel Ehrgefühl und Anstand. Stolz sollte ich sein und mich lachend von einem Helden verabschieden, der Deutschland verteidigt an Orten, die nicht mehr die geringste Ähnlichkeit mit Deutschland haben, und dabei jeden Tag eine Kugel abkriegen kann. Wahrscheinlich sollte ich dir ein Taschentuch mit meinem Duft zustecken, das du im Ärmel deiner Uniform oder an deiner Brust tragen kannst. Bloß bin ich keine dieser Frauen, die darauf schwören, tapfere Krieger in einen ihrer Kriege ziehen zu sehen, weil es ja so schrecklich wäre, wenn es irgendwo eine Schlacht gäbe und ein gewisser heldenhafter, von Ehrgefühl durchdrungener Oberleutnant nicht wenigstens die Chance bekäme, darin umzukommen.«

»Ich habe meine Entscheidung getroffen«, sagte Wilhelm. »Aber wenn es dir lieber ist, sage ich dir *Auf Wiedersehen* statt Lebewohl.«

»Es wäre mir lieber, du würdest überhaupt nichts sagen, sondern mit mir gehen statt mit deinen Soldaten. Es wäre mir lieber, du wärst erpicht darauf, mich zu lieben, statt darauf, dich totschießen zu lassen.«

»Wohin?«, fragte Wilhelm.

»Was – wohin?«

»Wohin soll ich mit dir gehen? In was für eine Zukunft?«

»Du könntest mich heiraten«, sagte Nora und hielt überrascht den Atem an, als sie hörte, was sie gesagt hatte, aber dann stellte sie fest, dass es ihr egal war; sie schämte sich nicht. »Wenn du mich fragst, was mir lieber wäre, dann hätte ich Lust, dich zu heiraten.«

Wilhelm wirkte nicht im Mindesten überrascht. »Ja«, sagte er leise, »das wäre eine Möglichkeit. Ich bestehe auf meinem Abschied, werde unehrenhaft entlassen und lebe mit dir auf deiner Farm, die du für eine Zukunft mit einem anderen Mann aufgebaut hast, vermutlich mit dem Geld eines dritten Mannes, mit dem du immer noch verheiratet bist.«

»Wir müssen nicht auf der Farm leben«, sagte Nora.

»Nein, das müssen wir nicht. Wir könnten in Karibib leben oder in Swakopmund oder Windhuk, und ich könnte ein Kolonialwarengeschäft betreiben oder einen Andenkenladen für Reisende: Andenken aus der Heimat für die, die gerade angekommen sind, und Andenken aus Südwest für die, die wieder nach Hause zurückkehren. Ich könnte eine kleine Sehenswürdigkeit werden: *Wenn Sie nach Karibib kommen, müssen Sie unbedingt den alten Lehnhoff besuchen, er ist so was wie eine lokale Berühmtheit, hat sich damals bei den Aufständen der Kaffern hervorgetan, eine Art Held. Allerdings soll es da einen dunklen Fleck in seiner Vergangenheit geben, wurde nie ganz aufgeklärt. Auf alle Fälle hat er seinen Abschied genommen, wegen der Frau, mit der er da zusammenlebt. Er lässt sich auch fotografieren, wenn Sie ihm vorher eine Kleinigkeit abgenommen haben. Traurig, nicht wahr? Aber man muss ja leben …* Ich weiß nicht, Nora, ich glaube, das ist nichts für mich.«

»Nein«, sagte Nora, »für mich auch nicht, wenn du es so siehst. Also dann – leb wohl.«

Wilhelm nickte und tippte sich mit dem Zeigefinger an die Hutkrempe, ehe er den Falben von ihr wegdirigierte, um sich an die Spitze seines Zuges zu setzen. Im Trab führte er die Strafexpedition durch den hell und dicht im Sonnenschein wirbelnden Staub aus der Garnison, und Nora dachte, dass sie nie einen einsameren Menschen gesehen hatte als diesen Offizier, der sich an einen Strohhalm klammerte und nicht wahrhaben wollte, dass er selbst dieser Strohhalm war. Wie töricht, dachte sie, wie aussichtslos, und du warst ihm nicht genug. Deine Liebe hat ihm nicht gereicht, sie war nicht stärker als alles andere.

Aber dann war er außer Sicht, und sie versuchte, ihn zu vergessen. Die meisten anderen Frauen verließen die Garnison, doch sie blieb. *Auf Ihre eigene Verantwortung*, erklärte der kommandierende Offizier, und sie sagte: *auf meine eigene Verantwortung*.

Es fühlte sich merkwürdig an, die einzige Frau unter all den Soldaten zu sein, jedenfalls am Anfang. Aber sie packte mit an, wo es nötig war, und nach ein paar Wochen ging es dann, und nach einem Monat versuchte niemand mehr, sie zum Aufbruch zu überreden. Es hieß, sie sei stärker als die meisten Soldaten, aber es hieß auch, ihr Schicksal sei stärker als sie. Darauf gab sie nichts. Sie dachte nicht mehr an Wilhelm, doch an ihr ungeborenes Kind dachte sie noch sehr lange. Erst einige Monate später, zu Beginn des Sommers, fand sie sich damit ab, dass sie loslassen musste – ihr Land, die Farm, das tote Kind. Da endlich war sie bereit, mit dem nächsten Versorgungstrupp nach Karibib zu reiten.

Auf dem Weg dorthin – schon kurz nachdem sie die Garnison verlassen hatten und dann fast bis zur Stadt – konnte Nora die Spuren der zweiten Feldkompanie sehen, der sie ihr Leben verdankte: niedergebrannte Pontoks, halb verweste Leichen, die Skelette kahl gefressen von Geiern und Schakalen, Leichen von Männern, Frauen und Kindern. Niemand hatte sich die Mühe gemacht, sie zu begraben; sie lagen, wo sie liegen gelassen worden waren, als die scharfen Schnäbel und die nagenden Zähne das letzte Stück Fleisch von ihren Knochen gerissen hatten. Man konnte noch die Gewehrkugeln sehen, die von den Aasfressern verschmäht worden waren, und die klaffenden Risse, wo ein Säbel einen Schädel gespalten oder eine Schulter abgetrennt hatte.

Keiner sagte etwas; alle taten, als hätten sie nichts bemerkt. Unter den Ruinen schwelte noch die Glut; hier und da stieg schwarzer, öliger Rauch in den Himmel. Es herrschte eine unheimliche, brütende, nach Verwesung riechende Windstille. Anfangs traf sie noch hin und wieder ein vereinzelter, wie benommen torkelnder Luftstoß, doch bald umgab sie nur noch die reglose Steppenhitze. Die Ausdünstung von allem, was hier in den letzten Tagen gestorben, verfault und aus der Fäulnis neu gereift war, stieg ihnen in die Nase, so heftig, dass ihnen schwindlig wurde und sie sich wie berauscht fühlten. Immer wieder kreuzten die Schatten träger Geier ihren Weg; Nora sah sie über die Rücken der Rinder huschen und die Planen der Wagen verdunkeln. Es wurde mit jedem Kilometer schlimmer. Sie sahen tote, halb verweste Rinder am Wegesrand und später Pferde, vor Erschöpfung gestorbene Pferde.

Sie ritten am Grab eines Kindes vorbei. Es musste ein weißes Kind gewesen sein, denn das Loch befand sich in der Nähe einer abgebrannten, verwüsteten Farm, und ein umgestürztes Kreuz lag nicht weit davon, und in dem Loch steckten noch ein paar kleine Knochen, und weitere kleine Knochen lagen in immer größeren Abständen von dem Loch, und man konnte sich richtig vorstellen, wie die Schakale die Kinderleiche aus der Erde gescharrt und mit sich geschleppt und immer wieder davon gefressen und dann die Knochen liegen gelassen und etwas weiter den Rest gefressen hatten. In Gedanken beschrieb und filterte Nora für ihre Schwester, was sie sehen musste, und schob die Membrane der Worte zwischen sich und die Bilder.

Noch nie hatte sie so viele Tote gesehen, noch nie so viele schrecklich zugerichtete tote Menschen. Sie lagen nicht nur auf der Erde, ohne eine Spur von Kleidung in ihrer Nähe, sie hingen auch wie schaurige Früchte von den Ästen der Bäume, sie baumelten oder drehten sich leicht im Wind, eine Schlinge aus Telegrafendraht um den Hals, und neben ihren Füßen lagen die Munitionskisten, auf die sie hatten klettern müssen, bevor man sie unter ihnen weggerissen hatte. An denen, die hingen, war noch mehr Fleisch übrig als an denen, die lagen, weil die Hyänen springen mussten, um nach ihnen zu schnappen. Deswegen fehlte meist etwas von den Füßen, aber ansonsten war alles dran. Manchmal war auch der Ast gebrochen oder der Draht aufgegangen, und dann lagen sie wieder auf der Erde, und man konnte oft nicht einmal mehr erkennen, ob sie schwarz oder weiß gewesen waren. Nur eins stand fest: Es handelte sich um Opfer von Strafexpeditionen wie der, zu der man Wilhelm abkommandiert hatte.

In der Nacht konnte Nora in den Bergen Feuer brennen sehen. Sie dachte, dass die Rebellen dort ihre Lager hätten, aber einer der Unteroffiziere erklärte ihr, dass an diesen Feuern niemand sei. Sie dienten nur dazu, Patrouillen anzulocken, damit sie dann aus dem Hinterhalt überfallen werden konnten. Nora schlief schlecht. Sie träumte von den Toten. Sie träumte auch, wieder schwanger zu sein, und weinte im Schlaf.

Am nächsten Morgen begegnete der Konvoi kurz vor Karibib einem Gefangenentransport. Es handelte sich um einen Treck von etwa achtzig Aufständischen, die mit Halsketten aus Eisen aneinander gefesselt waren und von berittenen Schutztrupplern zu Pferd begleitet wurden. Sie gingen hintereinander, und sie trugen nichts am Körper als diese schwere eiserne Kette, die von Halsring zu Halsring führte. Das Eisen glühte in der Sonne, und man konnte die Brandwunden am Hals sehen und blutig aufgescheuertes Fleisch und die Füße, die auch blutig waren, und den Staub und die kleinen Steinchen, die in den offenen Wunden klebten. So schleppten sie sich dahin, und einige besaßen nicht einmal mehr die Kraft, selbst zu gehen. Sie wurden mitgeschleift von den anderen, die selbst kaum noch Kraft hatten, und ein paar waren schon tot, sie waren irgendwo unterwegs gestorben, und auch sie wurden mitgeschleift.

Fliegen und Moskitos hüllten den Transport in summende Wolken. Die Wolken klangen wie Hunderte kleiner Nähmaschinen. Man hörte nichts als dieses Summen und das Scharren der Füße und das Wimmern der Gefangenen und das Klirren des Eisens und das Schnauben der Pferde und manchmal einen deutschen Fluch, gefolgt vom Klatschen einer Peitsche. Im Sand und auf den Felsen blieben rote Fußspuren zurück, und man konnte sich vorstellen, wie die Schakale an ihnen schnupperten und mit ihren Stummelschwänzen zuckten und die ganze Zeit nichts anderes dachten als: *Hauptgewinn, Hauptgewinn, Hauptgewinn.*

Diesmal bezog Nora ein Zimmer im Hotel *Kaiserhof*. Zum ersten Mal, seit sie ihre Farm verlassen hatte, war sie wieder allein. Sie versuchte, den Brief an Lissy zu Papier zu bringen, aber ihre Gedanken blieben nicht bei den Worten. Sie glitten immer wieder fort, folgten anderen Pfaden, anderen Bildern, verästelten sich zu Erinnerungen und Sehnsüchten, die sie nicht zu Papier bringen konnte. Den ganzen Ritt von der Garnison nach Karibib über hatte sie wieder an Wilhelm denken müssen, war ihr der Abschied von ihm nicht aus dem Kopf gegangen, sein Blick, seine Worte. Sie hatte ihre eigenen Worte gehört und sich gewünscht, anders reagiert, etwas anderes gesagt zu haben, etwas Besseres, Liebevolleres. Sie hätte gern gewusst, wo er jetzt war.

Karibib hatte sich verändert. Die Menschen waren verschlossen, misstrauisch geworden; viele fürchteten sich. Das Leben in dem kleinen Ort kam Nora unwirklich vor, und sie fühlte sich noch einsamer. Daran mochte es liegen, dass sie, als sie irgendwann Herrn Servatius auf der Straße traf, seine Einladung zum Mittagessen annahm. Er trug die neueste Ausgabe der *Deutsch-Südwestafrikanischen Zeitung* unter dem

Arm und legte sie beim Essen zusammengefaltet neben den Teller. Seit Wochen hatte Nora keine Zeitung gelesen. Servatius dagegen war die wandelnde Nachrichtenagentur, vor allem, was – wie er es nannte – die Kriegslage betraf.

»Die Rebellen haben sich zum Waterberg zurückgezogen«, erklärte er, »fast sechstausend Krieger mit ihren Familien und ihren Herden. Es gibt dort Wasser, das Hamakari-Rivier, und fruchtbare Weiden. Alles in allem dürften in diesem Gebiet bald gut fünfzigtausend Herero lagern. Meinen Informationen nach will der Gouverneur sie zur Entscheidungsschlacht zwingen und ihnen ein für alle Mal den Widerstandsgeist aus dem Leib prügeln. Jeder verfügbare Mann und jeder Offizier wird dort hinbeordert. Der Kaiser hat Generalleutnant von Trotha, den Helden von China, aus Berlin geschickt, um Oberst Leutwein abzulösen und die Sache endlich zum Ende zu bringen.«

Wilhelm, dachte Nora; jeder Offizier, das bedeutete, auch Wilhelm. Auf einmal erschien ihr das Leben wieder nah, greifbar, etwas, das man in die Hand nehmen konnte. Wenn sie Wilhelm noch einmal sah, wenn sie ihn sah und ihm diesmal die richtigen Worte sagen konnte, wenn sie ihm das ganze Ausmaß ihrer Liebe offenbarte, dann würde alles gut werden. Sie war dumm und stolz und eitel gewesen, und sie hegte die uneingestandene Überzeugung, dass Wilhelm wegen ihrer Fehler würde sterben müssen, wenn sie ihn nicht aufsuchte, um alles wiedergutzumachen.

Am folgenden Tag brach sie zum Waterberg auf.

37

Es war jetzt früher Abend, und der Berg wirkte immer noch genauso weit entfernt wie am Mittag. Am Ende der Ebene mit ihren gelben Hügeln ragte das kantige Felsmassiv schroff in den blassen Himmel. Langsam wanderte das Sonnenlicht seine steilen Hänge hinauf wie ein heller Vorhang. Abenddunst zog über die Ebene, und der Berg wurde dunkel und undeutlich; er schien im verdämmernden Tag zu verschwimmen. Bäume und Büsche verschwanden, wurden aufgesogen vom Blaugrau der Nacht. Über dem scharf gezackten Rist stand der Mond nur als Sichel am Himmel.

Noch nie war Nora eine Landschaft – der Berg, die Wolken, der Himmel – so eindringlich erschienen. Sie war den ganzen Tag über geritten und auch den Tag davor, und mit bloßem Auge konnte man weder die Zelte noch die Fahnen der deutschen Truppen am Fuß des Felsmassivs erkennen, aber sie wusste, dass sie da waren, gleich unterhalb der Geröllhalden.

Es dauerte nicht lange, bis es ganz dunkel wurde. Der Berg war nur noch ein schwarzer Kegel, über dem das Kreuz des Südens funkelte. Die ersten Feuer oben im Pass von Omuweroumwe, wo die Herero ihre Lager haben mussten, wirkten wie sein herabgefallenes Spiegelbild, nur größer und wärmer. Weiter unten blinzelten die Feuer der deutschen Soldaten. Auf der anderen Seite des Tals lag der kleine Waterberg, an dem keine Feuer brannten. Nora trieb Anastasia zur Eile an. Sie malte sich aus, wie es sein würde, wenn sie Wilhelm wiedersah, wie er sie anschauen und was er sagen mochte, und sie bekam ein flaues Gefühl in der Magengegend, denn sie wusste, dass es nicht einfach werden würde. Liebe gehörte nicht zu den einfachen Dingen.

Sie erreichte den ersten Außenposten des zweiten Feldregiments kurz nach zehn Uhr nachts am zehnten August. Der Posten brachte sie zu einem Feldwebel. Sie hatte nicht erwartet, mit offenen Armen oder auch nur Respekt empfangen zu werden, und so war es auch nicht. Der Feldwebel wies ihr ein Zelt am äußersten Rand des Lagers zu und verbot ihr, sich ohne Begleitung zu bewegen oder ihren Aufenthaltsort ohne Erlaubnis wieder zu verlassen. Die nächste Patrouille, die das Aufmarschgebiet verließ, würde sie zurückeskortieren. Als sie nach Wilhelm fragte, teilte der Feldwebel ihr mit, dass er keine Auskunft darüber geben dürfe, wo die Offiziere zu finden seien, nicht einmal darüber, ob sie überhaupt zum Regiment gehörten oder nicht.

Sie legte sich schlafen und dachte: morgen. Morgen werde ich ihn suchen und finden, mit oder ohne Erlaubnis. Der Gedanke war wie ein Anker, an dem sie in einen tiefen Schlaf fiel. Als sie erwachte, wurde es gerade erst hell. Sie stand auf und trat vor das Zelt. Wie rundes Feuer loderte ein gleißender, zitternder Sonnenrand über den Horizont, und für einen Moment verwandelte er den Berg in einen Scherenschnitt, der sich mächtig in den blassen Himmel reckte. Das Lager war verlassen, aber nicht still. Nora hörte einen fernen Lärm, der allmählich anschwoll. Sie blickte durch die Straße zwischen den Reihen schnurgerade ausgerichteter hellbrauner Militärzelte auf den Berg im Morgenlicht.

»Hast du Töne …«, murmelte sie ehrfürchtig.

Es sah aus, als flutete aus dem ersten, weichen, fast goldenen Frühdunst ein riesiger Ameisenschwarm die Hänge hinunter, wo eben noch kahle Erde gewesen war. Ein tausendfaches Gewimmel wälzte sich zwischen braunen Pontok-Waben und dürrem Gestrüpp vom zwei Kilometer entfernten Pass herunter auf die Ebene zu: Tausende brauner, rot angemalter Krieger mit Keulen, Bogen und Pfeilen, angeführt von Kapitänen in Uniform und zu Pferd, Aberhunderte mit bunten Reifen und Perlen geschmückte Frauen und dahinter unzählige Kinder, Hunde, Rinder und Maultiere. Eingehüllt in hoch aufsteigende Staubwolken schienen sie zu tanzen, auf der Stelle und im Kreis und doch vorwärts unter diesem Baldachin aus Staub, und dabei schwenkten sie ihre silbern in der Sonne blitzenden Waffen zu einem Gesang aus Hunderten und noch mal hundert Kehlen, den Kehlen von Frauen, die dazu auf Geschirr und Trommeln schlugen. Im Tanz schüttelten sie ihre Erschöpfung ab, ihre Angst und ihre Verzweiflung.

Es war ein prachtvoller, erregender Anblick, der Berg, der in Bewegung geriet und in die Ebene strömte, und als der Staub sich legte, schien die Armee der Herero mit der Landschaft verschmolzen zu sein; nur ihr Gesang erscholl noch, »Deutschmann, hast du Angst? Deutschmann, willst du unser Wasser, willst du unser Gras? Deutschmann, du musst sterben, sterben! *Worry, worry*, Deutschmann, du wirst sterben!«

Als hätte der Wind sich gedreht, erklang plötzlich aus größerer Nähe eine andere Musik, kein Gesang, sondern das Schmettern eines gut gedrillten Musikkorps. Angetrieben vom dumpfen Klang einer Basstrommel antworteten Schellenbaum, Trompeten und Flöten, während Kanonen in Stellung gebracht wurden und Soldaten in blauen und braunen Uniformen unter den flatternden Wimpeln des Kaisers ihre Linien aufbauten, all die Züge und Kompanien des zweiten Regiments, die Infanteristen und Kavalleristen und die Geschütze der siebten Batterie mit ihren vier modernen 7,7-Zentimeter-Feldhaubitzen und eine weitere Halbbatterie mit zwei 5,7-Zentimeter-Schnellfeuergeschützen, und auch hier das silberne Blitzen gezogener Säbel und angelegter Gewehre mit aufgepflanzten Bajonetten.

Da, wo General Trothas Stabszelt sein musste, stand hoch in der Luft ein gelber Fesselballon, geformt wie eine gedrungene Zigarre, von der ein langer Draht herunterhing. An dem Draht flatterte ein kleiner schwarz-weiß-roter Wimpel im Wind. Der Himmel war wolkenlos. Die Luft war trocken, und der Wind war heiß und auch der Staub in dem Wind. Nora eilte ins Zelt zurück, um ihren Hut aufzusetzen und Schuhe anzuziehen. Sie versuchte, sich Balthasar auf seinem Schimmel vorzustellen, irgendwo dort hinten unter den Ameisenkriegern, die gegen die deutschen Geschütze anstürmten. Es waren zu viele, und sie waren zu klein, als dass man einen darunter erkennen konnte; selbst einen Häuptling nicht. Am Ende, dachte sie, werden alle tot sein.

Sie lief wieder hinaus. Am Ende der Lagerstraße standen die Wagen einer Feldbäckerei, und der Geruch von frisch gebackenem Brot zog zu ihr herüber. Sie ging auf die Wagen zu. Niemand beachtete sie. Als die Musiker des Spielzugs fertig waren, erklang wieder das Lied der Rebellen, »Wem gehört Herero-Land? Uns gehört Herero-Land!«, bevor neuerlich die Militärkapelle einsetzte.

Ein dumpfes Krachen übertönte die Musik, und jetzt sah Nora den weißen Rauch vor den Mündungen der Geschütze, die alle gleichzeitig feuerten. Sie sah, wie die Lafetten zurücksprangen, und sie sah die Erdfontänen aus dem Hang springen, wo die Rebellen lagen, und sie hörte, wie der Donner sich an den Felswänden brach und zurückrollte. Sie lief weiter, fast allein zwischen den Zelten, während die Kanonen ihre Salven auf den Berg feuerten, alle fünfzehn Sekunden eine, und in die Sprenggranaten mischte sich das Prasseln von Gewehrschüssen. Schrapnellgeschosse zerplatzten hoch über dem Boden zu grauen Rauchspinnen, weiße Blitze zuckten auf, die einen Hagel von heißem Blei herabschleuderten. Ein Trompeter blies das Avanciersignal, andere fielen ein. Mit gefällten Bajonetten rückte die Infanterie langsam in einer lang gezogenen Linie vor, bis die Rauchwolken sie verschlang.

In der Luft war jetzt so viel Staub, dass Nora kaum noch etwas erkennen konnte, nur die Kavallerie, drei Reiterkompanien auf unruhigen Pferden, die mit gezückten Säbeln in die gelben, tief hängenden Staubschwaden ritt. Der Staub und der beißende Rauch vom Pulver der Kartuschen zog auf die Zelte zu, und Nora konnte immer weniger sehen, und es roch nicht mehr nach frisch gebackenem Brot, sondern scharf und schweflig, und sie hörte die Trompetensignale und Schüsse und trommelnde Hufe und Schreie, aber keine Musik mehr. Sie blieb stehen. Was tue ich hier?, dachte sie. Wie soll ich Wilhelm in diesem Durcheinander finden?

Ein Mann tauchte zwischen den Zelten auf, gleich danach zwei weitere. Sie bluteten und hatten keine Waffen mehr, und ihre Augen in den staubverkrusteten Gesichtern waren weit vor Schreck. Ein vierter Mann stützte einen verwundeten Kameraden. Es ging so schnell, die Schlacht hatte doch eben erst begonnen. Nora merkte, dass sie wieder ging, ohne zu wissen, in welche Richtung.

Auf einmal spürte sie, wie jemand sie festhielt, eine Hand an ihrem Unterarm. »Frau Hendriksen? Nora, was machen Sie denn hier?« Sie blieb stehen und versuchte, den Mann, der sie aufgehalten hatte, zu erkennen. »Ich bin's – Leutnant Seesfeldt! Erinnern Sie sich nicht mehr an mich? Ich war zu Gast auf Ihrer Farm!«

»Ach ja, Herr Leutnant, natürlich erinnere ich mich. Wie geht es Ihnen?«

Der Leutnant hob einen Arm, der von der Hand bis zum Ellbogen blutüberströmt war. »Die Hottentotten versuchen, unsere Linien zu durchbrechen. Sie stehen nicht mal dreihundert Meter von unseren Geschützen entfernt.«

»Aber Sie sind verletzt«, rief Nora. »Sie müssen sich verbinden lassen.«

»Sie dürfen hier nicht so herumlaufen. Es ist gefährlich«, warnte sie der Leutnant.

»Ich suche Oberleutnant von Lehnhoff.« Nora zuckte zusammen, denn wieder donnerten die Geschütze, und die Schüsse klangen jetzt näher. »Wissen Sie, wo ich ihn finde?« Geduckt liefen zwei Sanitätssoldaten mit einer Trage an ihnen vorbei. Auf der Trage lag ein zugedeckter Körper.

»Lehnhoff? Nie gehört.« Der Leutnant hielt sie weiter mit der unverletzten Hand fest und zog sie neben sich. »Wir haben hier über neunzig Offiziere und tausendfünfhundert Unteroffiziere und Mannschaften. Gehört er zum Kommandeursstab?«

»Ich glaube, nicht.«

Seesfeldt blieb stehen, schaute sich suchend um und deutete dann mit der blutenden Hand auf den gelben Ballon unterhalb des Passes. »Wenn er zum Kommandeursstab gehört, müssen Sie bloß nach dem

Funkballon Ausschau halten. Er schwebt immer dort, wo sich Generalleutnant von Trotha befindet. Sehen Sie die Flagge, die an dem langen Draht flattert? Die bedeutet, hier ist das Hauptquartier.« Für einen Moment kindlicher Begeisterung vergaß er seine Verletzung. »Ist das nicht ein Wunder? Dieser Ballon trägt einen Apparat, mit dem man Funksprüche durch die Luft schicken kann, mit Schallwellen?!« Das Blut rann über sein Handgelenk in den Uniformärmel, und seine Stimme versagte plötzlich. Er rang nach Atem. »Begleiten Sie mich zum Lazarett, bitte. Vielleicht kann Ihnen dort jemand weiterhelfen.«

Das Feldlazarett war ein großes Zelt am Rand des Lagers. Neben dem Eingang hing eine Rotkreuzfahne. Ein Tropensegel schützte das Dach des Zeltes vor der prallen Sonne. Je näher Nora dem Zelt kam, desto mehr Soldaten und Sanitäter mit Tragbahren rannten an ihnen vorbei. Die Sanitäter stellten ihre Tragen zu Boden, luden die Verwundeten in einer Reihe ab und verschwanden wieder. Nora hörte Schreie und Stöhnen. Seesfeldt hatte ihren Arm losgelassen, oder vielleicht hatte sie sich auch losgerissen, denn sie blieb bei den Verwundeten und sah ihnen in die Gesichter, und erst beim dritten oder vierten merkte sie, dass sie nach Wilhelm Ausschau hielt und dass sie bei jedem, der da blass und blutend lag, zuerst Angst verspürte und dann Erleichterung, wenn sie sah, dass es niemand war, den sie kannte. Arzthelfer hoben die Verwundeten auf und trugen sie ins Zelt, und die, die behandelt worden waren, wurden wieder hinausgetragen, um Platz für die nachfolgenden zu schaffen. Einige humpelten auf Krücken davon, die weißen Verbände leuchteten, und überall waren Staub und Rauch und Blut.

»Nora!«, rief Doktor Brahms. »Gut, dass Sie da sind! Ich kann jede Hilfe brauchen. Kommen Sie, nehmen Sie sich einen Kittel und fassen Sie mit an!« Sie erinnerte sich erst an die Stimme und daran, wem sie gehörte, als der Arzt seine Operationsmütze und die Brille abnahm, um sich die Augen zu reiben, bevor er beides wieder aufsetzte und zurück ins Zelt ging. »Los doch, es fängt gerade erst an! Schenken Sie mir den ersten Tanz.«

Nora folgte ihm ins Lazarett. Es war noch nicht einmal Mittag, aber die Sonne brannte auf die grobe Zeltplane, und die stickige Luft im Zelt roch schon nach Blut und Schweiß. Der Boden war mit Verwundeten bedeckt, die nebeneinander lagen und geduldig darauf warteten, dass sie an die Reihe kamen. Einige konnten sitzen, und ein paar konnten selber gehen, aber die meisten lagen einfach nur da und röchelten oder beteten leise. Es gab drei Operationstische, an denen mehrere Ärzte standen und flink mit Skalpellen, Scheren und Sägen hantierten, um den Bakterien ins Handwerk zu pfuschen.

Doktor Brahms arbeitete mit hochgekrempelten Ärmeln und nackten Armen, auf denen frisches Blut glänzte. Seine weiße Schürze war bereits mit roten Flecken übersät. Er winkte Nora an seinen Tisch, und plötzlich verlor sie das Gefühl für sich und die Zeit, während die Körper und ihre Verletzungen vor ihr auf dem Tisch wechselten. Sie reichte dem Arzt die Instrumente, warf andere in heißes Wasser, goss Äther auf Mullpolster, zog Morphium auf Spritzen, legte frische Verbände an, schiente gebrochene Knochen. Sie wischte den Verwundeten den Schweiß von der Stirn, tupfte das Blut von Wundrändern. Sie hielt Arme fest, zuckende Beinstümpfe, Kinnladen. Blasse, feuchte Gesichter wandten sich ihr zu, und sie spendete Trost, ehe sie die Gesichter wieder vergaß. Einer starb vor ihr auf dem Tisch, als sie ihm noch den Arm abzubinden versuchte, und Doktor Brahms bekreuzigte sich und nickte den Trägern zu, die den Toten zu den anderen hinter dem Zelt legten.

»Wie sieht's da draußen aus?«, fragte der Arzt. »Wer behandelt die Schwarzen? Wenn wir schon so hohe Verluste haben – wie viele muss es dann erst bei denen geben? Was machen unsere Truppen?«

»Wir treiben sie zurück«, sagte ein Sergeant in einer zerrissenen Corduniform, dessen linke Gesichtshälfte schwarz und blutig war. »Auf den Pass zu. Die Büsche sind da oben so hoch, dass man nicht weit sehen kann, und die Kaffern verstecken sich in dem Dickicht und nehmen uns unter Feuer. Aber das Dauerbombardement unserer Geschütze hat sie mürbe gemacht. Wahrscheinlich sind sie inzwischen halb taub und fast blind von den Rauchgasschwaden. Hören Sie das? Eine Salve nach der anderen aus den *grootrohrs*, ohne Pause, da kriegt jeder das Flattern, und dann kommt unsere Kavallerie aus dem Staub die Hänge hoch. Und wenn die Distanz für die Geschütze zu groß wird, rücken die Infanteristen nach, eine Linie nach der anderen, marschieren, anlegen feuern, *marschierenanlegenfeuern.*«

»Sie schießen auf alles, was sich bewegt, Menschen, Hunde, Ziegen, Rinder«, rief einer der Sanitäter. »Trotha hat den Ausfall verhindert und den Angriff zurückgeschlagen, und jetzt lässt er die achte Kompanie gegen den Berg vorrücken. Sie treiben die Schwarzen vor sich her, walzen sie nieder, reiten über die Verwundeten und die Toten ... und über Frauen und Kinder auch. Ich habe Kinder gesehen, die von Hufen niedergetrampelt wurden, und eine schwangere Frau, die an mir vorbeigetaumelt ist, das Blut lief ihr aus Mund und Nase, und ich wollte ihr helfen, aber ein Offizier hat mich mit seinem Pferd weggedrängt und nur geschrien, die nicht, ihr helft keiner von den Kaffern, und dann hat er seine Pistole gezogen und die Frau erschossen. Überall liegen Tote und Verletzte, aber wir kümmern uns nur um unsere, wir ziehen sie unter den anderen hervor und laden sie auf und bringen sie hierher. Bloß, dass die Batterien nicht aufhören zu schießen, und dann die Maschinengewehre, mit den Schnellfeuergeschützen mähen sie einfach drauflos, und dann diese Schrapnellgranaten, die reißen ganz fürchterliche Löcher, aus der Luft direkt in die Flüchtenden, aber auch in unsere Reihen, Dutzende, sage ich Ihnen, Dutzende unserer Leute sind von den eigenen Kanonen erwischt worden. Überall stinkt es nach Verwesung, der Wind kommt dagegen nicht an, und bei dem ganzen Rauch und der Asche in der Luft hat man das Gefühl, es wäre schon Abend, dabei ist es noch nicht mal Mittag, und überall brüllen Rinder, sie rennen in heller Panik durcheinander, Hunderte müssen es sein, verwundete Rinder mit aufgerissenen Flanken. Ich habe noch nie so gekotzt wie da draußen, ich musste fast andauernd kotzen, und zwar auf Lebende und Tote. Kleine braune Gestalten, alle tot. Krabbeln weg und werden in den Rücken geschossen und sind tot. Lauter kleine braune Gestalten. Wollen Sie noch mehr wissen?«

Erst tat Nora nur, was Doktor Brahms von ihr verlangte, aber als immer mehr Verwundete hereingetragen wurden, löste sie einen der anderen Ärzte ab, der sich nicht mehr auf den Beinen halten konnte. Die Sonne stieg in den Zenit und wanderte dann weiter nach Westen, und das Licht veränderte sich, aber die Hitze nahm trotz des Tropensegels zu und das Geschrei und das Stöhnen, und als die Sonne zu sinken begann, am Nachmittag, wurde immer noch gekämpft. Es sind so viele, dachte Nora. Es sind so viele, und es werden immer mehr.

»Sie können es ja«, sagte Doktor Brahms, als er ihr einmal über die Schulter sah. »In der Garnison haben Sie gesagt: *Ich kann das nicht*, aber Sie können es. Es ist immer wieder erstaunlich, wie viel man kann, wenn man es wirklich muss.«

Vor Erschöpfung hatte Nora das Gefühl, keinen Boden mehr unter den Füßen zu haben; sie stand, ohne zu spüren, worauf. Jemand schrie nach Wasser. Aber es gab schon seit zwei Stunden kein Wasser mehr, kein Trinkwasser. Sie blinzelte. Einen Augenblick war ihr gewesen, als hätte sie Wilhelm gesehen, wie er vor ihr auf dem Operationstisch lag. Sie sah wieder hin, und es war immer noch Wilhelm, nur blasser als sonst, blass und schweißbedeckt und voller Erde. Seine Augen waren geschlossen. Er flüsterte etwas, das sie nicht verstand.

»Er will Wasser, aber ich weiß nicht, ob er trinken darf«, sagte einer der Sanitäter, die ihn auf den Tisch gehoben hatten. »Sehen Sie, da, die Thoraxverletzung. Und der Ellbogen, das sieht schlimm aus, kann ein Granatsplitter gewesen sein.«

Nora dachte: *Wilhelm*, aber eigentlich war es kein richtiger Gedanke, und als sie den scharlachroten Tümpel mitten in seiner Brust sah, dachte sie wieder nur: *Wilhelm*, und es konnte nun wirklich niemand sagen, dass es sich dabei um einen richtigen, intelligenten Gedanken handelte. »Holen Sie einen Arzt«, sagte sie.

»Ich dachte, Sie sind Ärztin«, sagte der Sanitäter.

»Nein«, antwortete Nora, so ruhig und besonnen sie konnte, »ich bin keine Ärztin, und ich kann diesem Mann nicht helfen, aber jemand muss ihm helfen, und deswegen sollen Sie *sofort* einen Arzt holen.«

Der Sanitäter sagte: »Dann binden Sie wenigstens seinen Arm ab und legen Sie die Brustverletzung frei und reden Sie mit ihm, bis sich jemand um ihn kümmern kann. Lassen Sie ihn nicht einschlafen, während ich einen *richtigen Arzt* hole.«

Nora schüttelte den Kopf, wie um einen lästigen Gedanken zu verscheuchen. »Wilhelm.« Sie beugte sich über ihn und wiederholte leise seinen Namen. Sie wiederholte ihn so lange, bis er aufhörte zu flüstern, und die Augen öffnete. Er sah sie an, als erkenne er sie nicht.

»Nora«, half sie ihm.

»Nora? Ich weiß nicht…«

Er erkennt mich nicht. Ich bin hier, um bei ihm zu sein, aber er erkennt mich nicht mal. Er ist schwer verwundet, und wenn ich nicht mit ihm rede, wenn ich ihn nicht wach halten kann, wird er sterben. Sie nahm einen Schwamm und strich ihm damit über die heiße Stirn, und dabei dachte sie: Wie zerbrechlich Männer sind! Sie trauen sich zu viel zu, und hinterher sind wir es, die sie pflegen müssen. »Was ist geschehen?«, fragte sie. »Wie ist das passiert?«

Er versuchte, den Kopf zu heben und mit den Lippen den Schwamm zu berühren. Seine Augen hingen an dem Schwamm, und die Sehnen an seinem Hals traten hervor wie Draht, aber Nora drückte ihn sacht zurück.

»Gleich«, sagte sie, »gleich bekommst du zu trinken. Das hier ist nicht sauber. Was ist passiert? Sag mir, was passiert ist.«

»Da war so viel…«, flüsterte er.

»So viel was?«, fragte sie. Sie konnte ihn hören, obwohl er nur flüsterte; bei all dem Lärm im Lazarett konnte sie ihn hören, als wären sie allein.

»Da war so viel Rauch«, sagte er stockend, »so viel Rauch und Erde von den Granaten, die überall einschlugen.« Er schwieg wieder; die Augen fielen ihm zu.

»Sprich weiter«, sagte Nora. »Weiter.«

Auf einmal war es, als bräche ein Damm, und er begann zu reden. »Manche konnte man kommen sehen«, sagte er, »man konnte ihren Abschuss hören, und dann konnte man sie aufsteigen sehen und wie sie in einem schwarzen Bogen über dem Staub und dem Rauch flogen und schließlich einschlugen. Manche sah man auch nicht einschlagen, aber die, bei denen man es sah, stürzten mit einem brausenden Geräusch aus dem Himmel und rissen die Erde regelrecht auseinander. Eine war ganz nah. Sie traf mich und riss mich hoch. Erst tat es gar nicht weh, weil ich ... weil ich ohnmächtig geworden war. Dann brannte etwas in meiner Brust – es brannte und stach, als hätte mir jemand eine glühende Stricknadel hineingestoßen. Ich hörte nichts, gar nichts, nicht mal ein Rauschen, aber ich konnte alles um mich herum sehen, und ich konnte auch denken, ich wusste alles, was passiert war.«

Er hielt einen Moment inne. »Der Rauch kroch so dicht über den Boden, und dazwischen waren Hufe und Füße und Menschen, die hinfielen, und Blut, überall Blut und Wunden, und Kinder, sitzende Kinder, mit weit offenen Augen, und zwischendurch war alles schwarz, und als ich wieder wach wurde, waren die Toten, die rechts und links von mir lagen, noch mehr geworden, immer mehr ...

Niemand kümmerte sich um mich, und die Sonne wanderte über den Himmel, sie hing schon dicht über dem Horizont, und noch immer kam niemand, um nach mir zu sehen, es lief oder ritt auch niemand mehr an mir vorbei, und ich lag da und schaute auf die Erde dicht vor meinen Augen ...

Wilhelms Pupillen flogen hin und her. »Der Geruch war so stark, erst der Geruch von dem Gas, und dann roch es nach Gras und Wurzeln, nach kleinen, trockenen Steinen und den großen mit den moosigen Unterseiten und dann nach Blut, und als ich das nächste Mal die Augen schloss, dachte ich, ich werde sterben, die Zeit wird keinen Sprung mehr machen ...«

Seine Lippen zuckten, als versuchte er zu lächeln. »Aber dann ... dann ist mir ... ist mir eingefallen, wie du ... wie du mich angeschaut hast, als ich aus der Garnison ritt… Dein Blick – so verletzt, so traurig – und deine Lippen… Deine Lippen bewegten sich. Ich hatte Mühe… dich zu verstehen… In meinem Kopf war nur ein Rauschen – ein dauerndes Rauschen, wie… wie Wellen und ganz weit weg… weit weg ein Trompetensignal und das Klirren… das Zaumzeug eines Pferdes… nur das Zaumzeug, kein Hufschlag… Und der Schmerz in meiner Brust war auf einmal weg, und das machte mir Angst, und als ich danach tastete, war da nur ein Loch ein großes, nasses Loch – nur ein Loch…«

»Herrgott, Schwester, Sie müssen etwas tun.« Der Sanitäter stand wieder neben ihr und drückte auf eine Stelle an Wilhelms Oberarm. »*Sie müssen es tun*. Die Ärzte sind alle beschäftigt. Sein Leben liegt in Ihrer Hand!«

Nora stand wie erstarrt. Das Lazarett, der ganze Raum schien sich um sie zu drehen, die Öllampen, die operierenden Ärzte, die stöhnenden Verwundeten im Zwielicht.

»Kümmern Sie sich nicht um die Brustverletzung«, sagte der Sanitäter. »Die ist nicht das Problem. Der Ellbogen ist das Problem. Er hat so lange unbemerkt auf dem Feld gelegen. Sehen Sie, da…«

»Ich bin keine Ärztin«, sagte Nora.

»Er stirbt, wenn Sie nichts tun!«

»Nora«, Wilhelm hob den Kopf ein wenig, »Nora… ich… du… du musst etwas wissen, es ist wichtig… Ich bin… In der Heimat habe ich…«

»Du musst still sein, Wilhelm«, unterbrach Nora ihn, denn sie merkte, dass das Reden ihn anstrengte. Bitte, dachte sie, du stirbst doch. »Sag nichts mehr, ja?« Ich muss versuchen, die Blutung zu stillen und zu verhindern, dass du in Ohnmacht fällst, dachte sie – du darfst nicht bewusstlos werden, bevor ich dich nicht stabilisiert habe. Dann werde ich dich selbst betäuben, falls es nötig sein sollte und falls wir noch Äther haben.

Endlich wussten ihre Hände, was sie zu tun hatten, fast, als sähe sie ihnen nur zu, wie sie den linken Uniformarm aufschnitten und abrissen, bis der zersplitterte Ellbogen zum Vorschein kam. Ich muss ihn ablenken, dachte Nora, ich muss ihn wach halten.

»Weißt du noch, letzte Weihnacht, als ihr an Heiligabend bei mir auf der Farm wart, um mich mitzunehmen in die Garnison?«, fragte sie. »Die Aufständischen hatten Hannes Westrup umgebracht, und Helga war bei mir, um sich zu verstecken. Ihr habt sie mitgenommen, aber ich wollte zu Hause bleiben, weil ich ein Kind erwartete und mir die Strapazen des langen Rittes nicht zutraute. Am nächsten Morgen tauchten ein paar Banditen bei mir auf. Gott sei Dank hatte ich meine Flinte zur Hand und konnte sie vertreiben. Allerdings hat mich der Überfall so aufgeregt, dass ich plötzlich ohnmächtig geworden bin. Das Komische war nur, dass ein Teil von mir bei Bewusstsein geblieben ist und merkte, dass ich mein Kind… dass ich das Kind verlor. Bist du noch wach? Hörst du mir zu?«

Wilhelm sah sie an, schloss die Lider und öffnete sie wieder, und noch immer war es, als gäbe es niemand außer ihnen beiden in dem lauten Durcheinander des Zeltes.

Nora sagte: »Ich lag da auf dem Boden der Diele hinter der Tür, und im selben Moment schwebte ich über mir.«

Sie sah sich um, ob sie jemanden fand, der ihr helfen konnte, aber alle waren beschäftigt. Niemand schaute zu ihr herüber oder reagierte auf sie. Sie musste allein weitermachen, selbst wenn sie keine Ärztin war. Sie griff nach dem Skalpell, hielt es in das kochende Wasser und dachte, dass er nichts merken durfte. Bis es geschah, durfte er nichts merken, nicht einmal ahnen durfte er es. Am besten redete sie einfach immer weiter, bis sie selbst auch nichts mehr merkte, nichts überlegte, nicht daran dachte, was sie tun musste, außer dass es nötig war, um sein Leben zu retten.

»Stell dir vor«, sie bewegte sich so, dass er ihre Hände nicht beobachten konnte, »ich konnte mich selbst sehen, wie ich da lag und immer mehr Blut verlor, und irgendwie wusste ich, dass mein kleines Baby mich verließ und dass ich vielleicht auch gerade starb. Es war fast wie bei einem Papierdrachen, der an seiner Leine flattert, nur dass der Papierdrachen meine Seele war, und ich steckte gleichzeitig in der Seele und im Körper und in der Leine. Ich stieg immer weiter, ins Licht, in den Himmel, aber die Schnur verhinderte, dass ich die Dunkelheit in der Diele ganz abschüttelte. Und als ich so von oben auf mich herabschaute, konnte ich mein ganzes Leben sehen, mit allen Menschen, die ich gekannt hatte, lauter Gesichter und Bilder, die allerdings keine vollständigen Bilder waren, sondern nur Splitter eines einzigen großen Mosaiks.«

Sie schnitt, so tief sie konnte, bis sie den Widerstand spürte, und schluckte, um nicht zu weinen, um die Tränen nicht nach außen dringen zu lassen, aber sie konnte nicht verhindern, dass ihre Stimme heller wurde. »Ich musste mich erst daran gewöhnen, dass die Bilder... dass die Bilder keine Reihenfolge hatten, nicht wie im Leben, wo man denkt, eins kommt nach dem anderen. Man konnte zwischen ihnen hin und her gehen, aber in alle Richtungen, wie man wollte, und es ergab trotzdem einen Sinn; es fügte sich zusammen. Wie wenn man sein Spiegelbild im Wasser sieht, und dann schmeißt jemand einen Stein rein, und das Bild zerbricht in tausend kleine Wellen, aber alle bestehen aus demselben Wasser. Und mein Körper, der da unter mir in der Diele der Farm lag, war das Gefäß für diese Bilder, und eins der Bilder war das von meinem ungeborenen Baby. Es sah aus... es sah aus wie ein Glühwürmchen. Es flog an mir vorbei und stieg höher und höher, bis ich es nicht mehr sehen konnte. Aber weißt du, was? Es tat gar nicht weh. Solange ich ohnmächtig war, tat es nicht weh.«

Gleich hast du's geschafft, Wilhelm, mein Liebster, dachte sie; mein tapferer Liebster, ich muss nur noch die Adern verschließen, damit du mir nicht verblutest, nicht hier vor mir auf dem Tisch und auch nirgendwo sonst. Ich will, dass du zurückkommst, genau wie ich zurückkommen musste, weil ich dich liebe, so egoistisch bin ich wieder mal.

»Genau in dem Moment gab es einen Ruck, und ich musste zurück«, fuhr sie fort. »Der Papierdrachen wurde eingeholt, obwohl der Wind ihn immer weiter getragen hätte. Ich schlüpfte wieder in die

Gestalt auf dem Dielenboden, aus der das ganze Blut kam, und als ich erwachte, hätte ich schreien können vor Schmerzen, weil ich jetzt kein Kind mehr hatte, und auch wenn ich wusste, dass es ihm gut ging, da, wo es jetzt war, besser vielleicht, als es ihm hier unten je gegangen wäre, tat es einfach nur weh. Ich bin danach weg von der Farm, weil ich Angst hatte, ich werde verrückt da. Aber weißt du, was? Ich glaube, ich bin's trotzdem. Ich glaube, ich bin ein bisschen verrückt geworden. Wenn du wieder aufwachst, wirst du wütend auf mich sein, aber du darfst nie vergessen, dass ich dich liebe. Jetzt schlaf.«

38

Sie vernähte Wilhelms Wunden, und beim letzten Stich, nachdem sie die Nadel und den Faden zum letzten Mal durch seine Haut gezogen hatte, verließ sie auf einen Schlag alle Kraft. Sie ging aus dem Zelt, ohne ihn noch einmal anzusehen oder ihm die Haare aus der Stirn zu streichen. Sie ging aus dem Zelt und schaffte es im Dunkel der Nacht bis zur Rückseite des Lazaretts, wo sie sich einfach ins Gras setzte. In der Luft hing ein eigenartiger Geruch, feucht und süß. Eine Zeit lang lauschte Nora dem mechanischen Zirpen der Grillen. Sie schlief im Sitzen ein, aber als sie wieder aufwachte, lag sie zusammengekrümmt auf der Seite. Es wurde bereits hell; Mond und Sterne verblichen in einem klaren, leicht geröteten Morgenhimmel.

Sie stand auf. Sie wusste nicht, was sie geweckt hatte, das Stöhnen eines Verwundeten im Lazarett hinter ihr vielleicht oder ein Vogelschrei. Tau glänzte auf den Zelten des Lagers, zwischen denen still der Frühnebel stand. Der Geruch, den sie in der Nacht wahrgenommen hatte, lag noch immer in der Luft, und jetzt erkannte sie ihn, und sie wusste, dass er stärker werden würde, wenn die Sonne aufging und noch stärker in der Tageshitze. Es war ein berauschender Geruch, der sie an das merkwürdig schwebende Heiligengefühl im Pensionat erinnerte, morgens bei der Frühmesse, wenn sie noch nichts gegessen und zu viel Weihrauch eingeatmet hatte. So hatten sie es genannt, das Heiligengefühl.

Sie folgte dem Geruch, fort vom Lager. Das Heiligengefühl begleitete sie, als sie durch das hohe, dünne Gras ging, das ihr fast bis zu den Schultern reichte. Sie lauschte, wie um den Laut, der sie geweckt hatte, auf keinen Fall zu verpassen, falls er noch einmal zu hören sein würde. Der Himmel war jetzt ganz hell, und die Farben rings um sie entwickelten ihre Kraft, das trockene Gelb der Halme und die rote Erde und die kleinen weißen Blüten an den Dornbüschen. Im Gehen zerteilte Nora das Dickicht mit den Händen und achtete auf die spitzen, fingerlangen Dornen, und das Gras raschelte, und der Geruch wurde fast mit jedem Schritt stärker, je näher sie dem Berg kam. Mit dem linken Fuß stieß sie gegen einen verbeulten Topf. Dann entdeckte sie einen aufgeplatzten Sack mit Kupferschmuck, verstreute Straußenfedern, einen blutverklebten Stiefel, Stoffballen, leere Honigbierflaschen und eine tote Ziege, von Schrapnellkugeln punktiert. Sie hörte das Summen aufgeregter Fliegen und gelegentlich ein merkwürdiges Flapp-Flapp-Flapp, und wenig später fand sie die ersten Toten.

Die Toten waren alle schwarz, und sie lagen in unregelmäßigen Abständen so flach im Gras, dass man sie erst gar nicht bemerkte, und wenn man sie entdeckt hatte, nicht sofort erkannte, wie viele es waren. Sie lagen auf dem Rücken oder auf dem Bauch oder auf der Seite, mit offenen oder geschlossenen Augen, aber fast alle mit entblößten Zähnen, und das Blut, das sie vergossen hatten, wirkte noch einmal frisch und feucht im Morgenlicht. Nur der Geruch, der von ihnen ausging, wirkte nicht mehr frisch, so wie Weihrauch nie frisch roch. Nora dachte, dass Tote selten so aussahen, als wären sie jemals am Leben gewesen. Und als sie zwischen ihnen den Berghang hinaufging, wurden es mehr und mehr, bis es so viele waren, dass sie gar nicht alle tot sein konnten.

Sie ging bergauf. Ihre Füße waren sehr weit weg. Die Füße gingen von selbst. Ihre Schritte schienen gar nichts mit Nora zu tun zu haben. Sie hörte sie rascheln, und dann hörte sie wieder das Flapp-Flapp-Flapp und gleich darauf das Summen der Fliegen lauter als vorher und ein anderes Rascheln als das unter ihren Füßen. Sie blieb stehen. Zwischen den hohen, dünnen Halmen sah sie eine Bewegung, und dann hörte sie wieder den Laut, den sie im Schlaf vernommen hatte; sie war ganz sicher, dass es sich um diesen Laut handelte.

Ein Kind wimmerte. Nora schob ein paar Halme beiseite, um besser sehen zu können. Als sie den Geier erblickte, stockte ihr der Atem. In dem niedergedrückten Gras lagen mehrere Leichen, und am Rand der kleinen Lichtung hockte ein Geier mit leicht gespreizten Flügeln und beobachtete etwas, das sich unter den Leichen bewegte. Die Flügel des Geiers waren grau-schwarz, und sein dünner Hals hatte eine violette Färbung, und sein scharfer, gebogener Schnabel war blutig. Seine Krallen konnte Nora nicht sehen, aber sie sah das Kind, das zwischen den Leichen lag und sich schwach bewegte und das der Geier beobachtete, abwartend, geduldig.

»Geh weg«, sagte Nora. »Lass das Kind in Ruhe.«

Mit einem Ruck wandte der Geier ihr den Kopf zu, betrachtete sie starräugig und spreizte die Flügel etwas weiter. Nora raschelte mit den Halmen. »Ich habe gesagt, du sollst das Kind in Ruhe lassen.«

Das Kind zuckte mit seinen kleinen Armen. Der Geier hüpfte ein Stück vor und sprang dann wieder zurück, als Nora zu den Leichen trat und schrie und heftig mit den Armen wedelte. Sie versuchte, nicht zu atmen. Sie ging zu dem Kind, das an der nackten Brust seiner toten Mutter lag. Es war ungefähr ein Jahr alt, vielleicht ein wenig jünger, und über sein Gesicht krabbelten Fliegen. Nora bückte sich, um es aufzuheben. Dabei verrutschte das Tuch, mit dem das Kind bedeckt war, und sie sah die Missbildung des Nabels. »Moses Lilie«, flüsterte sie.

Nora hob den Jungen auf. Sofort war er still. Er versuchte, die Augen zu öffnen. Sie erinnerte sich an seinen Geruch, den sie immer und überall wiedererkannt hätte, obwohl Moses schmutzig war und auch noch nach dem Schmutz roch. Sie hielt ihn vorsichtig in beiden Händen. Er war so zart, dass er kaum noch etwas wog; ein Windstoß hätte ihn davonwehen können. Sie knöpfte ihre Bluse auf und schob ihn hinein, um ihn vor der Sonne zu schützen, die inzwischen an Kraft gewonnen hatte. Es kam ihr vor, als trüge sie nichts, kein Gewicht, nur die reine Seele von Moses Lilie.

Als ich zum Lager zurückging, standen auf einmal die Männer einer Patrouille vor mir. Sie fragten mich, wer ich sei und was ich dort am Berg zu suchen habe. Sie sagten mir, ich dürfe nicht einfach so herumlaufen, und zwei der Männer begleiteten mich zu dem Zelt, das man mir tags zuvor zugeteilt hatte. Ich konnte nicht einmal mehr nach Wilhelm sehen. Warum sie mir Moses Lilie ließen, weiß ich nicht; vielleicht aus Scham. Auf Anordnung des Abschnittskommandanten brachten sie mich mit einem Zug von Ochsenkarren, auf denen die Schwerverwundeten hinter die Front transportiert wurden, zur nächsten Eisenbahnstation. Sie gaben mir sogar Ziegenmilch und etwas zu essen für den Jungen mit. Moses Lilie war so erschöpft, dass er fast die ganze Zeit schlief. Wenn er wach war, sah er mich nur an, aber er gab keinen Laut mehr von sich, außer gelegentlich einem leisen, traurigen Schmatzen, wenn er am Daumen lutschte.

Der Zug ruckelte im Schneckentempo durch das Land. Neben uns saßen zwei Handlungsreisende, die auch fast die ganze Zeit schliefen. Ich beneidete sie um ihre aufblasbaren Sitzkissen, mit denen sie sich das Wackeln der glatten Holzbänke erträglich machten. Es kam mir wie eine Ewigkeit vor, bis wir endlich in Karibib waren. Ich wollte wieder in mein altes Hotelzimmer, aber als der Besitzer den Jungen sah, stellte er mit Bedauern fest, dass alle Räume vergeben waren. Dabei hat er ein Gesicht gemacht wie Ludwig, wenn er in der Bank einem faulen Kredit auf die Spur gekommen war. Ich hätte ihm an liebsten mit voller Wucht gegen das Schienbein getreten! Gottlob sind nicht alle Menschen hier im Ort so, und für den Moment habe ich Unterschlupf in einem Hospiz barmherziger Schwestern gefunden. Es ist nur eine kleine, schmucklose Kemenate, aber daran bin ich ja inzwischen mehr als gewöhnt.

Wovon Nora nichts schrieb, wofür sie einfach keine Worte fand, das war die Liebe, die sie für Moses Lilie empfand seit dem Tag seiner Geburt. Sie hatte sie für kleiner gehalten, und manchmal hatte sie nicht einmal gemerkt, dass sie da war, aber als sie ihn von der Brust der toten Frau an ihre eigene gehoben hatte, konnte es auf der Welt keine größere Liebe geben als die, die sie in diesem Augenblick verspürte. Und was sie in seinen Augen las, auf der Reise nach Karibib und später, in den Wochen und Monaten bei den Schwestern, wenn sie sich ihm zuwandte wie eine Mutter, wenn er sie ansah, wie nur ein kluges, trauriges Kind einen ansehen konnte, dann war es, als hätte sich ihr jetzt erst der Sinn ihrer Reise nach Afrika enthüllt.

Sie wusste, dass Balthasar am Waterberg gewesen sein musste, aber was aus ihm geworden war, wusste sie nicht. Hatte er bei den Kämpfen den Tod gefunden, oder war er in Gefangenschaft geraten? Warum hatte Moses Lilie verlassen auf dem Schlachtfeld gelegen, allein unter all den Toten? Gab es irgendwo eine Liste der Gefallenen? Wo wurden die Gefangenen registriert? Wenn Balthasar noch lebte, musste sie ihn finden, um ihm seinen Sohn zu bringen oder ihn wenigstens wissen zu lassen, dass es Moses Lilie gut ging, dass er bei ihr war.

Aber überall stieß sie auf Ablehnung und Schweigen; verschlossene Münder, verschlossene Türen.

Schließlich verfasste sie einen Brief an Wilhelm, adressiert an das Oberkommando der Schutztruppen.

Lieber Wilhelm, auch wenn du vielleicht von mir nichts mehr wissen willst, hilf mir bitte herauszufinden, was man über Kapitän Maharua weiß.

Wenn man ihm den Brief nicht persönlich zustellen konnte, würde man ihn wenigstens öffnen und trat möglicherweise in Kontakt mit ihr. Sie schrieb auch noch an das Kolonialamt in Berlin, denn dort musste man doch wissen, wo sich Wilhelm befand, und vielleicht sogar, was aus Kapitän Maharua geworden war. Und um ganz sicherzugehen, schrieb sie auch noch ihrer Schwester, damit Lissy ihre Beziehungen in der Heimat nutzte, um vielleicht auf direkterem Weg an die Informationen zu gelangen, die Nora haben wollte.

Während sie noch auf Antwort wartete und die Wochen und Monate ins Land gingen, entdeckte sie im Aufenthaltsraum des Hospizes eine alte Ausgabe des *Süddeutschen Postillons*, die ein Missionar aus Deutschland mitgebracht hatte. Sie blätterte die Zeitung durch, begierig auf Neuigkeiten aus der Heimat, und auf einmal blieb ihr Blick an einem Namen hängen: *Rainer Offergelt*. Unwillkürlich musste sie lächeln; er hatte tatsächlich etwas veröffentlicht, wenn auch nicht in der *Berliner Illustrirten*. Dann las sie die Überschrift: *Der Todesmarsch der Fünfzigtausend*, und für einen Moment wurde ihr schwarz vor Augen.

Windhuk, Deutsch-Südwestafrika
Als die ersten Menschen aus dem Paradies vertrieben wurden, waren sie zu zweit. Als die letzten Herero von ihrem Land in die Wüste fliehen mussten, waren sie zu Tausenden. Den deutschen Schutztruppen und ihren Kanonen in der Schlacht am Waterberg unterlegen, abgeriegelt von Wasser und Nahrung, blieb ihnen nur der Rückzug in die grausame, wasserlose Omaheke. Der Berichterstatter hat an dieser Schlacht teilgenommen, und er wurde Zeuge des Todesmarsches, an dessen Ende der Untergang eines ganzen Volkes stand.

Ein endloser Zug von Männern, Frauen und Kindern, von Ochsen, Ziegen und Hunden schleppt sich durch die Gluthitze eines afrikanischen Tages, durch die Kälte der afrikanischen Nacht. Anfangs marschieren sie, Schritt für Schritt, über den heißen Sand, durch die sengende Luft. Anfangs spüren sie nur diesen Sand und diese Luft und nirgendwo Schatten. Dann spüren sie Erschöpfung. Sie spüren Durst und Hunger. Sie spüren Angst. Sie verlieren ihre Kraft. Sie marschieren nicht mehr, sie schleppen sich dahin. Sie taumeln. Die Verwundeten stürzen zuerst. Dann die, die die Verwundeten und die Kinder tragen. Aber solange sie die Hoffnung nicht verlieren, ziehen sie weiter. Das Vieh stirbt und bleibt zurück. Geister fallen über sie her, Dämonen der Nacht, und sie verlieren ihren Glauben. Jetzt spüren sie auch die Hoffnungslosigkeit. Nie hat man ein schrecklicheres Schauspiel gesehen, so traurig wie der langsame Untergang eines Ozeandampfers.

Einige irren blindlings unter dem Feuer der Sonne umher, bis ihre blutenden, verbrannten Füße sie nicht mehr durch die Stille tragen. Andere kehren um, vom Wahnsinn zurückgetrieben, doch am Rand der Wüste warten die deutschen Truppen, um ihnen den Weg abzuschneiden und sie wieder in die Omaheke zu jagen, in den sicheren Tod. Aber der sichere Tod ist nicht das Schlimmste, was ihnen passieren kann. Das Schlimmste ist der Neid der Überlebenden auf die Toten. Das Schlimmste sind ihre Zungen, die anschwellen und sie fast ersticken. Das Schlimmste ist nicht der Anblick der Wüste, sondern dass ihre lichtblinden Augen diesen Anblick nicht mehr sehen können. Das Schlimmste sind die blutenden Bäuche, die faulenden Wunden, die anschwellenden Gliedmaßen. Das Schlimmste ist, dass die Lebenden andere Überlebende darum bitten, sie zu töten, oder dass sie sich selbst töten, bevor sie in den tiefsten Abgrund der menschlichen Natur hinabsteigen können.

Sie stöhnen, schluchzen, schreien, verzweifeln und stammeln sinnlose Silben tiefster Einsamkeit des Geistes. Immer mehr Kadaver bleiben zurück, immer mehr Geier ziehen über Dünen der Trostlosigkeit am Himmel ihre lauernden Kreise, dort, wo selbst die Hyänen sich nicht hinwagen. Es ist der Todeskampf des einstmals großen, stolzen Volkes der Herero, der Untergang von mutigen Stämmen und ihren Kapitänen, es ist die Summe all ihrer Tränen. Kein Moses weit und breit, um sie zu führen, kein rotes Meer, das sich vor ihnen teilt. Sie sterben in der Omaheke. Eben sind sie noch da, nur Schatten, zu leicht, um zu fallen, die in der gesprungenen Erde versickern, und im nächsten Moment nicht mehr als Geister, eine Erinnerung der heißen, tanzenden Luft.

Postskriptum: Einer, der überlebt hat, soll der Kapitän Balthasar Maharua sein. Neben Joseph Morenga und Samuel Maharero galt er als geistiges Haupt des Orlogs. Es heißt, die Regierung hält ihn in einem Gefangenenlager auf einer Insel in der Lüderitzbucht in Isolationshaft.

39

Lüderitz war ein kleiner Ort, bevölkert von Diamantensuchern, Eisenbahnarbeitern, Seeleuten, Händlern, Soldaten, ehrbaren Frauen, Prostituierten, dem Priester und vielen Möwen. Einstöckige Holzhäuser schmiegten sich an die seicht abfallenden Hänge der Bucht, deren felsige Ufer ein natürliches Hafenbecken bildeten. Es gab eine kleine Kirche mit einem unscheinbaren Turm, ein paar Geschäfte und ein Gewirr von Lagerhallen, aber keine Straßen, nur rote Erde, die immer wieder von schmalen Schienen für die Loren der Hafenbaugesellschaft durchfurcht wurde.

Links von der Reede lag im weißen, blendenden Dunst eine öde Felseninsel, die durch einen künstlich als Wellenbrecher angelegten Damm mit dem Festland verbunden war. Kein Gras wuchs auf dieser von Wind und Wasser umtosten Insel, kein Baum und kein Buschwerk. Aber selbst von Bord des Schiffes aus Swakopmund, mit dem Nora in Lüderitz anlegte, konnte sie die kleinen Gestalten sehen, die hinter einem Stacheldrahtverhau auf dem nackten Fels kauerten. Bei dem Gedanken, Balthasar könnte einer dieser Gestalten sein, zog sich ihr das Herz zusammen, als verlöre es Blut.

Die Besitzerin der *Pension Vogelsang* lächelte, als Nora ihr Haus betrat. Sie hörte auch nicht auf zu lächeln, als sie Moses Lilie sah. Sie sei, sagte sie, wählerisch, was ihre Gäste betreffe, und scheue sich auch nicht, jemandem, der ihr nicht gefiel, die Tür zu weisen, selbst wenn er vorher telegrafisch reserviert hatte. Das Zimmer, das sie für Nora und den Jungen aufsperrte, war klein und schmucklos, aber sie stellte Blumen hinein. Als sie erfuhr, weswegen Nora nach Lüderitz gekommen war, versprach sie, ihr nach Kräften zu helfen, obwohl es für Zivilpersonen fast unmöglich sei, auf die Haifischinsel zu gelangen oder auch nur zu erfahren, wer dort gefangen gehalten wurde. Sie sagte: »Es gibt Leute, die behaupten werden, sie hätten nichts gewusst, aber ich sage Ihnen, jeder hier weiß Bescheid. Nur wenn sie gefragt werden – wenn sie gefragt werden, hatte niemand auch nur die leiseste Ahnung!«

Sie hatte recht. Niemand wusste, wovon Nora redete, wenn sie nach den Gefangenen auf der Insel fragte, nach den Lagern, nach dem Stacheldraht und den Wachtposten. Niemand konnte ihr erklären, wer für eine Besuchserlaubnis oder einen Passierschein zuständig war, welche Verwaltung oder Behörde – die Polizei, der Bürgermeister, die Schutztruppen, das Hafenamt? Auf einmal hatte Nora wieder den Verwesungsgeruch des Schlachtfelds in der Nase, aber diesmal ging er nicht von den Toten aus, sondern von den Lebenden. Ihre Freundlichkeit war wie die glänzende Schale einer Frucht, die innerlich bereits von Würmern angefressen wurde. Sie verfaulten an ihrem Wissen, ihrer uneingestandenen Scham.

Während ihre Wirtin auf Moses Lilie achtete, lief Nora sich die Füße wund, ohne mehr zu ernten als Mitleid, Unverständnis oder Ablehnung. Sie versandte Abschriften ihres Briefes an das Kolonialamt, an das Büro des Gouverneurs in Windhuk und direkt an das Oberkommando der Schutztruppen. Danach wartete sie.

Seit ihrer Ankunft in Afrika hatte sie auf nichts sehnlicher gewartet; sie hatte vergessen, wie zermürbend es sein konnte, wenn man nichts anderes tat. Am Abend des ersten Tages, an dem sie unter genauer Berechnung der Dauer des Briefverkehrs mit einer Antwort rechnen konnte und keine erhielt, war sie körperlich so erschöpft wie nach einem Tag harter Arbeit auf der Farm. Der zweite Tag des Wartens war wie der erste und der dritte. Zäh verstrichen die Stunden. Es schien Nora, als verdorrte die Zeit unter einem beklemmend hellen Himmel, der noch die kleinste Wolke von seinem Antlitz gesengt hatte. Er wölbte sich über einem Meer, das vom Morgen bis zum Abend wie heißes, blaues Glas wirkte, in einer endlosen Dünung geronnen.

Während Moses Lilie mit seinen bunten Holzklötzchen spielte, verschlang sie alle Zeitungen, derer sie habhaft werden konnte, gleich, wie alt sie waren. Manche las sie mehrmals, bis sie das Gefühl hatte, besser als jeder andere über alles, was auf der Welt geschah, Bescheid zu wissen.

Abends, wenn Moses schlief, versank sie in den schmerzlichen Gedanken, die sie den ganzen Tag über von sich ferngehalten hatte, Gedanken an Balthasar, Wilhelm und die Menschen auf der Insel, die sie, bevor der Nebel aufzog, von ihrem Fenster im ersten Stock der Pension aus sehen konnte, während ein teilnahmsloser Mond auf den schwarzen, spiegelnden Wellen des Atlantiks seinen Silberwert verdoppelte.

Kummer und Zorn ließen ihr die Brust eng werden. Wohin mit ihrer Energie? Sie wünschte, die Zeit verginge schneller oder brächte Abwechslung, statt nur das Gefühl der Ohnmacht zu steigern. Im Schatten ihres Zimmers stand sie am Fenster, wartete auf den Postboten oder sah zur Insel hinüber, der sie sich bei ihren Spaziergängen auf der Strandpromenade nur bis zu der dichten Dornenhecke am Anfang des Damms nähern durfte. Sie versuchte, sich vorzustellen, wie es dort aussah, gelangte aber nicht über die Hecke und den Stacheldrahtverhau hinaus. Sie ging neben Moses Lilies Bettchen hin und her, bis sie jede Unebenheit unter den Sohlen ihres abgelaufenen Schuhwerks spürte. Nur mit Mühe konnte sie sich davon abhalten, an den Fingernägeln zu kauen.

Sie ging auch am Meer entlang und sah kleine Krebse, die in die Bucht gespült wurden und im brackigen Wasser starben. Auf dem Strand lag das Gerippe eines gestrandeten Wals. Sie fühlte sich wie der Wal, wie die Krebse, sogar wie das stehende Wasser. Die Schreie der Möwen schnitten ihr ins Gehör, und das ständige Tosen der Brandung draußen an den Riffs schliff an ihrem Gemüt wie der salzige Wind an der Felseninsel.

Jeden Abend suchte sie ein einfaches Speiselokal an der Hauptstraße auf, wo man ihr stets denselben Tisch in einer Ecke reservierte. Dort aß sie allein, und es gab wenig Abwechslung bei den Mahlzeiten. Niemand näherte sich ihr, kaum jemand nickte ihr zu, und von sich aus suchte sie keinen Kontakt. Mehr denn je erschien ihr der genussvolle Tratsch, die teilnahmsvolle Vertraulichkeit des *Haben-Sie-schon-gehört-dass* und *Wer-hätte-gedacht-und-stellen-Sie-sich-mal-vor* als unnötige Zeitverschwendung.

Nach dem Abendessen kehrte sie in die Pension zurück und setzte sich an Moses Lilies Bettchen. Sie sah ihm zu, wie er schlief, suchte nach Ähnlichkeiten mit Balthasar, dem stolzen Blick des Kapitäns, dem dunklen Gold seiner Züge; sie staunte über den Frieden auf dem Gesicht des Jungen. Verwundert stellte sie fest, dass sie schon fast ein Jahr allein war. Warum konnte sie bei niemandem bleiben, warum blieb niemand bei ihr? Was verband sie mit diesem Kind, das ihr anstelle ihres eigenen geschenkt worden war? Sie prüfte ihre Gefühle für Balthasar. Waren sie so tief, weil sie unmöglich waren und niemals möglich sein würden?

Eines Tages traf wieder ein Brief ihrer Schwester ein. Woher weiß Lissy, wie man mich erreichen kann?, dachte sie. Trotzdem war sie so aufgeregt, dass ihre Finger zitterten, als sie das Kuvert zu öffnen versuchte.

Liebe Nora,
bestimmt fragst du dich, woher ich deine gegenwärtige Adresse habe, falls dich diese Zeilen überhaupt erreichen, meine ich. Ich kann dir nur sagen, du wirbelst zurzeit ganz schön Staub auf. Das Kolonialamt in Berlin hat sich sogar mit Ludwig in Verbindung gesetzt, damit er mäßigend auf dich einwirkt. Er hat denen geantwortet, dazu sei niemand in der Lage… Als ich das gehört habe, hätte ich beinahe laut gelacht, wenn die Umstände nicht so äußerst befremdlich wären. Was ist nur in dich gefahren, Nora? Du kannst dir gar nicht vorstellen, wie enttäuscht, ja fast verbittert Ludwig nach seiner Rückkehr aus Kapstadt und dem Wiedersehen mit dir in der Garnison der Schutztruppen war. Zum ersten Mal hat er ernsthaft von Scheidung gesprochen!

Ich muss dich jetzt ganz eindringlich warnen, Nora: Du spielst mit den Gefühlen aller Menschen, denen du etwas bedeutest! Ich bereue es fast, dir immer wieder Geld geliehen zu haben – nicht, weil ich es wahrscheinlich niemals wiedersehen werde, sondern weil es dir die Möglichkeit verschafft, die Heimkehr immer wieder hinauszuzögern. Dabei weißt du genau, dass du über kurz oder lang keine andere Möglichkeit hast. Das weißt du doch, oder?!

Unter dem Fenster pfiff jemand einen Marsch, der sich zum Schlager entwickelt hatte: »*Das ist die Berliner Luft-Luft-Luft*…« Nora schluckte, um nicht weinen zu müssen, und hatte keinen anderen Grund für die Tränen als das Leben und die Menschen.

Binnen weniger Wochen war sie der Verzweiflung so nahe wie nie zuvor, als sie eines Abends wieder im *Restaurant Müller* saß und Doktor Brahms den halb leeren, vom warmen Licht der Ligroinlampen erfüllten Speiseraum betrat. Er klopfte sich den Staub von den Breeches, blickte sich suchend um und näherte sich dann mit steifen Schritten ihrem Tisch. Seine Schnürstiefel polterten auf dem nackten Holzboden.

»Doktor Brahms, was führt Sie denn nach Lüderitz?«, fragte sie, einen Moment lang fast glücklich über das Wiedersehen mit einem Menschen, der ihr eigentlich nicht besonders viel bedeutete.

»Sie und Balthasar Maharua«, antwortete Brahms. Er lächelte und verbeugte sich. »Sie sind beide Unruhestifter, wie ich gehört habe. Sie gestatten?« Er nahm an ihrem Tisch Platz und winkte dem Wirt, um eine Flasche kühlen Mosel zu bestellen. »Im Hafen hat man mir gesagt, Sie fänden sich jeden Abend hier zum Essen ein. Vor einiger Zeit bin ich bei einem Kurzurlaub in der Heimat – von dort komme ich gerade – Herrn Offergelt begegnet. Er bat mich, Ihnen auszurichten – falls ich Sie irgendwo treffen sollte –, dass die *Berliner Illustrirte* sich weigerte, seine Depeschen zu drucken, deswegen müsse er eine andere Zeitung finden, bevor es zu spät wäre.«

»Zu spät wofür?«

»Um etwas zu bewirken.«

»Bis vor Kurzem wusste ich überhaupt nicht, dass er tatsächlich welche geschrieben hat. Aber was sollen sie in so einem kleinen Blättchen…«

»Alle anderen werden sich geweigert haben. Wer außer den Sozialdemokraten will sich schon mit dem Militär anlegen? Außerdem ist Offergelt ein begeisterter Parteigänger der Sozialdemokratischen Partei. Hat er Ihnen das nie erzählt?«

»Nein.«

»Ich hatte immer den Eindruck, seine Einbildungskraft stünde ihm im Weg«, sagte Brahms. »Zu viel Fantasie, zu wenig Talent. Wie Karl May. Aber sein Artikel über den Todesmarsch der Fünfzigtausend, alle Achtung! Als wäre er dabei gewesen! Dabei war er gar nicht hier, sondern den ganzen Sommer über in der Heimat. Er wollte unbedingt zum Parteitag der SPD in Bremen. Vielleicht hat er da den Chefredakteur des *Süddeutschen Postillon* kennengelernt, und eins führte zum anderen. Immerhin hat Karl Liebknecht den Militarismus schon von jeher als den größten Feind der Sozialdemokratie bezeichnet. Aber was seinen Artikel angeht: Die Tatsachen stimmen, und die Prosa ist voller Feuer!«

Wer hätte das für möglich gehalten!, dachte Nora. »Damit hat Liebknecht ja auch recht«, sagte sie. »Wenn die Armee immer wieder dazu missbraucht wird, Streiks mit nackter Gewalt niederzuschlagen, dann macht sie sich zum brutalen Schläger des Kapitals, oder nicht?«

Brahms warf ihr einen überraschten Blick zu.

»Ist es denn nicht so«, fuhr Nora fort, »dass die Armee schwarze Listen mit den Namen von sozialdemokratischen Soldaten führt und Besuchsverbote über Lokale verhängt, in denen Sozialdemokraten verkehren? Und das obwohl Bebel und die meisten Parteimitglieder ihre Bereitschaft zur Landesverteidigung im Reichstag sehr wohl und immer wieder bekräftigt haben!« Sie spürte, wie das Blut ihr in die Wangen stieg, vor Freude darüber, mit jemand reden zu können.

»Woher wissen Sie das alles denn?«, fragte Brahms.

»Ich lese die Zeitungen, wie jeder andere auch«, sagte Nora. »Sie denken wahrscheinlich, Frauen sollten sich auf Modemagazine oder die Groschenromane der Courths-Mahler beschränken, aber ich denke nicht daran, die Politik den Männern zu überlassen …«

»Ruhig, ganz ruhig«, unterbrach Brahms sie, »Sie brauchen keine Eulen nach Athen zu tragen. Nur weil ich Militärarzt bin, heißt das nicht, dass ich keine Überzeugung habe.«

»Und was ist Ihre Überzeugung?«

»Die trage ich nicht auf der Zunge«, entgegnete Brahms. »Ich schwenke keine Fahnen, aber Rot war schon immer meine Lieblingsfarbe. Offergelt hat mir erzählt, wie am ersten Mai daheim in Deutschland der Tag der Arbeit gefeiert wurde. Angeblich sind allein in Hamburg rund sechzigtausend Menschen mit roten Fahnen durch die Straßen gezogen, begleitet von Musikkapellen, die den Sozialistenmarsch gespielt haben. Das hätte ich gern gesehen. Und die Radfahrer, die auf ihren blumengeschmückten Drahteseln vorneweg geradelt sind – Hunderte sollen es gewesen sein, sagte Ihr Freund.« Brahms räusperte sich und trank rasch einen Schluck Wein. »Na ja – wie sich herausstellte, war es gar nicht schwer, Sie zu finden, nach den Briefen, die Sie in alle Welt verschicken – Sie und Kapitän Maharua.«

»Suchet, und ihr werdet gefunden«, murmelte Nora.

»Die großen Schlachten sind geschlagen, so wie es aussieht«, fuhr Brahms müde fort. »Es gibt nur noch Scharmützel oder Massaker, und für beides braucht man nicht mehr so viele Ärzte. Aber aus meinem Urlaub ist trotzdem nicht viel geworden. Kaum war ich ein paar Tage an Land, musste ich schon wieder den nächsten Dampfer zurück nehmen. Jetzt, da Ihre Briefe einigen Staub aufzuwirbeln drohen, hat man mich beauftragt, die Zustände auf der Insel zu überprüfen und eventuell die schlimmsten Missstände zu beseitigen, bevor ein internationaler Skandal wie in Belgisch-Kongo daraus wird. Ich glaube, in Berlin weiß man ziemlich genau, dass die hier bei der Niederschlagung des Aufstands mit den Rebellen getroffenen Abmachungen nicht eingehalten wurden und man die armen Menschen da draußen in der Bucht einfach krepieren lässt.«

Nora streckte ihre Hand aus, zog sie aber zurück, bevor sie ihn berührte. »Sagen Sie mir die Wahrheit, Doktor. Wissen Sie, ob er auf der Insel ist?«

»Balthasar Maharua? Ich weiß es nicht. Aber ich werde es herausfinden, das verspreche ich Ihnen. Ich war erst einmal dort, um mir einen groben Überblick zu verschaffen.« Brahms trank den Wein in kleinen, schnellen Schlucken. »Es ist eine verdammte Schande, was hier geschieht, das kann ich Ihnen sagen. Bei dem kalten, feuchten Wetter gehen Frauen und Kinder zu Hunderten ein, sie sterben an Unterernährung, Skorbut, der Schlafkrankheit, jede Woche mindestens fünfzig Hottentotten und Herero, auch Männer. Wir sind nicht die Spur besser als die Belgier. Im Kongo haben die Truppen König Leopolds die Eingeborenen massakriert, ihnen die Arme abgehackt, Hunderttausenden, weil sie nicht schnell genug mit der Kautschukproduktion nachgekommen sind. Darüber hat sich die ganze Welt aufgeregt, jetzt schweigt sie.«

Er sah Nora nicht mehr an, während er redete; er blickte auf einen Punkt hinter ihr, so wie Wilhelm in jener Nacht in der Garnison auf einen Punkt zu seinen Füßen gestarrt hatte. »Der Krieg ist vorbei, aber die Kampfhandlungen gehen mit unverminderter Härte weiter, nur in kleinerem Umfang. Guerillaüberfälle. Strafaktionen. Nadelstiche. Vergeltungsschläge. Aufrufe zum Widerstand wandern von Hand zu Hand, von Mund zu Mund, Kassiber, angeblich verfasst von Ihrem Balthasar Maharua und aus der Haft geschmuggelt. Appelle an die internationale Presse, die Weltöffentlichkeit, den Völkermord aufzuhalten. Von dem eleganten, kultivierten Mann, den Sie auf Ihrer Farm bewirtet haben, ist da nicht mehr viel zu spüren, aber das kann man ja wohl auch nicht erwarten nach allem, was er miterlebt hat. Wird ihnen schwerfallen, ihn zu brechen, sogar mit der Mordanklage.«

»Wem?« Nora spürte, wie ihr kalt wurde. »Was für eine Mordanklage?«

»Unserer Regierung«, erklärte der Doktor. »Sie wollen ihn vor Gericht stellen. Ein Schauprozess. Aber nicht wegen des Aufstandes, das könnte ihm womöglich noch Sympathien einbringen, sondern weil er angeblich jemanden umgebracht haben soll, einen Liebhaber seiner Frau, vor dem Aufstand.«

»Er soll *was?*« Nora merkte, wie die Ränder ihres Gesichtsfeldes zu flimmern begannen, wie silbriger Zorn ihre Sicht eintrübte. »Lydia hatte keinen Liebhaber. Ich habe ihr Kind auf die Welt geholt. Sie und Balthasar haben sich tief und innig geliebt!«

»Glauben Sie, man wird auf Sie hören?«, fragte Brahms. »Hier geht es um Politik, nicht um Dichtung. Sie wollen ihn kleinkriegen, mit allen Mitteln – Schläge, Isolationshaft, Nahrungsentzug. Und wenn er dann im Gerichtsaal steht, vor den Augen der Weltöffentlichkeit, die er selbst angerufen hat, soll der Bär tanzen und widerrufen: *alles nicht wahr, keine Massaker, keine Vergewaltigungen, kein Genozid, nur berechtigte Strafexpeditionen gegen räuberische Hottentotten, die mordend und brandschatzend über arglose weiße Farmer hergefallen sind und vorhatten, alle Minenbesitzer zu enteignen* – mea culpa, mea culpa, mea maxima culpa.«

»Aber warum Balthasar?«

»Er ist einer der wenigen Anführer, die mit dem Leben davongekommen sind. Und der Einzige, den sie gefangen haben. Die Rebellen sollen ihren eigenen Anführern misstrauen. Er soll sie verraten.« Brahms griff in die Innentasche seines Rocks und holte ein zusammengefaltetes Papier heraus. »Hier, das ist schon ein paar Wochen alt. Eine Patrouille hat es bei einem gefangen genommenen Krieger Morengas gefunden. Jeder, der es gelesen hat und schreiben kann, muss es einmal abschreiben und weitergeben. Es ist nur die letzte von vielen Botschaften, heißt es. Ich bin sicher, jetzt schreiben andere neue Botschaften in seinem Namen und lassen sie verteilen, denn inzwischen sind es die Worte eines Märtyrers, eines Unbeugsamen. Das ist eine Kopie, eine übersetzte Kopie.«

Die Übersetzung war fast unleserlich, hingekritzelt und verwischt, aber es gelang Nora, sie zu lesen.

Tapfere Maharuas,

ich spreche zu euch mit diesen Zeilen, die meine letzte Botschaft an euch sein werden. Ich lese nicht mehr in der Bibel, denn ich glaube nicht mehr an das Paradies im Jenseits, und ich habe die schlafenden Löwen nicht gefunden. Von dem Tag, an dem die Regierung der weißen Deutschmänner begonnen hat, uns unser Land wegzunehmen, habe ich in den Evangelien gelesen und nach Stellen gesucht, die uns Trost und Stärkung geben konnten, aber alles, was ich begriffen habe – und viel zu spät –, war, dass dies unser *Paradies war und dass es uns genommen worden ist. Warum soll ich an ein Paradies glauben, in dem keiner von meinem Stamm oder von meinem Volk ist? Warum soll ich dorthin gehen? Nein, ich werde sterben und dorthin gehen, wo unsere Toten sind und wo ich meine geliebte Frau Lydia wiedersehen werde. Die Weißen haben uns besiegt mit ihren Gewehren und Kanonen, aber sie haben uns nicht gebrochen und unseren Geist nicht vernichtet. Sie haben uns nicht mit ihrer Habgier angesteckt, und ihre Geschenke haben uns nicht dazu verführt, immer mehr haben und immer weniger teilen zu wollen. Sie sind zu uns als Feinde gekommen, nicht als Menschen, und deswegen haben wir keine Menschen getötet, sondern Feinde. Wir sind schuldlos, vergesst das nicht! Ich habe zurückgeschaut, und ich bin in eine Salzsäule verwandelt worden wie die Frau des biblischen Lot, gefesselt, an die Erde gekettet, aber wenn ich nicht zurückgeschaut hätte, zurück auf unser Paradies, dann hätte diese Strafe mich zu Recht getroffen. Ich habe zurückgeschaut, und ich habe dafür gekämpft, so wie ihr auch. Unser Kampf war gerecht. Behaltet mich in Erinnerung, wie ich war, und lasst euch nicht täuschen von dem, was ich vielleicht angeblich vor dem Gericht der Weißen sage oder was sie über mich sagen werden. Seid stärker, als ich es war.*

Nora konnte sich nur mit Mühe davon abhalten aufzuspringen. »Ich muss ihn sehen, Doktor Brahms! Wenn er auf der Insel ist, dann bringen Sie mich zu ihm, bitte! Verschaffen Sie mir eine Besuchserlaubnis!«

40

Es war ein heißer Tag in der Sonne, und das Meer sah blau und fast warm aus, aber dann zogen Wolken auf, und der Wind traf Nora ins Gesicht wie eine kalte Peitschenzunge. Die Wellen wurden grau und zerplatzten an den Felsen des Damms zu schäumenden Fetzen. In der Luft war fliegende Gischt. Der Geruch nach Salz und Tang wurde stärker, als Nora und Doktor Brahms sich dem Stacheldrahtverhau näherten, der das Lager auf der Insel abriegelte. Möwen standen porzellanweiß über der Brandung. Die uniformierten Wächter kannten Doktor Brahms inzwischen. Sie sagten: »Guten Morgen, Herr Doktor«, und Nora nickte ihnen mit gesenkten Augen zu, wie es sich für eine Krankenschwester gehörte. Sie sah die Pistolen der Männer, und sie sah, wie sie mit dem Schambock gegen ihre Oberschenkel schlugen, während die kalten Augen in den geröteten Gesichtern an ihr Maß zu nehmen schienen. Sie spürte, wie ihre Knie zitterten, und bemühte sich um einen festen Schritt auf den nass glänzenden schwarzen Steinbrocken.

Er ist da, hatte Doktor Brahms am Vorabend gesagt, *ich bringe Sie zu ihm, aber Sie müssen Ihre Erinnerungen an ihn vergessen. Sie müssen vergessen, wie er einmal war, sonst brauchen Sie eine Kraft, die es nicht gibt.*

Nora war dankbar für die weiße Haube und das helle Kleid, das wie der Kittel einer Krankenschwester geschnitten war, sie gaben ihr den Halt einer Uniform. Sie folgte Doktor Brahms, folgte seinem weißen Anzug, seinen schwerfälligen, müden Bewegungen. Ihre Augen tränten im kalten Wind. Sie fühlte nichts außer der Schwäche in ihren Beinen und ihrem Herzschlag, der an der falschen Stelle pochte, im Hals und auf der Zunge.

Dann erblickte sie die Gefangenen. Sie konnte sie nur sehen, nicht hören. Das Geschrei der Möwen und das Donnern der Brandung übertönte jedes andere Geräusch. Nora ging langsam auf sie zu, näherte sich ihnen mit zögernden Schritten. Sie presste die Lippen zusammen. Eine Sekunde lang hatte sie das Gefühl, zu stürzen, das Gleichgewicht zu verlieren. Jähe Hitze schlug ihr von innen gegen die Schläfen. Trotz des Windes war die Luft schwer von dem Geruch nach Urin und Kot und der beißenden Ausdünstung der dürren Körper; fast spürte sie ihn über ihre Haut streifen, während sie ging. Sie setzte einen Fuß vor den anderen, einfach nur einen Fuß vor den anderen. Niemand sah ihr entgegen; niemand wandte sich ab. Dicht aneinandergedrängt kauerten oder lagen die Gefangenen, abgemagert bis auf die Knochen, Schulter an Schulter, Knie an Knie, Fuß an Fuß, von weißem Salz überkrustet, und keiner regte sich, und alles, was menschlich an ihnen gewesen war, hatte sich zurückgezogen an einen winzig kleinen Punkt, wo sie es selbst nicht mehr fanden.

Das ist die Schande, dachte Nora, davon hat Balthasar gesprochen. In ihrer Brust brannte Entsetzen, das sich in Wut verwandelte, in eine schmale, bläulich brennende Gasflamme.

Sie blieb stehen und versuchte, sich zu orientieren. Sie ging ein paar Schritte und blieb dann wieder stehen. Sie suchte einen Blick, eine Bewegung. Sie suchte unter den Hunderten und Aberhunderten nackten Körpern nach dem Gesicht von Balthasar, aber sie konnte nicht einmal erkennen, wo die Gesichter zu finden waren, denn die Männer und Frauen und Kinder lagen oder kauerten nicht nur nebeneinander, sie gingen ineinander über, sie waren verschmolzen, miteinander verfugt wie eine Mauer aus Gliedmaßen. Es gab gerötete, ziellos starrende Augen, blasse Lippen, eine helle Zunge, die eine Wunde leckte, eine eigene oder eine fremde; es gab eine zitternde Hand, einen knochigen Nacken, ein Knie, eine blutig geschundene Fußsohle, aber es gab keine Laute, kein Wimmern, Husten, Keuchen oder Stöhnen. Als Nora zwischen den salzweißen Körpern hindurchging, ohne sie zu hören und ohne sie wirklich zu sehen, hatte sie das Gefühl, ihre

Haut zöge sich kalt um sie zusammen, bis sie nach Luft schnappen musste.

»Nur noch ein kurzes Stück«, sagte Brahms. Sie blickte ihn an, und sie merkte, dass sie ihn nicht verstanden hatte. Seine Nasenflügel vibrierten, und die Lippen zitterten ein wenig. Tränen rannen ihm über die Wangen. »Wollen Sie ein Taschentuch?«, fragte er. Nora begriff nicht, wozu sie ein Taschentuch brauchen sollte, es war doch nur der scharfe, salzige Wind.

Brahms holte ein weißes Tuch aus der Jacke und presste es gegen Mund und Nase. Er fand einen Weg zwischen den Gefangenen hindurch; sie teilten sich kaum merklich, wichen ihm aus, wie um ihn nicht anzustecken mit ihrer Krankheit, ihrem Sterben. Am Ende des Weges, wo aus dem grauen Meer ständig neue Gischtfächer gegen den Felsen schlugen, befand sich ein niedriger Holzverschlag. Brahms drehte sich um und winkte Nora, ihm zu folgen. »Hier ist er«, rief er. Er bückte sich, um die Klappe des Verschlags zu entriegeln und zu öffnen.

Ungläubig trat Nora auf die dunkle Öffnung zu, die kaum groß genug für einen Hund war. Der scharfe Geruch, den der Wind nicht vertreiben konnte, wurde fast unerträglich, aber sie verlor nicht das Bewusstsein, und sie brauchte auch kein Riechsalz. Sie bückte sich, spähte in die Dunkelheit hinter der Klappe und erkannte zwei Füße, daran eine Kette mit einem Eisenring, die zu einem groben Holzpflock führte, zwei Beine, in braunes Tuch gehüllt, zwei Hände. Aber es waren die dünnen Beine eines alten Mannes, die kraftlos geöffneten Finger eines kranken, sehr alten Mannes, der auf dem Rücken lag. An den nackten Füßen und Knöcheln schimmerte frisches Blut unter dem Schorf alter Wunden, und auch die Beine waren vernarbt wie von Schnitten oder Peitschenhieben.

»Da haben Sie ihn«, sagte Brahms ausdruckslos und richtete sich wieder auf. »Ich lasse Sie allein.«

Nora kauerte sich auf die Fersen und suchte dort in der Dunkelheit nach mehr, das sie erkennen konnte. Die Bretter des Verschlags waren nicht ganz sauber angepasst, durch die Ritzen fiel etwas Helligkeit genau auf den Kopf des liegenden Mannes. Zwischen den Brettern und ihm gab es kaum genug Platz für eine flache Hand. Obwohl es kühl in dem Verschlag sein musste, war seine Haut nass von Schweiß, und eine rötliche Flüssigkeit rann ihm aus der Nase. Fliegen krabbelten über seine Lippen und seine Wangen.

»Balthasar?«, fragte Nora leise. In ihr war jetzt nichts als Mitleid, kein Zorn mehr, auch keine Übelkeit. Sag ihm, wer du bist, dachte sie. »Nora Hendriksen. Nora. Ich bin Nora.« Sie streckte eine Hand aus, berührte den festgebundenen Fuß. Seine Haut war heiß; es überraschte sie nicht, sie registrierte es nur. Sie konnte ihre Hand nicht zurückziehen. Sie spürte, wie etwas auf sie überging. *Ein Sehnen*, dachte sie, ein Flehen oder ein Wunsch, etwas, das ein bestürzendes Gefühl in ihr auslöste, weder Schmerz noch Liebe, sondern eher eine unbezähmbare Trauer, die über sie hinzog und alles dunkler machte, wie eine schwarze Wolke.

Balthasar konnte den Kopf nicht heben, nur seine Finger schlossen sich, und der linke Fuß zitterte etwas. Nora sagte: »Balthasar, ich bin hier – ich will Ihnen helfen.« Sie spürte das Zittern unter ihren Fingern, und es berührte sie mehr als alles andere. »Ich will Ihnen doch helfen, Balthasar«, flüsterte sie. Warum flüsterst du?, dachte sie. Du darfst nicht flüstern, selbst wenn dir das Herz bricht. Er darf nicht merken, dass du mit ihm stirbst, wenn du ihn so siehst. »Moses Lilie ist hier«, sagte sie. »Er lebt. Ich habe ihn gefunden, nach der Schlacht am Waterberg. Ich kümmere mich um ihn. Er ist bei mir, hier, in Lüderitz.«

Er hörte auf zu zittern und lag ganz still. Jetzt konnte sie seine Augen sehen; er hatte sie geöffnet und starrte in das Licht, das zwischen den Bohlen hindurch auf ihn fiel. Auf sein Gesicht trat ein Ausdruck, der vorher nicht da gewesen war, eine nur sekundenkurz anhaltende, wehmütige Ruhe. Es war wie eine Erinnerung und dann wie eine Bitte, für die es keine Worte gab.

Nora dachte: Die Brandung ist zu laut und die Möwen, warum sind sie so nah?! Er versteht mich nicht, wenn ich so weit weg bin. Sie legte sich hin, auf die Seite, auf den Felsen, und kroch durch die Öffnung, und dann lag sie neben ihm, und er zuckte zusammen, weil ihre Berührung ihn schmerzte. Im Innern des Verschlags war die Brandung leiser, und auch die Möwenschreie waren nicht mehr so laut. »Balthasar«, flüsterte sie, »Balthasar.«

Er versuchte, etwas zu sagen. Er wand sich hin und her und versuchte, die Kraft aufzubringen, um etwas zu sagen. Nora streichelte ihn, strich ihm mit der Hand sacht über Wange und Stirn. Eine Weile lag er da, mit offenen Augen, die zu dem Lichtspalt in dem Brett dicht über seinem Gesicht hinaufstarrten. Sein Atem war schwer, erschöpft.

»Was denn?«, fragte sie, »was? Ich bin bei Ihnen, ich bin da, ich will Ihnen helfen. Sie haben mir gefehlt, wissen Sie. Ich hole Sie hier raus, ich habe an den Gouverneur geschrieben ...«

»Nein.« Das Wort war so leise, dass sie es erst nicht verstand, nicht merkte, dass es wirklich ein Wort war. Sie lag neben ihm, sein Fieber schien sich durch ihre Kleider und ihre Haut zu brennen, und sie spürte, wie er sich anspannte. Er sagte: »Ich bin nicht mehr« Danach erlosch seine Stimme wie eine Kerzenflamme, die noch einmal aufgeflackert war, ganz am Ende des Dochtes.

Eine junge Frau erschien am Eingang des Verschlags; ihr Gesicht war knochig, und sie wirkte zart wie ein zusammengefaltetes Vögelchen. Die junge Frau sagte: »Sind Sie Missus Hendriksen? Er hat immer von Ihnen gesprochen. Er hat gewusst, dass Sie kommen würden, und er hat gesagt, sie wird kommen und uns helfen, aber dann hat er aufgehört zu reden. Er hat gesagt – das Letzte, was er gesagt hat, war: *Ich bin nicht mehr ich*. Da war er schon sehr krank, und er hatte Angst, dass er nicht mehr weiß, was er sagt, wenn die Weißen ihn vor Gericht stellen. Er hat gesagt, bleib in der Nähe, Rachel, und wenn sie kommt, sag ihr, dass ich sterben muss. Sag ihr, sie muss mir helfen, dass es schnell geht. Sag ihr, sie muss mir etwas bringen, etwas zum Sterben.«

»Warum will er sterben?«

»Er hat gesagt, er muss«, antwortete die Frau, die Rachel hieß. »Er hat gesagt, er hat Angst, dass er es nicht mehr aushält, dass er nicht mehr anders kann, als sagen, was sie wollen, vor ihrem Gericht, dass er sich verrät, sich und uns, alles verrät, und wir ihn verachten und auch sein Sohn ...«

»Nein, das wird er nicht«, sagte Nora schnell, »sein Sohn nicht, ich werde ihm die Wahrheit sagen. Moses Lilie ist bei mir.« Sie sah Balthasar von der Seite an, und er lag einfach da und blinzelte, und Tränen liefen ihm aus den Augen. Sie hob eine Hand und strich ihm über die Stirn. Sein Kopf war heiß und feucht. »Moses Lilie wird immer stolz auf ihn sein.«

»Was ist, wenn Sie es vergessen, Missus?«, fragte die Frau. »Oder wenn Sie auch sterben? Wenn Sie nicht lange genug leben? Er sagte, wenn Sie kommen, sollen Sie ihn ansehen. Sie sollen ihn genau ansehen und schauen, was von ihm übrig ist und dass er keine Würde mehr hat. Er sagte, Sie sollen sich an seine Würde erinnern und sie ihm wiedergeben.«

Sie spürte, wie Balthasars Hand sich bewegte und nach ihrer griff. Sie schloss sich um ihre Finger, so schwach, dass Nora es kaum gespürt hätte, wäre die Hand nicht so heiß gewesen. Sie spürte die Hitze und dann den Druck, einen kurzen Druck, ein zartes, inständiges *Bitte*.

»Bitte, gehen Sie weg«, sagte Nora. »Lassen Sie uns allein.«

Die Frau, die Rachel hieß, kroch vom Eingang fort. Balthasar hielt weiter Noras Hand, sagte aber nichts mehr, und sie wusste auch nichts mehr zu sagen, das nicht wehtat, und so lagen sie schweigend beieinander in dem dunklen Verschlag, und jeder war allein. Dann wurde es auch draußen dunkel, das Licht ließ nach und die Brandung und die Schreie der Möwen ebenfalls, und sie wusste, dass sie Balthasar verlassen musste. Sie hob den Kopf, so gut es ging, und sah ihn an, sein müdes, eingefallenes Gesicht, das sie kaum noch erkennen konnte. Sie brachte ihre Lippen dicht an seine aufgeplatzten Wangen und küsste die Wunde, die ihr am nächsten war. »Was soll ich tun?«, flüsterte sie.

Von draußen erklang die Stimme des Doktors. »Nora? Wo sind Sie, Nora?«

»Sagen Sie mir, was ich tun soll!«, drängte sie. Als er nicht antwortete, fragte sie: »Weiß Rachel es? Weiß sie es?«

Der schwache Druck schloss sich noch einmal um ihre Hand.

»Nora?«, rief Doktor Brahms.

Sie zog sich langsam von Balthasar zurück, kroch rückwärts aus dem Verschlag, ohne die Augen von seinem Gesicht zu lösen. »Ich komme wieder«, sagte sie, »ich komme bestimmt wieder.« Ihr Blick fiel auf seine linke Hand direkt vor ihrem Gesicht. »Hier.« Sie zog ihren Ehering, der seine alte Bedeutung verloren hatte, ab und schob ihn Balthasar auf den kleinen Finger, obwohl er jetzt auf alle gepasst hätte, sogar auf den Daumen. »Das ist ein … ein Versprechen, ja?«

Er lag still, regte sich nicht mehr, und sie kroch weiter rückwärts, und als sie draußen war, traf die frische Luft sie so heftig, dass ihr schwindlig wurde. Doktor Brahms griff nach ihrem rechten Arm und half ihr hoch. Dabei sagte er bitter: »Wie wär's damit: … *und Gott wird abwischen alle Tränen von ihren Augen, und der Tod wird nicht mehr sein noch Leid, noch Geschrei, noch Schmerz wird mehr sein.*«

Sie schwankte und hielt sich an ihm fest. Ihre Brust schmerzte bei jedem Atemzug, und ihre Nerven glühten dicht unter der Haut. Das Meer schien sich um den Felsen zu drehen, ein langsames Kreisen von bleiernen Wellen. Die Möwen zuckten wie weiße Blitze durch den maulwurfgrauen Himmel. »Ich möchte weinen«, sagte Nora und rang um Atem. »Ich muss weinen. Aber ich kann nicht, *ich kann nicht weinen.*«

Brahms sagte nichts, doch er hielt weiter ihren Arm.

Die Frau, die Rachel hieß, kauerte ein paar Schritte von Balthasars Verschlag entfernt auf dem Felsen.

Nora ging zu ihr. »Was soll ich tun?«, fragte sie.

»Sie müssen wiederkommen, bitte«, sagte die Frau, und jetzt sah Nora, dass sie fast so kraftlos war wie Balthasar. Ihre Stimme drang wie durch raschelndes Laub zu Nora durch. »Sie müssen allein kommen, Missus, und etwas mitbringen, etwas, das ihm hilft …«

»Was?«, fragte Nora.

Die Frau, die Rachel hieß, schwieg, aber ihr Blick sagte das, was sie nicht aussprach.

Nora schüttelte den Kopf. »Nein, das kann ich nicht.«

Die Frau schaute zu ihr auf, aber für einen Moment war sie kein zusammengefaltetes Vögelchen mehr. »Es ist alles, worum er sie bittet«, sagte sie.

»Ich muss darüber nachdenken«, flüsterte Nora, entsetzt über ihre Worte. »Ich muss nachdenken.« Sie drehte sich zu Doktor Brahms um, der die Klappe des Verschlags schloss, aber nicht verriegelte. »Ich möchte gehen, bitte«, sagte sie.

Wie in Trance und trotz des bewölkten Himmels geblendet von dem diesigen Licht über der Bucht, suchte sie ihren Weg zurück zum Damm und zum Stacheldrahtverhau. Keiner der Gefangenen rief nach ihr oder griff nach ihr oder erflehte etwas von ihr. Sie achtete nicht auf den Doktor, der hinter ihr schritt. Sie achtete nicht darauf, dass sie stolperte und sich den Absatz des linken Stiefels abbrach. Sie zog sich einfach beide Stiefel aus und ging an dem Drahtverhau vorbei und danach an der Dornenhecke und den Wachtposten und über die Strandpromenade, die ihr völlig neu vorkam. Auch der Weg in die Siedlung kam ihr fremd und neu vor, als sähe sie den gelben Sand zum ersten Mal und die von Möwen und Hyänen abgenagten Knochen in diesem Sand und die gepflegten Häuser und die Kirche, die sie bisher nie wirklich wahrgenommen hatte.

Nora ging auf die Kirche zu. Sie fand nicht, dass es eine besonders einladende Kirche war mit ihrer kargen Fassade und dem klobigen Turm, aber sie hatte schon lange keine Kirche mehr betreten und auch in keiner mehr gebetet, und sie dachte, dass jetzt der richtige Moment dafür wäre. Sie ging hinein. Im Inneren der kleinen Kirche war es dunkel und klamm. Es roch nach Weihrauch und feuchtem Holz. Sie war allein. Sie kniete sich in die letzte Reihe, ein gutes Stück von dem schlichten Altar entfernt. Sie versuchte, sich daran zu erinnern, wie man betete; wie man für jemand anderen betete. Lieber Gott, sagte sie lautlos, ich möchte zu dir für Balthasar Maharua beten, dem es sehr schlecht geht. Bitte, hilf ihm. Mach, dass er freikommt und gesund wird und nicht mehr sterben will.

Sie betete für Balthasar, und anschießend betete sie für Moses Lilie, und da sie schon mal dabei war, betete sie noch für Wilhelm – bitte, lieber Gott, mach dass es ihm gut geht und dass ich ihn wiedersehe und dass er mich noch liebt trotz allem, was ich im Lazarett mit ihm tun musste – und für Rainer, zu dem ihr weniger einfiel. Für Doktor Brahms könnte ich auch noch beten, dachte sie. Er soll den Gefangenen helfen können, denn er ist ein guter Arzt. Sie schämte sich, dass sie erst jetzt an die Gefangenen dachte, und betete sofort auch für sie. Sie hatte die Hände gefaltet und die Ellbogen auf die Holzbank vor sich gestützt. Ihr Kopf berührte die Knöchel der gefalteten Hände mit der Stirn, denn sie fand, dass dies eine angemessene Haltung zum Beten sei. Als ihre Knie zu schmerzen begannen, betete sie als Letztes darum, dass sie das Richtige tat. Lautlos wie vorher erzählte sie, was Balthasar von ihr erwartete, und bat um die Kraft, die richtige Entscheidung zu treffen. Oder überhaupt irgendeine.

Sie stand auf, tauchte die Fingerspitzen in das Weihwasserbecken neben der Tür, bekreuzigte sich und verließ die Kirche wieder. Es war inzwischen Abend, und sie fröstelte, als sie in ihre Pension zurückging.

»Was können wir tun, um Balthasar zu helfen?«, fragte Nora. Sie saßen in dem einfachen Lokal, in das Nora jeden Abend ging, aber keiner von ihnen hatte sein Essen angerührt. Zum ersten Mal seit Wochen trank Brahms keinen Wein. Sie waren die einzigen Gäste, so kurz bevor der Speiseraum geschlossen wurde, und nur auf ihrem Tisch brannte noch eine Lampe. Der Arzt entzündete eine Zigarre, deren Rauch zu dem Kudugeweih an der Wand über seinem Kopf aufstieg und vor den schweren grünen Samtvorhängen neben den Fenstern schwebte.

»Wir müssten allen helfen, nicht nur Kapitän Maharua«, sagte er. »Aber ich kann es nicht. Ich bin Arzt und kann ihnen nicht helfen. Man gibt mir keine Medikamente, ich darf niemand von der Insel herunterbringen und in ein Krankenhaus schaffen, und auf der Insel kann ich nichts für sie tun. Das ist kein Gefangenenlager. Das ist eine Toteninsel.«

»Ich werde zum Gouverneur gehen«, sagte Nora. »Ich werde verlangen, dass er Balthasar behandelt, wie es einem Kriegsgefangenen zusteht.«

»Sie behandeln ihn schon so, wie es ihm ihrer Meinung nach zusteht«, sagte Brahms. »Wenn Sie beim Gouverneur vorstellig werden, verlegen sie ihn nur und behandeln ihn woanders weiter, bis er zusammenbricht und tut, was sie wollen. *Behandeln*, mein Gott, jetzt rede ich schon wie die! *Foltern*, wollte ich sagen.« Er schnaubte. »Wie ich sie inzwischen hasse, diese Leutnants, Oberleutnants und Generalleutnants bis hinauf zur lächerlichen Pickelhaube unseres *Kaiserwillems*. Wie leicht sie es mir gemacht haben, sie verachten zu lernen – und mich selbst, nicht zu vergessen, an allererster Stelle mich selbst und meine Feigheit. *Jede Nacht, wenn ich schlafen gehe, hoffe ich, nicht mehr zu erwachen, und jeder Morgen kündet mir nur den gestrigen Gram.* Franz Schubert hat das geschrieben, aber genauso gut hätte ich es sein können.«

Nora warf ihm einen scharfen Blick zu, und jetzt erkannte sie, dass er nichts trank, weil er schon betrunken war, ganz ohne Wein, betrunken von Trauer und Zorn.

»Wissen Sie, was es heißt, wirklich zu hassen?«, fragte er. »Es ist die Umkehrung des heiligen Augustinus und seiner Definition der Liebe: *Liebe ist, dass ich will, dass du bist.* Ich will, dass *sie nicht* sind. Jubilieren werde ich, wenn sie nicht mehr sind, die Leutnants, Oberleutnants und Generalleutnants mit ihrer Philosophie des Krieges, des Todes und der Zerstörung, ihrem Clausewitz und seinem *Krieg ist die Fortführung der Politik mit anderen Mitteln*. Sie haben kein Recht zu sein. Und ich – ich habe sie sein lassen, ich habe zugesehen und geschehen lassen und hinter ihnen aufgeräumt. Ich war ein Christ und habe dennoch keine Hand gehoben, um ihnen Einhalt zu gebieten. Ich habe zugehört, wie sie sich auf das Vaterland, auf die Interessen des Kaisers und schließlich sogar auf Gott beriefen, und auch Gott hat keine Hand erhoben, um diesen Frevel zu unterbinden. Ich sage Ihnen, ich bin kein Christ mehr. Und ich sage Ihnen, wenn es einen Gott gibt, dann ist es nicht mehr mein Gott, und sein Wort ist nicht mehr mein Wort. Um die Wahrheit zu sagen, ich verachte ihn, wie ich mich verachte. Offenbar ist er zu schwach, um sich gegen den Teufel durchzusetzen, oder er ist ein verwöhnter kleiner Bengel, der Tausende und Abertausende abschlachten lässt, weil es ihm Spaß macht, seine Geschöpfe auf die Probe zu stellen.«

Er schüttelte müde den Kopf. »Seine Priester sagen, in seiner gewaltigen Größe rechne er eben auch in astronomischen Größenordnungen, aber ich bin klein, und wenn es um Menschen geht, kenne ich nur das kleine Einmaleins: eins und eins und eins. Ich habe sie über meinen Operationstisch gehen sehen, und ich habe gesehen, wie sie begraben wurden. Es waren erstaunlich wenig Offiziere dabei. Die Offiziere, die Leutnants, Oberleutnants und Generalleutnants, sitzen nämlich am Kartentisch in einem Zelt fernab vom Schlachtfeld, auf einem Hügel, und sehen durch den Feldstecher zu, und dabei waschen sie ihre Hände in Unschuld und diktieren ihren Adjutanten ihr Seelenleid: *Warum muss ich das mit ansehen? Welch eine Bürde ist mir auferlegt, in Ausübung meiner Pflicht Zeuge dieser schrecklichen Schlächterei werden zu müssen! Wie schwer wird das auf meinen Schultern lasten, was der Kaiser von mir verlangt!* Glauben Sie, da wäre nur einer, der sagt: *Wie werde ich damit leben können, dass* ich *das getan habe, dass* ich *für diesen Befehl verantwortlich bin?*«

»Oberleutnant von Lehnhoff«, sagte Nora.

»Ach ja? Dann ist er der eine der beiden Gerechten, wegen derer Sodom und Gomorrha verschont worden wären.« Erschöpft drückte Brahms den Zigarrenstumpen im Aschenbecher aus. »Sie könnten der zweite sein – wenn Sie tun, worum Maharua Sie bittet.«

»Das kann ich nicht.«

»Warum nicht?«, fragte Brahms. »Haben Sie denn eben gar nicht zugehört? Für jemand wie Kapitän Maharua ist kein Platz mehr auf der Welt. Wo soll er denn leben, nach all dem? Auf verdorrten Weiden, an ausgetrockneten Flüssen oder hinter Stacheldraht, auf dem wüsten

Land, das mit dem Blut seines Volkes getränkt ist? Wenn Sie nur etwas genauer hinschauen, dann sehen Sie, dass er schon tot ist. Er musste bloß noch ein paar Dinge in die Wege leiten, bevor er zu müde und zu erschöpft dafür war. Er lebt nicht mehr, und wenn Sie tun, worum er Sie bittet, handeln Sie christlicher als alle, die ihr ganzes Leben auf Knien verbringen und den schmerzensreichen Rosenkranz rauf und runter beten. Falls er unschuldig ist – unschuldig dessen, wessen sie ihn beschuldigen, und ich glaube Ihnen, wenn Sie sagen, er sei es –, dann dürfen wir diesmal nicht nur hinter ihnen aufräumen, sondern müssen es vorher tun. Vielleicht müssen Sie schuldig werden, um einem Unschuldigen Gerechtigkeit widerfahren zu lassen. Denn allein kann er nicht gewinnen, dieser arme, kranke schwarze Mann, der das ganze deutsche Kaiserreich – vertreten durch seine Offiziere und den Gouverneur – zu seinem bitteren, tödlichen Feind hat, aus keinem anderen Grund als dem, dass er als Herero geboren worden ist und sich denen widersetzte, die ihm wegnehmen wollten, was ihm rechtmäßig gehörte. Stehen wenigstens Sie an seiner Seite. Wandeln Sie Augustinus ab: Liebe ist, dass ich will, dass du nicht mehr sein musst.«

Noch lange, nachdem sie in ihre Pension zurückgekehrt war, konnte Nora nicht schlafen. Sie saß auf der Bettkante und betrachtete Moses Lilie, beobachtete seinen Schlaf, die kleinen Bewegungen der zarten Hände, den feuchten Daumen zwischen seinen halb geöffneten Lippen. Eine unerklärliche Scheu hielt sie davon ab, ihn aus seinen Decken zu heben und im Schoß zu halten, wie sie es sonst so oft tat, um ihm zu zeigen, dass er geliebt wurde.

Auf der Straße ging jemand vorbei – vielleicht derselbe Mann, den sie schon ein paar Mal in der Nacht gehört hatte – und pfiff *Das ist die Berliner Luft-Luft-Luft*, immer wieder dieselbe Tonfolge, bis der Nebel ihn und das Lied verschluckte. Sie dachte an Balthasar, sah ihn vor sich, eingeschlossen in dem Holzverschlag, hörte seine kraftlose Stimme, lag in Gedanken wieder neben ihm und erschrak von Neuem. Was soll ich tun?, fragte sie den schlafenden Jungen stumm. Was würdest du tun?

Was ist richtig?

Ein eisiges Frösteln lief ihr über die Haut, als sie mit der brennenden Klarheit der Schlaflosigkeit erkannte, dass sie das Richtige nicht tun konnte. Was immer sie tat – und selbst, wenn sie nichts tat –, war falsch.

41

Dann kam die Morgendämmerung, und der Heiligabend brach an, wieder ein Heiligabend, der dritte für Nora in diesem Land: ein strahlender Tag von seltsamer Schönheit. Es war ein Wintertag mit tiefblauem Himmel, heiß und wolkenlos, und alles, was Nora an diesem Tag tat, war besonders. Der salzige Wind wehte so stetig, dass es schien, als herrschte vollkommene Windstille; auch das trug zu der schwebenden, zerbrechlichen Schönheit bei. Später dachte Nora, dass es das Letztmalige gewesen war, das dieses Gefühl erzeugt hatte – das Letztmalige an allem, was sie empfand und sah und tat, für Balthasar und für sie.

Am Nachmittag brachte sie Moses Lilie zu ihrer Wirtin hinunter; gegen Abend zündete sie alle vier Kerzen des Adventskranzes an. Durch das schlecht schließende Fenster ihres Zimmers hörte sie die ersten Weihnachtslieder aus den Nachbarhäusern. Sie zog sich um, einen schlichten beigen Rock, eine hellblaue Bluse, eine Leinenjacke und die altrosa Ballschuhe. Sie legte einen Schal und ihren Hut zurecht. Sie wickelte das schlanke Fleischmesser aus Solinger Stahl, das sie in einem Laden für Haushaltswaren gekauft hatte, in einen Lederlappen und legte es neben Hut und Schal. Sie füllte eine Feldflasche mit Wasser und bestrich ein Brot mit Butter und legte eine Scheibe Schinken darauf. Sie blickte aus dem Fenster, um zu sehen, wie tief die Sonne stand und wann sie sich auf den Weg machen musste.

Das Messer unter der Jacke verborgen ging sie dann zum Strand hinunter. Die Feldflasche hing an ihrem Gürtel, und das Brot steckte, in festes Papier gewickelt, in ihrer rechten Jackentasche. Die Straßen von Lüderitz waren ausgestorben. Hinter den Fenstern, an denen sie vorbeischritt, hörte sie Menschen singen oder ein Grammophon spielen, hörte *Stille Nacht, heilige Nacht* und *Ihr Kinderlein kommet* und Kinderlachen und Glöckchen, die zur Bescherung riefen, und sie ging weiter, bis sie die Strandpromenade erreicht hatte. Dort sah sie die Insel in der Bucht, den Damm mit der Dornenhecke und dem Stacheldraht. Die Möwen, die tagsüber mit ihren verlorenen Schreien am Himmel kratzten, schliefen stehend auf den bleichen Knochen des Walskeletts. Der Wind frischte auf, sodass Nora ihn zum ersten Mal wirklich spürte. Es wurde jetzt schnell kalt, aber sie fror nicht, denn ihr war, als glühte sie wie im Fieber.

Bis auf einen schmalen, hellen Streifen am Horizont hatte sich die Nacht bereits über den ganzen Himmel ausgebreitet. Wo Himmel und Wasser zusammentrafen, glühte das Rot des Sonnenuntergangs in einem leuchtenden Band nach, das sich auf dem Meer spiegelte. Davor hob sich drohend die Haifischinsel ab, kalt und abweisend wie aus schwarzem Eis geformt, dessen Düsternis auf den Himmel und das Wasser strahlte. Kabbelige Wellen liefen unruhig gegen den Damm an, rollten über den Strand und zogen sich zischend wieder zurück. Dann erlosch das rote Band, und schnell wurde alles graugrün und dunkel. Nach einer Weile verschmolz das Schwarz der Insel mit dem des Meeres und des sternenlosen Himmels. Nur der Schaum auf den schwach phosphoreszierenden Wellen hob sich noch in Fetzen von schmutzigem Weiß gegen die Nacht und die Insel ab.

Hinter Nora erklang die Kirchenglocke, zaghaft und doch tröstlich und tapfer, und Nora erinnerte sich daran, wie sie in der Kirche gekniet und gebetet hatte und worum. Als sie den Weg zum Damm einschlug, erschien ihr das Tosen der Brandung plötzlich lauter. Der Wind stürzte sich so heftig auf sie, dass sie zurücktaumelte. Sie bückte sich, um ihm weniger Widerstand zu bieten, und verschränkte die Arme vor der Brust. Ihre Füße in den dünnen Ballschuhen schmerzten, als sie sich über die gischtnassen Steine auf den Damm tastete. Mit einer Hand umklammerte sie das in den Lederlappen geschlagene Messer.

In ihrem Rücken flimmerten die Lichter der Siedlung, aber vor ihr herrschte nur Finsternis. Mit dem heulenden Wind schlug ihr Nässe entgegen und raubte ihr die Luft zum Atmen. Rechts und links fiel der Damm fast senkrecht in die brodelnde See ab. Alle paar Schritte musste Nora stehen bleiben und sich umdrehen, damit sie Luft holen konnte. Mit zusammengekniffenen Augen näherte sie sich der verlassenen Hecke, ein dunkles Hindernis, geschüttelt von fauchenden Böen. Es gab in dieser Nacht nur wenige Wachtposten, um Gefangene zu bewachen, die schon lange nicht mehr an Flucht dachten.

Nora fand das Gatter in der Dornenhecke und lauschte in die Dunkelheit. Mit starren Fingern, gefühllos vor Kälte, zog sie es ein Stück auf und quetschte sich durch die entstandene Lücke. Etwas riss an ihrer Jacke, ihr Schal verfing sich in den Dornen. In jäher Panik fühlte sie die Dornzweige kalt und scharf von allen Seiten auf ihrer Haut. Sie warf sich nach vorn, schlug um sich und war wieder frei. Die Augen auf die Steine unter ihren nassen Schuhen gerichtet stemmte sie sich gegen den Wind. Schritt für Schritt tastete sie sich durch die Dunkelheit.

Im Lager brannte ein kleines Feuer – Schilf, in Walöl getränkt –, aber die heftig flackernden Flammen spendeten kaum Licht. Dicht aneinandergeschmiegt lagen die Gefangenen auf dem Felsen wie Leichen, die nach einer Schlacht zusammengetragen worden waren. Nora ging zwischen ihnen hindurch. Einige hoben den Kopf und sahen sie an, schimmernde Augen in der Dunkelheit, und dann ließen sie den Kopf wieder sinken.

Nora dachte an das, was Balthasar ihr vor über einem Jahr erzählt hatte, von den Menschen, die zu Tieren wurden. Sie sah die dunklen Körper, die um das Feuer lagen, und die, die neben ihnen lagen, und dann kamen welche, die sie nicht mehr sehen konnte, einer neben dem anderen, tonlos und reglos, und sie dachte, dass Balthasar recht gehabt hatte und dass es schrecklich war, so recht zu haben. Sie ging zwischen den Schlafenden hindurch, als wären es keine Menschen mehr. So ist es gut, dachte sie, ich darf mir nicht vorstellen, dass es

Menschen sind. Ich darf mir überhaupt nichts vorstellen. Ich wische mir die Nässe aus dem Gesicht und weiß, dass es Wasser ist und dass ich nicht weine. Ich muss weitergehen, bis ich den Verschlag finde. Der Verschlag liegt dahinten, außerhalb des Lichtkreises. Da ist der Verschlag. Ich öffne ihn. Darin liegt ein Mensch.

Noch immer unbemerkt entriegelte Nora die Klappe und öffnete sie. »Balthasar«, rief sie. Sie hörte ihn nicht antworten, aber sie wusste, dass er da war. Sie bückte sich und kroch zu ihm in den Verschlag, tastete nach seinen Beinen mit der Kette daran, dann nach seiner ungefesselten Hand. »Balthasar!« Sie ergriff die Hand und drückte sie sacht.

Er stöhnte. Sie schob sich neben ihn. Sie legte das Messer auf die Erde, holte die Feldflasche aus der Jackentasche und schraubte sie auf. Es war so dunkel, dass sie Balthasars Gesicht nicht sehen konnte. Sie hielt die Flasche mit einer Hand, während sie mit der anderen über seine Brust strich, bis sie seinen Hals und dann seinen Mund gefunden hatte. »Ich habe Ihnen Wasser mitgebracht.« Sie benetzte die Finger mit dem Wasser und legte sie ihm auf die Lippen. Sie spürte seine Zunge. Er leckte an ihren Fingern. Sie setzte ihm die Flasche an den Mund und gab ihm vorsichtig zu trinken. »Möchten Sie etwas zu essen?«

Sie spürte, wie sich seine Brust hob und senkte. Er atmete schneller, so laut, dass sie es hören konnte.

»Ja, ich bin da. Ich bin wieder da.« Sie tastete nach dem Messer und wickelte es aus dem Lederlappen, bevor sie es auf seinen Bauch legte. Sie hatte gar keine Zweifel mehr. »Können Sie das fühlen?«, fragte sie. Unter ihrer Hand schlug sein Herz, unregelmäßig, aber rasend schnell. »Soll ich Ihre Hand nehmen?«

Er flüsterte etwas, doch sie verstand nicht, was er sagte. Es konnte ihr Name sein; es hörte sich an wie ihr Name und wie noch etwas anderes, das wie »Danke« klang.

Sie sagte: »Ich habe für Sie gebetet.« Dann sagte sie: »Ich bin müde.« Sie legte den Kopf auf seine Schulter und umarmte ihn.

»Nur ganz kurz«, sagte sie. Sie wollte nur einen Moment die Augen schließen, um sich auszuruhen. Sie schmiegte ihr Gesicht an seinen Hals. Sie konnte jetzt sein Herz auch hören, wie es in seiner Brust schlug und flatterte, und sie dachte: Warum musste das alles so kommen, warum?

42

Afrika, 1905

Die Brandung, der Wind, sein Atem, alles ging ineinander über, und ich schlief ein, obwohl ich wach bleiben wollte«, sagte Nora. »Ich wollte mit ihm wach bleiben und ihn nicht allein sterben lassen. Aber ich bin einfach eingeschlafen, und als ich wieder aufwachte, war er tot.«

Sie sprach mit fester Stimme, einer Festigkeit, die in ihr gewachsen war seit Weihnachten, seit sie mit dem Messer auf die Insel gegangen war, und danach, als man sie verhaftet hatte und während des langen Ritts mit den Soldaten nach Windhuk.

Die Hitze hatte sie schon am frühen Morgen geweckt, und obwohl es die Nacht vor der Untersuchung gewesen war, hatte Nora gut geschlafen, und sie wusste jetzt, dass sie sich nicht beugen würde. Sie wusste auch, dass sie ihren Verstand nicht verloren hatte. In der Nacht waren die Soldaten, die vor ihrer Tür gestanden hatten, abgerückt, und die Tür war auch nicht verschlossen gewesen. Das Zimmer ähnelte dem, das sie in Lüderitz bewohnt hatte, fast alles war gleich oder ähnlich, nur dass sie vom Fenster aus nicht das Meer, sondern die schroffe Wand des Kaiser-Wilhelm-Berges sehen konnte. Die Flügel waren nur angelehnt gewesen, und von draußen drang ein süßlicher Geruch wie von welkendem Mohn herein, dazu die Ausdünstung von Pferdemist in der Sonne.

Sie können es leugnen, hatte sie gedacht, aber sie können es nicht ungeschehen machen. Es ist etwas Wahres, das sich nicht mehr zurücknehmen lässt. Sie können es leugnen, doch damit bestätigen sie nur, dass es geschehen ist und wie ungeheuerlich es war. So ungeheuerlich, dass man es nicht fassen kann. Es sei denn, man hat es gesehen, dachte sie, mit eigenen Augen. Nicht ich muss etwas bekennen oder leugnen, *sie* müssen es, der Gouverneur und seine Offiziere.

Während des langen Ritts hatte sie sich oft vorgestellt, wie sie ihr gegenübersitzen würden in einem großen Raum im Gouvernementgebäude, drei Männer, vielleicht auch fünf oder sieben mit dem Gouverneur. Sie hatte nicht gewusst, aus wie vielen Männern sich so ein Untersuchungsausschuss zusammensetzte, aber in jedem Fall waren es Offiziere, und sie hatte überlegt, ob die Männer nur Fragen stellen würden oder ob man sie bitten würde, selbst zu erzählen, und ob es jemanden geben würde, der für sie sprach, wenn sie nicht mehr weiterwusste, ein Anwalt oder Verteidiger oder dergleichen. Der sich vor sie stellte und *j'accuse!* rief, oder wenigstens jemand im Publikum, ein Journalist, der hinterher darüber schrieb. Andererseits: Es war eine Untersuchung, so hieß es, kein Prozess, und wahrscheinlich durften Zuschauer gar nicht daran teilnehmen. Doch dann hatte sie gedacht: Du schaffst es allein, du hast alles allein geschafft, seit du in diesem Land angekommen bist, und du kannst es auch allein zu Ende bringen.

Sie hatte den Gouverneur einmal kennengelernt, vor Jahren in Baden-Baden beim Pferderennen. Natürlich war er damals noch kein Gouverneur gewesen, nur ein schlichter Oberst mit einem blinkenden Kneifer auf der Nase. Er hatte sich mit ordenklirrender Brust über ihre Hand gebeugt, wie um sie zu küssen. Sie hatte die Borsten seines Schnauzers schon auf der Haut gespürt, bis ihm eingefallen war, dass sie sich unter freiem Himmel befanden, sodass er den Kopf wieder gehoben und nur die Hacken zusammengeschlagen hatte. Es war ein bedeckter Tag gewesen, und sie hörte noch das stumpfe Trommeln der Hufe auf dem Grasboden und das leise Klirren und Klimpern der Orden wie bei einer Spieluhr, bevor er zurückgetreten war in die Reihe der anderen Spieluhren, die bis hinauf zum Kaiser reichte.

Vielleicht würde er sich an sie erinnern, hatte sie gedacht, sogar ohne Ludwig an ihrer Seite, vielleicht sah er sie an und entsann sich der Begegnung an der Rennbahn und entschloss sich, freundlich zu sein, um der alten Zeiten, um ihrer früheren gesellschaftlichen Stellung willen. Vielleicht sagte er: *Die Hendriksens sind doch eine angesehene Familie – Ihr Gatte, Ludwig Hendriksen, ist Gründungsmitglied der Deutschen Kolonialgesellschaft und hat als Finanzier weitreichende geschäftliche Interessen in Deutsch-Südwestafrika. Die Reederei Ihres Schwagers, Carl-Gustav Beermann, ist für den Transport unserer Truppen von…*

Und sie würde antworten, wahrscheinlich würde sie sagen: *Es ist nicht seine Reederei – sie gehört seinem Vater. Und mein Mann hat die Bank von seinem Vater geerbt. Alles ist ihnen in den Schoß gefallen; sie haben nie etwas aufgebaut. Oder für etwas gekämpft.* So hatte sie sich das vorgestellt, während des langen Ritts nach Windhuk.

Sie hatte sich auch vorgestellt, wie sie auf einem schlichten Holzstuhl vor dem Tisch des Gouverneurs und seiner Stabsoffiziere sitzen würde, in einem großen Raum, in dem es sonst nicht viel zu sehen gab, eine Fahne natürlich und ein Bild des Kaisers an der Wand und einen Ventilator an der Decke. Sie konnte sich selbst sehen, aber die Männer, die ihr gegenübersaßen, konnte sie kaum erkennen, nur ihre Umrisse, gelegentlich ein Blinken von Metall an Brust und Kragen, denn sie hatten die Fenster im Rücken, und obwohl die Sonnenblenden heruntergelassen waren, schnitt ihr das gleißende Januarlicht mit scharfen Streifen in die Augen.

Und wirklich, es war hier fast genau so, wie sie es sich vorgestellt hatte – der Raum, die Offiziere und das Bild des Kaisers an der Wand neben der Reichsfahne. Oberst Leutwein, der Gouverneur, saß schweigend mit dem Rücken zum Fenster, und die Offiziere rechts und links von ihm sagten auch nichts. Sie musterten Nora auf ihrem Stuhl vor dem langen Tisch, der für den nötigen Abstand sorgte.

Sie saß sehr gerade, um Haltung bemüht, aber mit gesenktem Kopf und geschlossenen Augen, um sich besser sammeln zu können. Das noch am Abend gewaschene Haar hatte sie zu einem straffen Knoten gebunden, so straff, dass es glänzte. Die ausgefransten Ärmel der Bluse hoben sich von ihren sonnenverbrannten Händen ab wie die weißen Klaviertasten von den schwarzen, und die Füße in den altrosa Ballschuhen ruhten verschränkt im Schatten des Stuhls, und sie konnte die Blicke der Stabsoffiziere auf den Schuhen spüren. Es spielt wirklich keine Rolle, wie die Schuhe aussehen, sagte sie sich.

Vaterlandsverrat und Mord, so lauteten die Vorwürfe, die Inhalt der Untersuchung waren, und obwohl sie darauf vorbereitet gewesen war, hatte ihr Herz gezuckt, als sie diese Worte gehört hatte. *Es wird zu untersuchen sein, ob Sie sich des Vaterlandsverrats und des Mordes schuldig gemacht haben, Frau Hendriksen.*

Nicht ich, dachte sie – ihr! Nicht ich habe gemordet – ihr wart es. Und wenn es mein Vaterland war, in dessen Namen und mit dessen Billigung ihr es getan habt, dann muss man es verraten, dann muss jeder es verraten, nicht nur ich; dann muss das Vaterland sich ändern.

Sie hatte das Lager gesehen, das am Ortsrand von Windhuk errichtet war, gleich neben dem Gehege für das gefangene Vieh. Es gab ein Lager für das gefangene Vieh, die Rinder und Schafe und Ziegen, und es gab ein anderes Lager für die gefangenen Besitzer des Viehs, aber nur das Gehege für die Menschen war mit Stacheldrahtzäunen gesichert. Vor dem Stacheldraht hielten uniformierte Posten mit Gewehren und aufgepflanzten Bajonetten Wache. Einige hatten sich die Halstücher über Mund und Nase gebunden, denn der Wind war voller Staub; Buschhexen rollten auf ihre Stiefel zu, blieben liegen und rollten beim nächsten Windstoß weiter.

In der Luft hingen das Meckern der Ziegen und das Blöken der Schafe, aber die Menschen hinter dem Stacheldraht waren ganz still. Dicht aneinandergedrängt saßen sie auf dem nackten Erdboden, und sie selbst waren auch nackt. Aber es war eine merkwürdige Nacktheit, die niemandem bewusst zu sein schien; eine Äußerlichkeit, die zurücktrat hinter dem Umstand, dass sie kaum noch wie Menschen aussahen, eher wie Anatomiezeichnungen, wie dunkle Skelette, schwarze Haut, dünne Knochen, aber große Augen, riesige, teilnahmslose Augen ohne Angst, ohne Empörung oder Mut oder Hoffnung. Es waren Hunderte, Männer, Frauen und Kinder, und alle wirkten gleich alt. Als sie die Reiter kommen sahen und eine Frau unter ihnen entdeckten, schleppten sich die, die weit genug am Rand kauerten, langsam zum Stacheldraht. Sie krochen heran und streckten bettelnd ihre Hände hindurch, Hände wie aus dünnen Ästen oder Wurzeln geformt und dann notdürftig mit nicht mehr ganz neuer Haut überzogen. Ihre großen Augen folgten Nora, bis sie vorbei waren. Die Hände blieben noch etwas länger ausgestreckt, als die Augen schon wieder ihre kurze Kraft verloren hatten.

Es war das Schild, das an dem Zaun hing; ein Schild aus verwittertem Holz, auf das jemand mit schwarzer Farbe gepinselt hatte: *Bitte nicht füttern!* Der Anblick dieses Schildes mit seinen drei deutschen Worten hatte Nora die ganze Nacht über ruhig schlafen lassen, weil sie jetzt wieder wusste, was sie getan hatte und warum. Das Unwirkliche der Reise war von ihr abgefallen, und sie wusste wieder alles ganz genau: dass es richtig gewesen war und dass sie es wieder tun würde.

Alles, was sie getan hatte, seitdem sie an jenem Morgen im Dezember 1902 kurz vor Weihnachten in dieses Land gekommen war, ergab nun einen Sinn.

Sie konnte hören, wie sich einer der Zuhörer hinter ihr leise die Nase schnäuzte. »So ist es geschehen«, sagte sie jetzt noch einmal mit der lauten, festen Stimme. »So starb der Kapitän der Maharua-Herero.«

Sie fragte sich, wie lange das Schweigen wohl dauern würde. Der Gouverneur klopfte mit dem Stiel eines Federhalters auf das oberste Blatt einer vor ihm liegenden Akte, *tapp-tapp-tapp*, immer wieder auf dieselbe Stelle, als läge dort das Geheimnis verborgen, um dessen Entschlüsselung es ihnen zu tun war. Plötzlich rückte er seinen Kneifer zurecht und fragte:

»Wissen Sie jetzt, weswegen Sie hier sind, Frau Hendriksen?«

Nora betrachtete den Staub auf ihren Ballschuhen, den Staub von der Straße unten in der Stadt, der gar nicht rot war, sondern gelb oder grau. Es war eben alles nur fast so, wie sie es sich vorgestellt hatte – es gab keinen Ventilator an der Decke, und die Sonnenblenden waren aus Segeltuch, und durch die einen Spaltbreit geöffneten

Fenster drangen die Geräusche der wellblechgedeckten Werkstätten im Innenhof der Garnison herein und manchmal das Wiehern eines Pferdes.

Sie blinzelte. »Wie bitte?« Es war der Farbton der Schuhe, das Altrosa, das den Staub rot wirken ließ. Sie hätte nicht gewusst, was sie ohne die Schuhe in dieser Situation angefangen hätte, ohne den Trost, die Kraft, die sie ihr spendeten.

»Ob Sie jetzt wissen, warum Sie hier sind«, wiederholte der Gouverneur.

»Nein.«

»Nein, Euer Exzellenz«, verbesserte ein Offizier rechts von Gouverneur Leutwein sie und beugte sich abrupt vor, sodass die linke Schulter seiner Jacke kurz eine zusätzliche Litze aus Sonnenschein erhielt. Er trug die graue, an Kragen, Ärmeln und Hosennähten karmesinrot besetzte Uniform eines Stabsoffiziers, wirkte mit seinem glatten Gesicht und dem blonden, mit Pomade straff an die Kopfhaut gekämmten Haar aber sehr jung für so eine Position.

»Nein, Euer Exzellenz«, wiederholte Nora.

»Sie leugnen also immer noch, dass Sie Balthasar Maharua getötet haben?«, fragte der Stabsoffizier.

»Ich habe ihn nicht getötet«, antwortete Nora heftig. »Ich habe ihm das Messer gebracht, mehr nicht. Es war sein Wunsch, und ich habe ihn erfüllt.«

»Sie lagen noch bei ihm, als die Wachen sehr früh am Weihnachtsmorgen den Verschlag kontrollieren wollten«, sagte der Stabsoffizier, der sie schon den ganzen Tag über immer wieder unterbrochen und mit seinen Fragen in die Enge zu treiben versucht hatte. »Das Messer steckte in seiner Brust, in Höhe des Herzens. Wenn er so schwach war, wie Sie ihn beschrieben haben, wie konnte er dann die Kraft aufbringen, sich selbst das Messer ins Herz zu stoßen?«

»Er war nicht schwach«, sagte Nora. »Er war stark.«

»Oder Sie haben es getan«, sagte der Offizier, »und sind danach erst eingeschlafen.«

Zum ersten Mal schien es Nora, als rückte der Gouverneur innerlich etwas von dem Offizier und seiner Art der Befragung ab. Sie war nicht sicher, aber es hatte zumindest den Anschein. Er runzelte die Stirn und bewegte die Schulter etwas, als wollte er sich ein Stäubchen von der Uniform wischen. Sie sagte: »Ich hätte es getan, wenn er mich darum gebeten hätte, doch ich wäre danach nicht eingeschlafen. Wenn ich es getan hätte, wäre ich stolz darauf.«

Sie entsann sich, wie die Wachen, die zu zweit gewesen waren, sie weggeführt hatten. Der Morgenhimmel war noch bewölkt gewesen, aber es klarte langsam auf, und die Möwen suchten in Schwärmen nach dem ersten Licht, das durch die Wolkenlöcher fiel. Sie waren erst grau und wurden schließlich leuchtend weiß, wenn sie die Sonnenstrahlen kreuzten, und dann stiegen sie höher, und Nora sah sie verschwinden und ging gern mit den Wachen, obwohl sie wusste, dass sie in ihrem kleinen Gästezimmer unter Arrest gestellt werden sollte.

»Er trug Ihren Ehering, nicht wahr?« Der Stabsoffizier lehnte sich zurück und schien sich Mühe zu geben, einen Sinn in ihrer Antwort zu entdecken. »Angesichts dieses Umstandes – kann da, wie Sie die ganze Zeit behaupten, ein Missverständnis vorliegen? Kann man missverstehen, was Sie getan haben? Kann man *Sie* missverstehen?«

Nora wusste nicht, was sie darauf antworten sollte, außer dass man jeden Menschen missverstehen konnte, wenn man wollte und auch wenn man es nicht wollte, aber bestimmt interessierte diese Erkenntnis den Ausschuss nicht besonders.

Der Stabsoffizier fuhr fort: »Balthasar Maharua war ein Gefangener der Schutztruppen des Deutschen Reiches ...«

»Warum haben Sie ihn dann nicht behandelt, wie es einem Gefangenen zusteht?«, fragte Nora. Sie streifte die Schuhe von den Füßen; barfuß fühlte sie sich plötzlich wohler, und sie brauchte ihren Halt jetzt nicht mehr. »Warum haben Sie ihn gefoltert und ...«

»Das Verhalten der Schutztruppen ist nicht Gegenstand dieser Untersuchung«, sagte ein anderer, älterer Mann mit silbergrauem Haar, der sich ganz am Anfang als Oberkriegsgerichtsrat vorgestellt hatte,

»und es steht Ihnen auch nicht zu, uns Fragen zu stellen. Hier geht es nur um Balthasar Maharua und die Umstände seines Todes, und dabei spielt es nicht die geringste Rolle, ob es sein Wunsch war oder nicht. Denken Sie bitte immer an die beiden Worte – Hochverrat und Mord, Frau Hendriksen. Hochverrat und Mord. Deswegen sind Sie hier.«

Nora schüttelte den Kopf. Sie saß mit dem Rücken zum Eingang und konnte die Zuschauer nicht sehen, die auf den Stühlen rechts und links von den beiden Türflügeln Platz genommen hatten. Manchmal konnte sie hören, wie die Tür leise geöffnet und wieder geschlossen wurde, aber sie drehte sich nicht um, und deswegen wusste sie nicht, ob jemand kam oder ging. Sie spürte nur die Unruhe und den Unmut der Leute in den Stuhlreihen hinter sich, und sie spürte auch, dass dieser Unmut gegen sie gerichtet war. Für die bin ich das alles, dachte sie – eine Verräterin und eine Mörderin.

»Ist es Mord, wenn man jemandem seine Würde zurückgibt?«, fragte sie erregt. »Ist es Hochverrat, wenn man für Menschlichkeit eintritt? Ist es Hochverrat, wenn man die Wahrheit ausspricht, wenn man der ganzen Welt verkündet, dass die deutschen Schutztruppen Abertausende unbewaffneter Männer, wehrloser Frauen und unschuldiger Kinder in den Tod getrieben haben? Dass sie weitere Tausende von kranken und sterbenden Menschen in Lagern festhalten, wo man sie ohne Nahrung und medizinische Versorgung sterben lässt?« Sie stand auf, und ihre Stimme zitterte, und sie dachte: *Und wenn schon, lass sie zittern*. »Schämen Sie sich nicht – Sie alle hier –, die Wahrheit so zu verdrehen? Schämen Sie sich nicht, solche Taten zu decken oder zu rechtfertigen?!«

»*Sie* sollten sich schämen!« Die Stimme des Oberkriegsgerichtsrats wechselte jäh die Tonlage, wurde hoch und schrill. »Sie sind doch eine deutsche Frau – schämen *Sie* sich nicht, so zu reden, Frau Hendriksen?! Jeder, der unseren Truppen durch solche Behauptungen in den Rücken fällt, ist ein Verräter, und nur durch Verräter, nicht durch unsere Gegner, werden wir um die Früchte des Sieges gebracht. Sie faulen in unseren Händen!«

»Wie bedauerlich«, sagte Nora, »und wie poetisch. Aber ich war dabei, als Sie diesen Sieg errungen haben. *Ich war dabei.* Ich habe gesehen, wie die deutschen Truppen am Waterberg ihre Früchte eingesammelt haben. Das war keine ehrenvolle Schlacht. Sie haben mit Kanonen auf Frauen und Kinder geschossen. Wenn es Verrat ist, solche Verbrechen anzuklagen, dann bin ich gern eine Verräterin. Denn ich war dabei, ich habe es gesehen und nicht vergessen, nichts davon!«

»Es sind auch deutsche Soldaten am Waterberg gefallen«, warf der Stabsoffizier ein. »Sie sind gefallen, weil sie Menschen wie Sie beschützen wollten – Farmer, Kaufleute, Auswanderer, die sich hier eine Zukunft aufbauen wollten, ohne in steter Angst vor Verbrechern wie Samuel Maharero, Josef Morenga oder Balthasar Maharua leben zu müssen.« Er räusperte sich, wie um sie auf etwas hinzuweisen, einen Rettungsring, den er ihr zuwarf. Dann sagte er etwas ruhiger: »Sie wussten doch, dass er ein Verbrecher war, oder? Haben Sie ihn vielleicht getötet, weil Sie erkannt hatten, dass er für den Tod Ihres Kindes verantwortlich war…?«

Nora trat empört einen Schritt vor. »Er war kein Verbrecher. Verbrecher waren die anderen. *Er* war nur ein kranker Mann. Er wollte sterben. Er wollte sterben, weil die da …«, sie drehte sich nicht um, aber ihr Kopf deutete auf die uniformierten Männer in den Stuhlreihen hinter ihr, »… weil die sein ganzes Volk umgebracht hatten. Sechzehntausend Tote allein am Waterberg. Ein ganzes Volk ausgerottet, absichtlich, systematisch, damit Sie ihr Land in Besitz nehmen konnten. Von achtzigtausend vor zwei Jahren leben heute nur noch knapp fünfzehntausend.«

»Dafür gibt es keine Beweise«, sagte der Gouverneur. »Es existieren weder…«

»Es gibt keine Beweise«, fiel Nora ihm ins Wort, »weil das Oberkommando der Schutztruppen – vertreten durch Generalleutnant von Trotha, der eigentlich hier an meiner Stelle stehen sollte – die Beweise unterdrückt, und zwar mit Ihrer Hilfe, Euer Exzellenz. Sie zensieren die Presse, Sie kontrollieren die Nachrichtenwege, Sie versuchen die Stimme der Wahrheit selbst …«

Erregt sprang der Stabsoffizier auf und rief: »Es reicht! Es reicht wirklich! Diese Lügen sind unerträglich …«

»Lügen?«, rief Nora. »Sie nennen das Lügen? Wollen Sie etwa bestreiten, dass unter General von Trothas Kommando aus den kleinen Scharmützeln und Gefechten mit den Rebellen ein regelrechter Vernichtungsfeldzug geworden ist? Wollen Sie bestreiten, dass es eine offizielle Strategie des Oberkommandos zur Ausrottung aller Herero und Hottentotten gibt? Wollen Sie bestreiten, dass für jeden ausgelieferten Stammeskapitän ein Kopfgeld von tausend Mark bezahlt wird und für Samuel Maharero sogar fünftausend, tot oder lebendig?«

Der Stabsoffizier schob unbeherrscht seinen Stuhl zurück. »Frau Hendriksen, merken Sie nicht, dass Sie sich selbst belasten? Ist Ihnen nicht klar, dass wir nur so viel Geduld mit Ihnen haben, weil Sie mit Ludwig Hendriksen vom Bankhaus Hendriksen & Co. verheiratet sind?«

»Ich kannte mal einen Offizier«, fuhr Nora unbeirrt fort, als hätte sie ihn gar nicht gehört, »einen anständigen, guten Offizier, der in bestem Glauben gesagt hat, es gibt keinen Befehl dafür, und unsere Soldaten tun nur, was ihnen befohlen wird. Aber nein – es *gab* diesen Befehl. Ich kann ihn auswendig: *Innerhalb der deutschen Grenzen wird jeder Herero mit oder ohne Gewehr, mit oder ohne Vieh erschossen. Ich nehme keine Weiber oder Kinder mehr auf, treibe sie zu ihrem Volk zurück oder lasse auf sie schießen. Das sind meine Worte an das Volk der Herero. Der große General des mächtigen deutschen Kaisers, Lothar von Trotha.* Wenn dieser Offizier, von dem ich gesprochen habe, von diesem Befehl gewusst hätte, hätte er auf der Stelle seinen Degen zerbrochen und die Ehrenabzeichen von seiner Uniform gerissen. Und wie ihm ging es vielen, die geglaubt haben, nur ihre Pflicht zu tun, und die dabei Menschen wie Maharua erst zu dem trieben, was ihm später zum Vorwurf gemacht werden konnte.«

»Unser Land befindet sich im Krieg«, antwortete der Gouverneur. »Im Krieg mit Terroristen.«

Der Oberkriegsgerichtsrat beugte sich vor und stützte sich auf die Ellbogen. »Woher kennen Sie den Wortlaut dieses Befehls?«, fragte er, wobei seine Augen so schmal wurden wie Muschelschlitze.

»Herr Offergelt, der für die *Berliner Illustrirte* schrieb, hatte eine Quelle im Stab des Generals, die ihn mit Informationen über die Pläne des deutschen Kommandos versorgte.«

»Wer war diese Quelle?«, unterbrach der Oberkriegsgerichtsrat. »Kennen Sie seinen Namen und Dienstrang?«

»Das müssen Sie Herrn Offergelt fragen«, antwortete Nora. »Ich weiß nur, dass es von Anfang an von Trothas Absicht war, die Rebellen am Waterberg einzukesseln und die Überlebenden in die Omaheke-Wüste zu treiben, um sie dort verdursten zu lassen. Die Wüste sollte ihm die Arbeit abnehmen, damit seine Hände sauber blieben.«

Der Oberkriegsgerichtsrat beugte sich noch weiter vor und deutete mit dem ausgestreckten Arm auf ihr Gesicht, sodass er aussah wie ein Kavallerist, der eine Attacke reitet. »Sie sprechen von einem Mann, der dem Deutschen Reich zur Ehre gereicht, dem Helden von China und Ostafrika. Falls sich bis jetzt noch jemand der Anwesenden gefragt haben sollte, warum in Ihrem Fall auch eine Anklage wegen Vaterlandsverrates zur Debatte steht, Frau Hendriksen, dann haben Sie ihm eben selbst die Antwort gegeben. Genau solche Schmähungen nämlich dienten in der ausländischen Presse dazu, General von Trotha zu diskreditieren, und bedauerlicherweise hat man bei Hof zugelassen, dass sogenannte Geschäftsleute sogar Seiner Majestät Zweifel an diesen Pazifizierungsmaßnahmen einreden konnten.«

»Ich habe ihn nicht geschmäht«, sagte Nora gelassen. »Ich habe ihn nur zitiert. Aber wenn dergleichen sogar schon bei Hof geäußert werden darf, dann blickt Deutschland ja wohl tatsächlich in einen Abgrund an Landesverrat.«

Hinter ihr ertönte leises Gelächter, das allerdings sofort wieder erstarb.

Der Oberkriegsgerichtsrat ließ seinen Arm sinken, aber seine Muschelaugen blieben schmal. »Wir könnten Sie zum Tode verurteilen,

Frau Hendriksen, und das Urteil an Ort und Stelle vollstrecken lassen. Selbst wenn Sie, wie Sie behaupten, Balthasar Maharua nicht selbst getötet haben, konnte er sich dank Ihrer Hilfe seiner gerechten Strafe entziehen. Auch an der Heimatfront gibt es Verrat. Darüber hinaus haben Sie Briefe mit militärischen Geheimnissen in alle Welt geschrieben…«

Nora ging zu ihrem Stuhl zurück. Sie wandte ihm bewusst den Rücken zu und setzte sich langsam, und es geschah, was sie beabsichtigt hatte: Er verstummte. In die Stille hinein sagte sie: »Wir wissen vielleicht noch nicht alles über die Geschwindigkeit des Lichtes oder des Schalls. Aber ich glaube, wenn man Zeuge Ihrer Gedankengänge wird, kann man über die Geschwindigkeit der Dummheit beträchtliche Erkenntnisse gewinnen.«

Der Gouverneur unterdrückte ein Schmunzeln. »Möchten Sie, dass wir eine Pause machen?«, fragte er mit einem Anflug von Anteilnahme in der Stimme, der vorher nicht da gewesen war.

Nora schüttelte den Kopf. »Ich weiß, Sie halten mich für verrückt. Aber ich bin es nicht. Ich bin nicht verrückter als Euer Exzellenz oder sonst jemand in diesem Raum. Gut, dass die Aufständischen am Waterberg in so einer tanzenden Flut zu Tausenden die Hänge heruntergeströmt sind, habe ich vielleicht geträumt. Ich träume sehr lebhaft. In Wirklichkeit haben unsere Geschütze da ja längst geschossen, und zwar eine halbe Stunde lang, schon um sechs Uhr morgens, bei Sonnenaufgang, bevor es zum richtigen Kampf gekommen ist. Und es war ja auch nicht wirklich ein Kampf, selbst wenn es viele Verluste gab. Man kann es wohl kaum einen Kampf nennen, wenn man Tausende und Abertausende in eine wasserlose Wüste treibt und dort verdursten lässt, nicht wahr? Aber was in dem Lazarettzelt passiert ist, habe ich nicht erfunden. Und Balthasars Sohn – das Kind, das nun niemanden mehr hat außer mir – habe ich auch nicht erfunden.

Wissen Sie, als wir auf dem Weg nach Karibib dem Gefangenentransport begegnet sind, da suchte ich in den Gesichtern der angeketteten Rebellen nach Zorn, Hass oder Verzweiflung, doch ich fand nur

Apathie. Sie waren zu Vieh gemacht worden, und sie fühlten wie Vieh. Aber erst auf der Haifischinsel habe ich begriffen, dass es Absicht war, dass es zum Plan gehörte. Vorher dachte ich trotz allem die ganze Zeit, was wir gesehen hätten, wären reine Kriegsschäden, notwendige Grausamkeiten, die in der Hitze des Gefechtes ihre Ursache hatten. Ich hatte die Berichte darüber, wie die Schutztruppen ihre Gefangenen behandelten, nie wirklich geglaubt – dass sie sie in Lagern verhungern und verdursten ließen, ohne medizinische Betreuung, ohne Erbarmen. Aber jetzt sah ich es zum ersten Mal mit eigenen Augen, deswegen wollte ich Ihnen davon erzählen. Ich habe es selbst gesehen, an jenem Tag und später noch oft, und wenn Sie wissen wollen, warum ich Maharua geholfen habe, dann haben Sie hier den Grund. Ich finde, man hätte sie nicht so behandeln dürfen. Es waren wehrlose Gefangene. Ein großes, zivilisiertes Land wie unseres hat es nicht nötig, mit seinen Gegnern so umzugehen.«

Es war inzwischen fast Abend, und die Sonne schien jetzt nicht mehr direkt auf das Fenster des Raumes. Die hochgezogenen Segeltuchblenden gaben den Blick auf einen Teil des Himmels und die fernen Berge frei. Der Gouverneur holte eine Taschenuhr hervor, klappte den Deckel auf und betrachtete den Zeigerstand. »Es ist schon spät«, sagte er, »und ich denke, wir haben alles gehört, was wir wissen müssen …«

»Entschuldigen Sie, Euer Exzellenz«, unterbrach Nora ihn. »Ich bin noch nicht fertig. Ich möchte noch etwas sagen, wenn ich darf.«

Der Gouverneur klappte die Uhr wieder zu, runzelte kurz die Stirn und nickte schließlich.

»Wenn jemand stirbt, der etwas Besonderes war«, erklärte Nora und stand auf, »wenn ein ganz besonderer Mensch wie Kapitän Maharua stirbt, dann weiß jeder, der ihn kannte, dass er etwas Unersetzliches verloren hat. Und nichts trifft einen so wie der Verlust eines Mannes, der in einer verrückt gewordenen Welt voller Kälte und Gier sein Leben mit Anstand und Stolz zu führen versuchte, weil man sich, solange er lebte, daran ein Beispiel nehmen konnte und nicht allein war. Ich glaube, wir sollten nicht hier sein – die Deutschen, die Portugiesen, die Belgier, die Engländer. Ich glaube, keiner von uns sollte hier sein, in diesem Land. Wir sollten uns den Afrikanern gegenüber nicht benehmen wie die Amerikaner den Indianern gegenüber. Wenn wir nicht hier wären, könnte Balthasar Maharua noch am Leben sein, er und viele Tausend anderer. Es gibt nicht viele Menschen wie ihn, die mit allem, was sie tun, ihre Liebe zur Welt bekunden und damit auch zu dem, der sie geschaffen hat. Sie können so jemand für verrückt halten, für einen Träumer, aber ein Leben ohne Träume ist ein Leben ohne Hoffnung.

Als ich bei Balthasar Maharua war und wusste, dass er sterben würde, habe ich geweint. Aber nicht, weil er mir so viel bedeutet hat oder weil ich ihn geliebt habe, denn er hatte mir schon mehr gegeben als die meisten Menschen vor ihm, und davon bin ich durchdrungen, solange ich leben werde, und niemand kann es mir mehr nehmen. Nein, ich weinte, weil sein Sohn ihn nie kennenlernen wird, weil so viele Menschen ihn nun nicht mehr erleben können und ich genau wusste, dass meine Fähigkeiten, ihn für andere am Leben zu erhalten, nicht ausreichen. Um seine Größe zu beschreiben, seine Menschlichkeit, seinen Mut und seine Güte, fehlen mir die Worte. Er hatte mir gezeigt, wie man liebt und wie man Schmerzen aushält und wie man etwas besser machen will, weil man darunter leidet, dass es nicht vollkommen ist. Er hat die Worte der Bibel, die wir – unsere Missionare – ihm gebracht haben, geglaubt und nach ihnen zu handeln versucht. Deswegen haben seine Leute ihn verehrt und unsere ihn gehasst. Deswegen haben wir ihn zum Tode verurteilt. Und weil er makellos war, haben wir versucht, ihn mit Lügen zu Fall zu bringen und seinen Namen zu beschmutzen. Wir haben seinen Körper gefoltert, weil wir seinen Geist nicht brechen konnten; wir haben ihn heimgesucht wie Termiten ein Haus, und er hat uns besiegt, indem er das Haus niedergebrannt hat. Deswegen ist er tot, und deswegen hätte er auch niemals zugelassen, dass ich mich denen, die ihn verfolgt haben, in die Hände liefere. Würde ich überhaupt hier vor Ihnen stehen, wenn es nur irgendein Gefangener mehr gewesen wäre, der auf der Haifischinsel den Tod gefunden hat? Würde ich hier vor Ihnen stehen, wenn es nicht Balthasar Maharua gewesen wäre und wenn er es nicht mit meiner Hilfe geschafft hätte, die niederträchtigen Absichten seiner Feinde zu durchkreuzen? Und ist die Tatsache, dass ich hier vor Ihnen stehe, damit nicht genau die Bestätigung für diese Absichten, die hier so nachdrücklich geleugnet werden – die Absichten und ihr Zweck: die Vertuschung monströser Verbrechen?«

Sie sah auf ihre nackten Füße neben den leeren Wassergläsern und den altrosa Ballschuhen hinunter und fand den Anblick merkwürdig tröstlich, als könnte ihr nun, nachdem sie das alles gesagt hatte und weil sie es barfuß gesagt hatte, nichts auf der Welt mehr etwas anhaben. »Ich glaube ... ich glaube, das Einzige, was ich sonst noch sagen möchte, Herr Gouverneur – Euer Exzellenz –, was ich Ihnen und Ihren Offizieren wirklich sagen möchte, ist eine Bitte: Erinnern Sie sich an den Brief, den Hendrik Witbooi Ihnen vor zehn Jahren geschrieben hat! Erinnern Sie sich an seine verzweifelten, traurigen Worte: *Mein lieber edler Herr, ich bitte Sie, lassen Sie mich doch endlich stehen, verfolgen Sie mich nicht weiter. Sie sehen ja, dass ich fliehe. Ich bin doch nicht so schuldig für Sie. Ich bitte Sie, hören Sie doch mit dem Blutvergießen auf, lassen Sie ferner kein Blut mehr fließen.*«

Sie ließ sich wieder auf den Stuhl sinken, und während die Stille im Raum noch tiefer zu werden schien, schlüpfte Nora in ihre Schuhe zurück.

Plötzlich sprang der Stabsoffizier auf und rief: »Ich kann nicht glauben, was wir gerade gehört haben – was uns hier aufgetischt wurde an Lügen, Fantastereien und krankhaften Verdrehungen. Frau Hendriksen missbraucht diesen Ausschuss für politische Propaganda und antideutsche Agitation, verpackt in sentimentale Zuckerwatte. Und sie glaubt tatsächlich, wir würden nicht merken, wie sie versucht, den niedrigen Beweggründen für ihre Tat ein Mäntelchen aus hehren Motiven umzuhängen, hinter denen die Wahrheit verschwindet, die Wahrheit nämlich, dass sie und nicht deutsche Soldaten für den Tod Balthasar Maharuas verantwortlich ...«

»Setzen Sie sich, Herr Major«, sagte der Gouverneur. »Setzen Sie sich und halten Sie den Mund!«

Der Offizier hielt verblüfft inne, dann räusperte er sich und gehorchte. Ein Raunen ging durch die Reihe der Zuschauer hinter Nora.

Der Gouverneur beugte sich in den Lichtschein der Lampe. Er sagte: »Es war ein langer Tag. Wir haben erstaunliche Dinge aus Ihrem Mund gehört, Frau Hendriksen, ganz erstaunliche, und manche davon kommen mir so unglaubwürdig vor, dass ich dazu neige, sie gerade deswegen für glaubhaft zu halten. Sie sind sehr ehrlich und wahrscheinlich starrsinnig und dickköpfig, und bestimmt sind Sie furchtloser, als es manchmal gut für Sie ist. Aber ich denke nicht, dass Sie eine Mörderin sind.«

Er warf dem Offizier rechts von sich einen Seitenblick zu. »Die Stimme der Vernunft sagt mir das – kein Mord, kein Totschlag, keine niederen Motive, nicht einmal Tötung auf Verlangen oder wie immer all diese juristischen Spitzfindigkeiten lauten. Andererseits sagt sie mir aber auch, dass Sie glauben, sich über Gesetze und geltendes Recht erheben zu können, wenn die Stimme des Herzens Sie dazu auffordert. Das nennt man selbstgerecht und …«

»… dumm, ich weiß«, fiel Nora ihm ins Wort. Sie spürte einen Schmerz in den Handballen und sah, dass sie sich die Fingernägel vor Aufregung tief ins Fleisch gebohrt hatte.

»Nein, *dumm* war nicht das, was ich sagen wollte. Ich wollte *selbstlos* sagen. Selbstlosigkeit führt einen aber nicht immer auf den Weg der Vernunft. Sie verleitet im Gegenteil manchmal dazu, dass man Dinge tut, die anderen ein Dorn im Auge sind – Menschen von geringerer Reinheit des Herzens. Wenn das nicht so wäre, hätten wir uns heute gar nicht mit Ihnen befassen müssen. Andererseits glaube ich nach dieser Anhörung auch nicht, dass es sich bei der Anschuldigung gegen Sie wissentlich um eine Verschwörung des Oberkommandos mit dem Ziel handelt, Ihren Leumund zu ruinieren oder Sie auf andere Art mundtot zu machen. *Aber*«, die Stimme des Gouverneurs nahm einen Ton ernster Missbilligung an, »darüber hinaus haben Sie heftige Anschuldigungen gegen die Offiziere und Soldaten unserer Schutztruppen erhoben, die umso schwerwiegender sind, als es dafür weder Beweise noch Zeugen gibt. Als Vorsitzender dieses Ausschusses muss ich Sie darauf hinweisen, dass solche Beschuldigungen gegen die Armee eines Landes, das sich im Krieg befindet, zu einer Anklage wegen Hochverrats vor einem ordentlichen Gericht führen können und dass sich dort nicht eine einzige Stimme finden wird, die zu Ihren Gunsten sprechen oder Ihre Vorwürfe bestätigen könnte.«

Aber da war eine Stimme, und sie erhob sich in diesem Moment klar und entschieden in den Reihen der Zuschauer hinter Nora. »Euer Exzellenz, Sie befinden sich im Irrtum. Es gibt Beweise, und es gibt Zeugen. Ich bin einer davon. Mein Name ist Oberleutnant Wilhelm von Lehnhoff. Ich habe in diesem Krieg gekämpft. Ich bin in der Schlacht am Waterberg verwundet und dafür ausgezeichnet worden. Ich habe gesehen, wovon Frau Hendriksen gesprochen hat. Ich werde jeden ihrer Vorwürfe bestätigen, wann immer und wo immer sie ihn wiederholt.«

Nora drehte sich um, endlich wagte sie, sich umzudrehen, und da sah sie Wilhelm, sah, wie er in der ersten Stuhlreihe aufstand in seiner grauen Ausgehuniform mit all dem Silber, den Orden an der Brust und dem Degen an seiner Seite. Ein empörtes Zischen der anderen Offiziere begleitete seine Worte.

»Was in diesem Feldzug geschehen ist«, fuhr er fort, während das Zischen der anderen Offiziere anhielt, »hinterlässt mehr als nur einen Makel auf der Ehre unseres Landes und seiner Soldaten. Ich bin Zeuge von sinnlosen Massakern, grausamen Schlächtereien und unmenschlichen Gemetzeln gewesen. Manchmal habe ich selbst das Kommando geführt, und manchmal wurde es mir befohlen, und ich hatte nicht den Mumm, den Befehl zu verweigern. Aber immer geschah es mit Wissen und Billigung der allerhöchsten Stellen.«

Er sah Nora die ganze Zeit nicht an, sein Blick war fest auf den Gouverneur und seine Beisitzer gerichtet. Mit seiner Hand hielt er seine Mütze gegen die Brust gedrückt.

»Ich bin immer stolz darauf gewesen, Soldat zu sein«, sagte Wilhelm unbeeindruckt, »ein guter Soldat und ein guter Offizier. Aber jetzt schäme ich mich. Ich schäme mich für mein Land«, er warf den zischenden Offizieren zu beiden Seiten seines Stuhls einen kurzen Blick zu, »ich schäme mich für meine Kameraden, und ich schäme mich – am meisten – für mich selbst. Was wir getan und befohlen haben, steht im Widerspruch zu allen Prinzipien des Christentums und der Menschlichkeit. Ich bin sicher, Sie wissen, dass Reichskanzler von Bülow Kaiser Wilhelm einen Brief geschrieben hat, in dem er genau diese Worte benutzte, um General von Trothas Vorgehen am Waterberg zu verurteilen – *im Widerspruch zu allen Prinzipien des Christentums und der Menschlichkeit.*«

Die Offiziere, die neben und hinter ihm saßen, konnten sich nur mit Mühe beherrschen. Sie rutschten auf ihren Stühlen herum, und die, die nicht zischten, riefen »Buh!« oder »Verräter!« oder »Feigling!«, und ihre Gesichter waren feindselig und hasserfüllt. Einer schüttelte seine Faust so heftig, als wollte er sie wegwerfen, weil sie Feuer gefangen hatte.

Wilhelm betrachtete sie, ihre zornigen, geröteten Gesichter, und sagte: »Wenn das mein Leben sein soll, habe ich umsonst gelebt. Und wenn das mein Land ist, habe ich mein Blut umsonst vergossen.«

Er deutete eine Verbeugung an, ohne die Hacken zusammenzuschlagen, und ging mit bedächtigen Schritten zur Tür. Nora sah ihm nach. Sie dachte, dass sie nie einen mutigeren, schöneren Mann gesehen hatte als diesen Offizier, der kein Offizier mehr sein wollte, und nie eine vollkommenere Haltung als die seine in diesem Moment.

Sie drehte sich zum Tisch des Gouverneurs um und fragte: »Bin ich entlassen, Herr Gouverneur?«

Der Gouverneur sagte: »Ja, Frau Hendriksen, Sie sind entlassen und können gehen!« Mit erhobener Stimme fügte er hinzu: »Es wird hiermit angeordnet, dass Sie Deutsch-Südwest mit dem nächsten Schiff nach Deutschland zu verlassen haben und nie wieder einen Fuß auf seinen Boden setzen dürfen!«

43

Kurz vor ihrer Abreise saß Nora in ihrem Zimmer im Hotel *Fürst Bismarck* in Swakopmund neben einem halb gepackten Koffer auf der Bettkante und schrieb einen Abschiedsbrief. *Lieber Wilhelm*, so viel hatte sie bereits zu Papier gebracht, aber jetzt wusste sie nicht, wie sie fortfahren sollte. Ihre Hand mit dem Bleistift lag auf dem Block, den sie auf den Knien hielt. Warum hatte sie nicht *Mein Geliebter* geschrieben? Warum schrieb sie nicht einfach alles auf, in der Reihenfolge, in der es ihr einfiel? Warum schrieb sie ihm nicht, was sie für ihn empfand? Ein Abschiedsbrief konnte doch auch ein Liebesbrief sein.

Moses Lilie lag schlafend in seiner Trage aus Korbgeflecht neben dem Koffer, in dem ihre restliche Habe ein hoffnungsloses Durcheinander bildete. Ganz obenauf lagen die Ballschuhe, die einmal altrosa gewesen waren, und das Kleid, das sie in der Residenz des Gouverneurs getragen hatte. Nachdem ihre Ausweisung verfügt worden war, hatte sie fast stündlich damit gerechnet, dass man ihr auch die Farm wegnehmen würde, und so war es geschehen. Sie hatte etwas Geld als Entschädigung erhalten – längst nicht so viel, wie sie hineingesteckt hatte –, aber genug, um die Passage nach Hamburg für sich und Balthasars Sohn aus eigener Tasche zu bezahlen; vom Rest hatte sie sich eine neue Garderobe gekauft, Schuhe, weiche Unterwäsche, mehrere Kleider, Hüte, einen Sonnenschirm und einen weinroten Samtmantel. Das war es, was nach zwei Jahren von ihrem Traum übrig blieb.

Gestern, am 27. Januar, war in der Stadt der Geburtstag des Kaisers mit einem großen Feuerwerk begangen worden. Am Fenster des dunklen Fensters stehend, wie schon an so vielen Fenstern in so vielen dunklen Nächten, hatte Nora zugesehen, wie auch das letzte Versprechen eingelöst worden war: ein Feuerwerk, wie sie es liebte, Kaskaden aus blauem, rotem und gelbem Licht, zischende Flammenräder und knatternder weißer Sternregen, der in schwefligen Rauchschwaden ertrank.

Lieber Wilhelm, ich weiß nicht, ob dieser Brief dich überhaupt erreicht … Die Hand mit dem Bleistift hielt inne, malte ein Herz, einen Kreis, ein größeres Herz. Sie riss das oberste Blatt von dem Block, zerknüllte es und begann von Neuem.

Mein geliebter Wilhelm,
wenn du diese Zeilen erhältst, befinde ich mich bereits auf der Lucie Woermann *und reise zurück in die Heimat. Ich hätte dich so gern noch einmal gesehen und mich bei dir bedankt, für alles. Aber die Behörden hier haben verordnet, dass ich das nächste Schiff nehme, das Swakopmund verlässt. Jetzt sitze ich im Hotel* Fürst Bismarck *und höre schon das Nebelhorn tuten und weiß nicht, was ich dir schreiben soll und ob dir überhaupt an einem Brief von mir gelegen ist, nach allem, was war.*

Sie schrieb ihm, dass sie die ganze Zeit an ihn denken musste und dass sie auch auf dem Schiff weiter an ihn denken würde und sicher auch noch in der Heimat lange Zeit und dass sie hoffe, nein, dass sie nichts anderes ersehne, als dass er ihr auf diesen Brief antworten möge und dass ihre Trennung nur vorübergehend sei. Sie schrieb, wie viel ihr Deutsch-Südwest bedeute und wie schwer ihr der Abschied falle und dass sie bestimmt eines Tages zurückkehren dürfe, und wenn er sie nicht in Deutschland besuchen könne, dann wäre vielleicht ein Wiedersehen in Afrika möglich. Sie bat ihn noch einmal, ihr zu verzeihen. Sie gab ihm die Anschrift des Hotels, in dem sie in Hamburg wohnen wollte, falls er die Absicht habe, ihr zu schreiben, und zur Sicherheit gab sie ihm auch noch Lissys Adresse und die von Ludwigs Bank, nur für alle Fälle. Sie schrieb, dass sie ihn liebe und dass er ihr fehle und sie sich nach ihm sehne, und ab da wurde es ein Liebesbrief. Sie schrieb: *Ich liebe dich so sehr, Wilhelm, ich liebe dich, ich liebe dich,* und sie schrieb immer weiter, obwohl sich der Bleistift auf dem nassen Papier nicht mehr so gut abdrückte. Und schließlich konnte sie nicht mehr sehen, was sie schrieb, und ihr wurde klar, dass sie nur deswegen so viele Worte machte, weil sie den Moment hinauszögern wollte, in dem sie fortmusste.

Sie trocknete sich die Augen, riss das Blatt ab und warf es zusammengeknüllt in die Ecke. »Moses Lilie, deine Tante ist eine Idiotin«, sagte sie leise. An der Tür erklang ein Klopfen. »Ja, bitte!«, rief sie, und Gerda Vogelsang trat ins Zimmer.

»Bist du so weit?«, fragte sie. Die Wirtin war am Vortag aus Lüderitz mit dem Schiff eingetroffen, das heute wieder nach Deutschland auslief. Während der Anhörung in Windhuk hatte Gerda Vogelsang sich in ihrer Pension um Balthasars Sohn gekümmert, und sie hatte es sich auch nicht nehmen lassen, Nora den Jungen persönlich zu bringen.

»Ja«, sagte Nora, »gleich.«

Sie legte Papier und Bleistift oben auf das Durcheinander im Koffer, stopfte alles, was überhing, hinein und drückte den Deckel zu.

Gerda griff in die Jackentasche und holte ein gefüttertes Briefkuvert heraus. »Ach, hier, das hat man mir unten für dich gegeben«, sagte Gerda. »Es ist mit der Post aus Windhuk gekommen, vom Büro des Gouverneurs.«

Von fern erklang das Nebelhorn der *Lucie Woermann*.

Nora nahm das kleine Kuvert, befühlte es und wusste, was es enthielt, bevor sie es öffnete. Sie nahm ihren Ehering heraus. Einen Moment zögerte sie, dann schob sie ihn in die Seitentasche ihres weinroten Samtmantels. Den dabeiliegenden Brief zerknüllte sie ungelesen. »Ich bin fertig«, sagte sie. »Wir können gehen.«

Sie ergriff den Korb mit Moses Lilie und verließ den Raum, ohne zurückzuschauen. Gerda nahm ihren Koffer, sah nach, ob etwas liegen geblieben war, und folgte ihr. Es war kein weiter Weg bis zur Mole, wo die Barkasse auf sie wartete; sie konnten zu Fuß gehen. Nebeneinander stapften sie über die sandige Straße zum Landesteg, an dem sich bereits mehrere Zaungäste um die letzten Passagiere drängten.

Auch die unerlässliche Kapelle mit ihren blitzenden Messinginstrumenten fehlte nicht. Es gab Umarmungen und Abschiedsküsse und Tränen und zerknüllte Taschentücher, aber niemand wartete auf Nora; niemand kümmerte sich um sie.

Die *Lucie Woermann* lag weit draußen auf Reede. Dünner Rauch stieg aus dem vorderen Schornstein kerzengerade in den Himmel, der wieder so hoch schien wie bei ihrer Ankunft, höher als irgendwo sonst auf der Welt. Die See war ruhig, ein blauer Spiegel, über den ein schwacher Wind strich. Möwen dümpelten mit angelegten Flügeln auf dem Wasser.

»Geh bitte schon vor«, sagte Nora. »Bring Moses und meinen Koffer in die Barkasse. Ich möchte noch einen Moment allein sein.«

Gerda warf ihr einen besorgten Blick zu, gehorchte jedoch. Als sie weit genug entfernt war, schon halb auf dem Landesteg, drehte Nora sich um.

Wilhelm stand so dicht vor ihr, dass sie die Hand ausstrecken und ihn berühren konnte, aber sie tat es nicht. Er trug einen dunkelgrauen Anzug, mit schwarzen Schuhen und einer schwarzen Krawatte zu einem hellgrauen Hemd. Sie hatte ihn noch nie in Zivil gesehen; ohne Uniform, ohne Waffen. Der Seewind spielte mit seinem Haar und den Schößen seiner Jacke. Seine Augen waren ein wenig zusammengekniffen, denn das Licht blendete ihn, die Reflexe des Sonnenscheins auf dem Wasser. »Ich bin gekommen, um dir auf Wiedersehen zu sagen«, sagte er.

»Ich habe dir einen Brief geschrieben«, sagte Nora. »aber dann wusste ich nicht, wohin ich ihn schicken soll. Er ist auch nicht sehr gut geworden. Ich habe ihn weggeschmissen. Ich dachte, vielleicht ...« Sie hörte sich reden, und dann hörte sie die Kapelle, die anfing *Muss i denn, muss i denn* zu spielen, und sie dachte: Das will ich doch alles gar nicht sagen. Ich will doch etwas ganz anderes sagen, ich will doch, dass er ... »Komm mit, Wilhelm! Bitte, komm mit mir nach Deutschland!«

Seine Augen wurden ein wenig größer, fast als wäre er überrascht. »Ich kann nicht«, sagte er.

»Warum nicht?«

»Ich gehöre hierher.«

»Du kannst überall hingehören, wenn du nur willst«, sagte sie. »Überallhin, wo ich bin. Du hast einfach beschlossen, dass du lieber hierher gehören möchtest als zu mir.«

»Ich hatte keine Zeit, irgendetwas zu beschließen«, sagte er. »Ich weiß nur, dass ich im Augenblick nichts habe und nichts bin. Die Armee wird mich unehrenhaft entlassen, und es gibt ja nicht viele Berufe, die ich noch ausüben könnte.«

»Aber ich liebe dich«, rief Nora, »ich weiß, dass ich dich liebe, und du liebst mich, das hast du selbst gesagt. Wenn du jetzt mitkommen würdest, könnte ich mich in Deutschland fürs Erste allein um uns kümmern, bis ...«

Wilhelm schüttelte den Kopf, ganz sacht nur, eher die Andeutung eines Kopfschüttelns. »Ich könnte dir nichts bieten, und deine Liebe würde mich nur beschämen. Versuch, mich zu vergessen. Ganz und gar, nicht nur wie ich jetzt bin, sondern auch wie ich war.«

»Ich will dich nicht vergessen«, rief sie, »nicht, wie du früher warst, und schon gar nicht, wie du jetzt bist. Ich habe mich sehr anstrengen müssen, damit es dich überhaupt noch gibt.«

Die Kapelle spielte weiter *Muss i denn, muss i denn,* und wieder tutete das Nebelhorn, und Nora suchte nach etwas, das sie noch sagen könnte, um ihn umzustimmen, aber ihr fiel nichts ein, weil sie alles schon gesagt und es nichts genützt hatte.

»Verzeih mir, Nora«, sagte Wilhelm, »ich wusste nicht, dass du uns den Abschied so schwer machen würdest. Ich bin nun einmal nicht mehr der Mann, der eine Frau wie dich lieben darf. Du bist so jung, so schön und tapfer, und ich bin ... dafür bin ich nicht mutig genug.«

»So jung bin ich gar nicht mehr«, rief Nora, »und auch nicht mehr so schön, und du *bist* mutig, ich kenne niemanden, der mutiger ist als du. Ich verlange ja gar nicht mehr, dass du mich heiratest, das war sowieso bloß so eine Schnapsidee. Mit Heiraten verdirbt man doch immer nur alles, und wir kennen uns auch noch gar nicht gut genug, und außerdem müsste ich mich erst scheiden lassen. Aber ich will dich wiedersehen, ich will mehr Zeit haben für dich und mich, Zeit, uns kennenzulernen, und wenn du schon nicht mit mir kommst und ich nicht hierbleiben darf, dann will ich wenigstens, dass du weißt, wie stark meine Gefühle für dich sind, wie tief, und dass sie nicht einfach erlöschen, wenn wir uns nicht mehr sehen. Du weißt, wie es war, als wir uns geküsst haben, und die Nacht in der Garnison – so wird es immer sein!«

»Ich glaube nicht an *immer*«, sagte Wilhelm.

»Ich weiß, das ist so… es ist ziemlich lang.« Nora lächelte verlegen, aber er lächelte nicht. Er sah sie nur an, und sie wusste, dass sie diesen Blick nie vergessen würde, solange sie lebte. Es schien, als wollte er sich alles an ihr einprägen, nicht nur das Äußere, sondern auch das Innerste, als wäre ihr Gesicht ein Fenster, durch das er in sie hineinsah. Seine Augen schimmerten in dem hellen Morgenlicht. Die Luft zwischen ihnen wirkte verdichtet, greifbar. Für einen Moment nahm seine Miene den trostlosen, verlorenen Ausdruck eines kleinen Jungen an, den er aber sofort zu verbergen trachtete. Er gab sich solche Mühe. Tu es doch, dachte sie, komm zu mir und nimm mich in deinen Arm! Lass mich nicht mehr los! Ein Zittern durchlief sie, wie der Beginn eines Erdbebens. Alles an ihr wartete darauf, dass dieser Wunsch Wirklichkeit wurde, so heftig, wie ein Todkranker auf das Wunder der Genesung hoffte, doch nichts geschah. Wilhelm hielt nur weiter unverwandt den Blick auf sie gerichtet, ernst, aber nicht traurig, und schließlich war es vorbei. Sie spürte ihre Füße wieder und den Wind und die Sonne, und von der Barkasse her hörte sie Gerda rufen.

»Auf Wiedersehen«, sagte sie.

»Auf Wiedersehen.«

»Ich muss gehen. Sie wollen ablegen.«

»Darf ich dir schreiben?«, fragte Wilhelm.

Nora zögerte einen Moment. Dann sagte sie: »Wozu? Nein, ich glaube, nicht.« Nicht sofort, dachte sie. Er reichte ihr nicht die Hand, und auch sie unternahm keinen Versuch, ihn noch einmal zu berühren, und erst viel später, eine Ewigkeit später, als sie schon mit Moses Lilie im Arm in der Barkasse saß, dachte sie: schade, wie schade.

An Bord der *Lucie Woermann* stand sie später, nachdem sie den Jungen in die Kabine gebracht hatte, noch eine ganze Zeit lang am Schanzkleid und sah zum Land hinüber. Aber sie konnte Wilhelm nicht mehr erkennen; vielleicht war er eine der kleinen Gestalten auf dem Landesteg, wo die Instrumente der Kapelle im Dunst blitzten. Davor schlug das Meer gegen die Küste, und der Sand war ein langes, gelbes Band, und die Häuser standen bunt in der diesigen Luft. So hatte Nora dieses Land zum ersten Mal gesehen, vor zwei Jahren, und so sah sie es wieder zum ersten Mal, denn sie war nicht mehr dieselbe.

Nur wenige Schritte von ihr entfernt stand eine ganz in Schwarz gekleidete junge Frau und schaute ebenfalls zur Küste hin. Auch ihr Hut war schwarz, ebenso der kleine Schleier, der ihre Augen bedeckte, während ihre in schwarzen Handschuhen steckenden Hände die Reling umklammerten. »Ein wunderschöner Anblick, nicht wahr?«, sagte sie zu Nora.

»Ja«, antwortete Nora mit einem Lächeln.

Die junge Frau sah wieder zum Land hin. »Es sieht so friedlich aus. Die Küste, die Häuser, der Leuchtturm, die Fahnen, alles so anziehend und bunt… Hier merkt man gar nicht, dass dahinter Krieg ist. Aber wenn man es weiß, sieht man es mit ganz anderen Augen, vor allem jetzt, bei der Abreise.«

»Ich glaube, bei der Abreise sieht man Dinge immer anders als bei der Ankunft«, sagte Nora. »Am Anfang habe ich zum Beispiel gedacht, der Himmel wäre hier höher als woanders, höher als irgendwo sonst auf der Welt.«

»Aber der Himmel hat keine Höhe«, widersprach die junge Frau und schaute zu ihr herüber. »Oder er ist überall gleich hoch. Vielleicht liegt es daran, dass er so blau ist, von so tiefem Blau.«

Nora sagte: »Nein, es sind die Wolken. Sie schweben hier höher als über Europa.«

Mit einem heftigen Ruck wurden die Anker gehoben und die Ketten eingeholt. Gleichzeitig tutete das Nebelhorn, und die Maschinen machten Dampf auf. Langsam bewegte sich die *Lucie Woermann* und drehte schwerfällig zur offenen See. Die Küste schien allmählich zurückzuweichen, erst der Landungssteg, dann die Häuser, schließlich die weißen Brecher, die aus dem Nichts entstanden und gegen das Land anrannten. Das ist jetzt der Abschied, dachte Nora und wusste, dass dies eins der Ereignisse war, die einen veränderten. Manche Abschiede waren merkwürdig; man spürte sie nicht nur in der Seele, sondern auch im Körper, und sie kehrten regelmäßig zurück, wie Jahrestage, wie besonders glückliche oder schmerzliche Ereignisse. Wie eine zusätzliche Jahreszeit, die einen wärmte oder frösteln ließ.

»Fällt es Ihnen schwer wegzufahren?«, fragte die Frau in dem schwarzen Kleid.

»Ja«, sagte Nora.

»Mir nicht«, sagte die Frau, und kurz hob der salzige Fahrtwind den Schleier von ihren rot geweinten Augen. »Ich habe zu viel verloren.«

»Das tut mir leid«, sagte Nora. Sie konnte jetzt überhaupt nichts mehr erkennen, nur noch das Meer und den Dunst und die silbernen Bäuche der Möwen. Sie wunderte sich, dass sie nicht dieselbe Trauer wie die junge Frau empfand, nicht denselben Verlust. Wenn sie wollte, konnte sie über ihre Farm gehen; die Zeit dort hatte sie nicht verloren. Sie war durchdrungen von der Erinnerung an Balthasar, er lebte in ihr weiter, führte und beriet sie, sprach mit ihr. Er gehörte zu ihrem neuen, inneren Reichtum. Und sie nahm Wilhelm mit, ob er wollte oder nicht. Sie hatte ihn sich angeeignet. Er gehörte ihr inzwischen ebenso wie sich selbst. Sie sah ihn vor sich, wenn sie wollte, sie redete mit ihm, und er antwortete. Er lachte, obwohl sie ihn selten lachen gesehen hatte. Er betrachtete sie auf eine Weise, die sie sich immer gewünscht hatte. Ja, wenn sie wollte, konnte sie ihn sogar lieben, und sie sah sein Gesicht dabei und hörte ihn Worte sagen, die er nie benutzt hatte. Er war um sie, fast wie aus Fleisch und Blut, wie vorhin noch am

Strand; wie Moses Lilie unter Deck in ihrer Kabine. Es ließ sich einfach nicht vermeiden, wenn man jemanden so sehr liebte, dass man ihn sich aneignete, ihn mit sich trug, auf der Netzhaut, im Herzen und ihn vom einen zum anderen warf.

»Es war schön, Sie kennengelernt zu haben«, sagte die junge Frau. »Ich gehe nach unten. Mir wird es hier oben zu kühl.«

Nora wandte sich ihr zu. »Ja, ich freue mich auch, Sie kennengelernt zu haben. Und ich bedauere Ihren Verlust, Frau …«

»Nathalie von Lehnhoff«, sagte die junge Frau. »Mein Mann Wilhelm war Offizier bei den Schutztruppen. Er ist am Waterberg gefallen. Ich bin vor einem Monat hergekommen, um seinen Leichnam zu überführen. Er soll in der Heimaterde begraben werden.«

Einen Moment lang war Nora, als würde ihr der Boden unter den Füßen weggezogen. Sie sah Wilhelm vor sich auf dem Operationstisch liegen und wie er sie angesehen hatte, wie er versucht hatte, ihr etwas zu sagen. Aber was zu sagen? Dass er verheiratet war? Dass seine Frau kommen würde, um seinen Leichnam abzuholen, wenn er starb? Dass sie nie eine gemeinsame Zukunft haben würden, außer in ihren Gedanken? Nein, er hatte doch eben noch am Pier gestanden und gesagt, dass er ihr schreiben wollte.

»Wie, bitte, war der Name noch mal?«

»Major von Tressloff«, sagte die junge Frau. »Nathalie von Tressloff.«

»Und der Name Ihres gefallenen Mannes?«

»Wilhelm von Tressloff.«

Nora nickte und wandte sich erleichtert wieder der Reling zu. Sie tastete nach dem Ring in der Seitentasche ihres weinroten Samtmantels, holte ihn aber nicht hervor; es war nur merkwürdig tröstlich, ihn zu berühren.

Sie wusste, dass sie sich nie mehr verlieben würde oder einen Mann berühren oder heiraten, denn das war alles vorüber und für immer vergangen. Nur in ihren Träumen gab es vielleicht später manchmal einen Funken der Hoffnung wie einen Stern, der vor allen anderen am

Himmel erschien, ein stetes weißes Licht. Sie sah ihn nicht an jedem Abend, doch wenn er da war, hüllte er sie in ein blendendes Glück, und sie erwachte in der Nacht und dachte: Vielleicht kommt er bald oder wenigstens ein Brief von ihm, vielleicht schon morgen.

Aber im Augenblick, im hellen Dunst des Mittags, schaute sie dorthin zurück, wo die Küste gewesen war, und dachte: Ich werde wiederkommen. Ich werde wiederkommen und Moses Lilie das Land seines Vaters zeigen, wenn er alt genug dafür ist. Sie war dann ja noch immer jung, und bis dahin konnte sie es sich ausmalen. Bis dahin konnte sie sich alles ausmalen.

Quellen

Das Gedicht, das Rainer Offergelt bei der Hochzeit von Noras Schwester Lissy vorträgt, stammt von Friedrich Nietzsche. Die Beschreibungen des Lebens in Deutsch-Südwest in den Jahren von 1902 bis 1905 verdanken den Erinnerungen von Margarete von Erkenbrecher »Was Afrika mir gab und nahm« wertvolle Anregungen. Weitere Informationen zum Feldzug der deutschen Schutztruppen gegen die aufständischen Nama, Herero und Hottentotten finden sich in den Romanen »Morenga« von Uwe Timm sowie Thomas Pynchons »V«.

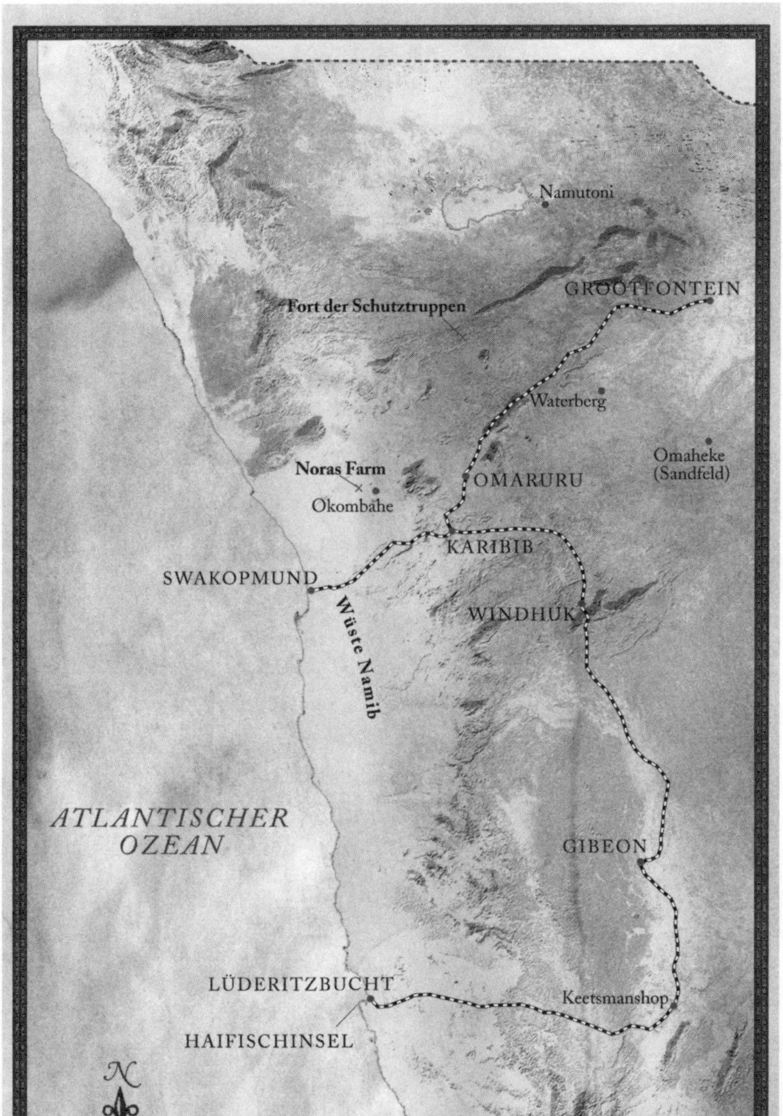
Namutoni
GROOTFONTEIN
Fort der Schutztruppen
Waterberg
Omaheke
(Sandfeld)
Noras Farm
Okombahe
OMARURU
KARIBIB
SWAKOPMUND
Wüste Namib
WINDHUK
ATLANTISCHER
OZEAN
GIBEON
LÜDERITZBUCHT
Keetsmanshop
HAIFISCHINSEL
N
Deutsch-Südwestafrika
um 1900, das heutige Namibia